김춘수 시론전집 II

김춘수 전집—3

김 춘 수
시 론 전 집

II

현대문학

창간 50주년기념사업도서

일러두기

1. 『김춘수 전집』은 그의 두 번째 전집으로 첫 번째는 1982년에 나온 『김춘수 전집』(문장사)이다. 따라서 전집의 편집과 체계를 충실하게 하기 위해 문장사판 전집을 기획, 편집한 오규원 시인을 편집자문위원으로 하고, 그의 조언을 받았음을 밝혀둔다.

2. 『김춘수 전집』은 제1권 시전집, 제2・3권 시론전집, 제4・5권 산문전집으로 기획되었다.

3. 『김춘수 시론전집』은 현재까지 발간된 총 7권의 시론집을 모두 수록하였다.

4. 『김춘수 시론전집』은 각 시론집의 발간연대에 따라 수록하였고, 전全 작품을 원전과 대조하여 시인의 확인을 받았다.

5. 주석은 원주와 편집자 주(이후 편주로 통일하여 표기함)로 나누어 표기하였고, 원주는 원주 표기 없이 각주번호만 표기하였다. 덧붙여, 지금까지 간행된 시론집과 대조한 결과 같은 내용이 재수록된 부분에는 편주를 달아 부기하였다.

6. 한자의 경우, 한자 병기가 꼭 필요한 몇몇의 경우만 제외하고 원전에 있던 한자들 대부분을 한글로 표기하였다.

7. 각 시론집 속의 외래어 및 개정 전의 맞춤법 표기 등은 원전의 감각을 살리기 위해 특별한 경우를 제외하고는 수정하지 않았다.

차 례

일러두기 • 5

시의 표정

자서 • 25

I

상화의 문제작—「나의 침실로」를 중심으로 • 26

기질적 이미지스트—김광균과 30년대 • 37

황해, 또는 마드리드의 창부—이한직의 비애 • 45

지훈 시의 형태—온건한 안식 • 58

두 개의 적막 사이—목월과 두진의 시적 현주소 • 65

소외자의 영탄과 의지의 알레고리—동기와 파성의 시세계 • 79

형태의식과 생명긍정 및 우주감각 • 96

지양된 어둠—70년대 한국시의 한 양상 • 103

II

시의 전개 • 125

III

처용, 그 끝없는 변용 • 148

존재를 길어 올리는 두레박 • 153

시의 위상

책 머리에 • 163

1~55장

(* 여기서는 각 장의 쪽번호는 생략한다.)

김춘수가 가려 뽑은 김춘수 사색사화집

머리말 • 439

전통 서정시의 계열 • 442

피지컬한 시의 계열 • 458

메시지가 강한 시의 계열 • 481

실험성이 강한 시의 계열—모더니즘 및 포스트모더니즘 • 504

번외番外 • 530

연보 • 537

김춘수 시론전집 · I

전집을 내면서 • 5

일러두기 • 9

한국 현대시 형태론

시 형태론 서설 • 29

서론—여기서 말하고자 하는 시와 시에 있어서의 형태 • 33

1. 시 • 33

2. 시에 있어서의 형태 • 36

제1장 현대시 전야—창가가사와 신체시

1. 창가가사 시대 • 38

2. 신체시 시대 • 40

제2장 자유시 초기

1. 한국의 자유시(개관) • 43

2. 《창조》 전후 • 45

3. 《폐허》, 《백조》 시대 • 51

제3장 이상한 현상 하나―김소월의 시형태

1. 민요적 운율의 시 • 58

2. 김소월의 시와 시형태에 대한 약간의 비판 • 63

제4장 사족으로써의 부언 • 66

제5장 시문학파의 자유시

1. 시에 대한 인간적 태도와 비인간적 태도(하나의 전제로써) • 69

2. 정지용의 시형태 • 71

3. 김영랑의 시형태 • 76

제6장 1927~1937년의 아류 모더니즘

1. 구미의 모더니즘과 한국의 그것 • 80

2. 김기림의 시형태 • 86

3. 이상의 시형태 • 96

제7장 1937년대의 양상

1. 낭만주의적 주정 내지 주의의 질풍 • 102

2. 산문시로서의 「백록담」 • 110

3. 《문장》 추천 시인군의 시형태 • 114

제8장 8 · 15 해방 후 한국전쟁까지
1. 전언 • 118
2. 시의 내용(주제와 소재)의 장르에의 무관심 • 121

제9장 한국전쟁 이후
1. 혼미기에 나타난 현상 • 124
2. 잡거지대 • 132

제10장 사족으로써의 부언 • 139

부록
시인론을 위한 각서 • 142
  김소월 • 142
  이상 • 152
  유치환 • 163
  서정주 • 171

후기 • 173

시론—작시법을 겸한

머리말 • 179

1. 형태

(1) 시는 형태만이 아니다 • 181

(2) 시가 형태를 만든다 • 183

(3) 인식이 부족한 자유시는 형태를 파괴하는 수가 있다 • 186

2. 언어

(1) 언어는 문화적 기능이다 • 193

(2) 언어 기능의 두 가지 면 • 195

(3) 비유란 비유가 다 시가 될 수는 없다 • 197

(4) 리듬에 지나치게 관심하면 '넌센스 · 포에트리'가 된다 • 202

(5) 음향은 시의 분위기를 돕는다 • 205

(6) 새로운 문어文語를 만들어야 할 경우도 있다 • 207

3. 영감

(1) 영감은 우연과는 다르다 • 210

(2) 영감은 시인 자신이 뿌린 씨의 결과다 • 211

(3) 영감이 그대로 좋은 시가 되는 일은 극히 드물다 • 213

4. 상상

(1) 상상은 관념을 구체화한다 • 219

(2) 공상을 적극적으로 내세우는 사람도 있다 • 222

5. 감성과 지성

(1) 감성과 지성을 철학에서는 어떻게 해석하고 있는가? • 225

(2) 감성에만 치우쳐도 안 되고, 지성에만 치우쳐도 안 된다 • 227

(3) 천성의 시인이 없는 동시에 시인을 조작할 수도 없다 • 230

6. 제재

(1) 제재는 곧 시가 아니다 • 233

(2) 제재는 무궁무진하다 • 235

(3) 시대에 따라 제재의 종류에 대한 호오好惡는 달라질 수 있다 • 235

7. 이해의 방법

(1) 유형학적 방법으론 시를 옳게 이해하지 못한다 • 240

(2) 가장 높은 단계의 시가 어떤 것인가를 식별하기란
     쉬운 일이 아니다 • 242

(3) 철학비평(내용비평)에 치우쳐도 시는 이해 안 된다 • 242

(4) 테마의 강약으로 시의 우열을 판별할 수도 없다 • 245

(5) 유일한 방법이 있을까 • 249

8. 제목

(1) 제목과 테마는 관계가 있다 • 252

(2) 제목이 정해져야만 쓸 수 있는 사람은 내용에
    결백한 사람이다 • 254

(3) 형태주의의 경우 • 258

(4) 제목을 통해 본 김소월과 이상 • 260

9. 행의 기능

(1) 산문시 외의 모든 시는 다 행 구분을 하고 있다 • 265

(2) 행 구분을 하는 데에는 몇 가지의 중대한 이유가 있다 • 266

(3) 산문시가 행을 구분하지 않는 데에도 이유가 있다 • 273

(4) 행의 구조는 일정한 것이 아니다 • 276

10. 아류

(1) 우리는 모두 한때 아류가 되게 마련이다 • 278

(2) 비판력이 생겨야 할 것이다 • 279

(3) 아류는 스타일과 소재를 쫓아다닌다 • 280

부록

시의 전개 • 281

  앤솔로지 운동의 반성 • 281

  시단풍토기 • 296

후기 • 309

시론—시의 이해

자서 • 315

제1장 운율 · 이미지 · 유추
1. 운율과 장르 • 317

  A. 운율의 의의 • 317

  B. 행과 연 • 320

  C. 정형시, 자유시, 산문시 • 325

2. 이미지론 • 336

  A. 의의 • 336

  B. 제상 • 342

    (1) 서술적 심상 • 343

    (2) 비유적 심상 • 348

    C. 변천 • 354

      (1) 이미지의 발생 • 354

      (2) 래디컬 이미지 • 357

3. 유추 • 368

  A. 직유 • 368

    (1) 단일직유 • 368

    (2) 확충직유 • 371

  B. 은유 • 374

제2장 한국의 현대시

1. 딜레탕티즘 • 378

2. 서구시에의 접근—이즘의 혼란을 겪으면서 • 382

3. 애흡의 미학—김소월의 감상 • 391

4. 모더니즘—주지주의적 전신 • 394

5. 다양한 전개—30년대의 기타 시인들 • 398

6. 『청록집』• 408

7. 「귀촉도」 기타 • 416

8. 후반기 동인회 기타 • 424

9. 전통파 • 432

10. 실험파 • 443

11. 중도파 • 458

제3장 시인론

자유시의 전개 • 466

　이상화론―「나의 침실로」를 중심으로 • 466

　김소월론―「산유화」를 중심으로 • 466

　박남수론―시집 『신의 쓰레기』를 중심으로 • 479

의미와 무의미

자서 • 485

I

거듭되는 회의 • 486

도피의 결백성 • 488

한밤에 우는 겨울바다 • 494

시작 및 시는 구원이다 • 495

두 번의 만남과 한 번의 헤어짐 • 497

터미놀로지의 허망 • 499

'고오히이'와 '커피' • 500

II

비평의 모럴 • 503

한국 현대시의 계보—이미지의 기능면에서 본 • 506

대상 · 무의미 · 자유—졸고 「한국 현대시의 계보」에 대한 주석 • 521

의미에서 무의미까지 • 527

　나의 작시 역정 • 527

　구름과 장미 • 528

　유추로서의 장미 • 530

　늦은 트레이닝 • 533

　허무, 그 논리의 역설 • 537

이미지의 소멸 • 541

대상의 붕괴 • 547

한 마리의 나비가 나는 데에도 • 552

III

자유시의 전개 • 557

　박두진의 경우—묘한 굴절 • 560

　박목월의 경우—변화 잦은 시도 • 567

　조지훈의 경우—온건한 안식 • 577

박남수와 시집 『신의 쓰레기』 • 577

'후반기' 동인회의 의의 • 590

김종삼과 시의 비애 • 601

IV

작품평을 대신하여 • 610

『에스프리』와 『70년대』 • 612

화술과 알레고리 • 615

몇 가지 유형 • 618

두 편의 시 • 621

심상풍경과 선율 • 624

시상과 시 • 627

V

「처용 · 기타」에 대하여 • 632

「유년시」에 대하여─고독의 삼부곡 • 639

「처용삼장」에 대하여 • 644

「수박」에 대하여 • 650

덧없음에의 감각 • 653

서술적 심상과 비유적 심상─두 편의 시를 예로 하여 • 656

시의 표정

1979년, 문학과지성사 발행

|차 례|

자서

I

상화의 문제작―「나의 침실로」를 중심으로

기질적 이미지스트―김광균과 30년대

황해, 또는 마드리드의 창부―이한직의 비애

지훈 시의 형태―온건한 안식

두 개의 적막 사이―목월과 두진의 시적 현주소

소외자의 영탄과 의지의 알레고리―동기와 파성의 시세계

형태의식과 생명긍정 및 우주감각

지양된 어둠―70년대 한국시의 한 양상

II

시의 전개

III

처용, 그 끝없는 변용

존재를 길어 올리는 두레박

그동안(약 10년 남짓) 써온 시인론을 중심으로 책을 한 권 엮어보려고 하던 차에 마침 《문학과지성》사의 승낙이 있어 이번에 이런 소책자를 내게 되었다.

Ⅱ부에 담은 「시의 전개」라는 글은 20여 년 전에 쓴 것인데, 지금 읽어보니 부분적으로 다소 불만이 있을 뿐 핵심되는 사상은 저자가 지금도 그대로 지니고 있음을 확인하고 새삼 놀라지 않을 수 없었다.

Ⅲ부는 저자 자신의 시작을 스스로 변명한 것이다. 이런 일도 필요할 때가 있었다.

기미년 정초
김춘수

I

상화의 문제작 ― 「나의 침실로」를 중심으로[1]

「마돈나」 지금은 밤도 모든 목거지에 다니노라 피곤하여 돌아가련
도다.

아 너도 먼동이 트기 전으로 수밀도의 네 가슴에 이슬이 맺도록 달려
오너라.

「마돈나」 오려무나 네 집에서 눈으로 유전하던 진주는 다 두고 몸만
오너라.

빨리 가자, 우리는 밝음이 오면, 어딘지 모르게 숨는 두 별이어라.

「마돈나」 구석지고도 어두운 마음의 거리에서, 나는 두려워 떨며 기
다리노라.

---

1) 『시론―시의 이해』(송원문화사, 1971)에서 「이상화론―'나의 침실로' 를 중심
   으로」라는 제목으로 수록된 것을 개제, 여기서 재수록했다. 『시론―시의 이
   해』 수록시에 서두에 붙어 있던 다음 내용을 저자가 여기서 삭제했다.(편주)
   "화는 호를 상화라고 한다. 20년대의 시인 중에서는 가장 정열적인 시인이다.
   한편 상화는 20년대의 우리 시단이 호흡하고 있었던 공기를 가장 예민하게 호흡
   하였을 뿐 아니라 사회문제에 대하여도 아주 날카로운 관심을 보인 시인이다.
   당시의 우리 시단은 서구 19세기의 가장 중요한 시의 조류이던 낭만주의와
   상징주의를 거의 동시에 받아들이고 있었다. 한편 3·1운동 뒤의 암담한 현
   실에 대하여 더러는 도피적 경향을 보이기도 하고 더러는 저항적 자세를 취하
   게 되었다. 교우관계를 보더라도 상화는 시인들과 지인들을 동시에 사귀고 있
   다. 상화에 있어서는 시를 쓴다는 것이 한갓 예술적 욕구의 충족에만 있었던
   것은 아니다, 유명한 시 「빼앗긴 들에도 봄은 오는가?」는 나라를 잃은 사람들
   의 설움이 어떤 것인가를 잘 보여주고 있다. 여기 소개하려는 「나의 침실로」
   라는 시는 상화 18세의 작품이라고 하는데, 당시의 시단에 하나의 문제작으
   로 물의를 일으켰다. 아주 조숙한 시인이라고 할 것이다. 그 전문은 다음과 같
   다."(편주)

아 어느덧 첫닭이 울고──뭇개가 짖도다. 나의 아씨여 너도 듣느냐

「마돈나」 지난밤이 새도록 내 손수 닦아둔 침실로 가자 침실로!

낡은 달은 빠즈려는데 내 귀가 듣는 발자국──오 너의 것이냐?

「마돈나」 짧은 심지를 더우잡고 눈물도 없이 하소연하는 내 마음의 촉燭불을 봐라.

양털 같은 바람결에도 질식이 되어 거치른 연기로 꺼지려는도다.

「마돈나」 오너라 가자 앞산 그림자가 도깨비처럼 발도 없이 가까이 오도다

아 행여나 누가 볼는지──가슴이 뛰누나 나의 아씨여 너를 부른다

「마돈나」 날이 새련다. 빨리 오려무나.

사원의 쇠북이 우리를 비웃기 전에 네 손이 내 목을 안아라. 우리도 이 밤과 같이 오랜 나라로 가고 말자.

「마돈나」 뉘우침과 두려움의 외나무다리 건너 있는 내 침실 열 이도 없으니!

아 바람이 불도다 그와 같이 가볍게 오려무나 나의 아씨여 네가 오느냐?

「마돈나」 가엾어라 나는 미치고 말았는가 없는 소리를 내 귀가 들음은──

내 몸에 피란 피 가슴의 샘이 말라 버린 듯 마음과 몸이 타려는도다.

「마돈나」 언젠들 안 갈 수 있으랴 갈 테면 우리가 가자 끄을려가지 말고──

너는 내 말을 믿는 「마리아」──내 침실이 부활의 동굴임을 네야 알련만……

「마돈나」 밤이 주는 꿈 우리가 얽는 꿈 사람이 안고 궁그는 목숨의 꿈이 다르지 않으니

아 어린애 가슴처럼 세월 모르는 나의 침실로 가자 아름답고 오랜 거기로

「마돈나」 별들의 웃음도 흐려지려 하고 어둔 밤 물결도 자자지려는
도다.

아 안개가 사라지기 전으로 네가 와야지 나의 아씨여 너를 부른다.

(연 구분 생략)

「나의 침실로」의 전문이다.

이 시는 표현이 모호한 데가 더러 있어 해석하기가 곤란한 부
분이 있다. 우선 제1연 제2행의 '목거지' 라든가 제2연 제1행의
'눈으로 유전하던 진주' 등만 해도 그렇다. '목거지' 라는 말은 무
슨 말인지 의미불통이고 '눈(眼)으로 유전' 한다는 표현은 적확하
지가 않다.

이와 같이 이 시는 상을 가다듬어 정리하여 내용을 적절하게
알릴 수 있는 표현을 하고 있는 것이 아니라 지나칠 정도로 성급
하게 서둘고 있다. 자기 정열에 작자 스스로가 압도되고 있다.
좀도 냉정하게 정열을 견제해야 했을 것이다. 너무 연소한 나이
에 썼기 때문에 작자는 정열을 스스로도 가누지 못했는지 모른
다. 그럼 이 시를(다소 의미가 잘 파악 안 되는 부분이 있다 하더
라도) 한 연씩 순서에 따라 해설해보도록 하자.

제1연은 밤이 깊어가니, 아니 새벽이 다가오니 이 밤이 새기
전에 어서 달려오라고 사랑하는 사람을 초조하게 기다리고 있는
그런 심정을 그리(묘사)고 있다. 괄호 안에 든 '마돈나' 는 이탈
리아어madonna, 즉 성녀 마리아를 말함이다. 사랑하는 사람을
성녀 마리아처럼 섬기고 있다는 열렬한 사모의 정을 나타내기
위함이다. 그러나 신앙(기독교의)과는 아무런 관계가 없다.

그 다음 '수밀도의 네 가슴에 이슬이 맺도록 달려 오너라' 고
한 표현은 아주 관능적이고도 신선하다. 수밀도처럼 탐스럽고
향긋한 젖가슴—그것은 발랄한 젊음을 간직한 성숙한 여인의 지

체를 연상할 수 있다. 이러한 첫 대목에서부터 우리는 어떤 숨막히는 듯한 애욕의 세계를 대하게 된다.

제2연은 겉치레고 뭐고 다 버리고—체면이고 관습이고 다 버리고 라는 말도 포함되어 있다—알몸으로 오너라.

하늘의 별과 같이 밝음 속에서는 살 수 없는 그러한 사랑이니까 어서 이 밤이 다하기 전에 오너라—제2연은 제1연을 받아 한층 그 초조한 심정이 드러나고 있으나 한편으로는 이 사랑이 밝고 건강한 것이 아니라 어둡고 그늘진 사랑이란 것—그러니까 밤의 어두움이 몹시도 아쉬운 것이 되고 있다—을 알리고 있다.

제3연은 이러한 제2연의 내용을 더욱 절박하게 알려준다.

제4연도 초조하게 기다리는 심정이 꼬리를 물고 그대로 드러나 있기는 하나 제1행에서는 좀 다른 국면을 보이고 있다. '침실'이란 말이 여기서 처음으로 등장한다. 신방처럼 깨끗이 닦아둔 그러한 '침실'이다. 애인을 맞는 마음의 자세-정성을 볼 수 있다.

제5연은 외롭게 애인을 기다리는 애절한 심정이 잘 드러나고 있다. 비유들이 가장 생동하고 있는 부분이라고 하겠다. 촛불이 타들어가는 것과 마음이 닳도록 애인을 기다리는 그 뜨거운 정열이 잘 비교되어 있다.

제6연 제7연 역시 제3연까지에서 보여준 초조한 심정의 되풀이다. 기다림의 초조함이 한층 고조되어 있다.

제7연 제2행의 '우리도 이 밤과 같이 오랜 나라로 가고 말자'고 한 것은 이 사랑이 얼마나 치열한 생명의 연소인가 하는 것을 알리고 있다.

제8연은 이 시의 내용을 캐는 데 있어 가장 중요한 역할을 하고 있는 부분이다. 특히 제1행이 그렇다.

'뉘우침(참회)'과 '두려움(공포)'의 '외나무 다리(아슬아슬하게 위험한 곳)'를 건너야만 그 '침실'로 갈 수가 있다고 한다.

그러니까 여기서(이 시에서) 말하는 사랑은 아주 심각한 사랑이다. 단순한 향락은 아니라는 것을 알 수 있다. 그리고 그 '침실'은 아무도 열 사람이 없는 그렇게 가기 어려운 그러한 '침실'이다. 그곳으로 애인과 함께 가자는 것이다.

제9연은 사랑에의 어떤 결단 같은 것을 알리면서(제1행에서) 생명의 새로운 탄생을 자랑스럽게 알리고 있다(제2행에서).

제9연을 다시 풀어서 말하면 다음과 같이 될 것이다.

우리의 결단으로 하여 그 '침실'로 즉 육체의 길로 뛰어들자! 우리는 인간이므로 하여 어쩔 수 없이 육체를 저버리지 못한다. 그러나 내 말을 믿어라! 이 길을 통하여 우리는 새 사람이 될 수 있다. 그것을 너는 아직 모를는지 모른다. 그러나 내 말을 믿어라! '침실'이 바로 영靈이 '부활'하는 '동굴'인 것을─이처럼 이 제9연은 애욕을 승화시키고 있다.

제10연 제1행은 사랑의 뜨거운 몸부림을 잘 보여주고 있다.

제2행은 '침실'을 하나의 영원이라고 찬미하고 있다. 여기서도 제9연 제2행에서와 같이 애욕을 승화시키고 있음을 본다.

제11연은 다시 애인을 기다리는 초조한 마음을 보이고 있다.

이상과 같이 이 시는 퍽 극적으로 내용이 전개되고 있다. 말하자면 대립을 통하여 하나의 통일을 노리고 있다(그것이 완전하지는 못하다 하더라도). 육체와 영혼, 순간과 영원 등의 대립이 결국은 하나로 승화되는 과정을 보여준다. 육체는 영혼으로, 순간은 영원으로─그리고 마지막에는 영혼과 영원은 하나가 된다. 그러나 이러한 이 시의 의도가 충분히 납득이 갈 만큼 잘 표현되어 있는 것은 아니다.

다음에 이 시의 형식면을 얼만큼 살펴보기로 하자. 주로 이 시의 구조를 보기로 한다.

이 시는 각 연의 첫머리에 '마돈나'를 내놓고 있다. 그러면서 '마돈나'를 애절하게 부르고 있다. 독자인 우리는 아주 숨가쁜 호흡을 느낄 수가 있다. 따라서 얼마나 그 심정이 다급하고 절실한가 하는 것을 느낀다. 그 점에 있어 '마돈나'를 각 연의 첫머리에 내세운 것은 한갓 수사로서의 의의 이상으로 구조상의 성공을 거두고 있다고 하겠다.

그러나 이미 해설에서 말한 바와 같이 좀 지루할 정도로 그 기다림의 초조한 심정을 되풀이하고 있다. 물론 보기에 따라서는 이러한 되풀이가 효과적이라고는 할는지도 모른다.

그러나 반복이라고 하는 것은 의미와 리듬을 살리는 한계 내의 그것이라야 효과적이라고 할 수 있지 싫증이 날 정도로 반복을 자주 쓰면 되려 효과를 죽이게 된다. 그러한 반복의 남용이 이 시에는 있다.

이 시의 내용이 퍽 극적인 입체성을 간직하고 있다는 것도 이미 말하였지만 그것을 충분히 독자인 우리에게 알릴 수 있을 만큼 든든한(논리적인) 구조의 뒷받침이 되어 있지 않기 때문에 의미(내용)가 상당히 흐려져 있다. 표현도 정확하지 못한 부분이 더러 있는데다가 구조마저 그러니 모처럼의 시의 의도(입체적 극적 내용)는 애석하게도 모호하게밖에는 전달이 안 되고 있다. 말하자면 이 시는 상당한 부분을 깎아버리고 군데군데 새로 손을 보아 고친다면 훨씬 더 내용이 뚜렷해질 것이다. 구조상 제4연, 제6연, 제7연, 제9연 등을 없애버리면 훨씬 정돈이 될 것 같다.

그리고 다만 초조하게 기다리고만 있는 것이 아니라 심리적으로 어떤 대립상태를 극복하면서 통일을 바라고 움직이고 있다는 정신의 극적 추이도 보다 뚜렷해질 것 같다. 다음에 이 시와 같이 애욕을 테마로 한 영국 17세기의 시를 한 편 인용해보겠다. 이 시와 비교하면 그 구조가 아주 든든하여 내용(의미)의 논리

적 추이가 훨씬 뚜렷하게 파악된다. 앤드류 마벨Andrew Marvell의
「수지워하는 애인에게」라는 시다.

우리에게
세계와 시간이 담뿍 있다면
수줍음도 그대의
허물이 아니련만
어느 길을 걸어갈까
앉아서 생각하며
긴 해를 사랑으로
죄다 보내리
그대가 인도땅 간지스 강가에
홍보석을 찾는다면
나는 험버강 흐르는 물결에
하소연하고
노아의 홍수를 앞서기 십 년 전에
비롯하였던 내 사랑인들
그대는 마음 내키는 대로
무릇 유태사람들이 개종한 날까진들
싫다면 못 할 리야
나무처럼 줄기찬 내 사랑이니
크나큰 나라가 부럽지 않게
느릿느릿 엄청나게 자라나련만
눈초리를 칭찬하고
이마를 바라보며 백 년 동안을
젖가슴을 양편으로
타는 듯 그리기에 이백 년 간을

32

그리고 나머지에 삼만 년 간을

정수리서 발끝까지

얕잡아도 곳곳마다 한 시대라면

시대가 다할 때에

가슴을 보이련만

이렇듯 그대를 공주처럼 대접하니

내 사랑도 아예 넘보지 말고

늘 그러나

시간은 활개치며

수레처럼 등 뒤에 울리어 다가오고

눈앞엔 사막처럼 엄청난 영원이

훤칠하게 펼쳐져 있을 뿐인데

그대 아름다움을 찾을 곳이 어디며

그대가 누운 대리석 무덤엔들

내가 부르는 노래가 울릴 리야

그때엔 벌레들이

알뜰히 오랜 동안 몸을 아낀 숫처녀에 입을 대겠고

새침하여 떨치던 높은 이름도

나의 모든 욕심도 티끌로 재로

무덤이 한갓지어 좋다 하여도

누가 그곳에서 껴안아 볼까.

지금 그러면

아침 햇살처럼

젊음이 살결을 물들일 때에

그대 불 붙은 넋이

벅차도록 불꽃을

온 몸에서 땀이 솟듯 뿜어낼 때에

지금 가면 없으니

농담친들 어떠리

지금 봐도

사랑에 넘치는 독수리처럼

한창인 이때를 이냥 베어 먹기를

느릿느릿 오므리는

시간의 입 속에서 시들지 말고.

우리들 모든 힘을

모든 감미로움을

공처럼 돌돌 말아

거친 몸부림으로

목숨이 지닌 쇠문을 뚫고

마음껏 힘껏 즐겨보면 어떠리

그러면 해를

오금 붙게 하지 못할지라도

마구 달리게 할 것인 만큼.

(송욱 옮김)

이 연도 정신과 육체의 대립이라고 하는 아주 극적인 내용을
전개시키고 있다.

이 시는 제17행까지 제2행인 '세계와 시간이 담뿍 있다면'의
구체적인 설명이다. '세계와 시간이' 얼마든지 있다면야 내 사
랑을 두고두고 거부할 수도 있다는 것이다.

그러나 사랑을 거부하고만은 있을 수 없지 않으냐?

인생은 짧은 것, 그리고 허무한 것, 우리는 얼마 안 가서 죽어
야 하고 우리의 젊음은 그보다도 더 빨리 시들고 말 것이라는 인
식이 은연중 내포되어 있다. 이 제17행까지만 해도 상화의 경우

보다는 훨씬 투명하고 적확한 표현이 여기저기 펼쳐져 있음을 본다.

제9행에서 제10행까지를 먼저 보기로 하자. 세계가 아주 넓다는 것을 이 부분은 말해준 것이다.

인도에 있는 간지즈 강에서부터 영국 동부 지방에 있는 험버 강까지라고 아주 뚜렷하게 그 넓이를 말하고 있다. 17세기 그 당시로는 이만한 거리도 아주 넓은 것으로 인상되었을 것이다.

그러나 교통의 발달이 험버 강과 간지즈 강의 사이의 거리를 좁힌 현재에 있어서는 시인들은 세계의 넓이를 구체적으로 설명할 때 그 직경을 더 넓게 할 것이다. 아마 험 버강에서 한강까지라고 할는지도 모른다. 좌우지간에 이 대목은 아주 뚜렷하게 세계의 넓이를 보여주고 있는 것만은 사실이다.

그 다음 제13행에서부터 제17행까지는 시간의 길이를 구체적으로 설명하고 있다.

'노아의 홍수를 앞서기 십 년 전'이란 두말할 것도 없이 아주 먼 과거를 말한 것이다. 그리고 곧 이어 '유태사람들 개종한 날'이라고 한 것은 무한정의 미래를 말한 것이다.

유태사람들이란 멸종하였으면 하였지 자기들의 종교를 바꿀 사람들이 아니기 때문이다. 이렇게 시간의 길이를 말한 이 대목도 아주 뚜렷하다.

제17행에서부터 제39행까지도 대체로 이 '수지워하는 애인'에게 그 수지워하기 때문에 자기의 사랑을 쉽게 받아주지 않는데 대해서 역설적으로 인생의 짧음과 젊음의 더욱 짧음을 말하고 있다. 그러니까 제17행까지에서 말한 시간의 길이를 더욱 세밀하게 설명해주고 있다. 만약 인생이나 젊음이 이만큼 길 수가 있다면 나도 언제까지나 그대의 그 수줍음이 풀릴 때까지 기다려보지─이러한 뜻이 은연중 내포되어 있다.

제21행에서부터 제39행까지는 아주 우스꽝스럽기도 하고 익살스럽기도 한 표현이다. 눈을 칭찬하고 이마를 바라보며 한 백 년 지내고, 젖가슴을 타는 듯이 그리는 데 한 이백 년 간, 그리고 그 다음은 한 삼만 년 간―그것을 차례로 말하자면 정수리에서 발끝까지를 찬미하는 데 있어 한 마디마다 한 시대를 보내고, 세상이 끝장이 날 때쯤 해서 비로소 가슴을 본다 해도 상관없겠지만―그러나 그럴 수가 있느냐고 은연중 안타까워하고 있다. 이리하여 그대가 죽은 다음에 대리석 무덤을 안고 내가 노래를 부른들 그대의 귀에 들릴 리가 있겠는가고 호소하고 있다.

제40행에서부터 제46행까지는 죽은 다음에는 모든 것이 허무로 돌아간다는 그런 말을 하면서 은연중 애인의 너무나 수지워하는 사랑을 안타까워하고 있다.

　그때엔 벌레들이
　알뜰히 오랜 동안 몸을 아낀 숫처녀에 입을 대겠고

라고 하면서 순결의 덧없음을 알리고 있다. 퍽 시니컬한 대목이다.

제47행에서부터 끝 행까지는 그러니까 현세에서의 목숨의 즐거움―사랑을 '마음껏 힘껏 즐겨 보면 어떠리'라고 말하게 된 것이다. 여기서도 아주 적절하고 뚜렷한 표현들을 얼마든지 대하게 된다.

이상으로 이 시가 얼마나 정연한 논리 위에서 전개되어 있는가를 알 수 있을 것이다. 한말로 요약하면 세계와 시간이란 인생에 있어 무궁한 것이 아니니까 젊음이 가기 전에 사랑을 즐겨야 한다는 그런 것이 된다. 향락주의적인 사상을 얼른 보아 느낄 수가 있다. 그러나 인간이므로 하여 이 덧없고 시공에 있어 한정된 인생을 마음껏 즐길 수만도 없다는 아이러니가 이 시의 밑바닥에는 깔려 있다. 말하자면 정신에 대한 동경이 육체에 대한 동경과 함께 있다. 그러니까 이 시는 이처럼이나 역설적인 표현을 길게 늘어놓게 된 것이요 제목을 또한 「수지워하는 애인에게」라고 붙였다고도 볼 수 있다.

수지움이란 어떤 망설임을 말한 것이다.

육체의 세계로만 달릴 수 없는 어떤 정신의 망설임을 이 시는 은연중 암시하고 있다고 봐야 한다.

그런 뜻으로 이 시는 비극성이 깃들어 있다고 할 수 있을 것 같다.

기질적 이미지스트—김광균과 30년대

1

철학을 시에서 직접적으로 다루는 경우가 있고, 철학(사상이라고 해도 좋다)을 시에서 직접으로 다루지 않는 경우가 있다. 그렇다고 어느 한쪽이 철학(사상)을 가지고 있는데 다른 한쪽은 철학(사상)을 가지고 있지 않다고 말할 수는 없다. 철학(사상)을 시에서 직접으로 다루지 않는다는 데 대한 철학(사상)을 가질 수가 있다. 이미지즘의 선도자인 T. E. 흄은 그 자신 철학자이고, 철학 단장을 몇 편 남기기도 했지만 시에서는 일체 철학을 배제하고 있다. 그는 「반反휴머니즘론」·「낭만주의와 고전주의」 등의 노트에서 시에서 철학을 말하지 않는 이유를 시사하고 있다. 철학(사상)이 없다는 것과 그것을 아무 데서나 말하지 않는다는 것은 사정이 다르다. 이미지즘은 이미지즘의 철학(사상)이 마땅히 있다. 그것을 자각하고 시를 쓰는 경우도 있고 그것을 자각하지 못하고 있거나, 기질적으로 철학(사상)을 등지고 있는 경우도 있으리라. 그 후자가 곧 김광균이다. 그는 자기가 왜 이미지 스트인가를 밝히지 않고 있을 뿐 아니라, 밝히려는 성의도 가지고 있지 않았는 듯하면서 이미지스트가 되고 있다. 30년대의 다른 이미지스트에 비하여(이를테면 정지용, 김기림 등) 그는 아주 드물게밖에는 자기 입장을 변호하는 발언을 하지 않고 있다. 김기림과 비교할 때 김기림이 이념적 이미지스트라고 한다면 김광균은 기질적 이미지스트라고 할 수 있을 듯하다. 김기림은 자기 입장을 충분히 밝히고 있다. 하나의 철학(사상)적 자각 위에 서서 시를 쓰고 있다. 그의 시작은 이를테면 임상실험과도 같은 느낌마저 주고 있다. T. E. 흄에게서 그런 것을 느낄 수 있는 것과 같다.

김광균을 기질적 이미지스트라고 했을 때, 우리에게는 좀더 설명이 필요해진다. T. E. 흄과 김기림을 생각해보자. 유럽의 이미지스트들에게는 하나의 세계관을 바탕에 깔고 있는 문화의식이 있다. T. E. 흄에 있어서는 인간성에 대한 한계 의식이 바탕에 깔린다. 거기서부터 그의 고전적 규율성 및 저 유명한 비생명적 문화의식이 드러난다. 김기림에 있어서는 사태가 이처럼 심각하게 드러나고 있는 것은 아니다. 그의 유럽, 특히 기독교와 기독교 문화에 대한 성찰이 매우 미흡하면서 이미지즘이나 특히 T. S. 엘리엇에 가까이 갔기 때문이다. 그들에게서 반낭만주의적 요소, 더 구체적으로는 주지적 요소를 받아들이면서 한국적인 전통을 비판하려고 했다. 그에게서 아류의 냄새를 씻어낼 수 없는 것은 당연하다. 그러나 한국시에 대한 반성과 아울러 시가 문화의 소산이라는 데 대한 자각을 일깨워주는 데 있어 그의 이론은 명석한 전개를 보여주었다. 그에게는 논리가 있었다고 할 수 있다. 그에 비하면 김광균의 산문은 하나의 감상에 지나지 않는다.

① 사상만 있으면 시가 된다든가 시적 영감만 있으면 시가 된다든가 하는 편리한 생각은 어느 시기의 우리 시단을 풍미한 법전이었다. 그러나 남은 것은 시가 아니고 감정의 생경한 원형이거나 관념의 화석인 경우가 많았다. 이 나라에서의 기술주의의 대두는 이러한 원시적인 소박한 풍조에 대한 안티 테제로서 제출된 것이다.

② 시를 언어의 축제, 영원에의 기도, 영혼의 비극, 기억에의 향수에 그치는 자연발생적인 것으로 생각하고 어떤 기분이나 정서의 상태를 펜과 원고지에 옮겨 놓는 것으로 그 임무를 마친 것같이 생각하는 분이 있는 것 같다. 이것은 그 분들의 성품이나 시론을 통하여 몸소 세상에 호소하는 것으로 분명히 할 수 있다. 이들의 부락에서 생산되는 시 속에서 아직까지 고운 산울림, 파도의 콧노래, 성좌의 속삭임, 바람과 장미와 황혼의 낡은 고전적 자태를 손쉽게 보고 들을 수가 있다.

①은 김기림의 글이고 ②는 김광균의 글이다. 어느쪽이 더 논리적이고 명석한가는 굳이 천착할 필요가 없다. ②에서는 개념 용어를 정확하게 쓰지 못하고 있어 논리에 빚어지고 있고, 사상의 밀도를 거의 느낄 수가 없다. 비슷한 내용을 두 사람이 다 말하려는 것인 듯한데 ②는 초점이 잘 잡히지도 않는다. 철학(사상)이 결국은 논리의 전개에 의존하는 것이라면, 김광균이 얼마나 이 방면의 훈련이 안 돼 있고 서투른가를 짐작케 한다.

2

1938년 「설야」가 《조선일보》 신춘문예에 당선되기 전에도 김광균은 이미 작품 활동을 하고 있었다. 37년에 「성호부근」을 《조선일보》에 발표하고 있다.

양철로 만든 달이 하나 수면 위에 떨어지고
부서지는 얼음 소리가
날카로운 호적같이 바람이 옷소매에 스며든다.
해맑은 바람이 이마에 시리는
여울가 모래밭에 홀로 거닐면
노을에 빛나는 은모래같이
호수는 한 포기 화려한 꽃밭이 되고
여윈 추억의 가지가지엔
조각난 빙설이 눈부신 빛을 하다.

—「성호부근」

T. E. 흄은 낭만주의 시대에 존중된 상상력을 대신해서 같은 19세기 멸시된 공상을 내세웠다. 상상력이 '정서의 왕국'과 어떤 관계가 있다고 한다면 공상은 '한정된 사물의 관조'와 어떤 관계가 있는 것으로 말하고 있다. '한정된 사물의 관조'를 우리는 그의 시 「가을」에서 지적해볼 수가 있다.

가을밤의 감촉이 싸늘해서
밖으로 나왔더니
얼굴이 붉은 농부처럼
불그레한 달이 울타리를 넘어다보고 있었다.
나는 말은 걸지 않고 고개만 끄덱끄덱 하였다.
가장자리에는 생각에 잠긴 별들이 있는데
도회의 아이들처럼 얼굴이 창백했다.

—T. E. 흄, 김종길 옮김, 「가을」

달을 '얼굴이 붉은 농부'에 견주고 있고, 별을 '도회의 아이들처럼 얼굴이 창백했다'고 하고 있다. 달과 별은 낭만주의 시대에는 무한을 향해서 우리의 상상력을 달려야 하는 것으로 다루어진다. 그러나 여기서는 공간의식이 뚜렷하다. '농부'와 '도시의 아이들'은 뚜렷한 시각적 대상이다. 가장 비근한 것들이다. 가장 먼 곳에 있는 것들을 가장 가까운 곳에 있는 것들과 연결을 지어주고 있는 데에 기지를 본다. 공상은 이리하여 기지와 관계가 있다는 것도 알게 된다. 그런데 여기서 또 하나 지적해야 할 것은 이미지가 서술적으로 쓰이고 있다는 그것이다. 달과 별을 '처럼'이라고 하는 보조형용을 매개로 해서 농부와 도시의 아이들에게 견주어지고 있다. 수사학의 차원에서는 이것은 분명히 비유가 된다. 그러나 이것을 이미지의 기능이라는 차원에서 바라볼 때는 전연 비유가 되어 있지 않다. 농부나 도회의 아이들의 배후에 관념이 없기 때문이다. 농부와 도회의 아이들은 그대로의 농부고 도회의 아이들에 지나지 않는다. 상징주의적 조응의 세계, 즉 그 플라토니즘을 벗어나고 있다. 사물은 그대로의 사물에 지나지 않는다는 것은 시를 물리적인 세계에로 내보낸다는 뜻이 된다. 여기서 우리는 T. E. 흄의 그 고전주의적 한계 의식과 만나게 된다. 시는 곧 관념이 아니라는 시관이 탄생하고 있다는 사실을 짐작하게 된다.

「성호부근」이라는 시가 대체 이러한 이치들에 닿아 있다는 것을 우리는 쉽게 알 수 있다. 사물의식에 투철해지면 질수록 시는 감각적이 된다. 거꾸로 그 감각적으로 편성된 하나의 시 작품 포엠이 독자인 우리의 잠들어 있는 사물의식을 일깨워주기도 한다. 「설야」의 다음 구절은 관념이 아님은 물론이고, 관념을 통한 어떤 것도 아니다. 사물과의 직접적인 교섭이 있을 뿐이다. 사물과의 친화에서 얻어낸 그 무엇이다. 그러니까 직접적이고 서술적이다.

내 홀로 밤 깊어 뜰에 내리면
머언 곳에 여인의 옷벗는 소리.

―「설야」 제3연 후반부

3

　30년대에 이미지즘이 한국시에 도입된 것은 우연이 아니다. 20년대의 고월 이장희의 경우는 우연이라고 할 수가 있다. 「봄은 고양이로다」는 이미 보아온 T. E. 흄의 「가을」이나 김광균의 「성호부근」과 같은 시에서 지적한 요소들을 그대로 지적해볼 수가 있다. 그런데도 고월의 시들은 그의 개성을 빼고는 그의 주위에 아무 데도 그와 같은 시를 낳게 할 기운이 조성되지 않고 있었다. 그러나 30년대는 영문학을 전공한 시인 비평가들이 T. E. 흄과 에즈라 파운드에 대한 밀도 있는 이해의 글을 내놓고 있었다. 김기림도 그런 사람들 중의 한 사람이다. 김광균의 경우는 그의 기질이 편승할 수 있는 좋은 조건이 마련되어 있었다고 할 수 있다. 20년대 고월은 자아를 관철함으로써 개성을 보여주었지만 김광균의 경우는 순풍에 돛단 듯이 가기만 하면 되었다. 이미 행로는 닦이어 있었다. 그의 경우를 개성이라고 하지 않고 기질이라고 한 까닭이 여기에 있다.

낙엽은 포오란드 망명정부의 지폐
포화에 이즈러진
도룬시의 가을 하늘을 생각케 한다.
길은 한 줄기 구겨진 넥타이처럼 풀어져
일광의 폭포 속으로 사라지고
조그만 담배 연기를 내어 뿜으며

새로 두 시의 급행열차가 들을 달린다.

가을의 정경, 도시의 교외에서 붙잡은 몇 장면이다. 이미지가
선명하고 서술적이다. 그러나 길을 넥타이에 견주고 있고 기관
차가 내뿜는 연기를 담배 연기에 견주고 있는 것은 기지라고 하
기보다는 단순한 재치에서 떨어지고 있는 듯이 보인다. 다소 경
박한 느낌이 든다. 이들에 비하면 도시의 이국적인 애수가 첫머
리 석 줄에 여실히 그려지고 있다. 그렇다. 이 부분의 유추는 하
나의 심리묘사가 되고 있다. 정확하고도 절실하다. 앞뒤가 균형
을 잃고 있지만, 그것은 작품으로서 성패에 관계되는 점이고, 경
향은 「성호부근」의 연장선상에 있다. 그러나 사물의식, 사물감
각이 빚는 즉물적인 세계—그것이 곧 이미지즘의 허울이 된다—
가 조금은 망가질 듯한 불안을 안겨준다. 그것은 아주 정확하고
적절하다고 한 그 심리묘사의 부분에서 뿜어내지고 있다. 심리
적으로 기울어질 때 그것이 자칫 사적으로 엇나가기 쉬운데, 그
렇게 되면 심리적이라고 하기보다는 심경이 된다고 할 수 있다.
심경적이 될 때 관조의 냉정성을 잃게 된다. 그런 조짐을 김광균
은 차츰 드러내게 된다.

서른여덟의 서러운 나이 두 손에 쥔 채
여윈 어깨에 힘겨운 짐 이제 벗어났는가.
아하
몸부림 하나 없이 우리 여기서 헤어지는가.
두꺼운 널쪽에 못 박는 소리
관을 내리는 쇠사슬 소리
내 이마 한복판을 뚫고 가고

다물은 입술 위에
조그만 묘표 위에
비가 내린다.
비가 내린다.

—「녹동묘지에서」 제2연

　　대상(사물)과 일정한 거리가 유지되고 있지 않다. 관조가 성립되지 않는다. 사적으로 심경적으로 기울어지면서 감상성이 노출되고 있다. 서술적인 이미지가 사물의식의 반영이라고 한다면 '비가 내린다/비가 내린다'는 이미지라고는 할 수가 없고 어떤 상태의 설명이라고 할 수 있다. 심경적이 되고 감상적이 될 때, 시는 묘사를 버리게 되고 설명을 취하게 된다. 「추일서정」이 40년, 「녹동묘지에서」가 42년에 나오고 있다. 불과 2년 사이에 이처럼 달라졌다고 하기보다는 전자에서 후자의 경향으로 기울어질 가능성은 처음부터 늘 간직되고 있었다고 해야 할 듯하다. 기질이 자기 논리를 획득하지 못할 때 기질은 자칫 심한 굴절을 경험하면서 다른 무엇을 위한 장식으로 격하되기도 한다. 논리를 가지지 못했다 함은 철학(사상)을 못 가졌다는 것이 되니까 자기의 바탕이 무엇인가에 대한 자각이 생겨나지 않는다. 김광균은 30년대에 있어 전형으로 그것을 보여준다. 그러나 이런 사태는 김광균 혼자만의 운명이라고는 할 수가 없을 듯하다. 30년대 한국시의 한계인 듯도 하고, 현재까지 이런 일은 연장되고 있는지도 모른다.

　　사족—김광균은 불과 10년 안팎의 짧은 시작 끝에 붓을 던지고 있다. 30년대의 작품이라고 해봤자 몇 편 되지도 않는다. 그는 47년에 「시를 쓴다는 것이 이미 부질없고나」라는 제목의 시를 내놓고 있다. 이 시는 다음과 같이 끝맺음을 하고 있다.

강화섬 가자던 약속도 잊어버리고
좋아하던 〈존슨〉 〈부라운〉 〈테일러〉와
맥주를 마시며
저 세상에서도 흑인시를 쓰고 있느냐.
해방 후
수없는 청년이 죽어간 인천 땅 진흙 밭에
너를 묻고 온 지 스무 날
시를 쓴다는 것이 이미 부질없고나.

행을 끊어놓고는 있으나 탄력은 없고 산문을 읽는 느낌일 뿐
이다. 젊어서 죽은 한 시인을 애도하면서 시는 아무것도 구원해
주지 못한다는 허무한 심경을 그대로 드러내고 있다. 이미지스
트 김광균으로는 처절한 몰골이라고 할 수 있다.

시작이 문화의식이나 종교의식이나 사회의식에 연결되지 못
할 때 자칫 시작은 시인 개인의 허무한 노리개로 타락한다. 시는
현실적으로는 한 사람 젊은 시인의 죽음을 살려낼 수가 없음은
물론이고 돈도 되지 않고 그 자체가 사랑일 수도 없다. 김광균은
이런 차원에서 시를 버렸다고 해야 한다. 이런 일도 30년대 한국
시단의 일반적인 한계가 아닐까 한다.

황해, 또는 마드리드의 창부―이한직의 비애

이한직은 76년 7월 14일 취장암 및 암성복막염으로 도쿄 내리
마구 병원에서 사망했다.[2] 그는 39년 일본사학의 명문인 경웅대

---

2) 이한직, 『이한직 시집』(문리사, 1976) 속의 연보 참고.

학 법학부에 입학한 19세(한국식) 되던 해에 정지용의 추천으로
《문장》지에 「풍장」, 「온실」 등의 시편을 발표함으로써 문단에 데
뷔했다.[3] 조숙한 편이다. 61년에 주일 문정관으로 도일한 뒤로
는 시작을 끊고 20년 가까운 세월을 전자공업에 종사해왔다.[4]
그러니까 그가 남긴 20편 가량의 시편들은 39년에서 60년까지의
21년 간의 소산이다. 일 년에 한 편 정도라면, 서정시의 편수로
서는 드물게 보는 과작이다. 이번에 그의 친제 한설 씨가 『이한
직 시집』 1권을 상재한 기회에 그의 20편 가량(정확하게는 21편
이다)의 시편들을 서로 비교해가면서 읽게 되었다. 《문장》 추천
시인들 중 널리 알려진 김수돈, 김종한, 박남수, 박두진, 박목월,
조지훈 등에 비하여 그는 그대로의 위치를 특히 그 연대를 지니
고 있었다는 필자 평소 소감을 재확인하게 되었다. 이 글을 쓰게
된 동기가 그것을 밝혀보려는 데 있었다.

1. 장식성의 등장과 그 마비

오스카 와일드는 이렇게 말하고 있다. "감수성을 육성하는 것
은 장식 예술이다. ……(중략)…… 이 장식 예술은 조형 중에서
어떤 기분을 만들어내면서 그와 함께 우리의 감수성을 세련하는
유일한 것이 된다. 어떠한 의미에 의하여서도 손상되지 않고,
실재하는 어떠한 형태와도 결합되지 않고 있는 단순한 색채는
우리의 영혼에 수많은 서로 다른 모습을 하고 말을 건넨다.
……(중략)…… 의장意匠의 빼어남은 우리의 상상력을 자극한
다."[5](상점 필자)

---

3) 이한직, 『이한직 시집』(문리사, 1976) 속의 연보 참고.
4) 이한직, 『이한직 시집』(문리사, 1976) 속의 후기(이한실) 참고.
5) Oscar Wilde, 『The Critic as Artist』.

장식성의 성격을 잘 드러내고 있다(와일드가 말하는 장식 예술이란 공예품과 문양 등을 가리키고 있다고 할 수 있다. 그러나 그 외에도 장식품은 얼마든지 있다. 장신구 같은 것도 그것의 하나다. 따라서 여기서는 장식성이란 말을 쓰기로 한다). 장식성은 '어떠한 의미에 의하여도 손상되지 않고' 있다. 그것은 오히려 의미와는 무관한 곳에 있다. 상징적인 의미든, 심리적인 의미든, 사실적인 의미든 일체 의미와는 단절된 지점에 있다. 아라베스크나 가락지의 곡선을 염두에 두면 된다. 따라서 그 자체에는 성격이 없다. 일종의 중성이다. 백금과 같다. 그래서 그것은 또 '실재하는 어떠한 형태와도 무관하다고 해야 한다. 그러니까 서정시도 상징성도 심리적인 가두리fringe도 다 털어버린 창살과 같은 그것은 추상이다. 율동으로 치면 순수 무용의 상태와 같다(이야기—즉 의미를 배제한). 그렇다. 그것을 상태나 양상으로 치면 순수란 말을 쓸 수 있을 것이고, 윤리의 측면으로 옮겨서 말을 한다면 무상이란 말을 쓸 수 있을 것이다. 놀이, 즉 유희란 말을 써도 무방하리라.

이한직의 문단 데뷔작인 「온실」은 시인의 자질의 중요한 일면을 보여준다. 이 시편에서 우리는 장식성을 찾아낼 수가 있으리라.

그 유리창 너머
오월의 창궁에는
나근나근한 게으름이 놓였다

저 하늘
표운이 끊어지는 곳
한 태 비행기 간다

우르릉 우르릉
하전히 폭음을 날리며

진정
첫여름 온실 속은
해저보다 정밀한 우주였다

엽맥에는
아름다운 음악조차 담고
정오——
아마릴리스는 호수의 체온을 가졌다
풍화한 토양은
날마다
겸양한 논리의 꽃을 피웠지만

내 혈액 속에는
또 다른 꽃봉오리가
모르는 체 나날이 자라갔다

—「온실」

이 시편에서 우리가 장식성의 등장을 보게 된다고 한다면, 그
것은 소재(대소 도구)라고 할 수 있다. 우선 '온실'이 그 대표격
이 된다. 그 온실 속의 소도구들인 '엽맥', '토양(풍화한)', '음
악', '호수' 따위가 모두 그렇다. 온실 밖의 '비행기', '표운',
'창궁' 따위가 넥타이의 줄무늬 같은, 잠자는 벽시계와 같은 존
재들이다. 이것들은 어떤 의미도 획득하지 못한 채 백치처럼, 그
러나 순수한 그들 자신을 유지하고 있을 뿐이다. 말하자면 하나

의 의미망으로 묶인 상태가 아니다. 다시 또 말하자면, 이것들은 제각기 아무런 연관도 없이 화폭 속으로 들어와버린 아주 냉정한 이웃들이다. 그러나 끝 연 전부와 그 앞 연의 끝 행이 들어서 사태를 아주 바꿔놓고 있다. 비로소 이것들 서로 사이의 의미망이 지어진다. 결국은 '온실'은 별안간 '겸양한 논리의 꽃'을 피워야만 하고, '내 혈액 속에는/또 다른 꽃봉오리가/모르는 체 나날이 자라갔다'가 되어버린다. 이것은 이변은 이변이지만, 시로서는 상도일 수밖에는 없다. 시는 원래 자기 속에 들어온 소도구들을 제멋대로 풀어두지 않는다. 이를테면 빈사로 묶어둔다. 마침내 모든 빈사들은 모여서 하나의 의미체계를 이룬다. 그런데 이 시편에서는 끝 연 3행과 그 앞 연 끝 행을 빼고는 어떠한 빈사들도 의미의 구실을 못하고 있다. 그러니까 이런 빈사들은 빼어버려도 된다. 주사, 아니 단순한 언어 단편들만 있으면 된다. 그것들은 마치 경대의 백동장식과도 같다.

한직의 시에는 장식성의 탈의미성과 무관심성을 지탱해나가지 못하는 무엇이 있다. 그것이 무엇일까? 그것을 캐내기 전에 시를 한 편 더 보기로 한다.

황해
황해

……(중략)……

불령인도지나은행의 대차대조표
찜미오장의 체온표

연경원명원호동에 사는 노무

마드리드의 창부

이빠진 고려청자
자선가 아담의 뉘우침

황해
도편추방을 받은 루스코에 부레미야
백이의제 권총을 겨누는 이장길

……(중략)……

황해
자꾸 잊어버리는 황해
황해는 망각의 바다

이제 황해는 피곤하다

—「황해」

이 시편은 훨씬 표면상으로는 장식성이 드러나고 있는 듯이
보인다. 한두어 곳에 형용구가 끼이기는 하지만, 대체로 소도구
들의 나열에 그치고 있다(설명이 없다. 빈사 생략). 그런데 그것
이 문제다. 그 소도구들은 어떤 빛깔로 윤색이 되고들 있다. 소
도구들의 무구성·순수성이 상당히 마비되고 있다.

2. 몰락에의 민감성
시편 「황해」에서 언어 단편(소도구)들이 윤색되고 있는 그 빛

깔을 말하자면, 그것은 비애의 그것이라고 할 수 있다. 그의 시
인적 자질의 또 한쪽에 어떤 서정적 민감성을 볼 수 있는데, 그
'어떤'은 말하자면, '몰락에의'라고 할 수 있을 듯하다. 그렇다.
시편 「황해」는 화려했던 것이(고대 동양의) 몰락한 그 비애의 서
정이다. 비애야말로 그의 모든 시편들의 의미체계의 핵심이라고
할 수 있다. 그 비애는 때로 옹졸한 부르주아 사회에서의 소외의
빛깔로 윤색되기도 한다.

> 사보텐만이 무성할 수 있는 비정의 하늘 아래
> 자학하는 두 팔을 안타까이 내밀며 나는 섰다
> 여지껏 나는 부르조아지와 친할 수 없다.
> —「용립」에서

그 비애는 또 아주 감미로운 사적인 리리시즘으로 풀리기도
한다.

> ……(전략)……
>
> ──무엇을 생각하며
> 너는 떠났는가──
>
> 꽃은
> 몇 번이고 다시 피고
> 다시 지고
> 아 그것은 벌써 오래 전에
> 단념한 것이 아니었던가
> 우리 그냥 잊어버리고 말자

물결은
피비린내 나는 육신을 달래는
「레퀴엠」인양
꽃잎을 태우고
흘러 흘러서
바다로 간다

              —「화하花河」에서

 그런가 하면 그 비애는 그 빛깔이 진해져서 아주 무거운 의미로 전개해간다. 말하자면, 그 비애는 다시는 회복되지 않을는지도 모른다는 절망감과 더 이상 나아갈 수도 없다는 피곤감과 겹치게 된다. 어둡게 물들어간다. 다시 말한다면, 그 비애는 점점 근대인의 퇴폐를 더해간다.

미철의 크랍쌴도
이절李節의 합창도 없다면
아 다만
너의 입술
한 송이 죄의 딸기를
내 이마 위에 심으라

              —「상아해안」에서

나 이제 좀 피곤하여
청춘 그 어느 길목에 우두커니 섰노라

나와는 무연한 것

꽃들이여

—「또 다시 허구의 봄이」에서

이제는 이미 일광도 강우도
식물들의 영양이 될 수 없다는 것을
나는 분명히 분명히 깨달았단다.

—「미래의 산상으로」에서

이것은 다시 없이 엄숙한 삶의 순간
미소마저 잊은 입술을 깨물고
쏟아지는 달빛에 이마를 식힌다

—「독」에서

역력히
나는 그것을 알고 있다
늦은 봄
꽃 그늘에
매양 졸고 있는
나의 뇌장이
병든 과실처럼
지금 서서히
썩어가고 있는 것을
나는 그것을 잘 알고 있다

—「어느 병든 봄에」에서

이런 시편들은 의미로 흥건히 젖어 있고, 거의 진술로 시종하
고 있다. 심정 고백 같은 일인칭의 세계다. 뭔가 각박한 것이 그

대로 피부로 스며온다. 예술적인 거리 감각을 전연 느끼지 못한다. 객관적 상관물의 이론과 같은 것은 이 경우 한가한 서재인의 이론같이만 보일 뿐이다. 그만큼 숨이 차다.

　대상과의 거리와 각도를 재지 못할 만큼 지쳐 있다면, 그는 이미 시를 쓸 수 없는 단계에 가 있었다고 해야 할는지도 모른다. 그러나 그렇게 말할 수 있다고 하더라도 거리와 각도를 재지 못해서 터져나온 그의 육성(?)은 한 세대의 처절한 모습을 그대로 드러내고 있다. 한직은 민족적 차원의 실의와 희망의 회복과 그 희망의 좌절을 30대 이전에서 다 겪어버린 그런 세대에 속한다. 그리고 행인지 불행인지는 모르나 그는 기능 만능주의의 시대에 정신의 형성기를 보낸 그런 세대도 아니다.

　사족—한직의 시인으로서의 자질의 일면에는 장식성으로 나갈 수 있는 요소가 있다. 「온실」·「황해」 등의 시편을 통하여 우리는 그것을 실증할 수 있었다고 본다. 장식이란 오스카 와일드도 말하고 있듯이, "우리들의 영혼에 수많은 서로 다른 모습으로 말을 건넨다"고 할 수 있는 그런 것이다. 한 말로 그것은 '우리의 상상력을 자극한다'고 할 수 있다. 그러니까 장식성은 그 탈의미의 상태 그대로가 상상력을 자극하여 역설적으로 더 풍부한 의미를 유발케 한다고 할 수 있다. 이미 말한 대로 장식성이란 빈사의 생략 상태를 두고 하는 말이니까 빈사로서 구속해버린 (그만큼 의미가 한정되어버린) 상태보다는 훨씬 해방된 상태라고 해야 하겠다. 그만큼 중성적이다(예술이란 원래가 중성적인 성격의 것이 아닌지 모르겠다).

　그러나 한직에게는 다른 또 하나의 뚜렷한 자질이 있어 그의 장식성은 마비 상태에 빠진다. 말하자면, 기능 발휘를 제대로 하지 못한다. 「온실」과 함께 초기작으로 볼 수 있는 시편 「높새가 불면」을 보아도 그 점은 뚜렷하다. 그 전반부만 인용해본다.

> 놉새가 불면
> 당홍 연도 날으리
> 향수는 가슴 깊이 품고
>
> 참대를 꺾어
> 지팽이 짚고
>
> 짚풀을 삼어
> 짚세기 신고
>
> 다시는 돌아오지 않을
> 슬프고 고요한
> 길손이 되오리

여기서는 장식성, 그 중성적 탈의미적 성격은 거의 바래지고, 한쪽으로 기울어진 의미체계가 뚜렷이 드러나고 있다. 그 의미체계란, 요약하면 비애라고 할 수 있으리라.

비애에 대한 그의 민감한 반응은 그의 세대적 환경적 조건도 고려해서 생각해야 되리라. 그는 갈수록 이 비애의 감정을 시적으로 통제하지 못하고 있는 것같이 보인다. 오히려 그것에 휩쓸리고 있는 듯하다. 마침내 자학적인 인상을 줄만큼 퇴폐에 젖어든다. 그는 점점 피곤감을 드러내고 드디어는 시작을 끊고 만다. 공업 방면으로 전환한 것은 그로서의 하나의 도피요, 또 새로운 활로였는지도 모른다. 매우 미묘한 음영을 그의 그 처신은 던진다.

그가 시작을 끊기 직전의 작품이라고 생각되는 「잠 이루지 못하는 밤이면」은 주기도문과 같은 경건성과 축원으로 가득 차 있다. 그 전문은 다음과 같다.

번듯이 누운 가슴 위에
함박눈처럼 소복히 내려쌓이는 것이 있다

무겁지는 않으나 그것은 한없이 차가운 것
그러나 자애롭고 따스한 손이 있어
어느 날엔가 그 위에 와서 가만히 놓이면
이내 녹아버리고야 말 것

몸짓도 않고 그 차가움을 견딘다
전구하라 〈산타 마리아〉

이 한밤에 차가움을 견디는
그 가슴을 위하여 전구하라

삶과 삶으로 말미암은 뉘우침과
또한 죽음을 생각하기 시작한 사나이는

번듯이 누운 채 눈을 감아본다

이 한밤에
함박눈은 풀풀 내려쌓이고 있을지도 모른다
이 도시의 다른 모든 지붕 위에도
뉘우침의 함박눈은——

그렇다 동정 마리아여
이 가슴 하나를 위해서가 아니라

저 모든 지붕과 그 밑에 놓인 삶들을 위하여
그대 주에게 전구하라

이 시편과 거의 비슷한 무렵에 씌어졌으리라고 생각되는 「미래의 산상으로」라는 시편의 끝 연에서 '그렇다, 나는 진정 너를 잊을 수가 있었단다/오랜 세월을 두고/목메어 부르던 그대 서정의 이름이어' 라고 그는 적고 있다. '잊을 수가 있었단다' 라고 맺고 있는 이 '있었단다' 라는 긍정적 외연은 내포로서의 그와는 반대되는 심정 세계를 적절히 드러내고 있다. 여기서 우리는 시인의 어조와 감정과 의도가 어의를 완전히 압도하고 있는 I. A. 리처즈의 이른바 토털 미닝의 한 전형을 본다.

한직이 부정과 긍정의 심한 진동 사이를 흔들이면서 몸을 가누지 못한 것은 그의 정직성과 성실성이라고 할 수밖에는 없다. 한 세대의 정직과 성실이 몰이해나 오해 속에 묻혀지지 않기를 바랄 뿐이다. 이 세대의 또 한 사람의 기수인 김수영은 한직에 비하면 그의 죽음마저도 너무나 요란했다. 그러나 한직은 혼자서 조용히 갔다.

이 글을 쓰고 있는 지금 어떤 장면이 눈앞을 가로막는다. 환도 직후의 서울 명동(아직 폐허인 채로의) 어느 중국반점 의자에 세 사람이 앉아서 음식 나오기를 기다리고 있다. 세 사람이란, 한직, 평계 이정호, 그리고 필자다. 밖에서는 눈이던가 비던가가 내리고 있다. 몹시도 추운 날 저녁 무렵이다. 불쑥 한직이 입을 뗀다. '내 천주교는 다른 천주교야!'

한직은 친구의 술은 절대로 그냥 받아넘기는 법이 없었다. 그는 목남이라는 아호를 가지고 있었으나 그 자신 그것을 쓰는 일이 없었다. 이런 술회들은 물론 감상의 소치겠지만, 지금은 하는 수 없다.

지훈 시의 형태—온건한 안식[6]

벌레 먹은 두리기둥 빛 낡은 단청 풍경소리 날아간 추녀 끝에는 산새도 비둘기도 둥주리를 마구 쳤다. 큰나라 섬기다 거미줄 친 옥좌 위엔 여의주 희롱하는 쌍룡 대신에 두 마리 봉황새를 틀어 올렸다. 어느 땐들 봉황이 울었으랴만 푸르른 하늘 밑 추석ᙘ石을 밟고 가는 나의 그림자, 패옥소리도 없었다. 품석 옆에서 정일품 종구품 어느 줄에도 나의 몸둘 곳은 바이 없었다. 눈물이 속된 줄을 모르량이면 봉황새야 구천에 호곡하리라.

—「봉황수」에서

얇은 사 하이얀 고깔은
고이 접어서 나빌네라.

파르라니 깎은 머리
박사 고깔에 감추오고

두 볼에 흐르는 빛이
정작으로 고아서 서러워라.

---

6) 이 글은 『시론—시의 이해』(송원문화사, 1971)와 『의미와 무의미』(문학과지성사, 1976)에서 「자유시의 전개」라는 제목 아래 「조지훈의 경우—온건한 안식」, 「지훈 시의 형태—온건한 안식」이란 소제목으로 각각 수록되었다(편주).

빈 대에 황촉불이 말없이 녹는 밤에
오동잎 잎새마다 달이 지는데

소매는 길어서 하늘은 넓고
돌아설 듯 날아가며 사뿐이 접어 올린 외씨보선이여.

까만 눈동자 살포시 들어
먼 하늘 한 개 별빛에 모도우고

복사꽃 고운 뺨에 아롱질 듯 두 방울이야
세사에 시달려도 번뇌는 별빛이라

휘어져 감기우고 다시 접어 뻗는 손이
깊은 마음속 거룩한 합장이냥하고

이밤사 귀또리도 지새는 삼경인데
얇은 사 하이얀 고깔은 고이 접어서 나빌네라.

　　　　　　　　　　　　　　　　　　　　　—「승무」

외로이 흘러간 한송이 구름
이 밤을 어디메서 쉬리라던고.

성긴 빗방울
파초잎에 후두기는 저녁 어스름

창 열고 푸른 산과
마조 앉아라.

들어도 싫지 않은 물소리기에
날마다 바라도 그리운 산아

온 아츰 나의 꿈을 스쳐간 구름
이 밤을 어디메서 쉬리라던고.

—「파초우」

조지훈의 초기 시 세 편을 들어보았다.

이 세 편이 가진 형태상의 특색을 그는 근년에까지 그대로 계속 지녀왔다. 첫째의 것은 산문시고, 두 번째의 것은 자유시고, 세 번째의 것은 대체적으로 7·5의 음수율을 가지 정형시다. 이들 중 근년에 이르도록까지 그가 양적으로 가장 많이 다룬 것은 두 번째의 자유시다.

「봉황수」와 「승무」는 그가 말한 대로 '사라져가는 것에 대한 아쉬움의 정'을 다룬 것이다. 그런데도 그 형태는 다르다.

하나는 서술 형식의 줄글이 되어 있고, 다른 하나는 아주 멜로디오소로 되어 있다. 대상이 한쪽은 정적이요(「봉황수」는 조각이 대상이 되고 있다), 다른 한쪽은 동적이라 그럴까?

그런 점도 있을는지는 모르나 역시 대상을 처리하는 시인의 그때그때의 태도와 각도에 따른 문제다.

「봉황수」는 산문시로서 대체로 격에 어울리고는 있으나, '어느 땐들 봉황이 울었으랴만 푸르른 하늘 밑 추석을 밟고 가는 나의 그림자'와 같은 대목에서는 아주 높은 피치를 보이고 있어 줄글로서는 어딘가 어울리지가 않는다. 콤마에서 끊고 행을 구분하면 더 적절할 뻔했다. 콤마로 경계한 그 앞과 뒤의 상은 불연속의 연속과 같은 논리적인 비약이 느껴지기도 한다.

「승무」는 아주 유연하고도 은근한 음악적 분위기를 자아내고 있다. 의미도 아주 극적으로 미묘한 전개를 하고 있다.

조지훈은 자작시 해설에서 이 시에 대하여 "초고에 있는 서두의 무대묘사를 뒤로 미루고 직입적으로 춤추려는 찰나의 모습을 그릴 것, 그 다음 무대를 약간 보이고 다시 이어서 휘도는 춤의 곡절로 들어갈 것, 관능의 샘솟는 노출을 정화시킬 것, 그 다음 유장한 취타吹打에 따르는 의상을 선을 그리고 마지막 춤과 음악이 그친 뒤 교교한 달빛과 동 터오는 빛으로써 끝막을 것"이라고 그 작시의 플랜을 말하고 있다. 이 시의 음악적 분위기의 성질과 의미 전개의 성질을 아울러 짐작케 하는 작시의 플랜이다.

한 행이 20자 안팎의 길이로(이 길이에는 별로 큰 변화가 없다) 비교적 유장한 리듬을 자아내면서 시 전체가 하나의 은은한 선율 속으로 잠겨들고 있다.

행의 길이가 아주 적절하다. 연의 구분도 전기前記한 플랜과 비교해볼 때 아주 적절하다. 제2연에서 제3연에로의 이동에서 의미전개의 비약을 느끼지만, 그것은 충분히 극적인 변화가 되고 있기 때문에 어떤 입체감마저 주고 있다. 시선의 참신한 이동, 즉 조명의 이동이라고도 하겠다. 제2연과 제4연은 문맥상으로는 연결돼 있지만, 조명은 또다시 이동하고 있다.

제3연은 '무대'고, 제4연은 '춤의 곡절'이다. 이것들이 불가분의 관계에 있기는 하나 조명을 어느 한 곳에 못박아둘 수는 없다.

조명은 이동하면서 그때그때의 동작과 장면의 악센트를 강조해야 한다. 제3연과 제4연과를 구분한 것은 이런 데에 그 의의가 있다 할 것이다.

후반부의 각 연도 플랜을 충실히 실천하기 위한 구분이라고는 생각되나 너무 세분하고 있기 때문에 조명의 악센트를 강하게 드러내지 못하고 있는 듯한 느낌이 약간 없지가 않다.

「파초우」계열의(형태상으로) 것으로는 초기 시에 또 다음과
같은 것도 있다.

목어를 두드리다
졸음에 겨워

고오운 상좌아이도
잠이 들었다.

부처님은 말이 없이
웃으시는데

서역 만리길

눈부신 노을 아래
모란이 진다.

—「고사 · 1」

이 시도 7·5조다. 7·5로 1음보 1행인 점으로는 「파초우」와
같으나 연 구성에 있어 「파초우」는 4음보 1연이요, 「고사」는 2음
보 1연인 점이 다르다. 이 점 「파초우」쪽이 부자연과 무리를 드
러낼 가능성이 더 많다. 그러나 「파초우」에서 그런 점이 드러나
있는 것은 아니다.

7/5로 끊은 1음보 1행은 문체로서는 아주 간결하다. 「승무」와
비교하면 그 리듬의 템포에 있어 아주 빠르다. 이러한 간결체와
리듬의 템포는 한시의 영향이 아닌가도 한다. 김종길 씨는,

그의 초기 시 「완화삼」 및 「송행」과 같은 작품은 한시로 발상된 것으로 전자의 원형은 이러하다.

苔封路石寒山雨　　酒熟江村暖夕暉

그러고 보면 '술익는 강마을의 저녁 노을이여' 라는 「완화삼」이 포함하는 명구는 거의 '주숙강촌난석휘' 의 직역임을 우리는 알 수 있다. 이렇듯 지훈의 본령인 그의 초기 시 및 그 뒤의 작품들(예를 들어 「다부원에서」)은 우선 그 발상이 한시적인 것이 특색이다.

라고 하고 있다. 「파초우」의 발상은 도잠의[7] 「음주」와 어떤 근친관계를 느낄 수 있다. 특히 이 시의 제2연 제3행 제4행은 「음주」의 '유연견남산' 과 같은 구와 흡사하다.

조지훈의 이 계열의 시는 또 대체로 선禪적인 감각을 보이고 있다(물론 앞에 든 「파초우」와 「고사」의 두 편도 그 예외일 수 없다). 7/5라는 간결한 문체 내지 행 구분법과 한시와 선감각— 이것들은 그에게 있어 하나의 체계를 이루고 있었을 뿐 아니라, 형태로도 아주 독특한(온건하기는 하나)것이 되고 있다.

조지훈에게는 회고 취미, 선감각—이러한 두 방면의 관심 외에 이른바 사회참여에 대한 관심을 반영한 시도 더러 있다. 이런 경향의 시들은 모두 자유시의 형태를 취하고 있으나 이미 인용한 것들과는 많이 다르다.

어머니들은 대문에 기대어서 밤을 새우고
아버지들은 책상 앞에 턱을 괴고 앉아 밤을 세운다.
비록 저희 아들 딸이 다 돌아왔다 한들 이 밤에

---

7) 『시론—시의 이해』(송원문화사, 1971)와 『의미와 무의미』(문학과지성사, 1976)에서는 이하 부분이 "……「음주」의 '유연견남산' 과 같은 구와 흡사하다"로만 되어 있다.(편주)

어느 어버이가 그 베갯머리를 적시지 않으랴.

사랑하는 아들 딸들아
우리는 늬들을 철모르는 아인 줄로만 알았다.

마음 있는 사람들이 썩어가는 세상을 괴로워하여
몸부림칠 때에도
그것을 못 본듯이 짐짓 무심하고 짓궂기만 하던 늬들을
우리는 정말 철없는 아인 줄로만 알고 있었다.
그러니 어찌 알았겠느냐 그날 아침
여늬 때와 다름없이 책가방을 들고
태연히 웃으며 학교로 가던 늬들이 가슴 밑바닥에
냉열한 결의로 싸서 간직한 그렇게도 뜨거운
불덩어리가 있었다는 것을
사랑하는 아들 딸들아 우리는 아직도 모른다.
                                ―「사랑하는 아들 딸들아」에서

　이 시는 4·19 직후의 심정을 솔직히 말한 것이지만, 그렇다
하더라도 지나치게 서술적이다. 탄력을 거의 느낄 수 없고, 줄글
이 되어야 할 것을 적당히 행을 끊어놓았다는 그런 느낌이다. 그
러나 그 '적당히 행을 끊어놓았다'는 거기에 역시 그의 건전한
심미안을 본다. 이런 투의 글을 행 구분하려면 이 이상 더 적당
히 하기란 곤란할 것이다. 호흡이 그런 대로 잘 조절되고 있다.

두 개의 적막 사이 ─목월과 두진의 시적 현주소

『청록집』이 나온 지도 30년의 세월이 흘렀다. 그동안 목월은 변모를 보인 점도 있지만, 두진은 별로 그런 것 같지가 않다. 최근에 거의 때를 같이하여 낸 목월의 시집 『무순』과 두진의 시집 『속·수석열전』에서도 그것을 볼 수가 있다.

목월의 경우는 그 자신 "5년을 하나의 주기로 시집을 정리해 오곤 하였다. ⋯⋯(중략)⋯⋯ 그러나 68년 『경상도의 가랑잎』을 출판한 후로 이와 같은 기회를 상실하고 말았다. ⋯⋯(중략)⋯⋯ 내가 관심을 가지고 추구한 주제나 세계가 5년 간이면 어느 정도의 매듭을 짓게 되고, 그것이 한 권의 시집으로 결실을 보게 되면 새로운 세계로 옮아가지 않을 수 없는 일종의 필연성을 간직하고 있었던 것이다"[8]고 하고 있다. 그러니까 이번 시집은 두 권쯤으로 분리시킬 수 있는 성질의 것들을 한 권으로 묶었다는 것이 되는데 그의 말이 수긍이 간다. 그러나 두진의 경우는 연작 형식으로 어느 기간 동안 잡지 《현대문학》에 연재된 것을 그대로 시집으로 엮고 있다. 그런 점으로도 그의 시집은 한 권의 시집으로서의 일관된 빛깔을 짙게 드러내고 있다. 그리고 이전의 시집들과의 관계에 있어서도 이 점(일관된 빛깔)은 이미 하나의 완고성으로 굳어 있어 두진의 시적 표정을 근 30년 동안이나 융통성 없는 것으로 만들어놓고 있다.

1

목월의 시집 『무순』은 6장으로 구분하고 있다. 제명을 달고 있지 않은 것은 제1장과 제4장의 2장이다. 나머지 제명을 달고 있

---

8) 박목월, 『무순』(삼중당, 1976)의 후기.

는 4장 중 제6장만 빼고, 제2장 「사력질」, 제3장 「신자연시초」, 제5장 「운근초」 등은 각기 같은 소재들을 다루고 있다는 점에서 일종 연작시들이라고도 할 수 있을 듯하다. 그러나 전자 「사력질」과 후자 「신자연시초」, 제5장 「운근초」 사이에는 관심의 대상이나 대상의 처리에 있어 상당한 변화를 보이고 있다.

시멘트바닥에
그것은 바싹 깨어졌다.
중심일수록 가루가 된 접시.
정결한 옥쇄(터지는 매화포)
받드는 것은
한번은 가루가 된다.
외곽일수록 원형을 의지하는
그 싸늘한 질서.
파편은 저만치
하나.
냉엄한 절규.
모가 날카롭게 빛난다.

—「하나」

「사력질」 중의 한 편인 「하나」의 전문이다. 추상적이다. 이 시점에서 비사적, 비심경적인 세계를 보이고 있는 것은 이 장 전부와 제1장에 수록된 몇 편이다.

이 시편 전체는 하나의 유추가 되고 있지만, 깨어지는 순간의 접시의 묘사가 그대로 하나의 상징이 되도록 구성되어 있다. 그것은 발상에 있어서의 조응의 세계를 드러낸 것이라고 할 수 있다. 이러한 관념적인 자세는 그의 특히 초기 시의 감각적 즉물적

대상 처리의 경향과 비교할 때 두드러진 변화라고 할 수 있다. 그러나 시적 긴장을 위한 독특한 짧은 행 구분과 구두점의 앉음새는 이미 이 시인의 다른 시집들에서도 더러 보아온 바다. 제1장에 실린 시편에서도 이상과 같은 특색들이 그대로 드러나고 있다.

통금의 철책 안에서
눈발 속에 묻혀 가는
것들을 생각한다.
그
아늑한 매몰과 부드러운
망각으로 세계는
한결 정결해진다.
철책조차도 눈에 묻히고
잠이 든다.
모든 루울의 흰 라인은
베일 저편으로
몽롱하게 풀리고
드디어
발자국 소리가 들리지 않는
아침이 열린다.

—「매몰」

「매몰」이라는 이 시편의 제목은 상징적이라기보다는 설명적이다. 시 전체의 구성은 강설의 묘사와 밤의 묘사가 그대로 하나의 상징으로 풀리는, 「하나」의 경우와 같은 발상에 있어서의 조응의 세계를 드러내고 있지만 제5행 제6행과 같은 설명이 끼이고 있다. 작품으로서의 긴장의 밀도가 좀 처지는 느낌을 주는 것은 이런 제목에다 이런 행들을 끼우고 있기 때문이다. 그러나 스타카토로 끊어가는 매우 함축적인 행 구분들은 이 시편의 경우에도 하나의 타성이 되어버린 듯도 하다.

이상의 2장을 빼고는, 경향이 이미 말한 대로 두드러지게 심경적으로 기울어지고 있다는 것을 알 수가 있다.

사람들은 누구나
오른손을 내밀고 악수를 청하는
그 왼편에 있는
숙연한 존재를 깨닫지 못한다.

　　　　　　　　　　　　　　　　　　　　　　　―「왼손」의 끝머리

이런 대목(「신자연시초」소재)에서는 추상적인 조응의 세계는 바래지고, 어떤 잠언 같은 것을 느끼게 된다. 그것은 생의 명암을 그대로 받아들이고 있는 한 생활인의 심경을 대변해주고 있다. 따라서 두드러지게 사적인 인상을 주게 된다. 그 심경적 사적인 경사는 갈수록(장이 뒤로 넘어갈수록―아마 이 장 배치는 작품 제작 시간 순서에 따른 것이 아닌가도 한다) 두드러지면서 하나의 구심점을 얻게 된다. 그것은 '적막'이다.

나의 시,
나의 노래,
진실은 적막하고
번지는 먹물에 겨울 해가 기운다

　　　　　　　　　　　　　　　　　　　　　　　―「겨울선자」에서

골목 모퉁이로 바람은
쏜살같이 달리고
나의 여행은 적막했다.

—「입동」에서

해바라기의 여름은 물러가고
적요한 나의 손바닥에
오늘은 나의 시.

—「순한 머리」에서

　'적막'이란 낱말을 벌거숭이로 내놓지 않고 있다 하더라도 그
런 심경을 드러내고 있다고 여겨지는 대목들은 일일이 들어 말
할 수가 없을 정도다. '적막'이 절실해지는 이런 심경은 어디서
오는 것일까? 그것은 '죽음'—즉, 소멸과의 대면에서 오는 것
같다. 이순의 나이를 하고 시인은 도처에서 죽음과 만난다. 그것
은 한결 생을 쓸쓸하게 하고 있다.

우리에게 이미 토지는
이승의 것이 아니었다.
가즈런한 한 쌍의 묘와
한 덩이의 돌이 떠오르는
흘러가는 차창의 스크린에
울부짖는 것은
바람 소리도 짐승 소리도 아니었다.

—「용인행」에서

황금빛 갈기도 바스러지고

69

빛나는 태양도 이울고
내리는 그늘에
순하디순한 머리를 맡긴
해바라기의 씨앗을 발라낸다.

—「순한 머리」에서

이러한 심적 경지는 제행무상의 비애의 빛깔을 또한 짙게 드
러내고 있다. 「순한 머리」의 인용 부분에서도 그것을 본다. 해바
라기의 상징적 틀을 완전히 부숴놓고 있다. 우리가 해바라기의
상징적 틀인 그 향일적·생성적 여름의 의지를 잘 알고 있기 때
문에 해바라기의 소멸해가는 가을의 모습은 더없는 비애로 다가
온다. 시인은 물론 여기서 해바라기를 통하여 자기의 생의 현재
를 유추하고 있지만, 유추라고 하기에는 너무나 각박한 것이 느
껴진다. '내리는 그늘에/순하디순한 머리를 맡긴' 시인의 순명
의 모습을 본다. 그러니까 이 경우의 비애는 감상적 차원의 그것
이 아니라, 우리가 운명애라고 부르는, 생의 진상에 접촉했을 때
의 어떤 무력감과 무력함의 깨달음에서 생겨나는 그것이다. 여
기서(무력감과 그것의 깨달음의 순간) 우리는 하나의 모순개념
에 부닥치게도 된다. 그것은 쓸쓸한 안도감이라고 할 수 있는 그
런 것이다. 다음에 드는 「동침」 한 편은 그러한 모순개념인 운명
애를 아주 큰 스케일로 보여주고 있다.

너를 보듬어 안고
구김살 없는 잠자리에서
몸을 섞고
너를 보듬어 안고
안개로 풀린

푸짐한 잠자리에

산머리여

너를 보듬어 안고

흥건하게

적셔적셔 흐르는 강물 줄기에

해도 달도 태어나고

동도 서도 없는

잠자리에

너를 보듬어 안고

적셔적셔 흐르는 강물 줄기여

너에게로

돌아간다.

—「동침」

영겁 회귀의 사상을 뽑아낼 수도 있으리라. 이 시편에서는 '죽음'(소멸)이 웅장한 교향곡이 되려고 하다가 끝머리 2행인 '너에게로/돌아간다'에서 갑자기 우리를 또 한 번 '적막'과 마주치게 한다. '너에게로/돌아간다'는 진술은 거역할 수 없기 때문에 순명한다는 어떤 한계의식을 더불고 있다. '적막'(비애)의 감정은 이러한 무력감에서 온다.

이 시편은 길고긴 하나의 센텐스로 끝나고 있다. 종지부가 끝행에 가서 꼭 한 번 찍히고 문장의 호흡도 꼭 한 번 거기서 끊어지고 끝없는 침묵(적막)으로 빠져든다. 주제에 잘 어울리고 있다. 반복의 효과와 압운('고'와 '에'의 서로 교차되는 각운)의 효과도 두드러지고 있다. 가장 자연스럽게 드러난 목월 시의 오랜 스타일 상의 결정이라고 할 것이다.

나중에 언급이 되겠지만, 두진이 돌을 소재로 했을 때는 아주 비사적인 처리가 되고 있는 데 비하면, 목월의 돌을 소재로 한 일련의 시편들은 두드러지게 사적인 처리를 하고 있다. 제4장 「운근초」에 수록된 9편 중 6편은 돌을 소재로 하고 있다.

> 장갑을 벗으며
> 강 건너 돌을 생각한다.
> 해질 무렵에 돌아와
> 눅눅한 장갑을 벗으며
> 왜랄 것도 없이
> 강 건너
> 저편 기슭의
> 돌을 생각한다.
> 지천명의
> 해질 무렵에 집으로 돌아와
> 눅눅한 그것을
> 벗으며
> 왜랄 것도 없이
> 춥고 어두운 강 건너
> 황량한 들판에 내팽개쳐진
> 한 덩이 돌을
> 생각한다.
>
> ―「강 건너 돌」에서

어느날의 감회라고도 할 수 있는, 이미 생의 한나절을 지난 자의 '황량한 들판에 내팽개쳐진/한 덩이 돌'의 자기 술회다. 그 적막감은 엄숙하다. 가령 다음과 같은 시편에서 볼 수 있는 감미로운 여운과 비교해보라.

눈이
오는데
옛날의 나즉한 종이 우는데

……(중략)……

하얀
돌층계에 앉아서
추억의 조용한 그네 위에 앉아서
눈이 오는데
눈 속에
돌층계가 잠드는데

—「폐원」에서

이들 두 시편 사이에 20여 년의 시간적 거리가 있었다고 한다
면, 「폐원」이라는 제목이 얼마나 감상적이고 미화된 제목인가를
알게 된다. 「강 건너 돌」에서 두 번 되풀이되고 있는 '돌을/생각
한다'의 '생각한다'는 '추억의 조용한 그네 위에 앉아서'의 「폐
원」에 나오는 그 '추억'의 물기는 싹 가시어지고 있다. 이 행 구
분은 '생각한다'의 엄숙성을 도려내고 있다.

2

두진은,

돌이 시가 되거나 시가 돌을 쓰는 것이 아니라, 바로 돌이 시라는 체
험이다. 돌이 시적이라든가 시는 언어로 표현된 것이라든가 하는 일반

적인 의미로서가 아니다. 언어로 시를 쓴다지만 시가 있어야 시가 쓰여지는 것이 아닌가. 언어가 바로 자체가 아니지 않은가.……(중략)……그러나 돌이 시일 수 있고[9]

라고 하고 있다. 그렇다면 '돌이 시라는 체험'에서 두진은 시집 『속·수석열전』의 시편들을 썼다고 해야 하겠다. 이처럼 대상을 그대로 시라고 생각하는 시관은 매우 휴머니스틱한 태도라고 할 수 있기 때문이다. 체험이란 인간적 호기심이 작용할 때 의미를 가지게 된다. 그렇다. 대상에서 어떤 의미(관념)를 본다. 두진이 '돌이 시라는 체험'이라고 할 때, 실은 돌이 그대로 시가 되는 것이 아니라, 돌에 대한 체험, 즉 돌을 어떤 의미로 보았는가 하는 그 관념이 시가 된다고 봐야 한다. 이런 태도는 두진에게 있어서는 어제 오늘 시작된 것이 아니다. 언제나 그의 시편들은 의인화되고 있다. 알레고리의 시라고 할 수 있다.

너는 먼 어느 때 어느 나라
꽃이 꽃으로 더불어 엉겨붙은 꽃들의 넋이다.

너는 그 볕살의 나라의 볕살들, 달빛의 나라의 달빛, 눈보라의 나라의 눈보라, 번갯불 천둥 소낙비의 나라의 소낙비, 산의 산 속 숲의 푸른 나무들의 나라의 나무들의 넋의 엉김,

—「원악신전」에서

묵시록으로 관장된 환상적 상의 전개는 언제나 두진 시의 중요한 속성이 되고 있다. 「해」는 그런 것의 전형이자 대표작이라고 할 수 있다. 「해」가 나온 지 20수년의 시간적 거리가 생겼는

---

9) 박두진, 「수석미·예술미」(《현대문학》, 1976년 10월호).

데도 사정은 별로 달라지지 않고 있다. 이상하게도 리듬을 의식하고 있는 듯한 시편일수록 줄글로 쓰는 것이 초기부터의 타성이 되고 있다. 「해」도 바로 그런 것의 호예라고 할 수 있다. 그런가 하면, 리듬을 죽이고 있는 시편들은 오히려 행 구분을 하고 있다. 아니, 행 구분이 돼 있는 시편들은 오히려 리듬을 되도록 죽이려고 하고 있다(졸고 「자유시의 전개」 참조).

내가 땅의 일에 마음을 쓸 때
너는 하늘의 일을 생각하고,

내가 하늘의 일을 생각할 때
너는 땅의 일에 골몰한다.

내 손이 겨우 닿지 않을 만큼
언제나 단정하게 거리를 재어 갖는

내가 가장 인간이고자 할 때
가장 나는 네 앞에 초라하다.

—「정」에서

이 시선은 광물학자와의 그것과는 다르다. 돌을 돌로서 보려고 하지 않는다. 물론 광물학에도 그것대로의 의미망이 있지만 이 경우는 한 개의 광물을 인문학적 의미망 안에 집어넣고 있다. 이때의 '정' 즉, '너'는 침묵의 알레고리인 듯하다. 그것은 절대자의 모습 같기도 하다. '나'와는 '거리를 재어 갖는' '너'다. 즉, 단절이다. '네 앞에' '내가 가장 인간이고자 할 때' '초라하다'고 하고 있다. 기독교 신학의 도식 같기도 하다. 목월의 돌을 다룬 시편들과 비교할 때 그 비사적 관념적 소재 처리가 두드러진다.

이 '초라한' '인간인' '내' 가 어찌하여 영광일 수도 있는가 하는 변증법의 과정이 두진에게 있어서도 문제가 되어야 하지 않을까 하는데 그는 한번도 우리에게 그것을 보여주지 않고 있다. 즉, 그는 논리적 고민을 가지고 있지 않는 듯이 보인다. 이 점이 그의 시세계를 가면처럼 굳은 표정으로 일관케 하고 있고, 실감을 죽이고도 있다. 때로는 자기 성찰보다도 절규로 치닫게 하고도 있다. 그의 관념에는 탄력이 없다. 거듭 말하지만, 그건 변증법적 논리의 갈등을 겪지 않고 있다는 뜻이 된다.

> 자유가 억압을(죽음보다 더 강한)
> 정의가 불의를
>
> 참이 거짓을
> 빛이 어둠을 이기고 이기고,
>
> 민족이 국가보다
> 민중이 정권보다 오래라고 그러더라.
>
> 혀가 불보다
> 펜이 총칼보다 강하다고 그러더라.
> 그러더라.
>
> ―「흑요석 잠언」에서

이런 태도는 매우 의연하다고 하겠으나 그것은 시의 핵심도 논리의 유연성도 다 저버린 그것이다. 가장 나쁜 예를 들었다고 할는지 모르나 이런 위험성을 늘 두진의 시편들은 다소간 지니고 왔고 또 지니고 있다. 이 경우도 하나의 메시지가 되어 있어 외침으로 나가려 하고 있다.

방금 우리는 시를 말하고 논리를 말했지만, 톨스토이는 도덕을 염두에 두고 작가를 교통순경에 비유한 일이 있다(「예술이란 무엇인가?」 참조). 톨스토이는 교통순경은 자기의 고민을 말해서는 안 되고, 교통의 질서를 위하여 자기의 개인적인 고민을 늘 혼자서만 삭이고 있어야 한다고 했다. 시인도 도덕적이 될 때는 그래야 할는지 모른다. 내면의 갈등을 독자 앞에 보여서는 안 되는 것인지도 모른다. 늘 의연한 태도—단순하게 보일 만큼 의연한 태도로 절규하는 표정으로 굳어 있어야 하는지도 모른다.

어디에 너는 서 있는가.
눈 비비고 보아도 세계는 열기에 티끌이 자욱하고
쑤시고 듣는 귀에 죽음의 이 침묵
바람도 기진하여 부는 것을 잊고
강물도 가다 지쳐 말라버리고
불러도 안 울리는 골과 골의 적막
천지 일체 있는 것은 목마름과 불뿐인
남서남 북남동
어디에 지금 너는 서 있는가 젬마여.
　　　　　　　　　　　　—「잃어버린 이름의 광야」에서

이때의(이 시의 제목이 가리키는) '광야'는 '광야의 외침'의 그 '광야'를 말함이리라. 확실히 절규가 되고 있다. 여기서의 '골과 골의 적막' 할 때의 '적막'이란 낱말의 뜻하는 바는 목월의 그것과는 아주 다른 세계다. 목월의 그것은 개인의 심경을 보여준 데 지나지 않는다. 그것은 이순을 맞은 한 생활인의, 또는 한 시정인의 비애의 표정이다. 그러나 두진의 그것은 피리 불어도 춤추는 자 없는, 말하자면 의인이 느끼는 적막감이다. 한쪽은 순명의 머리 숙임이요, 다른 한쪽은 이념의 곧은 자세다.

사족—초기 시에서부터 목월과 두진 사이에는 유사점보다는 차이점이 더 많았다. 목월의 감각적 경향과 두진의 관념적 경향—프리드리히 폰 실러Friedrich von schiller의 표현을 빌자면 '소박문학과 감상문학'이 될 것 같다.

목월은 상징주의적 조응의 세계를 한동안 보이는가 하더니, 현재로서는 심경 토로의 쪽으로 기울어지면서 그러나 엄숙함을 은연중 드러내고 있다. 두진은 변함없이 관념(이념)의 곧은 자세를 누그러뜨리지 않고 있다. 두진에게 있어서는 그 자세가 이념의 곧음을 가누고 있을수록 어떤 적막감은 더해가리라. 그럴수록 그는 시의 예술성이나 감성적인 속성과는 점점 더 멀어져 갈 공산이 커질 듯하다. 목월은 생을 하나의 운명으로 받아들이고 있는 듯하다. 순종과 화해를 바라는 듯하다. 그러자니 그 자신 무력감의 슬픔을 절감케 되는 것 같다. 죽음의 절대적인 힘 앞에 그는 자기 능력의 한계선을 어쩔 수 없이 그어야 한다. 그때 그에게 부닥쳐오는 것이 적막감이다. 이 감정은 운명애로 연결된다.

한쪽은 포기할 수 없는 데에서 오는 '적막'이요, 다른 한쪽은 의지의 포기상태에서 오는 '적막'이라고 할 수 있다. 그들의 문제는 그들의 시를 보는 안목과도 어떤 관계가 있지 않을까 하지만, 이 문제의 천착은 다음 기회로 미루도록 한다.

소외자의 영탄과 의지의 알레고리―동기와 파성의 시세계

동기 이경순과 파성 설창수는 각각 작년 5월과 12월에 시집 『역사』와 시선집 『개폐교』를 내고 있다. 『역사』는 고희 기념으로, 『개폐교』는 회갑 기념으로 엮은 것들이다. 전자는 제1시집 『생명부』, 제2시집 『태양이 미끄러진 빙판』 이후 8년 간의 작품들을 모은 것이라고 시집의 머리말에서 시인 자신이 술회하고 있다.[10] 후자는 20년 간의 시작 중 100편을 자선한 것으로 되어 있다[11]. 어느 쪽도 이들 시인의 연령이나 시역으로 보아 이들 시인의 시세계를 마무리짓는 단계에 있어서의 업적이라고 할 수 있을 듯하다. 그렇다면, 지금이 이들 시인의 시세계를 촌도해볼 수 있는 좋은 기회가 되리라고 생각한다. 그렇다고는 하지만, 한 시인의 10년 가까운, 또는 30년 이상의 오랜 시작을 통틀어 거기서 한 줄기의 그 시인의 중심사상을, 또는 시적 특질을 뽑아내기란 그리 쉬운 일이라고는 할 수 없다. 그리고 또 시에 대한 편견과 선입견이 개입해서도 안 되겠는데 그것들을 완전히 배제하기도 어렵다. 이러한 난제들을 전제로 하고 이 글은 씌어진다.

1

텅 빈 가운데, 적막을 안고
아득히 부르는 소리를 듣는다.

---

10) 동기 시집 『태양이 미끄러진 빙판』(문화당, 1968)이 나온 후, 여기에 모은 시편들은 8년 동안 발표했던 작품들을 묶은 것이다.

11) 『개폐교』(현대문학사, 1976)에 실린 김광섭의 「서문」에 보면 "파성이 환갑을 계기로 시집을 내는데 100편의 시 원고 250여 매를 보내면서 서문을 청해왔다"는 구절이 보인다.

끝없는 선이 둘레로 그리어져
한 발은 안으로 한 발은 밖으로,
서 있지도 나오지도 못한다.

일월이여.

내가 이날 여기에 있음이야
낳기 앞, 돌아간 뒤의
그 나이러니

소슬한 바람아!
어쩌다가 나로 하여
이 낙조 강변에, 홀로
너를 만나게 되었음은.

—「적막」전문

이 시편은 시집 『역사』의 여기저기에 깔려 있는 분위기를 잘
드러내고 있다. 이 시편의 끝 연에 보이듯이 소외의 감정이 바로
그(시집 『역사』의 여기저기에 깔려 있는) 분위기의 바탕이 되고
있다.

제3연에서 '홀로'를 콤마로 끊어내고 있는 것을 보라. 이 강조
되고 있는 '홀로'는 '낙조 강변'에 서 있는 처량한 시인의 위상
이다. 이 소외(홀로)의 모습은 형이상적 근원적인 그것이다. 그
러니까 시집 『역사』의 여기저기에 깔려 있는 분위기의 바탕이
되고 있는 소외의 감정은 보유할 수도 대치할 수도 없는 인간 조
건(형이상적 근원적)에 대한 인식을 전제로 한다. 여기서(거역
할 수 없는 조건 앞에서) 시인의 영탄은 새어나온다. 그가 다음

과 같이 역사를 노래할 때도 사정은 마찬가지다.

　　온종일
　　비바람이 불더니
　　등 뒤에 바위가 업힌다

　　무겁다
　　차갑다
　　아프다
　　슬프다

　　머얼리,
　　걸음마다 사슬 소리!
　　걸음마다 사슬 소리!

　　벗어 던지려고 하자
　　발길이 비틀거린다.

　　?내일은.
　　　　　　　　　　　　　　　—「역사」 전문

　　역사주의적 입장에서 역사를 인식하고 있지 않다. 역사를 시적 주제의 알레고리로 취급하고 있는 데 지나지 않는다. 역사란 '등 뒤에 바위 업힌다'와 같은 고역(영원히 되풀이되는 시지프스의 고역과 같은)을 치르는 일이요, '벗어 던지려고 하자/발길이 비틀거린다'와 같이 벗어던질래야 벗어던질 수도 없는 하나의 숙명이다. 이것은 역사라고 하는 어떤 과정이 아니라, 이미 모든 것이 끝나버린 결정론의 세계다. 역사주의의 낙천성은 흔적이 없고, 있는 것은 씁쓸한, 생을 하나의 부負로, 또는 고통으로 받아들이는 어떤 시선이다. 여기서 또한 시인의 영탄은 새어 나온다. 그리고 끝없는 허무의 강이 눈앞을 흐를 뿐이다.

어디서 오고, 어디로 가나.

산을 돌고 들을 건너
높고 낮은 무늬를 띄운다.
흐르고 자꾸! 흐른다.

이
강

—「강」에서

세계에 대한 의미를 상실한 자의 이것은 영탄이라고밖에는 할 수 없다. 강은 '어디서 오고, 어디로 가나' 그저 '흐르고 자꾸! 흐른다' 고밖에는 할 수 없는, 이 흐르는 강의 자기 함몰, 끝 연의 포멀릭한 행 구분과 활자배열은 아주 함축적이다. 그러나 우리가 이상과 같은 해석을 해본다는 것은 모험이 되는지도 모른다. 왜냐하면, 시는 산문이 아니기 때문이다. 시의 문맥은 산문의 그것처럼 어의로서만 다룰 수는 없다. I. A. 리처즈식으로 한다면, 시의 어의는 감정이나 어조나 의도와의 종합으로, 말하자면 종합적 의미로서, 그 종합적 의미의 한 단위로서만 취급되어야 한다.[12] 그러나 그렇다고 하더라도 비교적 직설적인 진술로 돼 있는 시집 『역사』 속의 시편들은 어의의 몫이 훨씬 다른 몫들을 압

---

12) I. A. Richards, 『Practical Criticism』 참조.

도하고 있어, 어의에 치중한 해석이 가능하리라고 본다.

물론 그가 초기 시에서도 그랬던 거와 같이, 정상적인 구문을
벗어난 변격적인 표현을 하는 수도 있다.

비비비비비비비비비
비비비비비비비비비
빈가지에푸름이피고,
비비비비비비비비비
비비비비비비비비비
애타는가슴을적시고,
비비비비비비비비비
비비비비비비비비비

—「비」에서

이러한 포멀리즘은 아주 의도적이라는 것을 알 수 있다. 각 행
이 모두 9자로 되어 있고, 2행 건너 1행씩 정상의 센텐스가 끼이
고 있다. 그러나 그것의 의도는 쉽게 풀어지지가 않는다. 이런
식의 취향으로서만 그쳐버린(형태의 필연성이 인정 안 되는) 감
이 없지도 않다. 그렇다고는 하지만, 생의 권태에 대한 하나의
도전의 폼일 수는 있다. 다다이스트의 심리로 시인을 몰고갈 수
가 있다는 증거가 된다. 형태면을 통한 이런 이상심리 외에 의미
(어의—정상의 구문을 통한)면으로 드러난 다다적 발작적 심리
도 간헐적으로 엿보인다. 다음과 같은 경우가 그런 예라고 할 수
있겠다.

대낮에. 지렁이 초상났다 개미떼 상여를 메고
발자국이 모이고 흩어지는 광장 옆을 돌아간다

고함 소리를 울리고 달리는 걸음 밑에
납작해진 지렁이 그 기다란 공간.

하루를 겨눈 가늠자에 3백 6십 다섯 날을 쏘았거니
놓쳐 버린 시간 위로 오늘은 열풍 부는 이 계절

돌아가랴. 무지개 걸린 지평선 너머로
내일을 향해 또 한 방 탄환을 잰다.

—「365일 · 총성」 전문

  앞뒤(과거와 미래)가 다 막힌 절박한 상황 설정은 이 시편의
의도를 잘 드러내준다. 다만 자기에게 방아쇠를 당길 수가 있을
뿐이다. 그것을 우리는 심리학의 용어를 빌어 자학증이라고 부
르기로 한다. 역사의 한 절박한 상황 하에서 다다이스트들이 다
다 그것을 '다다는 아무것도 의미하지 않는다'고 학대한 바로
그 심리다. 이러한, 정상을 벗어난 심리상태는 발작의 하나의 도
형이기는 하나, 따지고 들면 이것 역시 용납할 수는 없되 하나의
숙명인 인간조건이 전제가 된다. 그에게는 역사의식이라고 하는
과도기 의식이 없고, 사태를 늘 원점에서 바라본다. 따라서 다다
이즘도 역사의 산물로서 받아들이지 못한다. 숙명적인 어떤 인
간조건을 받아들이는 다다이즘의 이즘은 거세되고, 다다만이 원
래적인 것이 된다. 따라서 신경의 예각성이 풀린 때는 언제나 다
시 또 정상의 구문과 영탄으로 되돌아간다. 다음과 같은 시편들
을 보라.

  내가 쏜 화살은

어디만치 가는고

구름 날고 바람 부는
저 언덕 고개 너머

오늘도
겨냥관 거리가 멀다.

—「저 언덕」 전문

청산이 푸르러서
그 무덤 앉았는가

구름 넘는 고갯길을
저 바람 소리 새 소리

이내 못 다한 사연에
두견이가 봄을 운다.

—「청산」 전문

이런 시편들은 어떠한 구원의 이념으로부터도 소외돼 있는, 그
소외의 감정을 소박하고 직선적으로 드러내고 있음을 곧 알 수
있다.

2
파성의 시선 『개폐교』에 수록된 100편은 4부로 구분되고 있
다. 제1부 「노옹」, 제2부 「한난사」, 제3부 「사리」, 제4부 「춘정자

「한」 등이다. 이들 각 부에 수록된 시편들은 그들대로 대체로 소재와 소재의 처리에서 공통점을 가지고 있다. 그러니까 이들 부 구분은 제작의 연대순의 구분이 아니라는 것이 짐작된다. 제1부와 제2부는 그러나 소재와 그 처리에 있어 서로 통하는 작품들이 더러 있다.

난 본시 사상의 새는 아니다.
도저한 의지와 행동의 새다.
비겁과
까마귀의 작당과
여우의 교간을
천품한 일 없기로서니
기한과 고독에 굴종할 내이랴.
단 율한을 오만하고 싶진 않다.
귀족주의는 차라리 적,
시육을 싫어하는 것은
한갓 결벽의 소연일 뿐.

지금 나 혼자 바닷가에 와서
서해의 낙조를 망연히 바라본다.
나에겐 이미 천품을 무위한 만년의 희한이 있다.
바위와
바람과
하늘과 더불어
내 청천은 저물었건만
산맥의 번영에 공헌한 바 없이
후대에 주는 기원만이 남았다.

나는 또 죽지를 벌려
네게로 돌아가자.
나의 영원한 조국——
산아.
나의 이 기도를 보증하라.

—「노옹」전문

어찌 이 풀잎 속 깊이
대영주의 산정이 스며 있다 믿으며
어찌 이 풀잎새와 더불어
감감한 남명의 창파를 마주한 속에서
풍우와 운무를 겨루었다 하랴.
너처럼 인고와 은누의 보람이
푸른 속잎에서 돋는 꽃이 되고
벽을 뚫어 풍기는 더없이 복욱한
훈향으로 승화될 수 있을진댄
내 오늘의 통고와 오욕인들 차라리
그윽한 은총삼아 살리라

—「한난사」에서

「노옹」은 제1부에서, 「한난사」는 제2부에서(둘 다 그 부의 첫째 번에 실린 것들이다) 뽑았다. 동물과 식물을 시인의 의지의 알레고리로 취급하고 있다. 그러니까 이때의 대상 '노옹'과 '한난'은 예술적인 의미로서의 그것이 아니라, 어떤 의지(관념을 전제로 한—그런 의미로는 관념이라고 해도 된다)의 도구로서의 대상이다. 따라서 이런 류의 시는 대체로 도덕성과 연관을 갖게 된다. 말하자면 실천적인 다이나미즘으로 나아간다. 가령 다음과 같은 시편을 보라.

눈알 있는 돌멩이처럼,
뽀얗게 먼지투성이로 그들은 간다,
가야 할 거기로.

소리 있는 돌멩이처럼,
억센 노래 부르며 그들은 간다.
가야 할 거기로.

—「돌멩이」에서

이 '돌멩이'는 민중의 알레고리로 볼 수 있다. 민중의 속성과 그렇게 되어주었으면 하는 민중의 모습이 그려지고 있다. 말하자면, 시인의 실천적 의지가 알레고리로 드러나고 있다. 여기서 더 나아가면, 메시지나 격문이 될 수도 있다. 알레고리의 간접성이 배제되고 더 절박한 진술이 된다면 말이다. 그러나 그렇게 되면 그것은 이미 시는 아니다.

시가 어떤 소재를 도덕적으로 처리할 수 있다고 하더라도 시의 양식을 벗어날 수는 없다. 시의 양식이란 언어의 시적 조작을 떠나서는 있을 수 없다. 그 조작은 말할 필요도 없는 일이지만, 동서고금의 많은 시편들에서 모범을 볼 수가 있다. 알레고리라는 것도 언어의 시적 조작의 한 방법이다. 그러나 알레고리가 그 자체 제 아무리 적확하다 하더라도, 이를테면 다른 요소—논리의 굴절(역설 · 반의어 등)이며 리듬이며 어조(태도)들이 적절히 첨가되지 않을 때, 알레고리만으로는 너무도 단순하여 시적 음영을 죽이게 된다. 대신에 어의만은 선명해진다. 그러나 이런 경우에 있어서는 선명함이 별로 명예로울 수는 없다. 선명함만을 따진다면 산문은 더욱 선명하지 않은가?

파성의 시편들은 대체로 시적 차원으로서의 선명함에 있어 난점이 있다. 논리의 굴절을 그의 문체들은 전연 보여주지 않고 있다. 역설과 반어는 지성이나 감성의 밀도를 실지로 드러내는 것이 된다. 밀도가 없는 문체는 시 그것의 부피를 그만큼 엷게 하는 수가 있다. 전기한 시편 「돌멩이」의 후반부(기인용 부분은 전반부다)를 인용하여 전반부와 이어보자.

산에 산에 돌멩이처럼,
고향도 사랑도 없는 돌멩이처럼,
산바람과 밤서리를 맞으면서
그들은 기다린다,
있어야 할 그때를.

팔매 던진 돌멩이처럼,
원수를 겨누어 부딪쳐 가면
돌멩이 송두리째 불꽃이 된다.

돌멩이를 도구로 한 민중의 알레고리는 그 현실성과 당위성을 모두 다 적절히 그려내고 있지만(시인 자신의 의도대로) 논리 전개가 너무 형식적이라 시편 전체의 부피와 음영은 역시 엷다. 이것은 시인이 도덕적 관심에 비하여 언어의 시적 조작에 대한 관심이 미흡했다는 점도 있겠으나, 원천적으로는 도덕적 가치, 즉 도덕적 가치라고 하는 어떤 이념(관념)의 전제가 되는 문제—그것은 현실reality이라고 부르는 대상과의 치열한 변증법적 갈등과 지양을 시의 문제로서 중요시하지 않고 있었다는 데 있지 않은가

한다. 현실과 이념, 심리와 관념의 갈등 지양이 흔적도 없이 깨끗하게 정지된 지점에서 파성의 시는 시작되고 있다. 처음부터 그런 변증법적 과정은 없었는 듯한 인상마저 주고 있다. 따라서 그의 시편들은 너무도 당연한 도덕률을 강조하고만 있는 듯이 보인다. 시의 고민은 반드시 도덕적인 데 있는 것은 물론 아니지만, 도덕적인 데에도 있다. 그러나 시에서의 도덕은, 거듭 말하지만 언어의 시적 조작에 대한 배려와 잘 어우러질 때, 그리고 그 도덕은 변증법적으로 지양되려는 의지의 과정에서의 그것이라야 리얼리티를 획득할 수가 있으리라.

이상과 같은 성찰은 그러나 너무나 회의적인 유약성의 소치일는지도 모른다. 준엄함이란 하나의 위의를 갖추는 일임과 동시에 현대적 기능사회에 있어서는 그것은 하나의 돈키호테상이 될는지도 모른다. 그것은 끝없는 고독을 참고 견디는 스토이시즘의 길일는지도 모른다. 시인이 다음과 같은 진술을 하고 있다면, 언어의 시적 조작이니 변증법적 갈등 지양이니 하는 말들이 모두 한가로운 잠꼬대같이 들릴 뿐이다.

삶이란 모두 이런 판세일진댄
그렇듯 뻔뻔히 살아얄진댄
달아, 사정 둘 것 없다,
내 가슴팍을 밟아 굴러라,
바윗돌로 찧어 홈을 파라,
마구 깨뜨려라,
찢어 헤쳐라.

별마저 너 손아귀로
내 염통을 비틀어 죽여라,

비수로 갈갈이 버혀 갈라라.
뭇 까마귀에게 던져 주라.

—「정신의 노래」에서

　인격이나 도덕의 입장으로는 이 상태는 비극이지만, 기능사회
에서는 이 상태는 희극일 수밖에는 없다. 인격과 사회 사이의 이
러한 이율배반은 그 자체가 하나의 비극이다.
　시선 제3부는 불교에 관계되는 소재들을 그의 신심으로 처리
한 그런 시편들을 모아놓고 있다고 할 수 있다. 그러나 소재를
알레고리로 형상화하면서 처리하고 있는 점은 여전하다. 역시
일종의 관념시들이다.

　남을 것 없기를 믿던 마음의
　골수에 사무쳐서 불타 남은 것.

　말 있는 김시습은 없던 것이오,
　말 없는 구슬 하나 있는 것이다.

—「사리」에서

　쇠나 나무나 흙이나 돌의 모습으로
　방긋 웃는 속에 있다 하면서
　꾀꼬리도 뻐꾸기도 멧비둘기도
　새벽부터 저물도록 목을 뽑아 부르건만
　너 이름 속에 너는 없는
　너의 창은 없느냐.

—「관음의 창」에서

　안에서 대어줄 입술마저 숨겼건만

첫날밤 신부의 외씨버선 맵시보다
어지러운 몸부림.

—「다보탑」에서

이들 시편에서는 모순의 지양이라고 하는 논리의 굴절을 본다. 시인의 시선이 내면(심리)으로 옮겨질 때 미묘함이 거기 드러나면서 형식 윤리를 극복하게 된다. 이런 뜻으로는 시의 고향은 역시 감추어진 은밀한 자리인가 보다. 거기서 밝음(윤리=도덕)이 파생한다. 어둠(심리)은 밝음의 상대 개념이기도 하지만, 근원이기도 하다.

'너 이름 속에 너는 없는' 그러나 '쇠나 나무나 흙이나 돌의 모습으로' 있는 '관음'은 하나의 혼돈(어둠)이요 논리의 역설이다. '말 있는 김시습은 없던 것이요/말 없는 구슬 하나 있는 것이다'의 '사리'도 그렇고, 소멸(입술마저 숨겼건만)과 신생(첫날밤 신부의 외씨버선)이 동시에 보이는 '다보탑'의 모습은 확실히 논리의 변증법을 드러내고 있다. 아름다운(감동적인) 현상을 얻고도 있어 이 구절은 시적 리얼리티가 두드러지고 있다. 그러나 애석하게도 구조의 변증법이나 이미지와 이미지의 연결에 있어서의 변증법은 「다보탑」의 인용 부분 외는 별로 눈에 뜨이지 않는다. 진술 형식을 통한 논리적 굴절만으로는 역시 좀 단조롭다.

제4는 제명이 가리키듯이 스케치풍의 시편들이 많다. 풍물시·서경시라고 할 수 있다. 그러나 여기서도 대상을 알레고리로 취급하고 있는 경우가 있다. 그의 도덕적인 시선은 가장 그다운 시선이 되어버린 듯하다.

수절이 죄벌인 양하여

호지의 벌판 가에 장사되었던
옛 옛날 이름모를 동정녀 하나.

단심 굳게 맺은
황금 가락지.

화용월색, 향겨운 숫몸 이슬져
잡풀 우거진 속에 황금 꽃을 피었다.

　　　　　　　　　　　　—「민들레」에서

빙산 그늘에 숨죽인 양
모진 겨울을 숨바꼭질하는가.
불빛 눈부신 옷자락의 긍지 앞에
인고의 미덕을 배운다.

　　　　　　　　　　　—「금붕어 단장」에서

이런 시편들에서 볼 수 있듯이 그의 시선은 대상을 늘 그대로
두고 보지 못한다. 감각적인 처리도 하지 않는다. 객관적인 묘사
를 해가다가도 어느 서슬엔가 관념이 끼어들게 되어 결국은 묘
사 자체가 관념을 위한 전제가 되거나 관념에 흡수되어 버리거
나 한다. 결과적으로 전면에 나서는 것은 역시 어떤 실천적 의지
의 모습이다.

　사족—동기의 시편들에서 볼 수 있는 소외의 감정은 역사의식
이나 사회의식에서 오는 것은 아니다. 말하자면 교양이나 비판
정신에서 오는 것은 아니다. 그의 소외의 감정은 원초적인 체험
에서 오는 감정이다. 그는 생을 한 과정으로서 보는 역사주의와

는 무관하다. 그는 생을 하나의 종점, 더 이상 나아갈 수 없는 막
다른 지점으로 보고 있는 듯하다. 그는 시집의 자서에서 시를 오
성(깨달음)과 동렬로 보고 있다. 시는 곧 그에게 있어 생에 대한
자각인 것이다. 그의 생에 대한 자각은 부정과 허무의 빛깔이 짙
게 배인 그런 것이다. 그것이 칠순의 나이를 하고 자꾸 영탄하는
쪽으로 기울어지고 있다. 그러나 초기 시에서 우리가 익히 보아
온 바 그대로의 '발작'을 일으키는 수가 있다. 그것은 신경증상
인데 생의 권태에 대한 하나의 도전의 양상이기도 하다. 그것은
결과적으로 자학이 될 수 있었을 뿐, 그가 그랬다고 해서 세계와
생의 양상이 달라지는 것은 아니었다. 그것을 짐작하고 있다는
점에서 그도 한 사람의 다다이스트적인 면모를 보여주지만, 그
는 역사주의자가 아니라는 점에서 1910년대의 서구 다다이스트
와는 구별된다. 그는 자기의 인생 문제와 때로는 인생 그 자체를
벌거숭이로 시 속에 내던지고 있다. 그에게 있어서도 시는 단순
한(?) 예술이 아니었다. 차원은 다르지만 이 점에 있어서는 파성
이 더욱 두드러지고 있다. 그의 유일한 시적 무기는 알레고리다.
그러나 이것만으로는 너무 단조로워서 시의 부피를 엷게 할 뿐
이다.

파성이 시에서 알레고리를 무기로 선택했다는 것은 그가 도덕
의 편이 되었다는 것이 된다. 그러나 도덕은 때로(특히 시에 있
어서) 도덕 이전의, 도덕의 전제가 되는 어떤 현실에 대해서는
무관한 얼굴을 하는 수가 있다. 파성의 경우도 그렇다. 이럴 때
알레고리의 원래의 기능이라고 할 수 있는 교훈성만이 표면에
떠버리는 결과를 빚게 된다. 시에서 음영을 앗아가고, 어떤 실천
적 의지만이 남게 된다. 미국 계통의 신비평가들은 이런 류의 시
를 의지의 시[13], 관념의 시[14]니 하는 명칭으로 부르면서 형이상
시[15], 상상의 시[16] 하는 따위 유형과 구별하고는 전자들을 후자

들보다 시로서는 열등하다고 하고 있다는 것은 다 알려진 사실이다. 그러나 어떤 유형이 어떤 유형보다 시로서 바람직하고 그렇지 못하다는 견해는 그런 견해를 말하는 사람의 입장의 대변은 되겠지만, 그것은 근본적으로는 무의미한 짓이다. 왜냐하면 시를 보는 눈은 각양각색일 수가 있고, 시의 속성이란 어떤 관념이나 의지, 또는 어떤 객관적 실재나 현실(심리적)만이 전부가 아닐 뿐 아니라, 언어의 조작 문제가 있기 때문이다. 공평한 입장에서 말을 한다면, 시란 어떠한 유형을 막론하고 그 유형에 따른 좋은 작품이 있으면 나쁜 작품도 있다고 봐야 한다. 그렇다고는 하지만 파성의 시편들 중에서도 때로 '작품으로서의 시란 무엇이냐?'에 대한 응답을 망설이게 하는 그 무엇을 느끼게 하는 것이 있다. 이미 지적한 대로 시편 「정신의 노래」가 바로 그 예가 된다.

육순의 나이는 시인의 그것으로는 아직도 전도가 충분히 있다고 해야 할 것이다. 앞으로 파성의 시세계가 어떠한 전개를 해갈는지는 예측을 불허하지만, 이번의 시선은 그의 시역의 가장 긴 부분에서 추린 것이라는 것은 부인 못한다. 따라서 그의 시인으로서의 비중을 재는 데 있어 이번의 선집이 큰 역할을 할 것임은 다시 말할 나위도 없다.

---

13) poetry of the will(A. Tate, 『Three Types of Poetry』 참조).

14) platonic Poetry(John Crowe Ransom, 『Poetry: A Note in Ontology』 참조).

15) metapysical Poetry(John Crowe Ransom, 『Poetry: A Note in Ontology』 참조).

16) poetry of the imagination(A. Tate, 『Three Types of Poetry』 참조).

형태의식과 생명 긍정 및 우주감각

전에 나는 송욱의 시에 대한 자각이 투철하다고 말한 일이 있다. 이 말을 한 지가 상당히 오래되었다는 기억이다. 그가 「하여지향」 연작을 쓰고 있었을 무렵의 일이다. 지금도 이 생각을 그대로 지니고 있지만 송욱은 그 뒤로 새로운 전개를 보이고 있어 이 기회에 그에 대한 다른 생각도 조금 말해봐야 하지 않을까 한다.

송욱의 연작시 「하여지향」을 두고 시에 대한 자각이 투철하다고 했지만, 그건 주로 시의 형태를 두고 한 말이다. 시의 형태는 시의 내용에 못지않게 한 시대를 드러내는 데 민감해야 한다. 송욱의 「하여지향」 연작시가 저간의 사정을 잘 알려준다. 그는 현대가 자유시의 시대라는 것을 알고 있으면서도 한국에는 정형시가 엄밀하게는 없었다는 관찰 아래 정형시에 대한 콤플렉스를 가질 수 있다는 자각으로 「하여지향」 연작시를 썼으리라는 나대로의 추측이다.

운율을 두고 보더라도 평측법이나 강약법은 물론이고 음절수의 고른 반복은 교착어로는 무리다. 압운에서도 동음동자가 되기 쉬워 압운법의 원칙에서는 벗어날 공산이 크다. 그러니까 한마디로 운율에 있어 한국어는 매우 불편한 언어라고 할 수 있다. 영어처럼 강약의 몇 번의 반복이 행을 이루고, 행이 곧 운문이 된다는 이른바 문체와 구조와의 관계, 그 유기적 관계가 한국어 시에서는 자각적으로 맺어지기가 어렵다. 거의 자각되지 않고 있는 실정이다. 일가를 이룬 시인들에 있어서도 아니 과거의 정형, 이를테면 고시조에 있어서조차 시형태에 관한 이러한 자각은 투철했는가 싶지가 않다. 어떤 타성이 지배하고 있었지 않았나 하는 짐작이다.

송욱의 「하여지향」 연작을 보면 행 하나하나의 구분이 그 나름의 논리를 가지고 있고, 정확한 압운법을 따르고 있지는 않으면서 변격적으로 두운 요운 각운을 수시로 깔아가는 문장 전개를 하고 있다. 시각운視覺韻과 같은 한국어로는 일찍 해보지 못한 시도를 하고도 있다. 영시에서의 편의 원용이라고 할 수 있으리라. 시니컬한 맛을 내는 데는 제격이다. 편이 송욱의 「하여지향」에서는 재치에 떨어지지 않고 문명비평이 되고 있는 것이 그의 안목에 의한 것이라면, 이상에서 들어본 시형태상의 배려는 그냥 풀어쓴 이 땅의 자유시에 대한 저항이고 비판이라고는 할 수가 없을까? 나에겐 그렇게 보인다. 우선 우리는 시를, 즉 형태로 이해하고 접근해 나아가야 하리라. 형태 밖에 시가 있다는 생각은 자칫하면 시를 소박한 휴머니즘이나 도덕의 도구로 만들어버릴 우려가 없지도 않다. 시도 하나의 문화 현상이라는 것을 송욱의 「하여지향」 연작시는 말해주고 있는 듯이 보인다.

「하여지향」 이후의 송욱의 경향은 그 이전의 경향과 어느 점에서는 서로 닿아 있는 듯이 보인다. 어느 점이라고 했지만, 그 어느 점은 아주 중요한 의의를 지니고 있는 어떤 점이다. 이것을 밝혀보려고 한다.

> 장미밭이다.
> 붉은 꽃잎 바로 옆에
> 푸른 잎이 우거져
> 가시도 햇살 받고
> 서슬이 푸르렀다.
> 벌거숭이 그대로
> 춤을 추리라.
> 눈물에 씻기운
> 발을 뻗고서

붉은 해가 지도록
춤을 추리라.
장미밭이다.
핏방울 지면
꽃잎이 먹고
푸른 잎을 두르고
기진하며는
가시마다 살이 묻은
꽃이 피리라.

—「장미」 전문

　이 시가 한 30년쯤 전에 《문예》에 발표되었을 때 나는 곧 D.
H. 로렌스 D. H. Lawrence의 어떤 시—배암을 노래한—를 연상했
다. 한마디로 요약해서 이 시는 생명 긍정의 표현이다.

　이 시는 한 식물을 주관으로 접근해가고 있다는 것을 곧 알 수
있다. 그러니까 시인은 장미를 장미로서 보고 있는 것이 아니다.
자연과학의 시선에 비친 장미가 아니라, 알레고리, 유추의 대상
이 되고 있다. 알레고리를 좁게 보면 그것은 교훈을 위하는 것이
되지만, 여기에서는 그러한 도덕성과는 관계가 없다. 시인의 주
관에 비친 생명의 모습을 유추하고 있다. 그 시선은 매우 긍정적
이다. 이번 시선의 제목으로 뽑은 「나무는 즐겁다」라는 시를 보
면 그런 측면이 되풀이 드러나고 있다. 이 시는 비교적 최근의 작
품인 것으로 알고 있다.

　말 없이 서 있다가
　팔을 벌려 반긴다
　뿌리는 독수리 발톱으로

땅을 가로챈다.
잎새마다 거울
거울마다 태양
태양이 산산조각
박살이 나도록 즐거운 바다여!
아아 머리채에 별이 깃든다!
꾀꼬리가 목청 속으로
가라앉는다

—「나무는 즐겁다」

　다음과 같은 시는 더욱 단적으로 생명의 유추가 되고 있다. 정
열과 의지의 알레고리로 대상이 심하게 왜곡되면서 시 자체도
발랄한 생명력으로 약동한다.

정수리서 우레가
불꽃놀이 하다가
창자가 드러난
석류 알알이……

—「석류」전문

　이러한 적확한 이미지로 자기의 주관을 알레고리컬하게 드러
내고 있는가 하면, 한편 간간이 설명이 끼이면서 시야가 더욱 확
대되고 있는 경우가 있다. 이 시야의 확대를 두고 나는 우주란 말
을 써보고 싶어진다. 그렇다. 일종의 우주감각이다. 다음과 같은
시를 보자.

초록빛 초월이

빽빽이 둘러쌌는다
어느 병풍이
이처럼 아늑하랴
어디를 보아도 산하 무진장!
가슴은 가를 둘러
몇 치이기에……

깊은 산골 새로 한시를
보름달이 고요히 잔치하면
백담사 설악산이 달빛에 뜬다
새벽 다섯 시 엷푸른 하늘에
신비로운 연지여
아침 노을이여!

호랑나비가
드나드는 절방이기에
산줄기가 들어앉은
그림자, 나의 그림자
마루 밑에선 도마뱀이 산다.
사람을 꽃처럼
뜻밖에 숲속에서 만나는 곳……

호오이, 호오잇, 끼, 끼,
쓰, 쓰, 쓰이, 쓰이,
뽀뽀, 호호?
새들로 치면
아무렇지 않겠지만

화식火食 먹은 사람은 알고 싶었다
온갖 피릿소리를 물고
사라지는 방울 소린
헬 수 없는데

울멍줄멍 봉우리들
그너머 가운데에
고개 든 봉우리가
더욱 아름다워
높푸른 하늘을
무게 잃은 바닷물!
수정을 녹이는 맑은 개울마다
하늘과 구름을 싣고 달린다!

—「설악산 백담사」 전문

　이런 시선은 초월적인 차원의 그것이다. 망원경을 통해서 바라본 이 넓디넓은 전망은 시원하다. 호연지기를 생각케 한다. 그러나 이렇게 확산되어가는 자아를 대하게 되면 상대적으로 아주 미세한 자아, 한 치 마음속에 움츠리고 있는 자아를 생각하게도 된다. 이쪽은 현미경으로 들여다봐야 하리라. 오래 길을 가다가 보면 아트만âtman은 이드id와 어느 지점에서 서로 스치게 되는지도 모른다. 송욱의 경우, 「하여지향」 이전을 이드id 쪽으로 그 이후를 아트만âtman의 쪽으로, 말하자면 전자를 D. H. 로렌스나 그런 측면에서, 후자를 고대 인도 사상이나 그런 측면에서 추적해봄직도 하다. 그건 그렇다 하고 「설악산 백담사」와 같은 시는 많은 시행들이 시적 탄력을 잃고 설명의 차원에서 주저앉고 있다. 수사도 리듬도 생기를 잃고 있다.

송욱 시의 전개과정에서 매우 난삽한 장면에 부딪친다. 그것은 「해인연가」 연작이다. '해인'이라는 불교용어와 '연가'라고 하는 두 낱말의 결합은 얼른 납득이 안 간다. 이 두 낱말의 꼬리에 각각 삼매三昧란 말을 붙여보면 훨씬 사태가 풀어질 듯도 하다. 하여간에 이 「연가」는 여느 사랑의 노래는 아니다. 「J. 앨프레드 프루프록의 연가」가 그렇듯이 말이다. 그러나 이 둘은 서로 그 발상이 판이하다. 후자는 현대문화의 양상을 비판하고 있는 시니컬한 분위기를 빚고 있다. 그러나 송욱의 사랑노래는 「하여지향」에서와 같은 형태상의 배려를 그대로 유지하고 있으면서 (형태상으로는 「하여지향」 연작과 구별이 안 될 정도로 그 형태를 그대로 빌리고 있다) 그러나 발상은 전연 다른 곳에 자리하고 있다. 「하여지향」이 사회나 문화의 쪽으로 시선이 가 있다고 한다면, 「해인연가」는 존재론적 시선이라고 할 수 있다. 이 연작은 송욱의 존재론의 시적 전개라고 해도 될 듯하다.

불타는 입김처럼
비벼대는 가슴처럼
그처럼 너는
나에 가깝다.
(어쩌면 내 피부인 것을……
손가락을 대면
영자가 되고
껴안으면
한 오리 바람결.
아아 못내 돌아다보니
눈부신 바단데,
그 위를 걷는 억만상億萬相이

너를 부르는
목숨도 죽음도
이루 다 못 한 그 노래.

—「해인연가 · 1」 전문

어찌 보면 뜨거운 나르시시즘인 듯도 하다. 그렇게 해석한다
면 이 존재론의 제목을 「연가」라고 하고 에피세트로 '해인'을 붙
인 의도가 납득이 가는 것 같기도 하다. 그러나 석연치는 않을
뿐 아니라, 이 연작을 나르시시즘으로 해독하는 것이 타당한가
도 의문으로 남는다. 나로서는 가장 당황해질 수밖에는 없는 시
편들이다.

지양된 어둠—70년대 한국시의 한 양상

서序

대상object, 즉 객체가 무너져가고 있다는 것은 주객체 사이의
경계가 지워져가고 있다는 것이 된다. 말하자면, 그것은 하나의
미분화상태의 출현이다. 그것은 또한 밝음을 거부하는 어둠의
양상이다. 개념적으로 말하면, 이념적platonic인 것을 등지고 심
리적이 되어가고 있다는 것이 된다. 나아가서는 그것은 주객체
라고 하는 상대적 관계가 해소된 심리적 절대의 세계가 된다. 시
에 이러한 현상이 나타날 때 우리는 그것을 다음과 같이 비대상
의 시라고 명명할 수가 있으리라.

비대상의 시, 즉 어떠한 객체도 객체로 의식하지 않는 상태, 그러니까 완전한 내면의 응결만이 얽히다가 어느 순간 터져나오는 시, …… (중략)…… 내면세계가 밖으로 드러나는 것, 그것이 비대상 시이다.[17]

이러한 비대상의 시가 한국에 처음으로 나타나게 된 것은 30년대의 일이다. 이상의 몇 시편들이 그것의 실례가 된다. 그러나 이러한 현상이 어찌하여 나타나게 되었으며 그 의의는 어디에 있는가 하는 데 대한 어떤 인식은 70년대에 들어서서 비로소 표면화되었다고 할 수 있다. 비대상의 시의 정체와 그 의의에 대한 인식은 조향과 이승훈의 시론에서 뚜렷이 엿보인다. 전자는 정신분석학 및 분석심리학적 측면에서, 후자는 존재론적 측면에서 문제(비대상의 시의 정체와 그 의의라고 하는)에 접근하고 있는 듯이 보인다. 여기서는 전기 두 분의 시론을 중심으로 30년대를 거쳐 70년대에 한국시의 뚜렷한 한 양상으로 재등장하게 된 비대상의 시의 정체와 그 의의를 재검토해보려는 것이다. 조향, 김구용, 김종삼, 이승훈, 김영태, 강은교 등 시인들의 시편들이 주대상이 된다.

1. 분위기, 입면시환각入眠時幻覺

나는 캄캄하고 정신 없이 추운
집 한 채 삼킨다 내 속을
뚫고 흐르는
저 소리나지 않는 압력

---

17) 이승훈, 「발견으로서의 수법」(《현대시학》, 1975년 8월호).

하이얀 밤에는 약을 먹고
개들이 짖는 밤에는
추억의 조직 파괴되는 밤에는
달빛 뜯어 벽에 바른다

절름대는 마음이여
왜 이리 집 한 채 삼키며
나는 손 시린가 어지러운가

문득 비내리기 시작하고
저 집, 아무도 입맞출 수 없는
그것은 울음이나 부서지기 쉬운
얼굴을 가리고 나타나는 집이여
절름대는 마음이여

—「울음」[18]

이 시편에 대하여 작자인 이승훈은 다음과 같이 말하고 있다.

언제나 그렇듯이 나는 내가 무엇을 쓰고 있는지 모르면서 썼다. ……
(중략)…… 그냥 막연한 하나의 분위기, 하나의 페이소스만이 있을 뿐
이었다. 그리고 어떤 외적 실재나 대상이 전제되지도 않았다. ……(중
략)…… 시 「울음」의 경우 역시 주제는 모호하다. 그러나 어떤 안타까
움 · 쓰라림 · 존재의 상처 같은 페이소스를 난 노래하고 싶었다. 불안의
테마라고나 할까.[19]

---

18) 이승훈, 「발견으로서의 수법」(《문학사상》 1975년 4월호 게재).
19) 이승훈, 「발견으로서의 수법」(《문학사상》 1975년 4월호)에 실린 「변명」.

위 인용문 중 '하나의 분위기', '불안의 테마'의 '분위기'와 '불안'에 대하여 이승훈은 다른 논문[20]에서 "공포를 이모션 emotion이라고 할 때 불안은 모드mood의 영역에 사는 것이다[R. Schmitt, 상기서, 156~9쪽 ; 여기서 상기서란 Martin Heidegger, 《On Being Human》(Random Book, New York)을 말함—필자 주). 전자는 대상이 있는 감정 세계요, 후자는 대상이 없는 것이며……"라고 하고 있다. 인용한 시는 결국 '불안'이라고 하는 '하나의 분위기'를 그렸을 뿐, 대상이나 주제가 없다는 것이 된다. 따라서 작자 자신은 "내가 무엇을 쓰고 있는지 모르면서 썼다"고 말할 수밖에는 없게 된다. 즉 그는 자동기술을 하고 있었던 것이 된다. 시작에서의 자동기술이란 "정신분석의가 환자의 무의식 속에서 끄집어내려던 비논리적 비밀을 시인은 자기 자신의 무의식 속에서 준동하는 비밀을 자기 자신이 끄집어내려고 한 것"[21]이다. 그리고 자동기술에 찍힌 상태는 결국 다음과 같은 입면시환각(入眠時幻覺, hypnogogic hallucination)으로 설명이 되리라.

반면半眠(입면入眠) 상태에서 유동적인 풍경이 뵈고, 사람 소리며 잡음이 들린다. 이 상태에서는 동강동강의 생각이 저절로 떠올랐다간 꺼지곤 한다.[22]

이러한 입면시환각이 어떤 조건 하에서 일어나는가를 조향은 또 다음과 같이 적고 있다.

이 상태(입면시환각의 상태—필자 주)는 곧 방심상태, 석려釋慮상태다. 방심상태란 의식이 잠깐 피해앉은 상태, 의식이 극히 희박화·약화

---

20) 이승훈, 「절망의 논리와 윤리」(《현대문학》 1974년 10월호).
21) 조향, 「초현실주의의 사상과 기교」(《아시체》 1975년 9월 20일 발행).
22) 조향, 「초현실주의의 사상과 기교」(《아시체》 1975년 9월 20일 발행).

돼 있는 상태다. 현상학의 용어를 쓴다면, 의식이 괄호 안에 넣어져버린 상태, 의식이 에포케epoké된 상태다.[23]

'내가 무엇을 쓰고 있는지 모르면서 썼다'고 하는 것은 바로 이러한 조건 하에서 썼다는 것이 된다. 그것은 이승훈이 말한 '대상이 없는' 어떤 조건인 불안과 비슷한 조건 하에서 썼다는 것이 되기도 한다. 그렇다. '대상이 (무너져가고) 없는' '불안'과 '동강동강의 생각이 저절로 떠올랐다가 꺼지곤' 하는 입면시환각은 그 초점(원관념)이 파괴되고 있다는 점으로는 서로 통하고 있다. 그러나 이승훈이 다음과 같이 불안에 대하여 부연하였을 때, 그는 입면시환각이라고 심리학적 입장과는 아주 먼 거리로 멀어져가고 있는 듯이 보인다.

후자(불안—필자 주)는 대상이 없는 것이며 따라서 의도성으로 드러난다. 이 의도성intentionality은 이념의 거대한 계층과 세계의 신념과 결합되어 있음을 암시한다. ……(중략)……그러므로 불안의 대상이 무라는 사상은 무에의 회귀가 아니라, 무로부터의 떠남이라는 삶의 양식과 우리를 만나게 한다.[24]

이러한 실존적 불안에 대한 해명의 어려움을 잠시 피하려는 듯이(혹은 각도를 달리하여 해명하려는 듯이) 이승훈은 스타일 쪽으로 분석의 날을 돌리고 있다. 그러나 조향은 그 심리학적 각도를 버리지 않고 있다.

23) 조향, 「초현실주의의 사상과 기교」(《아시체》 1975년 9월 20일 발행).
24) 이승훈, 「절망의 논리와 윤리」(《현대문학》 1974년 10월호).

2. 타자의 변증법적 지양(조향의 경우)

랭보는 1871년 5월에 고등중학시절의 수사학교사였던 조르주 이잠바르에게 보낸 편지에서 다음과 같이 말하고 있다.

내 생각한다je pense는 식의 말은 잘못입니다. 타자가 자기에 대해서 on me 생각한다고 해야 할 것입니다. 말의 장난이 아닙니다. 용서하소서. 자기란 한 사람의 타자입니다je est un autre.[25]

랭보의 이러한 통찰은 조향이 융의 작품과 분석심리학과의 관계에 관한 논문을 인용하면서 자동기술에 대한 해명을 하고 있는 다음과 같은 대목과 완전히 일치한다.

"작자의 의지에 의하여 만들어진 것이 아닌 ……(중략)…… 자신 속에 감춰져 있는, 일견 타자처럼 뵈는 충동이 움직여 가는 대로 몸을 맡기는 일뿐입니다." 융은 분석심리학의 입장에서 '타자'를 증명하고 있다. 자동기술법이 완전한 상태에 이르게 되면, 현실아를 초월하여 '타자'(순수아)에 이른다.[26]

이러한 견해와 통찰들은 자동기술에 의하여 씌어진 '대상이 없는' '동강동강의' 객체가 무너져버린 시편들의 존재의의를 심리학적으로 밝혀준 것이 된다. 조향은 또 "이 '타자' 곧 '무의식의 자아ES. soi'는 곧 자연·우주의 섭리와 통해 있는 것이다"[27] 라고 하고 있다.

열오른 눈초리, 하잔한 입모습으로 소년은 가만히 총을 겨누었다.

---

25) 조향, 「초현실주의의 사상과 기교」(《아시체》 1975년 9월 20일 발행).
26) 조향, 「초현실주의의 사상과 기교」(《아시체》 1975년 9월 20일 발행).(편주)
27) 조향, 「초현실주의의 사상과 기교」(《아시체》 1975년 9월 20일 발행).(편주)

소녀의 손바닥이 나비처럼 총 끝에 와서 사뿐 앉는다.

이윽고 총 끝에서 파아란 연기가 물씬 올랐다.

뚫린 손바닥의 구멍으로 소녀는 바다를 내다보았다.

──아이! 어쩜 바다가 이렇게 똥구랗니?

놀란 갈매기들은 황토 산발치에다 연달아 머릴 처박곤 하얗게 화석
이 되어 갔다.

—「Episode」[28]

이 시편은 윤리와 의식을 절대시하는 19세기식 리얼리즘을 거
의 완전할 정도로 거부하고 있다. 원관념, 즉 대상과 주제가 없
다. 말하자면 목적 및 객체가 없다. 문장은 비유성이 철저히 배
제되고 있다. 있는 것은 의식의 흐름뿐이다. 그것을 윌리엄 제임
스William James는 주관적 생의 흐름stream of subjective life이라고
하고 있다.[29] 객관적 시간(물리적 시간)과는 다른 시간이 의식의
심층에서 흐르고 있다. 거기에는 어떤 양상spect이 있을 뿐, 주객
의 경계선은 지워지고 없다. 그것은 하나의 어둠(혼돈)이지만
조향이 다음과 같이 말하고 있는 그러한 어둠이다.

의식적인 주제가 없는 '의식의 흐름'을 나는 하인리히 리켈트Heinirich
Rickelt(1863~1936)의 용어를 빌어서 '이질적 연속heterogeneous
continuum'이라고 부른다. 다다식으로는 '불연속의 연속'이다. '흐름'
이라는 형태는 '연속'이지만, 그 내용은 이질적이요 불연속이요 단절이
다.[30]

---

28) 조향, 『현대국문학정수』(1952년 11월 5일 발행) 소재.(편주)

29) William James, 『Psychology briefer Course』.(편주)

30) 조향, 「초현실주의의 사상과 기교」(《아시체》 1975년 9월 20일 발행).

이러한 의식의 심층(자기)을 길어올리는 데에는 자동기술(타자)이 있다. 조향은 이 과정의 의의를 미셸 카루주Michel Carrouges의 견해를 빌어서 "자동기술법은 무의식의 의식에의 노출에 의하여 즉자en-soi가 대자pour-soi에 내재하는 것이라는 사실이 밝혀지는 순간, 그 두 형식에 완전히 융합하는 것을 보여주고 있다"[31]라고 하고 있다.

자동기술법은 무의식을 의식으로 노출시키면서 무의식(즉자)이 의식(대자)과 함께 변증법적 지양을 완성한다. 즉자와 대자의 대립이 해소되고, 우주적 통일이 이룩된다. 조향은 "사르트르의 일원론 · 융합론 · 통일론을 말하는 것이다. 곧, 브르통의 절대적 변증법(초현실주의적 변증법)이다"[32]라고 하고 있다.

(……)
그는 산 너머 인자한 곳이었다.
태에서 달이 나온다.
계수나무는 토끼여서
시궁창의 넋이었다.
너는 지식을 믿지 않는다.
믿음은 아직도 모르는 곳이다.
그녀를 위하여 집을 짓는다.
흐르는 땀은 부작용을 배제하는데
밤낮 되풀이하는데
구르는 바퀴에서 벗어난 광명
거룩하여라.
믿음은 저버리지만

---

31) 조향, 「초현실주의의 사상과 기교」(《아시체》 1975년 9월 20일 발행).
32) 조향, 「초현실주의의 사상과 기교」(《아시체》 1975년 9월 20일 발행).

영겁의 유방이 생긴
순간, 하늘은 보았는가.
가계부여, 좀더 다정하여라.

─김구용, 「팔곡 · 2」[33]

어느 산간 겨울철로
접어들던 들판을 따라
한참 가노라면
헌 목조건물
이층집이 있었다
빨아널은 행주조각이
덜커덩거리고 있었다
먼 고막 울신의 소리.

─김종삼, 「연인」[34]

하아얀 해안이 나타난다. 어떠한 투명보다도 투명하지 않다. 떠도는
투명에 이윽고 불이 당겨진다. 그 일대에 가을이 와 닿는다. 늘어진 창
자로 나는 눕는다. 헤매는 투명, 바람, 보이지 않는 꽃이 하나 시든다.
(꺼질 줄 모르며 타오르는 가을.)

─이승훈, 「가을」[35]

땅 위에 부서지는 살
부서져 모래가 되는 뼈
모래가 되어 한 서너 달

---

33) 김구용, (《현대시학》1975년 8월호 게재).
34) 김종삼, (《현대시학》1975년 2월호 게재).
35) 이승훈, (《현대시학》1975년 6월호 게재).

견디다 견디다

또 아주 쓰러져

이번 여름 장마는 끈질기구나

그래서 갯벌처럼 시꺼멓구나.

—강은교, 「이번 여름」[36]

위의 인용한 네 편의 시는 '대상이 없는' 그리고 '동강동강의 생각'이 '불연속의 연속'으로 '흐름'을 이루고 있다. 가장 심한 경우가 시편 「팔곡 2」다. 한 센텐스 안에서 앞뒤가 불연속을 이루고 있다. 행과 행 사이의 불연속은 두말할 나위도 없다. 그러나 전체적으로는 '흐름'을 이루고 있다. 즉 연속이다. 시편 「가을」도 줄글로 돼 있기는 하나 과격한 편이다. 행 구분을 하지 않는 편이 훨씬 더 연속(흐름)을 실감으로 보여준다. 불연속의 그 단절감은 대신에 줄어든다. 이러한 불연속과 연속의 관계를 가장 온건하게 보여주고 있는 것이 시편 「연인」이다. 그리고 균형이 제일 잡힌 것이 시편 「이번 여름」이지만, 자동기술에 있어서의 즉자와 대자와의 변증법적 지양의 그 긴장의 밀도는 상대적으로 약화되고 있다.

시편 「연인」은 제목과 본문 사이에 심한 불연속의 연속을 느끼게 하고 있다. 이런 트릭은 기교라 하기보다는 역시 자동기술의 본령인 변증법적 지양을 보여주는 것이 된다. 제목이 시편 안으로 들어와서 각 행에 은밀히 스미고 있다.

---

36) 강은교, 『풀잎』(민음사, 1974).

3. 스타일의 존재론(이승훈의 경우)

이승훈은 스타일에 대하여 "개인적 생존이란 따라서 스타일, 곧 현란한 세계이면서 존재가 현현하는 세계"[37]라든가, "예술 작품이 보여주는 것이 곧 그 예술가의 독특한 존재방식, 즉 스타일이다"[38]라는 말들을 하고 있다. 즉 그는 스타일을 문체론을 넘어선 존재론의 차원에서 보려고 하고 있다. '존재가 현현하는 세계', '예술가의 독특한 존재방식' 등이 스타일이라고 할 때, 스타일은 단순한 형식이 아니라(말하자면, 단순한 수단이 아니라) 형식과 내용이라고 하는 이원론적 대립을 지양한 일원론적 그 무엇이 된다. 스타일은 형식이면서 내용이고, 내용이면서 형식이다. 스타일을 이처럼 존재론적 차원에서 형식과 내용의 지양된 그 무엇으로 볼 때, 그 기능은 한마디로 '실존적 투사에 있다'[39]고 할 수 있다. 그리고 그 '투사'는 또 다음과 같이 해명된다.

그 투사는 오직 주체적인 투사일 수만은 없다. 그것은 주체와 객체의 변증법이며, 그러나 그럼에도 불구하고 객체가 내면의 불빛을 쬠으로써 비로소 객체가 된다는 점에 유의할 때, 객체 역시 주체적 객체라는 역설로 정의된다.[40]

스타일의 이러한 실존적 투사(「주체와 객체의 변증법」)는 조향이 심리학의 차원에서 밝힌 자동기술의 즉자와 대자의 변증법적 지양과 흡사한 것이 된다. 그렇다면 여기서 우리는 비대상의 시와 그것의 창작 과정에 대한 견해에 있어 조향·이승훈 두 분

---

37) 이승훈, 「발견으로서의 수법」(《현대시학》 1975년 8월호).
38) 이승훈, 「발견으로서의 수법」(《현대시학》 1975년 8월호).
39) 이승훈, 「발견으로서의 수법」(《현대시학》 1975년 8월호).
40) 이승훈, 「발견으로서의 수법」(《현대시학》 1975년 8월호).

의 근본이 서로 접선하고 있음을 본다.

> 조금 살벌하다
> 그가 나의 입을 봉하자
> 나는 그의
> 그냥 뜬 눈을 봉했다
> 나중에는 귀에다 솜을 틀어 막았다
> 다음에는 둘이서 몽둥이만한 풍년제과
> 불란서빵을 뜯어먹기 시작했다.

—김영태, 「간식」[41]

이 시편은 알레고리로 받아들일 수는 없다. 말하자면, 이 시편에는 도덕적인 참여의식은 없는 것으로 봐야 하리라. 의식이 흐르고 있는 상태를 자동기술한 것으로 보아야 하리라. 만약 이 시편을 알레고리로 받아들인다면, '풍년제과'며 '불란서빵' 등은 비유성을 띠게 되고, 그 물질성이 증발되면서 순수성을 잃고, 어떤 관념(도덕적)의 수단으로 격하되면서 불순해진다.

이 시편은 그대로 "객체가 내면의 불빛을 쬠으로써 비로소 객체가 된"—즉, 변증법적 자양을 완성한, 말하자면 '실존적 투사'의 한 순간(단면)이다. 이승훈은 다음과 같이 말하고 있다.

아브람도 지적하듯이, 시의 제일차적 근원이나 대상은 시인 자신의 마음의 행동과 그 속성이다. 그리고 일체의 객관 세계 역시 그것이 시 속에 형상될 때는 오직 시인의 내면의 정서와 조작으로 드러난다. 즉, 외부 세계는 어디까지나 시인의 내면 풍경으로서만 의미가 놓인다고 할

---

41) 김영태, 『초개수첩』(현대문학사, 1975).

수 있다.[42]

　이러한 시인의 내면과 외부세계와의 조응관계(또는 긴장관계)
의 변증법이 비대상의 시의 중요한 속성일 때, 위 시편은 이러한
비대상의 시의 속성을 순수하게 드러내고 있다고 하겠다. 이승
훈은 또 이미 「서」에서 인용한 "이 비대상의 시, 즉 어떠한 객체
도 객체로 의식하지 않는 상태, 그러니까 완전한 내면의 응결만
이 얽히다 어느 순간 터져나오는 시"[43]라든가 "내면세계가 밖을
드러나는 것, 그것이 비대상 시"[44]라는 말을 하고 있다.

　아득한 바다가 보이고
　밭, 노오란 빛이 보이고
　안개 서리는 것 보인다.

　바다가 보이고
　높은 길이 보이고
　전깃줄이 보이고
　사이사이 바퀴 소리 묻는다

　누구의 젖이 보이고
　젖꼭지가 보이고
　용솟음치는 젖꼭지가 보이고
　까치 소리 검은 빛이 젖꼭지에 물들고
　불 붙는 물이 젖꼭지를 닦는다

---

42) 이승훈, 『한양어문』(1974) 제1집 게재.
43) 이승훈, 「발견으로서의 수법」(《현대시학》 1975년 8월호).
44) 김영태, 『초개수첩』(현대문학사, 1975).

패어 들어간 젖꼭지의 끝이 보이고
이곳 지나간 숱한 기척들이 보인다.

—이승훈, 「느낌」[45]

이 시편은 외부세계가 시인의 내면과 어떤 모양으로 서로 얽히고 있는가를 아주 선명하게 보여주고 있다. 여기 되풀이 나타나는 '보인다'는 낱말은 외부세계와 시인의 내면과의 조응을 드러낸 것이다. 제2편의 후반부터 이 시편은 현저히 입면시환각을 드러내면서 '내면의 응결만이 얽히다 어느 순간 터져나오는(밖으로—필자 주)' 상태를 자동기술한 것이리라.

이 시편의 제3연 제4행인 '까치 소리 검은 빛이 젖꼭지에 물들고'와 제5행인 '불 붙는 물이 젖꼭지를 닦는다'는 수사학이나 문체론의 차원에서는 무의미가 된다. 그러나 이들을 존재론의 차원에서 바라볼 때, 주체(시인의 내면)와 객체(외부세계)의 변증법적 지양(자동기술)이 되어 의미의 새로운 지평이 열린다. 변증법적 운동을 모르는 수사학이나 문체론의 형식 논리를 그것은 뛰어넘는 것이 된다. 이승훈은 노드롭 프라이Northrop Frye의 말을 빌어 "시의 의미는 문학 작품 속에 움직이는 이미저리의 실체가 된다"고 이 의미의 새로운 지평에 대하여 말하고 있다. 이 때의 '이미저리'는 역시 '실존의 투사' 외의 다른 것이 아니다. 저간의 사정을 우리는 다른 측면에서 다시 또 부연해볼 수가 있다. 시편 「느낌」을 쓴 석지현은 다음과 같이 말하고 있다.

마음이 밖에 있는가. 이 몸 밖에 마음이 있다면 몸과 마음이 따로 분리되어 있다는 결과가 된다. 따라서 나의 육체와는 전혀 관계 없는 것

45) 김영태, 『초개수첩』(현대문학사, 1975).

이 되어 버린다. ……(중략)…… 눈알을 뽑아서 어디 한번 찾아보자. 역시 없다. 마음이 말한다는 것도 틀려먹은 수작이다. 말하기는 하는데 이 말하는 본체가 무엇인가.[46]

　이 글에서의 '마음'이니 '말하는 본체'니 하는 것은 랭보가 선禪의 도움없이 마주치게 된 한 사람의 '타자'나, 프로이트가 발견한 무의식unconsciousness과 같은 것이다. 즉자인 무의식이 자동기술에 얹혀 의식 위에 노출되면서 대자와의 변증법적 지양을 완성한다. 나 아닌 것(타자)이 나me와 만나게 되면서 형식 윤리의 평면성을 뛰어넘는다. 이때 나타나는 것이 새로운 의미의 지평(차원)이다. 그러나 한 사람의 '타자'는 늘 나(의식)의 심층에서 '흐르고' 있다. 이미 예로 든 모든 시편들이 그런 '의식의 흐름'을 보여준다. 다음의 시편도 전형적으로 그런 것이다.

　도시가 풀잎 속으로 걸어간다.
　잠든 도시의 아이들이
　풀잎의 엘리베이터를 타고
　빨리빨리
　지구로 내려간다.

　가장 넓은 길은 뿌리 속
　자네 뿌리 속에 있다.

　　　　　　　　　　　　　　　　—강은교, 「봄 무사」[47]

46) 석지현, 《한국문학》 1976년 5월호 게재. 「선시의 세계」, 《석림》, 1975년 10월 25).
47) 강은교, 『풀잎』(민음사, 1974).

4. 어둠에 대한 부연(다시 조향의 경우)

시편 「봄 무사」를 예로 하여 의식이 실제로 어떻게 흐르고 있
는가를 구체적으로 검토해보자. 조향은 무의식의 영역의 확대와
그에 따른 의식의 흐름의 확대를 다음과 같이 적고 있다.

프로이트의 개인적, 생물학적 무의식보다 더 깊은 층에 집합적 무의
식이 있다고 융은 말했으며, 초심리학parapsychology에서는 다시 초상
기능paranormal function(원감·예지 등 정상을 초월한 의식의 기능)을
연구하여 성과를 올리고 있고, 이것의 연장 위에는 머잖아 심령의 세계
가 걸려들어서 여태까지의 속설을 과학적으로 밝혀줄 것이다. 영靈의
세계는 곧 우주적 무의식cosmic unconsciousness의 세계다. ……(중
략)…… 앞으로는 융식 '의식의 흐름'에서 멈출 수는 없다. 집합무의식
을 보탠 융식 '의식의 흐름'이 있을 수 있고, 거기에다 다시 초심리학의
초상기능과 영의 세계와 우주적 의식까지 염두에 둔 가장 넓은 의미의
'의식의 흐름'을 생각하지 않을 수 없다.[48]

그러나 '실제 문제로서 자동기술법으로서 용출시킬 수 있는
범위는 집합무의식의 세계까지'라고 하고 있다.

시편 「봄 무사」의 제1연 제1행은 '도시'와 '풀잎'이라는 두 명
사 사이에 '걸어간다'고 하는 동사가 끼인 하나의 월[文]이다. 이
때 '걸어간다'고 하는 동사가 두 개의 명사의 관계를 흐르게 하
고 있다(통상적—의식적—인 세계에서는 통할 수 없는 것이 되
고 있다). 즉, 이 월의 의미의 세계의 가두리가 쳐진다. 이것이
무의식이다. 조향은 융의 비유를 빌어서 "서치라이트의 빛이 원
추형으로 비쳐지는 경우를 상상해보면 될 것입니다. 이 지각의

---

48) 조향, 「초현실주의의 사상과 기교」(《아시체》 1975년 9월 20일 발행).

빛 가운데 나타나는 것은 의식돼 있진 않지만 그러나 살아서 움직이고 있는 것입니다"[49]라고 소개하고 있다. 이러한 무의식은 어느 순간 서치라이트의 빛 속으로 들어와서 의식되기도 하고, 의식되었던 부분이 서치라이트의 빛 밖으로 가두리가 되어 물러가기도 한다. 이렇게 하여 의식과 무의식은 쉼 없이 흐르고 있다. 이러한 의식과 의식의 가두리인 무의식의 접선을 필자도 심리학적 입장을 전연 의식하지 않고 다음과 같이 산문시로 쓴 일이 있다.

촛불을 켜면 면경의 유리알, 의롱이 나전, 어린것들의 눈망울과 입언저리, 이런 것들이 하나씩 살아난다.
차츰 촉심이 서고 불이 제 자리를 정하게 되면, 불빛은 방 안에 그득히 원을 그리며, 윤곽을 선명히한다. 그러나 아직도 그 윤곽 안에 들어오지 않는 것이 있다. 들여다보면 한바다의 수심과 같다. 고요하다. 너무 고요할 따름이다.

—김춘수, 「어둠」

이 시편에서의 촛불은 두말할 것도 없이 의식이고, 그 빛 밖에 있는 것이 무의식이다. 그것은 '어둠', 즉 가두리를 이루고 있다. 그러나 그것이 의식과 접선하면서 흐르고 있다. 의식은 별과 같다. 어둠(무의식)은 없으면 별은 사라질 수밖에는 없다. 무의식은 의식을 받치고 있는 벌판이고 동시에 의식의 어머니다. 무의식이 없었다면 의식은 아예 태어날 수도 없었던 그런 것이다. 무의식은 이리하여 그 끝을 헤아릴 수 없는 어둠이지만, 커다란 하나의 동력이 된다.
시편 「봄 무사」로 다시 돌아가서 검토해보자. 제1연의 제2행에

---

49) 조향, 「초현실주의의 사상과 기교」(《아시체》 1975년 9월 20일 발행).

서 제5행까지 역시 불합리의 세계가 펼쳐지고 있다. 이것이 바로 논리(의식)의 밖에 있는 가두리(어둠)가 자동기술로 올려지는 과정에서 포착된 모습이다. 이 모습(무의식)은 작자 강은교의 개인적 무의식이다. 그것은 강은교에 있어서의 한 사람의 '타자'의 모습이다. 그러니까 무의식과 자동기술은 '타자'와 그 모습과의 관계라 하겠다. 결국 시인은 자동기술을 통하여 자화상을 그리는 것이 된다.

시편 「봄 무사」에서는 시인의 개인적 무의식 외에 집합적 무의식을 건져낼 수가 없다. 거기에는 신화적(원형적) 상징성이 보이지 않기 때문이다. 조향은 무의식의 흐름을 또한 다음과 같은 영역들과 관계가 있다고 하면서 그들에 대하여 부연하고 있다.

어린이의 세계, 정신신경증·정신병의 세계, 동화 Märchen의 세계, 원시인의 사유, 이상심리의 세계, 심령과학의 세계 등. ……(중략)…… 이런 세계들의 공통점은 합리적 사유, 합리적 현상, 현실적 논리의 세계와는 정반대의 위치에 자리하고 있다는 점이다. 그것은 곧 현실에서의 해방이다.[50]

시편 「봄 무사」의 제2연을 보자. 여기서도 물론 통상(현실)의 논리를 거부하고 있다. 그것은 현실로부터의 도피이면서 현실의 억압(특히 도덕)으로부터의 해방이다. 그것은 한 사람의 '타자'인 자기 자신의 과거와 만나러가는 길이기도 하다. 매우 역설적이다. 이리하여 조향은 또 2절에서 인용한 대로 "무의식의 자아는 곧 자연 우주의 섭리와 통해 있는 것이다"[51]라고 하고 있다. 결국은 무의식을 시인한다는 것은 자기 속의 한 사람의 '타자'

50) 조향, 「초현실주의의 사상과 기교」(《아시체》 1975년 9월 20일 발행).
51) 조향, 「초현실주의의 사상과 기교」(《아시체》 1975년 9월 20일 발행).

인 자연을 시인한다는 것이 된다. 따라서 어떤 기이한 듯한 표현
도 그것을 비유라고는 할 수가 없다. 표현 그대로가 그에게는 새
로운 현실인 것이다.

> (……)
> 진공을 꿰뚫어
> 너의 세상은 탄생하였다.
> 무아는 나를 움직인다.
> 역겨움을 사다가
> 국이나 끓여 먹읍시다.
> 몸을 돌봐야지요.
> 영양을 좀 섭취하오.
> 부끄러운 영광, 몰락한 미덕,
> 정거장에 갔더니
> 울고 있었대요, 둘이서
> 촛불은 용꿈을 꾼다.
> 〈그만 이대로, ……날
> 그냥 내버려 둬요, 제발〉
> 진실한 만남, 아름다운 도피에게
> 두리뭉수리 유리의 열쇠를 드립시다.
> 과학의 목숨은 대답을 모릅니다.
> 너는 다시 별을 출발한다.
> 무의 창조로.
>
> ―김구용, 「팔곡·2」[52]

---

52) 김구용, (《현대시학》 1975년 8월호 게재).

제3행 '무아는 나를 움직인다' 고 하는 이 부분은 자동기술을 가리키고 있는 듯이 보인다. 자동기술에서 길어올려지는 이미지들은 객관적 상관물이 아니다. 그것들은 관념이나 정서의 등가물이 아니다. 그대로 하나의 현실일 따름이다. 그러니까 이미지는 늘 서술적인 데 머문다. 아무리 기이하다고 하더라도 그것은 기이한 현실일 따름이다. '두리뭉수리 유리의 열쇠' 나 '별을 출발한다' 등은 그대로의 뜻이다. 무의미의 의미일 수밖에는 없다. 이것들은 모두 의식의 가두리인데, 그것을 시인하는 입장으로는 의식의 가두리라고 하는 그것은 엄연한 현실일 따름이다.

언제나 뒤에는 개가 남습니다. 겨울 노을이 남습니다. 그 뒤에는 울지 않는 북, 차라리 벙어리의 북, 여기는 너무 많은 노을의 나라입니다. 노을의 북 찢으며 더러운 땅에서 그러나 나는 삽니다. 사람을 죽이는 날들의 노을, 아아 사랑 때문은 아닙니다. 언제나 뒤에는 아편, 노을이 남습니다.

—이승훈, 「벙어리의 북」[53]

이 시편의 작자인 이승훈은 「시작노트」에서 다음과 같이 적고 있다.

콤플렉스는 압력이 클수록 내 심리의 지도에는 낯설고 그러나 매우 생생한 이물이 돌입한다. 나의 심리세계는 이물의 공간이 된다. 그 이물의 이름은 무엇인가. 그것을 무의식이라고 부를 수 있다. 나는 무의식을 노래한다는 말을 이렇게 주석한다. 그런 의식의 영역으로 상승하는 어떤 이물을 노래함이다.[54]

53) 이승훈, (《현대시학》 1975년 6월호 게재).
54) 이승훈, (《현대시학》 1975년 6월호 게재).

'이물異物'의 이름은 '무의식'이고, '무의식을 노래한다'는 것은 '이물의 공간'을 그대로 펼쳐 보여준다는 것이 된다. 그러니까 그것(이물)은 시인함으로써 그 현실은 '저 원형으로 가는 길잡이'가 된다. '원형'이란 두말할 것도 없이 누차 말한 한 사람의 '타자' 바로 그것이다.

사족—시에서 대상이 무너져갔을 때, 시인은 주제를 상실하고 어둠에 묻히게 된다. 이때의 어둠은 심리세계의 그것이다. 그것은 이념의 밝음을 일단 등지게 된 상태라고 할 수 있다. 말하자면 그것은 가치의 세계가 아니고, 가치의 세계의 바탕이 되는 사실reality(현실)의 세계라고 할 수가 있다.

이 사실(현실), 이 어둠은 또한 한 사람의 '타자'이면서 인류의 원형이기도 한 내 자신의 모습이기도 하다. 이 현기증 나는 심연을 들여다보면 우리는 인류의 아득한 과거 속에 잠긴 우리들 자신과 만나게 된다. 이 단계에 놓인 우리는 또한 자연과 분간할 수 없는 그런 것이 된다. 생물학의 대상이 될 뿐이다. 그러나 우리는 인간이 되면서 또 하나의 혹은 둘의 아我를 가지게 되었다. 자동기술이란 결국 이들 분열 또는 대립의 상태에 있는 아들을 변증법적으로 지양시켜 통일케 하는 어떤 작용이다. 그것은 또한 실존의 혼신적 투사라고도 할 수 있다. 이때의 실존이란 하나의 종합이다. 따라서 우리가 현실아(의식)로 또는 순수아(무의식)로 분열되어 이 종합에서 떨어져나갈 때 우리는 그 상태를 일러 실존의 타락이라고 할 수 있을 것이다. 그러니까 어두운 아(무의식)와 밝은 아(의식)는 쉬임없는 하나의 긴장tension을 유지하고 있어야 한다. 그러나 그렇다는 것이지 그것은 쉬운 일이 아니다. 그러니까 실지의 우리는 마냥 분열돼 있다. 더 자세히 말하면 분열되어 어느 한쪽에 보다 더 기울어진 상태에 있다. 우리가 선이라고 부르고 있는 가치의 하나를 놓고 보더라도 때로는 현실의 어둠을 밝혀 낼 수는 도저히 없는 하나의 촛불에 지나지 않을 수가 있다. 말하자면, 어둠의 두려움을 견디지 못하여 선이라고 하는 가치의 빛(밝음)으로 떨어져나간 것에 지나지 않는다. 우리는 밝음(가치)과 어둠(현실)의 종합을 지속적으로 자기 몸에 지니면서 살아갈 수는 없을까? 그러나 그것은 생물과 인간의 변증법적 지양을 완성한 새로운 차원의 자연[神]이 되어야 한다는 뜻이 된다. 자동기술의 적극적인 의의가 바로 여기에 있다.

이승훈은 '윤리의 목적론적 정지'[55]라는 말을 하고 있다. 이 말은 위에서 말한 변증법의 논리를 위하여 윤리를 일단 괄호 안에 넣어둔다는 것이 된다. 자칫 잘못하면, 우리는 윤리의 이름으로 현실의 어려움으로부터 고개를 돌리는 심약한 자의 감상을 저지르게 되는지도 모른다.

비대상의 시가 무관심의 표정으로 굳어지는 것은 당연하며, 그것은 또한 우려할 일이 아니라, 오히려 대견하게 생각해야 될 일인지도 모른다. 한국의 시가 자기 존재 이유의 깊이를 그 굳어진 무관심의 표정으로 하여 획득할 날이 올는지도 모르기 때문이다.

---

55) 이승훈, 「절망의 논리와 윤리」(《현대문학》 1974년 10월호).

II

시의 전개

1

시는 말할 수 있는 부분이 있고, 말할 수 없는 부분이 있다는 것을 나는 차츰 짐작하게 되었다. 시를 쓰기도 하고 남의 시를 읽기도 하는 동안에 경험이 나에게 가르쳐준 것이다. 그리고 시를 얘기하고 있는 글들을 보면, 대부분이 자기가 하고 있는 얘기야말로 때와 곳을 넘어서 타당한 것이다 하는 자신을 과시하고 있는 듯이 보인다. 이런 태도를 나는 어리석다고 생각하게 되었다. 우리는 제가 처해 있는 시대에서 최선의 발언을 시에 관하여 하려는 노력을 다하면 되는 것이고, 그 이상을 할 수도 없다는 것을 깨닫게 된 것이다.

한편, 누구는 자기가 하고 있는 얘기야말로 시에 관한 가장 중요하고 근본적인 것이다 하는 자만을 은근히 보이는 수가 있다. 그러나 얼마만큼 시일을 지내놓고 보면, 그것은 가장 중요하고 근본적인 것이 아닐 뿐 아니라, 시와는 직접의 관계가 없는 다른 무엇을 늘어놓은 데 지나지 않는 경우도 있다. 이런 류의 착각에서 벗어났다고 나는 굳이 자신을 과시할 수는 없으나 벗어나고 싶은 것이다. 때와 곳을 넘어서 타당하고, 시에 관한 한 무엇이 가장 중요하고 근본적인 것인가는 아무도 말할 수 없는지도 모른다. 시에 관하여 말할 수 있는 부분이 있다는 것을 나는 겨우 짐작하였을 따름인데, 그 부분을 내가 얘기한다고 내가 얘기하는 얘기가 때와 곳을 넘어서 타당하고, 시에 관한 한 가장 중요하고

125

근본적이라고 천만에 과시할 수는 없다. 단지 한 시대에 살고 있는 나로서 나의 입장을 스스로 생각해가면서 나대로 내가 얘기할 수 있는 부분을 얘기할 수 있을 뿐이라는 짐작을 나는 가지고 있을 따름이다. 도대체가 인간이란 우스운 생물이라서, 마지못해 하고 하게 마련이니까 하면 그만이지, 왜 제가 하는 일에 일일이 관심을 기울이고, 부단히 '왜?' 라는 의문사를 던져야 하는 것인지 모르겠다. 속 시원한 답을 얻지도 못하면서 이상하다면 이 이상 이상한 일도 있을까 싶지 않다.

아까부터 나는 시에 관하여 말할 수 있는 부분이 있다는 것을 짐작하게 되었다고 하였는데, 내가 말할 수 있는 부분과 남이 말할 수 있는 부분이 똑같다고는 할 수 없을 것이다. 우연히 똑같다고 하더라도 그 부분에 관한 나의 얘기와 남의 얘기의 내용까지가 똑같을 수는 없을 것이다. 이 다른 점을 비교해볼 적에 우리는 얘기하는 사람의 시에 관한 이해의 정도와 그 입장을 각각 알 수 있게 되는 것이다.

이럴 때 우리는 누구의 얘기가 근사하다 싶으면 시에 관한 한 말벗을 얻게 되는 것이고, 누구의 얘기도 근사하다고 여겨지지 않을 적에 우리는 시에 관한 한 고독해질 수밖에는 없다.

2

시작법은 시를 만드는 기술이다. 아리스토텔레스는 기술을 "자연의 단점을 완전하게 하는 목적을 가진다"고 하였다는데, 시를 만드는 기술인 시작법은 그러니까 시를 자연한 상태에서 보다 완전하게 하는 목적을 가졌다고 할 것이다. 그런데 완전이란 '보다 완전' 하다는 비교상의 말이지 완전 그것은 있을 수 없다.

비교하여 보다 완전하게 시를 만드는 데에는 진보가 있어야 하고, 때로 진화가 있어야 한다. 있어야 한다기보다는 있어왔다. 시조라는 일정한 형태로 시를 만드는 데에는 그 기술에 차츰 약간씩의 진보는 있었을 것이나, 이전과는 차원이 다른 심한 변화는 없었을 것이다. 없었을 것이다라고 하기보다는 실지로 없었다. 우탁禹倬의 시조와 김천택의 시조 사이에 그 작법에 있어 차원을 달리할 만한 변화는 없다. 시조라는 형태의 한계 내에서 움직이는 작법이자 기술이기 때문이다. 이 경우에는 작법이자 기술이 시조라는 형태에 몸을 기대고 있기 때문에 시조라는 형태 외의 다른 형태에서 부릴 수 있는 작법이자 기술이 있다는 것을 염두에 두지 않는다. 설령 염두에 둔다 하더라도 그것을 단념할 수밖에는 없다. 그러나 한 고정된 형태에 회의가 생기면서부터 형태는 전개하고, 작법도 전개하는 것이다. 시조가 사설시조로 넘어가는 과정에서 다소 이런 현상을 엿볼 수 있는데, 그러나 사설시조도 형태가 전연 새로운 전개에까지 변모한 것은 아니기 때문에 작법에 심한 변화는 있을 수 없다. 진보라든가 발전이라든가 하는 단계에 머무는 것이다. 이것이 가사로 넘어오면 작법도 달라질 가능성이 훨씬 많아진다. 형태가 달라지기 때문이다. 그러나 가사라는 형태도 정형시라는 장르에 머물러 있는 동안은 자유시로 장르가 이동했을 때보다는 심한 변화를 작법에 끼칠 수가 없다.

시작법은 이렇게 적게는 형태에 따라 진보 발전도 하고, 크게는 형태가 장르의 이동까지를 더불을 적에는 혁명을 일으키는 것이다. 그런데 어떤 형태든 그것이 생길 적에는 보다 완전한 시가 거기 있을 것이라는 시에의 아이디어를 스스로 지니고 있는 법인데, 기술은 그 아이디어를 달성하기 위하여 형태에 봉사하는 것이다. 이리하여 모든 형태는 시를 위하여 있고 모든 기술은 형태를 위하여 있는 것이다. 여기서 생각해야 할 점은, 어떤 형태에 따른 어떤 기술이 있어왔다는 것이지, 그러한 온갖 형태와 기술을 통하여서도 절대적으로 시란 무어냐? 하는 데 대한 명확한 답이 나오지 않고 있다는 것이다. 다만 시대에 따라서 비교적 완전하다고 생각되어온 시가 있었다는 것뿐이다.

그렇다면, 절대적인 시를 못 가질 바에야 시를 여태까지 생각하여 온 바와는 전연 다른 각도에서 볼 수 없는가 하는 시를 대하는 태도에 혁명이 생길 법도 하지 않은가? 실지로 시를 대하는 태도에 혁명이 생겼던 것이다. 여태까지는 시를 위한 작법이었던 것을, 이번에는 작법을 위한 시, 다시 말하면 작법을 곧 시라고 생각하는 태도가 생긴 것이다. 재미는 시를 위해 형태나 장르를 바꿔가면서 그에 따른 기술을 부리는 데 있지 않고, 기술 그 자체를 시로 생각하면서 기술을 부리는 데 재미가 있다는 태도가 생긴 것이다.

작법이라는 기술을 부리는 과정에서 시라고 하는 뭔지 설명하기 어려운 것의 맛을 보며 '정신의 체조'를 하면 되는 것이다. 시를 위한 기술이 수단이기 때문에 그것을 통하여 이루어진 내용이 대단히 중요한 것이 되고, 기술은 내용을 위한 봉사에 그친다. 그러나 시가 '모방기술'의 하나라고 한다면, 무엇을 모방하든 모방의 대상이 문제가 아니라, 모방하는 기술이 문제가 될 법하다. 이 입장은 시에 대한 태도의 진화이자 시작법에 대한 태도의 진화다. 시를 대하는 이러한 태도가 지금이라고 하여 아주 매력을 잃은 것이 아닐 뿐 아니라, 기술을 중요시하고, 그에 높은 가치를 인정하는 데 크게 공헌하고 있는 것이다. 그러나 이러한 태도가 처음에 시인들에게 준 만큼의 신선한 매력을 잃고 있는 것도 사실이다.

3

신선한 매력이란 말은, 사물을 보는 눈을 아주 다르게 할 만한 매력, 다시 말하면, 사물에 대하여 새로 눈을 뜨게 하는 매력을 뜻한다. 어느 때의 어느 언어는 우리의 눈에 드리워진 장막을 벗겨주면서 환한 세계에로 우리를 이끌어준다. 그럴 때 그러한 언어는 우리 내부에 하나의 혁명을 일으킨 셈이다. 언어는 이처럼 우리의 변신을 가능하게 하는 힘을 지녔다고 하겠으나, 실은 시가 언어에 의탁하여 제 자신을 우리에게 제시한 것뿐이다. 이 순간 우리는 우리의 일상적 차원으로부터의 해방을 느끼는 것이다. 이 순간을 나는 또한 해탈의 순간이라고 부르고자 한다. 한 언어가 우리에게 주는 힘이 이와 같다고 하면, 대개의 언어들은 모두 시가 깃들어 있을 수 있는 가능성을 지녔다고 할 것이고, 시는 바로 개개의 언어 그것이라고 할 수 있을 것이다. 그러나 한 언어는 고립하여 제 구실을 다할 수는 없다. 언어와 언어와의 관계 속에서 제구실을 보다 발휘할 수 있는 것이라면, 이는 마치 고대 희랍의 신들과 같다. 제각기 신이면서 그러나 그들의 능력 위에서 그들을 다스려 그들 사이에 질서를 유지하게 하는 제우스 신이 있다. 제우스 신은 그러니까 포엠인 것이다. 이리하여 하나의 포엠을 위하여 개개의 언어들은 제 자신을 주장하기도 하고, 제 자신을 희생시키기도 한다. 고대 희랍에 있어 신들의 아이디어가 제우스 신에 있었던 거와 같이 시의 아이디어는 포엠에 있다 할 것인데, 시라고 하는 불가사의(어느 순간에 우리에게 자신을 계시하는 듯한 기분을 느껴볼 수는 있되)는 신들과는 달라, 죽게 마련인 불완전한 인간들의 '문화적 산물'인 언어 속에 자신을 위탁하는 것이기 때문에 그러한 언어들이 추대한 포엠은 변덕쟁이인 인간과 함께 그 모양이 자주 달라지는 것이다. 불완전한 인간이 완전을 바라는 안타까움이기도 하다. 자유시에서 정형시로, 다시 자유시로 또는 산문시로, 그 장르를 전개해가면서 포엠은 자신을 시대의 양식에 맡기는 것이다. 언어도 따라 자신의 전개를 불가피적으로 더불 수밖에는 없다. 시는 언어에 자신을 의탁할 적에 자신의 전모를 일시에 의탁하는 것은 아닐 것이다. 시가 그렇게 하고 싶어도 언어는 불완전한 인간의 것이기 때문에 시의 전모를 일시에 다 담을 수는 없지 않는가.

언어는 되도록 시의 이모저모를 담기 위하여 무던히도 봉사하여왔다. 이제 이 정도에서 그치자는 시와 언어 사이에 어떤 계약이 성립될 수는 없을까? 언어에게 과중한 부담을 주지 말아야 할 것이 아닌가? 언어가 담을 수 있는 능력에는 한도가 있다는 것을 시의 쪽에서도 이제는 양해해야 하지 않을까? 지금은 시도 피곤하고 언어도 피곤한 것 같다. 다음의 시의 한 부분은 내가 십여 년 전에 쓴 것이다.

가자 꽃처럼 곱게 눈을 뜨고,
아버지의 할아버지의 원한의 그 눈을 뜨고,

지금 생각하여 의미와 음율에 모순을 느낀다. '꽃처럼 곱게 눈을 뜨고'와 '원한의 그 눈을 뜨고'는 반대의 의미다. 그런데도 이것들을 연결시켜놓은 그 당시의 나는 시를 언어들이 빚어내는 음율을 통하여 보다 느끼고 있었던 듯하다. 그러나 지금은 시를 느끼는 태도가 그때보다는 다소 복잡해져서 '원한'이란 말을 다른 것으로 대치하여 의미상의 모순을 없애고 싶으나 잘 되지가 않는다. 음율은 음율대로 의미와는 밀접한 관계를 안 가지고도 질서를 유지하며 시의 일면을 보여줄 수가 있다는 것을 실제에 있어 체득한 셈이다. 다음의 시의 한 부분은 김구용 씨가 7, 8년 전에 쓴 것이다.

단 한송이의 장미와 녹음과 첨하를 삽입할 여백도 없이, 말아오르는 노도의 위를 제비들이 날으며 있다.

음율을 의식적으로 죽이고, 반면 의미에, 또는 이미지에 보다 시를 느끼게 하고 있다. 그러나 독자인 나로서 여기에도 불만이 있는 것이다. 언어 자체가 불완전한 것이니까, 언어의 모든 요소를 다 동원하여도 시의 전모를 담을 수 없다면 음율을 의식적으로 죽여서 대신 딴 부분을 강조한다고 크게 소득이 있을까 하는 회의가 생기는 것이다. '음율은 아득한 원시의 감정까지를 암시해줄 수 있는 것'이라고 한다면 더욱 그렇다. 다만, 시를 느끼는 태도에 시대의 감각을 엿볼 수는 있다. 그러나 시의 어느 면을 나타내기 위해서 언어의 어느 면을 죽여야 한다는 또는 죽일 수밖에는 없다는 생각은 이미 낡았다고 할 수 있을 것이다. 위대한 시는 고금을 통하여 언어의 할 수 있는 한의 모든 기능을 다 동원하여 시의 보다 많은 면을 보여주려고 하고 있지 않은가. 그렇다고는 하지만, 시는 또한 시대의 얼굴과 이중사로 포개져 나타나게 마련이니까, 언어의 모든 기능도 불가피하게 시대의 모습을 반영하는 방향으로 움직이는 것이라 할 것이다. 음율의 문제만 하더라도 운문의 그것이 어느 시대에는 적당하였을는지 모르나, 다른 시대에는 산문의 그것이 더 적당한 때가 있을 것이다. 하여간에 음율이건 의미건 어느 한쪽에만 너무 부담을 지게 하면 언어는 불구가 되기 쉽다. 언어 생리의 건전을 생각하여 시와의 최대의 유리한 계약을 맺을 일이다.

4

"전달해야 할 것은 시poem가 이루어지기 전에는 존재하지 않았던 것이다"—이 말은 시가 형성되는 과정의 심리상태를 잘 통찰하고 있다 할 것이다. 그러나 사람에 따라 이 말의 해석에는 갈래가 생길 것이다. 가령 A를 전달하고 싶었는데 시가 이루어진 다음에 보니까 그것은 B가 되어 있었다고 하자(실상 이런 일이 흔히 있는 것이다). 이런 경우에는 발상의 동기 그 자체가 모호했다는 것도 있겠지만 시를 이루어가는 도중에 예상하지 못했던 어휘나 이미지나 음율이 생겨났다가 사라졌다가 할 것인데, 이것들이 전달코자 처음에 마음먹었던 방향과는 얼마만큼 다른 방향으로 그 전달하는 내용을 이끌고 가는 것이다. 전달하려는 내용에 결백한 사람은 이런 경향을 많이 경계할 것이고, 만약 음율이 도중에서 튀어나온다면 이것들을 사정없이 잘라 없애버릴 것이기는 하였지만, 도중에서 그 내용이 다소나마 딴 방향으로 일주할 우려가 있으니까 결국은 '전달해야 할 것'을 끝까지 지켜나가기 매우 어렵다는 뜻으로 모두의 말이 해석될 수도 있을 것이다.

그런가 하면, 시를 기술의 결과라고 보고, 기술을 통해 시가 이루어지기 전에는 어떤 전달하고픈 내용도 내용일 수 없다고 해석될 수도 있을 것이다. 이 경우라고 내용을 무시하거나 그것에 등한하거나 하는 것이 아니고, 어떤 심각한 내용도 그것만으로는 시가 될 수 없다고 보려는 한 태도일 따름이다. 전자는 휴머니스틱한 순결을 지키려는 것이고, 후자는 기술의 의의를 생각하고 있는 것이다.

이 양자 중 어느 쪽을 보다 긍정하고, 어느 쪽을 보다 부정하는 일은 각 시인의 선택에 달렸다 하겠으나, 여기에는 시대적 의의라는 것이 있는 것 같다. T. S. 엘리엇이 "문제가 되는 중요한 것은 그 시의 구성재료인 정념의 위대함이라든가, 깊이가 아니라 재료가 결합하고 융합하기 위하여 주어져야 할, 말하자면 압력이 될 예술작용의 깊이인 것이다"라고 유명한 논문 「전통과 개인의 재능」에서 말하고 있지만, 1919년이라고 하는 이 논문이 발표될 당시를 염두에 두고 볼 적에 그 시대적 의의가 한층 짙어질 것이 아닌가? 그가 지금도 이런 생각을 그대로 지니고 있다고 하더라도 새삼스런 느낌을 주위에 줄 수는 없지 않는가? 지금 누가 '문제가 되는 중요한 것은 정념의 위대함이라든가 깊이다'라고 말한다면 우리의 귀는 솔깃해질 수도 있는 것이다. 예술작용에만 관대함과 깊이에 보다 관심 아니할 수 없지 않는가?

요는 한 시대의 요청이던 것을 받아들이는 측이 너무 순진하게 융통성 없게 받아들여 절대시하는 것이 탈이랄 수밖에는 없다.

　　달아 달아 밝은 달아
　　이태백이 놀던 달아

여기서는 정념의 위대함이나 그 깊이도 볼 수 없을 뿐 아니라 예술작용의 깊이도 볼 수가 없다. 그러나 다음의 시는 다르다.

　　해와 하늘빛이
　　문둥이는 서러워
　　보리밭에 달 뜨면
　　애기 하나 먹고
　　꽃처럼 붉은 울음을
　　밤새 울었다.

정념의 위대함은 고사하고라도 그 깊이만은 느낄 수 있다. 그 한에 있어서는 이 작품은 시대성을 지녔다고 하겠는데, 예술작용의 깊이와 그 폭은 정념의 깊이만큼은 찾아볼 수가 없다. 우리 국어의 자연발생적 구분법과 언어의 평면적 의미에 그대로 기대고 있는 것이다. 그러나 정념의 깊이에는 진보나 진화가 없는 법이니까 정념 그 자체의 깊이만은 이 작품에서처럼 언제나 현대성을 지니는 것이다. 천 년 전의 작품에도 정념의 현대성은 있다.

「문둥이」라는 이 작품에서 볼 수 있듯이 정념만의 깊이로선 시의 깊이를 못 느끼는 것이다. 예술작용의 깊이가 여기 따라야 할 것이지만, 그 예술작용의 깊이라는 것은 시대에 따라 그 깊이를 재는 척도가 달라지는 것이다. 기술은 변화하는 것이다.

한편 정념을 어느 때는 보다 중요시하고, 또 다른 어느 때는 예술작용을 보다 중요시하기도 하겠지만(또는 이 둘을 동등으로 중요시하는 때도 있겠지만) 그 중요시하는 각 시대의 차원에 따라 그렇게 하는 것이다. 그러니까 사용되는 개념용어는 같지만 시를 대하는 태도는 쉬임 없이 유동하고 있다고 해야 할 것이다. 이 교차현상을 너무 소박하게 기계적인 순환으로 생각할 순 없다.

그건 그렇다고 하고, 시를 내용과 형태의 동등한 합일체로 보는 것이 가장 건전한 태도라고 한다면 설령 과거에 '예술작용의 깊이'에만 지성을 보려고 한 때가 있었다 하더라도 우리는 보다 안계가 넓어진 지금에 있어서는 이 태도를 배척해야 하겠다. "본능적인 시가 배척되고, 기술의 시가 오늘날의 시의 개념이 되었다고 하면, 시는 감동에서 사고로 옮겨진 것이 된다"는 이 말이 시에 대한 얼마나 낡은 지성을 얘기하고 있는가를 곧 알 수 있는 것이다.

지성이란 그 무엇에 대하여 사고하며 비평하는 기능이란 것은 많은 사람들이 말하고 있는 바다. 그렇다면 사고와 비평은 기술에만 국한되어 발동하는 것은 아닐 것이다. 소재나 주제에 관한 사고와 비평, 나아가서는 사회와 문명을 비평하는 태도도 있어 무방하다. 뿐만 아니라 있어 마땅할 것이다.

실상 현대의 주지시는 대체로 이러한 경향으로 흘러왔다. 건전한 태도라고 하겠다. 송욱 씨의 시에서 우리는 그것을 볼 수가 있다.

민국
국민
봉선화가
무너진 울타리를
온 몸에 받아
황소를 배고
뿔! 뿔! 뿔!
보다도 무서운 불!
인공위성들이
손아귀로 모여든다.

그러나 이 작품에서 우리는 날카로운 풍자정신을 느끼는 것인데, 풍자하는 정신은 희극의 정신에 통한다고 하면, '특수한 악……즉 우스운 것'이 그 대상이 된다. 아니 대상의 전부를 그렇게 봐버린다. 이런 태도가 지금의 우리에게 꼭 필요한가 아니한가는 고사하고라도 시를 너무 낭만적으로 비극적으로 대해온 우리에게 있어서는 어떤 자극을 줄 것이다. 희극도 19세기 독일 낭만파 미학자에 있어서는 소위 낭만적 반어romantic irony라는 것이 되어 무한에 비교된 유한한 인간의 제행에 대한 연민의 정이 배경을 하고 있다.

즉 유한한 인간의 제행이 우스운 것이 되는 것이다. 하여, 순전히 지성의 눈으로만 된 희극이나 풍자시가 그 의의가 어느 정도의 것인가에 대하여는 생각해봐야겠다. "엄숙해지면 사람은 풍자할 수가 없다"라고 한 시인도 있었으니까 말이다.

각설하고—지성은 새로운 것도 아무것도 아닐 뿐 아니라, 시를 움직일 가장 위대한 힘인지 어쩐지도 누구도 잘 모르는 것이다. 다만 지성이 현대시에 필요했다면 현대시가 비지성적인 것에 권태를 느꼈기 때문일 것이고, 현대시에 작용한 지성은 과거의 시에 작용한 지성과는 어딘가 다른 음영이 있을 것이라는 것만 지적해두기로 한다.

5

"지성은 우리들이 느낀 것을 설명하고 논리화하는 것이지만 인간의 생명을 풍부히 하고 창조하는 것은 아니다. T. S. 엘리엇의 주지주의가 그를 창작가로서 성공 안 시킨 원인일 것이다"라고 할 적에 난해한 부분이 눈에 뜨인다. '인간의 생명을 풍부히 하고 창조하는 것'이란 부분이 그것이다. '생명'·'풍부'·'창조'라는 어휘들이 단순한 듯하면서 실상은 그렇지가 않기 때문이다. 이런 어휘들을 '설명'·'논리화'라는 어휘들과 대조시켜 반지성적인 어떤 것을 말하고 싶어하고 있다는 것만은 짐작되지만 T. S. 엘리엇 자신 '정념범위emotional range'란 것을 「단테론」에서 중시하고 있는 것을 보면, 뭔가 석연해지지 않는 것이다. T. S. 엘리엇이 단테를 두고 한 '정념'이란 말과 니시와키 준사부로西脇順三郎가 T. S. 엘리엇을 두고 한 '지성'이란 말이 서로 다른 차원에서 발언되고 있는 것이 아니라면 여기서 우리는 다음과 같은 흥미 있는 사실을 발견하게 되는 것이다.

T. S. 엘리엇이 이 기술(예술작용)을 중시하고 그 점을 강조할 적에 우리는 보통 주지니 지성이니 하는 말로써 그를 말하게 되

지만, 그 자신으로 말하면, 기술 외의 다른 것을 중시 안 한 것은 아닌 것이다. 다만 필요상 어느 시기에 특별히 기술을 강조한 것이라 하겠는데, 이것은 한 사회의 시대적 요청에 따라서 그렇게 했으리라고 생각되는 점이 많다. 그런데 니시와키 준사부로처럼 T. S. 엘리엇의 주지적 면만 특별히 들어서 말한다는 것은 역시 거기에는 한 사회의 시대적 요청 내지는 니시와키 준사부로가 자신의 연령적 요청이 있었으리라고 생각되는 것이다. 만약 T. S. 엘리엇이 '정념'의 처리방법과는 달리, '정념' 그 자체는 전연 도외시하였다면 어찌 방법만으로 시를 쓸 수 있었을까가 막연해지는 거와 같이 니시와키 준사부로가 '지성'을 전연 도외시하고 또한 어떻게 시를 쓸 수 있었을까가 막연해지는 것이다. 그러나 그런 것이 아니고, 비평적 언사란 늘 상대적 진리를 우리에게 알려주고 있는 것에 지나지 않는 것이다. 어느 쪽에 치우치면 어떤 해가 있고, 다른 또 어느 쪽에 치우치면 다른 또 어떤 해가 있다는 것을 지적해주지만 비평을 읽는 우리는 황금의 중용을 늘 염두에 두어야 할 것이다. 그리고 니시와키 준사부로의 말처럼 "T. S. 엘리엇의 주지주의가 그를 창작가로서 성공 안 시킨 원인"이라고 한다면 '정념의 넓이'가 그의 지성과 조화를 취하지 못했다는 말이 되니까, 창작가로서 성공하기란 어려운 일임은 당연하다. T. S. 엘리엇 자신 '정념의 넓이'를 중시 안 한 것은 아니라고 하더라도 실지의 시작에 있어 니시와키 준사부로의 말을 그대로 증명해주는 증거들이 많은지 어쩐지는 내가 지금 구명할 수 없는, 내 능력 밖의 일이니까 뭐라고 말할 수는 없다.

그러나 한 가지 말할 수 있는 것은, 작극이나 작시에 몹시 의식적이었다고 하는 셰익스피어나 단테에 있어 그들의 지성이 그들의 '정념의 넓이'를 조금도 다치지 않고 있을 뿐 아니라, 하늘의 성좌처럼 찬란한 빛을 내고 있다는 그것이다. 여기 비하면 현대의 어느 우수한 시인도 약간은 치우쳐 있는지도 모르는 일이고 '황금의 중용'에서 약간은 떠나 있는지도 모른다. 다시 말하면 '정념의 넓이'와 그의 지성이 완전한 조화를 갖지 못하고 있는지도 모른다. 그러나 말라르메처럼 그의 불모의 지성이 정신의 한 방향을 지시하는 수가 있는 것이다. 말라르메를 부정하든 긍정하든 이러한 시인이 한 시기에 있었다는 것을 기억해두는 것은 그와 정반대의 입장을 절대시하는 위험을 경계하는 뜻으로도 많은 도움이 될 것이다.

6

쓰고 싶은 욕망이 있다(B兄)

시를 써보면 볼수록 쓰고 싶은 욕망이 생기는 것이다. 그건 그렇다고 하고, 어떤 시인들을 보면 쓰고 싶은 욕망이 시작 그 자체에 있는 것을 알 수 있다. 이렇게 쓰고 싶은 욕망이 시를 쓴다는 행위 그 자체를 통하여 충족될 수 있을 적에 그것은 '무상의 행위'가 되고, 행위 자체가 순수해진다. 시작의 결과인 시 작품이 남에게서 받는 평가라든가, 그것이 남에게 미치는 영향이라든가 하는 것은 직접 욕망의 대상이 될 수는 없다. 한마디로 말하여 '하고 싶으니까 한다'는 그것뿐이다. 좀 과장된 표현을 하면, 시작하고 있는 동안은 법열을 미득하는 동안이라고 하겠다. 일상의 무의미한 자기를 떠나 높은 정신의 세계에 참례하는 것이다. 실로 이 동안에 말라르메처럼 인생의 전부를 거[賭]는 것이다. 순전히 제 자신을 위하여 하는 것이다.
　그런데 외계에서 일어나는 잡다한 사건들에 적극적인 흥미를 잃었거나 인생을 체념하고 있거나 할 적에 시인은 이처럼 시작에만 제 욕망의 전부를 쏟게 되는 것이다. 외계와 차단되어 있다는 점으로는 상아탑적이기도 하고, 제 자신의 구원을 생각하고 있다는 점으로는 수도자적이기도 하다. 이런 시인에게 있어서는 시작하는 행위의 과정이 중요하지 시 작품은 시작이라는 행위 끝의 당연한 소산 정도의 의미를 가질 뿐이니까 시 작품이 남의 눈에 뜨이거나 안 뜨이거나 크게 관심할 일이 아니다. 말라르메의 시의 어느 것은 초고 그대로 사라져버렸는지도 모른다.

휴머니스틱한 시인들은 이와는 다르다. 쓰고 싶은 욕망이 시작 그 자체에 머물지 않는다. 시작을 통하여 얻어지는 내용이나 더 나아가서는 그러한 내용을 통하여 얻어지는 반향에 더 많이 욕망을 가지게 된다. 물론 말라르메나 발레리 같은 시인들도 시 작품이 남의 눈에 띄어 어떤 평가를 받게 될 적에 그에 대하여 전연 눈감아버린다는 것은 아닐 것이다. 제 시의 이해자가 생길 적에는 그들 역시 기쁘지 않을 수는 없다. 그러나 벌써 이 기쁨은 일반적 세속적인 기쁨에 떨어져 있는 것이다. 휴머니스트들은 그렇지가 않다. 많은 사람들이 제 사상의 편이 되어주기를 원한다. 시작 그것이 아니라 그것의 결과인 시 작품이 기쁨을 갖다주기도 하고 고독을 갖다주기도 한다. 인간의 욕망은 단순한 것이 아니라서 고독이 너무 심해져 시인이 전달코자 하는 내용 세계가 너무 오래 몰이해 속에 놓이게 되면, 고독이 반발을 하는 것이다. 시를 버리거나 비뚫어진 감정으로 언제까지나 제 고독을 쓸데없이 고집하려거나 하게 된다. 이렇게 되면 욕망이 영영 시를 떠난 데서 살벌한 칼부림을 하게 되는 것이다. 이 경우는 처음 의도한 바와는 달라져서 남의 공감을 얻기 위하여 쓰는 것이 아니고 제 자신의 고독을 외고집하기 위하여 쓰게 되는 것이다.

7

누구를 위하여 쓸 것인가? 하는 문제는 그대로 윤리적 문제가 된다. 그리고 이미 말한 '쓰고 싶은 욕망'과도 상관한다. 시작 그것이 그의 욕망의 전부일 때 그는 그 자신을 위하여 쓰는 것이다. 그러나 이렇게 판정해버리면 너무 도식적이다. 그 자신만을 위하여 쓰고는 있다고 하지만, 미지의 어떤 독자(그 수가 아주 국한되어 있다고 하더라도)를 의식하면서 쓰는 경우도 간혹은 있을 것이다. 그러나 물론 누구하고 누구하고 한둘이라도 내 시의 이해자가 되어주었으면 하는 정도로 독자를 가상하는 것이니까 이 경우는 독자의 압력(영향—의견·기호·이해력 등등)이 그다지 크게는 작용할 수는 없다. 유폐된 자유(시작)를 즐길 수 있는 것이다. 일단 남과의 접촉을 포기하고 있으니까 시작에서 취급되는 내용이 어떤 것이든 시작하는 태도 자체는 윤리적은 아니다. 수도자나 상아탑 속의 학도가 그들 자신으로는 얼마만큼 많은 자유를 향유하고, 얼마만큼 법열을 미득하는 것인지 모르나, 그것은 그들 자신의 소득이지 남과는 상관이 없다. 그들은 시작을 위하여 사는 것이고, 면학을 위하여 사는 것이다. 따로 목적이 있는 것은 아니다. "교양을 가진 사람들을 즐겁게 해주기 위하여" 쓰고 있다고 18세기의 프랑스 극작가들은 말할 것이라고 말한 평론가가 있다. 남을 즐겁게 해줄 수 있다면 그것은 훌륭한 덕행이다. 이조의 시조 작가의 누구와 한시 작가의 누구는 이와 비슷한 생각으로 시를 썼는지도 모른다. 그들의 시가 예상 외로 몇 백 년 후대의 사람들에게까지 즐거움을 주었다고 하더라도 그것은 그들의 관여할 바가 아니다. 그건 그렇다고 하고 '교양을 가진 사람들을 즐겁게' 해주려면 저 자신 그만한 교양을 가지고 있어야 할 것은 물론이고 그 교양을 가진 사람들의 생태를 잘 이해하고 그것을 늘 염두에 두고 있어야 할 것이다. 순전히 저 자신만을 위한 시작보다는 훨씬 많은 남(교양을 가진 사람들)의 압력을 받게 되는 것이다. 1920년을 막 넘어서자 상아탑 황석우가 다음과 같은 시를 썼다면, 우리는 당시에 있어 황씨가 누구를 위하여 시를 썼는가를 짐작할 수가 있다.

어느 날 내 영혼의
낮잠터 되는
사막의 위 숲 그늘로서
파란 털의
고양이가 내 고적한
마음을 바라다보면서

—「벽모의 묘」 일부

시조나 창가가사나 민요를 겨우 이해할 수 있는 일반 대중을 위하여 쓴 것이 아님은 분명하다. 적어도 보들레르를 번역으로라도 읽고, 세기말 프랑스 시인들의 시를 해설을 통해서라도 읽은 일이 있는, 적어도 그만 정도의 근대시에 관심을 가진 소수의 사람들을 위하여 쓰고 있다는 것이 짐작되는 것이다. 이런 예는 어느 시기든 있는 것이다. 1930년대의 이상이 그렇고, 1950년대의 시인들 중에는 더 많은 그런 시인이 눈에 뜨인다. 대중과 매스컴과는 너무나 먼 거리에 있다. 현대는 각자 각자의 입장에서 시에 관한 특별한 감수성과 교양을 가지고 있는 사람들을 위하여 시를 쓰고 있다. 시에 대한 감수성과 교양이 건전하지가 못할 적에 중대한 결과를 가져올 것인데, 그 책임은 현대의 시인들과 함께 현대시를 즐기고 있는 소수의 독자들이 져야 한다. 시작이 윤리문제가 된다는 것은 이것을 두고 하는 말이다. 순전히 자기 자신만을 위한 시작은 발표를 꼭 생각하고 있는 것은 아니니까 어느 정도는 문제 밖에 있다 할 수가 있을 것이다.

이상과는 달리 "시인은 상아탑 속에서 콧노래를 불렀다……
문학은 무엇 때문에 생긴 것이냐 문학이란 소수의 문학자의 소
일거리로 된 것이냐 예술이란 머리칼 길게 흐트리고 이상야릇한
말을 쓰는 정신환자 같은 예술청년을 위하여 난 것이냐? 아니
다. 문학의 세계는 그리 좁은 것은 아니다. 많은 '삶' 을 위하여
난 것이요, 예술도 곧 그들의 것이 되어야 하고 청풍과 열천이 그
러한 것인 것과 같이 문학도 반드시 그들의 것이 되어야 한다"[56]
라는 신념으로 시를 쓰는 경우가 있다. 그러나 팔봉 김기진의 다
음과 같은 것은 아직도 일반 대중에게 충분한 이해를 줄 수 있는
것이 못 된다.

> 입으로 말하기는 〈우 나로—드〉
> 육십 년 전의 노시아청년의
> 헛되인 탄식이 우리에게 있다
> (cafe chair Revolutionist)
> 너희들의 손이 너무 희구나
>
> —「백수의 탄식」 일부

지식층(시에 큰 관심이 없는 층까지를 포함한)을 대상으로 말
을 하고 있음을 알 수 있다. 그러나 여기서는 신념을 전달하고
싶어하고 있는 것만은 쉬이 짐작된다. 휴머니스트들에 있어서는
제 신념의 전달이 크게 문제가 되기 때문에 그 신념에 대하여 시

---

56) 월탄 박종화의 이글은 1920년대에 있어 팔봉 김기진 씨가 보낸 다음과 같은
서한에 대한 답이다.
"형의 문학에 대한 신념이 더 한층 굳어지고 힘이 있게 되기를 비는 바이올
시다. 형의 도피적 영탄사가 시의 일전기를 획하야 현실의 강경한 열가되기
를 바랍니다."(이상 백철, 『신문학사조사』(민중서관, 1953)에서 인용).

이상으로 책임을 져야 하고 지려고 한다는 뜻으로 그들은 윤리
적이 된다. 이 경우에는 시 그 자체의 미학이 전연 문제가 안 되
는 것은 아니다. 크게 문제되지 않고 있기 때문에 전달을 위한
가장 쉬운 방법을 택하게 된다. 한걸음 나아가면 대중의 일상용
어와 대중의 어투와 그 언어 사용의 관습을 일부러 좇으려는 노
력을 기울이게 된다. '교사가 어찌 제 고민과 제 회의를 생도들
앞에서 고백해야 하겠느냐?' 는 심정으로 제 예술상의 고민과 회
의를 모조리 죽여야 한다. 이렇게 되면 그는 대중을 위하여 쓰는
사람이 된다. "혼란과 애매가 내용의 풍부한 표상으로 해석되어
온 적도 있기는 했지만 상징·우유·픽션을 통한 간접적 표현
시대는 이제 말짱하게 끝났다. 현대는 정히 내용의 직접적인 파
악과 직접적인 표현…… 어떻게라도 해석할 수 있는 다의성의
모순이 의외로 좋은 효과를 가져오리라는 어리석은 기대가 허용
되던 예술 시대는 이미 끝났다"[57]라는 말이 무엇을 뜻하고 있는
가를 짐작하기 어렵지 않다. 단순 소박하게 표현하는 것은 대중
이다. 시의 원초적 감정은 이런 데에 있는 것이 사실이라면 대중
에게 전연 침투될 방도가 서지 않는 시 작품은 윤리적으로는 반
성의 여지가 있다 할 것이다.

---

57) 김태홍의 이글은 부산대학교 학보 223호에 실린 것인데, 학생들의 시화전
을 평한 것이다.
다음과 같은 시편을 들어 이 글의 방증을 삼고.

산 너머 부잣집에 시집가던 누우야
보리 이파리 부슬비가 내린다
피가 되어 내린다
큰딸 팔아 젖먹이 살린 어매야

—尹—,「보릿고개」일부.

8

善花公主主隱
他密只嫁置古
薯龍房乙
夜矣卯乙抱遣去如

　　백제 무왕이 서동이라고 불리던 시절에 지은 이 시편은 선화
공주를 얻기 위한 방편으로 된 것이라는 기록이 『삼국유사』에
보이지만 이러한 목적으로도 시는 씌어질 수 있는 것이다. 이조
의 내방가사 중의 어느 것은 부녀자들의 파한거리로 오락을 목
적하고 되었는 듯하다.[58] 시를 왜 쓰느냐?고 따지고 든다면, '새
롭지 못한 취미'가 어떤 것이라고 눈앞에 지적해 보여줄 수밖에
는 없다. 그렇게 하기 위하여는 이른바 역사의식이라는 것이 필
요해진다. 이와 한가지로 시를 왜 쓰느냐? 하는 데 대란 태도에
도 변천이 있다. '새로운 취미를 알려주기 위하여' 쓴다는 것도
시를 왜 쓰느냐? 하는 데 대한 태도의 변천을 보여주고 있는 예
에 지나지 않는다. 완고한 사람들이 있어, '시는 오락도 취미도
아니다'라고 우겨댈는지 모르나, 실상은 그것은 그렇게 말하는
사람의 고집에 지나지 않는 것이고, 시를 왜 쓰느냐? 하는 데 대
한 답은 보다 폭이 넓어서 언짢을 것은 없다. '오락'과 '취미'를

---

58) 조윤제 박사는 『조선시가사강』(박문출판사, 1946)에서 「규중가도」란 항목을
　　따로 두어 다음과 같이 말하고 있다. "정월날 설 명절이 되면 오히려 집집마
　　다 가회가 열리어 서로 돌아가며 낭독을 하고 또 봄철 동산에 진달래꽃이 피
　　면 서로 모이어 산유를 나가면 꽃을 따서 전을 부쳐놓고 노래를 지어 읽는
　　다. (……) 많이 모이면 3, 40명 되기는 흔한 일이다. 그리하여 산에 가서 서
　　로 다투어 진달래꽃을 따 모아서는 준비하였던 가루로 전을 부쳐서 먹는데
　　이때에 여러 가지 장난도 있거니와 필묵을 내어 가사를 짓는다."

목적한 것이 '인생의 고민'이나 '우주의 신비'를 규명하기 위하여 씌어진 시보다 시로서 열등하다고는 일률로 말할 수는 없다. 서정주의 최근의 어느 시는 7·5조의 음수율을 새로 시험해보기 위하여 쓰고 있는 듯한 인상인데, 누구의 '인생의 고민'이나 '우주의 비밀'을 규명하기 위하여 쓰고 있는 듯한 시보다는 시로서 별로 손색이 있는 것 같지 않다. 왜 쓰느냐? 하는 데 대한 대답은 각인각종일 수 있는데 편견은 그물이다. 그렇다고는 하지만 왜 쓰느냐? 하는 데 대한 어느 시인의 어떤 대답이 실지의 작품에 어떻게 나타나서 누구에게 지지를 받고 있고, 또는 배척되고 있느냐 하는 데 대하여 우리는 깊게 관심할 필요가 있다. T. S. 엘리엇이 아까 말한 그 '취미의 새로움'을 염두에 두고 시를 썼지만, 조지언들은 그의 시편을 배척하고 젊은 세대들은 지지하였다. 그는 역사에 한 선을 그었다고 할 것이다. 그런데 여기서 짐작되는 것은 T. S. 엘리엇의 시편이 후배들에게 지지된 만큼은 그의 시를 왜 쓰느냐? 하는 데 대한 태도 그것이 지지되지 않았지 않았는가 하는 점이다. 이렇게 동기와 결과는 다 함께 남에게 영향한다고 볼 수 없으니까 어떤 태도에 선입관을 가질 필요는 없다. 누구의 시를 왜 쓰느냐? 하는 데 대한 태도까지를 좋아하지 않는다고 단정할 수는 없다.

'문학적 활동이라는 것을 마치 절대에의 어떤 침투이자 그 성과를 어떤 계시로서 생각하는' 사람들이 우리 주변에도 있을 것이지만, 그리고 이러한 엄숙한 태도가 시인이 가져야 할 절대적 태도라고 오인하는 수가 흔히 있는 것이다.

저녁별은
빛나는 아침이 팔방으로
흩뿌린 것을

모두 다 돌려보낸다.
염소를 돌려보내고
엄마의 품에
어린 자식을 돌려보낸다.

사포Sappho의 이 시편이 결과에 있어 독자에게 '절대'나 '계시' 같은 것을 느끼게 하는 일이 혹 있는지는 모르나, 그녀 자신 '절대'나 '계시'를 목적으로 시를 썼는가는 저으기 의심스러운 일이다. 횔덜린을 얘기하면서 하이데거는 '시는 존재의 개명'이란 말을 하고 있지만 그것은 시편이라는 시작의 결과에 나타난 내용이 그렇다는 것이고, 또 시작이라는 행위가 객관적으로 말하여 '존재를 개명해가는 행위'라고 할 수 있다는 것이지, 시인이 자신의 태도로서 그런 것을 의식하지 않고 있는 경우도 많이 있을 것이다. T. S. 엘리엇이 '취미'를 말하고 있다고 하여 그의 시편에서 '존재의 개명'을 볼 수 없는 것은 아닐 것이다.

'시를 왜 쓰느냐?' 하는 문제는 '시를 누구를 위하여 쓰느냐?' 하는 문제와 '쓰고 싶은 욕망'과 깊이 상관한다. 동의어라고 해도 좋을 것이다. T. S. 엘리엇이 '취미의 새로움'을 말할 적에 일반 대중을 생각하고 있었던 것은 아닌 것 같다. '새로운 취미'를 이해할 수 있는 교양을 가진 층을 우선은 생각하고, 그 '새로운 취미'가 차츰차츰 뻗어갈 것을 생각하고 있었던 것 같다. 그의 '쓰고 싶은 욕망'이 이 선에 따라 보다 많이 나타났을 것이라는 것은 짐작할 수 있는 일이다. 그런데 '쓰고 싶은 욕망'에 대한 대답과 '왜 쓰느냐?'에 대한 대답을 분석해보면 각자의 시대에 처하는 입장을 알 수 있다. 연전에 시조를 쓰는 몇 분과 시조에 관하여 4, 5차의 논쟁을 한 일이 있었는데 그때에 그 분들은 시조를 시단권외의 일반 국민들을 위하여 쓰고 있다고 솔직히 말

하였다. 이 말은 보다 많은 수의 국민이 자기편이 되고 있다는
은근한 자부를 보여주는 것이기는 하나 한편 시단의 일반적 경
향으로부터는 관심의 대상이 못 되고 있다는 얼마만큼의 불안을
보여주는 것이기도 하다. 그리고 왜 쓰느냐? 하는 데 대한 대답
도 국민의 보다 많은 수에게 생활의 윤기를 주고 취미를 도야하
기 위하여라고 하였다. '국민의 많은 수'가 늘 염두에 있는 것
같기는 한데, 그들에게 '윤기'와 '취미'를 준다 하면서 그런 말
들 위에 '새로운'이란 형용사를 씌우지 않고 있다. 그분들의 시
대에 대처하는 태도를 볼 수 있는 것이다. 시의 풍조나 유행을
원하지 않고 있다는 것을 알게 되는 것이다. 새로운 풍조는 유행
은 국민 생활에 윤기를 주고 취미를 도야할 수는 없는 것으로 생
각하고 있을는지 모르는 일이다.[59]

---

59) 논쟁에 참가한 분은 장하보, 김상옥, 고두동 제씨다. 부산의 한두 일간지를
   무대로 한 것인데, 이것이 서울에까지 파급하여 이태극 씨가 자신의 논문에
   서 이 논쟁을 취급하였고, 나중 「시조계 일년 총평」에서도 언급하였다. 필
   자는 주로 시조의 현대적 의의를 인정할 수 없다는 입장에서 발언하였다.

III

처용, 그 끝없는 변용

1

처용에 대한 관심은 20수년 전부터 가지고 있었다. 『삼국유사』의 처용설화는 하나의 알레고리지만, 나에게는 특히 현대적인 의의를 띠고 있다. 나는 현대의 특색을 폭력과 성행위의 아나키즘이라는 측면에서 보고 있었다. 한국전쟁이 끝나자 나는 30대의 나이로 접어들고 있었는데 그때 나는 그런 관점에 서 있었다.

내가 폭력을 특히 염두에 두게 된 것은 제2차 세계대전이 나에게 미친 압력 때문이라고 생각된다. 나는 20세가 조금 넘자 일제 군국주의의 압력을 직접으로 경험하게 된, 나로서는 우연이라고 밖에는 할 수 없는 어떤 사건에 휘말리게 되었다. 헌병대와 경찰서 고등계의 지휘 하에서 몇 달의 영어 생활을 하게 되었지만 나는 참으로 억울했다. 그들이 함부로 내 몸과 자존심을 짓밟아버린 것도 그랬지만, 내 자신 어이없이 무너지고만 내 자존심을 눈앞에 보았을 때 한없이 억울하기만 했다. 그들은 한 개의 죽도와 한 가닥의 동아줄과 같은 하잘것없는 물건으로 나를 원숭이 다루듯 다루고 말았다. 내 입장에서 볼 때 그것은 명분이 서지 않는 저희들만의 일방통행이었다. 그저 미물 같은 나 하나쯤 장난처럼 깔아뭉개고 가버렸을 뿐이다. 누구에게 이 억울함을 호소할 수 있었던가? 동포들도 외면하고 몇 안 되는 벗들도 그저 그러고만 있었다. 일제 말 이런 바람이 한번 스쳐간 뒤로 한참 동안 나는 내 자신을 가누지 못하고 있었다. 20대의 말에 6·25가왔지만, 끝없이 쫓겨다닌 나는 왜 내가 그래야만 했는지 그 명분을 찾아낼 수가 없었다. 폭력은 나에게 그런 모양으로 왔다. 당한 사람은 실신할 정도로 억울하지만, 폭력은 그 자체 어떤 명분을 세워놓고 있었는지도 모른다. 역사를 말하는 어느 선배의 흥분된 얼굴에 침을 뱉고 싶었지만 그러지는 못했다. 나는 이때 역사의 상대성과 역사가 쓰고 있는 탈이 이데올로기라는 것을 똑똑히 본 듯했다. 역사가 절대적이라고, 그리고 그것은 탈이 아니라 진짜 자기 자신의 얼굴인 것처럼(자기의 진짜 얼굴이 있는 것처럼) 억지떼를 쓰는 그 꼴이 내 눈에는 바로 폭력 그것으로 비쳤다. 그렇다. 한동안 나에게 있어 역사는 그대로 폭력이었다. 역사의 이름으로 지금 짓밟히고 있는 것은 누구냐?

폭력을 심리적으로 극복할 수 있는 길이 있을까? 그것은 인고주의적 해학이 아닐까? 극한에 다다른 고통을 견디며 끝내는 춤과 노래로 달래보자. 고통을 가무로 달래는 해학은 그러나 윤리의 쓰디쓴 패배주의가 되기도 하는 어떤 실감을 나는 되씹고 되씹곤 하였다. 처용적 심리나 윤리는 일종의 구제되지 못할 자기기만 및 현실 도피가 아니었던가? 이러한 딜레마를 나는 안고 있었다. 한말로 이 무렵의 처용은 나에게는 윤리적 존재였다. 나는 한두어 편의 짤막한 시와 100매짜리 소설 한 편을 쓸 수 있었을 뿐, 더 이상 처용의 딜레마에 머물러 있을 수가 없었다. 이 딜레마의 해결을 숙제로 둔 채 고개를 다른 방향으로 돌리고 말았다. 내 힘이 그럴 수밖에는 없었기 때문이다.

2

현대가 폭력의 시대라고 했지만, 그 폭력은 별로 솔직하지 못했다. 늘 이데올로기의 앞잡이 노릇을 해왔기 때문이다. 이데올로기의 입장에서 보면 그것이 폭력이 아닌 것 같은 인상마저 줄 수도 있는 가장 폭력의 남성적이고 건강한 일면을 거세해버린 어둡고 축축한 것이었다. 나치즘에 물어보면 후안무치한 변명(이데올로기)이 준비되어 있었다. 내 눈에 역사=이데올로기=폭력의 삼각관계가 비치게 되면서부터 나는 도피주의자가 되어가고 있었다. 왜 나는 싸우려고 하지 않았던가? 나에게는 역사·이데올로기·폭력 등은 거역할 수 없는 숙명처럼 다가왔다. 나는 나 혼자만의 탈출을 우선 생각했다. 생각하지 않을 수 없었다. 그때 또 다른 모양을 하고 처용이 나에게로 왔다.

처용은 나의 유년의 모습이었다. 그의 이런 탈바꿈은 나에게는 필연적이다. 10수년의 처용과의 악전을 버리고 드디어 나는 내 자신을 새삼 찾아나선 셈이다. 나는 누구냐? 하나의 처용과는 이별하고 하나의 또 다른 처용과 만나게 되었을 때 나는 「처용단장 제1부」를 쓰고 있는 내 자신을 발견하게 되었다. 실은 이 연작은 조심조심 한 달에 한 편 정도 완성되어갔다. 1년 하고도 한 달이 걸려 13편의 단장으로 나타났다. 그러고는 나는 얼마 뒤에 쓰러지고 말았다. 위가 엉망이 되어 있었다. 손바닥 반쯤이나 위를 잘라내고 말았다. 그 뒤로 나는 단장의 다음을 계속 못하고 있다. 벌써 10년 가까운 세월이 흘러버렸다.

10년 전에 처용은 어떻게 나에게로 왔을까? 그는 동해용東海龍의 아들이다. 그렇다. 나는 바다가 되어버린 것이다. 동해가 아니라, 한려수도로 트이는 남쪽바다. 다도해. 봄에 유자가 익고, 겨울에 죽도화가 피는 그러한 바다. 바다는 자라고 있었고 자라는 동안 죽기도 하고 깨어나기도 했다. 죽은 바다를 어떤 사나이가 한쪽 손에 들고 있기도 하고, 산유화가 질 무렵, 다 자란 바다가 발가벗고 내 앞에 드러눕기도 했다. 발가벗은 바다의 가장 살찐 곳에 산유화가 지기도 하고, 어떤 때는 크나큰 해바라기 한

송이가 져서는 점점점 바다를 다 덮기도 했다.

다리를 뽑힌 게가 거품을 내뿜으며 가고 있었고, 개나리가 수렁에 노랗게 피어 있었다. 호주 선교사네 집에는 겨울에 나비가 날고, 한밤중에 청동의 벽시계가 회랑을 하염없이 걸어다니곤 했다. 나는 그 무렵 마귀란 말을 처음 들었다. 꿈에 마귀를 보았다. 마귀는 몸집이 큰 쥐만 한데 천장에 매달려 있었다. 어느 서슬엔가 뛰어내리더니 내 가슴에 걸터앉아 목을 조르는데 나는 소리를 낼 수도 없었다. 그대로 까무러치고 말았다.

어떤 때는 은종이로 만든 천사가 콧수염을 달고 있었고, 얼룩 암소가 새끼를 낳으면서 새벽까지 울고 있었다. 그 해 겨울은 그 언저리에만 눈이 내리고 있었다. 바다는 내 손바닥에서 눈을 뜨기도 하고 숲속에서 잠이 들기도 했다. 이러한 내 유년의 가지가지 필름은 하나같이 빛깔이 선명했다. 처용은 어느새 나와 화해하고 있었다. 그런 처용에게는 윤리도 논리도 심리의 음영조차도 없었다. 그는 다만 훤한 빛이었다. 때로 그 빛에 쓸쓸한 그늘이 지는 수는 있었지만, 그러나 그 그늘도 곧 흔적을 지우곤 하였다. 나는 보았다. 내 속에 있는 한 사람의 타인을! 그 정답고도 낯선 얼굴, 그는 또 가고 말았다. 처용은 신라왕에 사로잡혀 그의 신하가 되어 벼슬을 하고 아내를 얻게 되었다. 그에게 현실이 나타나고 육체가 나타나고 그 아픔이 지각되었다. 처용은 또 한 번 탈바꿈을 해야 하지만, 그 탈바꿈은 가장 위험한 탈바꿈이다. 유년의 얼굴을 완전히 지워버릴 수는 없기 때문이다. 이 탈바꿈은 하나의 화학변화라고 할 수 있다. 말하자면 지양되는 탈바꿈이다. 그러나 그것은 아직은 과정에 있고, 무엇으로 어떻게 지양되는지를 아직은 알 수 없는 그런 기나긴 과정에 있다. 잘못하면 좌절과 단념으로 망가질 위험을 지닌다. 불투명한 것이 끝없이 의식의 밑바닥을 흐르고 있다. 그것을 자각할 뿐이다.

불러다오.

멕시코는 어디 있는가.

사바다는 사바다, 멕시코는 어디 있는가.

사바다의 누이는 어디 있는가.

말더듬이 일자무식

사바다는 사바다

멕시코는 어디 있는가.

사바다의 누이는 어디 있는가.

불러다오.

멕시코 옥수수는 어디 있는가.

「처용단장 제2부」에서 나는 이런 모양으로 시를 쓰고 있었다. 이것은 거의 초고 그대로다. 그 뒤로 나는 처용으로부터 고개를 돌리고 있다. 그를 보기가 민망하고, 보다는 숨이 차다. 내 건강이 유지 안 될 것 같은 그런 느낌이다. 지금은 다음과 같은 장난기 섞인 처용을 그리고 있다. 숨을 돌리기 위한, 긴장을 좀 풀어보는 뜻으로 해보는 데생이다.

하나님은 언제나 꼭두새벽에

나를 부르신다.

달은 서천을 가고 있고

많은 별들이 아직도

어둠의 가슴을 우비고 있다.

저쪽에서 하나님은 또 한번

나를 부르신다.

나를 부르시는 하나님의 말씀 가까이

가끔 천리향이

홀로 눈 뜨고 있는 것을 본다.

이 시의 제목이 「잠자는 처용」이다. 처용과 이 시와는 일단은 관계가 없다고 봐야 한다. 시적 트릭을 생각하고 붙인 제목이다. 그러나 그렇다. 어떤 측면으로는 처용은 지금 잠자고 있는 셈이다. 그의 의식은 몽롱하다. 그러나 때로 새벽에 눈 떠서 보는 한 겨울의 천리향처럼 보이는 때가 있다. 그만 홀로 눈 뜨고 있는 것처럼 보이는 때가 있다. 그는 누구일까?

존재를 길어올리는 두레박

수삼 년 내로 세 권의 시선집을 내게 되었다. 민음사의 『처용』, 정음사의 문고판 『김춘수 시선』, 삼중당의 문고판 『꽃의 소묘』가 그것들이다. 문고판 두 권은 작년에 각 3,000부씩 찍었는데 금년 모두 재판이 나왔다. 『처용』은 4년 동안에 무려 10판을 돌파하여 만 부쯤 팔렸으리라고 짐작된다. 그러니까 내 시선집이 그동안 2만 부 가량이 팔렸다는 것이 된다. 놀라지 않을 수가 없다. 나는 내 시의 독자는 극히 소수로 국한돼 있으리라고 생각하고 있었다. 그런데 이쯤 시선집이 나간다면 내 시의 독자도 예상 외로 많다고 봐야 하겠다. 이런 사실을 그러나 나는 별로 달갑게 받아들이지 않고 있다. 왜냐하면, 내 시선집 중에서 비교적 초기에 속하는(40세 전후까지) 시들이 읽히고 있고, 그 이후의 것들은 경원되고 있지 않을까? 그러니까 내 독자들은 주로 초기의 내 시를 보기 위해서 내 시선집을 사는 것이 아닐까? 이렇게 나는 생각하고 있기 때문이다. 그만한 이유가 나에게 있다.

내가 늘 대하고 있는 문과 학생들이나 간혹 미지의 독자들로부터 보내오는 편지나, 또는 후배 시인들이나 일부 비평가들까지 내 근작을 포함한 십 년 남짓한 내 시작들을 아주 난해한 것으로 치부하고들 있는 것 같다. 최근에는 모 신문의 해방 후 시단 30년을 말하는 대담에서 내 또래의 모 시인과 생소한 어느 젊은(?) 시인이 다 함께 내 시를 난해시의 표본처럼 취급하고 있었다.

나에게는 난해에의 취향이라고 할까 그런 것이 있는 듯하다. 시를 써놓고 간혹 아내에게 보이고는 아내가 쉽게 이해한 듯한 기색을 나타내면 오히려 불안해진다. 뭔지 잘 모르겠네요라는 독후감이 아내 입에서 나와야 어쩐지 안심이 되곤 한다.

독자 중에는 다음과 같은 질문을 해오는 수가 있는데 매우 난처해진다. 그런 질문 편지를 나에게 보내온 사람을 가령 A라고 하면 A는 말한다.

선생님 안녕하세요? 저는 선생님의 시를 무척 좋아해요. 그 중에서도 선생님의 시 「꽃」이 제일 좋아요. 선생님, 「꽃」은 누구를 두고 한 말일까요? 선생님의 사랑의 얘기가 좀 듣고 싶군요.

물론 이런 독자는 나이 어린, 아직은 소녀 티가 가시지 않은 여학생일 것이다. 그러나 사춘기를 훨씬 지난 여자일는지도 모른다. 그런가 하면 같은 시를 두고 B라는 독자는 대조적으로 딱딱한 말들만 골라서 보내오고 있다.

귀하의 시 「꽃」은 존재론을 담고 있다고 보는데 어떨는지요? 세계내 존재, 저 후설의 현상학을 거쳐 메를로 퐁티에 이르는 실존주의를 방불케 하는군요. 요컨대 존재와 세계와의 함수관계 말입니다. 귀하의 시는 나와 같은 철학도에게는 하나의 시사示唆가 됩니다.

미국에서 석사 과정을 밟고 있는 어느 학도는 라이너 마리아 릴케와 내 시와의 연관성을 비교문학적인 측면에서 다루어보고 싶다는 편지를 보내왔다. 그 뒤에 인쇄된 석사논문을 부쳐 보냈는데 그쪽의 교수들이 그 논문을 어떻게 취급했는지가 궁금했지만, 논문의 작성자는 그걸로 학위를 딴 모양이었다. 거기서도 「꽃」은 존재론적으로 다루어지고 있었다. 내 시에 관심을 가져주고 이따금 내 시에 대한 의견을 편지로 적어서 보내주는 후배 시인들이 몇 있는데 나는 그들의 말에 귀를 기울인다. 황동규, 이승훈, 오규원 등인데, 특히 이 시인은 장문의 글이 되기도 한다.

선생님의 시선을 처음부터 다시 읽으면서 가장 최근의 것들로 여겨지는 「더라초抄」 기타에 많은 주의를 기울였습니다. 언젠가 선생님의 「해파리」 기타를 짧게 평할 기회가 있어서, 저는 최근 선생님의 작업을 원형 혹은 생의 원형질 같은 낱말로 풀이했습니다. 초현실주의 화가 이브 탕기가 본 세계를 문득 선생님의 「해파리」 같은 작품에서 읽을 수 있었습니다. 이제까지 선생님의 작품을 저는 시에 의해서만 가능한 인식의 세계로 풀이해본 적이 있었고, 마침내 초기 시편에서부터 최근 시편까지를 일단 시적 인식의 명제로 좀더 다부지게 해명하고 싶은 욕심이 일었습니다.

선생님의 작품을 중심으로 한 편의 시적 인식론을 써 보았습니다. 발표되는 대로 선생님께 보여드리고, 많은 지도의 말씀 기다리겠습니다마는 저로서는 요즈음 가장 큰 문제는 시적 인식과 과학적 인식의 상호관계인 것 같습니다. 과학적 인식에도 주관적 오류가 지나치게 개입하고 있다고 바슐라르 같은 이론가는 말합니다만 그렇다면 모든 인식의 뿌리는 주관적 오류, 바슐라르식으로는 무의식 혹은 콤플렉스에 의하여 지탱되는 것이 참인지 하는 문제입니다. 이러한 문제는 구체적으로 선생님의 경우, 꽃의 시편에서 드러났던 인식의 방향이 왜 최근에 이중섭

시리즈나 해파리 시편에서 무의식의 명제와 만나는가를 어렴풋이 시사하기도 했습니다. ……(후략)……

　그렇다. 이런 글은 나에게는 퍽 시사적이다. 인식론에서 정신분석학, 또는 분석심리학으로—은화식물처럼 꽃을 감추고 포자로 번식해가고 있는 것이 그동안의 내 시의 전개과정이었는지도 모른다.

　프로이트와 융의 무의식은 결국은 가장 멀고 깊은 곳으로부터 숨어 있는 내 자신을 길어올리는 그런 작업을 뜻하는 것이 된다. 이때 두레박의 역할을 하는 것은 자동기술이다. 자동기술로 길어올려진 것에 이름을 붙이는 일은 현대와 한국이라고 하는 시공이다. 내 자신 무엇으로 이름 불리어져야 하는가는 내가 살고 있는 시대의 사회 현실이 책임을 져야 한다. 나는 다만 내 자신이 무엇인 줄도 모르면서 길어올리고 있을 뿐이다. 끝내는 내 자신에 이름을 붙여 호명하는 것도 내 자신의 책임으로 돌아갈는지도 모른다. 내가 내 자신을 어떻다고 말해야 하나! 이런 따위를 존재론이라고 할 수 있을까? 그러나 존재의 비밀은 이름 붙일 수 없는 데에 있다. 이런 확신은 나를 선禪의 세계로 데리고 간다. 불립문자·교외별전·직지인심·견성성불—어느 하나를 떼어놓고 바라보아도 언어가 발디딜 틈은 없다. 말이 존재의 집이라고 한 것은 로고스를 신으로 모신 유럽인들의 착각일는지도 모른다. 신은 그것이 인간의 능력 밖에 있는 이상은 인간의 말 속에 완전히 담아질 수는 없다. 언제나 신의 많은 부분은 말(인간이 만든) 밖으로 비어져나가고 있다. 우리는 결국 신을 말 속에서 가지지 못한다는 것이 된다. 그것은 결국 하나의 사물도 말 속에서는 가지지 못한다는 것이 된다. 그런 안타까운 표정이 곧 말일는지도 모른다. 시는 그런 표정의 정수일는지도 모른다. 누가 시를 산문을 쓰듯, 자연과학의 논문을 쓰듯 쓰고 있는가? 시는 이리하여 영원한 설레임이요, 섬세한 애매함이 된다. 어떤 고매한 도덕의 입장도 시의 이러한 속성을 죽일 수는 없다. 만약 죽인다고 하면 결국은 도덕 그 자체도 멍이 들 수밖에는 없다. 왜냐하면 도덕의 이름으로 어떤 진실이 지워져갔기 때문이다. 도덕이 돌을 보고 돌이라고 하며 의심하지 않을 때, 시는 왜 그것이 돌이라야 할까 하고 현상학적 망설임을 보여야 한다. 시는 도덕보다 더 섬세하고 근본적일는지도 모른다. 나는 시를 쉽게 쓸 수가 없다. 남들이 제멋대로 쉽게 해석해버리는 일이 있을는지는 모르지만.

시의 위상

1991년 3월 2일, 둥지출판사 발행

|차 례|

책 머리에

1~55장

책 머리에

1908년 육당이 《소년》지에 「해에게서 소년에게」라는 새로운 형식의 시를 발표하게 되자 이른 바 시사상으로는 신체시의 시대로 접어들게 된다. 신체시는 육당과 함께 춘원이 시도한 새로운 시이지만, 전통시에 비하여 질이 훨씬 떨어진다. 시조(평시조, 엇시조, 사설시조를 가릴 것 없이)에 비해서도 그렇고 가사에 비해서도 그렇다. 그러나 역사란 그 자체의 의지가 있다고 한다. 반드시 앞 시대의 것보다 뒤에 나온 것이 질의 향상을 보증받고 있다고는 할 수가 없다. 답답함을 느낄 때는 그것(답답함)을 풀도록 할 수밖에는 없다. 신체시는 시조나 가사에 대해서(즉 전통시에 대해서) 일종 해체시의 구실을 한다. 문장이 산문이라는 점이 특히 그렇다. 4·4조(가사)나 3·4(시조)의 음수율을 부수고 회화체(구어체)를 썼다. 그러나 회화체는 아직 덜 다듬어진 조잡한 것이었다. 그러나 어쨌든 한 걸음 발을 내디딘 것만은 어김없는 사실이다. 그런데 또 하나 지적해야 할 것이 있다. 그것은 그들(육당과 춘원)이 시의 아마추어들이었다는 사실이다. 그들은 시에 대한 일가견을 지니지 못하고 있었다. 그렇다고 따로 또(그들 외에) 일가견을 내놓은 이론가도 없었다. 거의 시대에 추세(개화의 물결)에 밀려서 나타난 현상처럼 되어버렸다. 20년대의 시단도 사정은 백보 오십보의 차이라고밖에는 할 수가 없다.

20년대는, 특히 그 전반은 유럽의 세기말 문학풍조가 압도적으로 시단을 지배했던 시기다. 탐미주의, 상징주의 등이 로만주의와 함께 피상적으로 소개되고, 시에서도 그런 피상적 이해에 따른 아류현상이 노출되곤 했다. 특히 상징주의에 대한 인식은 상상 이하의 것이었다. 프랑스 상징주의의 역사적·사회적 배경과 그 철학적 입장은 거의 간과되고 있었다. 호사가적인 접근에 머물렀다. 플라토니즘 및 자유에 관한 아나키즘적인 인식과 같은 프랑스 상징주의의 핵심적 분위기에 대한 이해는 태무했고, 스타일 모방이 고작이었다. 이는 그쪽 것을 번역투로 옮겨놓은 어둡고 자극적(관능적)인 어휘 선택에서 더욱 여실히 드러난다. 20년대도 이처럼 아마추어리즘의 시대다.

20년대는 후반으로 접어들면서 이른바 카프파를 중심으로 문학의 계급운동이 득세한다. 탐미주의, 상징주의의 예술지상주의 쪽에 섰던 시인들 중에서도 경향을 이쪽으로 바꾼 사례도 나타난다. 문학의 사회적 양심의 표출이다. 이런 현상은 역사의 과정에서는 간헐적으로 드러나곤 한다. 20년대는 또 김소월과 같은 역사의 진행을 가로막는 전통주의자가 나타나서 한국인의 재래적 정한세계에 거의 결정적인 정제된 패턴을 만들어낸다. 반동이 역사의 진행에 오히려 역작용을 할 수도 있다는 증거가 되리라.

30년대에 들어서자 비로소 국제적인 안목으로 말할 수 있는 모더니티가 시단에 등장한다. 최극서, 김기림 등의 이론가들의 계몽적인 역할도 있기는 하지만 정지용, 김광균 등의 탁월한 재능과 기질이 이미지즘의 한국적 표본을 만들어낸다. 특히 지용의 경우는 유럽 이미지즘의 완전한 한국적 육화현상이라고 할 수가 있는 작품들을 내놓고 있다. 30년대는 비로소 탈아류 탈아마추어리즘을 이룩한 시기라고 할 수가 있다. 모더니티는 다른 한쪽에서 또 이상이 선을 보인다. 그는 다다이즘, 초현실주의, 포멀리즘 등을 뒤섞은 첨예한 모더니즘의 시를 한꺼번에 다량으로 생산하고 있다. 그는 이른바 과격한 모더니즘의 한국에서의 선도자 역할을 담당한 셈이다.

30년대는 또 시가 다양한 전개를 한 시기다. 김영랑과 같은 전통적 서정파 시인이 나와서 한국어의 결과 재래적 정서인 정한의 결을 두루 치밀하게 해주고 있다. 백석은 토속의 세계를 리얼하게 영상화함으로써 독특한 사물시를 만들어내고 있다. 사투리가 귀중한 문화재라는 것을 그의 시들은 입증해주고 있다.

30년대는 또 지용과 광균 및 이상 등의 이른바 모더니즘에 대한 안티테제로서의 입지를 자청한 유치환, 서정주의 시세계가 펼쳐지는 시기이기도 하다. 그들은 지용과 광균 등의 사물시와 이상의 해체현상을 모두 기교의 측면에서 보고 있다. 분출하는 에네르기를 그 상태 그대로 존중하는 입장이다. 일종의 심리적 반기교주의요 로만주의에 연결된다고 할 수가 있다. 그러나 치환은 그런대로 수긍이 간다고 하더라고 정주의 경우는 세기말적인 탐미주의에 가까이 가 있는 듯이 보인다. 그의 시는 그 전까지의 전한국 시사를 통틀어 유례가 없는 유별난 개성을 보여주고 있다. 그것은 보들레르투의 위악의 몸짓이다. 그러나 그의 시에서는 아류의 허울은 완전히 가시어지고 있다. 순혈의 한국어로 세기말적 데카당스가 잘 육화되고 있다.

30년대도 다 저물어가면서 박두진, 박목월, 조지훈 등 나중에 청록파 3가 시인으로 불리어지게 된 시인들이 또한 발랄한 개성을 선보이게 된다. 두진의 시적 위상은 기독교적인 메시아 사상을 바탕에 깐 관념시의 그것이다. 목월은 경상도 내륙의 토속세계를 민요조로 간결하게 영상화한다. 지훈은 세련된 아케이즘(아르카이슴)의 세계와 선神감각의 탈속세계를 동시에 시도하고 있다. 출발 당시부터 그들은 이미 일가를 이룬 듯한 인상을 풍기게 된 시인들이다. 그런 신인들이 나올 만큼 한국시도 부피가 쌓이게 되었다는 증거다.

40년대와 50년대는 일제 말의 암흑기와 1945년의 해방, 그 뒤의 좌우 알력에 따른 혼란, 6·25 동란 등으로 해서 문단 전체가 넋을 잃고 있었던 시기다. 그러나 그런 와중에서도 새로운 시도가 없었던 것은 아니다. 그 대표적인 예가 50년대 초 '후반기' 동인회의 출현이다. 이 회의 멤버들은 30년대의 치환과 정주가 그랬듯이 자기들의 바로 앞 세대인 '청록파'의 안티테제로서의 입장을 자처했다. '청록파'를 전통서 정파로 못박고 그에 동조하는 세력을 모두 부정 대상으로 치부했다. 30년대의 모더니즘의 부활을 염두에 두고 있었던 듯하나, 오히려 영국 30년대의 뉴컨트리파의 영향이 두드러진 듯했다. 그러나 그 영향은 형식에 있어서나 제재에 있어서나 너무도 도식적이었고, 감상적인 측면까지 노출되고 있었다. 그들 중에서는 김수영이 계속적인 영향을 후진들에게 끼치게 된다. 그는 유일하게 뉴컨트리파의 도식적 영향을 벗어나고 있고, 감상성도 걸러내고 있다.

60년대는 30년대가 첫 번째의 부흥기(신체시 이래의)였다고 한다면 두 번째의 부흥기였다고 할 수가 있다. 30년대보다도 시의 경향이 한층 다양해지고 개성이 뚜렷한 시인의 수도 불어나고 있다. 그리고 아마추어리즘은 시단 전체의 추세로서 완전 탈피하고 있다.

60년대는 40년대 및 50년대의 사회혼란이 그런대로 가라앉고 (물론 정도의 문제이기는 하지만), 경제면에서도 차츰 의욕과 희망이 싹트게 된 시기다. 그리고 문학의 직접적인 여건으로는 우선 모국어로 발상을 하고 어려서부터 모국어를 익힌 이른바 한글세대가 작품활동을 본격적으로 하게 되었다는 사실을 들 수가 있다. 해방 후 20년이 이미 지나고 있다. 그 다음은 문학 지망자의 수가 엄청나게 불어나서 닭이 백 마리라야 봉이 한 마리 나온다는 그런 상태가 형성되어 있었고, 그들은 또한 외국어 수련을 겪고 외국의 원전을 그 나라 언어로 읽을 능력을 갖추게 되어 일반적으로 시의 이해에 있어 밀도를 훨씬 더하게 되었다. 이런 따위는 문단의 일반 수준을 높이는 역할을 한다. 문학 저널리즘도 제자리를 잡게 된다. 출판계가 활기를 띠게 된다.

60년대는 또한 유력한(고른 수준을 유지한) 동인지들이 경향에서 나오고 있다. 그 중에도 《현대시》, 《60년대 현대시》 등은 다채로운 경향과 다채로운 개성들을 망라하고 있었다는 점에서 괄목할 만한 성과를 내면서 60년대 시단의 시사상 자리매김에 있어 상당한 역할을 했다고 보여진다. 특출한 한둘의 시인을 가려내기가 어려울 정도로 시인들의 안목과 능력은 평준화를 유지하게 되었다. 이런 여건 속에서 한둘의 대시인이 나와야 그것이 정상적인 성과라고 할 수 있다. 시의 이론이나 시의 이해에 있어서도 깊이와 넓이를 더해간 시기다.

필자 개인으로서도 60년대의 후반에 접어들어 이른바 '무의미시'라는 시의 새로운 실험적 시도를 하게 되었다. 필자 나름의 해체의식이 싹트게 된 것이리라. 시를 의미(관념) 차원에서 존재 차원으로 회전시키는 운동이다.

70년대와 80년대는 새로운 혼돈의 시기, 그 이전의 전시기에 대한 안티테제의 시기라고 할 수도 있는 일면이 있었다. 70~80년대는 경제성장의 시기이면서 차츰 후기산업사회로 편입돼가는 시기다. 사회가 전문직끼리 세포 분열을 일으키게 되고 기능화가 가속화된다. 국토가 온통 도시화 현상을 빚게 되고 계층 간의 갈등이 국민소득이 향상되는 것과 정비례로 첨예화된다. 절대빈곤을 탈피하자 상대빈곤이란 복병을 만나야 했다. 이런 따위 문제들이 문학에 예민하게 작용한다. 70~80년대는 또 정치의 불안이 팽배해 있던 시기다. 경제구조의 재정비와 민주화와의 함수관계가 얽혀서 불안은 자꾸 조장되고 앞날의 전망은 불투명해진다. 국제정세는 80년대 후반부터 급변한다. 동유럽의 공산정권들이 70년대 말에는 도미노 현상을 일으키며 잇따라 쓰러진다. 사회주의와 종주국인 소련에서 이미 시장경제 도입의 논의가 일게 된다. 갑자기 동서화해의 무드가 조성되고, 공산권의 개방물결이 걷잡을 수 없는 속도로 밀어닥친다. 마침내 베를린의 장벽이 무너진다. 이런 따위 국제정세가 민감하게 한반도에 스며든다. 남북통일이 초미의 문제로 클로즈업된다.

위와 같은 상황을 두고 볼 때 70~80년대에 걸쳐 시단을 풍미한 두 개의 조류, 즉 민중시라는 사회의식이 강한 경향과 해체시라는 허무의식이 강한 경향이 나타나게 된 것은 당연하다고 할 수가 있다. 민중시는 20년대에도 선을 보인 프로 시와 맥을 같이 한다. 해체시 또한 30년대 이상의 과격모더니즘에 맥이 닿아 있다. 해체란 데컨스트럭션deconstruction이란 영어가 가리키듯 구조의 부정을 뜻한다. 그러니까 자유시의 구조를 산문시가 부정한다는 그런 차원의 구조 부정이 아니다. 즉 상대적 부정이 아니라 절대적 부정이다. 구조 그 자체를 부정한다는 것이 된다. 구조아나키즘, 구조허무주의의 상태를 말함이다. 그것이 끝내 가능한가는 고사하고 해체시할 때의 실상은 그런 것이다. 이 흐름이 미국에서는 50년대에 거쳐갔는데도 30년이나 뒤에야 홍역처럼 치르게 된 데에는 문화전통과 사회구조에서 그 원인을 찾아봐야 하리라.

위에서 조감해보았듯이 그런대로 한국시는 아득히 전개해온 것만은 아무도 부인 못하리라. 이 책에서는 위에서 지적한 각 년대가 안고 있는 이슈들을 추려서 보다 미시적으로 검토해보려고 했다. 일관된 체계는 없으나 필자 나름의 시를 보는 입장과 안목의 뼈대는 서 있으리라고 자위한다.

90년대로 뻗어가는 한국시의 앞날에 대한 전망은 삼가해야 하겠다. 왜냐하면 누구든 자기의 역사적 전망에 있어서의 희망이 역사 그 자체의 진행과 일치되지 않을 때가 허다하기 때문이다. 역사는 그 자체의 의지가 있다고 한다. 바라건대 역사가 그동안의 모든 조잡성과 경박성을 앞으로 하나하나 걸러내주었으면 한다.

이 책에 실린 글들은 《현대시학》에 20회 걸쳐 연재된 것들이 대부분이다. 연재하는 동안 각별한 신경을 써주신 《현대시학》의 주간 정진규 시인과 이 책의 출판을 맡아 특별한 배려를 해주신 둥지출판사 사장 황근식 시인, 두 분에게 깊은 감사를 드린다.

1990년 3월 성루 명일동 우거에서

저자 씀

1

　한국 현대시의 계보를 더듬어볼 때 세 가닥의 줄이 나온다. 사적인 개인의 감정을 드러낸 아주 서정적(서정주의적이라고 하는 것이 더 적절할는지도 모른다)인 가닥과 사회의식이나 역사의식이 두드러진 이른바 현실 참여적인 가닥과 문화의식이나 예술적 차원에서의 시대감각이 민감한, 소위 근대파(모더니즘)라고 일컬어지는 가닥이 그것들이다.

　첫 번째는 김억, 김소월로부터 후기의 서정주, 박재삼, 박용래로 이어지는 계보다. 두 번째는 최남선, 이광수로부터 이상화, 유치환을 거쳐 김수영, 김지하, 고은으로 이어지는 계보다. 세 번째는 황석우로부터 정지용, 이상, 김기림을 거쳐 김종삼, 이승훈, 오규원으로 이어지는 계보다. 초기의 서정주와 김수영은 세 번째 계보로도 취급되어야 한다. 서정주의 경우는 시사의 과정에서 스치게 되는 현상이기도 하고, 김수영의 경우는 문화감각과 사회의식 및 현실감각의 충돌 갈등에서 빚어진 현상이기도 하다. 고은도 초기는 다르다.

　위의 세 가닥의 계보에 속하지 않으면서 그 어느 쪽에도 다소간의 관계를 맺고 있는 시인의 수는 위의 세 가닥의 계보에 속한다고 보여지는 시인의 수보다도 더 많을는지 모른다. 그리고 칼로 무 베듯이 가닥을 확연히 가려내기도 어려운 일이다. 그러니까 계보를 세 가닥으로 한정한 것 자체가 무리일는지도 모른다. 이 글의 형식을 논문으로 하지 않고 각서로 한 것은 여기에 그 까닭이 있다. 논문 형식을 취하게 되면 자연히 체계를 세워야 하고, 형식논리를 따라 어떤 결론이 도출되어야 한다. 그러는 과정에서 억지가 따르게 되고 시야는 좁아지고, 따라서 진실을 놓치게도 된다. 자유롭게 풀어놓는 형식의 글이 될 때 가뜩이나 편견과 함께 시야가 협소해질 우려가 있는 이런 따위 주제(한국 현대시의 계보)를 그나마 활달하게 다룰 수 있게 된다.

이 글은 체계를 전연 무시하고 들쭉날쭉의 분방한 것이 되리라. 그것이 오히려 적절하리라.

사족 같지만 시와 산문의 구별을 여기서 잠깐 생각해보기로 한다. 시와 산문은 문장의 형식이라는 차원만으로는 구별하기 어렵다. 시를 운문으로 쓰던 시대, 즉 산문과 구별해서 쓰던 시대는 이미 까마득히 멀어져갔다. 그러나 시와 산문은 원래가 문장의 형식이라는 차원으로는 구별할 수 없다. 그러니까 시와 산문은 전연 다른 차원에서 고찰되어야 한다.

시는 문장의 형식을 두고 하는 말이 아니다. '시언지詩言志'나 아리스토텔레스Aristoteles가 말했듯이 "시란 있음직한 이야기를 적은 것"(『시학』)이라는 것 등이 모두 문장의 형식과는 관계 없는 말들이다. 그러나 산문은 다르다. 그것은 바로 운문이라고 하는 문장의 형식에 대립되는 것으로 있는 한편, 늘상 우리가 쓰고 있는 그대로 시에 대립되는 것으로 있다. 산문은 이중으로 쓰이고 있다. 운문과 산문이라고 하면 곧 납득이 되지만, 시에 대립되는 산문은 얼른 납득이 안 된다. R. G. 몰턴R. G. Moulton은 산문에 대립되는 시를 창조적 문학creative literature이라고 하고, 시에 대립되는 산문을 시의적 문학discussible literature이라고 했다(『문학의 근대적 연구』 참고). 그러니까 이미 지적했듯이 산문이란 말에는 문장의 형식에 관계되는 내용과 문장의 형식과는 아랑곳없이 문학의 성격에 관계되는 이중의 내용을 가지고 있다.

운문으로 쓴다고 하더라도 토의적인 성격의 것이라면 그것은 산문, 즉 산문문학(토의문학)이다. 아리스토텔레스는 그것을 지적하고 있다(『시학』). 헤로도토스Herodtos의 『역사』가 운문으로 씌어졌다 하더라도 그것은 시가 될 수 없다. 반면에 호메로스Homeros의 『일리아스』가 산문으로 씌어졌다 하더라도 그것은 시일 수밖에 없다라고. 시와 산문은 문장의 형식으로는 구별할 수 없지만 문체style로는 구별된다. 시의 문체가 있고 산문의 문체가 있다. 오늘날과 같은 산문의 시대에 있어서는 문체의 구별은 더욱 뚜렷해졌다. 이것을 깊이 인식하는 것은 사회의식이나 역사감각과는 다른 차원에 속한다. 그것은 문화의식이나 예술감각의 차원에 속한다. 근대파 계열의 시인들이 이 방면에 보다 민감한 반응을 보이고 있는 것은 그들의 성격상 당연한 일이 아닐 수 없다.

2

1910년대 말에서부터 20년대 초로 들어서면서 시의 문장에서 하나의 색다른 스타일을 발견하게 된다. 시의 제목에서 벌써 그 것을 보게 된다. 황석우의 시 제목인 「벽모의 묘」와 이장희의 「청천의 유방」 등이 그런 예가 된다. '벽모', 즉 파란 털을 한 고양이는 현실에는 없다. 이런 환상은 아주 유미적(탐미적)이다. '청천'과 '유방'을 맺게 한 것도 같은 입장이다. 어떤 포즈가 엿보인다. 스타일을 시인의 포즈라고도 할 수 있다면 포즈가 없다는 것은 스타일이 없다는 것이 되고, 자칫하면 그 자체(문장 sentence)가 산문(산문문학 토의문학)이 된다. 시란 특수한 스타일, 즉 포즈라고 인식할 때 그 인식은 문화의식에 연결된다. 문화란 형식을 만들어가면서 자연을 교정하고 보완해가는 어떤 작용이기 때문이다. 시는 문화적 산물이다.

이광수의 「말 듣거라」, 최남선의 「신대한 소년」과 같은 시의 제목에서는 어떤 포즈를 보지 못한다. 따라서 그것들은 스타일이라고 할 수는 없고, 시의 차원보다는 산문(시와 대립되는)의 차원에 머무르고 있다고 해야 할 것이다. 말하자면 이광수나 최남선의 경우는 보다 자연에 가깝다. 장식성, 즉 인공성이 결여된 상태다.

문화란 원래가 장식이고 따라서 인공이다. 문화의 진수는 그러니까 공리성이나 실용성을 떠나고 있다. 그냥 먹고 그냥 잠자고 그냥 생식한다면, 즉 자연상태(동물이나 식물의 상태)에 만족한다면 문화는 필요가 없게 된다. 자연의 차원에서 보면 문화는 무용지물이요 사치가 된다. 그러니까 원래 문화의 전형은 예술이다. 그리고 예술의 전형적 양상은 놀이다. 놀이는 공리와 실용을 떠난 무상의 행위다.

장식과 놀이가 문화로서 연결될 때 문화는 단순한 분식(또는 수사)일 수는 없다. 뭘 꾸민다는 것은 모방이나 사실과 관계가 있다. 문화는 자연을 소재로 하되 자연의 모방이나 사진찍기(사실)는 아니다.

인공을 존중한 것은 유럽인이다. 동양인은 오히려 자연을 존중한다. 그들의 아르스ars라는 라틴어를 예술이라는 로만주의적인 해석보다는 기술이라는 고전주의적인 해석을 원래적인 해석으로 치부한다. 그러니까 그들은 인공(기술) 문화라는 의식과 함께 문화의식이 팽배해졌다. 여기 비하면 동양은 노장사상이 아니라 하더라도, 예술도 자연스런 인격의 반영으로 보고 있다. 기교(인공)가 감춰져 있을수록 예술의 경지가 높은 것으로 치부된다. 기를 멀리하고 교를 천시하는 것은 동양의 전통이다. 합리주의를 바탕으로 한 유가의 사상에서도 그렇다.

약여란 말이 있고 생동이란 말이 있지만, 예술을 두고 하는 말인 경우 거의 입체감이나 인간적 차원에서의 창조성(자연의 왜곡 및 재구성)을 느끼지 못한다. 이 말들은 몹시도 평면적이다. 고대 그리스의 일부 철학자들의 생각과 비슷한 발상에서 파생된 말들이다. 자연을 그대로 드러냈다는, 즉 모방했다는 또는 사진 찍듯이 찍어냈다는, 고전적 리얼리즘 정신을 반영한 말들이다. 자연이 우선되고 예술은 하나의 방편일 수밖에 없다. 인공(기술)이 뭔가를 재구성하면서 세계를 새로 만들어간다는 문화의식, 인간의 힘, 즉 자연을 다스리고 보완하면서 자연을 소재로 해서 자연과는 다른 차원의 인공의 세계를 창조해가는 인간의 능력에 대한 의식이 상대적으로 약한 듯하다. 플라톤의 모방설은 고전적·평면적 리얼리즘 이론의 원형이라고 해야 하리라.

예술도 그의 이데아론에 가장 첨예하게 참가할 수 있음을 그는 간과한 듯하다.

스타일은 앞에서 보아온 대로 하나의 창조요, 따라서 새로운 세계의 구축이요 전개가 된다. 황석우나 이장희가 「벽모의 묘」니 「청천의 유방」이니 하는 스타일을 만들어냈을 때 한국어는 갑자기 여태까지와는 다른 빛깔을 하나 더 자기 몸에 걸치게 되었지만, 그것은 조금 자극적인 관능과 미의 세계지 윤리와는 관계가 없다.

문화를 매우 좁게 예술과 등식화한다. 그러나 윤리도 인간사회에서 일어나는 다른 현상들과 함께 문화현상의 하나다. 윤리도 두말할 나위 없이 자연을 다스리며 자연의 혼돈상태에 질서를 주기 위한 짓거리다. 즉 인공의 산물이다. 그러니까 거기에는 형식이 있게 마련이다. 어떤 자연주의자들은 그래서 윤리를 배척하거나 무시한다. 지그문트 프로이트Gigmund Freud는 배척하고, 노장은 무시한다. 프로이트는 문화가 인간을 불행하게 한다고 했는데, 이 말을 할 때 그의 염두에는 윤리가 있었으리라. 이드Id는 욕망이요 자연이다. 그것을 자유롭게(분출하는 그대로) 억압되지 않는 상태로 유지할 수 있다면 그것이 행복이라고 생각한 것 같다. 그러나 이런 행복론은 실낙원 이후 인간사회에서는 불가능할 뿐 아니라, 유해로운 것이다. 문화의식은 이리하여 자연스럽게 윤리의식과도 연결된다. 허버트 마르쿠제Herbert Marcuse와 같은 사상가의 주제도 문화와 이드, 즉 윤리와 이드와의 관계의 천착에 있었다고 할 수 있으리라.

3

스테판 말라르메Stéphane Mallarmé 는 그의 서간에서 "좋은 문학이 있으면 세계는 구제되리라고 생각합니다", "미로의 비너스를 만든 사람은 민중을 구제하는 자보다 위대하지 않을까?" 등의 말을 하고 있다. 예술지상주의자로서의 면목이 약여하는 대목들이다. "한 줄의 이미지를 얻는 것은 위대한 사상체계를 얻는 것보다 더욱 중요하다"는 뜻의 말을 한 에즈라 파운드Ezra Pound 도 그렇다. 이들은 우리가 예술가라고 부를 때(혹은 시인이라고 부를 때), 이들은 좁은 의미에서의 문화주의자가 된다. 예술은 문화의 정수라고 이미 말한 바 있다.

'좋은 문학'은 그냥 태어나지 않는다. 만들어지는 것이다. 만든다는 것은 창조요, 세계에 대한 새로운 전망이자 전개다. 신앙처럼 이런 상태를 자기 속에 깊이 간직하고 있는 사람들에게는 언제나 문학─문화는 윤리(사회윤리든 개인윤리든 간에)에 앞선다. 그래서 '쓴다는 것은 무엇인가?'에 대한 물음에 말라르메는 생애를 걸기도 하고, "세계는 한 권의 책을 위해서 있다"는 말도 하게 된다. 이런 극단의 처신은 다른 차원에서 보면 그 자체가 개인윤리의 표본이라고도 할 수 있지 않을까?

말라르메가 시인(문화주의자)으로서 꿈꾼 것은 말이다. 말이 무엇을 만들어내는가? 말은 문화의 매개요, 문화 그 자체이기도 하다. (특히 시인에게 있어서는) 그의 입에서 꽃이라는 말이 어느 때에 새어나온다고 하면 현실에는 없는 꽃이 하나 피어난다. 그것은 플라톤식으로 말하자면 이데아의 꽃이지만, 그것이 말이 만들어낸 꽃 중의 꽃이다. 그것이 바로 꽃의 실재다. 이런 차원에서 그는 현실을 등지고 살았다. 참으로 기이한 일은 그의 죽음이다. 그는 성문경변으로 질식사한다. 말이 나오는 기관이 경련을 일으켜 기능이 마비된 채 숨이 막혀 죽는다는 것은 그에 대한 조물주의 복수일는지 모른다. 장 폴 사르트르Jean-Paul Sartre는 그의 죽음을 자살이라고 한다. 너무도 공교롭고 특이하기 때문이다.

시인은 말을 해야 하지만, 때로는 말을 하지 않아야 한다. 시인의 말은 하나의 실재가 되어야 하고 문화로서 남아야 하기 때문에 때로 침묵이 필요하고 침묵의 과정이 또한 문화유산이 되어야 한다. 어떻게 말하느냐에 대한 모색이 침묵이 되기 때문이다. 말하는 데 대한, 즉 쓰는 데 대한 천착없이 말한다는 것, 즉 쓴다는 것은 이제는 문화인이 할 일이 아니다. 스테판 말라르메 이후는 그렇다. 이제는 물리적인 자연발생적인 시인은 용납되지 않는다. 말라르메의 시대는 계속되고 있다. 그것이 또한 근대성이라고 하는 것이다.

상징주의는 다른 뜻도 있지만, 말라르메를 거치면서 드러난 쓴다는 행위를 통한 자의식의 자각으로 근대의 출발을 점한다. 이 땅의 20년대 초의 상징주의를 표방한 시인들의 의식상태는 어떠했을까?

4

조화를 한번 생각해본다. 생화는 곧 시들지만 조화는 그런대로 오래간다. 그것이 조화의 특징의 하나다. 조화를 만드는 사람은 되도록 생화를 닮게 하려고 애를 쓴다. 그러나 비슷하게는 되지만 생화와 꼭 같게는 되지 않는다. 리얼리즘의 경우와 같다. 카메라로 찍어도 사실(실재) 그대로를 한치의 오차 없이 다 드러낼 수는 없다. 조화는 조화일 따름이다. 그런데 조화는 예술이다. 조화가 예술이 된다는 것이 조화의 또 하나의 특징이 된다.

조화를 만드는 사람이 기술이 미숙해서 생화와 한치의 오차도 없이 똑같은 것으로 만들어내지 못하는 것이 아니라(그런 경우도 물론 있겠지만), 기술이 특출하다 하더라도(아니, 특출하면 할수록) 의식적으로, 또는 무의식적으로 만드는 사람의 심미안이 현실(생화)을 이상화하고 교정·보완하게 된다. 완성된 조화는 이리하여 창작이 되고 거기에는 꽃의 이데아가 깃들게 된다. 말로써 꽃을 만드는 경우와 같은 과정이 은밀히 전개된다. 만드는 기쁨과 고통이 교차된다. 조화를 만드는 사람은 이처럼 예술가다.

현실이란 예술에서는 아무 데도 없다. 그것은 리얼리즘의 망상일 따름이다. 역사가 그렇듯이 어떤 각도와 그것을 뒷받침하는 어떤 이데아가 있다. 예술은 역사보다도 훨씬 더 가공이고 이데아 조작이 된다. 우선 매재가 그렇다. 생화를 만들어내는 매재와 조화를 만들어내는 매재는 다르다. 얼마든지 매재에 따라 왜곡·변형시킬 수 있다. 말의 경우는 더욱더 그렇다. 예술은 이리하여 상징을 그의 바탕으로 한다. 어떤 피지컬한 예술작품도 감

상자는 그것을 상징으로 본다. 이러한 예술의 숙면을, 상징주의
라고 하는 좁은 뜻으로의 상징과 대면하기에 앞서 생각해둘(준
비과정으로) 필요가 있다.

20년대 초의 이 땅의 상징주의, 이를테면 《폐허》나 《장미촌》이
나 《백조》나 《창조》 등의 동인들을 말할 때도 그런 시각이 전제
가 되어야 하리라. 물론 기타의 모든 경향의 시를 볼 때도 그런
시각은 하나의 전제가 될 수밖에는 없다. 왜냐하면 그런 시각을
떠나거나 무시한다는 것은 시를 예술 밖에서 보는 것이 되기 때
문이다.

이 글을 쓰고 있는 지금 내 눈앞에는 장식대에 엉겅퀴꽃의 조
화가 길쭉한 그러나 자그마한 백자 항아리에 담겨 있다. 나는 그
것을 보고 있다.

나는 어릴 때 고향의 산과 들에서 야생의 엉겅퀴꽃을 본 일이
있다. 그때는 그 엉겅퀴꽃이 별로 내 눈길을 끌지 못했다. 그저
여느 들꽃과 같은 것으로 예사롭게 보아버렸다. 아니, 여느 들꽃
보다도 더 초라하게 내 눈에 비쳤는지도 모른다. 키가 작아 먼지
를 흠뻑 둘러쓴 시골티가 그의 본래의 모습인 듯한 그러면서 어
딘가 표독스런 느낌이 그 인상이라면 인상이었다. 그런데 까마
득히 잊고 있었던 그가 지난 해 봄이든가 갑자기 내 눈을 그의
쪽으로 쏠리게 했다.

나는 조화를 좋아한다. 그날도 조화를 보기 위해서 어느 백화
점에 새로 생긴 조화가게를 기웃거렸다. 별것이 없었다. 나는 그
때 마침 작은 백자 항아리 하나를 사들고 있었다. 교외로 나갔다
가 길가 어느 휴게소에서 구한 것이다. 근처의 요에서 경영하는
듯한 초라한 직매소의 진열장에서 발견한 것이다. 모양이 재미
가 있고 색깔도 괜찮고 해서(값도 싸고 해서) 사게 되었는데 그
것을 구하고 보니 불현듯 꽃이 생각났다. 그래서 조화가게를 찾

게 되었다.

내가 하도 까다롭게 굴고 있자니까 조금 지친 듯한 표정으로 이건 어떨까 하는 눈짓을 점원 아가씨가 보냈다. 한쪽 구석에 엉 경퀴 꽃 여섯 송이(송이 수를 기억할 정도로 선명한 충격을 주었다)가 내 눈을 그득 채웠다. 나는 항아리를 내주며 담아보라고 했다. 갑자기 눈앞이 환해졌다. 그렇게 해서 구해오게 되었다. 그 뒤로 나는 엉경퀴꽃의 아름다움에 대해서 곰곰이 생각해보기로 했다. 생화를 보았다고 하면 그처럼 놀라지는 않았으리라.

지금 내 눈앞에 있는 엉경퀴꽃은 야생의 그것과는 사뭇 다르다. 비슷하지만 다르다. 자연으로는 존재하지 않는 전연 다른 차원의 것이다. 이 꽃을 만든 사람은 물론 익명으로 자기를 감추고 있지만, 그것은 예술이 되고 있다. 야생의 엉경퀴꽃을 소재로 해서 자연과는 전연 다른 매재를 사용해서 자연에는 없는 엉경퀴꽃을 만들어내고 있다. 이상적인(작자에게는) 엉경퀴꽃이다. 그러니까 현실을 그대로 모방하고 반영하려고 한 리얼리즘의 작품이라고는 생각되지 않는다. 말라르메가 꽃이라고 말했을 때 그의 눈앞에 떠오른 바로 그 꽃과 같은 꽃이다. 그것은 엉경퀴꽃의 상징이다. 그 톱니같이 날카롭게 뻗은 잎과 조금 은회색을 띤 듯한 늦가을의 모과빛을 닮은 그 잎의 빛깔은 현실의 그것이면서 그것이 아니다. 이상화된 그것이다. 가늘게 갈라진 수많은 꽃잎들과 그것들이 어우러져 하나의 송이를 이룬 여섯 개의 송이들은 꼭 반반씩 짙은 자주와 연분홍이다. 그런데 그 모양새(송이나 꽃잎 하나하나의)나 빛깔이 또한 너무도 은은하다. 예술가의 비전이나 감각이 아니고서는 빚어낼 수 없는 모양새고 빛깔이다. 참으로 놀랍다.

조화인 엉경퀴꽃은 시간을 초월하고 있다. 영원의 지금이 있을 따름이다. 예술 작품의 가장 핵심이 되는 속성이 거기에 있다. 흐르는 시간을 멈추게 하는 것이 예술이 아닐까? 자연의 엉 경퀴꽃은 봉오리에서 꽃잎을 벌리고 다시 그것이 지는 과정, 즉 시간이 있고 그것을 견디지 못하는 연약함이 있지만, 조화인 엉 경퀴꽃은 견고하다. 상징주의는 이런 종류의 이데아가 거의 결 정적인 구실을 한다. 그러니까 상징주의는 가장 예술지상주의적 예술의 입장이 된다.

내 오른쪽 탁자 위에는 키가 훤칠한 수정 꽃병에 백합의 조화 가, 그 저쪽에는 배가 볼록한 백자 항아리에 장미의 조화가, 안 방 옷장 위에는 황국의 조화가 역시 자그마한 백자 항아리에 담 겨 있다. 그들은 시들 줄을 모른다. 그 상태가 바로 그들의 영원 이다.

5

　레미 드 구르몽Rémy de Gourmont은 "상징주의란 '자유'란 말로써 글자 그대로 표현된다"(『상징주의』) 또는 "상징주의란 예술에 있어서의 개인주의의 표현이다"(『가면의 책』)라고 하고 있다. '자유'와 '개인(주의)'이 상징주의의 핵심이 되고 있다. 상징주의란 한마디로 '개인의 자유' 사상이다.

　상징주의가 19세기 말에 운문의 정형시를 버리고 산문의 자유시를 택하게 된 까닭이 바로 그 '자유'와 '개인(주의)'에 있다. 그것은 예술가(시사)의 한 사건인 동시에 예술 엘리트가 택한 정치적·사회적 사건(예술—시를 통한)이기도 하다. 데카당스가 상징주의의 모태라고 하는 것은 다 알려진 사실인데, 데카당스를 보는 눈이 아주 통속적이고, 풍속의 측면에서 협소한 시야를 가지고 있는 것이 일반적인 추세이고 경향이다. 그러나 물론 데카당스는 문화사적 한 현상을 드러낸 용어다. 문화의 쇠퇴현상을 두고 한 말이다. 이때의 문화란 문명과는 구별되는 이원론적 문화관에서의 문화이다. 문화의 쇠퇴기에 나타나는 현상 중 우선 도덕감각의 쇠퇴를 들 수 있다. 그러나 도덕감각이 쇠퇴하면서 파생되는 사회심리적 혼란은 일종의 정신적 황폐상태이지만, 동시에 그런 현상의 저편에는 기성의 가치로부터의 자유가 있고, 새로운 모색과 의식의 모험이 뒤따르게 된다. 아니 혼재하게 된다. 데카당스는 실은 문화의 전환기(과도기)에 드러나는 그런 양면성의 현상이다. 상징주의가 자유시를 택한 것은 그런 문화감각에 따른 것이다.

　상징주의는 앞에서 잠깐 지적했듯이 정치적·사회적 시야와도 무관하지 않다. '개인의 자유'라는 명제는 그대로 아나키즘의 이념에 연결된다. "바쿠닌의 사회이론은 자유로써 시작되고, 그리고 자유로써 거의 끝난다." "브르통의 규정에 다르면 정치 형태로서의 아나키즘이란 각인에 의한 각인의 통치에 기초를 둔 자유의 제도였던 것이다"(가와세 다케오川瀨武夫, 『말라르메와 아나키즘』)라고 할 때 상징주의자인 시인은 그대로 아나키즘의 신봉자였다. 장 메리르는 "상징주의의 이론의 힘을 이루고 있는 것은 바로 그 아나키이다. 이 이론은 시인에 대하여 의의 있는 존재가 될 것, 즉 개인으로 있을 것만을 요구한다…… 아무렴, 상징주의자란 문학상의 아나키스트이다"(『프랑스에서의 아나키스트 운동』)라고 하고 있다.

프랑스에서의 상징주의 시의 계보를 따질 때 샤를 보들레르 Charles Baudelaire를 그 선도자로 삼는 것이 정설로 되어 있다는 것은 상식이다. 보들레르의 시세계를 요약하자면 몇 가지의 특색이 드러난다. 철저한 '인공낙원'(그의 산문의 제목이기도 한)의 사상이 그 하나다. 두말할 나위 없이 이것은 철저한 문화주의의 입장이다. 시는 만드는 것이지 절대 태어나는 것이 아니라는 시관을 에드거 앨런 포Edgar Allan Poe의 영향을 통해 재확인한다. 이런 문화의식과 연결되지만 더 나아간 우주관, 세계관이 있다. 그는 자연을 혐오하고 멸시한 나머지 육체를 기피하며, 드디어 플라토니즘으로 나아간다. 이것이 그의 또 하나의 전진한 입장이다. 그의 시 「조응」은 플라토니즘의 조응을 말한 것이지만, 플라톤과 함께 이데아(관념)를 우위에 두고 현상계를 상징으로 본다. 거울에 비친 얼굴은 이데아의 반영이다. 나르시시즘은 보들레르를 거쳐 조응과 함께 말라르메 및 폴 발레리Paul Valéry 등의 그의 제자와 손자 제자에 이어지는 시의 중요한 주제가 된다. 자아의 형이상학적 탐구라는 것이 여기서 그의 또 하나의 특색으로 드러난다. 그리고 다음은 보들레르에 있어서도 문제가 되는 자유와 개인의 재능이다. 그 문제는 시의 형태 파괴와 형태의 새로운 모색으로 드러난다. 문화의 전환기를 그도 의식하고 있었다. 그의 산문시들이 그것을 증명한다.

보들레르의 세 가지 특색—인공찬미(문화의식), 플라토니즘과 자아탐구, 자유(전통의 거부)—는 말라르메와 발레리에게는 거의 전적으로, 그리고 중요한 한 부분이 좀 색다른 방향으로 아르튀르 랭보Arthur Rimbaud에게 이어지면서 이른바 프랑스 상징주의의 계보를 이룬다. 상징주의라고 할 때의 상징은 수사학적 의미를 전연 배제할 수는 없지만, 보들레르의 시 「조응」에 드러난 플라토니즘의 형이상학적 의미가 더 큰 비중을 차지한다. 상징주의의 상징은 이데아 사상이다. 말라르메와 발레리가 자아를 순수한 정신으로 보게 된 것은 보들레르를 매개로 하여 플라톤으로 연결되는 유럽 정신의 전통의 한 가닥인 관념론(이데아 사상)을 따른 것에 지나지 않는다. 랭보의 경우는 자아를 심리적 차원에서 보았다. "내 속에 한 사람의 타인이 있다"는 편지를 옛 스승에게 보냈을 때, 이미 그는 프로이트를 앞지르고 있었고 초현실주의를 선도하고 있었다고 할 수 있으리라. 그는 보들레르의 서자격이다. 플라토니즘을 떠난 데서 그는 자아를 탐구한 시인이다. 그에게 있어 자아는 나르시시즘의 문제를 벗어나고 있다. 그것은 이드와 에고의 문제, 인격의 근대적 분열이라고 하는 자아의 혼돈상과 마주치는 그런 세계다. 말라르메의 시가 앙상하고 살이 빠져, 땀냄새가 거의 바래지고 있는 데 비하면 랭보의 시는 살냄새와 끓는 피로 숨이 막힐 지경이다. 말라르메의 시는 논리가 정연하고 구성이 단정하지만 랭보의 시에는 논리도 구성도 다 풀어져 있다. 거의 자동기술automatisme에 가깝다. 근대시의 두 개의 극을 보는 느낌이다. 보들레르에게서 그런 양면(고전

주의적인 형식의식과 로만주의적인 해체의식)이 있었다고 해야
할까? 그는 19세기 중엽이라는 과도기(근대로 넘어가는)를 살고
있었기 때문이다. 하여간에 랭보는 상징주의의 정통성을 훨씬
덜 몸에 걸친 이단자라고 할 수 있다.

6

20년대 이 땅의 시단에도 상징주의라는 문학용어가 등장하고, 그와 함께 자유시가 일반화된다. 프랑스 상징주의자들이 가지고 있던 문화의식과 사회의식을, 상징주의를 입에 담던 20년대의 이 땅 시인들도 가지고 있었을까? 투철하지는 않았다 하더라도 가지고는 있었다고 생각된다. 그보다 10여 년 전에 이미 육당이 자유시를 쓰고 있었고, 춘원도 육당과 함께 신체시라고 하는 새로운 형태의 시를 쓰고 있었다. 시조나 가사와 같은 고전의 형태에 대하여 뭔가 새것을 바라고 있는 스스로의 전환기적 문화감각을 짐작하고 있었다. 반드시 아나키즘과 연결시킬 필요는 없겠지만 자유와 개인이라고 하는 새로운 인간상과 사회상에 대한 감각이 또한 싹트고 있었다고 할 수 있다. 그러나 상징주의의 중요한 속성의 하나인 플라토니즘과 조응의 사상 및 나르시시즘적 자아탐구는 거의 미지의 세계로 감춰져 있었던 것이 아닌가? 한용운의 시집 『님의 침묵』에 수록된 시들을 통하여 어떤 조응을 보는 듯하지만, 따지고 보면 그것들은 플라토니즘의 전통과는 이질의 발상, 반야심경의 그 역설적 세계관과 연결되어 있음을 짐작케 한다. 그러니까 프랑스 상징주의의 입장에서 보면 이쪽의 것은 수박 겉핥기식의 아류 현상에 머문다. 풍토가 다르기 때문이기도 하고, 도입의 경로(일본을 통한 간접적인)와 시간(너무 짧은 기간)의 문제이기도 하다.

프랑스 상징주의의 무게는 플라토니즘과 조응 및 자아탐구의 사상에 있었다고 한다면, 그것들을 놓친 이 땅의 상징주의는 아주 경량의 것이 되고 말았다. 좁은 뜻으로의 문화주의(아류의)

가 되기도 하고, 사회 쪽으로 쉽게 관심을 돌리기도 했다. 가령 이상화의 경우와 보들레르나 말라르메의 경우를 비교해서 생각해보면 된다. 보들레르는 시민혁명에 가담하여 시가전에 참가한 일이 있고, 말라르메는 아나키즘에 공감하여 아나키즘의 사회관을 대변한 일도 있었지만, 시인으로서는 시에서 철두철미 상징주의자의 예술지상주의를 견지했다. 그러나 상화는「나의 침실로」를 쓰고 얼마 안 되어「빼앗긴 들에도 봄은 오는가」를 썼다. 문화의식의 농도의 차이라고도 할 수 있겠고, 문화를 사회보다 가볍게 보고 천시하는 듯한 유교전통의 반영이라고도 할 수 있을까? 유교에서는 시작이라고 하는 문화현상을 여기餘技나 파적破寂으로 생각한다.

7

1

처—ㄹ썩 처—ㄹ썩 쏴—아
따린다 부순다 문허바린다
태산같은 높은 뫼 집채같은 바위들이나
요것이 무어야 요게 무어야
나의 큰힘 아나냐 모르나냐 호통까지하면서
따린다 부순다 문허바린다
처—ㄹ썩 처—ㄹ썩 척 튜르릉 꽉

2

처—ㄹ썩 처—ㄹ썩 쏴—아
내게는 아모것 두려움없어
육상에서 아모런 힘과 권을 부리던 자라도
내 앞에 와서는 꼼짝못하고
아모리 큰 물건도 내게는 행세하지못하네
내게는 내게는 나의앞에는
처—ㄹ썩 처—ㄹ썩 척 튜르릉 꽉

—최남선, 「해에게서 소년에게」 일부

산아 말듣거라 웃음이 어인일고
네니 그님 손에 만지우지 않었던가
그님을 생각하거드란 울짓기야 웨못하랴
네무슨 뜻 있으료마는 하 아숩어

물아 말듣거라 노래가 어인일고

네니 그님 발을 싯기우지 않었던가

그님을 생각하거드란 느끼기야 웨못하랴

네 무슨 맘 있으료마는 눈물겨워

―이광수, 「말듣거라」 일부

창가가사와 신체시를 만든 두 작가의 의식상태는 다르다. 창가 가사의 제목에 노래 가歌 자가 붙어 있다. 「애국가」, 「철도가」, 「신문가」 따위다. 그러니까 창가가사는 노래라고 생각했지 시라고는 생각하지 않았다는 증거다. 말하자면 음악에 속하는 것으로 치부했다고 할 수 있다. 적어도 음악(곡)을 위한 부수적인 것으로 그 독립성을 인정하지 않았다는 것이 된다. 그러니 신체시는 제목에서 일체 노래 가歌 자를 떼어버렸다. 그것은 신체시의 독립성(문학장르로서의)을 인정했다는 것이 된다. 시와 음악과의 분리를 뜻한다. 그런 의식이 밑바닥에 깔려 있다. 한걸음 나아간 근대적 의식이라고 할 수 있다. 두말할 나위 없이 그것은 문화의식의 진전이다. 앞에 든 육당의 「해에게서 소년에게」와 춘원의 「말듣거라」도 그런 의식으로 만들어진 것이리라. 그러나 그 의식은 어중간한 것이라서 아직도 전근대적 타성이 그대로 잔재하고 있다. 제목에서 노래 가歌 자를 떼어버렸다는 그 사실만으로 의식의 완전한 전환을 뜻하는 것이라고는 할 수 없다. 물론 그것은 지금 우리가 느끼는 강도보다는 훨씬 더한 전개현상이기는 하지만, 그것만으로는 아직도 출발에 지나지 않는다. 심리적인 찌꺼기가 여전히 그대로 남아 있다면 그것은 아직도 독립된 장으로서의 시라고는 할 수 없다. 그것을 만든 작가의 의식상태 또한 출발단계에 서 있는 것이라고 해야 하리라.

육당의 「해에게서 소년에게」의 형태를 잠깐 분석해보기로 한다. 이 시는 총7연의 비교적 긴 시다. 각 연이 7행으로 되어 있다. 이 긴 시를 각 연마다 일정하게 행 구분을 했다는 것은 우연이라고는 할 수 없다. 의도적이라고 해야 하리라. 그리고 또 하나 더 주목해야 할 것이 있다. 각 연의 각 행을 그 순서에 따라 비교해보면 글자수가 일정하다. 이를테면 제1연의 제3행과 제2연에서 6연까지의 제3행은 글자수가 서로 맞추어져 있다(따라서 음보수도 일정하다). 특히 이 사실은 작위적이라고 해야 하리라. 다음 또 하나 들어야 할 것은 각 연마다 번호가 붙어 있다는 사실이다. 이상의 모양새로 볼 때 이 시는 자유시도 아니고, 정형시도 아니다. 문장이 산문으로 되어 있다는 것뿐이지 여타의 조건은 자유시가 누려야 할 자유를 전연 누리지 못하고 있다. 오히려 창가가사의 정형성을 그대로 답습하고 있다. 형태의 실제의 모양새가 창가가사의 그 테를 벗어나지 못하고 있다.

각 연의 행수를 일정하게 하고, 그것에 하나하나 번호를 붙이고, 게다가 각 연의 각 행을 순서에 따라 비교할 때 글자수가 일정하게 맞추어져 있다는 것들은 모두가 창가가사의 모양새 그대로다. 연의 성격은 의미상으로 각각 독립되어 있으면서 다른 연과 유기적인 연관을 가지는 그런 것이다. 그런데 육당의 이 시에서는 6연이나 되는 연들이 한결같이 같은 내용의 말을 어휘만 이리저리 바꿔가며 되풀이하고 있다. 곡을 뒷받침으로 같은 내용을 되풀이 강조하려는 창가가사의 성격을 그대로 드러내고 있다. 시형태의 새로운 전개 —자유시에 대한 자각(그 문화사적 의의 및 필연성)의 미흡함을 여실히 보여주고 있다. 춘원의 경우도 각 연에 번호를 붙이지 않았다는 것뿐, 다른 모든 부분은 육당의 경우와 꼭같은 모양새를 하고 있다. 신체시라고 하는 시형태는 이처럼 과도기적 의식을 반영하고 있다.

8

육당이나 춘원은 시의 아마추어들이고 호사가들이다. 문화에
대한 관심과 감각이 있었다고는 하지만 전문가는 아니다. 그들의
관심은 민족의 계몽에 있었고, 사회에 대한 관심이 더 컸으며 감
각도 그쪽으로 더 예민하게 기울고 있었다. 그들은 모두 민족을
위하는 지사로 자처한 사람들이다. 그러니까 그들이 만든 시의
형태는 근본적으로 보들레르나 프랑스 상징파 시인들이 개척한
시형태와는 그 동기가 우선 다르다. 보들레르의 산문시는 투철한
문화의식의 소산이다. 그가 미술평론가로서도 일가를 이룬 것은
산문시라고 하는 새로운 시형태를 개척한 것과 무관하지 않다.
같은 문화의식, 문화감각을 바탕에 깔고 있다. 말라르메와 클로
드 드뷔시Claude Debussy와의 관계라든가 뒤에 뒤상에게 미친 영
향 같은 것을 생각할 때 말라르메의 문화의식은 확고했고, 그리
고 독자적이었다는 것을 알 수 있다. 그들이 '개인'과 '자유'를
말할 때 그것들은 예술상의 자아관철을 뜻하는 것이 되기도 한
다. 그들은 투철한 전문가이고, 생애를 예술에 건 사람들이다.
　육당과 춘원은 아류의 아마추어 시인들이다. 자기들의 자각된
형태와 문체를 못 가졌기 때문이다. 신체시라고 하는 남의 나라
의 것을 모방한 시의 한 형태는 그들에게는 우연이지, 필연적인
그들 자신의 능동적 개척형태는 아니다. 그것이 호사가로서의
그들의 눈에 충분히 새로웠고, 무엇보다도 고전시가에 비하여
보다 자유롭게 내용을 담을 수 있다는 것이 하나의 유혹이 되었
는지도 모른다. 그들은 계몽가들이니까 뭔가 새로운 내용을 자
유롭게 담고 싶어했는지도 모른다. 그들에게는 민족의식이 팽배

해 있었고, 문화의식은 민족의식에 종속되는 것이어야 했다. 이쯤되면 우리 앞에는 하나의 문제가 제기되어 있음을 깨닫게 된다. 민족의식(사회의식이라고 해도 되리라)이 선행하고 문화의식이 그것을 위하여 수단화될 때 우리는 어떻게 처신을 해야 하는가 말이다. 이에 대한 대답은 간단하다. 문화를 버리고 민족(사회)을 위하면 된다. 절충적인 처신은 어느 쪽에도 이로운 것이 없다. 육당과 춘원, 특히 춘원은 서슴없이 시를 버리고 민족을 택했다. 그의 시들은 어떤 메시지를 담는 그릇에 지나지 않았다. 메시지를 가장 효율적으로 담을 수 있다면, 그것이 시가 안 되더라도 좋았다. 시에 관심이 있었던 것이 아니기 때문이다. 나중에(20년대에) 카프 계통의 시인들이 시를 계급투쟁의 한 수단으로 선전도구화한 것은 당연한 처사다. 이데올로기가 우선하는 곳에는 예술이 있을 수가 없다. 언제나 예술은 방편이 된다. 그러니까 그 상태는 예술의 독자성 문제가 아니라, 아예 예술 그 자체를 깡그리 무시하고 있다. 이런 일은 성실한 윤리감각을 가진 사람에게서는 응당 있을 법한 일이다. 레프 니콜라예비치 톨스토이Lev Nikolayevich Tolstoy의 경우가 그 전형적인 예가 되겠고, 유치환이 "마침내 참의 시는 시가 아니어도 좋다"(시집 『생명의 서』 서문)고 한 말도 그런 예라고 할 수 있다.

톨스토이는 리차드 바그너Richard Wagner의 가극을 돈이 많이 들고 이해하기 어렵다는 이유로, 돈이 들지 않고 알기 쉬운 목동의 피리소리만 못할 뿐 아니라, 낭비이고 나아가서는 예술의 이름으로 저지르는 죄악이라고까지 했다. 또한 그는 보들레르를 위시한 프랑스 상징파 시인들의 시를, 병적인 감수성을 가진 소수의 독자들을 위한 것이라는 이유로 누구나 곧 친근해질 수 있는 민요만 못하다고 했다.(「예술이란 무엇인가」 참조). 그의 사상적 도그마가 예술을 이처럼이나 처참하게 만들어 놓고 말았다. 그는 청장년시절의 자신의 걸작들을 모조로 부정했는데, 그 이유는 부도덕하다는 것이었다. 같은 이유로 귀 드 모파상Guy de Maupassant의 『여자의 일생』도 부정하고 있다. 청마가 '참의 시'라고 한 것은 어떤 것을 두고 한 것인지 얼른 짐작이 안 가지만, '시가 아니어도 좋다'는 시의 부정은 예술성의 부정이라고 할 수 있을 듯하다. 그렇다면 청마도 톨스토이와 함께 어떤 청교도적인 윤리의식에 사로잡혀 있었던 것이라고 생각된다. 그것은 그것대로 성실하고 솔직한 태도라고 할 수 있다. 그런데 여기서 문제는 또 다른 방향으로 발전하게 된다.

톨스토이가 보여주었듯이 예술(문화)을 부정하고 사회윤리의 편에 서게 될 때, 그는 목동의 피리소리나 민요와 같은 인구에 잘 회자된 낡은 형식을 찾게 된다. 시에서는 수사나 음률이 모두 대중의 보수성을 충족시켜주는 것들을 택하게 된다. 난해성은 금물이다. 이리하여 전위예술이 가진 엘리트 예술의 스타일은 다갈시되고, 문화의 복고조가 옷을 갈아입고 되풀이 나타난다. 엘리트 예술은 너무나 전문적이고 폐쇄적이라 곧 자멸한 것이라는 경고를 던지곤 한다. 루카치류의 겁주기가 바로 그것이다. 그러나 전위예술, 즉 엘리트 예술은 어느 시대든 없어지지 않았고, 늘 문화의 신진대사 역할을 담당하면서 신선한 자극이 되어주곤 했고, 지금도 그러고 있다. 어느 쪽이냐 하면, 톨스토이적인 청교도주의의 입장에 서게 되면, 그 입장에 어긋나는 입장은 쉽게 용납이 안 되는 모양이다. 곧 전투적이 된다. 물론 엘리트 예술 쪽에 서는 사람들도 감정은 있다. 그러나 그들은 상대를 하지 않고 무시해버리는 태도를 취한다. 그러나 어느 쪽도 서로를 용납하지 않겠다는 감정은 매한가지다. 그것이 그들 서로의 성실성이라고 하자. 그러나 독자(감상자)는 제3자가 되어야 한다. 함께 흥분하거나 선입견으로 사팔뜨기가 되어서는 안 된다. 양쪽을

골고루 두고 오래 보면 서로가 어떤 보완관계에 있다는 것을 제3
자는 알게 되리라. 그것이 제3자의 역할이다.

9

날은 빠르다
봄은 간다

깊은 생각은 아득이는데
저 바람에 새가 설피 운다

검은 내 떠돈다
종소리 빗긴다

—김억, 「봄은 간다」 일부

아아 날이 저문다. 서편 하늘에 외로운 강물 위에 스러져 가는 분홍
빛 놀…… 아아, 해가 저물면 날마다 살구나무 그늘에 혼자 우는 밤이
또 오건마는 오늘은 사월이라 파일날 큰길을 물밀어 가는 사람소리는
듣기만 하여도 흥성스러운 것을 왜 나만 혼자 가슴에 눈물을 참을 수
없는고?

—주요한, 「불노리」 일부

《태서문예신보》는 '산문시'라고 특별히 명기한 칼럼을 두고
있다. 거기에 안서의 「봄은 간다」가 실려 있다. 그리고 《창조》에
주요한의 「불노리」가 실려 있는데, 여기에 대하여 작자 자신이
나중에 《조선문단》에서 "그 형식도 역시 아주 격을 깨뜨린 자유
율의 형식이었습니다. 자유시라는 형식으로 말하면 당시 주로
불란서 상징파의 주장으로, 고래로 내려오던 타입을 폐하고, 작

자의 자연스러운 리듬에 맞추어 쓰기 시작한 것입니다"라고 술회하고 있다. 산문시는 1917년(《태서문예신보》가 창간된 해) 그무렵만 하더라도 일종의 전위적 형태라고 할 수 있었다. 형태의 측면에서만 말한다면 일종의 해체시가 된다. 그런데 실제의 작품은 보는 바와 같이 그렇지가 않다. 이 모순은 두말할 나위 없이 사태를 안이하게 호사가적인 차원에서 취급한 데에서 빚어진 현상이라고 할 수 있다.

산문시라는 용어는 유럽어에서 번역된 말인 듯하다. 물론 그 실체도 그쪽에서 건너온 것이다. 보들레르가 19세기 중엽에 처음으로 본격적이고도 자각적인, 따라서 시사적 의의를 지닌 산문시집을 펴냈다. 그것이 바로 『파리의 우수』다. 이것은 하나의 정설처럼 되어버렸지만 보들레르보다 앞선 시도가 없었던 것은 아니다. 에드거 앨런 포에게서도 그 흔적을 볼 수 있다고 한다. (포에 심취하여 포를 번역하면서 보들레르는 산문시에 대한 자각을 가졌다고 한다.) 우리는 나중에 프랑스 상징파 시인들, 그 중에서도 말라르메와 랭보에게서 아주 정치한 산문시들을 얻게 된다. 물론 보들레르의 선편이 있었기 때문이리라.

산문시(prose-poem, poem in prose)는 산문의 시, 즉 산문으로 씌어진 시다. 이때의 시는 포엠poem, 즉 작품이다. R. G. 몰턴에 의하면 "산문이라는 말은 일직一直이라고 하는 어원적 의미를 가지고 있다. 글의 일직한 체제 속에는 율동에 대한 그 무엇을 말해주는 것은 아무것도 없다"(『문학의 근대적 연구』)는 것이 된다. 그러니까 산문은 체제로서 '일직', 즉 줄글이 되어야 한다. 그 줄글은 율동(음율)과는 아무런 관계가 없다는 것이다. 이 말은 율동 때문에 의미(논리)가 모호해진다든가 암시적이 된다든가 하는 일이 없어져야 한다는 것이다. 줄글은 토의적 문학(산문문학)에 적절한 체제다. 산문시는 따라서 줄글이 되어야 하고,

그 줄글은 되도록 율동이 억제되어 있어야 하고, 논리가 비약하거나 무시되어서도 안 된다. 이상의 조건들을 갖추고 있으면서 그러면서도 시가 되어야 한다. 보들레르는 포를 번역하면서 포론을 써가다가 "미적 관념의 발전을 위하여는 음율이 필요한데, 이 리듬 없이 순수하게 시의 미를 추구한다는 영웅적인 작업은 오히려 절망에서 나오고 있다"라고 산문시를 두고 탄식하고 있다. 산문시는 가장 역설적인 시의 형태다. 산문시는 산문과 시라고 하는 서로 대립관계에 있는 두 개의 장르가 결합되어 변증법적 지양을 이룩해야 한다. 안서의 시「봄은 간다」에 그런 갈등의 지양된 화합이 있는가? 단지 운문이 아닌 산문으로 되어 있다는 것뿐이다. 형태로서 행이 구분되어 있다는 것은 이미 산문시의 줄글(일직)의 조건을 무시하고 있거나 거기에 대한 무지를 뜻하는 것이 되어 산문시로서 적격이 아님을 드러낸 셈이다.「봄은 간다」는 산문시가 아니다. 똑같은 이치(무지)로 해서 요한의「불노리」또한 자유시가 아니다. 자유시는 오히려 산문시보다 늦게 나왔다. 월트 휘트먼Walt Whitman의 시집『풀잎』이 나온 것이 1855년이니까 보들레르의『파리의 우수』보다 조금 앞선 것이 되겠으나, 본격적인 자유시의 출현은 역시 프랑스 상징파 시인들을 기다려야 한다. 그것은 자각된 미학(문화의식)과 미학의 전환기적 자각을 밑받침하고 있다. 이미 누차 지적한 바 개인의 자유에 대한 자각이 대전제가 된다.

자유시free verse는 자유로운 운문이다. 자유로운 운문이란 음율의 개성적인 변형(왜곡)을 뜻한다. 음율을 죽이는 것이 아니라, 유로하는 자유로운 음율을 자율적으로 살린다는 것이 된다. 그것은 보다(음율, 즉 음수율, 음성률, 음위율을 갖춘 것보다) 암시적이고 모호한(논리를 무시한) 성격의 압축된, 그러나 토막(행 구분) 글을 절대 조건으로 한다.

무엇보다도 먼저 음악을, 그리고

아직 가락 고르지 않은 그것을 즐겨라,

다만 아련풋이 녹아 내리듯

무겁게 덮누르는 것 없이

—폴 베를렌,「작시」일부

음악(음율)은 가락 고르지 않은(자유로운 음율) 그것이라야 하고, 아련풋이(암시적, 모호함) 덮누르는 것(논리)으로부터 자유로운 것이라야 한다. 그것이 자유시다. 구교에서 신교로 전개한 셈이다. 그러나 음율은 여전히 크게 구실을 한다. 산문시는 음율에 제동을 걸었다. 이렇게 볼 때「불노리」와「봄은 간다」는 다 함께 무슨 착각에서 출발하고 있는 듯하다. (「봄은 간다」는 편집자의 착각일는지 모른다.)「불노리」는 줄글이다. 그리고 비교적 음율을 억제하고 있다. 논리의 비약도 없다. 이런 현상이 1920년을 전후해서 나타나고 있는데, 유럽에서는 반세기(산문시의 경우) 혹은 30년(자유시의 경우) 이전에 이미 이 두 개의 시형태는 개념상으로나 실제에 있어서나 확고한 제자리를 얻고 있었다.《태서문예신보》나《창조》가 모두 당시의 첨단을 가는 문학전문지로 자처한 잡지들인데 이런 착오를 범하고 있다.

10

마르셀 뒤샹Marcel Duchamp을 지금 새삼 들먹인다는 것은 자존심을 건드리는 것 같은 느낌이 없지 않아 창피스럽다. 뒤샹의 변기사건은 자그만치 72년이 지난 아득한 옛날의 일이다.

뒤샹은 1917년의 앙데팡당전에 R. 무트R. Mutt라는 가명으로 변기를 하나 출품했다. 그는 그것(변기)을 거꾸로 달아 맬 작정이었다. 그리고 제목을 「샘」이라고 붙였다. 그런데 전시위원회로부터 진열을 거절당했다. 그 이유는 다음과 같은 것이다. 첫째 부도덕하고 비속하다. 둘째 표절이다. 즉 단순한 변기상의 기구에 지나지 않는다. 여기에 대하여 그의 개인 잡지에 항의문을 내고, 그 전시회의 위원을 사임했다. 그 항의문은 다음과 같다.

무트 씨의 변기는 부도덕하지 않다. 욕조가 부도덕하지 않은 것과 같다. 그것은 변기 상점의 진열장에서 늘 볼 수 있는 물품이다. 무트 씨가 예의 변기를 자기 손으로 만들었는가의 여부는 물을 필요가 없다. 그는 그것을 선택했다. 그는 생활의 일상적인 요소를 붙들어 새로운 제목과 새로운 관점 하에서 그 실용적인 의미가 바래지도록 그것을 진열하려고 했다. 즉 그는 그 물체에 대한 새로운 사고를 만들어낸 것이다. 변기상에 대하여는 웃음거리밖에 더 될 것이 없다. 아메리카가 제조한 예술품이라고 하면 위생기구와 다리bridge뿐이 아닌가? 다리에는 더 하나 의치라는 뜻도 있다.

―다목 고지東野芳明, 《현대미술》에서 재인용

뒤샹의 이른바 레디 메이드ready made(기성품) 사상이 잘 드러나 있다. 시점point of view의 문제다. 뒤샹을 제외한 다른 전시위원들은 일반 시정인들과 마찬가지로 변기를 변기로만 일상적인 차원에서 보고 있었다. 그래서 진열을 거절하는 그런 터무니없는 이유들이 나왔는데, 그 차원에서는 옳은 말일 수밖에 없다. 그러나 뒤샹은 변기를 일상적인 의미를 모두 벗겨버린 새로운 차원에서 보고 있었다. 그의 말대로 그것은 사고의 변혁이다. 그것은 또한 만든다는 문제에서 선택한다는 문제로 관점이 이전하고 있다는 것을 뜻한다. 만드는 것, 즉 라틴어 아르스ars가 의미하는 바를 전연 무시해버린 처사다. 그러나 그것은 일회성의 '발견'일 수밖에는 없다. 다음 또 한 번 그런 짓이 되풀이되면 그것은 이미 발견(사고의 변혁)일 수가 없게 된다. 일회용 컵과 같은 것이다. 이미 끝나면 미련 없이 버려야 한다.

관점을 새로운 것일 수 있게 하고, 발견을 발견일 수 있게 하고, 사고의 변혁을 사고의 변혁일 수 있게 하는 데는 몇 가지 조건이 따라야 한다. 첫째, 변기를 상점의 진열장에서 미술품 전시장의 벽면으로 옮겨야 할 것. 둘째, 제목을 달아야 할 것. 셋째, 거꾸로 달아야 할 것(관람자를 위한 서비스를 겸하는 뜻으로도) 등이다.

최소한 이상의 조건이 갖추어지게 되면 그 변기는 변기가 아닌 것이 될 수도 있다. 그것이 예술품으로 둔갑을 할는지 여부는 보는 사람의 눈에 달렸겠지만, 뒤샹에게는 의의 있는 하나의 시도가 된다. 그것은 타성에 잠들어 있는 감성에게는 충격이 되어주어야 한다. 그래야만 그 시도는 객관성을 얻게 된다. 그런데 80년대 말에 이 땅의 젊은이들에 의하여 뒤샹 요법이라 할까 하는 것이 뒤늦게 기성의 경직된 감성을 일깨워주려고 하고 있다.

예비군편성훈련기피자일제자진신고기간

자 : 83. 4. 1   지 : 83. 5. 31

—황지우, 「벽 · 1」 전문

사직서

일신상의 사유(신병)로 인하여 더 이상 직무를 계속 수행할 수 없겠기에, 이에 사직하고자 하나이다(사직원을 제출하오니 재가하여 주시옵기 바랍니다).

1980년 2월 8일

Ⅱ부 교사 박남철

학교장 귀하

—박남철, 「사직서」 전문

어느 쪽이 먼저 나왔는지는 모르나 뒤에 나온 것은 우연의 일치라도 무의미한 것이 된다. 이런 경우는 유일회적으로 먼저 나오는 것이 수훈이다. 뒤샹의 경우와 마찬가지로 여기서도 이것들이 단순한 포고문이거나 사직서임을 그만두려면 몇 가지 조건이 따라야 한다. 첫째, 동사무소의 게시판에 붙어 있거나 학교장의 사무탁자 위에 얹혀 있지 말고, 잡지(문학전문지—시 전문지라면 더욱 좋다)에 실려 있어야 할 것. 둘째, 제목을 달아야 할 것. 셋째, 글의 체제를 좀 별나게 할 것이 바로 그것이다.

황지우의 경우는 이 세 가지 조건을 다 갖추고 있으나 박남철의 경우는 첫 번째 조건만 갖추고 있다(그 점으로는 조금 더 충격적이라고 할까?). 황지우가 「벽」이라는 제목을 붙이고, 띄어쓰기를 무시한 체제로 글을 쓰고 있는 것은 뒤샹이 변기를 거꾸로 매달려고 한 것과 같은, 독자를 위한 서비스라고 할 수도 있으리라. 여기 비하면 박남철은 아주 냉정하다. 그런 서비스까지

를 사족인 설명으로 치부하고 있는 듯하다. 그냥 그대로다. 자리
만 옮겨놓고 있다. 그러나 이 경우도 뒤샹에게서와 같이 첫 번째
조건인 장소가 절대적이다. 장소 옮기는 것까지를 그만두게 되
면 그것들은 단순한 포고문이나 사직서가 될 뿐이다. 교장의 사
무탁자 위에 얹힌 사직서나 동사무소의 게시판에 붙은 포고문을
시로 보는 사람은 아무도 없다. 그러나 김소월의 「진달래꽃」은
학교장의 사무탁자 위에 얹혀 있거나 동사무소의 게시판에 붙어
있다 하더라도 시일 수밖에 없다. 그것을 아무도 포고문이나 사
직서로는 읽지 않는다. 왜 그럴까?

뒤샹이 말했듯이 황지우나 박남철의 글에는 선택이 있을 뿐
라틴어 아르스가 뜻하는 만드는 작업이 빠져 있는데, 소월의 글
에는 그것이 있다. 그러니까 기성품은 관점의 각도를 이끌어낼
뿐, 그 자체가 작품일 수는 없다. 작품은 만드는 것이다. 선택 뒤
에는 만드는 작업이 따라야 한다. 뒤샹의 변기와 마찬가지로 황
지우의 「벽」과 박남철의 「사직서」는 작품을 위한 하나의 전환점
이 되어야 한다. 그 이상이 될 수는 없다. 그것을 착각할 때 70년
의 세월은 다시 또 한 번 수포로 돌아가리라.

시에는 충격이 절대 필요하지만, 뒤샹 충격은 너무나 늦게야
이 땅에 와서 김빠진 맥주처럼 서글픔을 안겨주고, 게다가 이미
말한 대로 어떤 착각까지 겹친다면 문화의 바버리즘을 자초할
뿐인 결과를 빚게 되리라. 형식의 파괴는 문화에 있어서는 치명
적이다. 문화는 부단히 새로운 형식을 만들어가야 한다. 요컨대
문화의 요체는 만드는 데 있다.

포고문도 사직서도 기성품이다. 그것들은 일상적인 것들이지
만 그것들로부터 일상적인 요소들을 다 벗겨낼 때 레디 메이드
사상이란 것이 비로소 탄생한다. 그것은 일상성에 새로운 의미를
부여한다는 것이 되기도 한다. 타성에 젖은 일상성은 언제나 예

술(시)의 적이다. 잡지의 편집자는 《태서문예신보》와 《창조》의 경우를 살펴보았듯이 투철한 안목이 있어야 한다. 역사를 그가 열어갈는지도 모르기 때문이다. 포고문과 사직서가 문학잡지에 어엿이 서명을 달고 시로 발표되리라고는 뒤샹 이전에는 아무도 생각하지 못했으리라.

11

　말라르메 사후의 시집『골패 일척』에 실린 시들의 새로운 스타일은 괄목할 만하다. 자크 데리다Jacques Derrida가 말라르메에 기울인 관심은 일상성으로 길들여진 언어가 어떻게 시에서 일상성(메시지)을 넘어선 차원에서 언어 그 자체의 무상성을 확보하면서 세계를 새롭게 열어가고 있는가의 여부를 추적하는 데 있었다. 그것은 시인에게는 절대절명이다. 어떤 우연도 시인에게는 필연이 되어야 하는데, 그것은 거의 절망적이다. "골패 한번 던져지면 절대로 우연을 정복하지 못한다"고 말라르메는 그의 시집의 허두에서 말한다. 여기서부터 그의 '백지의 고민blanc soucie'이 시작된다. 완벽하고 절대적인 세계를 그의 의도대로 한 장의 종이 위에 그려내기 위해 밤을 새고 또 새곤 하지만, 우연은 절대로 극복되어지지 않는다. 그것은 인간적 자존심과 품위에 관한 문제요, 한계를 인정하지 못하는 오만이다. 그가 그런 모양으로 버티고 있는데도 우연은 그를 냉소할 뿐이다. 그러나 그는 참을 수 없는 굴욕을 견뎌내야 한다. 불모라는 것은 거의 그의 생리가 되어버렸다. 그는 한 장의 종이를 응시하면서 수없이 탄식한다. 그는 그가 쓴 것보다는 쓰지 않은 것이 그의 의도를 더욱 잘 드러내주고 있다는 것을 안다. 쓰지 않은 것이 아니라 쓰지 못했다는 것을 그는 잘 알고 있다. 언어도단은 선禪에서와 같이 그에게도 어쩔 수 없는 영원한 걸림돌일 수밖에는 없다. 언어는 절대로 완벽해질 수 없고 절대로 드러내지도 못하고, 모리스 메를로 퐁티Maurice Merleau Ponty가 말했듯이 언어 이전에 완벽한 사유가 따로 있었던 것도 아니다. 한 권의 책에 도달하려는 절망적인 인간의 꿈이 있을 뿐이다. 그러나 마르셀 뒤샹은 다르다.

말라르메의 장시 『에로디아드』가 없었더라면 뒤샹의 유리의 대작들은 없었으리라. 뒤샹의 모험은 말라르메의 선편을 제쳐놓고는 생각할 수 없다. 그러나 그는 어느날 이상한 현상 하나를 보게 되었다. 1931년 유리제품을 트럭에 싣고 시속 98킬로미터로 달리다가 제품에 커다란 금이 가버렸다. 뒤샹은 1938년까지 7년이란 긴 세월을 바쳐 수리를 거듭했는데, 그러나 그는 그 금을 두고 몹시도 아름답다고 예찬하면서 "누구에게도 책임이 없는 일종의 레디 메이드의 의지가 작용했다"고 하고 있다. 그것(금)도 그의 발견의 하나지만, 그는 말라르메와는 대조적으로 절망하지 않고 받아들이고 있다. 우연이란 운명이다. 그러나 이 운명을 말라르메나 어니스트 헤밍웨이Ernest Hemingway의 『노인과 바다』에서의 그 노인처럼 받아들이지 못하는 경우가 있다. 역설적으로는 우연의 발견도 하나의 의지, 아니 의지의 결과일지도 모른다. 시는 우연과 필연의 역학관계를 저버리지 못하리라.

1920년대로 들어서자 김기진이 다음과 같은 시를 쓰고 있다.

입으로 말하기는 〈우 나로—드〉
육십 년 전의 노시아청년의
헛되인 탄식이 우리에게 있다
(café chair Revolutionist)
너희들의 손이 너무 희구나

—김기진, 「백모의 탄식」 일부

〈우 나로 —드〉의 대상이 되는 20년대의 농민이나 근로자들을 염두에 두고 쓴 것이 아님을 곧 짐작할 수 있다. 아직도 여기에는 '손이 너무 희구나'를 스스로 탄식하는 지식청년의 허영이 드러나고 있다. 스스로 탄식하는 투로 전개되고 있는 이 시는 두 말할 나위 없이 시인 자신과 같은 부류의 지식청년을 염두에 두고 씌어졌다고 해야 하리라. 박종화는 그 무렵의 팔봉에 대하여 "시인은 상아탑 속에서 콧노래를 불렀다……. 문학은 무엇 때문에 생긴 것이냐, 문학이란 소수의 문학자의 소일거리로 된 것이냐, 예술이란 머리칼 길게 흐트리고 이상야릇한 말을 쓰는 정신 환자 같은 예술 청년을 위하여 난 것이냐? 아니다. 문학의 세계는 그리 좁은 것이 아니다. 많은 '삶'을 위하여 난 것이요, 예술도 곧 그들의 것이 되어야 하고 청풍과 열천이 그러한 것인 것과 같이 문학도 반드시 그들의 것이 되어야 한다"라고 하고 있다. 예술의 전위성과 전문가적 입지를 부정하고 있다. 톨스토이와 연결되고 끝내는 예술의 부정으로 나가게 된다.

월탄의 술회는 조금 앞까지의 세기말적 풍조를 반영한 자기들 세대의 탐미적 예술지상주의적 경향에 대한 자기반성이라고 할 수 있다. 물론 월탄 자신도 거기 포함되어 있음은 더 말할 것도 없다.

> 우주룩한 음울은 왜옥에 돌고
> 시대고의 신음은 지주강에 떨리다
> 거츠른 흑모는 풀려 흩어져
> 험상마진 적종은 풀려 흩어져
> 性의 타오르는 큰 눈망울은
> 주린 짐승의 아가리인가?
>
> —박종화, 「헤어진 갈색의 노래」 일부

보들레르의 「악의 꽃」에 나오는 어휘들이 그대로 나열되고 있다. 월탄은 보들레르를 주마간산 하듯 스쳐간 데 지나지 않기 때문에 이런 따위 제스처를 할 수 있었을 뿐이다. 보들레르의 전환기적 문화의식이나 기독교주의 및 플라토니즘과 같은 진수들을 다 놓치고 있기 때문에 곧 어떤 사회적 양심 쪽으로 돌아서게 되었다. 그러나 1920년대의 이 땅의 문화적·사회적 상황으로 볼 때 청년들이 상징주의적 예술지상주의를 물고 늘어질 만큼 여유 있는 처지가 아니었다고 할 수 있다. 그리고 상징주의라고 하지만 프랑스의 것을 전적으로 이식할 필요도 없고 그럴 수도 없다. 문화전통의 문제도 있기 때문이다. 그러나 상징주의가 시뿐만이 아니라 예술의 각 장르에 걸쳐 근대성의 선도자 역할을 담당했기 때문에 적어도 이런(근대성) 요소만은 자각적으로 천착할 필요가 있었지 않았나 싶다. 개인과 자유의 문제만 하더라도 그렇다. 시가 사회를 지향하기에 앞서 이런(개인과 자유) 문제와 정면으로 진지하게 부딪쳐갔어야 했으리라. 시의 민주주의적인 제재와 그 처리방법도 이 과정을 겪었어야 했다. 요즈음(극히 최근에) 일부 젊은이들 사이에서 새삼 문제가 제기되고 있는 듯한 인상을 주는 시의 일상성에 대한 관심의 문제 같은 것도 여기에서 파생되어야 할 것이었다. 너무 늦게 나와 새삼스러운 느낌이 없지 않으나 이미 말한 바 뒤샹의 레디 메이드 사상과 함께 치밀한 검토가 반드시 한 번은 있어야 하리라. 즉물주의나 특히 소재주의의 차원을 맴돌다 꺼져버리는 결과를 빚게 되면 어쩌나 하는 우려가 없지도 않다.

12

조각가 크레이톤이 아름다움을 일정한 수량관계로 환원하려는데 대하여 소크라테스는 넋을 밖으로 드러내는 것도 조각가의 사명이 아닐까 하고 의문을 던지고 있다(크세노폰Xenophon, 『소크라테스의 추억』 참고).

크레이톤과 소크라테스의 대화에서 각각 다른 두 개의 도식과 계보를 끄집어낼 수 있다. 전자에게는 인식이 대전제가 되고 있다. 후자에게는 경험과 인격이 대전제가 되고 있다. 수학과 같은 추상적 지성과 비인간적 싸늘함이 전자에게 있고, 생활과 구체성(사실성) 및 정서적·감각적 온도가 후자에게 있다. 말라르메나 발레리의 시세계, 혹은 피에트 몬드리안Piet Mondrian 등의 기하학적 추상미술, 또는 볼프강 아마데우스 모차르트Wolfang Amadeus Mozart의 음악으로 연결되는 것이 전자라고 한다면, 동양의 대부분의 시인들의 시나 빈센트 반 고흐Vincent van Gogh 또는 에드바르트 뭉크Edvard Munch나 폴록Pollock의 미술세계, 루드비히 반 베토벤Ludwig van Beethoven의 음악 및 서예에 연결되는 것이 후자라고 할 수 있다. 고전주의와 로만주의도 이런 범주에서 취급될 수 있다. 파울 클레Paul Klee는 그의 화폭에 그의 인식의 세계를 드러냈을 뿐 그의 인생(생활)을 드러낸 것은 아니다. 그의 화폭에 드러나 있는 비극적 세계는 그의 인식세계지 그의 비극적 경험(생활)을 그의 인격이 반영해 보여준 것은 아니다. 그러나 이중섭은 다르다. 그의 동자군의 자태나 소의 표정은 그의 생활과 인격의 반영이라고 할 수 있다. 거의 내부를 밖으로 유로시키고 있다. 매우 서정적이다. 거기 비하면 김혁림의 제기나 풍경은 조형적인 인식일 뿐이다. 중섭의 그림은 따뜻하고, 혁림의 그림은 싸늘하며 비인간적이다. 호세 오르테가 이 가세트 José Ortega y Gasset의 말처럼 그것(비인간화)은 휴머니즘의 역사적 전환기를 말해주고 있는 듯이 보이지만, 원래가 그것은 에이도스의 전통에 닿아 있는 인간정신의 하나의 흐름이다. 철학이 루드비히 비트겐슈타인Ludwig Wittgenstein의 언어분석에 이르고 있다. 실존철학과 같은 것은 거기 비하면 좀 치밀한 인생훈에 지나지 않는 것이 된다.

T. S. 엘리엇은 진지한sincere 정서와 의미 있는siginificant 정서를 구별한다(『전통과 개인의 재능』 참조). 아무리 진지하더라도 실생활에서의 정서는 시에 그대로 들어오지 않는다. 정도의 차이는 있을지언정 그것은 시에서는 굴절한다. 언어가 중간에 끼이기 때문이다('중간'이란 말은 빼는 것이 좋을는지도 모른다). 아니 언어화된(그럴 수밖에는 없는) 정서는 이미 생짜의 그것은 아니다. 그것은 사이비 정서라고 할 수 있다. 생짜와 가짜를 구별하기 위해서 T. S. 엘리엇은 전자를 정서emotion라 하고 후자를 감정feeling이라 이름 붙인다. 이름이야 어떻든 감정은 현실에는 없고 시에서만 있는 것이라 한다면, 반대로 정서는 시에서는 없고 시에서만 있는 것이 된다. 이 이치를 양해하느냐 못 하느냐에 따라 이미 말한 바 두 개의 도식과 계보 중 어느 쪽에 이들(양해하느냐 못 하느냐의 양쪽)이 다시 또 연결되느냐를 가려낼 수 있다.

T. S. 엘리엇이 정서의 생짜와 가짜를 말하고, 가짜가 시의 세계라고 했을 때 그의 '개성으로부터의 도피'를 전제로 하고 있었다. 개성이란 인격과 연결되는 개념이다. 인격은 다시 생활과 연결되고 그것은 아주 구체적이고 직접적이다. 즉 특수하다. 그러나 엘리엇은 정서를 감정으로 굴절시키고 개성으로부터 해방되면서 추상적이 된다. 그의 시가 '객관적 상관물'을 늘 의식하

게 되는 것은 이 추상적 성향 때문이다. 추상성을 무화시키기 위한 그의 시에 대한 비평감각의 발로라고 할 수 있다. 그가 "한 편의 시가 완성되기 전에는 시는 아무 데도 없다"고 한 말은 러시아 포멀리스트들의 형식주의와 통한다. 결국 언어를 빼면 작품(시)은 아무 데도 없다는 것이 된다. 언어는 인식의 도구가 아니라 인식 그 자체다. 이런 생각이 착각이라 할지라도 이런 생각 위에서 바라볼 때, 시는 페르소나의 극이라 할 수 있다.

라틴어 페르소나persôna는 가면 및 배우를 뜻한다. 시는 가면의 소리지, 가면을 쓰고 있는(가면 뒤에 숨은) 인격이 소리가 아니다. 가면은 가면의 소리를 해야 한다. 배우도 그렇다. 그의 인격은 간접적인 것이 되고 이차적인 것이 된다. 등장인물의 소리를 내야 한다. 시에서는 언어에 이니셔티브를 준다는 것이 된다. 그러나 시를 인격의 반영으로 보고, 경험(생활)의 등가물이라고 생각하고 페르소나를 인정하지 않으려는 입장이 있다. 시를 일종의 고백이라고 생각하고 내면의 어떤 상태가 그대로 시에 드러난다고 생각하고, 드러내야 한다고 생각한다. 서정시에 대한 관습적 정의가 이 입장에서 나온 것임은 두말할 나위가 없다.

사상만 있으면 시가 된다든가 시적 영감만 있으면 시가 된다든가 하는 편리한 생각은 어느 시기의 우리 시단을 풍미한 법전이었다. 그러나 남은 것은 시가 아니고 감정의 생경한 원형이거나 관념의 화석인 경우가 많았다.

이 나라에서 기술주의의 대두는 이러한 원시적인 소박한 풍조에 대한 안티테제로서 제출된 것이다.

김기림의 「사상과 기술」이란 논문의 한 대목이다. 1920년에 나온 평론집에 T. S. 엘리엇의 「전통과 개인의 재능」이 실려 있다. 편석촌이 이 글을 쓴 것은 그로부터 10년이 훨씬 지난 뒤다. 만약 우리가 이 정도의 통찰을 전제로 이 땅 시문학의 새로운 현대적 전환으로 삼는다면, 20년대 초의 영국이 전환기를 처리한 양상과는 그 전환기 의식에 있어 심천의 차이가 두드러진다. 엘리엇의 모더니즘은 시의 심리학적·형이상학적 문제와 같이 연결되어 있다. 그가 말하는 역사의식(역사 지식과는 무관한)이 이것들을 이끌어내준다. 편석촌 김기림의 경우는 수사와 소재의 문제인 것 같은 인상을 주고, 교양으로 시를 대하고 있는 듯한 인상이다. 모더니즘이 국제적 진폭을 가진 경향이라 하지만 문화전통과 문화에 대한 근대적 감각의 성숙도에는 틈(격차)이 벌어질 수밖에 없었는 듯하다.

편석촌은 페르소나를 어떻게 생각하고 있었는지 짐작할 수가 없다. 거기에 대한 언급이 없기 때문이다. 영문학을 전공한 그는 I. A. 리처즈Richards로 대표되는 현대의 문예비평에서도 경험을 존중하고, 그것을 전제로 하는 영국적 전통이 무의식 중에 몸에 배게 되었을까? 무의식이라고 한 것은, 경험과 인격을 존중하는 것은 동양인의 시관의 근간을 이루고 있기 때문에 그에 절로 와 닿았다는 뜻으로 한 말이다. 편석촌은 말하자면 정서의 일원론, 즉 미분화상태에 대한 회의가 없었는지도 모른다. 정서는 시에서는 감정으로 굴절하여 분화된다는 엘리엇식 인식은 멀리 크레이톤적인 고대 그리스의 인식과 연결되지만, 매우 지적이라(기하학적이고 추상적이라) 감성적이고 감각적인 동양인의 생리로는 감당할 수 없었다는 것일까? 시적 전환기는 이런 문제들을 문제로서 안고 있어야 했으리라. 그렇지 않으면 달라지는 것은 근본적으로는 아무것도 없다. 머지않아(해방 후) 편석촌이나 정지용은 페르소나를 벗어던진(포즈를 포기한) 아주 소박한 인격 반영의 서정시로 주저앉고 말았다.

50년대의 후반기 동인으로 연결되는 이 땅의 모더니즘은 30년대의 W. H. 오든Auden이나 스테판 헤럴드 스펜더Harold Spender Stephen 경 등의 '뉴컨트리파'로 영국의 모더니즘이 이동하는 것과 흡사한 궤적을 그린다. 그것은 냉소주의와 사회성의 획득이다. 자각적으로 드러난 것은 아니지만, 시가 개인의 사적 경험을 떠나려 하고 있다. 사적 경험이 뒤로 밀쳐지고, 대신 생경한 관념이 고개를 드는 것을 보게 된다. 시가 경험과 인격의 직접적 반영이라는 낡은 관점을 조금씩 벗어나고 있었다. 그러나 페르소나를 심각하게 의식하고 있었던 것은 아니다.

13

T. S. 엘리엇의 이른바 역사의식에 의하면 현대는 신념을 잃은 시대라고 한다. 1920년대의 유럽인으로서 한 소리지만, 90년대를 눈앞에 두고 있는 지금 이 말은 실감을 더해주는 듯하고, 전 세계에 확산되고 있는 듯하다. 신념을 잃게 되었다 하면 얼핏 보아 아주 부정적인 정감을 자아내게 한다. 그러나 데카당스와 함께 이 경우도 양면을 가진다. 아주 긍정적인 밝은 면도 한쪽에 있다. T. S. 엘리엇은 그것을 은연중 말하려고 하고 있는 듯하다. 신념을 잃었다는 것을 적극적으로 해석하면 신념으로부터 해방되었다는 것이 된다. 신념의 구속으로부터 운신이 매우 활달해졌다는 것이 되고, 세계를 편견(신념)으로부터 벗어난 아주 공평한 위치에서 보게 되었다는 것이 된다. 눈앞이 갑자기 훤하게 트이고 세상이 다채롭게 다원론적으로 보인다는 것이 된다. 단순하고 단조롭고 답답한 상태를 벗어났다는 것이 된다. 이런 시대에 시인은 어떻게 시를 써야 하나? T. S. 엘리엇은 전통을 찾아 16세기 형이상학파 시인들을 재발견하게 된다. 윌리엄 셰익스피어William Shakespears에 대한 관심도 그렇지만, 그들(형이상학파 시인들)에게서 시의 극적 전개방법을 배운다. 그 단적인 예로 기상(奇想, conceit)이란 것이다. 이것은 로만주의 시대에 오래도록 무시되었거나 경멸된 방법이다. 기지에 속하는 것은 천박하다는 것이다. 그러나 기상은 단순한 시작 방법상의 문제가 아니라, 세계관과 연결되는 문제였다. 연상상 가장 거리가 먼 것들끼리 결합케 한다. 가령 존 던John Donne은 사랑과 같은 부드러움을 시로 쓰되 컴퍼스와 같은 제도의 용구인 아주 딱딱한 기계

에 빗대어 적절하게 그려내고 있다. 그것은 충격이요 가치의 다원화를 뜻하는 것이 된다. 신념이 흔들리면 모든 가치가 자기를 주장하고, 죽어 있던 가치가 새로 소생한다. 세계가 아주 풍부해지고 극적이 된다. 흑이 백을 깔아뭉개고 있던 상태가 백이 자기를 주장하면서 흑과 맞서게 된다. 갈등이 생기고 운동(움직임)이 생긴다. 자유란 갈등의 다른 일면이다.

T. S. 엘리엇은 마침내 단테론에서 단테의 사상을 읽지 말고 시를 읽으라고 권한다. 『신곡』을 시로서 읽으라는 것이다. 『신곡』의 사상은 토마스 아퀴나스의 신학체계에 더 정치하게 전개되고 있다는 것이다. 그리고 셰익스피어론에서는 셰익스피어에게는 사상이 없다고 한다. 당대의 유행사상을 모두 수용하고 있을 뿐, 그 자신의 사상은 없다는 것인데, 그것은 바로 도그마로부터 그의 극작을 구제하고 있고, 거울처럼 자연을 그대로 반영하게 되었다고 한다. 리얼리즘은 중성을 뜻하는 것이 된다. 촉매역할을 할 뿐인 점에서 리얼리즘은 백금과 같고, 셰익스피어 또한 그렇다고 한다.

　수술대 위에 에테르로 마취당한 환자처럼
　저녁 노을이 하늘에 퍼지거든

T. S. 엘리엇의 유명한 「J. 앨프레드 프루프록의 연가」의 첫머리다. 아주 우울한 정경이 펼쳐지고 있다. 현대문명의 모습이라고 할 수 있다. 아름다워야 할 저녁 노을이 마취되어 수술을 받아야 하는 수술대 위의 중환자처럼 보인다는 것이다. 수술이란 목숨을 건 치료방법이다. 위기감이 감돌고 있다. 저녁 노을은 한때의 아름다움, 저녁 즉 기울어지는 아름다움이다. 곧 밤의 암흑이 삼켜버린다. 이것 또한 불안과 절망을 드러낸다. T. S. 엘리엇

의 이른바 정서의 객관적 상관물objective correlative들이다.

노을을 수술받는 환자에 빗대고 있는 것은 기상이다. 연상상
거리가 멀다. 그러나 현대문명의 어두운 양상을 전제로 할 때 이
둘(노을과 환자)은 절실한 분위기를 빚게 된다. 환자가 수술받
는 장면이 시에 메인 이미지로 등장하는 일은 없다. 그런 점에서
도 이 장면은 충격적이다. T. S. 엘리엇은 여기서 인격을 감추고
페르소나를 내세우고 있다. 가면이 말을 하게 한다. 그것은 객관
적인 묘사가 되고 있다는 말이기도 하다. 어떤 사적 경험이 아니
라, 시인의 인격과는 관계 없는 어떤 객관세계(문명)의 현실이
이미지로 제시되고 있다. 엘리엇이 단테론에서 말한 단테의 시
라고 하는 것은 바로 이런 것을 두고 한 말이다. 이런 시선과 대
상(주제)의 처리방법을 편석촌은 터득하지 못하고 있다. 그것은
시사문제를 취급한 그의 장시 「기상도」에서도 드러나고 있다.

비늘
돋인
해협은
배암의 잔등
처럼 살아났고
아롱진 「아라비아의 의상」을 두른 젊은 산맥들,

—김기림, 「기상도」 일부

이 시는 어떤 사태에 대한 인식보다는 감각이 앞서고 있다. T.
S. 엘리엇에 비하면 장면들이 밝다. '처럼'으로 연결되는 '비늘/
돋인/해협'과 '배암의 잔등'은 연상상 거리가 그다지 멀다고는
할 수 없으나 신선한 감각이다. '젊은 산맥'의 '젊은'이라는 형
용사도 신선하다. 이것들은 물론 세계관이나 그로 파생되는 시

작법과는 관계가 없다. 언어감각의 문제일 것이지만, 이런 언어 감각은 시인의 자질과 무관하지 않다. 그리고 그것은 연마되고 교양으로 다듬어진 결과라고도 할 수 있다. 시를 훈련과 교양의 차원으로 이끌어준다. 자연발생적인 소박성으로부터 구제해주고, 더 나아가면 시인을 전문가로 만들고 자각된 엘리트 시(폐쇄적 전위기)를 낳게 하고 시의 역사에 날카로운 비판의 자국을 남기게 된다. 30년대에는 이상이 역시 대표적으로 시를 새로운 국면으로 이끌어주고 있다.

13인의아해가도로로질주하오.
(길은막다른골목이적당하오.)

제1의아해가무섭다고그리오.
제2의아해도무섭다고그리오.
제3의아해도무섭다고그리오.
제4의아해도무섭다고그리오.
제5의아해도무섭다고그리오.
제6의아해도무섭다고그리오.
제7의아해도무섭다고그리오.
제8의아해도무섭다고그리오.
제9의아해도무섭다고그리오.
제10의아해도무섭다고그리오.
제11의아해도무섭다고그리오.
제12의아해도무섭다고그리오.
제13의아해도무섭다고그리오.
13인의아해는무서운아해와무서워하는아해와그렇게뿐이모였소.
(다른사정은없는것이차라리나았소.)

그중에1인의아해가무서운아해라도좋소.

그중에2인의아해가무서운아해라도좋소.

그중에2인의아해가무서워하는아해라도좋소.

그중에1인의아해가무서워하는아해라도좋소.

(길은뚫린골목이라도적당하오.)

13인의아해가도로로질주하지아니하여도좋소.

—이상, 『오감도』 중 「시 제1호」 전문

　논리의 파라독스와 발상의 아이러니는 이 시가 매우 지적인 통찰을 통한 어떤 인식에 도달하고 있다는 증거가 된다. 인격이나 사적인 경험은 일체 배제되고 있다. 그런데 이 시가 획득한 인식의 세계는 매우 모순적이다. 그러니까 논리가 뒤틀리고 발상부터 갈등을 깔고 있다. 세계는 단순하지가 않다. 미묘하고 복잡하게 얽혀 있다. 앨런 테이트Allen Tate가 말했듯 세계를 한 가지 색깔로 단순하게 보는 것이 감상sentiment이라고 한다면, 여기서는 감상은 흔적도 볼 수 없다. 모순과 복합이 세계의 실상이다. 그런 인식이 발상으로 깔려 있다. 아이러니는 세계를 감상적으로 보지 않는다는 신호요 또한 확증이다. 김소월은 인생을 슬픔 일색으로 단순화한다. 인생에는 기쁨도 있는 데 말이다. 그는 인생의 실상을 놓치고 있다. 그것은 감상이다. 감상은 한쪽으로 치우쳐 있다. 그만큼 단순 소박하다. 단순하고 소박하다는 것이 가치 없다는 말이 아니다. 아이들은 단순하고 소박하지만, 그 순진성은 가치 있다고도 할 수 있다. 가치와 리얼리티는 다르다. 리얼리티는 그러니까 가치 중성이다. 파라독스와 아이러니는 보다 지적인 태도요 감상은 보다 비非지적인 태도라고 할 수 있다.

　30년대까지의 이 땅의 시는 대체로 감상이 매우 승한 세계의

217

단순화, 즉 리얼리티를 놓친 그런 경향으로 이어져와서 매우 단조로운 전통을 이룩해왔다고 할 수 있다. 이상이 그것을 본격적으로 과격하게 깨뜨린 최초의 시인이 되었다. 그의 시가 가뜩이나 폐쇄적으로, 즉 엘리트 시인의 전위시로 보이는 것은 그의 이런 점 때문이기도 하다.

14

　최근 이 땅의 시단에 매우 이채로운 현상이 하나 나타나고 있
다. 얼른 그 계보를 따지기가 힘든 아주 희귀한 현상이다. 정서
의 차원이나 심리의 차원 및 사회의 차원 등 지금까지의 이 땅
시의 역사가 드러내 보여준 어느 차원에도 해당하지 않는 듯이
보이는, 그만큼 유별난 현상이다. 굳이 말한다면 상징주의적 이
데아 사상에 연결되는 시세계라고 말할 수 있을까 싶은데, 이 땅
에서는 상징주의가 제대로 자리를 잡지 못했기 때문에 매우 돋
보인다. 송찬호라는 젊은 시인이 내놓은 몇 편 안 되는, 그러나
그 시적 투시력이 만만찮은 역작들이 바로 그것이다.

　밤이 왔다, 밤이
　남긴
　귀부인의 눈물, 가짜
　흑진주
　밝음으로, 무자비한 밤이 왔었다
　밤의 여인들이 그것을 보았다

　나는 밝음으로 내몰려졌다
　너는 몸 속에 처박힌 팔을 꺼내 보였다.
　오래 전에 불구가 된 것들을,
　다음에는 어둠 속에 암매장한 눈을 보여 주었다
　그리고 머뭇거리다가 너는 그 구멍을 보여 주었다
　희미한 불빛이 스며 들어오던

밤을 넣어 주던
너희가 끌려 나오던
너희 괴로운 말들이 흘러 나오던 말들마저 관통해 버린

너는 나를 가리켰다, 어둠 속 그 많은 사람들 중의 나를
살고 싶다, 라고 나는 거짓말을 하였다
이미 오래 전에 불구가 된 거짓말을
———송찬호, 「머뭇거리다가 너는 구멍을」 전문

'구멍'이나 '밤'은 T. S. 엘리엇의 객관적 상관물보다도 이데
아의 반사를 더욱 짙게 드러내준다. 그것들은 상징처럼 보인다.
T. S. 엘리엇의 객관적 상관물은 상징주의와 무관한 것이 아니지
만(그에게 상징주의의 영향이 짙게 드리워져 있다는 것은 다 알
려진 사실이다), 그러나 보다 시적 감수성과 방법에 관계된다.
시를 사상이나 정서로부터 독자적으로 지양시키려는 의도가 있
다. 그러나 송찬호의 경우는 그렇지가 않다. 그의 시는 독특한
형이상학을 이루고 있다. 어쩌면 그것은 또한 정신의 드라마일
는지도 모른다. 그에게는 정서도 심리도 사회도 없다. 말라르메
나 발레리의 시들처럼 진공상태에 있는 것처럼 보인다. 육체가
없다. 순수한 에이도스의 세계. 이 땅의 시 전통으로는 현대시
를 포함하더라도 매우 이질적이다. 그는 말라르메나 발레리처럼
완전무결하게 페르소나를 구사한다. 그의 페르소나는 형이상학
적인 표정으로 굳어 있다.

15

모더니즘이란 문학상의 모든 유파가 다 그렇듯이 규정짓기 힘든 유파다. 모더니즘은 특히 그렇다고 할 수 있다. 모더니즘 할 때의 모던이 우선 문제가 된다.

스테판 헤럴드 스펜더에 의하면, 모던과 컨템포러리는 다르다고 한다(『현대 작가의 싸움』 참조). 모던, 즉 현대(근대와 구별되는)는 어떤 가치관(또는 의식)을 내포하고 있는 말이라고 한다면, 컨템포러리, 즉 당대는 그냥(가치관이나 가치에 관한 의식이 없는)의 일정한 시기를 가리키는 말이라고 한다. 그래서 모던의 작가와 컨템포러리의 작가를 구별한다. 지금 이때에 작품활동을 하고 있는 작가라 하더라도 현대적이 아닌 작가가 있는가 하면, 당대의 작가가 아니면서도 모던의 작가가 있다고 할 수 있게 된다. 이를테면 호메로스, 셰익스피어, 윌리엄 워즈워스 William Wordsworth는 모던의 작가라 할 수 있고(데이 루이스Day Lewis), H. G. 웰스Wells, 조지 버나드 쇼George Bernard Shaw는 단순한 당대의 작가라고 할 수 있다(스펜더). 호메로스, 셰익스피어, 워즈워스는 그들 시대의 시대상을 가장 잘 반영하고 있다는 뜻으로 그렇게 말할 수 있는데, 물론 거기에는 소재나 주제, 그리고 그것들을 처리하는 방법과 문체에 있어서 그렇다는 것이다. 그러나 웰스나 버나드 쇼는 내용과 형식, 아울러 19세기의 잔재를 벗지 못하고 있기 때문에 그렇게 취급한 듯하다.

우리나라 대학의 국어 교과서에(중 · 고교는 두말할 것도 없고) 수록된 현대문학은 대체로 당대라는 입장에서 그냥 막연한 시기를 설정하고, 그 기간 동안에 생산된 작품들이다. 시는 신체시 이후, 소설은 신소설 이후로 되어 있는데, 국제적인 기준에서는 모던의 작품이라고 할 수 없는 것들이 태반이다. 이 경우(국어 교과서)는 한국의 현대사를 염두에 두고 그렇게 했다고도 볼 수 있다. 이 땅의 현대는 유럽의 현대와는 사정이 다르다. 시에서의 육당과 소설에서의 이인직은 이 땅 전통의 입장에서 얼핏 본다면 획기적인 변화가 있었는 듯도 하다〔누군가(임화)는 이직 문학사로 비하하고(자학하고) 있을 만큼 일제치하의 이 땅의 문학은 남의 것을 그대로 옮겨놓고 있는 듯한 느낌이라고 하지만, 그것은 피상적인 관찰이다〕. 그러나 그 변화를 1910년대의 다다이즘, 이미지즘, 20년대 초의 제임스 조이스James Joyce 문학에 견준다면, 그것들(신체시와 신소설)은 창가나 이야기에 지나지 않는다. 그러니까 모던을 가치관, 특히 국제적인 입장의 가치관에 서서 본다면, 이 땅의 문학은 1930년대가 분수령이 된다. 그 이전은 19세기의 연장선상에 있었다고 할 수 있고, 신체시와 신소설은 19세기에도 낄 수 없는 것들이다. 시에서의 상징주의와 소설에서의 사실주의와 같은 19세기적 전범들을 전연 간과하고 있다. 향가와 『사씨남정기』의 전통을 그대로 답습하고 있을 뿐이다. 신체시는 물론 산문을 쓰고 있고 형태도 자유시의 장형을 본뜨고 있지만, 그 문학적 발상에 있어 리릭시즘lyricism의 감상의 단계에 머물고 있다. 신체시와 신소설의 시대(1908~1919)는 문학의 딜레탕티즘 시대라는 점에서도 그렇다. 19세기 후반 이후의 유럽문학이나 일본의 20세기 이후의 문학은 모두 전문가 시대의 문학이다. 그러나 이 땅의 1900년대나 1910년대는 완고하리만큼 우둔하고 소박한 시대다. 이식이고 뭐고 할 여지도 없다. 신소설의 전부가 플롯을 가지지 못한 이른바 이야기다. 성격도 없고 논리적 연속성도 없다. 그러니까 근대(19세기)적 안목에서 보더라도 그것은 문학 이전이다. 그런데도 대학의 교재에

서까지 신체시와 신소설이 현대문학으로 통한다면 그것은 거듭 말하지만 이 땅 현대사의 특수성 때문이다.

　루이스가 호메로스, 셰익스피어, 워즈워스를 모던의 작가로 치부한 것은 모던을 어느 특정의 시기로 보지 않았기 때문이다. 그 시대, 그 시대의 특징을 전형적으로 반영한 작가는 모두 모던 의 작가라고 한다면, 고려 말의 시조나 영·정조의 사설시조, 그 리고 신체시와 신소설의 어떤 일면(이미 분석한 바 있는 신체시 의 형태적 조건이나 신소설의 소재나 주제)은 모던의 요소를 지 니고 있다고도 할 수 있으리라. 그러나 모더니즘의 모던은 이런 식으로는 해석할 수 없다. 역시 그것은 어느 특정 시기, 즉 20세 기에 국한되어야 한다. 그렇지 않으면 모던이라는 것의 시대적 특수한 가치가 죽어버린다.

16

유럽 대륙(프랑스, 독일)에서는 모더니즘이란 말을 별로 쓰지 않았던 것 같다. 20세기의 새로운 경향의 문학을 다다이즘, 쉬르 레알리슴 등으로 부르고 있었다. 다만 자크 마리탱Jacques Maritain 이 과격한 모더니즘Ultra-moderne이란 말을 쓴 일이 있다. 그는 앞에 든 다다나 쉬르를 두고 그렇게 불렀는데, 다다와 쉬르는 전 통을 무시 내지는 파괴하면서 전연 새로운 성격의 문학(전통적 인 문학관으로 보면 비문학이라고도 할 수 있는)을 창출해냈다. 다다는 형태 및 문체의 파괴와 동시에 유례가 없는 다다적 형태 와 문체를(어휘까지도) 또한 만들어냈다. 쉬르는 미학이 아니라 사상이다(앙드레 브르통). 1925년 1월 27일의 쉬르레알리슴 선 언의 제2조는, "쉬르레알리슴의 새로운 표현수단이 아니고, ……(중략)…… 시의 이론도 아니다. 그것은 정신과 그것에 따 르는 일체의 것의 해방이다"라고 되어 있다. 무엇보다도 해방에 있어 심리적 세계를 우선적으로 택한 것이 쉬르다. 더 구체적으 로 말하면 잠재의식(심층심리)의 세계가 그것이다. 이 세계는 문학(예술)이 발견한 전인미답의 그것이다. 고전 심리학과의 결 별을 뜻하는 것이 된다. 19세기에 있었던 심리주의 문학, 이를테 면 폴 부르제Paul Bourget류의 심리해부소설(그의 『제자』와 같은 작품)과는 다른, 한 차원 더 깊이 들어간 비합리의 세계다. 전통 의 손이 닿을 수가 없다. 대륙에서 일어난 문학은 대체로 이런 모양으로 과격하다.

농본사회에서 산업사회로 넘어가면서 혼란과 불안을 심각하 게 일찍 겪은 것은 프랑스다. 프랑스는 몇 차례 대소의 혁명을 겪는 동안 가치관의 과도기적 현상을 빚게 되고, 사회가 다원화된다. 산업화는 사회를 더욱더 조직화하고 관리화한다. 전원이 쇠퇴해가고 도시가 비대해지고 계급의식이 고개를 든다.

19세기 중엽에 이미 시인으로서는 보들레르가 민감하게 전환기를 감지한다. 그의 문화감각은 재빨리 『파리의 우수』라는 산문시집을 만들어낸다. 그것은 일종의 해체의식을 반영한 것이라고 할 수 있다. 도시가 그의 시의 소재이고, 분열된 여러 개의 마스크(페르소나)가 그의 시에 등장하는데, 그의 내면의 복합상태를 드러낸 것이다. 천국과 지옥의 양극으로 그의 내면은 자주자주 흔들리고 있다. 상징주의를 거치면서 보들레르의 계승자인 말라르메가 「골패 일척」과 같은 해체시를 썼는데 한층 더 20세기적인 징후를 드러낸 셈이다.

산업사회로 접어들면서도 영국은 프랑스에 비하여 사회가 훨씬 더 안정되고 있었고, 기질적으로도 보수성과 전통의식이 강하기 때문에 새로운 혁신적인 문학은 늦게서야 등장한다. 그것도 미국인들인 T. S. 엘리엇이나 에즈라 파운드와 같은 시인들에 의하여 활기를 띠게 된다. 제임스 조이스가 있지만, 그도 영국인이 아니라 아일랜드인이다. 20년대에야 비로소 엘리엇이 "우리는 현재와 같은 문명 속에서는 시인은 난해해지지 않으면 안 될 것같이 생각된다. 현대 문명은 커다란 다양성과 복잡성을 안고 있고, 그리고 다양성과 복잡성은 세련된 감수성에 작용하여 다양하고 복잡한 결과를 낳게 될 것임에 틀림없다"(『형이상과 시인론』)라고 하고 있다. 보들레르 이후 프랑스 상징파 시인들처럼 T. S. 엘리엇도 사회로부터 소외되고 있었다. 다다나 쉬르의 운동이 사회(부르주아 속물사회)로부터 소외되었듯이 말이다. 그것이 바로 부르주아 속물사회가 만들어낸 소수 엘리트 문학이다. 대륙의 과격한 모더니즘의 문학과 함께 영미의 새로운 난해한 문학도 대중으로부터 점점 고립되면서 독자를 잃고 전문인들 사이의 관심거리와 비평거리가 되어갔다. 그것이 모더니즘의 영광이요 문학사적 또는 사회사적 의의라고도 할 수 있다.

17

보들레르의 회화론을 보면 그가 20세기들의 전위 화가들이 보여준 순수회화에 대한 의식을 그들에 앞서서 이미 가지고 있었다는 것을 알 수 있다. 그의 「들라크루아론」은 그 좋은 예가 된다.

역사를 그린 들라크루아의 그림을 말할 때, 등장인물들의 모습이 희미해질 만큼 그림에서 떨어져 서면 그림의 색채 배합이 선명하게 드러난다. 그것(색채의 배합)을 놓쳐서는 안 된다. 인물이나 사건은 문학적인, 또는 역사적인 뜻의 주제일 뿐 진짜 화가가 노린 주제는 색채에 있었다고 할 수 있다. 그(들라크루아)는 색채를(그 배합을) 그리려고 했는데 그것이(색채가) 바로 그의 화가로서의 사상이다. 보들레르의 「들라크루아론」은 이런 내용의 말을 담고 있다.

순수시poésie pure를 말한 것은 폴 발레리가 처음이 아니다. 1세기나 앞서서 에드거 앨런 포가 그의 자작시(「큰 까마귀」)를 해설하는 글(「시작詩作의 철학」)에서 이미 언급하고 있다. 그는 시에서 도덕적 · 철학적 · 교훈적 · 이야기적 기타 산문적 요소를 배제해야 하고, 시는 넋을 고양시킴으로써 격렬한 흥분을 주는 것이라야 하기 때문에 길이가 짧아야 한다고 말하고 있다. 인상의 통일을 유지하기 위하여 단숨에 읽을 수 있는 길이라야 한다는 것이다. 미국(특히 북부)에서 무시된 포는 프랑스에서 보들레르를 통하여 상징파 시인들에게 계시를 주게 된다. 그러니까 순수시라는 것의 개념과 그 실천(시작)에 있어 보들레르는 역시 선편이 된다. 20세기의 모든 예술이 장르마다의 순수성과 독자성을 추구했다고 한다면, 그리고 그것이 어길 수 없는 하나의 커다란 추세였다고 한다면, 이 방면에서도 보들레르의 선도자적 역할은 무시할 수 없는 것이 된다. 그의 시집 『악의 꽃』은 19세기 중엽에 있어서의 순수시의 시험장이었다고 할 수 있다. 포가 말한 그런 요소들을 최대한 갖추려는 노력이 역력하다.

순수에의 지향은 예술가로 하여금 사회적으로 폐쇄와 고립으로 이끈다. 순수하다는 것은 오로지 그것만을 추구할 때 나타나는 현상이다. 그것은 전문가의 일이요 엘리트의 일이다. 일반 민중은 거기에 관여할 수 없게 된다. 이리하여 예술의 이원성이 두드러지게 확대·확립된다. 대중예술과 순수(고급)예술 사이의 틈이 점점 더 벌어지고 서로가 등을 돌리게 된다. 산업사회, 즉 부르주아의 속물적 성격이 이미 말한 대로 예술을 그런 지경으로 끌고갔다고도 할 수 있으리라.

발레리는 순수시를 말하면서 "시인은 시 속에서 감정이나 사상을 전달하려 하지 않고, 다만 음과 박자와 시적 언어가 시 속에서 조화 있는 한 세계를 만든다"고 하고 있다. 마치 모차르트의 음악과 같은 세계다. 음악성의 존중은 멀리 포에서부터 연유한다.

영국에서 가장 일찍 싹튼 새로운 20세기적 운동(모더니즘적 징후라고 할 수 있다)은 이미지즘이다. 미국에서 나온 시 잡지 《포에트리》의 1913년 3월호에는 F. S. 플린트Flint의 단문이 실려 있는데, 그것이 바로 이미지즘 선언문이라고 할 수 있다. 그 제2조는 "표현에 공헌하지 않은 말은 절대로 쓰지 말 것"이라고 되어 있다. 표현의 단순화를 말한 것인데, 스타일의 단순화는 필연적으로 어휘의 복잡화, 의미의 다층화를 가져오게 한다. 그리고 '표현에 공헌하지 않은' 이 설명을 두고 한 말이라고 한다면, 그것(설명) 또한 사상이나 도덕적인 교훈(설명)을 뜻하는 것이 되니까, 그것(설명)을 피한다는 것은 일종의 순수시를 뜻하는 것

이 된다. 음악이 아니라, 밀도있는 서술적 이미지를 통한 짧은
시가 된다. (이미지즘의 시는 포가 말한 시의 길이에 대한 극단
적인 예라고 할 수 있다.) 설명이 배제되니까 판단중지의 상태,
가치의 중성화 상태가 벌어진다. 다음과 같은 시들을 보면 된다.

The apparition of these faces in the crowd;

patals on a wet, black bought.

—에즈라 파운드, 「메트로의 정거장에서」 전문

ふる池や蛙とびこむ水のおと

—바쇼, 「하이쿠俳句」 전문

空山不見人
但聞人語響
返景入深林
復照青苔上

—왕유, 「녹시鹿柴」 전문

　시대도 다르고 국적도 다른 세 편의 시들이 공유하고 있는 것
은 어떤 정격의 묘사가 있을 뿐이라는 그 점이다. 이들 중에서
일본의 하이쿠와 중국의 한시는 우리가 익히 잘 알고 있는 바다.
하이쿠는 선禪의 탈관념, 즉 즉물성, 일상성(일상 다반사), 말하
자면 지관타좌只管打坐의 그 세계다. 그러나 바쇼의 이 경우는 둔
중한 울림이 있다. 그것은 생의 무게요 우주적 사고의 침묵(정
적)의 소리다. 그런 상징성을 띠고 있다. 그러나 왕유는 다르다.
단순한 서경이라고는 할 수 없는 음영이 깃들어 있지만 상징적
암시성보다는 훨씬 명확한 정경묘사가 되고 있다. 파운드의 것

은 그대로 이미지(서술적) 차원에 머물고 있다. 시로서의 더 이상의 음영의 미묘함이 없다. 따라서 오히려 이미지는 더욱 선명하다. 서양의 전통에서 본다면 이런 류의 시는 매우 특이한 현상이라고 할 수 있으리라. 오래 내려온 그들의 정형시인 14행시만 하더라도 앞 8행은 어떤 정경(사태)의 묘사로 되어 있으나, 뒤의 6행은 의견 진술로 되어 있다. 그들의 시는 전통적으로 진술을 배제하지 못하고 있다. 그런 전통에서 바라볼 때 파운드의 이 시는 매우 당돌하고 새롭다고 할 수 있다. 이미지즘의 시는 하이쿠적이고 한시적이다. 파운드는 그 방면에 소양이 있었다고 하지 않는가? 그러나 이미지즘의 시가 너무도 단편적이고 정적이라, 동적인 시간성의 결여를 파운드는 그의 서양인으로서의 생리가 감당을 못하고 곧 이미지즘을 떠나게 되었다는 것은 주지의 사실이다.

1930년대에 편석촌과 지용 및 김광균에 의하여 이미지즘은 이 땅에 상당한 양의 수작을 남긴다. 특히 주목이 대상이 되는 것은 지용이다. 그의 「백록담」 같은 시편들은 한시의 흔적이 역력하다. 한시의 패러디가 더러 나오기도 한다. 모더니스트라고 그를 지칭하기에는 목가적인 데가 없지도 않으나, 그것은 그의 시의 소재에서 오는 느낌이고, 소재의 처리에 있어서는 이미지즘의 이른바 '표현에 공헌하지 않은 말'은 철저하게 피하고 있다. 지적인 통제와 설명 배제의 처리(소재의) 방법은 가히 모범적이라고 할 수 있다. 30년대라는 설익은 시대를 염두에 두고 볼 때 그는 성공적으로 한시의 전통과 이미지즘을 접목시켰다고 할 수 있으리라.

골짝에는 흔히
유성이 묻힌다.

황혼에
누리가 소란히 쌓이기도 하고

꽃도
귀양 사는 곳

절터더랬는데
바람도 모이지 않고

산 그림자 슬폿하면
사슴이 일어나 등을 넘어간다. (1 : 필자 표시)

진홍빛 꽃을 심어서
남으로 타는 향수를 기르는
국경 가까운 정차장들. (2)

슬픈 도시엔 일몰이 오고
시계점 지붕 우에 청동 비둘기
바람이 부는 날은 구구 울었다. (3)

(1)은 지용, (2)는 편석촌, (3)은 광균의 시의 부분들이다. 이미지가 서술적으로 순수하게 씌어져 있고, 간결하게 군더더기가 끼지 않은 점이 공통적이다. (광균의 「슬픈 도시」의 '슬픈'은 설명이다. 이 대목은 물론 티가 된다. 이 대목은 빼는 것이 좋겠는데, 이 시의 실수가 되고 있다. 지용과 기림의 이런 계열의 시들에서는 좀처럼 볼 수 없는 실수를 광균은 가끔 범하고 있다.) 그

런데 이 세 편의 시를 놓고 볼 때 그들의 취향과 기질과 소양 같은 것이 여실히 드러난다.

지용의 이 시는 이미 인용한 왕유의 「녹시」와 흡사한 발상을 짐작케 한다. 다른 두 편에 비하여 훨씬 고아한 느낌이요 산수도의 분위기와 정경이다. 「백록담」 시편과 연결된다. 기림의 경우는 이국정조를 의도적으로 드러내고 있다. 그런 점에서 지용과는 대조적이다. 광균은 이 두 시인에 비하면 조형성보다는 음악성이 승하다. 그러나 물론 앞에 인용한 지용과 기림의 시들에 비하여 그렇다는 것이며, 그도 선명한 시각성에 의자하고 있는 점은 매한가지다. '청동 비둘기', '구구 울었다' 는 이른바 공감각(시각의 청각화)을 드러낸 것이지만, 지용도 그의 「향수」와 같은 시에서 '얼룩배기 황소가/금빛 게으른 울음을 우는 곳' 과 같이 적절히 쓰고 있다('황소의 울음' 과 '금빛' 의 배합이 적절하다). 그러나 광균은 조형성이 흔들리고 있다. 그의 기질은 서정적이다.

이미지즘은 서양(영미)에서는 낯설은 것이지만, 이 땅에서는 그다지 역겨움을 주지 않고 쉽게 받아들여지지 않았나 싶다. 40년대, 50년대로 넘어가면서 이미지즘은 자연스럽게 이 땅 시의 한 저류로서 여러 시인들의 기질과 어우러져 심화 및 더한 밀도를 보여준다.

흰 달빛
자하문

달 안개
물 소리

대웅전
큰 보살

바람 소리
솔 소리

부영루
뜬 그림자

흐는히
젖는데

흰 달빛
자하문

바람 소리
물 소리

—박목월, 「불국사」 전문

빈사가 거의 생략되고 주사만으로 이어져 있다. 물론 시인 자신은 그런 의식이 없겠지만, 결과적으로 이 시는 현상학의 판단 중지, 즉 판단을 괄호 안에 넣고 유보상태로 두는 그 상태와 문장상으로는 흡사한 것이 되고 있다. 빈사란 두말할 나위 없는 결론이고 판단이다. 이 시는 장면의 제시에 그치고 있다. 이미지는 순수하다. 이 경우의 순수는 서술에 그치고 있을 뿐 판단을 유보한다는 것이 된다. 즉 시로서는 물질시가 되고 있다.

30년대에 특히 지용과 기림은 물질시의 탈관념(가치 중립) 경

향을 전형적으로 보여주었으나, 문체면으로는 나중에 목월이 극
단적 양상을 그 기질로 하여 보여주었다.

18

20년대의 이장희가 이미 이미지즘 계열의 시를 몇 편 남기고
있다. 그의 시들은 20년대의 조잡한 시단 수준으로는 눈에 띄게
정돈된, 그리고 신선한 서술적 이미지를 보이고 있다.

운모 같이 서늘한 테이블
부드러운 얼음, 설탕, 우유
피보다 무르녹은 딸기를 닮은 유리잔
얇은 옷을 입은 적옥이 고달픈 새악시는
길음한 속눈썹을 깔아매치며
가녈핀 손에 들은 은사실로

─이장희, 「하일소경」 일부

관념이 일체 배제된 물질시다. 파운드의 「메트로……」와 흡사
한 시적 바탕이다. 물론 파운드에 비하여 아직도 밀도가 약하고
선명도도 덜하기는 하다. 그리고 아직도 상징파적인 수사를 벗
어나지 못하고 있다. 수식어(직유로 된)가 남발되고 있고 그것
들이 또한 유미적인 빛깔이다(예컨대 '운모 같이', '피보다' 등
이 그렇다). 그것은 이 땅 문학의 20년대적 한계라고 해야 하겠
으며, 고월 개인의 힘으로는 역부족이다. 그러나 20년대의 이 땅
시단에서는 특이한 개성을 보인 것은 사실이다. 아직도 20세기
적 새로운 경향이 소개되기 전이다.

30년대의 시인 중 이미지즘 계열에서 여태껏 늘 소외되어왔으
나 그 계열의 수작을 많이 남긴 시인이 있다. 백석이다.

처마 끝에 명태를 말린다

명태는 꽁꽁 얼었다

명태는 길다랗고 파리한 물고긴데

꼬리에 길다란 고드름이 달렸다.

해는 저물고 날은 다 가고 별은 서러움에 차갑다

나도 길다랗고 파리한 명태다

문턱에 꽁꽁 얼어서

가슴에 길다란 고드름이 달렸다

　　　　　　　　　　　　　　　—백석, 「멧새소리」 전문

그야말로 '표현에 공헌하지 않은 말'은 한 군데도 없다. 완전
할 정도로 설명이 배제되고 있다. 군이 말한다면, 끝 3행이 심리
적 음영을 드러내고 있어 외부 정경묘사에서 어긋나 있다는 점
일 것이다. 그러나 물질시라고 해서 반드시 이런 심리적 아날로
지를 꼭 피해야 한다는 법은 없다. 그것은 그것대로 여기서는 하
나의 선명한 내부 정경묘사를 이루고 있다.

이 시는 백석으로서는 이례적인 데가 있다. 그것은 소재가 토
속적이 아니라는 점이다. 그의 시의 소재는 거의가 토속이다. 이
미지즘이 국제적인 유파(주로 영미나 일본에서 유행을 보기는
했으나)라서 그런 것은 아니지만, 소재가 보편성을 띠고 있다.
시에 등장하는 이미지도 그렇다(보편성을 띠고 있다). 이런 점
에서 얼른 보아 백석의 시가 국제성과 보편성을 잃고 있는 듯한
인상을 주고 있었던 듯하다. 그의 시는 외국어로 옮기기가 거의
불가능한 경우가 허다하다. 그러나 그의 시의 발상의 바탕은 이
미 보았듯이 전형적인 이미지즘이다. 메시지가 철저히 배제되고
있는 이런 경우란 이 땅의 전시사를 통해서도 극히 드문 예에 속

한다.

> 닭이 두 홰나 울었는데
> 안방 큰방은 홰즛하니 당등을 하고
> 인간들은 모두 웅성웅성 깨여 있어서들
> 오가리며 석박디를 썰고
> 생강에 파에 청각에 마눌을 다지고
>
> 시래기를 삶는 훈훈한 방안에는
> 양념 내음새가 싱싱도 하다
>
> 밖에는 어데서 물새가 우는데
> 토방에선 햇콩두부가 고요히 숨이 들어갔다
>
> —백석, 「추야일경」 전문

분위기가 완전히 토속이다. 그러나 그 분위기는 글자 그대로
외부 정경묘사로 이루어지고 있다. 설명은 여기서도 철저히 배
제되고 있다. 그래서 그런지 더욱 몇 개의 낱말이 유별나게 돋보
인다. '오가리', '석박디', '당등' 등이다. 이런 낱말들은 그 지
방 사람 외에는 이해할 수 없는 심한 사투리다. 주를 달아줘야
할 판이다. 이런 낱말이나 장면이 그의 시에는 지천으로 깔려 있
다. 그것이 그의 시의 특색의 하나요 배타성의 하나라고도 할 수
있다. 이미지즘 계열의 시로는 이 땅에서도 특이하다 하겠다.
　40년대 이후는 목월의 경우를 살펴보았듯이 시인 자신이 의식
하든 못하든 간에 이미지즘 계열의 시들은 아주 미묘한 전개를
하고 있다.

황해
황해

······(중략)······

불령인도지나은행의 대차대조표
찜미오장의 체온표

연경원명원호동에 사는 노무
마드리드의 창부

이빠진 고려청자
자선가 아담의 뉘우침

······(중략)······

황해
자꾸 잊어버리는 황해
황해는 망각의 바다

이제 황해는 피곤하다
　　　　　　　　　—이한직, 「황해」 일부(1 : 숫자는 필자 표시)

──포수는 한 덩이 납으로
순수를 겨냥하지만,

매양 쏘는 것은

피에 젖은 한 마리 상한 새에 지나지 않는다.

—박남수, 「새 · 3」 전문 (2)

도마 위에서
번득이는 비늘을 털고
몇 도막의 단죄가 있은 다음
숯불에 누워
향을 사르는 물고기

—김광림, 「석쇠」 일부 (3)

꽃 속에 작은 꽃 속에 작디 작은
자주꽃 속에 보이지 않는
숨소리도 들린다.
우리 동네 편물점에 염색된 실처럼
내장을 모두 빼어 버린 것들도 보인다

—김영태, 「자주꽃 속에」 일부 (4)

(1)은 목월의 경우와 흡사하다. 빈사가 생략되고 있다. 현상학적 판단중지의 상태다. 이것을 다른 각도에서 보면 시나리오의 수법이라고 할 수 있다. 카메라가 포착할 수 있는 장면 제시에 그치는 것 즉 동사가 필요없다. 일종의 시네포엠이다. 이것을 또 한 번 다른 각도로 돌려보면 하나의 장식성이 드러난다. 장식 또한 가치중립이다. 오스카 와일드Oscar Wilde가 한 말이 있다.

감수성을 육성하는 것은 장식예술이다. ……(중략)…… 이 장식예술은 조형예술 중에서 어떤 기분을 만들어 내면서 그와 함께 우리의 감수성을 세련되게 하는 유일한 것이 된다. 어떠한 의미에 의해서든 손상되지 않고, 실재하는 어떠한 형태와도 결합되지 않는 단순한 색채는 우리의 영혼에 수많은 서로 다른 모습을 하고 말을 건넨다. ……(중략)……의장의 빼어남은 우리의 상상력을 자극한다.

—오스카 와일드, 「인텐션즈」에서

　장식성에 대한 일종의 현상학적 해석이다. 와일드에게 현상학에 대한 이해가 있었다고는 생각되지 않으나, 그의 직관이 그런 (현상학적) 결과를 얻어냈다고 할 수 있으리라. '실재하는 어떠한 형태와도'의 그 '형태'는 어떤 고정된 그것을 가리키고 있다고 해야 한다. 따라서 그것은 고정관념으로부터의 해방을 뜻하는 것이 된다. 비로소 우리는 장식성에서 최대한의 자유를 얻게 된다. 즉 고정관념(가치)의 구속을 벗어나게 된다. 이리하여 장식성은 '우리의 감수성을 세련되게 하는 유일한 것'이 된다. 구속받지 않는 자유로운 상태에서 우리는 대상(장식성)을 받아들일 수 있기 때문이다. 보통의 경우 우리는 의식적, 무의식적으로 어떤 선입견(가치관)으로 사물을 보고 있다. 이 상태가 풀리니까 장식성은 '우리의 영혼에 수많은 서로 다른 모습을 하고 말을 건네'게도 되고, '우리의 상상력을 자극'하게 된다. 즉 우리는 메마르지 않은(가치관 때문에) 풍부하고 다양한 이미지를 얻게 되고, 상상력은 무한대로 능력껏 확대된다.
　목월과 한직의 시 문체의 해부를 좀 색다른 각도에서 시도해 본 것이지만, 장식성의 적극적, 긍적적 해석을 통한 이미지즘적 물질시의 보다 치밀한 재평가가 있어야 하리라. 이미지즘의 물질시는 가치중립적이란 점에서 장식적임은 이미 말한 그대로다. 목월과 한직은 이미지를 새겨가는 마티에르가 다르다. 한쪽은 묵화적이고 다른 한쪽은 유화적이다. 그리고 이미지들이 빚는 정경도 다르다. 한쪽은 풍토색이 짙고 한쪽은 이그조틱하다. 그러나 그들의 시적 발상의 바탕은 동질이다. 이런 점에 대해서는 이미 백석을 말할 때 언급한 바 있다.

(2)와 (3)과 (4)는 그대로의 물질시는 아니다. 즉 이미지의 조형성에만 오로지 관심이 쏠려 일체의 설명을 배제한 상태와는 다르다. 이 세 편의 시에는 논리의 뒤틀림이 역력하다. 즉 시를 정서나 감각의 차원에서 한 걸음 더 나아간 상태—아이러니라고 하는 논리적 갈등의 상태로 이끌어놓고 있다. 시가 난해해지는 것은 당연하다. 그 대가로 시가 짙은 음영과 논리의 다층화를 얻게 된다. 순수 이미지즘의 단순화 경향을 극복한 상태라고도 할 수 있으리라. 이런 현상에 대한 재조명과 이론적 천착이 전과는 다른 차원에서 전개되어야 하지 않을까 한다.

19

정치를 말한다고 그 발언의 동기가 정치에 있었다고는 말할 수 없는 경우가 얼마든지 있다. W. H. 오든의 경우가 그렇다. 그가 공산당원이 되고 좌익적인 발언을 하고 정치를 소재로 시를 쓴 것은 사실이지만, 그 동기는 반드시 정치에 있었던 것이 아님이 드러났다. 스테판 헤럴드 스펜더는 "그(오든)는 시인이란 자기 자신의 감정과 단절된 상태에서 말을 매제로 시를 배합하여 만드는 일종의 화학자와 같은 것이다 라고 나에게 말한 일이 있다"(『세계 속의 세계』)라고 말한다. 이 말에 의하면 오든은 화학자와 같은 화학변화를 실험하는 사람이다. 그러니까 원천적으로 그는 예술가이지 사상가나 무슨 주의자는 아니라는 말이 된다. 그런데도 그가 사상가가 되고 주의자가 된 것처럼 행동한 것은 그의 인격의 분열을 뜻하는 것이 될까? 물론 그렇다. 사람치고 다소간 인격 분열증적이 아닌 사람이 있을까마는 그의 경우는 다른 설명이 필요할 것 같다.

조지 버나드 쇼와 같은 중산계급 출신의 지식인이 모여 1884년 페비안협회를 설립, 평화적 수단에 의한 점진적 사회개혁을 지향했다. 그 사상을 페비아니즘이라고 한다. 오든 일파를 그 선배인 페비안협회회원과의 관련에서 생각하면, 이 선배들이 논리적인 사고의 단계를 거쳐 사회개혁의 인식에 도달한 데 대하여 그들 젊은 30년대의 시인들은 어쩔 수 없는 막다른 골목에 부딪혀, 빈정대는 소리를 하자면, 일시적 도피를 위한 형식으로 공산주의를 선택했다고 할 수 있다. 그들의 과제는 따라서 그 당시부터 진짜 좌익측의 비판을 받고 있었듯이 공산주의 자체의 고찰이나 선전이 아니라, 이미 선택해버린 입장과 현실적으로 어쩔 수도 없는 부르주아 시인으로서의 입장을 사후에 융화시키는 일인데, 그것이 잘 안 되기 때문에 마음을 썩히는 데 있었다.

　　—『현대시 토론』(일본 학생사) 제2장 「모더니즘 이후」의 주에서

　　오든은 결국 상층 중산계급 출신으로서의 윤리감각 때문에 공산주의자가 되었다는 것이 된다. 그의 공산주의에로의 접근은 매우 심리적인 뉘앙스를 풍긴다. 논리적이 아닌 것만은 사실인 것 같다. 그도 장 폴 사르트르가『말』에서 술회했듯이 노동자계급에 대한 일종의 죄의식 때문에 그렇게 되었다고 할 수 있다. 이것은 거듭되는 말이지만 일종의 윤리감각이다. 그러나 나중에 논리감각이 여기(윤리감각)에 개입하게 되면 사태가 어떻게 되겠는가? 앙드레 지드André Gide처럼 관념이 아니라, 공산주의의 현장(사회)을 목격한 뒤에는 그 윤리감각이 또한 어떻게 되겠는가? 오든이 스페인 내란 때 정부군을 돕는 일에 가담하고, 그 뒤에 미국으로 이주하고, 끝내는 독실한 종교인이 되고, 만년에 오스트리아의 우거에서 세상을 뜰 때까지 심신의 방황을 거듭한 것은 매우 시사적이다. 시인이 왜 시인일 수만은 없는 것일까? 그것(시인)을 견뎌내기가 왜 그다지도 불안한가? 시를 쓰는 일이 사회와 정치를 말하는 것보다 훨씬 더 미안하고 죄스럽다는 것일까? 오든은 스스로 어느 신문의 칼럼에서 말한 일이 있다고 한다. "명예를 존중하는 사람이 필요하다면 그 때문에 죽을 각오를 하고 있지 않으면 안 될 대여섯 개 남짓한 것 중에서, 노는 권리, 하잘것없는 짓을 하는 권리는 절대로 작은 권리라고는 할 수 없다는 점이다"(다무라 류이치田村隆一, 「식탁」)라고. 시를 쓰는 일이 제 아무리 작은 일이라 하더라도 우리는 그것을 할 수 있는 권리가 있고, 그 권리는 위축되어서도 안 되고, 위축되게 하거나

겁을 주는 사회는 나쁜 사회라는 것을 똑바로 인식하고 위축되지 말아야 한다. 우리가 어릴 때를 기억할 수 있다면 이런 일은 가장 소중하고, 소중하기 때문에 정당하다는 것을 새삼 되새기게 되리라.

어릴 때 딱지놀이를 한 경험은 누구에게나 다 있다. 딱지를 몇 장 더 따기 위하여 몇 시간이고 눈에 핏발을 세워가며 자리를 뜨지 않는다. 한두어 장이라도 잃게 되면 그것이 아까워서 밤새 잠도 설치게 된다. 몇 장이라도 더 따게 되면 마음은 한없이 흡족해진다. 머리맡에 두고 몇 번이고 챙기곤 한다. 호주머니에 들어 있으면 또한 몇 번이고 뒤지며 헤어보고 또 헤어본다. 그것이 빳빳한 새것이면 더할 나위도 없다. 그러나 중학교에 들어갈 나이가 되면 거들떠보지도 않는다. 참으로 하잘것없는 종이쪽지에 지나지 않게 된다. 어른이 되면 시와 시를 쓰는 일도 그와 같이 취급해야 한다는 것일까? 무엇이 소중한지를 잊어버린(기억해 내지 못하는) 사회, 그 사회는 불행한 사회다.

20

로만주의나 고전주의 및 모더니즘 등과 같이 다다이즘도 어느 특정한 시기에 나타난 현상으로 보지 않고, 초시간적인 어떤 현상으로도 볼 수 있을까? 볼 수 있으리라.

역사가 제 갈 길을 찾지 못하고 있고, 불은 다 타버리고 가스만 가득 차 있는 사회에서 질식할 것 같은 답답함을 느끼는 예민한 사람들이 있어, 그 사람들은 그 예민함 때문에 어쩔 수 없이 발작을 일으킨다. 그것의 전형적인 예가 1917년 창간된《다다》를 중심으로 모인 이른바 다다이스트들의 다다이즘 회동이다. 그것은 가장 과격한 모습으로 나타나서 예술사의 추문처럼 되어버렸지만, 그보다 20수년이나 앞서 점잖은 선비 한 사람이 아주 냉정한 관찰 끝에 조용히 혼자서 시의 역사에 새로운 한 장을 열어가고 있었다. 그가 바로 말라르메다. 그의 시집『골패 일척』이 나온 것이 1892년이다. 거기서 그는 형태주의의 실험을 이미 하고 있었다. 형상시와 원형시가 그 모형을 선보이고 있다. 그는 서간에서 "해체야말로 나의 베아트리체"라고 친구에게 적어보냈고, 시론에서는 "위고가 죽은 뒤 시에서 사상을 말하는 것은 끝났다. 이제부터는 언어에게 우선권을 주어야 한다"(『시의 위기』참조)는 뜻의 말을 하고 있다. '해체'와 '언어'가 문제다. 말라르메는 언어에게 우선권을 주면서, 시에서의 주제는 내용에 있는 것이 아니라 형식에 있다는 것을 처음으로 천명한 사람이 되었다. 그의 형태주의는 이리하여 종전의 시에 대한 해체의 역할을 하게 된다. 활자배열의 새로운 고안이 곧 그의 형태주의요, 언어(문자)가 인쇄매체를 통하여, 시를 위하여 무엇을 할 수 있는가를 실험한 것이 또한 그의 형태주의다. 이 현상은 하나의 다다 현상이라고 할 수 있다. 물론 좁은 의미의, 즉 1910년대의 스위스를 중심으로 한 특정 시기의 다다이즘은 생활과 행동으로까지 뻗어간 전인적 운동이다. 말라르메의 그것은 종이 위의 예술 행위, 즉 의식상의 사건에 그치고 있다. 그러나 말라르메는 그 길을 앞지르고 있었다는 것은 어김없는 사실이다. 이 땅에서는 30년대의 중반에 들어서서 비로소 나타난다. 삼사문학 동인들과 이상이 그 당사자들이다.

　　싸움하는사람은즉싸움하지아니하던사람이고또싸움하는사람은싸움하지아니하는사람이었기도하니까싸움하는사람이싸움하는구경을하고싶거든싸움하지아니하던사람이싸움하는것을구경하든지싸움하지아니하는사람이싸움하는구경을하든지싸움하지아니하던사람이나싸움하지아니하는사람이싸움하지아니하는것을구경하든지하였으면그만이다.

　　　　　　　　　　　　　　　　　　　　　—이상, 「시 제13호」 전문

　　이 시에는 초현실주의의 중요한 요소가 깃들어 있다. 이 시는 단절 없이 의식이 흐르고 있는 상태를 내적 독백으로 드러내고 있다. 의식의 흐름을 더욱 극명하게 드러내기 위하여 띄어쓰기와 구두점을 무시하고 있다. 제임스 조이스의 『율리시즈』에는 뇌성을 'badalgharaghtakamminaronnkondro……' 라고 적고 있다. 의성어다. 그러니까 형식상 무의미의 상태다. 뇌성의 심리적인 울림을 직접적으로 드러낸 셈이다. 설명은 물론이요 묘사도 일단은 의미로 걸러진 것이다. 그러니까 그것들은 간접적이다. 앞에 든 이상의 시도 실은 소리의 울림에 지나지 않는다. 주문과 같고 구상음악과 같다. 형식적으로는 의성어가 아니지만, 심리적으로는 의식의 흐름을 직접적으로 반영한 일종의 의성어가 되고 있다. 여기서의 문장은 해석이 가능하지 않다. 넌센스가 되고 있다. 이런 현상은 문체상의 다다 현상이라고 할 수 있다. 문장의 정상적인 규칙을 파괴하고 있다. 소설 「날개」에 보이는 언어 단편들도 의식의 흐름을 내적 독백의 수법으로 드러낸 것이다 (예컨대 "아스피링 아다링 막스 마르사스"와 같은 대목).

위에서 본 바와 같이 그러니까 초현실주의도 다다이즘에 포함된다. 다다이즘은 초현실주의보다 훨씬 폭이 넓은 개념이다. 초현실주의는 특정 시기의 어떤 경향에 그치는 것이지만, 다다이즘은 역사의 어느 시기에 가끔 고개를 들곤 한다. 예술상의 모든 해체현상(전대에 대한)은 젊은 뜻으로의 다다이즘이라고 할 수 있다. 이런 현상은 관점의 전환을 보여주고는 있으나, 예술은 역시 예술로서의 한계가 있다. 시가 예술인 이상 시도 마찬가지다. 이상의 연작시 「오감도」가 나온 것이 1934년이다. 말라르메의 『골패 일척』으로부터는 37년의 거리가 있고, 《다다》 창간으로부터는 17년의 거리가 있다. 이상은 매우 유리한 지점에 있었다고 할 수 있다. 실제로 그의 시작 경향은 형태주의까지를 포섭하고 있다. 그러나 말라르메로부터 시작되는 일체의 다다적 경향은 일종의 시도일 뿐, 그것은 절망적인 도전으로 끝나고 있다. 그러나 설령 시로서 실패했다고 하더라도 그것은 하나의 값진 시사적 궤적이라고 해야 하리라. 이상 이후 이 땅에서도 지금까지 시를 위한 다다적 시도는 계속되고 있다. 그것은 주로 초현실주의의 빛깔을 띠고 있다.

열오른 눈초리, 하잔한 입모습으로 소년은 가만히 총을 겨누었다.
소녀의 손바닥이 나비처럼 총 끝에 와서 사뿐 앉는다.
이윽고 총 끝에서 파아란 연기가 물씬 올랐다.
뚫린 손바닥의 구멍으로 소녀는 바다를 내나보았다.

──아이! 어쩜 바다가 이렇게 똥구랗니?

놀란 갈매기들은 황토 산발치에다 연달아 머릴 처박곤 하얗게 화석
이 되어갔다.

─조향, 「Episode」 전문 (1 : 숫자는 필자 표시)

그는 산 너머 인자한 곳이었다.

태에서 달이 나온다.

계수나무는 토끼여서

시궁창의 넋이었다.

너는 지식을 믿지 않는다.

믿음은 아직도 모르는 곳이다.

그녀를 위하여 집을 짓는다.

─김구용, 「팔곡 · 2」 일부 (2)

어느 산간 겨울철로

접어들던 들판을 따라

한참 가노라면

헌 목조건물

이층집이 있었다

빨아 널은 행주조각이

덜커덩거리고 있었다.

먼 고막 울신의 소리.

─김종삼, 「연인」 전문 (3)

하이얀 해안이 나타난다. 어떠한 투명도보다 투명하지 않다. 떠도는
투명에 이윽고 불이 당겨진다. 그 일대에 가을이 와 닿는다. 늘어진 창
자로 나는 눕는다. 헤매는 투명, 바람, 보이지 않는 꽃이 하나 시든

다.(꺼질 줄 모르며 타오르는 가을.)

—이승훈, 「가을」 전문 (4)

조향은 "의식적인 주제가 없는 의식의 흐름을 나는 하인리히 리켈트Heinrich Rickelt의 용어를 빌어서 '이질적 연속heterogeneous continuum'이라고 부른다. 다다식으로는 '불연속의 연속'이다. '흐름'이라는 형태는 '연속'이지만, 그 내용은 이질적으로 불연속이요 단절이다"(「초현실주의의 사상과 기교」)라고 말하고 있다. (1)의 시를 두고 한 소리 같기도 하다.

(1)의 시는 현길과 의식을 절대시하는 19세기식 리얼리즘을 완전히 거부하고 있다. 대상과 주제가 없다. 비유성이 배제된 문장이다. 의식이 흐름이 내적 독백으로 드러나 있을 뿐이다. 일종의 환상의 세계다. 주관적 삶의 흐름이라고 할 수 있다. 물리적, 객관적 시간과는 다른 시간이 의식의 심층에서 흐르고 있는 모습을 포착한 것이리라. 거기에는 어떤 모습aspect이 있을 뿐, 주객의 경계선은 지워지고 없다. 그것은 하나의 혼돈이다.

(2)와 (3)과 (4)의 시들은 대상이 없는 그리고 토막토막의 사고가 불연속의 연속으로 흐름을 이루고 있다. 가장 심한 경우가 (2)다. 한 글월 안에서 앞뒤가 불연속으로 이어지고 있다. 행과 행 사이의 불연속은 두말할 나위도 없다. (4)의 시도 줄글로 되어 있지만 과격한 편이다. 행 구분을 하지 않는 것이 훨씬 더 의식의 흐름 상태를 효과적으로 드러낼 수도 있다. 불연속의 단절감은 줄어들지만 말이다. (4)의 시는 서정적으로 매우 아름답게 처리되고 있다. 불연속과 연속의 관계를 온건하게 처리하고 있는 것이 (3)의 시다. (3)의 시는 제목과 시 사이에 심한 단절을 느끼게끔 하고 있다. 이런 점은 기교라고 하기보다는 자동기술의 본령인 변증법적 지양을 드러낸 것이 된다. 제목이 시 안으로

들어와서 행마다에 은밀히 스미고 있다. 조향은 자동기술의 과정에 대한 의의를, "자동기술법은 무의식의 의식에의 노출에 의하여 즉자en-soi가 대자pour-soi에 내재하는 것이라는 사실이 밝혀지는 순간, 그 두 형식이 완전히 융합하는 것을 보여주고 있다"(「초현실주의의 사상과 기교」)라고 말하고 있다. 즉 자동기술법은 무의식을 의식으로 노출시키면서 무의식(즉자)이 의식(대자)과 함께 변증법적 지양을 완성한다. 조향은 이어서 "싸르트르의 실존주의적 영원한 이원(즉자 대자) 투쟁론이 아닌 초현실주의의 일원론, 융합론, 통일론을 말하는 것이다. 곧 부루똥의 절대적 변증법(초현실주의적 변증법)이다"(「초현실주의 사상과 기교」)라고 하고 있다.

21

말라르메의 불행은 그가 인간으로 태어났다는 데 있다. 이 말은 그에게도 한계가 있었다는 것을 말하는 것이 된다. 그러나 그는 인간의 한계라는 절망을 딛고, 그것(절망)에까지 도전하려고 한 시인이다. 시인으로서의 그는 그럼 사람이었다. 그는 그것(도전)을 위하여 생활까지를 바친 사람이다. 도전이 바로 그의 인생이다. 그는 호구를 위하여 중학교 영어교사라는 평범한 직업을 한때 가졌을 뿐, 이렇다 할 사회활동이나 공직에 관여한 일이 없다. 생활에서는 가장 소리를 죽이고 산 사람인데, 프랑스뿐 아니라 현대시의 전개를 말할 때 가장 부산하게 입에 오르내리는 사람이 바로 말라르메다. 시인이란 하나의 특수한(사상과 철학을 겸했다는 뜻으로) 장인이기 때문에 그렇게 되어야 한다는 것일까? 마치 철학에 있어서의 베네딕트 드 스피노자Benedict de Spinoza처럼 말이다. 행동거지나 말수만 요란했지 철학도 사상도, 문화감각까지도 가지지 못한 경우를 우리는 또한 적잖이 본다. 그런가 하면 처음부터 시적 모험을 통한 도전을 피하고 있는 경우도 있다. 전자는 교양이 문제가 되겠고, 후자는 생리나 기질이 문제가 되겠다. 가령 다음과 같은 경우를 한번 생각해보자.

여자대학은 크림빛 건물이었다.
구두창에 붙는 진흙이 잘 떨어지지 않았다.
알맞게 숨이 차는 언덕길 끝은
파릇한 보리밭——
어디서 연식정구의 흰 공 퉁기는 소리가 나고 있었다.

뻐꾸기가 울기엔 아직 철이 일렀지만
언덕 위에선
신입생들이 노고지리처럼 재잘거리고 있었다.

　　　　　　　　　　　　　　　　　—김종길, 「춘니」 전문

　나는 위의 시를 박용래의 어떤 시들(이를테면 「저녁눈」과 같
은 것)과 함께 가장 온건한 이 땅 이미지즘 계열 물질시의 수작
들이라고 생각한다. 물론 문제성이라든가 시사적 전개과정에서
의 의의라든가 하는 것(즉 시적 모험을 통한 도전)들을 제쳐놓고
하는 말이다. 즉 순전한 작품으로서의 평가에 있어서 그렇다는
것이다. 박용래의 「저녁눈」도 읽어보는 것이 비교가 될 듯하다.

　늦은 저녁때 오는 눈발은 말집 호롱불 밑에 붐비다
　늦은 저녁때 오는 눈발은 조랑말 발굽 밑에 붐비다
　늦은 저녁때 오는 눈발은 여물 써는 소리에 붐비다
　늦은 저녁때 오는 눈발은 변두리 빈터만 다니며 붐비다

　　　　　　　　　　　　　　　　　—박용래, 「저녁눈」 전문

　김종길의 「춘니」를 나는 간혹 읽는 편인데(박용래의 「저녁눈」
도 그렇다), 그럴 때마다 왠지 톨스토이의 소설 『전쟁과 평화』가
연상되곤 한다. 『전쟁과 평화』를 처음 읽은 때는 학생시절이어
서 그때는 지루하기만 하고 재미가 없어서 중간에서 여러 번 읽
기를 중단하곤 했었다. 도스토예프스키 쪽을 탐독한 편이었다.
이쪽은 사건이 퍽 자극적이고 인물들도 특이하고 문장도 미묘하
고 현란하다. 그러나 나이 들면서 차츰 톨스토이의 지루함과 특
이하지 않음의 매력이 은근히 나를 사로잡게 되고, 톨스토이의
문학이 한층 어른스럽게 보였다. 김종길의 앞의 시도 그런 어른

스런 데가 있다. 군살과 기교가 없다. 현란하지 않고 현학성과 번쇄함이 없다. 어떻게 보면 싱거울 정도다. 여기서 우리는 고전주의의 속성과 고전주의가 로만주의에 비하여 문화적으로 보다 성숙한 단계의 사회에서 전개되었다는 사실을 상기해볼 필요가 있을 듯하다.

T. E. 흄의 노트에 의하면 로만주의의 특성은 상상력에 있고, 고전주의의 특색은 공상fancy에 있다는 것이 된다. 상상력은 '정서의 왕국'과 관계가 있고, 공상은 '한정된 사물의 관조'와 관계가 있다는 것이 된다(『사색집』참조). 그의 유명한 단시 「가을」이 단적으로 이런 사정을 알려준다.

> 가을밤의 감촉이 싸늘해서
> 밖으로 나왔더니
> 얼굴이 붉은 농부처럼
> 불그레한 달이 울타리 너머로 보고 있었다.
> 나는 말은 건네지 않고, 고개만 끄떡끄떡하였다.
> 가장자리에는 생각이 잠긴 별들이 있는데
> 도회의 아이들처럼 얼굴이 창백했다.
>
> —T. E. 흄, 김종길 옮김, 「가을」 전문

위의 시에서 달을 농부에, 별을 도회의 아이들에 각각 견주고 있는 것은 공상에 의한 것이라고 할 수 있다. 즉 농부와 도회의 아이들은 '한정된 사물' 우리가 늘 대하고 있는 공간적 위치를 차지하고 있는 (한정된) 것들이다. 로만주의의 경우라면 달과 별을 그런 모양으로 취급하지 않는다. 신비스럽게 환상적으로 공간적 위치를 떠난 그 무엇으로 취급한다. 그리고 달과 농부, 별과 도회의 아이는 서로 연상상 먼 거리에 있는 것들이다. 기지

wit가 엿보인다.

위의 시의 문체는 딴딴하고 건조하다. 물기가 없다. 수식어가 거의 배체되어 있기 때문이기도 하다. 그리고 모호하지가 않고 명료하다. 관조가 투철하기 때문이다. 로만주의의 쪽에서 볼 때는 비시적이라고도 할 수 있는 요소들이 모여 있다. 그러나 달과 농부, 별과 도회의 아이들의 결합이 달과 농부, 별과 도회의 아이들 서로를 신선하게 (새삼스런 느낌을 줄 만큼) 조명해주고 있는가의 여부에 위의 시의 승패는 달려 있다고 할 수 있다.

김종길의 시 「춘니」는 초봄의 정경(여자대학이 있는 주변의)을 적확하고도 간결하게 보여준다. 그리고 아주 비근한 사물들을 밝은 조명으로 비춰줌으로써 정경이 더욱 선명해지고 있다. 수사와 발상 사이의 균형이 잘 잡혀 있다. 균형감각이야말로 고전주의의 핵심이 되는 미감각이다. 이것은 또한 유교가 가르치는 미감각이기도 하다. 중용사상이 바로 그것이다. 김종길의 경우는 교양(유교적)이 크게 작용하고 있는 것이 아닌가도 한다. 박용래의 「저녁눈」은 정경으로서는 더 이상 선명하고 신선할 수 없을 정도로 선명하고 신선하다. 아마 이 상태는 시간이 가도 바래지 않으리라.

이 땅의 시 독자의 90퍼센트가 젊은층이다. 그 중에서도 학생층이 절대 다수를 차지한다. 감상의 단계를 벗어나지 못했거나 현학적인 몸짓이 두드러진 경향들이 전면에 나서고들 있는 듯한데, 독자층이 엷기 때문이다. 독자의 층이 두터워지고 다양해져야 한다. 나이깨나 든 식자층이 시를 이해하고 읽도록 되어야 시작도 다양해지고(획일성을 면할 수 있다), 그 뿌리도 튼튼해지리라.

22

익명의 문학이 있다. 구전문학이니 구비문학이니 하는 것들이 그것이다. 입에서 귀로 전해져 내려오는 동안에 절로 다듬어지고 삭제되고 보완되고 하는, 즉 가변적인 것이 이 문학의 특성이다. 그래서 R. G. 몰턴은 이런 것을 유동문학current literature이라고 했다(『문학의 근대적 연구』참조). 이런 문학은 누구의 소유라고 할 수 없다. 오랜 세월 동안 수많은 사람이 관여하여 만들어낸 것이기 때문에 누구의 저작이라고도 할 수 없다. 사람의 누적된 오랜 생활 감정을 자연발생적이고도 단적으로 드러낸 것이 이 문학이다. 민요나 민담 같은 것이 그 대표적인 예가 되리라. 그러나 글자가 생기자 익명의 문학은 서서히 자취를 감추게 된다. 몰턴은 이런 것을 고정문학fixed literature이라고 하고, 유동문학이 고정문학의 시대에 다다를 때에는 한 부분은 고정문학의 재료가 되고, 한 부분은 죽어버리고, 한 부분은 '화석적 시'로 보존된다고 하고 있다(『문학의 근대적 연구』참조).

구전문학(유동문학)이 글자로 씌어지면서 고정되는 예는 호메로스의 서사시에서 전형적으로 보게 된다. 그의 서사시는 트로이 전쟁 때 생긴 가지가지의 일화들이 구전으로 내려오다가 그에 의하여 정리되어 하나의 통일된 줄거리로 다듬어진 것이다. 그러니까 트로이 전쟁 때에 생긴 일화(구전문학 유동문학)는 호메로스의 서사시의 재료가 되었다고도 할 수 있다. 구전으로 내려오는 가지가지의 민담들은 지금도 글자로 씌어지는 문학의 재료가 되고 있다. 톨스토이의 만년의 소설들은 민담에서 취재한 것들이 많다. 그런가 하면 '화석적 시'로 보존되고 있는 것들도 있다. 화석이란 글자 그대로 돌이 되어버린 것이니까 이미 탄력을 잃어버린 것을 말한 것이 된다. 민요 중의 어떤 것은 보존은 되고 있으나, 쓸모없는 것들이 있다. 리듬과 조사도 그렇고 내용도 그렇다. 구전문학(유동문학)이라고는 할 수 없으나 판소리나 사설시조의 리듬과 조사는 화석이 되어가고 있지나 않는지 모를 일이다. 농경시대의 언어감각과 고도산업화, 도시화의 시대인 지금에 있어서의 언어감각은 같을 수가 없다.

글자가 생기게 되자 익명의 문학은 차츰 자취를 감추게 되고 변두리 문학의 위치로 밀려난다고 했지만, 예술 중에서 가장 먼저 익명의 상태를 벗어난 것이 문학이다. 그것은 글자의 발명 때문이다. 호메로스의 서사시가 기원전 8백 년에, 『시경』이 기원전 6백 년에 각각 완성된다. 이후 기원전 4백 년에는 고대 그리스극들이 나오고 있고, 중국에서는 기원전 3백 년에 초사가 나오고 있다. 어느 쪽도 작자가 뚜렷하다. 이들 작품은 개인의 소유가 되고 명예가 된다. 소유라는 것은 재산을 뜻하는 것이 되어 근대 이후는 판권을 법이 보장하며, 책을 내면 인세를 받게 된다. 그뿐 아니라 명예라는 것은 사람을 남과 구별되게 하려는 충동질을 한다. 남보다 더 돋보이게 하려는 충동질 말이다. 이것(충동질)은 또한 끊임없는 창작욕을 일깨워준다. 이런 것들이 익명성과 다른 점이다. 한번 어느 땐가 익명성을 벗어난 이상 문학은 어떤 낙천주의자가 생각하듯 그렇게 간단한 것은 아니다. 그리고 또 한편, 인류가 개인으로서의 인간의 능력에 눈뜬 이상 그것을 쉽사리 버릴 수도 없는 노릇이다. 그러나 우리는 현대와 같은 활자와 책의 시대에 있어서도 익명에의 의지를 나타내곤 하는 사례들을 본다.

초현실주의자들이 시도한 합작시가 있다. 브르통과 필리프 수포Philippe Soupault는 합작으로 시집 『자장』을 냈는데, 그 합작이란 한쪽이 한 행을 자동기술의 방법으로 쓰면 다른 한쪽이 그것을 받아서 역시 자동기술의 방법으로 다음 행을 잇는다. 이런 식으로 써간 시집이다. 즉 그것은 개인이 개인을 죽이는 방법이다. 다시 말하면 아주 색다른 익명성의 발현이다. 두 사람의 자동기술이 충돌할 때 어쩌면 그것은 더욱 선명한 무의식에 도달하는 방법이 되는지도 모른다. 그러나 거기에는 어떤 심리의 심연이 한 상태로써 펼쳐지겠지만 메시지는 없다. 오히려 메시지라고 하는 통일된 논리의 세계를 처음부터 거부하고 있다. 그런데 같은 익명성을 꾀하면서도 하나의 메시지를 얻기 위하여 그렇게 하는 경우가 있다. 합의하에 하는 합작시의 경우가 그렇다(집체시라고 하는 모양이다).

메시지가 논리를 뜻하는 것이라면, 시보다 산문이 더 적절한 구실을 해줄 수 있으리라. 시에도 메시지가 있지만, 없을 수도 있다. 메시지가 없는 시도 있을 수가 있고, 메시지가 없다고 좋은 시가 안 되는 것도 아니다. 이런 관점에서 본다면 메시지를 위하여 합작을 하고, 합의해서 다수결로 시를 써간다는 것은 말하고자 하는 메시지의 정확성을 위해서는 한 방법일 수도 있겠으나, 메시지의 정확성은 산문의 것이지 시의 것은 아니다. 시는 의기술pseudo speech이지만 산문은 기술statement이다. 메시지가 우선하려면 산문의 기술을 택할 수밖에는 없다. 어떤 이념에 투철해지면 그럴 수도 있으리라는 짐작은 가지만, 구차스럽게 시를 두고 그렇게들 할 것이 없이 시를 버리면 되지 않을까? 메시지를 뒤에서 받치고 있는 이념에 비하면 시는 아무것도 아니지 않는가? 이념을 위해서는 산문이 있지 않는가?

메시지를 더욱 효과적으로 나타내기 위하여 시의 형태와 시의 리듬 및 조사가 필요하다고 해서 그것들을 또 여럿이 의논하여 결정하는 것이 더욱 효과적(개인이 그럴 때의 단점을 보완할 수 있을 것이라는)이라고 생각한다면 오산이다. 우선 메시지는 누차 말한 대로 논리의 정확성이 생명이다. 그렇다면 산문이라야한다. 백보 양보하여 메시지도 정확성보다는 암시와 함축을 통한 정서적 환기작용이 곁들여질 때 보다 호소력이 커질 것이니까, 시의 형태와 시의 리듬 및 시의 조사가 필요하다고 하자. 그렇다 하더라도 한 사람이 그런 것들을 천착하여 결정하는 것보다 여럿이 하는 것이 보다 효과적일 적이라는 보장은 없다. 거듭말하지만 메시지의 정확성을 위하여는 여럿의 의견을 모으는 것이 때로 확률상 효과적일 수도 있겠거니와 시의 형태나 시의 리듬 및 시의 조사는 예술에 관한 것이 된다. 예술은 논리보다 훨씬 미묘한 것이기 때문에 여럿이 의논해서 되는 것이 아니다. 설령 의논해서 어떤 방향이 선다 하더라도 여럿 중의 누가 실제로쓴단 말인가? 쓴 것을 또 의논해야 한다는 것인가? 아니면 그 결정된 방향에 따라 그 결정에 참여한 여럿이 모두 다 글(실)을 써서 그것들을 놓고 다시 또 의논하여 취사선택해야 한다는 것일까? 그렇게 하면 보다 좋은 작품(의도에 맞는 작품)이 나올 수있다는 것일까? 그리고 그것을 유일한 시라고 강변할 것인가?어딘가 상당히 억지스러운 면이 보인다.

익명성은 나쁜 에고이즘과 나쁜 에고티즘으로부터 예술을 해방시켜주는 경우가 있다. 미학자 류종열이 익명성을 조선조 백자와 조선조의 목공예품을 예로 하여 찬미한 일이 있다. 이 경우는 초현실주의자들의 그것과 합의하의 합작시의 그것과는 사뭇다르다. 조선조 백자와 조선조의 목공예품은 어느 한 개인인 장인이 만든 것들이다. 내가 어릴 때 고향 충무(그때는 통영이라고했다)에서 본 일이 있다. 문목으로 의롱을 만들고 있는 노인이있었다. 의롱 하나 만드는 데 3년이 걸린다고 했다. 마음이 내키지 않으면 며칠이고 손을 대지 않다가도 신이 나면 밤도 샌다고 했다. 아무도 얼씬 못하게 한다. 완성된 물건이 마음에 차지 않으면 남 앞에 내놓지 않는다고 했다. 일종의 장인 기질이지만, 그는 한번도 자기가 만든 물건에 서명(낙관)한 일이 없다. 조선조의 자기나 목공예품의 어느 것은 그렇게 해서 만들어진 것들이리라. 거기에는 그저 만드는 기쁨이 있었을 뿐이고, 뜻대로 되었을 때의 무상의 기쁨이 있었을 뿐이리라. 예술의 이상이기는 하지만, 아무나 그럴 수는 없다. 익명으로 이름을 감출 때 모든 것이 허술해지고 김이 빠지게 되는 것이 보통의 경우다. 지금 문학을 익명으로 하라고 한다면, 그래도 하겠다는 사람이 몇이나 되겠는가? 문학을 방편으로 써먹겠다는 경우 외에는 말이다.

몰턴은 새로운 유동문학을 말하고 있지만(『문학의 근대적 연구』 참조), 그것은 정기 간행물을 통한 시가와 같은 것들을 두고 하는 말이다. 시와는 관계가 없다. 활자와 책의 시대에 있어 개인의 에고이즘과 에고티즘은 때로 창작욕을 왕성하게 하는 원동력이 되기도 한다.

23

아나키즘의 입장에 선 노동조합주의anarcho syndicalisme가 실패한 것은, 첫째, 과학적 사회주의 이론의 미흡, 둘째, 조직적 정치투쟁의 거부와 테러 행위에의 의존, 셋째, 조합의 자유연합에 대한 과신 때문이다. 지금 이 땅의 노동조합주의가 어느 단계에 와있는지, 어떤 방향으로 가고 있는지 정확히 파악이 안 되고 있는듯하다. 노동조합을 움직이고 있는 당사자들 사이에서도 운동의방향이 한군데로 모아지고 있는 것 같지가 않다. 노동조합주의는 사회경제 운동인 동시에 정치운동으로까지 나아갈 수 있다.그것은 정치현실을 현상태로 더 공고히 하는 데 힘이 되기도 하고, 정치 현실을 바꾸는 데 힘이 되기도 한다. 정치가 우리 개개인의 운명에 적잖이 개입하고 있는 것이 사실이라면, 정치권 밖에 있는 사람이라 하더라도 정치에 대한 관심으로부터 고개를돌릴 수는 없다. 따라서 노동조합주의에 대해서도 가정은 매한가지라고 해야 하리라.

문학에 노동자(근로자) 문제가 등장한 것은 어제 오늘의 일이아니다. 아나·볼, 즉 아나키즘과 볼셰비즘의 각축에서 아나 쪽이 패퇴한 뒤 이른바 무산계급 독재정권을 수립한 유럽 공산주의 국가들이 바웬사의 폴란드에서처럼 반세기를 조금 넘길까 말까 해서 오히려 패퇴한 아나르코 생디칼리슴의 자유연합 쪽으로기울어져 그쪽이 우세한 위치를 다져가고 있다. 매우 아이러니컬하다. 이럴 때 노동자가 직접 쓴 현장문학이란 것이 그쪽에서는 어떤 모양으로 드러나고 있는가? 아니면, 도대체가 현장문학이란 것이 아무런 뜻도 가질 수 없을 만큼 쓸모없는 것이 되어버렸는가? 그러나 지금 이 땅의 현장문학(노동자의 손으로 된 노동현장의 체험을 담은 문학)은 아나·볼은 물론이고 어떤 정치 이념의 구체적인 뒷받침이 아주 희미한 채 체험의 소박한 반영과 감정 노출에 적잖이 기울고 있는 것이 아닌가도 한다. 현장 밖의 시인이나 이론가들의 모습과는 어딘가 다르다.

경험은 문학의 소재가 되게 마련이다. 한스 카로사가 「의사 기온」을 쓴 것은 그가 의사였기 때문이다. 자기의 오랜 경험이 소재가 되고 있다. 헤밍웨이가 사냥이나 낚시를 다루게 된 것은 그가 그러한 것에 대한 경험이 풍부했기 때문이다. 노동자가 시를 쓸 때 노동을 소재로 하는 것은 가장 자연스러운 일일 수 있다. 교사 시인이 학교 주변의 일들을 소재로 하는 것과 마찬가지로 아무런 신기함도 없다. 그런데 노동자가 노동 현장을 소재로 시를 쓸 때만 문젯거리가 된다면, 거기에는 무슨 까닭이 있을 법하다.

노동자란 현대 고도산업사회의 제일가는 역군이면서 특히 후진 사회에 있어서는 피해자, 희생자의 이미지를 강하게 풍기고 있다. 경제성장을 어느 정도 달성하고 있으면서도 국민소득이 아직도 고르지 못한 곳에서는 가진 자와 못 가진 자의 부의 격차 때문에 그 이미지는 더욱 확대되게 마련이다. 노동자들 자신이 그것을 절실히 느끼게 되면서 노사간 알력이 노출되어 노사간의 분규가 빈발하고 때로는 격화되기도 한다. 국민의 시선이 거기 모아지고 그들(노동자)의 행동거지가 사회, 경제, 나아가서는 정치에까지 크게 작용하게 된다. 이처럼 주목의 대상이 되고 있는 그들의 문학활동이 이목을 끌게 되는 것은 당연하다. 그들은 그들 내부에서 이미 확대될 대로 확대된 피해자 및 희생자의 이미지를 자꾸 강조한다. 그것을 더욱 확대해서 어떤 이념의 틀에 집어넣어 환전하는 이론가들이 여기저기서 나타난다. 개중에는 문학 외적 목적을 위하여 문학을 소재로 이용하는 경우도 있다.

더욱 이목이 쏠리게 된다. 그러나 그것(노동자가 노동현장을 소재로 시를 쓰는 일)은 문학현상으로서는 거듭 말하거니와 아무것도 아닌 사소한 문제에 지나지 않는다. 문학의 소재는 천태만상이다. 소재로 문학의 가치가 결정되는 것은 아니다.

경험의 생생한 현장성을 살리는 데 있어 경험의 소재가 노동현장이라야 한다는 법도 없다. 노동현장이 소재가 되는 것은 그것만으로는 별다른 의의가 있는 것은 아니다. 노동현장 그 자체에 의의를 부여한다면 그것은 단순한 소재주의에 불과한 것이 된다. 그런 것이 아니라 소재를 어떻게 처리했느냐가 문제다. 어떤 정치이념의 눈으로 바라볼 때 대상(소재)이 그 정치이념의 틀에 끼어들게끔 처리되어야 한다. 요는 정치이념이 문제다. 이를테면 사회주의 리얼리즘 같은 것이 있지 않은가?

사회주의는 정치이념이고 리얼리즘은 일체의 이념에 무감각한 이념 불감증 상태의 입장이다. 19세기의 사회(외부) 현실을 다룬 리얼리즘이든 1920년대의 심리(내부) 현실을 다룬 리얼리즘이든, 또는 제2차 세계대전 이후의 이른바 반反소설 계통의 현상학적 리얼리즘이든 간에 리얼리즘이란 그런 것이다. 이념과 무이념이 변증법적 지양을 할 때 사회주의 리얼리즘이 된다는 것일까? 사회주의 리얼리즘에서는 전형을 그려야 한다는 말을 하는데, 그것은 사회주의가 인정한 전형이라야 함은 두말할 나위도 없다. 따라서 그것은 문학적 차원의 전형이 아니라 사회주의라고 하는 정치이념적 차원의 그것이다. 결국 문학은 없어지고 정치만이 남게 된다. 노동자의 현장문학이 이런 따위 사회주의 리얼리즘의 이론적 세례를 받아 이념적으로 굳어질 때, 그것은 이미 문학으로서의 탄력을 잃고 말리라. 아니 그런 상태를 문학의 개념 확대라고 강변하는 이론가가 반드시 또 나타나리라. 도대체 리얼리즘 위에 씌워진 사회주의란 형용사는 또한 어떤 것

인가? 그것이 정치적 이념이란 것은 알겠으나 그 구체적인 내용
이 어떤 것인가에 대하여는 쉽게 누구에게나 통하는 하나의 답을
얻어낼 수는 없지 않을까? 따라서 전형이라고 했지만, 어떤 것이
사회주의가 인정하는 전형이 될지 막연해질 수밖에 없다.

현장(노동자의) 문학의 경우도 합의하의 합작시의 경우와 한
가지로 시에 연연할 필요가 있겠는가? 시를 버리고 기록이나 보
고 쪽으로 가는 것이 더 효과적이 아닐까? 그러나 이 땅에서의
현단계의 현장문학은 아직은 정치이념(그 문학이론)에 잠식되
지 않는 탄력이 있다. 그만큼 이념으로서는 소박하기는 하지만
말이다.

문학용어의 문제가 있다. 억지스런 용어라도 널리 퍼지고 보
면 그것이 문학용어로서 정착되는 경우도 있다. 그러나 그 억지
스러움은 가시지 않는다. 내가 앞에서 현장문학이란 말을 여러
번 썼는데, 세간에서 편의상 쓰고 있는 용어를 빌려쓴 데 지나지
않는다. 이 용어가 문학용어로서 정착될는지도 모르지만, 그렇
게 되면 어쩌나 하는 불안한 마음이 없지 않다.

현장문학이란 문학용어로써 매우 어색하다. 현장이란 장소를
말하고 있는 동시에 실제의 체험을 암시하고 있기도 하다. 이런
것들은 모두 소재와 관계되는 것들이다. 간접으로 말하고 있을
뿐이다. 소재를 직접적으로 드러내고 있는 통속적인 문학용어도
많다. 이를테면 연애소설, 해양소설, 산악소설 따위가 그렇다.
연애, 해양, 산악 등을 소재로 하고 있기 때문에 붙여진 이름이
다. 앞에서 지적한 일도 있고 그리고 하나의 상식이기도 하지만,
소재보다는 소재를 어떻게 처리했느냐가 더욱 문학적인 과제가
된다. 연애나 해양이나 산악 등을 로만적으로 처리했느냐, 또는
사실적으로 처리했느냐에 따라 한쪽은 로만주의가 되겠고, 다른

한쪽은 사실주의가 된다. 그러니까 이때의 로만주의와 사실주의는 문학용어로서 적절하다고 해야 하리라.

민중문학이란 용어가 문학용어로서 지금은 좀 덜 발설되고 있는 듯한 느낌인데, 80년대 초만 해도 일종의 문학 유행어가 되다시피 했다. 그러나 민중의 내용이 어떤 것이냐 하는 데 대한 의견은 일치되어 있지 않는 듯이 보인다. 민중의 내용을 어떻게 규정하든 그것은 사회학 용어임에는 틀림없다. 이 용어는 사회학에서 어느 특정계층을 가리키는 것으로 되어 있다(그 특정 계층이 어느 계층이냐 하는 데 대한 의견은 구구한 것 같다). 그러니까 그 계층의 생활을 그 계층의 편에 서서 그릴 경우 넓은 뜻의 민중문학이 된다고 일단 말할 수 있는 것이라면, 이것도 사회학적 윤리 도덕적인 내용으로 기울어지게 된다. 로만주의, 고전주의, 사실주의, 상징주의 또는 이미지, 리듬, 아이러니, 폼, 스타일 등의 용어와 비교해보면 문학용어로서는 문학 외적인 내용이 너무도 무겁게 걸려 있어 거북해진다. 이 용어가 문학의 개념 폭을 넓힌 것이 되고 있다는 생각을 할는지도 모르나, 반대로 문학의 개념에 혼란을 주고 있다는 생각을 해본 일이 있는가 하고 반문해볼 수 있다.

코를 소재로 해서 걸작소설을 쓴 사람은 제정 러시아에도 있었고, 20년대의 일본에도 있었다. 그렇다고 코소설, 코문학이란 말을 쓰지 않는다. 공평하지가 않다. 왜 연애가 소재가 될 때는 연애소설이란 말을 쓰면서 코가 소재가 될 때는 코소설이란 말을 쓰지 않느냐는 말이다. 듣기에 우습기 때문이다. 듣기에 우습다고 안 쓴다면 듣기에 괜찮다고 쓰는 것도 역시 편의적이라고 할 수밖에는 없지 않는가?

민중시란 용어도 민중문학과 함께 유행되곤 했다. 민중이 어느 계층을 가리키는 사회학 용어라고 한다면, 민중시는 그 계층의 편에 서서 쓴 시라고 할 수 있다. 그렇다면 사회학에서 민중의 계층에 들지 않는다고 취급하는 계층의 생활이나 취미나 감정을 쓴 시가 있다면(있을 수도 있지 않는가?) 뭐라고 이름을 붙여야 하나? 비민중시? 귀족시? 상층계급시? 이런 따위 용어가 어색하다고 한다면 민중시도 당연히 어색하게 느껴져야 한다. 특히 민중문학, 민중시는 그 악센트가 민중 쪽에 있고 문학이나 시가 오히려 형용사 구실밖에는 못하고 있다고 한다면 문학이나 시는 어디 가서 찾아야 하나?

민중문학이나 민중시라는 용어가 세계적(국제적)으로 확립된 문학용어인지 어쩐지 모르지만, 로만주의·이미지즘·다다이즘, 운율·압운·행·연·주제·소재 따위 문학용어들처럼 오랜 역사를 가지고 확립된 요지부동의 세계적 문학용어 같지는 않다.

문학용어(또는 시용어)는 문학(또는 시)의 개념에 한계를 짓는(넓히기도 하고 좁히기도 하는) 작용을 하기 때문에 너무 편의적으로 사용할 일이 아닌 듯하다.

24

노자는 유가의 인仁을 부정한다. 자연주의자인 그는 인으로 대
표되는 유가의 도덕을 인위라는 명목으로 부정하면서, 그는 또
한 얼핏보아 반反문화의 입장에 서 있는 것처럼 외친다. 도덕은
인위의 표본이요 문화의 핵이다. 문화는 컬쳐culture란 영어가 경
작을 뜻하듯이, 자연의 소박하고 미흡한 상태를, 자연을 소재로
하여 그 자연을 다듬어서 보완하는 역할을 담당한다. 인간성 속
에 자연상태로 내재해 있는 도덕성(도덕에의 지향성)을 일깨워
주어 그것(도덕성)을 세련되게 한다. 그러나 그러한 문화의 인
위성을 허위라고 보거나, 문화가 타성으로 굳어져 내용을 잃고
화석화하는 시대가 되면 문화에 대한 반발이 일어난다. 노자의
경우는 공시적인 입장에서 유가의 도덕과 문화의식을 더불고 있
다. 단순한 생리적인 반발은 아니다. 따라서 그의 반문화, 반도
덕의 입장은 다른 또 하나의 문화관(의식), 도덕관(의식)일 수밖
에 없다. 다만 그의 문화관(의식), 도덕관(의식)이 매우 역설적
으로 뒤틀려 있을 뿐이다. 프로이트의 경우도 이와 마찬가지다.
　프로이트가 문화가 인간의 행복을 파괴한다고 했을 때, 그도
노자처럼 한 사람의 자연주의자가 되고 있다. 그러나 그도 문화
를 부정할 수 없을 뿐 아니라 인간은 이제 문화를 떠날 수 없다
는 사실을 깊이 깨닫고 있었다. 그가 말하는 행복이란 본능과 같
은 것이지만, 문화는 본능을 통제하는 힘인 동시에 그것(본능의
통제)은 또한 인간의 품위를 위한 짓거리라는 것을 외면하지 못
한다. 그의 이드와 에고의 갈등은 두말할 나위 없이 자연과 문화
의 그것이면서 본능과 문화 사이의, 상대에 대한 서로의 존재의

식이라고 해야 하리라. 그러니까 프로이트의 행복론은 어쩔 수 없이 역설적인 문화론(의식)이 되고 만다. 유럽이 그만큼 이미 근대적(문예부흥기적) 인간상, 그 낙천적, 이성적 인간상을 믿지 못하고 있다는 증거가 되리라. R. 니버R. Lieber는 "유럽의 근대는 자연의 이해에 있어서는 어느 시대보다 투철했으나 인간의 이해에 있어서는 어느 시대보다 천박하다"(『인간의 운명』)고 말하고 있다.

우리가 문화의 바버리즘barbarism이라고 할 때 거기에는 바버리즘의 문화라는 뉘앙스가 깃들어 있다. 그것도 문화의 일종이고 문화의식에서 나온 것이다. 1910년대의 스위스 다다이즘에서 우리는 그것을 실증할 수 있다. 그러나 그것은 극치 자의적이고 반형태적이고 반전통적인 해체현상을 드러냄으로써 로만주의의 한 극단의 양상을 보여주었다고 할 수 있다. 20세기의 초두에 T. E. 흄이 "로만주의의 백 년을 경과한 뒤에 비로소 새로운 고전주의 시대를 맞이했다"(『사색집』)고 했지만, 그의 그런 발설과 거의 때를 같이하여 유럽 대륙에서는 다다이즘과 초현실주의 등이 잇따라 일어나고 있었다. 흄 개인의 희망적인 발설은 20년대의 T. S. 엘리엇 등의 모더니즘을 치른 뒤에는 급속도로 힘을 잃어가고 있었다. 마침내 50년대의 미국의 '열린 형태'의 시대를 맞게 된다. 그 가장 전형적인 예가 A. 긴스버그Ginsberg라고 하겠다.

20세기의 유럽 문학, 특히 시의 장르는 질서와 혼돈이 교차하는 양상이 짙게 드러내고 있다. 질서에의 의지는 20년대의 영국을 중심으로 한 T. S. 엘리엇 등의 문학(시)에 여실히 반영되어 있고, 혼돈은 다다이즘, 초현실주의 및 열린 형태파의 시에 여실히 반영되어 있다. 그러니까 포스트모더니즘이란 두 가닥으로 해석이 가능하다. 그 하나는 탈모더니즘의 경우고, 다른 하나는 후기 모더니즘의 경우다. 질서에의 의지를 보인 T. S. 엘리엇 등의 모더니즘에 악센트를 두고 바라볼 때는 50년대의 열린 형태파는 탈모더니즘이 되겠고, 다다이즘이나 초현실주의에 액센트를 두고 바라볼 때는 후기 모더니즘, 즉 마리탱이 말한 과격 모더니즘인 다다이즘이나 초현실주의를 계승한 것이 된다. 30년대에서 80년대에 이르는 이 땅의 모더니즘 계열의 흐름도 강온의 정도와 규모의 차이는 있겠으나 비슷한 양상을 드러내고 있다. 정지용과 김기림의 초기시는 고전주의적 질서의식이 강하고, 형태, 즉 작품(포엠) 의식이 투철하다. 그러나 이상을 비롯하여 80년대의 해체파는 정지용, 김기림에 대하여 탈모더니즘의 입장에 서 있고, 이상에 대하여는 후기 모더니즘의 입장에 서 있다고 할 수 있다(그러나 물론 그 해체의 정도는 아주 미온적이다). 50년대의 후반기 동인회의 경우는 이들의 중간에서 있다고 해야 하리라. 마치 영국의 뉴컨트리파가 T. S. 엘리엇과 50년대의 열린 형태파의 중간 지점을, 그러나 약간 전자 쪽으로 기울어진 자세로 서 있었던 것과 흡사한 상태라고 해야 하리라.

25

이미지즘 계통의 물질시는 관념을 시에서 배제하고 있지만, 의미론적 차원의 의미 배제를 하고 있는 것은 아니다. 다만 이미지로써 조형적인 세계의 딴딴한 틀을 보여주려고 한 것이다. 그것은 인식론적으로는 현상학적 판단중지라는 것이 된다. 설명을 피함으로써 어떤 상태의 제시에만 그치려고 한다. 그러나 이미지의 조형이란 것도 문장으로 나타내야만 한다. 실제가 문법적으로 별로 하자 없는 문맥을 가진 문장으로 되어 있다. 정지용이나 김기림(그의 초기의)의 시들을 보면 아주 선명한, 가치 모범적이라고 할 수 있을 만큼 합문법적 문장들의 연결로 되어 있다. 그러나 형상시나 원형시는 다르다. 가령 다음과 같은 것들을 예로 해서 생각해보면 된다.

비
  비
    비
      비
        비
          비
            비

(1 : 필자 표시)

월
  화

수

　　　　목

　　　금

　　토

(2)

　(1)과 (2)는 단순하기는 하나, 둘 다 형상시다. (1)은 비가 바람에 비스듬히 쏠리고 있는 모양을 활자배열을 통하여 보여준 것이다. 매우 직접적이다. 영상을 그대로 보는 상태라고 할 수 있다. 문장을 거부하고 있다. 일종의 단어문monoréme이라고 할 수도 있겠으나, 이 경우에는 문장이 압축된 형태인 보통의 단어문과는 다르다. 순전한 시각적 효과를 노리고 있다. 이런 활자배열이 시각을 통하여 미칠 수 있는 심리적 영향을 생각한 것이다. 이것도 일종의 판단중지의 상태임에는 틀림없지만, 그것은 회화나 사진의 그것에 더 가깝다. 문학이나 문장의 입장으로는 극단적 해체현상의 하나다. 일종의 언어도단의 세계다.

　(2)는 월요일에서 토요일까지의 요일을 역시 비스듬히 눕혀서 활자배열을 함으로써 심리적인 효과를 노린 것이리라. 월요일에서 토요일로 내려갈수록 마음의 안정을 얻는다는 그런 정서상태를 직접적으로(문장으로 설명이나 묘사를 하지 않고) 보여주고 있다. 월요일에서 보면 토요일은 몇 단계를 건너야 한다. 아득하다. 안정(휴식)에서 가장 멀어져 있는 상태다. 이것은 사물시(물질시)와는 다르다. 시에 대한 전통적인 관념을 부수고 있다. 시의 용어로는 포멀리즘formalism이라고 하지만, 비평용어인 형태주의와는 사뭇 다른 차원에 속한다. 말라르메는 위의 두 개의 예에 비하면 훨씬 복잡하고 미묘한 형상시를 실험해보고 있다. 꽃의 묘양을 활자배열을 통하여 드러내고도 있다. 왜 이런 현상이

나오게 되었을까? 하나는 다다적인, 냉소적인 측면에서 생각해보게 되고, 다른 한편 말라르메처럼 언어를 극한에까지 추구해간 결과라는 측면에서 생각해보게 된다. 어느 쪽도 결과적으로는 일종의 과격 모더니즘, 즉 T. S. 엘리엇에 악센트를 두고 보면 탈모더니즘이 되겠고, 다다이즘이나 초현실주의에 악센트를 두고 보면 후기 모더니즘의 징후라고 여겨진다.

다다이즘(1910년대의 스위스 다다이즘)은 생활과 관념 양쪽에 걸친 발작적인 반전통주의 운동이다. 언어관습과 행동관습을 모두 부정한다. 그러니까 그들은 다다어라는 것을 만들었고, 의표를 찌르는 행동을 곧잘 한다. 권위를 인정하지 않는다. 다다이즘은 다다이스트 자신을 은연중 권위로 모시게 되는 모순에 빠지게 된다. 그러니까 그들이 하는 짓은 비정상적일수록 빛이 난다. 그러나 그들은 조직을 가지지 못하고 대중을 설득하지 못했기 때문에 고립상태에 있었고, 사회로부터 위험하다는 경계심까지 얻어내지 못했다. 소수의 안달 같은 것으로 되어갈 수밖에는 없었다. 벽에 부딪히는 달걀 같다고나 할까? 사회의 냉대와 무관심은 다다이스트 내부의 심리를 뒤틀리게 한다. 20년대 초현실주의로 이어지는 과정에서 무수한, 그러나 추문 차원의 사회 반응밖에는 일으키지 못한 채 10년을 넘기지 못하고 일단은 사그라진다. 그때 여기저기 퍼뜨려놓은 문학상의 냉소적인 몸짓 중의 하나가 형상시 및 도형시라고 할 수 있다. 문학상의 엄숙주의에 대하여 장난을 한번 걸어보고 싶었던 것인지도 모른다. 지적인 면보다도 감성적인 면이 강하다. 그러나 홀랑 벗은 그들의 앙상한 알몸은 의외로 문학과 예술에 하나의 선열한 상처가 되어 간헐적으로 역사의 과정에서 그것(상처)을 자기의 것처럼 느끼고 깨닫게 되는 사람들이 나타난다. 그의 시에 다음과 같은 도형이 있다.

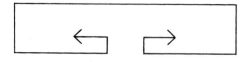

　이 도형에 대한 약간의 설명이 붙어 있기는 하나 그것은 사족도 될 수 없고, 도형의 해독을 더 어렵게 하고 있을 뿐이다. 그저 냉소어린 그의 얼굴 표정을 읽을 수 있으면 되는 것인지도 모른다. 시에 대한 관점에 충격을 주겠다는 그의 의지의 일단 말이다. 그러나 말라르메의 경우는 어딘가 다르다.

　"언어에 우선권을 주고 시에서는 언어가 주제가 되어야 한다"(『시의 위기』)는 말라르메의 명제는 어느날 갑자기 영감으로 그의 뇌리에 떠오른 것은 아니다. 오랜 사색 끝의 결론이다. 그는 꽃과 같은 물체도 언어가 만들어낸다고 했다. 꽃이라는 물체가 있는 것이 아니라 언어가 있을 뿐이다. 언어는 주사와 빈사가 어우러져 문文을 만들면서 세계를 만든다. 그러나 주사와 빈사의 연결은 때로 거북하고 부자연스럽고, 연결의 과정에서 필연성이 좌절되고 허위가 끼여들게도 된다. 언어는 이리하여 세계를 만들기도 하지만 파괴하기도 한다. 언어의 자기 모순이다. 언어의 엄숙성과 신뢰성은 빠져나가고 허무가 앞을 가로막는다. 말라르메의 언어단편(주사와 빈사가 고리로 이어가지 못한)이 이리하여 남의 눈에는 장난처럼 피어난다. 제임스 조이스의 경우처럼, 혹은 어느 때(소설 「날개」)의 이상처럼 말이다. 말라르메의 서글프디서글픈 허무의 실체가 드러난다. 그것이 그의 형상시다. 낱말 하나로 활자배열을 방편으로 하여 꽃을 그린다. 결과적으로 그것은 다다이즘의 형태주의와 흡사한 것이 된다. 그러나 그 과정은 위에서 추적해보았듯이 어딘가 사뭇 다르다.

　이제 우리는 A. 긴스버그를 말할 차례가 되었다고 할 수 있게 되었다. 그는 시를 새로운 민요무용-ballad dance으로 환원시키려는 사람이 되었다. 알다시피 민요무용이란 미분화 상태의 원시예술형태다. 거기에는 시와 음악과 무용과 극이 혼합되어 있다. 그는 시를 종이에다 쓰지 않는다. 즉흥적으로 읊는다. 무대에 올라서서 악기를 켜며 발을 구르며 노래하듯 읊는다. 그것은 일회적인 행동이다. 종이와 문장으로 쓴 시처럼 책으로 엮어 두고두고 읽을 수가 없다. 활자와 책의 시대를 역행하는 행위다. 일종의 아나크로니즘anachronism(시대착오)이다. 그러나 그의 의식은(보다는 그의 감성은) 시대의 최첨단을 가고 있다고 자긍한다. T. S. 엘리엇 등의 폐쇄적 시에 대한 열린 시라고 한다. T. S. 엘리엇 등의 모더니즘에 대한 탈피현상이고, 다다이즘이나 초현실주의에 대해서는 하나의 전개현상이라고 할 수 있다고들 말한다. 미국에서 왜 이런 현상이 일어났을까? 그것은 복잡하게 말할 것 없이 그의 풍토의 탓이다. 존 케이시의 모던 재즈 음악과 폴록의 액션 페인팅을 낳은 그 풍토 탓이다. 이런 극단의 예를 아직 이 땅에서는 보지 못하고 있다. 유교전통이 우리 속에 잠재하고 있는 한, 그것은 하나의 과정으로서도 매우 어려운 일이 될 듯하다.

　A. 긴스버그의 바버리즘도 역설적으로 문화의식을 밑에 깔고 있다는 것은 부인하지 못한다. 과장되게 말하면 당사자는 문화의 혁명 다른 차원의 문화를 꿈꾸고 있는지도 모른다. 그러나 그것이 허망한 짓거리라면 두말할 필요도 없는 일이고, 수긍할 수 있다고 하더라도, 그 자체는 하나의 계기가 될 수밖에는 없다. 그 자체가 그대로 작품일 수가 없고, 문학이나 예술일 수는 없다. 비디오로 채록을 해두면 참고가 되리라. 존 케이시와 폴록은 음악과 회화다. 이미 그들은 현대 재즈음악과 현대 회화에 하나의 모멘트를 제공해주고 있다. 문학은 언어가 매재이기 때문에, 언어가 다른 힘 때문에 힘이 약화되는 현상을 오래토록 활자와

책에 길든 눈과 귀가 감당해내지 못하리라. 음악과 무용과 극을 언어 안으로 끌어들이는 재능이 더욱 중요하다.

26

이른바 80년대의 해체시라는 것이 있다. 30년대의 이상이나 삼사문학 동인들 및 50년대의 이른바 후반기 동인들의 모더니즘과도 다르다.

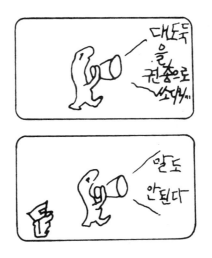

대도둑은 대포로 쏘라.

—안의섭, 「두꺼비」

▲일화 15만엔(45만원) ▲5.75캐럿물방울다이어 1개(2천만원) ▲남자용 파텍시계 1개(1천만원) ▲황금목걸이 5돈쭝 1개(30만원) ▲금장로렉스시계 1개(1백만원) ▲5캐럿에머럴드반지 1개(5백만원) ▲비취나비형브로치 2개(1천만원) ▲진주목걸이 꼰것 1개(3백만원) ▲라이카엠 5 카메라 1대(1백만원) ▲청도자기 3점(싯가 미상) ▲현금(2백 50만원)

나는 거하여 귀퉁이가 안 보이는 회灰의 왕궁에서 오늘도 송일환 씨
는 잘 살고 있다. 생명 하나는 보장되어 있다.

　　　　　　　　　　—황지우, 「한국생명보험회사 송일환 씨의 어느 날」 전문

위와 같은 시를 보면 사람의 몸에 성기가 달려 있는 것을 보는
것처럼 슬퍼진다. 이렇게까지 해서 시를 꼭 써야만 하나? 이것
은 형상시도, 도형시도 물론 아니다. 냉소적이든 엄숙하든 간에,
또는 감성적이든 지적이든 간에 이것은 언어의 문제가 아니다.
정상적인 걸음걸이로 접근해가기가 어딘지 낯간지러워진다. 작
위는 어렵잖게 해독이 되는데, 물론 충분히 새롭다고 할 수 있
다. 안의섭의 만화가 포인트가 되겠는데, 그것이 어느 정도로 적
절한 패러디가 되고 있는가가 문제다. 동시에 이 시의 승패를 좌
우한다고도 할 수 있다.

패더리란 원래가 일종의 표절이다. 그러나 그것이 시 속에서
변질하여 다른 작용을 할 때, 그 작용이 매우 효과적일수록 그
패러디는 표절의 누명을 벗게 된다. 벗게 될 뿐만 아니라 그 패
러디는 창조가 될 수도 있다. T. S. 엘리엇이 패러디는 시인의 재
능을 시험해보는 좋은 재료가 된다고 한 말을 어디선가 보았다
는 기억이 지금 되살아난다. 물론 그가 말한 패러디란 문장이다.
이런 따위 만화도 패러디가 된다고는 미처 생각하지 못했으리
라. 그가 미처 생각하지 못했다고 그러는 것은 아니다. 누가 봐
도 기발하다. 그러나 만화에도 문장은 곁들여지고 있다. 이 경우
도 그렇다. 그러나 만화에도 문장은 곁들여지고 있다. 이 경우도
그렇다. 그러나 곁들여지고 있는 것이지, 만화는 그 자체가 문장
은 아니다. 여기서도 곁들여진 문장만으로는 아무런 구실을 못
한다. 그것을 이 시는 노렸다고도 할 수 있다. 문장과 그림의 시
적 변용 말이다.

현실은 언제나 엄숙하고 객관적이지만 이 시는 현실을 엄숙하게도, 객관적으로도 보고 있는 것 같지가 않다. 한 발짝 비켜서 있는 것도 아니다. 너무 다가서 있다. 그러니까 그 거리(현실과의)는 주관적인 거리일 수밖에 없다. 전망이 트이지 않아 답답하다. 현실을 바라보는 객관적인 거리란 무엇일까? 그 거리란 물론 자로 잴 수도 없고 사람에 따라 다를 수도 있다. 그렇다고는 하지만, 그 거리는 시에서는 역시 관조의 거리라야 하리라. 즉 예술이 될 수 있는 거리 말이다. 너무나 주관적으로 다가선 거리가 만화의 사실성actuality 때문에 균형을 얻고 있다. 만화 외의 문장들은 모두가 시인의 주관 속에서만 존재하는 내용들이다. 즉 허구다. 황지우의 다음과 같은 사이비의 시와 비교해보면 이쪽이 훨씬 시적 재능을 과시하고 있음을 알게 된다. 그것은 위에서 다 지적했다고 생각한다.

예비군편성훈련기피자일제자진신고기간

자 : 83. 4. 1   지 : 83. 5. 31

—황지우, 「벽 · 1」 전문

전에도 지적한 바 있지만 여기서는 작품의식, 즉 예술의식을 거의 찾아볼 수 없다. 황지우의 만화 패러디는 기발하면서 시에 대한 하나의 관점도 제시해주고 있다.

27

　1960년에 다니엘 벨Daniel Bell이 『이데올로기의 종언』이란 책을 내면서 모든 이데올로기의 불모성을 말하고 있다. 이 책의 부제가 되고 있는 「1950년대 정치사상의 고갈」이란 것을 보면 알 만하다. 그는 칼 마르크스Karl Marx와 함께 과학과 기술이 관념(마르크스는 헤겔의 관념체계를 염두에 두고 있었다)을 무용한 것으로 만들고 있다고 보았다. 마르크스와 벨 사이에는 백 년이란 세월이 흐르고 있는데도 같은 주장을 하고 있다. 마르크스의 경우는 하나의 예견이자 그 자신의 관념 혐오적 기질의 드러남이라고 한다면, 벨의 경우는 사실의 냉정한 점검을 통한 하나의 리포트라고 해야 할까? 두 사람 사이에는 한 세기라는 세월이 흘렀으니까 말이다. 그러나 반드시 그런 것은 아닌 듯하다. 1960년 그 당시만 해도 기술 때문에 이데올로기가 위협을 받고 있다는 징후는 드러나 있지 않았다. 역시 예견의 단계라고 해야 하리라. 그건 그렇다 하고, 참으로 우습게도 마르크스 자신 그처럼이나 기피하고 무용한 것으로 치부했는데, 그의 경제학과 역사관이 어느 사이에 강력한 이데올로기로 둔갑하여 백 년 동안에 엄청난 영향력으로, 동서를 가릴 것 없이 그것(마르크스의 경제학과 역사관)에 찬성하든 반대하든 간에, 전인류의 관념구조를 뒤흔들어놓고 말았다. 그러나 여기에 또 하나 당돌한 의견이 나타나고 있다.
　벨보다는 30년 뒤인 1989년에 프란시스 후쿠야마Francis Huku-yama가 『역사의 종언』이란 에세이를 내놓아, 지금 부산하게 시비가 벌어지고 있다. 후쿠야마는 공산주의 이데올로기는 끝나고

자유 민주주의만이 인류의 마지막 이데올로기로 남게 되었다고
하고 있다. 그래서 이데올로기의 역사는 끝났다는 것이다. 이데
올로기가 없어졌다는 것도 아니고 일반적인 의미에 있어서의 역
사가 끝났다는 것도 아니다. 역사를 이데올로기라고 하는 관념
에 초점을 맞추어볼 때, 마지막이자 유일한 이데올로기의 단계
에 왔다고 그는 말한다. 그러나 그와는 반대의견을 가진 사람들
이 말하고 있듯이, 물론 속단할 수는 없다. 지금 일어나고 있는
동유럽의 이데올로기 갈등은 공산주의 내부의 그것이지 자유 민
주주의에로의 전환을 전제로 한 과정적 현상은 아니라는 견해가
있다. 한편 남미나 동남 아시아 후진 사회에 있어서의 공산주의
이데올로기는 아직도 그대로(교조주의) 힘과 설득력을 가지고
있는 듯이 보인다. 이럴 때 우선 입수된 자료를 근거로 해서 북
한의 시를 한번 생각해보기로 한다.

    탐스럽게도 영글었구나
    황금의 이삭
    벌이 꺼지게 실린
    충성의 열매
    이삭과 이삭이
    한데 어울어져
    속삭이며 춤추며
    설레이는 황금벌이여?

    바람도 네우에 불어
    황금 바람이더냐
    하늘도 네우에 내려앉아
    물들었더냐

쳐다보면 하늘도 설레이는
황금의 파도

—김북원, 「황금벌」 일부

이름 봄철이나
늦은 가을날에
수령님께서 뜻밖에
마을에 들르시여
늙은이는 백발 속에
절을 하옵고
철부지 어린 것은
솔길에 매달리며
거리와 집집마다
자랑이 넘치고
온 산천에 눈부시게
밝아 올
그 가슴 저리도록
황홀한 순간들
농토와 농군들이
함께 꿈꾸나이다……

—김상훈, 「흙」 일부

눈오는 봄도 3월달
약수터를 에워싼 농촌 위원회의 밤
산 사람들의 새로운 꿈을 걸고
밤을 밝혀 심지를 돋우며
호박꽃처럼 빨갛게 익었다

이제 첫닭이 홰를 치면
산발을 타고 초막에 돌아가
어메 아베 앞에 무릎을 꿇고
이 꿈같은 소식을 전하리라

　　　　　　　　—김우철, 「농총 위원회의 밤」 일부

……청계천, 청계천,
네 이름 그리도 맑고 깨끗한데
네 모습 어이 그리 흐리고 어두우냐,
네 기슭 어이 그리 더럽혀졌느냐,

바람을 가리우려, 네 기슭에
옹기 종기 빽빽이 둘러앉은 판자집,
한층우에 두층, 두층우에 또 세층,
층층이 포개여진 판자집의 네 기슭,

　　　　　　　　—박산운, 「청계천에 부치여」 일부

진주를 다듬어 천리에 깐다 한들
이 길처럼 어찌 빛날가
조국의 광복을 만대에 이으신 김일성 동지!

감사를 드리노라
우리 당의 행군로를 한곬으로 따르면,
투사들이 선창한 혁명의 노래
온 몸으로 부르고 또 부르며

　　　　　　　　—이용악, 「우리 당의 행군로」 일부

산천만이여!

오늘은 나도 말하련다!

〈백호〉의 소리없는 웃음에도

격파 솟아 구름을 삼킨다는

천지의 푸른 물줄기로

이땅을 파몰아치던 살풍에

마르도 탄 가슴을 추기고

천년 이끼 오른 바위를 벼루돌 삼아

곰팽이 어렸던 이 붓끝을

육박의 창끝인 듯 고루며

이땅의 이름없는 시인도

해방의 오늘 말하련다.

　　　　　　　　　　　　　　　—조기천, 「백두산」 일부

　앞의 시들은 어떤 의도하에 비슷한 것들만 골라서 뽑은 것은
아니다. 더 많이 들어본다 해도 사태가 달라지지는 않으리라.
　앞의 시들은 개성이 없다. 획일적이다. 어떤 통제가 있어서 그
것의 유형 무형의 감시하에 씌어지지 않았다면 이렇게 될 리가
없다. 시인이 열이면 열이 한결같이 하나의 이데올로기를 열렬
히 신봉하고 있다고는 믿어지지 않는다. 같은 하나의 이데올로
기를 열렬히 신봉하고 있는 사람들만이 시를 써서 발표할 수 있
다는 것도 문제지만, 어느 기관의 눈치를 봐야 하거나 더 나아가
서는 지시를 받아 쓰지 않을 수 없다면, 그것은 이미 시라고는
할 수 없는 것이 되게 마련이다.
　북한에는 시가 있는 것 같지 않다. 앞에 든 시들은 1990년대에
들어선 남한에서 시를 쓰는 우리의 눈에 시로 비치겠는가? 1920

년대의 카프 계열의 시에서도 한걸음 더 후퇴한 느낌이다. 1900년대의 창가가사나 육당, 춘원의 이른바 신체시에서 한발짝도 더 나가지 못하고 있다. 가장 나쁜(저질) 아마추어리즘을 보게 된다. 경직된 이데올로기에 따른 독선적인 정책의 강요가 두드러지게 드러나고 있을 뿐, 예술감각과 발상의 자유는 극도로 위축되고 있다. 게오르그 루카치György Lukács니 베르톨트 브레히트Bertolt Brecht니 할 여지가 없다. 임화의 시에 대한 비판의 예가 있다.

눈 바람 찬 불쌍한 도시
종로 복판에 순이야!
너와 나는 지나간 꽃피는 봄에
사랑하는 한 어머니를
눈물나는 가난 속에서 여의엿지……
그리하여 너는 이 믿지 못할
얼굴 하얀 오빠를 염녀하고
서글프고 가난한 그날 속에서도
믿음성 있는 이곳 청년을 가졌었고
내 사랑하는 동무는……
청년의 연인 근로하는 여자
너를 가졌었다……

—임화, 「네거리 순이」 일부

이 시에 대하여 신원문화사의 '한국비평문학회'가 저자로 되어 있는 『혁명전통의 부산물』이라는 책에는 출전을 밝히지 않은 다음과 같은 북한의 비평을 싣고 있다.

이 시는 왜경에 체포된 자기 애인을 찾아 미친 듯이 종로 네거리로 나와 쓰러져 울고 있는 서정적 주인공은 다름아닌 시인 자신으로서, 소위 투사를 자처하는 '나'는 얼굴 하얀 모습을 하고 있으며, 그의 누이동생은 어머니를 잃어, 서글프고 가난한 비탄 속에 헤매이건만, 사는 보람을 느끼게 하는 것은 오직 한 청년과 사랑을 속삭이는 것을 표현한 타락과 변질과 절망의 세계를 노래한 것 외에는 아무것도 아니다……

이런 따위가 시에 대한 제대로 된 비평이라고 할 수 있겠는가? 남한에서도 이처럼 단세포적이고 도식적이라고는 할 수 없지만 아직도 내용(사상-도덕)비평이 예사로 활보하고 있다. 일종의 주제비평이라고 할 수 있다. 예술보다도 사상이나 도덕이 더 무게를 가지고 있다는 증거다. 사상이나 도덕적인 시각이 예술적인 시각을 누르고 있다. 매우 딱딱한 느낌을 준다. 유교의 전통도 전통이지만, 공리주의적 기질 같은 것이 작용하고 있다. 우리의 종교심리의 원형이 기복에 있듯이 말이다. 사회의식 같은 것, 즉 사회윤리 같은 것에 민감한 경향은 문화를 엄숙하게 하여, 때로 경직되게 한다. 그리고 현실성이 없으면 헌 가재도구 최급하듯 버린다. 유용성의 철학이다. J. 호이징어Heuziger와 같은 놀이인간Homo Ludens의 사상이 발붙이지 못한다. 탄력과 부드러움, 그리고 호이징어는 무상성을 문화의 원래 보습이라고 했다. 호이징어에 의하면 문화는 그러니까 놀이의 상태를 동경한다는 것이 되고, 예술은 문화의 핵이 되고, 시는 예술의 핵이 된다. 자주 대하게 되는 비평행위 중 시의 내용(주제의 전개)을 풀어놓고, 그러니까 좋다느니 안 좋다느니 이렇게 또는 저렇게 전개해가야 한다느니 하는 충고를 하는 것으로 끝맺는 따위를 보는 것은 서글프다. 이런 경우 흔히 정직이란 말을 비평가가 쓰기도 한다. 시에서 정직이란 무엇을 두고 하는 말일까? 시가 예술의 한 장르라고 한다면, 정직이란 말을 단순하게(소박하게)

쓸 수는 없다. 일상적인 차원에서 쓸 수는 없다는 말이다.

북한의 비평을 하나 더 들어보기로 한다. 조기천의 앞에 든 「백두산」에 대한 것이다.

서사시 「백두산」은 경애하는 수령 김일성 원수님께서 몸소 조직 영도하신 1937년 6월 보천보 전투를 전후한 시기를 시대적 배경으로 하여, 민족이 운명이 칠성판에 올랐던 그 엄혹한 시기에 과연 그 누구가 조선혁명을 구원하고 우리 인민에게 조국광복의 서광을 안겨 주었는가 하는, 심각한 사회 정치적 문제를 제기하고, 이에 훌륭한 해답을 주고 있다.

서사시는 생존사망의 위기에 처해 있던 우리 민족이 나아갈 혁명의 길을 환히 밝히시고 암운이 드리웠던 조국땅에 해방의 서광을 안겨 주신 분은 김일성 장군님이란 것을 격조높이 노래하고 있다. 서사시는 실로 절세의 애국자이시며 민족이 태양이신 경애하는 수령님의 위대한 풍모를 경사적인 보천보 전투를 기초로 하여 서사시적 화폭으로 형상한 작품이다.

《노동청년》지에 실린 것이라고 하는(앞의 든 책 『혁명전통의 부산물』에서 재인용) 이 글은 비평이라고 하기보다는 단순한 소개문이라고 하자. 그러나 이런 따위 소개문과 비평을 구별지을 수 없는 것이 비평에 있어서의 북한의 실정인 듯하다. 이 글과 앞에 인용한 임화의 「네거리 순이」에 대한 비평을 비교해보면 확실해진다.

남한에도 조금 전에 말했듯이 경직된 내용비평(주제비평, 또는 소재비평)이 있기는 하나 그 내용은 다양하고, 내용을 보는 시각도 다원적이다. 그러나 북한은 그렇지가 않은 듯하다. 내용(시가 취급하는)이 국한되어 있고, 내용을 보는 시각도 획일적이다. 이것은 이데올로기로부터 비교적 자유로운 위치에 있는 경우와 이데올로기에 결박되어 있는 위치에 있는 경우의 차이라고 할 수 있으리라. 남한에서도 관념성이 강한 시인의 시나 비평가의 비평일수록 내용(주제 및 소재)에 대한 시각이 경직돼 있어 도식적인 느낌을 준다.

앞에서 익명성의 문학을 말할 때 두 가지 경우를 예로 들었다고 생각된다. 그 하나는 초현실주의자들의 경우고, 다른 하나는 메시지를 위한 합의시(집체시)의 경우다. 그런데 앞에 든 북한의 시들은 다른 또 하나의 익명성의 문학이라고 해야 할 듯하다. 개성이 죽어 있으니까 이름만 빼면 어느 것이 누구의 것인지 전연 분간이 안 된다. 스타일의 획일성 때문이고 내용(소재 및 주제)의 단순성, 도식성 때문이다. 정치세력이 정치이념을 지키기 위하여 시를 내용과 형식 양면에서 통제하고 있기 때문이다. 그렇지 않다면 이런 현상이 나타날 리가 없다. 임화의 「네거리 순이」를 비판한 글에서 여실히 나타나고 있다. 이 시의 줄거리 전개(이 시는 이야기를 담고 있다)가 그들의 정치이념에 어긋나는 점이 있기 때문에 그것을 지적한 것이지, 하나의 예술작품으로서의 취급, 즉 탄력있는 활달한 천착을 못하고 있다. 등장인물들의 고민을 진지하게, 보다 의미있게 다루고 있는가, 천박하게 신파조로 다루고 있는가 하는 데 대한 천착이 없다. 문장의 리듬이나 조사가 가요의 가사와 어떻게 다른가에 대해서도 아무런 천착이 없다. 그런 것들이 예술작품을 비평으로 처리하는 기본 태도라고 해야 하겠는데, 전연 무시하고 있다. 그래야만 할 이유가 있기 때문이다.

줄거리 전개의 신파조(또는 주제를 다루는 태도의 신파조)와 문장 스타일의 가사(가요)조는 예술적 개성을 떠난 민중이라는 한 거대한 집단의 것이다. 그것들을 살린다면 그것은 그대로 익명성의 것이 된다. 북한의 시가 작자의 서명을 다는 것은 시적인 이유(즉 개성을 알리는)에서가 아니라, 다른 사회적인, 정치적인 목적 때문이리라. 그런 방면의 이용 가치가 없다고 한다면 개인의 서명은 시에 달지 못하게 했으리라. 그런 처사가 실제의 작품(?)을 위해서든 작자를 위해서든 오히려 다행한 일이 되리라. 현대적 감각으로 말할 수 있는 시(포엠) 의식이란 없다. 현대판 관제 민요라고나 할까? 이런 현상이 남한에서도 없는 것은 아니다.

마늘 농사두 되는 디가 있구 안 되는 디가 있다구.
해변가엔 소금끼가 있어서 잘 되는디,
우리 게두 그냥그냥 잘 되여.
어느 핸가 협동사업으루다 마늘재배를 혔것다
논 댓 마지기 빌려서 공동융자 받어 공동출하허구,
젊은 사람덜 다섯이 시작혔는디 실패혔어
씨값은 더럭 비쌌었는디,
다음 해 마늘값이 파싹 폴락혔다니께.
융자받은 돈 원금상환두 못혔어.
──한 해 비싸구 한 해 폭싹허구, 이게 문제여
각자 몇십 접씩 나눠 가졌다가
몇해 두구 갚었지 아마.
──조금 값이 비싸다 허믄
무조건 수입허구, 것두 큰 문제여.

─「마늘 농사도 실패」 일부

「집체시의 현황과 전망」이란 오봉옥의 리포트에 나오는 집체시의 한 예다. 농촌에 가서 농민들과 어우러져 함께 만들어낸 것이라고 한다. 여기에는 사실이 그대로 드러나고 있다고 생각된다. 이런 것을 두고 정직이란 말을 쓸 수 있겠지만, 그것은 사실

에 대한 정직이지, 시에 대한 정직은 아니다. 시는 그처럼 단순
하지가 않아서 얼른 시에서의 정직을 간단히 그리고 정확하게
설명해보일 수가 없다. 다만 한 가지 예를 들어볼 수는 있다.

　T. S. 엘리엇은 이미 언급했지만 진지한 정서와 의미있는 정서
를 구별한다. 앞의 것은 그냥 정서라 하고 뒤의 것은 감정이라고
한다. 그냥 정서는 실제의 경험세계에서 일어나는 일이고 감정
은 시 속에서만 일어나는 어떤 것이다. 즉 실제의 경험인 그냥의
정서가 시를 만들어가는 과정에서 실제에는 없었던 감정으로 굴
절한다고 한다. 언어가 끼기 때문이다. 이 사실을 인정하지 않으
려는 사람(비평가)은, T. S. 엘리엇은 성실하지 못한, 일을 어렵
게 만드는 시인이라고 할 것이리라. 그의 시도 정직하지 못한 것
이 되리라. 그러나 시가 언어를 매재로 한 예술이라고 하면, 언
어의 질서에 따른 현실의 재구성(창조)이 필연적이 된다. 이런
따위 말도 난삽하고 번쇄하다고 치부한다면 할 말이 없어진다.

　위에 인용한 집체시는 사실의 소박한 반영이란 점에서도 그렇
고, 여럿이 현장에서 의논하여 만들었다는 점에서도 충분히 민요
의 구실을 하고 있다고 보여진다. 그런데 북한의 관제민요(?)와
비교해보면 이쪽이 사실을 그대로 나열하고 있는데도 사실을 미
화하고 있거나 과장하고 있는 북한의 것보다 훨씬 탄력이 있고
호소력도 더하다. 시투리가 토속적인 분위기를 빚고 있어 민중의
생활감정이 훨씬 직접적으로 다가온다. 그러나 너무도 직설적이
라서 암시성과 뉘앙스가 약하다. 리듬도 약하다. 좋은 민요는 늘
이런 시적 요소(암시성과 뉘앙스 및 리듬)를 갖추고 있다. 그런
점으로는 이 집체시도 새로운 민요 구실은 하고 있으나, 시로서
의 구실은 제대로 하지 못하고 있다고밖에는 할 수 없다.

　보다시피 집체시라는 것도 시를 만드는 방법에 있어서의 일종
의 실험시라고 할 수 있을 듯하다. 그러나 현대시 및 현대예술

일반이 지향하는 차원의 실험이라고는 물론 할 수 없다. 한쪽에는 이데올로기가 전제로서 깔려 있고, 다른 한쪽에는 예술이 전제로서 깔려 있기 때문이다. 현대의 실험시를 부르주아 시라고 매도하는 뜻으로 쓰고 있는 측(주로 사회주의측)도 있다. 그것은 전략상의 의미가 있을는지는 모르나 잘못된 견해임은 틀림없다. 실험시는 부르주아 사회에 대하여는 아이러니의 관계에 있다. 부르주아는 실험시를 이해 못할 뿐 아니라 본능적으로 불온시하고 기피한다. 부르주아는 상식적이고 통속적이고 일상적이다. 부르주아 다수(부르주아 민주주의가 그렇듯이)를 선호하고 다수를 따른다. 아니 따르는 척한다. 그러나 실험시는 늘 소수의 것이고 아웃사이더가 그의 본령이다. 실험시가 시단의 주류처럼 되고 권위를 세울 때 그는 정신적으로 이미 타락한 것이 된다. 소외된 개인으로 남는 것이 그의 영광일 것이다.

28

유럽 근대시의 세례를 받은 사람들이 일단 그 영향에서 벗어나려고 할 때, 눈을 돌린 방향이 두 곳이다. 하나는 물리적인 방향이고 다른 하나는 심리적인 방향이다. 물리적인 방향이란 이 땅의 사회현실을 가리키는 것이 되겠고, 심리적인 방향이란 이 땅의 고유정서 및 신화의 세계를 가리키는 것이 되겠다.

육당은 호사가라서 더욱 그랬으리라고 생각되지만, 그는 신체시라고 하는, 유럽 근대시의 세례하에 생긴 일본의 신경향의 시를 이 땅에 이식해보려고 하다가, 곧 방향을 전연 다른 곳으로 돌리고 말았다. 그의 생리나 체질이 어떤 한계에 부딪혔기 때문일까? 시조라는 형태를 재발견하고 그것을 남에게도 권장하게 된 것은 새삼 이 땅의 고유정서에 눈을 돌리게 되었다는 증거가 되리라. 이런 일은 20년대의 월탄에게서도 볼 수 있다. 시집 『흑방비곡』에서 볼 수 있듯이 유럽의 세기말 문학의 영향을 받은 그가 곧 방향 전환을 하면서 「대불」 연작과 같은 아케이즘archaism의 세계로 나가고 있다. 30년대의 미당이 또한 전형적으로 그런 모습을 보이고 있다. 시집 『화사집』에서 볼 수 있듯이 프랑스 상징주의, 특히 보들레르의 영향을 받은 그가 그 영향에서 벗어나면서 40년대의 해방과 함께 한국인의 정서의 원형을 찾아가는 기나긴 여행길을 떠나고 있다. 물론 이 길은 이 땅의 고대신화를 답사해가는 길이기도 하다. 한편 20년대 초에 월탄과 함께 「나의 침실로」와 같은 시를 쓰면서 유럽 세기말 문학의 영향을 짙게 드러낸 상화가 곧 「빼앗긴 들에도 봄은 오는가」와 같은 사회현실에 대한 관심을 드러낸 시를 쓰면서 방향 전환을 하고 있다.

이 경우는 곧이어 카프카의 문학에 연결된다. 30년대에 편석촌이 모더니즘을 제창하여 시의 모더니티와 형식 및 기술의 문제를 들어 시단의 계몽가로 자처했던 그가, 해방 후에 사회현실에 초점을 맞춘 시들을 다량으로 생산해내고 있다. 60년대에 「문의 마을에 가서」와 같은 근대적 허무사상을 바탕에 깐, 올이 치밀한 쇼펜하우어적 비관주의의 서정시를 써오던 고은이 80년대에 이른바 민중시의 온건파를 자처하며 정력적인 활동을 하고 있다.

위에서 예증한 것처럼 유럽 근대시의 세례를 받은 뒤부터 이 땅의 시단은 방황과 모색을 거듭해왔다는 인상을 준다. 특히 문제를 제기하고 재능을 과시한 시인일수록 그런 점이 두드러지고 있다. 위에 든 시인들의 대개가 그런 경우들이다. 상징주의면 상징주의, 모더니즘이면 모더니즘을 꾸준히 지속적으로 천착하면서, 그 천착을 통한 자기 발전을 못하고 있다. 그러니까 유럽 근대 및 현대시의 어느 것도 도입되자마자 곧 버려지곤 했다는 느낌이다. 이 문제는 앞으로 진지한 검토가 있어야 되리라고 생각된다.

비평도 그렇다. 어떤 방향이 단 몇 년을 주도해본 일이 없다. 자주 변덕을 부리고 관심의 방향이 수시로 바뀌곤 한다. 80년대는 비평의 무정부 상태를 연출하고 있다고도 할 수 있을 듯하다. 사회에 대한 관심을 말할 때 마르크스주의 계열의 이론이 원용되고, 심리적 세계에 대한 관심을 말할 때 정신분석학이 원용되고, 언어나 형식이 문제된 때 기호학이나 상징론 및 러시아 형태주의나 영미 계통의 신비평(분석비평) 등이 원용되고, 때로는 견강무회식으로 신화론이나 민속학도 원용되고, 최근에는 해체시를 말하면서 자크 데리다 계통의 반이성주의적 로만주의 이론을 이성주의 및 고전주의와의 대비 천착을 소홀히 한 채 원용하고 있다. 그러나 그 어느 것도 소개 정도의 것이거나 현학 취미를 드러내고 있는 단계에 머무르고 있는 듯이 보인다. 얼른 보아 다양한 듯하지만, 경박하고 단편적이라는 인상을 지울 수가 없다. 차츰 정리가 되어가면서 끈기 있는 본격적인 작업들이 드러나서 비평의 큰 줄기가 서너 개는 서야 하겠는데, 그것은 상당 기간 희망으로만 그칠 것 같은 예감이 든다. 그것이 실현되려면 이 땅의 비평계가 좀더 진지한 지성 또는 감수성의 훈련을 거쳐야 할 듯하다.

29

이 땅의 시가 국제적 입장에서 말할 수 있는 수준의 질을 확보하게 된 것은 30년대의 몇 시인의 재능에 의해서 비로소 가능해졌다고 할 수 있을 듯하다. 30년대에 이론을 겸한 시작 활동을 한 대표적인 예로 편석촌 김기림을 들 수 있다고 한다면, 30년대에 비로소 세기말적인, 상징주의적 시의 수작들을 계속해서 내놓을 수 있었던 시인으로 미당 서정주를 들 수 있으리라. 이 두 시인의 시작의 전개과정을 대비해가면서 그들의 시세계를 한번 더듬어보려고 한다. 앞에서 말한, 왜 이 땅의 시단이 유럽 근대 및 현대시를 지속으로 끈기있게 천착하여 그것(유럽 근대 및 현대시)을 소화 내지는 육화, 나아가서는 극복하지 못했는가의 문제를 나름대로 한번 생각해보기 위한 소묘다.

편석촌은 그의 시론에서 수사(시의 기술)와 사회와의 만남을 말한 일이 있다(『시의 이해』 참조). 이 만남이 본격적으로 그리고 큰 규모로 나타난 것이 장시 「기상도」다. 장시라는 것이 단시에 반대되는 명칭인데, 그러나 단순한 길이만의 문제는 아니다. 단시는 대개가 서정성이 짙거나 잠언성이 짙은 것이 된다. 서정이나 잠언은 성격상 길어지면 탄력을 잃게 되고 경구성을 잃게 된다. 그건 그렇다 하고, 그럼 장시의 성격은 어떤 것이 되어야 할까? 먼저 생각할 수 있는 것은 담시나 서사시와 같이 이야기(줄거리)가 있어야 한다는 점이다. 이야기가 있으면 길어지게 마련이다. 동서고금의 실재의 담시나 서사시가 그것을 증명한다. 에드거 앨런 포가 시의 길이는 아무리 길더라도 백 행을 넘어서는 안 된다고 했을 때, 그가 담시나 서사시와 같은 것을 생각하고 있었던 것은 아니다. 이야기(줄거리)를 시에서 빼야만 한다고 하고 있다. 순수한 서정시를 염두에 두고 있었다는 것을 알 수 있다. 그런데 현대시에서의 장시는 반드시 그렇지는 않은 듯하다.

T. S. 엘리엇의 장시 「불모의 땅」이 그것(줄거리―이야기가 없는)의 전형적인 예라고 할 수 있다. 이 장시에서는 이야기 대신 옛 소설의 주제가 현대화되어 재생되고 있다. 『아더왕의 이야기』가 그 대본이다. 아더왕이 병들고 그의 영지가 가뭄 때문에 불모의 땅으로 변하는데, 그 상태가 20세기의 유럽 사회, 유럽 문화와 흡사하다는 일종의 유추로서 패러디의 작용을 하게 된다. 그 현대판 불모의 땅을 토스 파소스의 소설에서처럼 간단없이 에피소드로 늘어놓고 있다. 콜라주와 의식의 흐름 수법이 동원되고 있다. 시가 길어질 수밖에는 없다.

편석촌의 장시는 고전과의 유추나 패러디가 있는 것은 아니다. 일종의 시사만화가 되고 있다. 30년대의 동서의 정세를 파노라마처럼 펼쳐보이면서 시인의 코멘트를 사이사이 끼워넣고 있다. 이 파노라마는 시를 길게 뻗어가게 하고 있다. 엘리엇처럼 유럽이나 인도의 고전에서 이미지나 중간 주제를 패러디로 따오고 있지 않다. 신문의 정치면과 사회면의 기사를 배합한 듯한, 시로서는 뉘앙스가 거의 없는 외연만의 서술처럼 되어 있다. 편석촌은 이 장시를 연래의 그의 시적 포부를 집대성해보려고 한 야심작으로 구상했는지도 모른다. 그러나 그런 만큼 오히려 이 장시가 그의 모더니스트로서의 한계를 또한 잘 드러내주고 있다.

장시 「기상도」는 T. S. 엘리엇의 장시 「불모의 땅」을 닮은 점은 거의 없다. 「불모의 땅」은 문명비평인 동시에 해이해진 질서의 회복을 간절히 희구하고 있다. 그 밑바닥에 깔린 인간관, 세계관(또는 그것들을 말미암은 질서의식)은 기독교의 신앙을 떠나서는 생각할 수 없는 그런 것이다. 그러니까 기독교의 신앙을 통한 인간회복이 문화를 구제하는 대전제가 된다. 아더왕의 병이 성배에 담긴 피를 발라주었을 때 치유된다는 그런 상징적인 의미가 여기에 있다. 이것이 장시 「불모의 땅」의 주제의 핵이 되고 있다. 그러나 장시 「기상도」에는 이런 따위 견고한 질서의식은 없다. 30년대 동서의 정치정세와 사회상의 이모저모를 희화화하고 있을 뿐이다. 그러니까 시로서는 재치가 표면에 노출된다. 경박하다는 인상을 주는 것은 당연하다. 이렇다 할 심각한 주제가 없다. 발상 자체에서 이미 주제의식은 극히 미미했던 것이리라. 기법의 면에서도 「불모의 땅」에 비하면 아주 단조롭고 단순하다. 크게 눈에 띄는 것은 활자배열의 형태주의적인 배려다.

그리고 편석촌이 그동안 단시를 통하여 닦아온 이미지즘적인 이미지의 처리, 즉 이미지의 선명도와 그것을 통한 사물과 사회의 감각적, 즉물적 처리의 빼어남은 30년대 이 땅 시단의 수준을 웃돌고 있는 것은 사실이다. 장시인데도 시종일관 조형적인 견고함이 유지되고 있다. 구성이 기계적이고 도식적으로 전개되고 있는 점은 「불모의 땅」의 섬세하고 밀도있는 구성에 비하면 단조롭다. 요컨대 장시 「기상도」는 「불모의 땅」보다는 뉴컨트리파의 시인들, 이를테면 W. H. 오든이나 스테판 헤럴드 스펜더의 장시들에 더 가까운 요소들을 지니고 있다고 할 수 있을 듯하다. 오든의 「불안의 시대」라든가 스펜더의 「윈」 같은 장시들이 모두 시사적인 빛깔이 짙고, 주제의식이 약하고 시법도 단순하다(T. S. 엘리엇에 비하여). 그러나 사회의식은 훨씬 전면에 드러나 있다. 그것은 희화화나 재치가 덜 드러나고 있다는 것이 되어 「기상도」보다 중후한 맛을 내고 있다는 것이 되겠다.

편석촌은 장시 「기상도」로 모더니스트로서의 한계를 스스로 드러내고 말았다. 편석촌에 있어 모더니즘은 기질적인 것이 아니라, 다분히 교양적이고 지적 천착의 결과인 것처럼 보인다. 그러니까 그의 시들은 일종의 임상실험처럼 보인다. 그의 교양이나 지적 천착은 40년대 초까지(해방 전까지)의 이 땅 시단의 체질에 대한 비판에 초점을 맞추고 있었던 듯하다. 그가 판단한 이 땅 시단의 체질의 허약함을 발상의 감상성과 시를 만드는 과정에 있어서의 기술의 무시로 본 듯하다. 그의 적잖은 수량의 시에 관한 글들이 그것을 알려준다. 이런 허약함을 지적하고 체질을 튼튼히 하기 위해서는 객관세계(사물이든 사회든)에 대한 지적인 접근과 시가 언어예술이라는 자각을 일깨워줄 필요가 절실하다고 생각한 듯하다. 그래서 그는 30년대 이 땅 시단의 계몽가로 자처한 듯하다. 모더니즘을 끌어들인 것은 이 때문이다. 그러나 모더니즘은 20년대 영국의 T. S. 엘리엇이나 제임스 조이스의 문학을 전범으로 한다. 대학에서 영문학(영시)을 전공한 편석촌이 뉴컨트리파와 함께 T. S. 엘리엇을 몰랐다고는 할 수 없으리라. 그러나 T. S. 엘리엇의 시세계에 있어 핵심적 위치를 간과하고 있는 듯이 보인다. 그것이 또한 30년대 이 땅 지식인으로서의 관심과 인식의 한계였다고도 할 수 있을 듯하다. 그러니까 남은 것은 T. S. 엘리엇의 지적 포즈와 30년대 시인들인 뉴컨트리파의 사회의식이라고 할 수 있다. 날이 갈수록, 특히 해방과 함께 뉴컨트리파의 사회의식이 시대의 요청에 부응하는 형식으로 전면에 나선 것이 아닐까? 그러나 해방 후의 편석촌의 시문체는 모더니스트 편석촌의 위상을 무색하게 하는 그런 것이었다.

그의 해방 후의 시집 『새노래』에 실린 시들은 몹시 개념화되고 굳어져 있어 탄력을 잃고 있다. 감각적, 즉물적 대상 처리의 민첩한 운신이 완전히 퇴화하고 있다. 그렇다. 시로서의 일종의 퇴화현상이다. 예술보다는 도덕성에 보다 강한 충격을 받은 시기였기 때문이라고밖에는 해석할 도리가 없다. 그때의 시를 한

편 적어두기로 한다. 그때의 시로서는 그런대로 나은 편이라고
할 수 있다.

> 서투른 내노래 속에서
> 헐벗고 괄시받던 나의 이웃들
> 그대 우룸을울라 아낌업시 울라
> 꿰을 뿜으라
>
> 내 목소리 무디고 더듬어
> 그대 앞을 사연 이루 옴기지못하거덜랑
> 내 아둔을 채치라
> 목을 따리라
>
> 사치한말과 멋진말투
> 시의 귀족도 한량도 아니라
> 그대 그슨얼골 흙에 튼 팔뚝이 사로워
> 그대속에 자라는 새날 목노아 부르리라
>
> ─김기림, 「나의 노래」 전문

미당의 시집 『화사집』은 얼른 보아 보들레르의 시집 『악의꽃』
을 이 땅에 우리 말로 옮겨놓은 것 같은 인상을 준다. 우선 그 문
체, 특히 어휘의 선택에 있어 그렇다. 지나치게 관능적이고 비도
덕적 내지는 반도덕적이다. 그런 어휘들의 잦은 출현으로 빚어
지는 정경이나 분위기는 여실한 퇴폐현상을 드러내고 있다. 퇴
폐, 즉 데카당스란 데카당스 라틴이란 말이 가리키고 있듯이, 문
화의 쇠퇴현상을 두고 하는 말이다. 로마문화가 쇠퇴하면서 나
타난 두드러진 현상의 하나는 도덕, 특히 성도덕의 문란이었다.

질서의 붕괴다. T. S. 엘리엇이 현대문화를 퇴폐로 규정한 것도 이 도덕 감각의 쇠퇴현상 때문이다.

보들레르가 시집 『악의 꽃』에서 펼쳐보인 것은 이런 따위 퇴폐현상이다. 그것은 보들레르의 「지옥편」이라고 할 수 있는 그런 것이다. 그러나 거기에는 심각한 아이러니가 깔려 있다. 그 비밀을 캐는 데는 그의 산문집 『적나의 마음』과 T. S. 엘리엇의 보들레르론을 읽을 필요가 있다. 보들레르는 결국 T. S. 엘리엇의 비유를 빌리자면, 뒷문으로 살짝 기독교(영혼의 구제를 위한)로 들어갔다는 것이 된다. 일종의 수줍음의 미학을 그의 시집 『악의 꽃』에서 보여준 셈이 된다. 그렇다. 그가 스스로 남 앞에서 얼굴을 붉히지 않고 신앙(기독교)을 말하기에는 그의 영혼은 너무도 섬세하고 한편 솔직했다는 것이 된다. 수줍음을 잃어버린 유럽의 근대문화를 누군가도 말하고 있다(아나톨 프랑스 Anatole France의 단편소설에도 그런 것을 유추할 수 있는 장면이 나온다). 미당은 진한 양주를 마시고 취한 사람처럼 멋모르고 그 취한다는 매력 때문에 보들레르의 시세계로 끌려갔는지도 모른다. 미당에게 있어서도 편석촌에서 있어서와 마찬가지로 기독교는 인연이 먼 세계였다. 그도 결국은 보들레르의 핵심되는 시세계일는지도 모르는 기독교를 놓치고 말았다. 그리고 또 하나 있다. 보들레르의 시 「조응」에 함축된 플라토니즘이 그것이다. 그것들을 놓치고 미당에게 돌아온 것은 아찔한 현기증과 감당할 수 없는 허무였으리라.

해와 하늘빛이
문둥이는 서러워

보리밭에 달뜨면

애기 하나 먹고

꽃처럼 붉은 울음을
밤새 울었다

—서정주, 「문둥이」 전문

이 시가 펼쳐보이는 세계는 보들레르의 그것이라고 하기보다
는 오히려 니체의 사상에 더 가깝다. 물론 여기서도 어휘 선택과
그들 어휘들이 빚어낸 정경과 분위기는 보들레르를 연상하게 하
고는 있지만 말이다. 니체의 반反기독교적, 반도덕적 허무주의와
생명에 대한 새로운 인식 같은 것이 엿보인다. 미당은 그의 산문
에서 가끔 니체로부터의 영향을 말하고도 있다. 이 시의 이러한
니체적 분위기는 니체 사상의 핵이라고 할 수 있는 초인(인신),
권력의지, 영겁회귀 등으로 나아가는 전단계의 그것이다. 해방
과 함께 미당은 세기말적 데카당스와 니체적 허무를 극복 내지
는 한걸음 더 나아간 척착을 못하고 등을 돌린다. 보들레르에게
서나 니체에게서나 똑같이 그들의 고민의 대상은 기독교였다.
미당은 거듭 말하거니와 그것을 놓치고 있다. 그것(기독교)이
보이지 않고 퇴폐와 허무만이 눈앞을 가로막고 있을 때, 숨이 막
힐 수밖에는 없다. 우선 탈출을 생각하지 않을 수 없게 된다. 이
땅의 시인으로 가장 쉬운 방법이 한국인의 체질이 그대로 스며
있는 이 땅의 고유정서의 세계로 자기를 일단 의탁하는 일이다.
미당은 시집 『귀촉도』를 통하여 우선 조선조까지의 민족정서를
섭렵하게 된 셈이다. 그러나 거기서 안주할 수는 없다. 조선조는
너무도 치우치고 이지러진 몰골을 하고 있다. 그는 더 거슬러올
라가서 민족정서의 원형을 신라인이 남긴 신화의 세계에서 찾게
된다. 시집 『신라초』가 그 성과라고 할 수 있다. 어쩌면 그것은

시인으로서는 가장 보람된 사업을 성취한 것인지도 모른다. 신
라인의 신화세계는 밝고 은은하다. 그것이 바로 이 땅 민족정서
의 원형인 듯이 미당은 은연중 말하고 있는 듯하다. 그의 해방
후 지금까지의 근 50년에 가까운 도정이 그것을 증명해준다.

> 내 마음 속 우리 님의 고운 눈썹을
> 즈믄 밤의 꿈으로 맑게 씻어서
> 하늘에다 옮기어 심어 놨더니
> 동지 섣달 날으른 매서운 새가
> 그걸 알고 시늉하며 비끼어 가네.
>
> —서정주, 「동천」 전문

이 시는 초현실주의가 즐겨 다루는 어떤 잠재심리의 세계를
그려 보여주고 있는 듯하지만, 『삼국유사』에 나오는 재가 된 신
부의 기다림의 이야기와 같은 성질의 것이다. 일종의 부활사상
과 같은 신라인의 영원사상과 정신주의를 아주 적절하게 형상화
하고 있다.

최근에 조금 당황해지는 현상 하나를 목격하게 되었는데, 황
지우의 돌연한 변신이다. 편석촌이나 미당과도 궤를 같이하고
있는 것처럼 보인다. 엊그제까지만 해도 80년대 실험시(해체시)
의 기수인 것처럼 횡전되고 있었는데, 너무도 갑작스런 일이라
좀더 두고봐야 할 것 같다. 그의 최근작을 한 편 들어본다.

> 나무는 소위 세월이라는 형벌로써 서 있다
> 내 몸통이 족히 서너 개는 들어갈
> 이 나무 몸통에서
> 휘파람 같은 세월이 들린다

어서 빨리 늙고 싶다

—황지우, 「수령」 전문

대번에 그가 늙어버린 것 같은 착잡한 느낌이다.

30

도시는 물론 아득한 옛날부터 있어왔지만, 농경시대의 도시와 고도산업화시대의 도시는 그 양상과 기능이 아주 다르다. 농경시대의 도시는 실은 지금의 농촌과 크게 다르지 않다. 50년 전만 해도 서울 시내에서 개구리 소리를 예사로 들을 수가 있었다. 요즘 웬만한 도시에 사는 아이들 중에는 개구리 소리를 들어보지 못하고 실물로 보지도 못한 아이들이 많으리라. 현대도시는 그만큼 콘크리트와 아스팔트와 유리로 뒤덮여 있어, 거기서 사는 사람은 너나 할 것 없이 감각과 의식까지가 광물성으로 딴딴하고 차갑게 굳어져버렸다는 것이 된다. 하드 보일드 스타일이란 말이 진부하게 들리게 되고, 스타일의 해체가 예사로운 일이 되고 말았다. 10년대의 이미지스트나 20년대의 모더니스트의 스타일은 오히려 너무도 물기에 젖어 있는 것처럼 보인다. 그리고 어휘들이 비속하지 않아서 지금보다 로만주의 때의 시인들이 싫어한 아어雅語(비일상어)가 되고 있는 실정이다. 이 땅의 30년대의 몇몇 이미지스트와 50년대의 후반기 동인들과 60년대, 70년대, 80년대의 도시를 소재로 한 시인들의 시를 비교해보면 여러 측면에서 시의 전개 양상을 실제로 파악하게 된다.

슬픈 도시엔 일몰이 오고
시계점 지붕 위에 청동비둘기
바람이 부는 날은 구구 울었다
늘어슨 고층 우에 서걱이는 갈대밭
열없는 표목 되여 조으는 가등

소래도 없이 모색에 젖어

—김광균, 「광장」 일부

만주제국영사관 지붕 우에 노 란 깃발
노—란 깃발 우에 따리아만한 포기 구름

로—타리의 분수는 우산을 썼다
바람이 고기서 조그만 카—브를 돈다

—김광균, 「도심지대」

불영인도지나은행의 대차대조표
「찜미」오장의 체온표

연경원명원호동에 사는 노무
마드리드의 창부

이빠진 고려청자
자선가 아담의 뉘우침

—이한직, 「황해」 일부

위에 인용한 김광균의 두 편의 시는 (1)이그조티시즘exoti-
cism(유미주의) (2)감각간의 교차, 즉 공감각 (3)서정적 대상 처
리 (4)탐미적 (5)재치의 특색을 잘 드러내고 있다.

(1)에 해당하는 것으로는 '시계점 지붕 우에 청동비둘기', '조
으는 가등', '만주제국영사관 지붕 우에 노—란 깃발', '로—타
리의 분수' 등의 장면을 들 수 있다. (2)에 해당하는 것으로는
'청동비둘기/구구 울었다'를 들 수 있다. (3)은 시 전체의 분위

기로 증명되고, 특히 '슬픈', '소래도 없이' 등의 형용사나 형용구가 대상을 사적인 센티멘트로 기울게 하고 있다. (4)도 시 전체의 분위기가 그것을 증명한다. (5)에 해당하는 것으로는 '분수는 우산을 썼다', '바람이/카―브를 돈다' 등을 들 수 있다. 요컨대 김광균의 시는 소재인 도시를 서정성이 강한 탐미적 이그조티시즘으로 처리하고 있다고 할 수 있다. 공감각이나 재치 등의 특색은 기교에 속하는 문제다.

이한직의 경우는 김광균과 비교하여 이그조틱하고 탐미적인 점들이 서로 닮아 있다고 할 수 있다. 그러나 그런 요소(이그조티시즘과 탐미)가 있기는 하나 한직의 쪽이 훨씬 서정적 사적 뉘앙스를 덜어내고 있다. 세기말적인 풍경이 오히려 냉소적인 처리가 되고 있는 듯이 보인다. 빈사가 생략된 구문이 현상학적 냉철함을 암시한다.

50년대에도 도시를 소재로 한 시들은 이그조티시즘과 사적 센티멘트의 흔적을 지우지 못하고 있다.

한잔의 술을 마시고
우리는 버지니아 울프의 생애와
목마를 타고 떠난 숙녀의 옷자락을 이야기한다.
목마는 주인을 버리고 방울소리만 울리며
가을속으로 떠났다. 술병에서 별이 떨어진다.

—박인환, 「목마와 숙녀」 일부

'버지니아 울프'는 풍물이 아니라 인물이지만, 이 경우 이그조티시즘이 되고 있다. 그녀는 영국인이고(50년대에 영국인이란 이 땅에서는 특별한 이국적인 뜻이 있다) 개성이 강한 현대 작가이자 독특한 스타일리스트이기도 하다. 이만한 조건을 갖추었다면 충분히 매력적일 수 있다. 이 시에서 분위기를 만들어내고 수사적 치장을 하는 데 이바지한다. 시의 주제나 그에 따른 발상과는 아무런 관계도 없다. '목마', '숙녀', '방울소리' 등도 '버지니아 울프' 만큼의 울림은 주지 않는다 하더라도 이그조틱한 분위기는 수사적 치장을 위한 역할을 하고 있다. 인용한 부분만 가지고도 이 시가 사적 센티멘트를 짙게 드러내고 있다는 것을 곧 짐작하게 되리라. '술병에서 별이 떨어진다'와 같은 수사는 난해하고, 그러나 함축성이 강하고 시사적이다. 30년대의 시에서는 보지 못한 감각이다.

이그조티시즘과 사적 센티멘트 및 탐미적인 빛깔을 떨쳐버린 시를 김수영에게서 보게 된다. 30년대와는 다른 에스프리esprit의 등장이라고 할 수 있다.

> 현대식 교량을 건널 때마다 나는 갑자기 회고주의자가 된다
> 이것이 얼마나 죄가 많은 다리인줄 모르고
> 식민지의 곤충들이 24시간을
> 자기의 다리처럼 건너다닌다
> 나이 어린 사람들은 어째서 이 다리가 부자연스러운지를 모른다
> 그러니까 이 다리를 건너갈 때마다
> 나는 나의 심장을 기계처럼 중지시킨다
> (이런 연습을 나는 무수히 해왔다)
>
> ―김수영, 「현대식 교량」 일부

이 시에는 사적 센티멘트도, 이그조티시즘도, 탐미적인 그 무엇도 없다. 현대도시를 사회학적 시점에서 바라보고 있다. 이른바 하드 보일드 스타일을 보여주고 있다. 소재를 처리하는 각도가 여기서 회전하면서 새로운 전개를 한다. 김수영의 시에 반영

된 50년대 및 60년대는 30년대의 뉴컨트리파와 비슷한 데가 있고, 김기림의 「기상도」보다 훨씬 중후하고 엄숙하다. 「기상도」처럼 시사적인 가벼운 터치가 아니고, 시사성의 저편에 있는 구조적 문제에까지 시야가 확대되고 있다. 이런 시야가 더욱 투철해지면 관념이 개입하게 되어, 시는 감각과 구체성을 잃게 된다. 그 전단계에 머무르고 있는 데에 김수영의 시적 위상이 있고, 따라서 시로서는 오히려 구제되고 있다고 할 수 있다. 그의 시에는 자유롭고 활달한 시점이 있고 스타일에도 탄력이 있다. 말하자면 아직 경화현상을 드러내지 않고 있다. 60년대의 말에서부터 80년대에 걸쳐 도시나 현대문명 및 현대 산업사회가 토해낸 찌꺼기 같은 소재로 시를 쓴 시인들 중에서 순발력이 뛰어난 세 사람을 들 수 있다. 오규원, 이하석, 이윤택이 그들이다. 공요롭게도 이 세 시인은 모두 1989년 12월에 개인시집을 내고 있다. 80년대의 대미를 장식하는 이 땅 시단의 성과가 아닐까 한다.

테크노피아
야입간판의 녹슨
철골 사이에

들새 하나
집을 틀고 앉아
새끼를 기르겠다고
작은 눈을 굴리며
알을 품고 앉아

형체도 분명한
다섯 손가락의 외짝

고무장갑
썩지도 못하고
비를 맞는

테크노피아
야입간판 아래와
비 함께 맞으며
알을 품고 앉아
　　　　　　　　　　　—오규원, 「테크노피아」 전문

　위의 시에는 30년대의 이그조티시즘과 탐미적 사적 센티멘트
는 물론이고, 50년대, 60년대의 김수영의 시에서처럼 현대도시
가 안고 있는 정치적, 사회적 문제에 대한 관심으로부터도 떠나
있다. 일종의 기술공포증technophobia 같은 불안의식이 깔려 있
다. 들새와 고무장갑(썩지도 못하고/비를 맞는)의 대비의 상징
적이다. 이데올로기(관념)를 초월한, 이데올로기의 손이 닿지
않는 곳에서 기술은 이미 모든 생태계를 위협하고 있다. 로마학
파의 진단과 같은 기술의 미래에 대한 미래학적인 진단이 리포
트로 제출되고 있는 느낌이다. 이런 진단서적인 에스프리는 이하
석의 시에서는 더욱 선명히, 더욱 집요하게 드러나고 있다. 그는
문단 경력이 오규원보다 10년쯤은 아래가 되는 세대에 속한다.

　폐차장의 여기저기 풀죽은 쇠들
　녹슬어 있고, 마른 풀들 그것들 묻을 듯이
　덮여 있다. 몇 그루 잎 떨군 나무들
　날카로운 가지로 하늘 할퀴다
　녹슨 쇠에 닿아 부르르 떤다.

눈 비 속 녹물들은 흘러 내린다. 돌들과
흙들, 풀들을 물들이면서, 한밤에 부딪치는
쇠들을 무마시키며, 녹물들은
숨기지도 않고 구석진 곳에서 드러나며
번져 나간다. 차 속에 몸을 숨기며
숨바꼭질하는 아이들의 바지에도
붉게 묻으며.

　　　　　　　　　　　　　　—이하석, 「폐차장」 일부

　　위의 시는 묘사와 서술로 일관하고 있다. 19세기 리얼리즘 계
통의 전형적인 소설 문체를 보는 듯하다. 여기서도 생태계와 기
계가 대비되면서 기술(기계)이 생명을 위협하고, 기계화(비인간
화)되어가고 있는 광경들을 여실히 드러내준다. 코멘트는 거의
억제되고 있다. 진득진득한 점토질의 문체는 가히 독보적이라
할 수 있다. 이 땅 30년대 이래의 물질시의 새로운 전개양상이라
고 할 수 있을 듯 하다. 김기림, 정지용, 김광균 등 30년대의 시
인들과 비교해보아도 그렇고, 박남수, 김광림, 김영태 등 40년대
에서 60년대에 걸쳐 나온 시인들과 비교해보아도 사뭇 다르다.
앞의 선배 시인들에게서는 사회성은 거의 볼 수 없고 심미성이
거의 절대적이다. 10년대의 영미 이미지즘의 연장선상에 있었기
때문이다. 이하석은 심미성 대신에 리얼리즘의 사회감각이 스며
들고 있다고 할 수 있을 듯하다. 그런데 한편 카프카 소설의 그
알레고리도 은밀히 깃들어 있는 듯이 보인다. 그러니까 단순한
19세기의 사회현실을 취급한 리얼리즘과는 다르게, 내포로서의
존재론적 뉘앙스를 간직하고 있다는 것이 되겠다. 시를 읽을 때
경계해야 할 것이 오버 센스라고 한다면, 나는 지금 그것을 범하
고 있는지도 모르는 일이지만 말이다. 녹물이 아이들 바지에 붉

게 물든다는 묘사는 외연으로서는 하나의 서술이면서 알레고리가 되기도 한다(내포가 있다는 말이 되겠다).

인사동 부근 까페에서 잠이 들었다
개꿈을 꾼 것 같다
날번개 같은 것이 몸에 닿으면서 색전등 조명이 바뀌고
외간여자가 실내로 들어온 것 같다
누드였을 것이다
직설적인 세상은 쓰레기장 아니에요?
하면서 복숭아 술을 잔뜩 바가지 씌우고
자동차 열쇠를 건네 주었는데
오리무중
나는 나트륨 등불 밑
무심히 바라보이던 우주의 순행표지를 따라
차를 몰기 시작한 것이다
내 피는 푸른 연기
결코 데워지지 않는 투명한 질서
일찍 자살을 꿈꾸는 이 무모한 폭주 또한
개같은 청춘을 팔아 즐기는 도락
계산된 피의 드라이브
핸들을 꺾어 낯선 밤길로 급커브를 그으면
비명을 지르며 이륙하는 영동대교
엄청난 파열음으로 내 귓전을 때리면서
오리무중
우리가 당도해야 할 독립가옥은 어디에?

— 이윤택, 「인사동 부루스」 전문

앞의 두 시인(오규원과 이하석)에 비하면 먼저 눈에 띄는 것은 풍속성이고 일상성이다. 인사동 부근 어느 싸구려 카페에서 바가지를 쓰고 오리무중 엷어진 의식으로 차를 몰고 영동대교를 지나, 갈데없이 헤매는 동안 명멸하는 사고의 단편들을 콜라주로 꿰어맞추는 그런 내용과 수법의 시다. T. S. 엘리엇의 「J. 앨프레드 프루프록의 연가」에 나오는 젊어서 이미 늙어버린 사나이의 모습이나 제임스 조이스의 『율리시즈』에 나오는 중년 사나이 부름즈의 교활한 모습과는 사뭇 다르다. 권태와 위선이라고 하는 정신과 심리의 차원에서 말할 수 있는 방황을 그린 것이 이들 20년대의 영국의 모더니즘이다. 이윤택의 인물은 훨씬 낮은 차원에서 이야기되어야 하리라. 그것은 거의 감각적, 생리적 차원의 그것이다. 나는 풍속이나 일상이라는 것을 그런 차원에서 말한 것이다. 말하자면 정신주의(엘리엇의 경우)나 심리주의(조이스의 경우)를 떠나 있다는 것이 된다. 지관타좌의 선적 즉물주의에 가깝다. 천의무봉인 데가 있다. 도시가 이미 체질화된 세계다.

오규원, 이하석, 이윤택은 모두 자기 스타일을 획득한 시인들이다. 그것은 그들의 순발력에 의한 것이다. 소재와 그것을 처리하는 방법 및 각도는 그것(소재)에 밀착되면 될수록 스타일을 낳게 된다. 그것(밀착)을 감으로 포착하는 것이 순발력이다.

31

토속적인 소재를 다루고 있는 경우에도 시대에 따른(혹은 개성이나 시적 인식에 따른) 전개현상을 보게 된다. 30년대의 백석과 60년대 이래의 신경림을 비교해보기로 한다.

내가 언제나 무서운 외가집은

초저녁이면 안팎마당이 그득하니 하이얀 나비수염을 물은 보득지근한 복쪽재비들이 씨굴씨굴 모여서는 짱짱 짱짱 쇳스럽게 울어대고

밤이면 무엇이 가와골에 무리돌을 던지고 뒤울안 배낡에 쩨듯하니 줄등을 헤여달고 부뚜막의 큰솥 적은솥을 모주리 뽑아놓고 재통에 간사람의 목덜미를 그냥그냥 나려 눌러선 잿다리 아래로 처박고

그리고 새벽녘이면 고방 시렁에 채국채국 얹어둔 모랭이 목판 시루며 함지가 땅바닥에 넘너른히 널리는 집이다.

—백석, 「외가집」 전문

앞의 시는 정경묘사로 시종일관하고 있다. 판단이나 설명이 일체 배제되고 있다. 비유도 없다. 전형적인 사물시다.

이 시는 토속의 세계를 순수한 그대로 드러내고 있다. 다른 목적을 위하여 수단으로 쓰이지 않고 있다는 말이다. 토속을 위한 토속의 시다. 토속 그 자체에 가치를 두고 있다. 심미적인 가치는 물론이고 도덕적인 가치까지도 두고 있지 않을까 하고 의심이 날 정도다. 사투리까지가 토속의 일부가 되고 있지 않은가? 사투리가 살아 있는 문화재라는 것을 이런 빼어난 토속의 사물시를 볼 때 더욱 절실히 실감하게 된다. 수차 말한 대로 (이 책의

다른 곳에서) 물론 이 시는 번역이 불가능하고, 따라서 스스로 보편성의 한계를 좁히고 있다. 시인 자신 그것을 의식하지 못했을 리가 없다. 그것을 의식하고도, 말하자면 보편성을 상당한 범위로 희생할 것을 각오하고 사투리를 버리지 않았다면 그것(사투리)에는 또한 그만한 이익도 있으리라. 그런 계산을 시인 백석은 능히 했으리라고 생각된다. 백석에 비하면 신경림은 토속을 방편으로 쓰고 있는 듯이 보인다. 그 자체에 관심을 가지고 있지 않다는 말이 되겠다.

> 징이 울린다 막이 내렸다
> 오동나무에 전등이 매어 달린 가설무대
> 구경꾼이 돌아가고 난 텅 빈 운동장
> 우리는 분이 얼룩진 얼굴로
> 학교 앞 소줏집에 몰려 술을 마신다
> 답답하고 고달프게 사는 것이 원통하다
> 꽹과리를 앞장 세워 장거리로 나서면
> 따라붙어 악을 쓰는 건 쪼무래기들뿐
>
> ─신경림, 「농무」 일부

위의 시는 '농무'를 위한 시가 아니라 '농무'를 그야말로 소재로 한(이 경우의 소재는 수단과 같은 말이 된다) 시다. 백석의 「외가집」은 '외가집' 그것이 바로 주제까지를 겸하고 있다. 그러나 신경림의 경우는 주제가 따로 있다. 주제는 농민의 '답답함', '고달픔'과 '원통함'을 드러내서 그것들이 씻겨질 수 있도록 하려는 사회적 관심에 있다. 그러니까 「농무」는 그 자체의 가치가 심미적으로나 도덕적으로나 인정되지 않고 있다. 예술의 차원에서의 소재주의는 실은 백석과 같은 경우를 두고 하는 말이라야 그(소재) 순수성이 살게 된다. 이것은 물론 시의 본질이나 우열의 문제와는 다른 차원의 것이다.

32

주체와 객체의 구분은 서양사상에서 철저하다. 동양에서는 그 구분이 분명하지 않다. 도대체가 주체니 객체니 하는 말부터가 그쪽(서양)에서 온 박래어다. 우리로서는 자연스럽지가 않다. 동양에서는 이런 따위 딱딱한 말을 쓰지 않는다. 살이 붙어 있지 않고, 뼈다귀만 추려놓은 듯 앙상하다. 분석과 논리가 만들어낸 말들이기 때문이리라. 분석과 논리로 세상을 재면 모든 것이 확연해진다. 아니, 확연해져야 한다. 주체가 있고 객체가 있다. 나와 너가 뚜렷이 구별된다. 아니, 구별되어야 한다. 나는 나지만 너는 나를 둘러싸고 있는 바깥 세계의 통칭이다. 그것은 현실이기도 하고 사회이기도 하고 때로는 역사이기도 하다. 현실, 사회, 역사 따위는 어디 있는지 갈피를 잡을 수가 없는데, 어딘가에 있다고 한다. 그것들이 있어 주어야만 어떤 논리는 자기를 부연하는 데 편리하고 유익한 모양이다. 그러나 한편 생각컨대 나라는 존재가 처음부터 없었다 하더라도, 또는 지금 여기서 감쪽같이 사라져버린다 하더라도 현실, 사회, 역사 따위는 엄연히 눈 한번 까닥하지 않고 그대로 제자리에 서 있을 것이라고 한다. 그러면서 그것들이 나에게 거의 결정적인 영향을 끼칠 것이라고도 한다. 왜 나는 나만이 아니고 그것들에 둘러싸여 비로소 나라는 존재로 있게 되는가? 억울하기도 하고 창피스럽기도 하다. 나는 물론 주체니까 객체를 무시할 수도 있다. 그것은 주관상의 문제라고 한다. 객관적으로는 성립될 수가 없다고 한다. 참 답답한 노릇이다. 내가 주관 속에서 눈을 감는다고 세계가 없어지는 것은 아니다. 주체와 객체, 주관과 객관의 돌이킬 수 없는 이 관계 설정은 누가 했는가?

주체가 원하는 대로 객체가 되어지는가? 나는 어떤 것을 원하는데 현실, 사회, 역사는 무슨 명목으로든지 내가 원하는 어떤 것을 깔아뭉개고 만다. 그것이 그들의 의지하고 한다면 나는 결국 있으나마나가 아닌가? 있으나마나한 나는 그러나 거창한 요지부동의 너와 엄연히 동격으로 관계지어져 있다고 하고, 있어야 한다고 한다. 나는 이런 억지가 마음에 들지 않기 때문에 이 관계를 끊을 수밖에는 없다. 마르크스와 그의 아류들이 객체를 제 아무리 강변하다 하더라도 게오르그 빌헬름 프리드리히 헤겔 Georg Wilhelm Friedrich Hegel과 같은 주체주의자는 그의 주관 속에서 언제나 세계정신을 말할 것이고, 역사(그것이 있는 것이 그에게도 유익하고 편리할 것임)를 그쪽으로 끌고갈 것이다. 헤겔에게는 역사는 만들어지는 것이지 객체로서 거기 있는 것이 아니다. 마르크스와 그 아류들은 사람도 하나의 객체로, 즉 화학변화와 같은 것으로 치부하려고 했지만, 죽음이 단순한 물질분해로 설명되지 않음을 몹시 괴로워한 흔적이 있다. 말하자면 시는 객체주의와 객관주의로는 풀리지 않는 그 무엇일까?

시는 객체에 대하여 아이러니의 관계에 있다. 주체가 객체에 대하여 그렇듯이 말이다. 시는 언제나 주체와 주관으로만 있으면서 객체를 무화시키고, 그런 무화작용으로 객체를 재구성한다. 그렇다. 시는 객체를 만든다. 그것을 사이비라고 하지 말라. 시 밖에 엄연히 있다고 하는(강변하는) 객체도 실은 사이비가 될는지도 모르니까 말이다. 여기서 말을 좀 다른 데로 돌려서 생각해보기로 하자.

사람이 산다는 것이 치사스러울 때가 있다. 산다는 것은 우선은 몸이 산다는 것이 된다. 그러니까 사람이 몸을 가졌다는 것이 치사스러울 때가 있다. 몸이 살기 위하여는 바깥의 힘을 빌려야 한다. 가장 시급한 것이 의식주다. 이것들은 내가 내 속에 가지고 있지 않는 것들이다. 그런데 이것들이 없으면 나는 결국 몸과 함께 정신마저 시들게 되고 끝내는 이승에서는 사라져가야 한다. 이것들을 얻기 위하여 때로 나는 마음에도 없는 짓거리를 해야 하고, 하고 나면 그 짓거리가 씻어낼 수 없는 후회가 되어 오래오래 가슴의 멍으로 남게도 된다. 이럴 때 의식주는 '나' 라는 주체에 대하여 겁나는 객체가 된다. 이럴 때 나는 이 객체의 정체를 똑똑히 보게 되고, 그의 영향력이 거의 절대적이라는 것을 깨닫게 되고 따라서 그의 영향력에서 벗어날 수 없다는 것도 뚜렷이 알게 된다. 다시 한번 말하지만 참으로 치사스럽다. 이런 것들이 나를 괴롭히고 나를 죽이게도 된다니 나라는 존재, 즉 주체는 너무도 어이없는 것이 된다. 의식주라고 하는 객체가 나를 압도적으로 압도해와서 이것들밖에는 눈에 띄는 것이 없게 될 때, 그만큼 사태가 절박해질 때 나와 주체는 아주 무력한 것이 되고 만다. 그대는 헤겔의 주체사상 및 주관사상 따위는 세계정신과 함께 자취를 감추게 된다. 시도 이 시점에서는 있을 수가 없다. 너무 배가 고프다든가 너무 추운데 옷이 없고 집이 없다든가 할 때는 시는 없어진다.

젊었을 때 나는 일본(군국주의)의 유치장에서 겪은 일이 있다. 배고픔과 추위 때문에 나는 나를 잃어가고 있었다. 나 자신 몸과 정신이 모두 객체가 되어가고 있었다. 이럴 때 사람인들 밥이 되고 옷과 집이 되지 않을 수가 없음을 똑똑히 보게 된다. 이럴 때야말로 사람도 마르크스와 그 아류들이 치부한 화학변화가 되는 것이구나 하는 느낌이 될 듯도 한데, 내 체험으로는 실은 그때는 그런 느낌마저 없었다. 이 경험을 통하여 말하지만, 추위와 배고픔에 대한 상상력만 자극한다는 것은 잔인한 일이고 주체로서의 인간을 어떤 뜻으로는 포기한다는 것이 된다. 불행한 일이다. 시는 이 불행을 구제해야 한다. 그것은 주체(주관)로서 객체와의 아이러니컬한 관계를 유지하며, 객체의 일방적인 득세를 막아야 한다는 것이 된다.

진달래꽃비 오는 서역 삼만리

—서정주, 「귀촉도」 일부

이것을 왜 우리는 시라고 하는가? 거기에 거짓이 있기 때문이다. 그 거짓이 심리적인 차원에서는 진실이 되고 있기 때문이다. 그러니까 이때의 거짓은 물론 물리적인 차원의 거짓이다. 따라서 시는 물리적인 차원과는 다른 차원의 것임이 드러난다. 시에서 리얼리즘을 말한다는 것은 아주 엄격한 단서를 붙이지 않는 이상, 무의미한 것이 된다. 여기서의 무의미란 견강부회와 같은 뜻의 말이다.

우리가 살고 있는 한반도는 동서와 남북을 가릴 것 없이 봄이 되면 산에 지천으로 진달래꽃이 핀다. 산 한쪽이 온통 진달래꽃으로 뒤덮이는 수도 있다. 그런 산을 한참 보다가 고개를 들어 하늘을 바라보면 하늘까지가 진달래꽃빛으로 물들어버린 듯한 느낌이 된다. 그런 느낌이다. 느낌이란 정서라고 하는 심리현상이다. 물리적으로는 제 아무리 산에 진달래꽃이 지천으로 피어 있다고 하더라도 하늘까지가 그 꽃빛으로 물들 수는 없다. 그러니까 '진달래꽃비 오는'이란 구절은 두말할 나위 없는 심리적 사건이다. 따라서 시는 현실(물질적 사실)의 심리적 재구성이라고 해야 하리라. 나는 지금 아주 초보적인 얘기를 하고 있는 것이지만, 의외로 이런 초보적인 시의 위상이 간과되곤 하는 사례를 자주 보곤 한다.

시를 자연과학의 대상으로, 즉 객체를 다루듯이 다루려고 한다. 물론 시라고 하는 사물 이런 말을 쓰는 때가 있다. 한 편의 시작품을 만들어진 사물로, 즉 책상이나 집채와 같은 것으로 치부하려고 할 때 그렇게 말할 수가 있으리라. 그러나 그것은 전연 다른 차원의 얘기가 된다. 예술작품을 하나의 형태로 볼 때 그렇게 말할 수 있다는 것이고, 그렇다고 형태를 갖춘 시(작품)라고 하는 하나의 사물이 자연과학의 대상이 되는 것은 아니다. 말하자면 객체로 굳어질 수는 없는 어떤 사물, 특수 사물이다. 사람과 같다고나 할까?

앞의 시의 한 구절은 '진달래꽃'이라고 하는 물리적인 사실(주사)과 '비오는'이라고 하는 물리적인 사실(빈사)이 연결되어 하나의 문장을 이루고 있다. 각 품사는 그대로 하나씩의 물리적인 사실인데 그것들이 문장을 이룰 때 갑자기 심리적으로 굴절하여 물리적인 사실이 아닌 것이 된다. 즉 차원의 이동 내지는 굴절이라고 할 수 있다. 그것이 바로 시다. 시는 그러니까 누차 말하지만 물리적인 차원에서는 거짓이 되고 심리적인 차원에서는 진실이 된다. 다시 말하면 심리적인 차원에서의 창조가 된다. 아리스토텔레스가 그의 『시학』에서 "시는 있음직한 이야기를 적은 것"이라는 정의를 내렸지만, 이때의 '있음직한'이란 심리적인 가능을 말한 것이다. 물론 물리적으로는 영원히 불가능하다. 즉 시는 주체 및 주관의 차원에 속하는 사건이지 객체 및 객관의 차원에 속하는 사건은 아니다. 그것이 원칙이다.

33

    사람은 사상, 즉 이데올로기, 다시 말해 이념을 끝내 떠날 수는 없을는지도 모른다. 그러나 사상을 감당하기란 그리 쉬운 일이 아니다. 젊었을 때 일본의 유치장에서 겪은 일로 내가 유치되어 있던 같은 유치장에 대학교수이자 사상가인 점잖은(수염을 길게 기른) 늙은이가 한 사람 수감되어왔다. 어느날 나는 그 늙은이와 취조실에서 부딪치게 되었다. 내가 취조실에 들어서자 그는 취조를 마치고 한가한 표정으로 나와는 마주보는 위치에 앉아 있었다. 그쪽 취조관이 잠시 자리를 뜬 모양이었다. 나를 취조하던 형사도 그날은 웬일인지 취조 도중에 자리를 떠주었다. 그 조금 전(나를 취조하는 형사가 자리를 뜨기 전)에 그 늙은이에게 갓 구운 빵이 서너 개 쟁반에 얹혀 차입되었다. 늙은이와 나는 둘이서만 남아 서로 마주보고 앉아 있는 꼴이 되었다. 그런데 그는 나는 무시한 채 빵 서너 개를 혼자서 성급히 다 먹어치웠다. 그리고는 눈을 다른 데로 주었다. 나는 그가 빵 서너 개를 다 먹어치우는 동안 그에게서 눈을 떼지 않고 있었다. 아니, 눈을 떼지 못하고 있었다. 왠지 그쪽으로 눈이 저절로 못박혀버렸다. 그때 나는 수감된 지 넉 달이 지났을 때라 몸의 기름기는 다 빠져 있었고, 먹을 것만 보면 눈에 불이 켜지고 목에서 손이 다 나올, 그런 지경이었다. 그런데 그 늙은이는 한 조각 먹어보라는 말도 없이 그걸 혼자서 다 먹어치웠다. 나는 내가 되레 이중으로 부끄러워졌다. 빵 한 조각 얻어먹을 수 있으리라는 기대를 한 데 대한 치사스러움과 그가 그런 꼴을 보여 준 데 대한 형언할 수 없는 배신감 때문이었다. 그때부터 나는 사상가라는 사람을 믿지 않기로 했다. 그 사건은 나에게 거의 치명적이었다. 그의 학생들이 그 사실을 알았다면 그의 체통은 어떻게 되었을까? 그래도 그는 전쟁이 끝난 뒤에 존경받는(사상 때문에 영어의 신세가 되었으니까) 교수 사상가로 되돌아갔을까?

해방된 이 땅에서 가장 우울해진 일 중의 하나에 양심선언이란 것이 있다. 고문이 두려워서 내가 취조에서 한 말은 진실이 아니라는 글을 미리 써놓고 감방에 들어간다. 그것이 양심이라고 한다. 내 양심은 그렇지가 않다는 것이다. 고문이 두려워서 거짓 진술을 했다는 것이다. 이런 따위는 일제하의 유치장에서 본 그 교수 사상가와 다를 것이 없다. 그런 정도의 양심이라면 나도 가질 수가 있다. 그러나 창피스럽다. 유관순에게 물어보라. 그녀가 뭐라고 할 것인가? 그녀도 양심선언을 미리 써놓고 수감되었다고 하면 거짓진술을 하고 풀려날 수도 있었을 것 아닌가? 그런데 이상하게도 정치의 차원에서는 이런 따위가 통용되는 모양이다. 그러나 시는 그럴 수가 없다. 시는 국민 여러분! 하고 외쳐대는 정객의 몸짓으로, 또는 이래라 저래라 하는 신문 논설의 말투로 쓸 수는 없다. 정말이지 '시여 침을 뱉으라!' 다.

시(문학)의 주제로는 그 무게에 있어 예수와 유다가 다르지 않다. 같을 수밖에 없다. 시(문학)는 이데올로기가 아니기 때문이다. 깨끗하게 처리된 갈등의 고민이기 때문이다. 갈등의 감각이 없으면 사상가가 되면 된다. 네 속의 유다를 어떻게 하겠는가? 그것이 정리되었다고 감히 말할 수 있겠는가? 양심선언식으로 한다면 할 수도 있겠지만 말이다. 국민 여러분!(그렇게 말하는 그는 국민의 한 사람이 아닌 것처럼)투로, 신문논설투로 한다면 할 수도 있겠지만 말이다. 그러나 그런 것들은 시(문학)라고는 할 수 없다.

34

  청마에게서 들은 말이 있다. "누구를 위해서 시를 써야 하나. 이 땅에서는 이제 시를 써주지 말아야 하겠다"고 그는 말했다. 시가 필요하지 않은 풍토를 한탄한 말이라고 새겨들었다. 지금은 그러나 그 생각이 조금 복잡해지고 있다.

  사회성이 없는 사적 감정을 드러낸 서정시—정통적인 서정시를 쓰면 자기도 모르는 사이에 독자의 사회의식에 대하여 김을 빼는 역할을 하는 결과를 빚게 된다는 것을 깨닫게 된다. 그가 가장 싫어하는 계층의 편을 본의 아니게 들어주고, 그들을 이롭게 하는 데 도움을 주는 결과를 빚게 된다는 것을 깨닫게 된다. 그렇다고 사회성을 띤 시를 쓰면 자기 자신이 쑥스러워진다. 자기의 윤리감각이 감당을 못한다. 남을 꾸짖고 배척할 만큼 자기 자신을 스스로 추스르고 있는가 하는 반성과 함께 자기 혐오가 온다. 그리고 한편 인간성 그것에 대한 깊은 회의가 고개를 든다. 그 갈등을 그는 '써주지 말아야 하겠다'고 술회한다. 그렇다. 그는 사적인 감정을 드러낸 정통적인 서정시를 쓸 때나 사회성을 띤 시를 쓸 때나 거기에 메시지를 담아야 한다고 생각했던 듯하다. 그 메시지는 성질이 서로 달랐을 뿐이다. 그러나 그에게는 어느 쪽도 꼭 필요하다고 여겼으리라고 생각되는데, 끝내는 그 필요성을 포기해야 할 지경에 이르렀다. '써준다'는 것은 독자들을 위한다는 말이니까, '말아야 하겠다'는 것은 위한다는 것에 회의를 느끼게 되었다는 것이 되고 지쳐버렸다는 것이 된다.

  청마의 시가 진솔한 것과 같이 청마의 위의 말도 아주 솔직하다. 뉘앙스가 없는 대신에 뒤틀린 포즈도 없다. 그의 말대로 이 땅에서는 시 쓰기가 때로 유쾌하지가 않고 어렵기도 하다. 문화 감각의 폭이 매우 좁고, 따라서 문화를 수용하는 폭도 매우 좁다. 게다가 예술을 알레고리로 취급하려는 나쁜 관습이 있다. 애국과 민중에 결부시켜야 직성이 풀리는 성급하고 경직된 사회윤리의식이 있다. 청마도 사적 감정을 시로 쓸 때는 어쩐지 어딘가 불편하고, 누군가에게 미안하다는 자책감과 함께 생산적이 아닌, 한마디로 낭비를 하고 있다는 자책감에 사로잡히곤 했을는지 모른다. 수사를 말하고 언어감각을 말하면, 그의 표정이 별로 펴지지 않았던 일들이 지금 생각난다. 언어는 어디까지나 수단일 뿐이고 시에는 언어보다 더 중요한 것이 있다는 생각을 하고 있었던 듯하다. 그는 어쩌면 무용가와 같이 몸으로 무언가(언어보다 더 중요한 그것)를 표현하고 싶었으리라. 언어가 수단으로서의 구실을 못하고, 아니 언어가 제 분수를 넘어 그가 말하고 싶은 뭔가를 침범하여 그것을 망친다고 생각되었을 때는 붓을 던지고 침묵하고 싶었으리라. 이 상태는 '써주지 않겠다'는 상태와는 다르다. 이쪽은 순전히 시인으로서의 청마 자신의 시관에 연결되는 성질의 것이다. 그는 다음과 같은 널리 알려진 유명한 시를 남기고 있다.

내 죽으면 한 개 바위가 되리라
아예 애련에 물들지 않고
희로에 움직이지 않고
비와 바람에 깎이는 대로
억년 비정의 침묵에
안으로 안으로만 채찍질하여
드디어 생명도 망각하고
흐르는 구름

머언 원뇌

꿈 꾸어도 노래하지 않고

두 쪽으로 깨뜨려져도

소리하지 않는 바위가 되리라

—유치환, 「바위」 전문

이만큼 뚜렷하게 그리고 적절한 메시지를 전달해주는 시도 많지 않으리라. 메시지에 기여하지 않는 말은 한마디도 없다. 언어는 금욕적일 정도로 절제되고 있다. 그의 시의 경지는 이런 것이지만, 역시 잘 정돈된 산문을 읽는 느낌이 없지도 않다. 그러나 그가 이 시에서 말하고자 하는 침묵은 인간애린에 대한 저항의 그것이다. 말하자면 이 시에서의 침묵은 그의 인생론의 반영이다. 아까 말한 그의 시관에 연결되는 침묵과는 관계가 없다.

언어가 거추장스러워질 때 그는 침묵을 택한다. 즉 언어를 버린다. 그것은 두말할 나위 없이 결국은 시를 버린다는 것이 된다. 심리적으로는 그는 그때 가장 자기 자신의 시인됨을 지키고 있는 상태다. 하나의 역설이지만, 그와 같은 유형의 시인에게 있어서는 시를 쓰지 않을 때가 더욱 시인일 수 있을 때가 있다. 이것은 또한 시인의 자세에 연결되는 문제다. 그렇지만 「바위」의 '침묵'은 그의 시관과 시인됨의 자세에 대한 어떤 시사를 던져주고 있다는 것을 곧 짐작하게 된다. 그 점에서 이 시는 그의 시 정신과 인생역정을 푸는 데 있어 긴요한 열쇠의 역할을 할 수 있으리라.

청마는 그의 시집 『생명의 서』 서문에서 그다운 말을 하고 있다. 그는 자기의 시인됨을 초식동물에 비교한다. 초식동물이 어찌 초식동물이 되려고 풀을 먹게 되었겠는가? 풀을 먹는다는 것은 초식동물에게는 운명이다. 청마 또한 시를 쓴다는 것은 운명이다. 그러니까 시인이란 만들어지는 것이 아니라 태어난다는 로만주의 시인관을 그는 자기 신조로 한다. 반기교주의, 메시지 존중과 아울러 예언자적 풍모가 이 땅의 현대시인 중에서 가장 두드러지게 눈에 띄는 것이 그의 특색인 데 충분히 납득이 간다.

청마는 반기교주의로 하여 문화의식에서는 멀어지고 있다는 것을 짐작하게 된다. 기교는 청마가 생리적으로 싫어했듯이 그처럼 부정적인 성질의 것은 물론 아니다. 기교는 문화의식과 연결된다. 예술을 뜻하는 라틴어 아르스가 기술을 뜻한다는 것은 매우 시사적이다. 예술은 원래 기술과 동격의 것이었지만(혹은 동일한 뜻으로 씌어졌지만), 18세기 말 로만주의와 함께 천재의식이 도입되면서 신비적인 색채가 가미되고, 반인공적인(반문화적인) 자연발생적인 것으로 변질돼갔다고 할 수 있다. 청마는 이러한 로만주의의 전통을 생리적으로 몸에 지닌 시인이라고 할 수 있다. 그의 메시지 존중과 예언자적 풍모 같은 것들도 이러한 그의 생리에서 절로 빚어진 것이라고 해야 하리라. 그의 시가 사적 감정을 드러낼 때도 「바위」에서처럼 윤리적인 색채를 띠게 되는 것은 당연하다. 수사나 언어감각은 예술의식, 나아가서는 문화의식에 연결된다고 한다면, 그런 것들을 혐오해 마지않았던 그의 시가 단순하고 소박한 테를 벗어날 수는 없지 않은가? 그의 품격은 오로지 그의 메시지의 고고함과 진솔함에 있다.

청마는 일종의 사상가라고도 할 수 있고, 시인으로서는 니체에 가깝다. 50년대의 김수영이 청마와 비슷한 생리를 드러내주지만, 그는 보다 복잡하다. 모더니즘의 세례와 사회구조에 대한 인식, 즉 윤리성보다는 논리성이 그에게는 상대적으로 훨씬 강한 듯하다. 그의 시는 따라서 훨씬 미묘하고 난해하고 청마에 비하여 상대적으로 유희적인 심미감각도 짙게 작용하고 있다. 한마디로 훨씬 현대적이고, 긍정적으로 말해서 절충적이고, 부정적으로 말해서 자아분열적 과도기적이다.

　청마는 시집『생명의 서』서문에서 "참의 시는 마침내 시가 아니어도 좋다"는 역설을 말하기에 이르렀다. 몹시 독단전인 발언이지만, 그 자신은 그것(독단)을 자각 못하고 있었던 듯하다. 그러니까 그런 말을 하게도 되었겠지만 말이다. '참의 시'가 어떤 것인가에 대한 구체적인 설명이 없으니까 잘은 모르겠으나, 전후 사정을 참작컨데 그가 생각한 '참의 시'란 내용에 있어 윤리성이 강하고, 형식에 있어 솔직 명료한 진술로 된 시를 염두에 두고 한 말이 아닐까 한다. 그렇다면 여기서도 역시 기교 혐오의 증세와 예술(심미성) 혐오의 증세가 드러나고 있다. 예술과 문화에 대한 일종의 아이러니컬한 위상이라고 볼 수도 있다. 그것들(예술과 문화)에 대한 지독한 콤플렉스를 드러내고 있다고도 할 수 있다.

　청마가 '참의 시'라고 생각한 것은 궁극적으로는 예언서의 구절들, 또는 옛 철인들의 경구 같은 것이었는지도 모른다. 요컨대 시 속에 담긴 메시지가 민족에게 또는 인류에게 어떤 각성제가 되어야 그것이 '참의 시'라고 할 수 있는 것이고, 그렇지 못한 것은 그냥 한갓된 예술, 즉 장난(파한거리)에 지나지 않는다는 아주 경직된 시관이 잠시 그의 뇌리를 스쳐갔는지도 모른다.『예술이란 무엇인가?』를 쓴 만년의 톨스토이와 닮은 데가 없지도 않다. 톨스토이와 함께 청마도 시종 아나키스트로서의 자세를 남몰래 은밀히 지키며 육십 생애를 마쳤다.

35

부산이 아직 임시 수도이던 때, 그러니까 1951년이던가, 나는 파스텔 화가 강신석 씨와 부산 광복동에 있던 큰 공간을 차지한, 그때로서는 호화로운 실내를 가졌다고 할 수 있었던 다방 '르네쌍스'에서 시화전을 연 일이 있다. 강화백과 그 다방의 지배인이 막역한 사이라고 해서 그 지배인의 주선으로 일이 벌어지게 되었다.

50년대 초의 부산은 전시 이 땅의 정치, 경제, 문화의 총집합지였다. 유럽 전후의 문학사조도 부산이 그 상륙지이자 전파지였다. 실존주의 철학자 사르트르, 카뮈 또는 카프카 문학들이 수박 겉핥기식으로 청년문인들 사이에 회자되곤 했다. 후반기 동인회가 이때에 부산에서 결성되었고 그 동인 중에는 군복을 입고 있는 30대 초반의 시인도 있었다. 때로 그들의 글과 입에서 뉴컨트리파의 시인들의 시와 수필이 발설, 소개되곤 했다. 그들은 자기들의 동인지를 못 가지고 《국제신문》에서 내고 있던 《주간국제》에 자기들의 코너를 얻어서 발랄한, 그러나 객기에 찬 당돌한 발언과 초현실주의와 뉴컨트리파를 닮은 시들을 호기있게 보란 듯이 내놓곤 했다. 조향이 중심이 된 동아대학의 '현대문학연구회'가 초현실주의 운동을 줄기차게 전개한 것도 50년대 전반기의 일이다.

부산 토착인구에다 이북과 서울 등지에서 피란온 사람들로 부산은 그야말로 사람으로 터질 듯한 형세였다. 그러나 그런 북적거림 속에서도 음악회도, 미술 전시회도, 나의 경우와 같은 시화전도 더러 열리곤 했다. 그것이 사람 사는 어쩔 수 없는 모습이기도 했다.

우리가 시화전을 연 그 다음 날인가 눈이 억수로 왔다. 전신주가 밤 사이 눈의 무게를 견디지 못하고 쓰러진 곳이 몇 있을 정도였다. 초저녁에는 그렇지도 않았다. 우리는 조금 늦은 저녁을 먹으러 나섰다. 우리란 나와 강화백과 미당과 공초 네 사람이었다. 마침 그때까지 시화전이 열린 그 다방에서 자리를 뜨지 않고 함께 있어준 미당과 공초 두 분을 나와 강화백이 모시게 되었다. 강화백은 희대의 미식가다. 용케도 값싸고 맛있는 음식점을 잘도 찾아낸다. 그날도 강화백이 어디서 그의 그 독특한 후각으로 찾아낸 밥집으로 우리를 안내해주어 따라간 셈이다. 밥집이라고 했지만, 겨우 사람 너댓 앉으면 꽉 차버리는 그런 좁디좁은 공간에 긴 의자가 하나 놓였고, 그 안에 긴 나무토막이 하나 좌우로 뻗어 있을 뿐이다. 그것이 식탁이다. 그런데 그 집이 그렇게도 음식이 좋다고 한다. 과연 그랬다. 우리는 거기서 맛있는 꽁보리밥과 된장찌개를 먹으면서 이런저런 얘기를 쉴새없이 늘어놓고 있었다. 강화백은 말은 눌변인데 얘깃거리가 많은 사람이다.

누구인지 지금 기억이 확실하지가 않다. 공초 선생더러 왜 요즘 통 시를 안 쓰시느냐고 물었다. 그때의 공초 선생의 대답이 지금도 내 귀에 들려오는 듯하다. 선생은 그 물음에 대하여 "자네들이 쓰고 있지 않는가?"고 되물어왔다. 나는 그때 가슴 어디가 뜨끔해지는 충격을 받았다. 아 그렇구나! 하는 공감대가 곧 내 안에서 형성되었다. 나는 지금도 이따금 그때의 공초 선생의 이 말씀을 되씹어보곤 한다. '자네들이 쓰고 있지 않는가?' 이건 어떤 뜻일까?

공초 선생은 자기를 낡은 세대로 자인하고 계셨던 듯하다. 써봤자 더 나은 것 미당이나 심지어 춘수보다도 더 나은 것은 내놓지 못할는지도 모른다. 그럴 바에야 군이 시를 쓸 이유가 어디 있는가? 그들의 좋은 독자가 되어 독자로서 즐기면 되는 일 아닌가? 내가 나설 때는 이미 다 지난 것 같아. 서운할 것도 없지. 그렇게 세대는 이어져가는 거야. 이런 내용을 이 말씀은 담고 있었다고 생각된다. 이 말씀을 하시는 공초 선생의 얼굴 표정은 조금도 쓸쓸해보이지 않았다. 오히려 활기에 차 보였다.

이게 어디 쉬운 일인가? 사람은 자기 처지를 충분히 자각하기가 어렵다. 특히 예술가나 학자가 그렇다. 연조만으로 행세하려고 하고, 권위를 세우려고도 한다. 어리석고도 답답한 일임은 다시 말할 나위가 있을까? 어떻게 보면 추하기조차 하다.

공초 선생은 잠시 사이를 두었다가 다시 또 말씀을 이으셨다. "자네들이 쓴 시라고, 자네들만이 썼다고 생각하지 말게나. 한국어가 생긴 뒤의 우리 겨레 전체—과거, 현재를 물을 것 없이—가 합심해서 쓴 것으로 알게나." 그렇다. 한국어란 미당 혼자만의 것도, 물론 나 혼자만의 것도 아니다. 이 간단하고 기본적인 이치를 왜 따돌리고 있었던가? 온갖 속된 이를테면 오만과 치기와 허영 따위가 그런 간단하고 그리고 기본적인 이치를 등지게 하도록 했으리라. 언어는 민족의 속살이다. 과학자도 예술가도 정치인도 기업가도 언론인도 아녀자도 다 모국어를 만들고 있다. 만드는데 한 구실을 하고 있다. 이 사실은 어제의 일만도 아니요 오늘의 일만도 아니다. 이 사실은 집체시와 같은 또는 민요와 같은 익명성의 시라는 명제와는 다른 차원의 것이다.

나는 지금 그때의 공초 선생의 말씀을 되씹고 또 되씹고 하지만, 처음 그 말씀을 들었을 때, 사르트르고 카뮈고 또는 카프카고 라이너 마리아 릴케Rainer Maria Rilke고 실존주의고 초현실주의고 뉴컨트리파고 뭐고 내 또래의 청년문학도들이 열광하고 있는 것들이 한순간 허무하게만 비쳐졌다. 그만큼 그 말씀은 충격적이었다. 그날 밤은 그 밥집을 나서자 눈이 지척을 가릴 수가 없도록 퍼부어 간신히 다방을 찾아가서는, 우리는 거기서 발이 묶이고 미당만 보내드리고, 공초 선생과 나와 강화백은 난로불을 새로 지피며 다방 홀에서 밤을 지새기로 했다.

밤중에 담배가 떨어져 홀 바닥에 버려진 꽁초를 줍고 또 주워서 쉴새 없이 피우시던 공초 선생의 괴이한 얼굴 모습이 이 글을 쓰고 있는 지금 생생하게 떠오른다.

36

　R. 니버는 "프로이트의 정신분석학은 계급의 이상을 잃은 상층 중산계급의 절망의 표현"(『인간의 운명』)이라고 하고 있다. 프로이트의 학설은 인간의 원시형태적 재발견이라고 할 수 있다. 문화 이전의 상태, 특히 도덕 이전의 상태를 부각시킴으로써 생리와 정신 사이의 긴장관계, 즉 심리에 초점을 맞추면서 문화의 위기에 대한 진단과 아울러 신랄한 비평을 한 셈이다.

　R. 니버는 프로이트 학설의 부정적인 면만을 특히 관찰한 것 같다. 신학자로서의 그는 인간성의 앤티노미에 대한 의식이 보다 강했다고 할 수 있다. 인간은 천사도 될 수 있다는 것이다. 프로이트가 이드와 리비도를 강조한 것은 인간의 생리적인 조건, 즉 생물로서의 인간조건을 강조했다는 것이 된다. 그러나 프로이트도 물론 문화와 정신을 못 본 척한 것은 아니다. 그의 에고는, 즉 문화와 정신의 표상용어이지만, 이드와의 갈등 대립으로 보고 있다. 근대 유럽의 휴머니즘이 지나치게 인간성의 긍정적인 면을 강조한 나머지 오히려 세기말의 데카당스를 낳게 되었다. 이때에 프로이트가 이드와 에고의 갈등을 통하여 문화와 인간의 성격을 부각시키면서 도덕적 타락(위선)을 예리하게 해부한 그것이 바로 그의 문화비평의 양상이자 위상이기도 하다.

　인격의 분열—나 속의 너의 문제가 프로이트나 R. 니버식의 거창한 문화의식 같은 것을 바탕에 깔지 않고 개체로서의 한 인간의 갈등이라는 체험적 고민의 양상으로 시에 드러난 것은 소년시인 아르튀르 랭보로부터 시작된다. 그가 그의 중학시절의 수사학 선생에게 보낸 편지에서 "내 속에 한 사람의 타인이 있습니다"라고 고백한 것이 바로 그 증거가 된다. 내 속의 '타인'이란 어느 쪽을 가리키는 것이 될까? 이드일까 에고일까? 이드의 쪽에서 볼 때 에고는 낯선 존재일 수밖에 없다. 그리고 감시자이고 폭군이다. 꿈에서 변장을 하고 이드가 자기해방을 꾀한다고 프로이트가 말할 때, 꿈이라는 스크린은 두말할 나위 없이 에고에 쫓기고 있는 이드의 연극이다. 에고를 의식이라고 번역하는 것은 그러니까 이드를 염두에 둔 상대적인 개념일 수밖에는 없다. 즉 이드를 무의식이라고 설정해두고 하는 말일 수밖에는 없다. 의식은 왜 무의식을 드러내려고 하는가? R. 니버와 같은 신학자의 입장에서 말한다면, 이 상태가 바로 앤티노미의 앤티노미다운 양상이자 위상이 된다. 그러니까 거듭 말하지만, 프로이트인들 인간성의 앤티노미와 문화의 명암을 무시하고 있는 것이 아님은 두말할 나위가 없다. 단지 어느 한쪽에 악센트를 줌으로써 여태껏 등한시된 면에 조명을 밝게 한 것뿐이다. 그러나 여기서 시를 한번 생각해보면, 시는 이 지점에서는 임상실험의 재료 비슷한 것이 되고 있다. 아르튀르 랭보의 유명한 『지옥의 한 계절』이란 산문시집과 이상의 산문시들이 모두 그렇다.

싸움하는사람은즉싸움하지아니하던사람이고또싸움하는사람은싸움하지아니하는사람이었기도하니까싸움하는사람이싸움하는구경을하고싶거든싸움하지아니하던사람이싸움하는것을구경하든지싸움하지아니하는사람이싸움하는구경을하든지싸움하지아니하던사람이나싸움하지아니하는사람이싸움하지아니하는것을구경하든지하였으면그만이다.

—이상, 「시 제3호」 전문

예술적으로 여과되지 않은 소재가 소재 그대로 나열되고 있다. 그런 느낌이다. 다르게 말하면, 여기에는 언어의 뼈다귀만

추려놓았을 뿐 언어가 빚는 심미적 뉘앙스가 거의 보이지 않는
다. 예술 이전의 상태다. 최근 이승훈의 시에서 이런 현상을 보
게 된다.

오늘밤 내가
너와 도망간다면?

그야말로 그건
근사한 생각이다

나는 자신이 없지만
돌진한다
부서진다

그리하여
웃는다
너를 향해

웃는다 웃는다 웃는다

웃음엔 죄가 없다
너의 커단 눈에도
죄가 없다

그리고 또
죄가 없다

약방 앞에

차를 세우고

나를 기다리고 있던

너에게

아아 그러나

　　　　　　　　　—이승훈, 「끄노의 스타일을 모방하여」 전문

　어떤 심리상태가 예술적인 굴절 없이 앙상하게 드러나고 있
다. 시의 비예술화 현상이다. 심리의 가두리fringe가 그대로 나열
되고 있다고도 할 수 있다. 예술적인 여과과정이 없었다는 것이
된다. 랭보가 아까 인용한 그 글에서 "내 생각한다je pense는 식
의 말은 잘못입니다. 타자가 자기에 대해서on me 생각한다고 해
야 할 것입니다"로 했는데 일종의 자동기술을 뜻하는 것이라고
한다면 그것의 한 견본을 보는 듯도 하다. 자동기술 그 자체는
순수하면 할수록 그 결과는 예술보다도 심리학의 자료에 더 가
까운 것이 된다.

37

낡은 아코오뎡은 대화를 관뒀읍니다.

──여보세요?

폰폰따리아
마주르카
디이젤 엔진에 피는 들국화

──왜 그러십니까?

　　모래밭에서
수화기
　여인의 허벅지
　　　낙지 까아만 그림자

비들기와 소녀들의 랑데뷰
그 위에
손을 흔드는 파아란 깃폭들

나비는
기중기의
허리에 붙어서
푸른 바다의 층계를 헤아린다

　　　　　　　　　　──조향, 「바다의 층계」 전문

조향은 50년대 이후 30년대의 편석촌과 비슷한 계몽가의 역할을 담당한다. 그는 주로 쉬르리얼리슴의 연구 및 전파에 진력한다. 그가 동아대학교의 문과학생들을 중심으로 조직한 '현대문학연구회'는 실은 쉬르의 연구회였다고 할 수 있다. 거기서 나온 《가이거》나 《아시체》등의 기관지는 모두 대부분의 지면을 쉬르에 관한 것에 할애하고 있었고 게재 작품도 거의가 그 계통의 것이었다.

조향의 시작은 그가 천착한 쉬르의 이론을 도식적으로 적용시킨 듯한 감이 없지도 않은 것들이 상당수 있다. 융통성은 없지만, 쉬르의 기본틀은 기계적으로 잘 지키고 있다. 위에 인용한 시도 그런 것들 중의 하나다. 쉬르가 이드라고 부르는 무의식의 세계의 발굴을 그 문학적 입지로 했다고 한다면, 그것의 자동적인 표출(사실은 무의식의 완전한 자동기술적 표출이란 불가능한 일이지만)은 순수하면 할수록, 이승훈을 말하면서 말했듯이, 예술을 저버리게 된다. 예술은 언제나 조건반사적인 표출이 아니라, 정도의 차이는 있을망정 세계의 재구성이다. 조향에게서는 그것을 보게 되지만, 너무도 쉬르의 지향에 정직하게 순응하고 있다. 그의 콜라주 기법은 언어단편의 나열이 되고 있다. 자연스럽게 센턴스를 이루면서 더 짙은 밀도와 뉘앙스를 빚지 못하고 있다. '디이젤 엔진'과 '들국화'의 대비도 그렇지만, 제5연의 형태주의적인 활자배열을 통한 물체의 배치는 더욱 그런 약점을 드러내고 있다. 활자배열의 높낮이에 따라 의식, 또는 무의식의 명암의 차이를 보여주려고 한 듯하다. 제목인 「바다의 층계」가 이 부분을 설명해준다. 쉬르의 심리적 지향(무의식)에 대해서는 충실하나 지나친 작위가 개입하여 쉬르의 방법상의 지향(자동기술)을 무색케 하고 있다. 아이러니컬한 현상이라 아니할 수 없다.

30년대 이상이나 최근의 이승훈이 자아의 분열상, 또는 인격의 파탄 같은 것을 응시하면서 오히려 역작용이라고 할 수도 있는 일종의 나르시시즘에 빠져들고 있는 것과는 판이하게 조향은 내면의 갈등 분열보다는 무의식 그 자체의 심미적 재구성에 노력하고 있다는 흔적이 역력하다. 그만큼 성패는 고사하고 그는 예술적인 지향을 뚜렷이 했다고 할 수 있다.

열오른 눈초리, 하잔한 입모습으로 소년은 가만히 총을 겨누었다.
소녀의 손바닥이 나비처럼 총 끝에 와서 사뿐 앉는다.
이윽고 총 끝에서 파아란 연기가 물씬 올랐다.
뚫린 손바닥의 구멍으로 소녀는 바다를 내다보았다.
——아이! 어쩜 바다가 이렇게 똥구랗니?
놀란 갈매기들은 황토 산발치에다 연달아 머릴 처박곤 하얗게 화석이 되어갔다.

—조향, 「Episode」 전문

무의식의 세계의 자동적 표출이 아니라, 계산된 심미적 재구성이다. 「바다의 층계」에서처럼 콜라주 형식의 언어단편, 즉 논리의 불연속은 없다. 아주 정연한 하나의 통일된 줄거리가 전개되고 있다. 무의식의 세계의 조향 나름의 심미적 해석이라고 할 수 있다. 아름다운 환상을 만들어내고 있다. 살바도르 달리의 그림이 연상된다. 조향으로서는 성공한 작품이라고 할 수 있으리라.

쉬르가 예술이냐 아니냐 하는 논의는 전개해볼 만한 문젯거리가 될는지도 모르나, 20년대의 당사자들은 분명히 쉬르는 예술이 아니라고 하고, 인간에 대한 새로운 혁명적 시각을 제공해주는 것으로 해석하고 있었다. 이상과 이승훈은 이런 해석에 더 가까이 가는 입장이라고 할 수 있을 듯하다.

조향의 경우를 좀더 생각해보기로 한다. 그는 다음과 같이 말한다.

자동기술법은 무의식의 의식에의 노출에 의하여 즉자en-soi가 대자 pour-soi에 내재하는 것이라는 사실이 밝혀지는 순간, 그 두 형식에 완전히 융합하는 것을 보여주고 있다. ……(중략)…… 사르트르의 실존주의적 영원한 이원(즉자·대자) 투쟁론이 아닌, 쉬르레알리슴의 일원론·융합론·통일론을 말하는 것이다. 곧 브르통의 절대적 변증법(초현실주의적 변증법)이다.

　　　　　　　　　　　　　　—조향, 「초현실주의의 사상과 기교」에서

조향에 따르자면 무의식(이드)이 의식(에고)의 수면에 떠오르는 그 순간을 기술하는 모습을 고속촬영하면 그것이 곧 쉬르의 방법인 자동기술이란 것이 된다. 여기서 조향은 아주 현학적인 해석을 한다. 즉 그는 이 순간(무의식이 의식의 수면에 떠오르는)을 일원론적으로 해석한다. 사르트르의 실존주의는 즉자와 대자의 대립 투쟁이라는 이원론의 입장에 서 있다고 한다면(그것은 영원한 분열상을 보여줄 뿐이다 : 브르통의 「절대적 변증법」). 즉 대립과 투쟁이 지양된 융합과 통일의 그 입장에서 해석한다. 그러니까 브르통과 그의 입장은 사르트르가 못다한 변증법적 완성, 즉 '지양'을 이룩했다는 것이 된다. 그러나 그것은 어쩌면 논리의 허구요 조작일는지도 모른다. 우선 자동기술이란 것의 치밀한 해부가 과학적으로 이루어 져야 한다. 논리적인 결론이 아니라, 과학적인 증명이 필요하다. 이 점에서 브르통과 그를 의지하는 조향은 어딘가 든든하지 못한 데가 있어 보인다.

즉자가 대자에 내재한다는 가설도 얼른 납득되지 않는 부분이다. 어느 것이 어느 것 속에 내재하는 것이 아니라 대립의 양상으로 각각 홀로 있다고 보는 것이, 즉 사르트르의 입장이 훨씬 논리의 타당성을 지닌다. 프로이트의 무의식, 즉 이드와 의식, 즉 에고도 어느 것이 어느 것 속에 내재하고 있는 상태가 아니다. 이 경우(프로이트)도 초에고를 설정함으로써 논리적인 결론을 꾀하고는 있으나 변증법적으로 지양된 상태는 아니다. 에고가 초에고의 명령을 받아 이드를 컨트롤한다고 하고 있다. 지양과는 다르지 않은가?

자동기술이 정신분석학적 발상에서 나온 방법론이라고 한다면 무의식과 의식이 변증법적으로 지양된다는 것은 논리가 만들어낸 환상일는지도 모른다. 이드와 에고의 심리학적 실상을 놓치고 있다는 말이 되겠다.

자동기술이라는 쉬르의 방법은 아직은 미해결의 장이다. 의식과 무의식의 경계선이 실제에 있어 확연해질 수가 없듯이 조향식의 해석은 하나의 시도에 그치는 것이 된다. 그의 시 「Episode」의 경우만 하더라도 그것이 자동기술, 특히 조향 자신이 해석하는 식의 지양된 상태 대립과 투쟁을 극복한 융합과 통일의 그것인지는 조향 자신도 실은 증명해보일 수가 없으리라. 모든 예술 작품은 의식과 무의식의 합작이라고 할 수 있을는지 모른다. 그것은 이 양자의 융합 지양을 뜻하는 것이 아니라, 대립 갈등을 뜻하는 것이 되고, 대개의 경우는 어느 쪽이 다른 한쪽을 압도해버리게도 되리라. 조향은 또 다음과 같이도 말한다.

프로이트의 개인적 생물학적 무의식보다 더 깊은 층에 집합적 무의식이 있다고 융은 말했으며, 초심리학Parapsychology에서는 다시 초상 기능(paranomal function ; 원감·예지 등 정상을 초월한 의식의 기능)을 연구하여 성과를 올리고 있고, 이것의 연장선 위에는 머잖아 심령의 세계가 걸려들어서 여태까지의 속설을 과학적으로 밝혀줄 것이다. 영靈의 세계는 곧 우주적 무의식cosmic unconsciousness의 세계다. ……

(중략)…… 앞으로는 융식 '의식의 흐름'에서 멈출 수는 없다. 집합 무의식을 보탠 융식 '의식의 흐름'이 있을 수 있고, 거기에다 다시 초심리학의 초상기능과 영의 세계와 우주적 무의식까지 염두에 둔 가장 넓은 의미의 '의식의 흐름'을 생각하지 않을 수 없다.

—조향, 『아시체』에서

스케일이 아주 크고 상쾌한 느낌이다. 그러나 그러한 전망이 현실로서 가능해진다고 하더라도 예술과 심령학과의 연결은 다른 문제로 남게 되는 것은 아닐까? 말하자면 예술과 심령학과의 연결은 다른 문제로 남게 되는 것은 아닐까? 말하자면 예술과 심령학이 동등한 관계, 즉 서로를 보다 더 극명하게 조명해주면서 각자의 특색이 제대로 잘 드러나는 그런 관계 맺음이 되지 않고 한쪽이 다른 한쪽을 위하는 것이 되지나 않을까? 심령학이 예술을 하나의 자료로 취급해버리는 경과가 되지나 않을까 염려된다. 그건 그렇다 하고 R. 니버의 허두에서 인용한 말을 다시 한번 음미해보기로 한다. 그것이 간접적이기는 하나 시를 위하여는 하나의 조언 및 시사가 될 듯도 하기 때문이다.

유럽 근대의 휴머니즘은 인간을 긍정적인 측면에서 보고 있었다는 점에서 일종의 낙천주의라고 할 수 있다. 그러나 19세기에 와서 한계에 부딪히고 반동으로 비관주의가 고개를 든다. 유럽 근대 휴머니즘에 대한 반성의 시기가 도래했다고 해야 하리라. 그 가장 첨예하고도 전형적인 표현이 정신분석학 및 분석심리학이라고 할 수 있다. 인간을 부정적인 측면에서 본다. 인간 격하요 비인간화, 인간의 생물화라고 할 수 있다. 유럽 근대가 인간적이라고 간주한 가치를 일체 부정한다. 아니 고의로 무시해버린다. 여지껏 잊고 있었던 인간의 다른 모습, 원시적 모습을 떠올리게 함으로써 시니컬한 반문을 한다. 유럽 근대가 믿었던 인간성이란 한갓 환상에 지나지 않지 않느냐고—한편 심리적인 차원과는 대조적인 물리적인 차원에서 마르크스일파(헤겔좌파)가 인간 소외의—명제를 내걸고 평등을 주장한다. 인간회복의 청사진까지 내보인다. 이쪽은 그러니까 유물변증법적 역사관이라고 하는 꽤 설득력을 지닌 진보주의 역사주의의 일종인 낙천주의를 퍼뜨린다. 아이러니컬하게도 유럽 근대의 휴머니즘의 가면을 벗기기 위하여 나타난 마르크스주의는 사상의 유형으로는 근대 유럽의 전통이던 낙천주의를 그대로 답습한다. 그런데 또 한편 기이한 현상은 모든 가치를 무시하는 심층심리학(정신분석학 및 분석심리학)이 헤브라이즘의 비관주의(단절주의)에 닿아 있다. 심층심리학은 종교가 아니기 때문에 구원에의 길도 막혀 있다. 오직 내적 리얼리티가 그 자체로 있을 뿐이다. 심리냐 물리냐 하는 문제는 헤브라이즘이냐 헬레니즘이냐 하는 문제로 기착된다. 비관과 낙관이 교차돼 있는 것이 세기말(19세기)에서부터 현재에 걸친 유럽 사회의 전환기적 갈등의 모습이었다. 그것이 제2차 세계대전 뒤 전세계로 확산됐다고 할 수 있다. 시가 역시 그 사상이 밑바닥에 이 갈등의 양대 조류를 깔고 있다. 비관이냐 낙관이냐? 역사주의냐 역사허무주의냐? (이 말은 오해를 살 염려가 있다. 여기서는 역사의 미래를 회의한다는 정도로 이해하면 되지 않을까 한다.) 그리고 역시 궁극적으로 심리냐 물리냐가 되고 주체냐 객체냐의 문제로 뻗어간다.

38

당대의 시사를 통하여 볼 때 1900년대와 10년대는 두말할 것
도 없고, 20년대까지도 아마추어리즘이 판을 치고 있었다. 30년
대에 들어서서 비로소 몇 사람의 엘리트들이 시단의 중추 역할
을 담당하게 되었다. 그러나 아직도 전문가의 시대라고는 할 수
없는 요소들이 잔재하고 있었다. 시인들 사이의 질(작품)의 차
이가 현저하여 시단의 일반적 수준은 저속했다고 할 수 있다. 유
능한 시인이 양적으로 적었기 때문이다. 이상, 김기림, 정지용,
백석 등과 30년대 후반의 서정주, 유   환 등 이 땅의 당대 시사
에서 평가되는 몇 시인들에 의하여 의 질이 유지되었다고 할
수 있다. 그러나 기림은 40년대 후   에 해방과 함께 시의 예술성
보다 시의 도덕성을 강조하게 되   시의 질을 스스로 떨어뜨리
게 된다. 그러나 그것은 40년대의   일이다. 그리고『청록집』의 삼
가시인이 30년대 말에 추천을 받   등장을 했다고 할 수 있으나
그들의 진정한 시작활동은 40년   이후라고 해야 하리라.

40년대 전반은 일제의 한글말   정책에 따라 이 땅에는 시라
고 할 수 있는 것이 거의 자취   감추게 되었고, 일본어로 전쟁
(대동아전쟁)을 찬양하는 그   로 타의에 의한 전쟁을 소재
한 전쟁시가 있었을 뿐이다.   것들은 그러나 일본어로   는
그 사실부터가 이 땅의 시로   정당한 대접을 받을 수   없는
것들이다. 40년대 후반부터 5   년대까지는 시단이 아   정돈상
태를 이루지 못하고 있었던   기라고 할 수 있다.   방 후의 혼
란에다 6·25의 혼란이 겹쳤고 게다가 새로운   (제2차 세계
대전) 세대들이 두각을 나타내기   는 때가 좀   렀다. 이른바 한

글세대가 제대로의 안목을 갖추고 등장하게 된 것은 60년대의 일이다. 해방 후 20년의 세월을 기다려야 했다는 계산이 된다.

60년대는 이 땅의 당대 시사에 있어 질량 아울러 하나의 정점을 이룬 시기가 아닌가 한다. 시단의 일반 수준이 비로소 아마추어리즘을 탈피하게 되었다고 할 수 있다. 그리고 무엇보다도 아류의 티가 벗겨지고 나름대로의 다양한 개성들이 다양한 빛깔을 드러내게 되었다고 할 수 있으리라. 강은교, 김준태, 김지하, 신대철, 성찬경, 오규원, 오세영, 이성부, 이수익, 이승훈, 이유경, 정진규, 정현종, 최하림 등이 60년대에 나왔고, 50년대 말에 고은(58년), 김영태(59년), 신동엽(59년), 황동규(58년) 등이, 70년대의 초에 정희성(70년), 정호승(73년) 등이 나오고 있다. 이들은 기법이나 소재 선택이나 소재의 처리 등에 있어 현대시가 걸어온 과정을 통하여 취할 만한 것들을 나름대로 취하고 소화한 끝의 (그만한 안목과 감각으로) 시작을 보여주게 된다. 50년대의 '후반기' 동인회와 같은 모임과 60년대의 '현대시', '60년대 사화집' 등의 모임을 비교해보면, 후자가 훨씬 가라앉아 있고 여과되어 있다. 이처럼 시단의 일반 수준이 유지되는 선에서 70년대와 80년대가 이어져가야 했는데, 여기에 시사의 전개과정에서의 특수사정이 개입하게 되어 일단 그 균형(시단의 일반 수준)을 깨뜨리게 된다. 그것은 질서보다는 혼돈을 경험하게 된 이 땅의 70~80년대적 사정에 기인한다고 할 수 있다.

고도산업화와 함께 급변하는 사회현상, 특히 계층간의 상대적 빈곤문제와 가치관의 붕괴에 따른 형식의식의 허무주의적 분위기의 만연 등으로 한쪽에서는 민중시라고 하는 도덕성 강조(소재의 강조)의 입장이 요원의 불처럼 시단 밖으로까지 번져갔는가 하면, 다른 한쪽에서는 이른바 해체시라고 하는 작품의식보다는 실험의식에 보다 경도된 입장이 또한 80년대 세대들의 시단적 공감을 얻게 된다. 모처럼의 60년대적 시단 균형(작품 수준)은 이런 모양으로 깨뜨려진다. 그러나 90년대는 그 양상이 지양되는 쪽으로 나가리라고 생각된다. 또 그렇게 되어야만 하리라. 실험이 방향을 잡지 못하면 그 파괴력은 결국은 스스로를 파괴하고 끝을 내게 된다. 파괴의 대상이 자기 외에는 더 없을 때를 생각해보라. 그리고 언제나 그것(실험)은 역사의 한 과정이지, 그 자체는 새로운 작품을 위한 전제가 되어야 한다. 그 자체(실험)가 작품은 아니다. 한편 소재 편중의 입장도 작품이 이루어지는 과정, 즉 예술과정이 상대적으로(소재에 비하여) 등한시되어 결국은 형식 무시, 형식 경시의 쪽으로 기울게 된다. 역시 작품의식이 거세될 가능성이 생긴다.

39

60년대를 한번 구체적으로 생각해보기로 한다. 이미 말한 대로 한 세기 가까운 이 땅의 당대 시사에 있어 질량으로 하나의 정점을 이룬 시기가 바로 60년대가 아닐까 하고 생각되기 때문이다. 60년대에 개성을 드러낸 몇 시인의 시작을 먼저 들어보기로 한다.

기다리지 않아도 오고
기다림마저 잃었을 때에도 너는 온다.
어디 뻘밭 구석이거나
썩은 물 웅덩이 같은 데를 기웃거리다가
한눈 좀 팔고, 싸움도 한판 하고,
지쳐 나자빠져 있다가
다급한 사연 듣고 달려간 바람이
흔들어 깨우면
눈부비며 너는 더디게 온다.
더디게 더디게 마침내 올 것이 온다.
너를 보면 눈부셔
일어나 맞이할 수가 없다.
입을 열어 외치지만 소리는 굳어
나는 아무 것도 미리 알릴 수가 없다.
가까스로 두 팔 벌려 껴안아 보는
너, 먼 데서 이기고 돌아온 사람아.

—이성부, 「봄」 전문

그 잎 위에 흘러내리는 햇빛과 입맞추며
나무는 그의 힘을 꿈꾸고
그 위에 내리는 비와 뺨 비비며 나무는
소리 내어 그의 피를 꿈꾸고
가지에 부는 바람의 푸른 힘으로 나무는
자기의 생이 흔들리는 소리를 듣는다.

　　　　　　　　　　　　—정현종, 「사물의 꿈 · 1」 전문

　산 속엔 집이 한 채, 비어 있다. 창가엔 칡덩굴이 마주칠 때마다 꽃 하나씩을 피워낸다. 정적, 어디서 흘러나오는 것일까? 이 정적을 벗어나기 위해 주인은 돌계단을 쌓고 측백나무를 심었을까? 주인은 지금 무엇으로 정적을 씻고 있을까? 집을 한바퀴 돌아드는 순간, 덩굴은 내 몸을 휘어감은 채 또 한 송이의 칡꽃을 피워낸다.

　　　　　　　　　　　　—신대철, 「산사람 · 2」 전문

아주 뒷날 부는 바람을
나는 알고 있어요
아주 뒷날 눈비가
어느 집 창틀을 넘나드는지도,
늦도록 잠이 안와
살〔肉〕 밖으로 나가 앉는 날이면
어쩌면 그렇게도 어김없이
울며 떠나는 당신들이 보여요.
누런 배수건 거머쥐고
닦아도 닦아도 지지않는 피〔血〕를 닦으며
아, 하루나 이틀

해저문 하늘을 우러르다 가네요.
알 수 있어요, 우린
땅 속에 다시 눕지 않아도

—강은교, 「풀잎」 전문

이들 60년대에 나온 시인들의 시작 곁에 50년대 말과 70년대 초에 나온 시인들의 시작을 서너편 나란히 세워보기로 한다(실은 이들 작품들은 60년대의 것들이라고 해도 무방하리라).

겨울 문의에 가서 보았다.
거기까지 다다른 길이
몇 갈래의 길과 가까스로 만나는 것을.
죽음은 죽음만큼 길이 적막하기를 바란다.
마른 소리로 한 번씩 귀를 닫고
길들은 저마다 추운 쪽으로 뻗는구나.
그러나 삶은 길에서 돌아가
잠든 마을에 재를 날리고
문득 팔짱 끼어서
먼 산이 너무 가깝구나.
눈이여, 죽음을 덮고 또 무엇을 덮겠느냐.

겨울 문의에 가서 보았다.
죽음이 삶을 껴안은 채
한 죽음을 받는 것을.
끝까지 사절하다가
죽음은 인기척을 듣고
저만큼 가서 뒤를 돌아다본다.

모든 것은 낮아서
이 세상에 눈이 내리고
아무리 돌을 던져도 죽음에 맞지 않는다.
겨울 문의에 눈이 죽음을 덮고 나면 우리 모두 다 덮겠느냐.
　　　　　　　　　　　　　　　　　—고은, 「문의마을에 가서」 전문

　지탱하기 힘든 꽃 하나가 아름다운 영지를 향해 가는 길목에 피어 있
다. 우산 같은 꽃, 더러운 목으로 만든 땡볕에 지붕 같은 꽃,

　주저앉은 나무 뒤에 떠돌이들이 망연하게 하늘을 올려다보는 중이다
멜빵 끝에 깔개를 매달고 먼저 바람이 어디서 불어와 바람이 어디로 불
어가는지 콧김을 벌름거리며 손가락에 침을 발라 허공을 휘저으면서

　바따띠 빠따띠 시 미미 시 미모 시로 끄라라……

　노래를 색이며

　우스꽝스러운 노래의 후렴만 천지에 가득차게

　날개는 침대 속에 머물고
　침대는 날개 속에 머문다
　　　　　　　　　　　　　　　　　—김영태, 「하늘」 전문

　풀을 밟아라
　들녘엔 매맞은 풀
　맞을수록 시퍼런
　봄이 온다

봄이 와도 우리가 이룰 수 없어
봄은 스스로 풀밭을 이루었다
이 나라의 어두운 아희들아
풀을 밟아라
밟으면 밟을수록 푸른
풀을 밟아라

—정희성, 「답청」 전문

이성부의 「봄」은 상화의 「빼앗긴 들에도 봄은 오는가」를 연상케 한다. 상화의 것이 직접적인 표현을 하고 있는 데 비하여 성부의 것은 간접적인 표현을 하고 있다. 직접적이란 말은 발상에 어떤 유추를 깔아놓고 있지 않다는 것이 된다. 그러니까 시의 내용이 단순해지고 조직texture도 단조롭다. 그러나 성부의 것은 마지막 행인 '너, 먼 데서 이기고 돌아온 사람'가 보여주듯 봄(봄의 정경)과는 직접 관계가 없는, 그러나 봄을 유추케 하는 관념을 다시 한번 구체화하는 객관적 상관물을 설정하고 있다. 그것이 결정적으로 확고하게 나타난 것이 이 마지막 행이다. 시가 훨씬 밀도를 더하게 되고 초월적인 관점을 획득하게도 된다.

정현종의 「사물의 꿈·1」은 일종의 잠언이 되고 있지만, 단순한 논리의 연결은 아니다. 여기서도 유추의 적절함이 잠언을 압도한다.

신대철의 「산사람·2」는 신석정의 전원시(전원을 소재로 한 시)를 연상케 하지만, 감상성과 과장된 수사가 말끔히 가시어지고 있다. 문체가 훨씬 건조하고 절제되어 응축된 부피가 드러나고 있다. 지용의 시집 『백록담』에 수록된 산문시들에 비하여 또 하나 새로운 영역이라고 할 수 있으리라. 이상의 산문시와도 물론 판이한 스타일이다.

강은교의 「풀잎」은 김수영의 시 「풀」과는 그 발상이 다르다. 수영의 것은 알레고리가 되고 있다. 즉 교훈성이 강하다는 것이 되겠는데 이쪽은 쉬르적인 발상이다. 유추의 신선함이 이 경우도 시로서의 성패를 결정하는 중요한 요소가 되고 있지만, 쉬르의 기법의 도식적 적용을 탈피하고 있는 점에서 50년대의 조향보다는 훨씬 시적 운신이 활달하다는 것을 알게 된다.

인용(작품)을 하지 못했지만, 담담한 회화체의 정진규의 산문시, 성찬경의 딜란 토마스적인, 어찌 보면 18세기 말 독일 로만주의의 후모르의 미학을 바탕에 깐 듯한 아이러니컬한 발상은 독특하다.

이유경의 문장은 만연체다. 한 행의 길이도 길다. 그러니까 그에 따라 시의 문장이나 행의 구분으로서는 논리의 비약이 제약된다. 산문을 읽는 느낌이다. 그러나 한 행 속에서 이미지는 복합적으로 전개된다. 오버랩으로 포개지면서 말이다. 이런 문체의 특색은 백석과 많이 닮았다. 그러나 백석은 어휘 선택에 있어 토착어(사투리)에 애착이 많다. 사투리의 시적 뉘앙스를 적절히 살리고 있다. 그리고 그의 이미지들은 토속적인 정경들을 정확하게 드러낸다. 이런 것은 유경과는 사뭇 다른 점이다. 그의 어휘들은 표준어이고, 그의 이미지들은 토속적이라고 하기보다는 보편적인 전원 및 시골의 정경들이다. 그는 토속보다는 사회성이 백석에 비하여 상대적으로 눈에 뜨이기는 하나 날카롭거나 강렬하지는 않다. 시로서도 따라서 균형이 잘 잡혀 있다. 특이한 전원시(전원을 소재로 한 시)라고 할 수 있다.

김지하는 「오적」과 같은 담시ballad를 써서 날카로운 사회풍자를 하고 있는가 하면, 판소리의 문체에서 리듬과 사설을 따온 일종 문체상의 패러디를 시도하기도 한다. 시인으로서의 그의 감각은 균형이 잡혀 있다. 도덕성(사회성)의 시적 변용, 즉 작품

(포엠)으로서의 시의식이 도덕의식(사회의식)과 균형을 얻고 있다. 이런 균형은 김수영과 통하는 데가 있다. 그러나 수영이 유럽 모더니즘의 세례를 받고 그 영향에서 좀처럼 벗어나지 못한 데 비하여 지하는 시의 예술적 측면(형식면 형식을 만드는 방법면)에 있어서는 유럽 모더니즘은 고사하고 그쪽의 조류에 대하여는 별로 관심을 기울이지 않고 있다. 이 점에서는 매우 한국적인, 보다는 한국의 서민문학의 전통을 이으려 하고 있다. 그의 시는 단시에서도 '이야기story'를 담고 있는 경우가 있다.

50년대 말에 나온 고은은 60년대에 본격적인 활동을 한 시인이다. 인용한 「문의마을에 가서」와 같은 세기말적 데카당스의 분위기를 그의 시편들은 풍긴다. 대체로 그의 문체는 모호하다. 그리고 음악적이다. 일찍이 베를렌이 그의 「작시」라는 시에서 '무엇보다도 음악을/가락 고르지 않은 그것을 즐겨라?'라고 노래한 그런 산문의 음악성을 그의 문장은 담고 있다. 프랑스 상징주의의 특색을 그의 시편들은 여실히 드러내고 있는데, 이 점은 그의 자질이나 기호에 속하는 것이지 그의 교양에 속하는 것은 아닌 듯하다.

김영태는 인용한 「하늘」이란 시에서도 짐작이 되다시피 일종의 순수시를 시도한다. 이미지가 비유성을 벗고 있어 순수하다. 그리고 사물을 보는 시각이 유미적이다. 60년대에서 70년대로 넘어가면서 그의 이미지에는 더욱 밀도가 생기고 시적 뉘앙스가 짙어진다. 시의 구조 또한 더욱 치밀해지고 입체적이 된다.

정희성은 70년대에 나오기는 했으나 70년, 바로 그 해의 등장이기 때문에 60년대 세대와는 세대로서는 종이 한 장의 차이일 뿐이다. 그의 시는 인용한 「답청」에서도 그대로 드러나고 있듯이 매우 알레고리컬하다. 김수영 「풀」의 연장선상에 있는 듯이 보인다. 그의 문장은 스타카토로 간결하게 끊어지면서 군살을 일체 빼고 있는 것이 특색이다. 양감이 줄어들기는 하나 초점은 선명해진다. 스타카토라는 말이 나왔으니 하는 말인데, 이승훈의 시편들도 간혹 그런 데가 있다. 희성의 것이 물리적인 세계를 다루고 있다고 한다면, 승훈의 것은 심리적인 세계를 다루고 있다. 후자의 경우는 상태나 장면 제시에 그치게 하고, 빈사를 생략하는 것이 심리의 심층에 가라앉은 어떤 가두리를 드러내는 데 효과적일 수가 있다. 언어단편을 콜라주로 나열하는 방법 말이다. 그러나 승훈의 경우는 빈사를 생략한 언어단편만의 나열은 없는 듯하다. 스타카토로 행을 끊으면 속도감이 나고, 스타카토의 되풀이는 만연체보다는 훨씬 리듬감도 살게 된다. 이 점에서는 박목월의 어떤 시편들이 연상되기도 하나, 물론 이 두 시인의 시적 기질이나 지향하는 바는 전연 다르다. 승훈에게서는 역시 심리의 가두리가 문제다. 그것은 설명이나 묘사를 하기가 매우 거북하기 때문이고, 방법으로도 자동기술을 쓰려고 하기 때문에 잦은 단절이 앞뒤에 생길 수밖에는 없기 때문이다.

60년대는 60년대에 등장한 시인들만이 시작활동을 한 시기가 아님은 두말할 나위도 없다. 50년대에 나온 김광림, 김남조, 김종삼, 박용래, 전봉건, 홍윤숙 등 일가를 이룬 시인들과 『청록집』의 세 시인을 비롯한 40년대에 나온 몇 시인들이 또한 활발한 작품활동을 전개한 시기이기도 하다. 그 중의 한 시인을 들어 보기로 한다.

(전략)

눈초리가 야속하게 빛나고 있다며는
솜덩이 같은
쇳덩이 같은

이 몸뚱아리며

게딱지 같은 집을

사람이 될 터이니

사람 살려라.

모두가 죄를 먹고 시치미를 떼는데,

개처럼 살아가니

사람 살려라.

허울이 좋고 붉은 두 볼로

철면피를 탈피하고

새살 같은 마음으로,

세상이 들창처럼 떨어져 닿히며는,

땅군처럼 뱀을 감고

내일이 등극한다.

—송욱, 「하여지향·일흘」 일부

송욱의 영시의 전통의 하나인 풍자시가 흔히 쓰는 운韻비꼬기 (펀)를 원용하여 독특한(이 땅에서는) 풍자시를 만들어내고 있다. 매우 날카롭고 냉소적이다. 한마디로 매우 지적이다. (원래가 풍자란 지적인 법이기는 하지만) '솜덩이'와 '쇳덩이'는 물렁물렁함과 딴딴함을 각기 드러내는 정반대의 뜻을 가진 말들인데 '이 몸뚱아리'에 그런 것들을 함께 집어넣음으로써 유와 강의 속다르고 겉다른 이중성을 야유하게 된다. '철면피'의 '탈피'도 두터운 것(철면)과 가벼운 것(탈)의 대비다.

60년대는 이렇듯 다양한 개성들이 다양한 빛깔들을 수준을 유지하면서 보여준 시기라고 할 수 있다. 그만큼 우리의 당대시 및 현대시도 아득히 전개해왔고 상승 커브를 그어왔다는 증거가 되리라. 그러나 70년대의 후반쯤에서부터 80년대에 이르러 이 커브는 혼선을 빚게 된다. 수준과 균형이 깨뜨려진다. 역사는 좋건 궂건 그 자체의 의지가 있다고 한다. 두고 볼 일이다.

40

어떤 사물에 기대서 생각을 말하는 데에도 두 가지 유형이 있다. 그 하나는 사물과 생각이 얼른 보아 떼어낼 수 없을 정도로 밀착돼 있는 경우고, 다른 하나는 사물과 생각이 주종관계에 있다는 것을 곧 식별할 수 있는 경우다. 그러니까 앞의 경우는 목적과 수단이 구별이 안 된다. 아니, 처음부터 그런 구별은 없었다고 해야 하리라. 그러나 뒤의 경우는 주종관계에 있기 때문에 목적과 수단이 뚜렷이 구별된다. 생각이 목적이요 사물이 수단이란 것이 글자 그대로 기물진사寄物陳思로 드러난다. 나는 이런 두 가지 유형을 다른 각도에서 그 하나를 서술적 이미지라고 하고, 다른 하나를 비유적 이미지라고 하고 있다. 서술적 이미지는 이미지가 순수하다. 이미지 그 자체가 그대로 말을 한다. 그러나 비유적 이미지는 어떤 관념을 위한 수단이 된다. 그러니까 이미지로서는 불순하다. 이미지를 통해서 말을 한다. 앞의 경우는 비유의 소멸이란 말을 할 수 있게 된다. 시는 다만 아무것도 말하지 않는다는 입장과 시는 무엇인가 말을 해야 한다는 입장으로 갈라진다. 시를 보고 읽는 시각도 마찬가지다.

T. S. 엘리엇이 단테의 시에서 사상을 읽지 말라고 한 것은 시를 대하는 하나의 전형적 입장이다. 시는 사상에 있지 않고, 언어의 조직에 있다고 본다. 언어가 짜는 무늬하고 하면 적절한 비유가 될까? 하여간에 I. A. 리처즈 같은 학자가 말한 대로 시는 단순한 센스로 이루어지는 것이 아니라, 합계의 의미total meaning로 이루어진다. 아니, 이때의 의미는 일상적인 차원의 그것이 아니라 다분히 비유적인 비일상적(형이상적)인 그것이라고 해야

하리라. 이를테면, 어조가 의미의 구실을 한다고 할 때, 그것은 사전에서는 찾아지지 않는, 눈에는 안 보이는, 어떤 민감하고 훈련된 감각만이 포착할 수 있는 그런 것이다. 일종의 촉감, 이를테면 그림의 마티에르matière와 같은 것이다. 시의 작자는 두말할 나위도 없는 일이지만, 시의 독자도 이런 뉘앙스를 포착하는 감각의 훈련이 되어 있지 않으면 결국은 시를 놓치게 된다. 음악에서 절대악이라고 부르는 것이 그 무의미(사상적 주제의 배제)를 감각(귀)으로 포착하지 못한다면 그는 결국 음악을 놓치게 된다. 모차르트의 음악은 물론이요 베토벤의 음악도 그렇다. 그의 표제악은 문학적 내용(사상성)을 위해서 있는 것은 아니다. T. S. 엘리엇 같으면 베토벤의 음악에서 사상을 듣지 말라고 할 것이다. 문학 교사가 오버센스를 범하는 수가 흔히 있다. 시를 사상으로 환원시켜서 논리적으로 요약하려는 억지를 학생들에게 강요하는 경우 말이다. 입시의 문제라는 것도 이런 것을 요구하는 쪽으로 설문하고 있다. 시를 산문처럼 취급하려고 한다. 주제가 또렷하고 사상이 강조되고 있는 경우라 하더라도 시는 그것(주제 사상)만을 위하여 있는 것은 아니다. 퀴즈풀이가 시의 해석, 특히 시의 이해가 될 수는 없다.

——내 시칠리아의 파이프에는 가을의 소리가 난다.

　　　　　　　　　　　　　　　　　——니시와키 준사부로의 1행시 전문

시칠리아는 보통 시실리라고 부르고 있는 이탈리아 남부에 위치한 섬이다. 5백만이나 되는 인구가 살고 있다고 하니까 꽤 큰 섬이다. 이 섬이 왜 이 시의 첫머리에 나오게 되었을까? 그 이유는 간단하다. 시칠리 섬에서 바닷바람을 맞으며 자란(바닷물에 뿌리를 박고) 장미의 뿌리로 만든 파이프가 가장 양질의 파이프라고 한다. 그래서 시칠리아 섬은 파이프와 유추관계에 있다고 해야 하리라. 바닷물에 뿌리를 박고 바닷바람을 맞으며 자란 장미나무와 파이프와의 관계를 모르는 독자에게는 하나의 이그조티시즘으로만 보일는지도 모른다. 그러나 그 사실을 모른다 해도 예민한 독자에게는 시칠리아 섬과 파이프가 어떤 특수한 관계에 있다는 것을 느끼게 되리라. 시칠리아 섬을 여행하면서 거기서 구하게 된 좀 색다른 파이프라서 시인이 아끼며 애용하고 있다는 투로 말이다. 그런데 그 파이프에서 왜 가을의 소리가 날까? 파이프라는 것이 가을로 접어들어 바람이 조금 차지고 햇살도 조금 엷어지고 낙엽도 일찍 지고 있는 그런 때에 어울린다. 손에 쥐면 따뜻한 기운이 스민다. 계절의 감각이 한결 살아난다. 한마디로 파이프를 입에 물거나 손에 쥐거나 하는 것은 가을의 경경이라고 할 수 있다. 파이프를 보면 계절을 느끼게 된다는 것이 이 시의 내용이랄 수가 있고, 이 시를 논리적으로 요약했다고 할 수 있으리라. 그러나 이런저런 정경을 감각으로 감지하는 것을 내용을 요약하는 수단으로 생각하며 지적(논리적)으로 내용을 추상화(요약)하는 것을 목적으로 한다면 시를 위하여는 온당한 처사라고 할 수 없을는지 모른다. 그리고 파이프가 계절을 느끼게 한다는 것이 무슨 메시지나 되는 것처럼, 말하자면 이 시가 하나의 비유인 것처럼 감춰진 의도(관념, 사상)가 있는 것처럼 해석을 하려든다면(그렇게 해야만 직성이 풀린다면) 우스운 것이 된다. 감춰진 의도가 없으니까, 즉 메시지(관념·사상)가 없으니까 시가 가볍다든가, 가벼우니까 별것 아니라든가 하는 평가는 일방적인 것일 수밖에는 없다. 그러나 그런 입장도 하나의 입장으로는 있을 수 있다. 그렇지만 그것은 어디까지나 상대적이다. 다른 한쪽에 이 시의 본래적인 위상에 따라 이해하고, 그런 이해 위에서 이 시를 평가하는 입장도 있다. 그것을 인정해야 한다. 이 시에는 메시지가 없고, 따라서 이 시에 등장하는 시칠리아며 파이프며 가을은 그대로 기물진사가 되고 있다. 한 걸음 나아간 해석을 하자면, 이 시는 기물이 아니라고도 할 수 있다. 사물에 기대고 있는 것이 아니라, 즉 사물과 생각이 따로 구분되어 있는 것이 아니라 하나가 되고 있다. 생각은 즉 사물이다. 시도 하나의 사물처럼 '있다'. 관념(사상)으로 있는 것이 아니다. 이런 이치는 상징주의와 이미지즘, 이데아와 이콘의 문제로 연결된다.

상징주의는 추상적인 사상과 감정을 표현하는 데 구체적인 심상을 쓰는 방법이다. (1)

우리를 에워싸고 있는 비근한 또는 구체적인 기억에 고민하지 않고 순수한 관념을 만드는 일이다.

내가 '꽃'이라고 한다. 그러자 내 소리는 어떤 윤곽도 남기지 않고 잊어버려진다. 그러나 그와 함께 그 망각에서 우리가 알고 있는 꽃잎과는 다른 그 무엇이 음악적으로 떠오른다. 그것은 어떤 꽃잎과는 다른 그 무엇이 음악적으로 떠오른다. 그것은 어떤 꽃다발에서도 볼 수 없는 감미로운 꽃의 관념 그것이다. (2)

(1)은 C. 채드윅Chadwick의 「상징주의 이론」에서 (2)는 말라르메가 쥘 르나르Jules' Renard의 『어법』에 붙인 「서문」에서 각각 인용한 것들이다.

(1)은 상징주의에 대한 가장 초보적이고도 일반적인 정의다. 그러나 그만큼 상징주의의 원래적 위상이 단적으로 드러나고 있다. 상징주의는 '사상'이나 '감정'을 위하여 '구체적인 심상'을 수단으로 쓰는 것이 그 아주 소박한 위상이다. (2)에서는 그 위

357

상을 구체적으로 말하고 있다. 결국은 현실이 문제가 될 수 없고, 관념이 문제다. 꽃이라고 할 때 태 소기所記로서의 꽃이 문제가 될 수 없고, 능기能記로서의 꽃만이 문제가 된다. 즉 언어가 만들어내는, 현실에는 없는 '음악'과 같은 이데아로서의 꽃이다. 상징주의가 리얼리즘을 배척한 이유를 알게 된다. 그러나 '사상'과 '관념', 즉 이데아를 제쳐두고 사물 그 자체를 서술적으로 보려는 입장이 있다. 그것이 바로 이미지즘이요 사물시요, 나아가서는 50년대 프랑스의 반소설의 리얼리즘이라고 할 수 있다.

상징주의의 형이상학은 보들레르의 시 「조응」의 그 조응 correspondance 사상에 있다. 유한과 무한이 조응한다는 말라르메적 무한사상이 바로 그것이다. 만해의 '님'도 이러한 상징주의적 이데아 사상에 연결된다고 해야 하리라. 폴 발레리가 인간의 두뇌구조와 우주의 구조는 상사형相似形이라고 했을 때, 이 보들레르의 조응의 사상을 우리는 연상하게 된다. 나는 20대에 상징주의자가 되었다가 40대에 리얼리스트가 되었다. 그러나 지금은 그것들의 절충, 아니 변증법적 지양을 꿈꾸고 있다. 이 꿈을 다르게 말하면, 시로써 초월의 세계로 나가겠다는 것이 된다. 시로써라는 말을 또 다르게 말하면, 이미지라는 것이 된다. 이상을 다시 요약하면, 사물과 현실만을 사물과 현실로서만 보는 답답한 시야를 돌려 사물과 현실의 저쪽에서 이쪽을 보는 시야의 전이를 시도한다는 것이 된다. 사물과 현실은 그들 자체로는 그들의 문제가 해결될 것 같지 않다. 새로운 내 나름의 플라토니즘이 가능할까? 이콘을 무시한 이데아는 시가 아니라, 철학이거나 사상일 따름이다.

41

시조와 일본의 와카和歌 및 하이쿠俳句를 비교해본다. 우리와 일본의 전통문화를 비교 고찰하는 데에도 작은 도움이 될는지도 모른다.

시조(평시조)는 그 형태가 한시 절구를 닮았다. 어떤 학자들의 견해로는 고려 말 사대부의 한시 소양을 토대로 형성되어간 것이 시조라고 한다. 그 형태의 구조를 분석해보자. 한시 절구는 4구로 되어 있다. 의미의 전개가 기승전결로 극적으로 되어 있다. 시조는 3장인데 의미 전개에 있어 역시 기승전결의 틀을 가지고 있다. 종장은 전과 결을 겸한다. 다음은 내용이다. 거의가 충효를 바탕에 깐 경세적인 것, 즉 교훈적인 것과 음풍영월이다. 유교적이 아니면 노장적이다. 조연에 들어가면 유교적이 되고, 야에 묻히면 노장적이 된다. 후자는 양생의 한 방법이리라.

기물진사의 틀에 맞춰보면, 시조는 생각의 쪽에 기울고 있다. 사물에 기대는 경우가 있기도 하지만, 직설적으로 생각을 토론하는 경우가 허다하다. 대체로 진술이 되고 있다. 산문과 별로 다르지 않다. 시조가 생각을 진술 형식으로 직설하고 있다는 것은 유교적이라고 할 수 있다. 일종의 군자적 방법이다. 간접적인 것, 우회적인 것을 깨끗하지 못하다고 하는 청렴성의 소치라고 할 수 있다. 매우 도덕적이다. 이 도덕적인 경향은 시조(시조만이 아니라 한시의 경우도 한가지다)를 아마추어리즘에 머무르게 한다. 시조는 파한거리나 여기餘技에 지나지 않는 것이 된다. 이런 특색들은 와카, 특히 하이쿠에 있어서는 전연 볼 수 없는 것들이다. 아주 대조적이다.

하이쿠는 단을 이룰 정도로 전문적이다. 바쇼巴焦 생애를 걸고 오직 그 길에 정진하면서 운수승雲水僧(한 절에 머물지 않고 떠돌며 수행하는 스님—편주)과 같은 방랑을 일삼으며 소재를 찾아다닌 것은 전형적인 사례라고 할 수 있다. 그리고 하이쿠의 세계는 수많은 사장師匠(학문 · 기술 · 유예를 가르치는 스승 · 선생—편주)을 배출케 했고, 호구 또한 그것으로 채웠다. 그들(사장)의 처신이 속기를 떠나 있었고, 예藝와 유遊를 문화로 받아들이는 이른바 놀이인간(호모 루덴스)의 이념이 발을 붙일 수 있는 사회 분위기를 만들 수 있었다. 그리고 또 기물진사에 있어 시조와는 정반대의 입장에 선다. 하이쿠는 생각을 버리고 즉물적으로 사물을 내세운다. 순수 이미지의 하나의 극한적 양상을 드러낸다. 그리고 시조처럼 설명하면서 풀어놓는 자세를 극도로 경계한다. 설명을 가능한 한도까지 억제하고, 사물 자체가 말하게 한다. 그것은 메시지가 아니라, 스스로를 드러내도록 하는 방법이다. 또한 일상적, 말초적인 것이 큰 비중을 차지한다. 시조의 경세적, 교훈적인 알레고리컬한 태도와는 대조적이다.

馬に寝て殘月遠し茶のけぶり
蛸壺やはかなき夢を厦の月
夏草や兵共がゆめの跡

바쇼의 하이쿠 3수를 들어보았다. 이만큼 응축된 정경묘사는 고시조에서 찾아볼 수 없다. 하이쿠는 선불교의 영향인 듯하다. 언어도단에 가까운 발상을 하고 있다. 말을 버려야 하는 한계에까지 가 있다.

소설을 봐도 그렇다. 우리의 이른바 고대소설은 거의 예외가 없을 정도로 알레고리가 되고 있다. 일본에서는 『겐지이야기源氏

物語』와 같은, 무라사키 시키부紫式部라고 하는 작자를 알 수 있는 소설이 이미 9백 년이나 전에 나오고 있다. 이 소설은 교훈성, 우화성이 배제되고 있다. 당시 최상층계급에 속한 한 사나이 히카루 겐지의 여성편력을 결이 몹시 섬세한 감각적인 문장으로 리얼하게 그리고 있다. 이런 유미적 여색소설은 현대소설에까지 이어지는 일본소설의 중요한 전통의 한 가닥이 되고 있다. 가와바타 야스나리川端康成도 이 계통에 속한다고 할 수 있으리라. 여기 비하면 우리의 고대소설은 너무도 건조하다. 『춘향전』도 권선징악의 도덕성과 심한 허구가 두드러진다. 예술감각(미감각)이나 사물감각보다는 도덕감각이나 관념에 대한 감각이 훨씬 강하다고 해야 하리라. 우리 문학이 현대적인 세례를 겪으면서도 이데올로기 쪽에 민감한 반응을 보인 것은 어쩔 수 없는 전통, 유교전통 때문이다. 시인이나 소설가가 일제 때만 하더라도 지사나 사상가로 치부될 만큼 경화되어 있었다. 지금도 이런 사정은 가시어지지 않고 있다고 해야 하리라. 시인을 도덕가로 착각하는 경우가 있다. 이런 일들은 풍속이나 놀이 같은 것에도 그대로 나타나고 있다.

조선조의 『세시기』 같은 것을 보면 놀이와 풍속이 기록되고 있지만, 한결같이 공리적이다. 농사와 유기적인 관련이 없는 것이 없다. 아주 경직된 현상이라고 해야 하리라. 어떤 관념의 연역 같은 느낌을 준다. 딱딱하다.

명절이나 무슨 특별히 계획된 행사가 아닌, 일상적인 차원의 놀이, 즉 생활 속의 놀이감각이란 것이 위축돼 있거나 굳어 있어 탄력이 없다. 그리고 천편일률이고 획일적이다. 야외에 나가면 계곡에 발을 담그고 앉았거나, 확성나팔에 대고 고함을 지르는 투의 유행가 외쳐대기와 무슨 춤인지 알 수도 없는(그야말로 국적 불명의) 어깨춤을 지치지도 않고 몇 시간이고 우쭐거리고 있는 모습들이 우리의 노는 모습들이다. 그렇잖으면 술자리에서 잔을 대중없이 돌려대는 폭음(음주 겨루기 같은)이 또한 이른바 스트레스를 푼다는 명분을 거느린 놀이다. 길거리를 걷노라면 안온하게 또는 오붓하게 또는 푸근하게 어딘가 앉아서 한동안을 쉬어갔으면 싶은 곳이 좀처럼 발견되지 않는다. 공원도 그렇고 다방도 그렇고 술집도 그렇다. 그런 곳들은 사람을 쉬게 하는 곳들이 아니라 짜증나게 하는 곳들이다. 문화감각이란 이런 곳에까지 미쳐 있어야 그것이 육화된 감각이랄 수 있다. 뭔가 하이브로우highbrow한 전문인들의 현학 취미와 이것과는 상관이 없다. 생활이 쾌적해야 한다. 그것을 만들어낼 줄 모르는 사회는 문화사회라고 할 수 없다. 거리를 걸으면 간판공해, 소음공해, 즉 시청각의 어지럼증에 걸려든다. 우리 사회가 이런 일에 무신경하기 때문이다.

옛부터 우리에게는 차의 문화라는 것이 없었다. 이런 일은 문화 전통을 가진 사회에서는 없다. 중국, 일본도 그렇지만, 유럽의 어느 나라에서도 독특한 자기네들의 차문화를 가지고 있다. 차를 매개로 한 인간관계의 예술화라고 할 수 있다. 담소를 '즐긴다'는 것이다. 생활에서 즐거움을 스스로 거부 또는 배제하면서 살아온 사회가 바로 우리 사회가 아닌가 싶어지는 때가 있다. '즐긴다'는 것을 때로는 무슨 죄악처럼 생각하고 있는 것이 아닌가 싶어지는 일이 있다. 연극 감각만 해도 그렇다. 생활이 곧 연극이라는 감각이 몸에 밴 유럽 사회는 길을 걷거나 카페에서 차를 한 잔 마셔도 즐겁다. 내 모습을 남에게 보이면서 남의 모습을 내가 본다는 의식이 그들에게는 있다. 그러니까 그들은 늘 일상생활에서 스스로 배우가 되고 한편 관객이 되곤 한다. 그것이 거동과 맵시를 세련되게 하고 자타의 감정을 자연스럽게 부드럽게 만든다. 유럽의 도시에서 곧 눈에 띄는 것은 행인들의 표정이요 간판의 맵시요 소리의 다스림이다. 이런 것들은 결국은 풍속을 만들고 거기에 짜증없이 자연스럽게 동화되어간다. 우리 사회는 민중이 스스로(귀납적으로) 풍속을 만들어가는 일이 별로 없다. 관혼상제까지 관에서 간섭하고 법제화해야만 한다.

유교는 상징주의의 핵심적인 일면인 초월에의 감각을 이 땅에 심어주지 않았다. 그런 감각은 극히 소수의 한정된 석학들에게만 맡겨져 있었다. 일반에게는 도덕률과 경세의 틀로서만 작용해왔다. 조선조의 문학감각이 따라서 고려속요의 많은 부분을 음사淫辭라고 배척한 것은 당연하지만, 우리로서는 귀중한 문화유산을 잃게 된 셈이다. 문학도 알레고리와 메시지로 치부한 흔적이 농후하다. 시도 글자 그대로 언지로 생각하고 뜻(메시지)이 담기지 않으면, 또는 뜻이 시원찮으면 평가되지 않았다. 시로서는 감성의 경화현상을 낳게 된다. 「나는 왕이로소이다」(홍사용), 「아시아의 마지막 밤 풍경」(오상순). 「스탄카멘왕의 뇌임」(유치환) 등의 20년대 30년대의 시들이 그 대표적인 예가 되겠지만, 이 사례는 끊이지 않는 이 땅 시문학의 전통의 중요한 한 가닥이기도 하다. 시집 『님의 침묵』에 수록된 시편들 속에도 단순한 사회적 메시지가 되고 있는 것들이 있다. 이미 말한 대로 상징주의의 초월사상에 가장 접근해 있는 한용운의 경우인데도 그렇다.

42

시의 언어는 A. 테이트Tate의 말을 빌리면, 단순한 전달com munication이 아니라 영적교섭communion이 되어야 한다고 한다 (『현대 세계에 있어서의 문인』참조). 옳은 말이라고 일단 시인 해두고 말을 이어가보자.

A. 테이트의 위의 말을 일단 시인할 때 우리는 또 그럼 단순한 전달과 영적교섭을 어떻게 해석하고 받아들여야 하는가 하는 문제에 부닥친다. 말하자면, 무엇(어떤 상태)을 단순한 전달이라고 하고 영적교섭이라고 하느냐 하는 데 대한 해석과 실제의 느낌은 사람에 따라 다를 수도 있다는 문제에 부닥친다. 가령 A의 시를 두고 어떤 사람은 단순한 전달밖에는 느끼지 못하는데 다른 어떤 사람은 영적교섭까지를 느끼게 된다고 할 수 있는 경우도 있으리라. 반대로 B의 시를 두고는 같은 두 사람의 느낌이 정반대일 수도 있으리라. A의 시에서 영적교섭을 느낀 사람이 그것을 못 느끼는 경우도 있으리라. 그렇다면 A. 테이트의 말은 결국은 실제에 있어 아무런 의미를 가질 수 없는 것이 된다. 같은 말을 하고 있다고 그들이 파악하고 있는 내용까지가 같을 수는 없다.

시는 영적교섭을 하고 있는 언어로 되어 있어야 한다는 데 대한 인식을 같이하고, 영적 교섭을 하고 있는 언어가 어떤 것인가 하는데 대한 인식과 실제의 느낌을 같이한다 하더라도 보다 절실한, 보다 감동적인 영적교섭을 하고 있는 언어들이 어떤 것인가를 식별하는 것은 참으로 어려운 일이다. 사람에 따라 절실함과 감동의 밀도 차이는 없을 수도 있지만 있을 수도 있다. 아주 크게 벌어질 수도 있다. 이런 식으로 추구해가면 결국은 좋은 시를 식별하는 기준을 정하는 일은 난감해질 수밖에 없고 사람마다의 기호와 교양과 능력에 따른 문제라고밖에는 할 수 없게 된다. 요는 그 기호와 요양과 능력에 따른 식별이 안목있는 층으로부터 어느 만큼의 공감을 얻게 되는가가 문제다. A. 테이트의 위의 말을 시인하지 못하는 사람도 있을 것인데 그런 사람에게 있어서는 시의 언어가 전연 다른 것으로 인식되고 있기 때문에 시와 시 아닌 것에 대한 인식도 전연 다른 것이 될 수밖에는 없다.

다음 시사의 전개에 있어 의의있는 시와 좋은 시와의 구별의 문제다. 가령 우리가 이상의 해체시(이를테면 「오감도」 연작과 같은 것)를 시사의 전개에 있어 어떤 의의를 인정한다 하더라도 좋은 시를 가려내려고 할 때 그것을 들려고 하면 망설여진다. 전통적인 시관에 의하여 시로 인정되고 있는 시에 비하여 지나치게 과격한 파괴적 요소들을 드러낸 시는 어느 시기의 것이든 간에 일단 넓은 의미의 다다이즘의 시라고 할 수 있다고 한다면 그 다다이즘의 시는 과도기적 현상으로 역사의 한 과정으로서의 시는 느끼게 하지만, 작품으로서의 시의 완성도나 성숙성은 느끼지 못하게 됨이 뻔하다. 그러나 이 경우라 하더라도 시를 역사의 과정에서 보고 있는 사람에게 있어서는 그 의의와 함께 작품으로서도 그쪽(선열한 시대성 ―즉 과도기적 단면―을 반영한)을 택할는지 모른다. 그러나 일반적으로는 좋은 시와 시사적으로 의의있는 시는 반드시 같을 수는 없다고 봐야 한다. 시를 역사적 산물로 보느냐, 초역사적 산물로 보느냐 하는 대립된 관점의 문제가 있을 수 있고 절충적인 입장도 있을 수 있다. 시는 변하는 부분이 있고 그렇지 않는 부분이 있다고 말하는 사람이 있다면 그는 이 절충적인 입장에 선 사람이라고 해야 하리라. 이 절충적인 입장은 역사적 입장과 초역사적 입장을 다함께 포섭하고 있기 때문에 좋은 시를 가려내는 데는 가장 유리한 위치에 있다고 할 수 있다. 그러나 같은 절충적인 입장에 있는 사람이라 할지라도 다른 입장에 있는 사람들과의 차이보다는 덜할는지 모르나 좋은 시를 가려내는 데는 차이가 생기게 된다. 서로의 기호와 교양과 능력의 차이만큼 벌어지게 된다.

그 다음 우리는 또 어떤 주의나 유파와 시의 좋고 나쁨의 식별과의 관계를 생각해볼 수 있다. 이를테면 로만주의의 신봉자가 보는 시관과 고전주의의 신봉자가 보는 시관은 다르기 때문에 그 다른 시관의 차이만큼 시의 좋고 나쁨의 식별도 달라지게 마련이라는 그런 경우 말이다. 이상화의 시를 30년대의 김기림이나 정지용이 좋게 보지는 않았을 것이다. 균형감각도 없이 모호하게 감정유로하고 있는 시를 절제와 선명성을 존중한 그들이 좋게 볼 리가 없다. 그 반대로 새로운 로만파인 유치환과 서정주가 너무도 감각적이고 단편적인 그들의 시를 좋아하지 않았으리라. 그것은 당연하다. 그렇다고 김기림이나 정지용 사이에, 이상화와 유치환과 서정주 사이에 좋은 시에 대한 의견의 일치를 반드시 기대할 수도 없다. 설령 극히 개념적인 가치관에 있어 일치를 보았다 하더라도 실제의 작품에 대한 느낌은 서로가 다 다를 수 있기 때문이다. 느낌은 수학의 공식처럼 객관적일 수 없다.

시는 다른 말로 설명할 수 없고, 훌륭한 시의 가장자리에는 침묵이 있을 뿐이라는 말들이 있다. 느낌의 미묘함을 설명한 말들이다. 영미에서 한동안 특히 시의 비평을 지배하고 있었던 이른바 신비평의 그 분석비평이 설명되지 않는 아름다움은 있을 수 없다는 극단의 주지적 입장을 고집했으나(그러니까 그들에게 있어 좋은 시와 나쁜 시는 수학의 공식처럼 객관적으로 식별되었어야 했다) 그들 서로 간에도 의견의 일치(작품의 성격이나 좋고 나쁨을 식별하는 방법에 있어서)를 보지 못했고, 심지어 A.

테이트는 최종적으로 작품의 질을 결정하는 것은 독자 개인의 경험 및 재질과 함께 독자가 속한 문화전통의 눈에 보이지 않는 힘이라고 했다.

진술보다는 심상의 제시를 중요시하고 가치 있게 보는 사상파와 심상보다 진술과 메시지를 더 중요시하고 가치 있게 보는 민중파는 좋은 시를 보는 기준이 전연 다르다. 같은 민중파라 하더라도 예술성과의 균형을 강조하는 입장에 선 사람과 예술성을 죽이고 메시지를 강조하는 사람 사이에는 좋은 시에 대한 의견의 차이가 드러나는 것이 당연하다. 사상파는 시에서 메시지가 표면에 드러나면 그것은 좋은 시가 아닐 뿐 아니라 극단적인 경우는 그것을 시라고도 인정하지 않을는지도 모른다.

시는 또 몇 개의 장르가 있다. 이른바 서정시, 서사시, 극시가 그것들이다. 더 세분할 수도 있다. 담시라고 하여 서사시와는 따로두기도 한다. 서정시는 이루 말할 수 없을 정도로 세분하기도 한다. 소재에 따른 구분, 소재를 처리하는 태도나 방법에 따른 구분 등이다. 우리가 지금 대상으로 하는 것은 서정시다. 소재를 중요시하는 경우와 소재를 처리하는 태도나 방법을 중요시하는 경우가 있겠는데 이들 각각의 경우에 따라 시의 좋고 나쁨을 식별하는 기준은 달라진다. 이 또한 당연하다. 소재를 편애하는 입장에 서게 되면 모든 것이 소재로 가치가 결정된다. 태도나 방법을 편애하게 되면 모든 것이 또한 태도나 방법으로 가치가 결정된다.

시는 두말할 나위도 없이 언어를 매개로 하는 예술이다. 그렇다면 언어의 속성을 생각해볼 필요가 생긴다. 언어는 소리와 의미와 심상을 가지고 있다. 이것들이 어우러져 사상과 정서와 감각을 자아낸다. 사상은 논리성이고 정서와 감각은 형식논리와는 다른 그들 나름의 미묘한 질서를 가지고 있다. 언어가 가지고 있는 이런 속성을 잘 다스려 원만하게 살린 시를 좋은 시라고 일단 말할 수 있을 듯하다. 그러나 그 속성을 모두 잘 살리고 있다고 반드시 좋은 시가 되는 것은 아닌 듯하다. 이목구비가 제대로 하나하나 잘 박혀 있는데도 얼굴 전체의 느낌이 아주 싱거운 경우가 있다. 그런가 하면 어딘가 빠진 듯하지만 다른 부분이 그것 (빠진 부분)을 보충하고도 남을 만큼 매력적일 때 그 얼굴은 훨씬 돋보이기도 한다. 시도 그와 같다. 그러니까 어떤 이론이나 개념보다도 맛을 혀가 결정하듯이 느낌이 시의 좋고 나쁨을 최종적으로 결정하는 것이라면 궁극적으로 시의 질의 식별은 주관적일 수밖에는 없다는 것이 된다.

여기서 내가 어떤 시를 좋다고 한다면 그것은 내가 그러는 것이지 어떤 보편적인 기준에 의해서 그러는 것은 아니다. 그것은 내가 책임져야 할 일이고, 공감해주는 사람의 수가 많으면 위안은 되겠지만, 공감해주는 사람의 수가 많다고 좋은 시가 되는 것은 아니다. 좋은 시를 독자의 수로 따진다면 설문 형식의 여론조사를 하면 된다. 그러나 독자의 수가 적어도 좋은 시가 있고, 독자의 수가 많더라도 좋지 않은 시가 있다. 요는 독자가 좋은 시라고 들 수 있는 것은 작고시인의 것들로 김종삼의 「북치는 소년」과 박용래의 「저녁눈」 등이다. 김수영의 「풀」도 좋기는 하나 앞의 두 편의 시에 비하여 교훈성, 즉 우화성, 말하자면 알레고리가 너무 짙게 깔려 있다. 내 기호와 교양(시적)에는 닿지 않는다. 김종삼과 박용래의 시는 내가 보기에는 실험성을 일단 걸러낸(실험성을 무시하거나 실험성에 대하여 무지하지 않았다는 뜻으로) 시라고 생각한다. 그리고 메시지가 감춰져 있고, 산문투의 진술을 적절히 통제하고 있다. 김종삼의 경우는 조금 심리적 굴절을 보여주고 있기는 하지만……. 의미가 심상에 용해되고 있고, 자유시는 이른바 회화 속에 절로 스며있는 리듬, 자연스런

가라앉은 리듬이 있다. 메시지가 없더라도 시가 더 좀 부피와 깊이를 가질 수 있었는데 그것들이 약한 것이 아쉽다. 이상은 나의 느낌을 최대한 말해보려고 애쓴 결과지만 남은 느낌(못다 설명한 느낌)이 훨씬 더 많은 것 같다.

내용 없는 아름다움처럼

가난한 아희에게 온
서양 나라에서 온
아름다운 크리스마스 카드처럼

어린 양들의 등성이에 반짝이는
진눈깨비처럼
　　　　　　　　　　　—김종삼, 「북치는 소년」 일부

늦은 저녁때 오는 눈발은 말집 호롱불 밑에 붐비다
늦은 저녁때 오는 눈발은 조랑말 발굽 밑에 붐비다
늦은 저녁때 오는 눈발은 여물 써는 소리에 붐비다
늦은 저녁때 오는 눈발은 변두리 빈터만 다니며 붐비다
　　　　　　　　　　　—박용래, 「저녁눈」 일부

43

　영어의 아이러니는 위장을 뜻하는 희랍어 에이로네이아 eironeia에서 유래됐다고 한다. 위장, 즉 거짓 꾸민다는 것은 의도적으로 의도를 감춘다는 것이 된다. 의도를 직설적으로 노출시키면 말하고자 하는 내용, 즉 의도의 내용이 뉘앙스가 죽어 그 밀도나 강도가 훨씬 덜해진다. 단순히 사전적 뜻만을 알리고자 할 때, 즉 보통의 산문의 경우는 굳이 뒤틀린 방법을 쓰지 않아도 된다. 그러나 시와 같은 미묘한 뉘앙스를 전달코자 할 때는 특별한 방법을 쓰지 않으면 시적 의도가 죽는 수가 있다. 뉘앙스가 사전적 뜻보다 더 시적 의도를 살리는 경우가 있다. 이럴 때 쓰게 되는 아이러니는 시의 표현에 있어서의 아이러니다. 아이러니는 그러니까 일차적으로는 시의 표현에 관한 문제라고 할 수 있다. 어떤 소박한 시에도 그것이 시인 이상 표현상의 아이러니는 있게 마련이다.

　나보기가 역겨워 가실 때에는
　죽어도 아니 눈물 흘리우리다

　위의 소월의 시 「진달래꽃」의 끝행은 아이러니가 되고 있다. 외연과 내포(감추어진 의도)의 긴장상태가 시적 밀도를 빚고 있다. 이 대목이 이 시 전체의 내용에도 뉘앙스를 주고 있다.
　아이러니는 한편 발상과 관계가 있다는 점에서 파라독스와 구별된다. 가령 클리언스 브룩스Cleanth Brooks가 워즈워스의 14행시 「웨스트민스터 교상에서」를 분석한 것은 그 예라고 할 수 있다.

지상에 이처럼 아름다운 것은 없도다.

이처럼 장대한 몸에 다가서는 광경을 지나치며 돌아보지 않는 자는
둔하도다.

거리는 지금, 의상처럼,

새벽의 아름다움을 걸치고 있도다. 묵묵히, 숨김없이,

배도, 탑도, 원탑도, 극장도, 사원도,

푸른 들에 큰 하늘에 스며 누웠도다.

연기없는 대기 속에 모두 찬연히 빛나도다.

새벽녘의 밝음에 해는 이처럼 아름답고

골짜기를, 바위를, 언덕을 빛으로 덮은 일은 없었도다.

이처럼 깊은 고요함을 본 일도 느낀 일도 없었도다.

강은 스스로의 마음 그대로 절로 흐른다.

아 신이여, 집들마저 잠자는 듯하고,

크나큰 심장은 지금 소리없이 누워 있다.

템즈 강이 새벽녘에 잠이 아직 깨지 않고 있을 때에 오히려 아
름답게 살아 있다는 것은 아이러니컬한 발상이라는 것이다. 낮
이 되어 활동이 사직되면 템즈 강은 오염된 더러운 흐름으로 변
한다. 따라서 낮의 살아 움직이는 시간이 오해려 죽어 있는 시간
이 된다. 워즈워스는 자연상태로 돌아가 잠에서 아직 깨지 않은
시간의 템즈 강이 살아 있다고 본다는 것이 된다. 이런 해석이
타당하다면, 호반시인인 워즈워스의 자연 예찬의 진가가 이 시
에서 여실히 드러나고 있다고 해야 하리라. 동시에 발상의 시적
호소력은 배가된다. 아이러니는 시의 표현이나 시의 발상과의
관계 외에도 여러 가지 문제를 야기한다. 먼저 시의 효용과의 관
계를 한번 생각해볼 수가 있다. 여기서 장자의 「인간세편」에 나

오는 가죽나무의 비유는 아주 적절한 예가 된다. 장인 석이 제나라 곡원을 지나다가 거대한 가죽나무를 보고 아무짝에도 쓸모가 없다고 무시해버린다. 그날 밤 꿈에 가죽나무의 신령이 나타나 쓸모 없음의 쓸모 있음을 깨우쳐준다. 석은 그가 너무도 장인의 입장에서만 사물을 답답하게 보고 있었다는 것을 깨닫는다. 가죽나무가 천수를 다할 수 있어 그처럼 거목으로 자란 것은 목재로써의 이용가치가 없었기 때문에 오히려 가능했다. 그러나 그는 과연 쓸모없는 잉여물일까? 아니다. 다른 차원에서는 그는 가장 쓸모있는 것이 된다. 백 아름드리나 되는 그의 몸피에 달린 잎들이 한량없이 넓은 그늘을 만들어 수많은 행인들의 더위를 씻어주고 휴식의 장소가 되어준다. 멀리서 바라보기만 해도 속이 다 후련해진다. 이런 일들은 가죽나무의 크나큰 덕이라고 해야 하리라. 시가 실용에 대하여 이와 같은 위치에 있다.

「벽암록」의 덕운에 관한 게偈는 장자의 가죽나무 비유와 흡사한 효용의 아이러니를 말해준다. 덕운은 우물을 메우기 위하여 눈을 퍼붓는다. 눈은 녹아 물이 되고 물은 차면 밖으로 흘러날 뿐이다. 그것을 알면서도 그짓(우물에 눈을 퍼붓는)을 되풀이한다. 그러는 그 자체가 즐거워서 그러고 있는 것 같다. 시지프스는 돌을 짊어지고 산꼭대기까지 올라간다. 돌은 내려놓기만 하면 굴러 산발치로 떨어진다. 그것을 따라가서 또 짊어지고 올라간다. 산꼭대기에 갖다놓기만 하면 다시 또 산발치로 굴러 떨어진다. 또 따라간다. 그 도로에 지나지 않는 돌나르기는 그에게는 고통일 수밖에 없다. 그러나 고통을 무릅쓰고 그 일(돌 나르기)에 도전한다. 영웅적이지만 비극적이다. 이에 비하면 덕운의 경우는 일종의 놀이가 되고 있다. 이 놀이는 하잘것없는 것이 아니라 무상을 유상(즐거움)으로 만드는 기능을 가지고 있다. 따라서 덕운의 행위는 실용에 대한 아이러니가 된다. 실용과 똑같은 아이러니컬한 효용을 가진다는 말이다. 호이징어의 놀이인간이 바로 그것이다. 문화는 놀이의 상태를 동경한다고 말할 때 그는 놀이의 아이러니컬한 효용성을 생각하고 있었다는 것은 두말할 나위가 없다. 놀이는 즐거움과 함께 공리를 떠난 행위라고 하는 인간의 품위를 일깨워준다. 그것이 놀이의 효용성의 핵이다. 시의 순수성도 이와 같다.

실험시가 부르주아 사회에 대하여 아이러니의 관계에 있다고 할 때 실험시의 부르주아 사회에 있어서의 효용성을 또한 말한 것이 된다. 릴케가 『말테의 수기』에서 말했듯이 부르주아 사회란 속물사회고 규격화된 상식이 판을 치는 사회다. 예술보다도, 즉 개성보다도 상품 즉 획일화가 생활의 구석구석을 뒤덮어버린 사회다. 릴케에 따르면, 옛날의 가재도구는 부르주아 사회에서는 예술품이 된다. 거기에는 그것을 만든 이들의 넋이 깃들어 있기 때문이라고 한다. 각설하고 부르주아 사회는 속물근성과 상식적인 획일성에 잠들어 있는 사회다. 아니 부르주아 사회는 스스로를 오히려 깨어 있는 사회라고 생각한다. 실험시는 그 상태가 잠들어버린 상태라는 것을 일깨워주는 역할을 한다. 그것이 부르주아 사회에서의 효용성이다. 부르주아 사회는 그러나 실험시의 비非 내지는 반反상식적 획일성을 본능적으로 두려워하고 볼온시한다. 그러나 불온하고 두려운 것이 어딘가에 있다는 것을 인식케 하여 불안을 유도하는 것(불안에의 감각을 일깨워주는 것)이 또한 실험시의 부르주아 사회에 대한 효용성이다. 이 사실은 프롤레타리아 독재정권 하에 있는 공산주의 사회에서도 마찬가지로 적용된다. 프롤레타리아도 시나 예술에 있어서는 부르주아 이상으로 보수적이다. 전위예술을 적대시하고 부르주아 예술이라고 매도한 것은 그들이다.

다음은 아이러니와 세계관과의 관계를 생각해볼 수가 있다.

여기서 먼저 처용 설화를 예로 들어보기로 한다.

처용은 동경 밝은 달에 취하여 놀다가 집에 들어와보니 역신이 아내를 범하고 있었다. 그 광경을 목격하고도 그는 가무이퇴歌舞而退한다. 이 장면은 해학이다. 역신이 운명이라고 한다면, 운명이 안겨주는 고통을 해학적으로 처리한다. 여기에는 세계관적 아이러니가 깃들어 있다. 운명은 불가항력이라고 하더라도 그것에 반항하여 싸우는 것을 인간의 용기라고 하는 시지프스적 유럽인의 세계관이 있다. 비극을 비극으로, 정면으로 맞받아들이는 태도다. 그러나 처용의 경우는 다르다. 비극적인 장면을 희극적으로 처리한다. 비극을 심리적으로 극복 내지는 무화시키는 시점이다. 다르게 말하면, 물리적으로는 운명에 굴복한다는 뜻이다. 운명에 부닥쳐서 인간의 자기 능력에 절망한다. 그 절망을 깨달았기 때문에 자기를 포기하는 낙천적인 태도가 나온다. 이러한 아이러니는 몹시도 쓸쓸하고 서글프다. 해학에는 그런 뉘앙스와 분위기가 있다.

새옹지마塞翁之馬의 고사도 그렇다. 고통이 기쁨이 되고, 기쁨이 고통이 된다는 달관은 숙명론에 연결되지만, 한편 매우 아이러니컬한 뉘앙스를 풍긴다. 이런 류의 세계관에 관계되는 아이러니는 18세기 말 독일 로만주의의 미학에 잘 드러나고 있고, 극작이나 서정시에 잘 반영되고 있다. 우리의 현대시에는 아직 이런 세계관을 배경으로 한 것은 없다.

장 파울Jean Paul의 후모르humor 미학이나 프리드리히 폰 슐레겔Friedrich von Schlegel의 로만적 이로니ironie라는 것들은 기독교 세계관과 깊은 연관을 가지고 있다. 비극적 상황을 희극적으로 처리한다는 점에서 처용설화와 비슷하지만, 독일 로만파의 경우는 운명이라는 관념보다는 전지전능한 하느님이라는 차원에서 절대적으로 작용한다. 하느님의 차원에서 볼 때 인간의 차원이란 희극적이라는 것이다. 인간이 하는 온갖 짓거리가 하나에서 부터 열까지 모두 우스꽝스럽다는 것이다. 독일 로만파적 후모르는 이리하여 인간을 아주 비소하게 만들고, 인간의 비소함을 통하여 반대로 하느님의 전지전능함을 짚어 알게 한다. 로만적 이로니는 이리하여 하나의 형이상학이 된다. 독일 노만주의 때의 시인들의 대개가 철학자였음을 생각해볼 필요가 있다.

인간 존재는 그 자체 하나의 아이러니의 성격을 띤다. 천사도 아니고 악마도 아니면서 천사가 되고 악마가 될 가능성을 늘 지니고 있다. 이런 모순 갈등과 아이러니컬한 위상을 본능적으로 예민하게 느끼는 능력의 소유자가 결국은 시인이 아닐까?

형이상학으로까지 날개를 달고 하늘 높이 날아간 아이러니는 마침내 다시 또 시의 표현이나 발상의 문제 쪽으로 회귀한다. 시는 형상을 갖춘 구체적인 하나의 사물이기 때문이다.

44

포스트모더니즘의 포스트post는 '후기' 또는 '제2' 등으로 번역된다. 그러나 번역된 용어가 문제가 아니라, 그 용어 속에 담긴 내용이 문제다. '후기'니 '제2'니 하는 말들은 '전기'니 '제1'이니 하는 말들과 대응한다. 그러니까 '전기'니 '제1'이니 하는 것이 우선 문제가 된다. '전기'니 '제1'이니 하는 것은 두말할 나위 없이 1910년대에서 20년대에 걸쳐 유럽에서 일어난 일련의 새로운 예술운동, 즉 모더니즘을 가리키는 것이 된다(여기서는 시에 국한해서 생각해보기로 한다). 시에 관계되는 운동으로는 유럽 대륙에 1910년대에 있었던 다다이즘, 20년대에 있었던 쉬르리얼리슴이 대표적인 예일 것이고, 영국에서는 20년대의 T. S. 엘리엇을 중심으로 한 T. S. 엘리엇식 시운동이라 할까 하는 것이 그 대표적인 예일 것이다. 이 두 개의 흐름은 각기 아주 다른 특색들을 지니고 있다.

M. 펙컴은 '질서에의 열광rage for order'이란 말을 하고 있다(「인간의 혼돈에의 열광」참조). 20년대의 T. S. 엘리엇과 제임스 조이스의 문학을 두고 한 말이다. 질서란 특히 시에 있어서는 형식을 두고 하는 말이 된다. 시인의 형식에 대한 엄격한 태도, 그것을 질서의식의 표출이라고 본다. T. S. 엘리엇이 이른바 예술과정artistic process을 강조하고 있는 것을 그의 여러 논문에서 보게 된다. 이때의 과정, 즉 프로세스process란 말에는 방법이란 뜻이 짙게 스며 있다. 방법이란 형식에 관계되는 용어이다. T. S. 엘리엇이 "한 편의 시가 완성되기 전에는 시는 아무데도 없다"고 했을 때, 그는 시를 포에트리로 생각한 것이 아니라 작품으로

서의 시, 즉 포엠을 생각하고 있었다고 해야 한다. 그는 고전주의자다. 그는 문학에서 문학을 만들어내기 위하여 유럽의 고전을 섭렵하며 현대에 유용한 방법들을 찾아냈다. 일종 방법의 패러디를 고안한 시인이다.

방법의 패러디는 다르게 말하면 편집의 재능을 두고 하는 말이 되겠다. T. S. 엘리엇은 16~17세기의 이른바 형이상파 시인들의 시작 방법인 기상conceit과 셰익스피어의 극작을 모델로 한 작극술과 상징주의에서부터 쉬르리얼리슴에 이르는 프랑스의 시의 방법, 특히 내적 독백inter monologue에 대한 의식의 흐름 stream of consciousness 수법 등을 그의 시의 주제에 맞춰 적절히 (효과적으로) 배합 응용하고 있다. 이런 재능은 일종의 비평의식에서 나온 것이라고 해야 하리라. 제임스 조이스의 경우도 이와 마찬가지다. 그의 문체의 다양함과 소설 구성의 견고함은 모두 유럽 현대문학의 성과를 선택적으로 응용한 결과인 것이다. 그는 각종 산문(시사문, 실용문 등)에서조차 모델을 뽑아낸 작가다. 비상한 비평의식 및 비평재능의 소유자라고 해야 하리라. 자연발생적인 작업태도와는 대조적인 위치에 그들은 선다. 그들의 문학을 가리켜 닫힌 문학close literature이라고 부르는 이유가 이런 따위 엄격한 형식주의와 지적인 작업태도에 있었다고 해야 하리라. 그들의 세계관이 비관주의 쪽으로 흐르고 있는 것은 현대문명의 바탕에 깔린 낭만주의적인 낙천주의에 대한 불안 때문이다. 특히 T. S. 엘리엇의 경우는 T. E. 흄의 기독교적 인간관, 즉 인간의 오만성(로만주의적)에 대한 경계심리가 짙게 깔려 있다. 그는 기독교에 의지하고 있었으나 제임스 조이스는 만년에 불교 쪽으로 관심을 기울이기도 한 듯하다. 어느 쪽도 현대문명 (유럽의 로만주의적 휴머니즘으로 특색지을 수 있는)에 대하여는 비관적이다.

10년대와 20년대의 유럽 대륙에서 이미 T. S. 엘리엇이나 제임스 조이스와는 대조적인 위치에 서는 일련의 문학운동이 있었다. 서두에 서 지적한 바 있는 다다이즘이나 쉬르리얼리슴이 그 대표적인 예일 것이다. 이들은 우선 형식 파괴, 즉 반형식주의를 그 문학적 특색의 으뜸으로 한다. 형식 파괴란 여태까지의 문학이 전개해온 온갖 형식의 '전통'을 파괴한다는 것이 된다. 그러니까 반전통주의가 된다. 엘리엇이 전통을 존중한 태도와는 대조적이다. 파괴하면서 동시에 T. S. 엘리엇이나 제임스 조이스에서 보게 되는 지적이고 방법의 패러디적인 요소를 일체 거부한다. 자연발생적인 태도를 취한다. 쉬르의 방법인 자동기술이 그것의 단적인 예가 된다. 이리하여 나중에 미국에서 기세를 떨치는 열린 형태open form, 열린 시open poetry, 무형태의 형태formless form 등으로 불리어지는 일군의 시적 징후가 나타나는데 그 선편은 10년대 20년대의 다다나 쉬르라고 해야 하리라. 이들은 전통을 무시 내지는 파괴했다는 점에서 과격ultra하다는 말을 자크 마리탱은 한다. 그에 의하면 다다나 쉬르는 과격한 모더니즘이란 것이 된다. 이 과격한 모더니즘에 연결되는 것이 50년대의 미국의 열린 형태의 징후군이다.

포스트모더니즘의 포스트는 '후기'니 '제2'니 하는 번역을 할 수 있지만, 그 '후기'니 '제2'니 하는 것들의 내용(성격)이 문제다. '후기'니 '제2'니 하는 것의 내용을 T. S. 엘리엇이나 제임스 조이스 쪽에 악센트를 두고 볼 때는 실은 탈 T. S. 엘리엇 및 탈 제임스 조이스의 모더니즘이 된다. T. S. 엘리엇 등의 모더니즘은 자크 마리탱식으로 말하면 온건한 모더니즘이 된다. 전통을 존중하고 있기 때문이다. 이와는 달리 '후기'와 '제2'의 내용을 다다나 쉬르 쪽에 악센트를 두고 볼 때는 과격한 모더니즘의 계승 및 전개현상을 드러냈다는 것이 된다.

포스트모더니즘을 시에서는 전형적인 예로 50년대에서 비롯된 미국의 열린 시에 둔다고 한다면, 그 내용은 뚜렷이 반전통적이고 반형식적이고, 따라서 혼돈에의 열광을 노골적으로 드러낸 그런 것이다. 사람에게는 '질서에의 열광'과 함께 '혼돈에의 열광'이 있다. 사람은 이면성의 존재다.

샌프란시스코에서 A. 긴즈버그가 『짖는다Howl』는 시집을 1955년에 내고 있다. 이른바 비트 시의 대표적인 예라고 할 수 있으리라. 비속한 일상어로 그야말로 내뱉듯이 짖어대듯이 즉흥적으로 쏟아놓은 시다.

천사티가 있는(호모의 남역의) 히프스타들이 밤의 기구의 안의 별 같은 발전기와의 옛부터의 천국적 연결을 찾아서 불타고 있는 것을 보았다.

「짖는다」의 첫머리에 나오는 한 행이다. 지저분한 도시의 너절한 장면이 나오고 있는 점은 얼른 보아 T. S. 엘리엇의 시를 연상케 한다. 그러나 상징적인 밀도와 구성의 치밀성은 거의 무에 가깝다.

50년대에는 블랙 마운틴파가 기세를 떨치게 되는 시기이기도 하다. 이 파의 대표적인 이론가는 찰스 올슨Charles Olson이다. 이른바 투사시projective poetry라는 이름으로 불리어지는 시에 대한 이론적인 뒷받침을 그가 한 셈이다. 그의 「투사시론」은 1950년에 나오고 있다. 그 속에는 다음과 같은 대목이 있다.

시 그 자체는 모든 점에 있어 한 개의 강도 높은 에네르기 구조물이 아니어서는 안 되며, 모든 점에 있어서 한 개의 에너르기 방사체가 아니어서는 안 된다.

'에네르기 구조물', '에네르기 방사체' 등의 용어로 짐작이 가 듯이 강력한 표현주의적인 생명의 방출이란 것이 된다. 낭만주 의의 극단의 예를 본다. 19세기 중엽의 W. 휘트먼Whitman을 이 들 열린 시의 선편으로 보는 견해도 있다. W. 휘트먼은 로만주 의적 휴머니스트요, 낙천적인 자유민주주의자가 아니던가? 그 렇다. 이들 미국의 50년대 열린 시의 시인들도 인간성의 내재적 인 요소를 본능적으로 믿는 휴머니스트들이요 낙천주의자들이 다. 그렇잖으면 분출하는 에네르기를 그대로 쏟아낼 수는 없다. 그들이 쉬르리얼스트와 다른 점은 쉬르 쪽은 무의식이라고 하는 심리의 가두리가 의식의 한쪽에 있었다면, 그들에게는 생명의 연소라고 하는 원시성이 있었다고 할 수 있다. 쉬르가 무의식 대 문에 형식을 파괴했듯이 그들은 에네르기 때문에 형식을 돌볼 수가 없었다고 해야 하리라. 이 땅의 모더니즘과 포스트모더니 즘을 어느 시기의 어떤 현상에다 결부시켜 말할 수 있을까? 우 선 생각되는 것은 30년대의 물질시 계통과 쉬르 계통이다. 편석 촌이나 정지용 등은 모더니즘의 온건파요 이미지스트들이라고 할 수 있으리라. 그들은 문체나 구조에 있어 모범적인 형식주의 자들이요 명쾌함과 절제의 미덕을 잘 터득하고 있었다고 할 수 있다. 여기 비하면 이상은 형태 파괴자요 새로운 형태나 문체의 실험자라고 할 수 있다. 우리 시의 전통에는 없었던 시도를 대담 하게 전개하고 있다. 그의 시에는 늘 의식과 무의식의 각축 갈등 과 같은 심리의 가두리가 따라다닌다. 편석촌과 정지용 쪽의 온 건파에 비하면 이상은 과격파다. 60년대 이래의 이승훈과 80년 대의 황지우는 분명히 포스트모더니즘의 징후를 드러내고 있다 고 해야 하리라. (시기적으로도 그렇다.) 이른바 이 땅에서는 현 학적인 용어로 해체시라고들 한다. 이들의 해체시는 편석촌이나 지용에 악센트를 두고 볼 때는 탈모더니즘이 된다. 즉 모더니즘의 온건파에 반대한다는 것이 되고 그들을 무시한다는 것이 된다. 한편 이상에 악센트를 두고 볼 때는 모더니즘의 전개현상이 된다. 이 후자의 경우는 재미있는 현상들이 더러 나타나고 있다. 데리다 계통의 이론가 중에는 모든 책읽기는 다 오독이라는 대담한 소리를 하는 이들이 있다. 오독이란 판단은 어디서 나온 것일까. 따라서 이들의 이론에는 현상학적 치밀성이 없다는 것이 된다. 판단은 언제나 괄호 안에 넣어두고, '중지'의 신중을 기해야 한다. 또 하나는 음악에서 볼 수 있는 일인데, 가령 존 케이시의 경우와 같은 것이 그것이다. 그는 무대에 섰다가 아무것도 하지 않고 그대로 내려와버린다. 그것도 음악이라고 한다. 이런 따위 발작들은 문화의 과도기에는 더러 나타나는 법이다. 어제 오늘 시작된 일도 아니다. 10년대의 유럽을 어지럽힌 다다이스트들의 스캔들을 회상해보면 되리라. 스캔들과 문화는 다르다.

45

서정시라는 용어는 애매한 데가 있다. 우선 서사시나 극시와
의 관계에서 나온 것이라고 생각해볼 수가 있다. 그러나 엄밀히
따지면 이들 세 장르 사이에는 서로 넘나듦이 있다는 것이 발견
된다. 단테의 「신곡」은 서정시와 서사시가 혼합돼 있는 전형적
인 예라고 한다.(R. G. 몰턴의 『문학의 근대적 연구』 참조). 그래
서 이 세 장르를 확연하게 가르지 않고 애매하게 쓰는 경우도 있
다(E. 슈타이거Staiger의 『시학의 근본개념』 참조). E. 슈타이거는
서정적이니 서사적이니 하는 투로 비교형으로 쓰고 있다. 즉 서
정적 성격이 비교적 상한 것을 서정적이라고 하고 서사적 성격
이 비교적 강한 것을 서사적이라고 한다. 어느 쪽도 확연하게 이
것은 서정시고 저것은 서사시다로 가르기가 실제에 있어 어렵다
는 것이다.

서정시는 동서고금을 물을 것 없이 그 길이가 짧다고 되어 있
다. 그런데 막연히 짧다고 할 것이 아니라, 구체적으로 어느 정
도로 짧아야 하느냐에 있어서는 꼭 그 기준이 있는 것도 아니다.
에드거 앨런 포는 백 행 이내로 써야 한다고 하고 있지만, 백 행
이란 우리(한국)의 전통적인 시관으로는 오히려 긴 시라고 해야
하리라. 백 행을 기준으로 한다 해도 현대의 시들 중에는 길이만
으로는 따질 수가 없는 경우가 있다. 가령 T. S. 엘리엇의 「불모
의 땅」과 같은 것은 백 행을 훨씬 넘고 있지만 서사시나 극시라
고는 할 수가 없다. 그렇다고 얼른 서정시라고도 하기가 어색해
지기도 하다. 예부터 이런 억지스러움이 실제에 있어왔다. 짧은
시라고 하더라도 반드시 서정시가 아닐 뿐 아니라, 서정적이라

고도 할 수가 없는 경우가 더러 있었기 때문에 이른바 촌철시寸鐵詩니 풍자시니 잠언시니, 심지어는 주지시니 사상시니 철학시니 하는 따위 어색한 용어들이 편의적으로 쓰이곤 했다. 이런 것들은 그들 용어가 가리키고 있듯이 서정성보다는 상대적으로 비서정적인 요소가 훨씬 강했다고 할 수가 있다. 현대시(모더니즘 이후)는 대체적으로 탈서정적이 아니면 반서정적 성격을 의도적으로 더 많이 드러내고 있다고 할 수가 있다. 그렇다면 서정적이란 무엇일까 하는 의문이 당연히 제기되어야 한다. 그러나 여기서는 장황한 현학적인 천착을 피하기로 한다. 서정적이란 것의 일반적인 해석을 요약해주는 데 그치기로 한다.

서정적이란 것의 일반적인 해석을 요약하면 대체로, 사적 감정을 지적 여과없이 그대로 드러낸 그런 것이라고 하고 있는 듯하다. 한마디로 영탄과 망아의 상태를 일컫는 것이라고 할 수가 있을 듯하다. 전통적으로 우리의 시가는 이런 요소를 짙게 간직하고 있었다고 할 수가 있다. 20년대 이후의 이 땅의 시에서도 이 전통은 이어져왔고, 이 계통의 수작들을 얻고 있다. 30년대의 모더니즘 세례를 받으면서도 이 전통은 끊이지 않았다. 가령 예를 들면, 다음과 같은 시인들이 각 연대를 대표하는 이 계통의 시인들이고 따라서 이 계통의 수작들을 남겨놓았다고 할 수가 있지 않을까 한다.

20년대의 김소월, 30년대의 김영랑, 40년대의 서정주(문단 등장은 30년대지만, 위에서 지적한 그런 계통의 시의 수작들을 남긴 것은 40년대 이후라고 할 수가 있다), 50년대의 박재삼, 60년대의 박용래(그도 50년대에 문단에 나왔지만, 위에서 지적한 그런 계통의 시를 집중적으로 그리고 정력적으로 많이 써서 남긴 것은 60년대라고 할 수가 있다) 등이다.

46

요 닷돈을 누를 줄꼬? 요 마음
닷돈 가지고 갑사댕기 못끊갔네
은가락지는 못사갔네 아하!
마코를 열개 사다가 불을 옇자 요 마음.

—김소월, 「돈타령」 일부

　돈이라는 소재는 가장 사회성이 강한 것이다. 따라서 객관적
으로, 또는 비판적으로 다루기에 수월한 소재다. 사적 처리보다
는 공적 처리를 하기에 어울리는 소재란 말이 되기도 한다. 그러
나 소월은 아주 자의적(자기본의적)으로 자기 감정에 따른 처리
를 하고 있다. 사적 감정의 노출이 지나치다. 일종의 안달이라고
할 수가 있다. 시로서는 품격이 없고, 바탕만 치졸하게 내보인
꼴이다. 그의 절창이라고 할 수 있는 「진달래꽃」을 보면 그 정제
된 품이 가히 고전적 완성도를 보여준다.

　나 보기가 역겨워
가실 때에는
말없이 고이 보내 드리오리다.

　영변에 약산
진달래꽃
아름 따다 가실 길에 뿌리오리다.

가시는 걸음걸음
놓인 그 꽃을
사뿐히 즈려밟고 가시옵소서.

나 보기가 역겨워
가실 때에는
죽어도 아니 눈물 흘리오리다.

이 시는 고려가요 「가시리」와 황진이의 한둘 시조와 함께 한국어로 된 가장 완벽한 연가의 하나라고 할 수가 있으리라. 「가시리」의 경우처럼 운율과 내용이 혼연일체가 되고 있다. 운율이 내용을 그대로 살리고 있다. 운율 속에 내용이 용해되고 있어, 소리와 뜻sense은 분리되지 않는다. 서정시의 전형을 본다. E. 슈타이거도 서정시의 가장 두드러진 특성으로 운율과 내용과의 불가분의 관계를 들고 있다(『시학의 근본개념』 참조). 운율이 곧 내용이다. 영탄과 망아의 상태는 언어의 음악성을 통할 수밖에는 없기 때문이다.

설은 님 보내옵노니
가시는 듯 도셔오쇼서

「가시리」의 이런 끝부분은 '님'에 대한 미련이 담겨 있는 대목이다. '님'을 지금 고이 보내드리듯이 '님'도 지금 가고 있는 그 걸음걸이로 돌아와달라고 한다. '가시는 듯'이란 심리적 뉘앙스를 적절히 그리고 있다. 여기 비하면 소월의 「진달래꽃」의 끝부분인,

나 보기가 역겨워

가실 때에는

죽어도 아니 눈물 흘리오리다.

의 '죽어도 아니 눈물 흘리오리다'는 적절하고도 간절한 아이러니가 되고 있다. 체념의 가장 내밀한 모습이다. 대상에 대한 포기요 상실에 대한 자각이다. 「가시리」는 차가운 계산 같은, 말하자면 공리성이 밑바닥에 깔려 있다. 그러나 「진달래꽃」에서는 잃어버렸다는 감정의 순수한 슬픔이 있을 뿐이다. 프리드리히 폰 실러Friedrich von Schiller는 상실의 감정은 근대적인 것이고, 소유니 하는 것들은 자연을 두고 하는 말들이다. 고대인은 자기 속에 자연을 지니고 있었는데 비하여 근대인은 자기 속에 자연을 잃고 있다고 한다. 호메로스의 서사시에서 그 고대인의 모습을 본다. 오디세이아가 괴물에게 부하를 잡아먹히고 겁에 질려 정신없이 달아나다 괴물의 눈을 피할 수가 있게 되자 조금 전까지의 비통함과 공포의 감정은 씻은 듯이 사라지고, 배고픔이라는 새로 닥쳐온 다른 현실에 부닥치게 된다. 그러나 야생의 소들을 잡아서는 맛있게 양껏 먹고는 곧 또 잠에 곯아떨어진다. 자연은 그처럼 소생하는 힘이 강하다는 것이지만, 근대인은 그런 힘을 잃고 있다. 언제까지나 잃어버렸다는 감정에 사로잡혀서 헤어나지를 못한다. 「가시리」는 곧 돌아올 애인을 눈앞에 그리고 있다. (물론 이 상태는 소유의 문제와는 다른 차원의 것이다.) 그러나 「진달래꽃」에서의 애인은 영원히 가버리고 돌아오지 않는다. 실러는 괴테의 서정시를 고대적이라 하고, 자기의 문학을 근대적이라고 한다. 소유한다는 그 감정이 소박하다는 것이 되고, 상실했다는 것은 그 감정이 감상적이라는 것이 된다. 그러니까 근대인은 감상적이다(이상 프리드리히 폰 실러, 『소박문학과 감상문학』참조). 소월은 이런 뜻으로의 전형을 「진달래꽃」에서 보여주었다고 할 수가 있으리라.

> 내마음의 어딘듯 한편에 끝없는 강물이 흐르네
> 도처오르는 아침날빛이 빤질한 은결을 도드네
> 가슴엔듯 눈엔듯 또 핏줄엔듯
> 마음이 도른도른 숨어있는곳
> 내마음의 어딘듯 한편에 끝없는 강물이 흐르네
>
> ―김영랑, 「동백잎」 일부

동백의 꽃잎을 흐르는 강물에 비교한다. 유추가 기발하다. 그러나 새빨간 빛깔의 열정적인 동백의 꽃잎(시에서는 '동백잎'이라고 제목을 달고 있지만, 정확히는 '동백꽃의 잎'을 말한 것이리라. 동백의 나뭇잎을 가리킨 것이라면 시로서의 긴장감은 새어버린다)이 흐르는 강물로 표상된 이별의 감정을 암시해준다. '도처오르는 아침날빛이 빤질한 은결'을 돋으는 그런 밝은 정경도 오히려 역작용을 한다. 역시 이별의 감정에 연결된다. 이별이란 두말할 나위 없이 상실을 뜻하는 것이 된다. 햇살의 밝음도 꽃잎의 열정적인 빛깔도 만남을 표상하지 않는다. 김영랑의 상실, 즉 이별은 돌이킬 수 없는 것이다. 「가시리」의 낙천적인 전망은 없다. 강이 쉬임 없이 흐르고만 있듯이 이별은 한 번 있은 뒤로는 멈추지 않는 감정이 되어 '가슴엔듯 눈엔듯 또 핏줄엔듯/마음이 도른도른 숨어있는곳' 그 '내마음의 어딘듯 한편'에서 끝없이 흐르고만 있다. 이런 감정은 서정주의 경우도 마찬가지다.

> 눈이 부시게 푸르른 날은
> 그리운 사람을 그리워하자.

저기 저기 저 가을 꽃 자리
초록이 지쳐 단풍드는데

눈이 내리면 어이하리야,
봄이 또 오면 어이하리야.

네가 죽고서 내가 산다면?
내가 죽고서 네가 산다면?

눈이 부시게 푸르른 날은
그리운 사람을 그리워하자.

　　　　　　　　　　　—서정주, 「푸르른 날」 전문

　그리운 사람은 곁에 있지 않다. 어딘가 시공을 한정하기 어려운 그런 곳에 있다. 어쩌면 어릴 때의 한 추억일는지도 모른다. 그런 대상이다. 소월이 「초혼」에서 노래한 '하늘과 따 사이가 너무 넓고' '불러도 대답없는' 그런 대상이다. 이 상태도 두말할 나위 없는 이별, 즉 상실의 그것이다. 전생에서부터 이미 그런 운명을 타고 나온 듯하나 투로 표현된다. '눈이 부시게 푸르른 날'이거나 '가을 꽃 자리'거나 '초록이 지쳐 단풍드는' 날이거나 할 것 없이 슬픔으로 가득 차 있다. 왜 그럴까? 그 (대상)가 이미 내 곁에 없기 때문이다. 그것은 마침내 울음과 눈물로 연결되어 구체화된다.

　누님의 치맛살 곁에 앉아
　누님의 슬픔을 나누지 못하는 심심한 때는

골목을 빠져나와 바닷가에 서자

비로소 가슴 울렁이고
눈에 눈물 어리어
차라리 저 달빛 받아 반짝이는 밤바다의 진정할 수 없는
괴로운 꽃비늘을 닮아야 하리.
천하에 많은 할 말이, 천상의 많은 별들의 반짝임처럼
바다의 밤물결되어 찬란해야 하리.
아니 아파야 아파야 하리.

이윽고 누님은 섬이 떠 있듯이
그렇게 잠들리.
그때 나는 섬가에 부딪치는 물결처럼 누님의 치맛살에 얼굴을 묻고
가늘고 먼 울음을 울음을,
울음 울리라.

—박재삼, 「밤바다」 전문

누님은 슬픔의 아날로지로 그려지고 있다. 그 누님을 생각하면, 어디가 '아파야 아파야' 하고, '가늘고 먼 울음을 울음을/울음 울리라' 로 마음은 슬픔으로 그득 고인다. 그 '누님의 슬픔' 이란 무엇일까? '누님의 치맛살 곁에 앉아' 있거나 '누님의 치맛살에 얼굴을 묻고' 누님의 사랑에 흠뻑 젖어 있으면서도 '누님의 슬픔' 을 함께 '나누지' 못하는 그 슬픔은 또한 무엇일까?

누님은 남편과 사별하고 있다. 그렇게 이 시의 분위기는 암시해준다. 누님의 슬픔은 어린 마음을 속속들이 적시고, 마침내 누님의 상을 하나 뇌리에 새기게 한다. 그것은 역시 이별, 즉 상실이라는 것의 모습이다. 개인의 체험이 집단의 체험과 생리로 동

화된다. 고려가요에서부터 민요와 소월과 미당을 거치는 현대시까지 이어지는 감정이다. 그것은 민족감정의 속살일는지도 모른다. 그것은 또 영원한 방랑자의 부단한 이별의 그 감정에 연결된다고는 할 수가 없을까? 그것은 마르틴 하이데거Martin Heidegger가 고향 상실자라고 말한 그 감정에 끝내는 연결된다고 할 수는 없을까?

　　강나루 건너서
　　밀밭 길을

　　구름에 달 가듯이
　　가는 나그네

　　길은 외줄기
　　남도 삼백리

　　술 익는 마을마다
　　타는 저녁놀

　　구름에 달 가듯이
　　가는 나그네

　　　　　　　　　　　　　—박목월, 「나그네」 전문

　이러한 '나그네(방랑자)'의 감정은 끝없이 떠난다는, 즉 이별의 감정과 연결된다. 거듭 말하거니와 이별의 감정이란 곧 상실의 감정에 연결된다. 이런 연결의 끝은 결국은 쓸쓸함이라는 감정으로 귀착케 한다. 쓸쓸함이란 존재자의 근원적 감정이다. 불교식 용어를 쓰자면 무상감이란 것이 된다.

만난다는 것은 헤어진다는 것을 전제로 한다. 그러니까 이별이란 것의 바탕에 깔린 쓸쓸함과 무상감은 결국은 다른 용어를 빌리면 슬픔이 된다. 이 감정이 팽배해질 때 인간적 연대의식이 생긴다. 그것이 바로 동양인의 윤리의식이기도 하다. 불교의 자비란 것도 이 '쓸쓸함→무상감→슬픔'의 도식을 바탕으로 한다. 실러가 감상을 근대적인 성격이라고 하고, 마르틴 하이데거가 고향 상실자를 현대적인 인간상이라고 하여 시대를 한정한 것과는 다르다. '쓸쓸함→무상감→슬픔'의 도식은 시공을 초월하고 있다. 시대와 역사를 보고 있지 않고, 영원을 보고 있다. 동양적 숙명론이라는 것도 이런 차원에서 볼 수도 있다.

幾山何越えさりゆかば淋しさのはてなん國ぞ今日も族ゆく

—나카야마 보크스이若山牧水

"몇 산하 넘어가면 쓸쓸함이 다하는 나라가 있을까 오늘도 길 떠난다"고 일본의 한 가인이 노래할 때, 그것은 목월의 「나그네」의 감정과 같은 끝이 없는 길 떠남의 '쓸쓸함→무상감→슬픔'의 도식을 그대로 그려 보여주고 있다는 것이 된다. 다시 한번 말하거니와 그것이 바로 동양인의 감정의 근원이라고 해야 하리라. 서양어에 쓸쓸함(淋)에 해당하는(꼭 맞아떨어지는) 말이 있을까?

목월의 「나그네」에서 지적해둘 것은 운율이 뜻을 압도하고 있다는 그 사실이다. 서정시의 하나의 특색을 전형적으로 드러내 보여주고 있다고 해야 하리라.

구름에 달 가듯이

가는 나그네.

'구름에 달 가듯이'란 물리적인 사실과는 다르다. 물리적인
사실에 있어서는 '달에 구름 가듯이'로 되어야 한다. 간혹 우리
가 육안으로 볼 때 구름은 그 자리에 있고 달이 움직이고 있는
듯이 느껴지는 때가 있다. 그렇다고 이 시가 그런 육안의 착각을
그대로 옮긴 것은 아니다. 물론 그 착각을 계산에 넣고 있기는
하였겠지만, 보다 시적인 동기나 의도는 그 운율에 있다. '달에
구름 가듯이'보다는 '구름에 달 가듯이'가 운율에 있어 훨씬 음
악적이다. 그런 음악적인 뉘앙스가 시의 분위기를 살리고 있다.
시인(목월)의 예민한 귀가시(서정시)의 비밀을 자연스럽게 포착
한 셈이다. 언어의 음악성을 강조한 상징주의 계통의 시에서는
운율이 뜻을 압도하여 모호하게 하고 있는 경우가 허다하다. 그
들은 의도적으로 모호하게 글을 쓴다.

잠 이루지 못하는 밤 고향집 마늘밭에 눈은 쌓이리.
잠 이루지 못하는 밤 고향집 추녀밑 달빛은 쌓이리.
발목을 벗고 물을 건너는 먼 마을.
고향집 마당귀 바람은 자리.

—박용래, 「겨울밤」일부

얼른 보아 이 시는 이별, 즉 상실의 감정과는 관계가 없는 듯
하다. 물론 이 시에서는 그런 (이별-상실) 감정을 직접적으로 드
러내고 있지는 않다. 그러나 이 시도 그런 '이별-상실' 감정에
닿아 있다. 즉 슬픔이 라이트 모티프가 되고 있다.
이별은 거리(사이)를 말함이다. 그와 나와의 메꾸어지지 않는
거리. 그 거리가 빚는 슬픔의 세계다. 그것은 시공에 걸친 거리

일 수도 있고, 시간과 공간 중 어느 하나만의 거리일 수도 있다. 이 시에서의 거리는 공간이다. 나와 고향은 같은 시간에 존재하고 있으면서 그러나 서로 떨어져 있다. 옛날에는 함께 있었기에 그것은 고향이고, 또한 지금은 이별, 즉 상실이 된다. 따라서 지금 그것(고향)은 회상의 대상이다. 일종의 낙원추억이다. '마늘밭'에 쌓이는 '눈'이든 '추녀밑'에 쌓이는 '달빛'이든, 혹은 '마당귀'의 '바람'이든 간에 '고향집'에 두고온 모든 것은 한없이 소중한 것들이다. 그것들이 지금은 없다는(잃었다는), 즉 나와는 이미 거리를 멀리 두고 있다는 그 감정이 절제되고 적확한 레터릭에 의하여 선명하게 그려지고 있다.

　모던은 멀리는 영국의 산업혁명을 그 기점으로 삼을 수도 있으나, 그것은 엄격히 따지면 모던으로 나가는 하나의 출발점을 제공해준 데 지나지 않았다고도 할 수가 있다(물론 그 출발점이라는 것이 중요함은 새삼 말할 나위도 없는 일이기는 하지만). 산업사회로 사회전환을 하면서 야기되는 문제들을 그(영국의 산업혁명)가 이미 자기 뱃속에 잉태하고는 있었으나 아직 표면에 노출되지는 않고 있었다는 점에서 그렇게 말할 수가 있으리라. 그러니까 그런 문제들이 노출되어 사회가 크게 흔들리면서 세계사적인 규모로 사회 전환을 하게 되는 것은 1917년의 러시아 볼셰비키의 혁명이다. 이 해를 모던의 기점으로 삼으면 별로 무리는 없을 듯하다.

　볼셰비키가 공산당으로 탈바꿈하여 새로운 경제, 정치 등의 사회질서를 잡아나간 것이 20세기의 전반기라고 할 수가 있다. 그런데 20세기도 후반으로 접어들자 민감한 사람들은 이데올로기의 퇴조를 예감한다. 특히 미국과 같은 선진 기술사회에서 사태를 관망하던 학자들이 그렇다. 그 중의 대표적인 예가 다니엘 벨이다. 그는 1960년에 『이데올로기의 종언』이란 책을 내고 있다. 일종의 예언서적인 성격의 저서라고 할 수가 있다. 그는 이 책에서 기술이 이데올로기를 무화시킬 것이라는 진단을 내린다. 그 진단이 허망한 것이 아니었음이 차츰 드러나게 된다. 1980년대의 말에 결정적으로 그것이 증명된다. 공산주의와 공산당이 해체현상을 드러낸다. 결정적으로 포스트모던의 징후가 드러난 셈이다. 80년대는 그러니까 모던이 와해되면서 포스트모던이 폭발적인 세력으로 모던을 연 중심 부위에서 분출된 시기라고 해야 하리라. 물론 아직도 동남아나 아프리카 등의 저개발 지대(변방)에서는 이데올로기라고 하는 낡은 질서가 세력을 쥐고 있는 경우도 있기는 하다. 즉 아직도 그런 곳들은 모던의 상태에 있다. 그것도 볼셰비키 혁명 당시의 설익은 몰골 그대로 말이다. 그러나 50년대 말에는 다니엘 벨이 예감한 그대로의 이데올로기의 해체현상이 여기저기서 은밀히 드러나고 있었다. 제2차 세계대전도 그것의 가장 대규모의 비유적인 예고였다고 할 수가 있다.

공산주의 이데올로기가 공산당과 더불어 해체현상을 드러내게 되자 성급한 사람들은 자본주의(시장경제체제)의 장래를 낙관하기도 하지만, 자본주의가 안고 있는 인간 소외의 문제는 해결되지 않고 있을 뿐 아니라 날로 더해가고 있는 실정이다. 미국을 위시한 일본과 유럽 EC 제국의 도덕적 퇴폐에 따른 강력 범죄의 범람은 한국과 같은 후진 자본주의 사회에서도 우리가 역력히 보고 있는 사실 그대로다. 도덕은 해체 붕괴되면서 새로운 도덕관(또는 도덕적 새로운 반성)이 형성되려면 수많은 어려운 고비를 넘겨(극복)야 할 것 같다. 데카당스 라틴의 현상을 지금 인류는 겪고 있다. 다니엘 벨이 '기술이 이데올로기를 무화시킨다'고 했듯이 아이러니컬하게도 같은 현상이 결국은 도덕까지를 무화 내지는 무력화시키는 극한 상황을 빚어내고 말았다. 도덕은 한갓 감상주의로 취급되고 모든 분야에서 기술의 메카니즘이 판을 치게 되었다. 도덕은 한갓 향수처럼 심리화되고 물리적으로는 약육강식의 바버리즘이 거리낌없이 모든 분야에서 자리를 강점한다. 도덕에 대한 시니시즘이 일반화되고, 도덕을 말하면 위선자 취급을 받기 십상이다. 위악이 '솔직'이라는 치장으로 미화된다. '솔직'이라는 말의 뜻이 어느새 인간적 품위를 잃고 말았다. 30년대에 이상이 이미 도덕을 19세기식이라고 하고, 거기(도덕)에 아직도 연연해하고 있는 자기를 19세기식의 인물이라고 자학하는 글을 쓰고 있다. 이상에게 있어 도덕은 이미 심리적으로는 거추장스런 것이 되고 있다. 심리적으로 그는 다니엘 벨이 예감한 상태를 벨보다 20여 년을 앞서 예감하고 있었다는 것이 된다. 이상의 최대의 고민은 이런 따위 심리적 문제, 즉 도덕에 대한 향수를 어떻게 떨어버릴 수가 있을까. 혹은 떨어버릴 수가 없는 것일까 하는 것을 확인하는 데 있었다고 할 수가 있을 듯하다. 그의 수필을 보면 이런 따위 문제가 첨예하게 드러나고 있다.

도덕은 인간에게만 있는 규범이요 형식이다. 형식이란 말은 질서란 말로 대치해도 되리라. 그러니까 도덕의 해체란 구체적으로는 규범의 형식의 해체를 두고 하는 말이라고 할 수가 있다. 시에서도 사정은 마찬가지다. 시형식의 해체현상이 곧 도덕의 해체현상과 연결된다.

물론 어느 시대든 규범과 반규범, 질서와 혼돈의 갈등이 있어 왔다. 그러나 20세기의 백 년 동안에 빚어진 이런 따위 갈등은 일찍이 없었던 과격한 양상을 보여준다. 그만큼 20세기는 이데올로기(질서)와 기술(혼돈)의 갈등이 심각했고, 고도산업화로 나가는 과정에서 기술의 비인간화 양상이 과격했다는 증거가 된다.

48

차연différance이란 프랑스어는 요즘 하나의 유행어가 되고 있다. 이 말은 차별differ과 연기defer의 합성어라고 한다. 차별은 공간적인 개념이요 연기는 시간적인 개념이다. 그러니까 차연이란 시공에 걸친 내포를 지니고 있다.

공간개념이란 일종의 육안개념이라고 할 수 있다. 육안으로는 사물은 서로 차별된다. 그러니까 이름붙이기가 가능하다. 이것은 꽃이요 저것은 바위다. 그러나 참으로 꽃이 있고 바위가 있느냐 하는 것을 점검하려면 현미경을 들여다보면 된다. 현미경에 드러난 꽃은 육안으로 본 그 꽃이 아니다. 현미경에 드러난 꽃은 육안으로 보았을 때와는 다르게 꽃의 공간성(현재성)만 드러나 있는 것이 아니라 꽃의 시간성(시간의 흐름 과거 현재 미래)이 함께 드러나 있기 때문이다. 육안으로는 보이지 않던 것이 보인다. 그것이 꽃의 시간성이다. 또한 그것이 꽃의 실상이다. 육안이 본 꽃이 꽃의 허상임이 드러난 셈이다. 그리고 그 꽃은 꽃이라고 이름붙일 수가 없는 그 무엇으로 형성되어가는 과정에 있는 어떤 것이라는 것이 밝혀진다. 다르게 말하면 육안이 본 꽃은 정지상태에 있는(운동을 멈춘) 꽃이다. 그러니까 그 모습이 확실하다. 따라서 이름붙이기가 가능해진다. 그러나 현미경 속의 꽃은 시시각각 변하고 있는(운동을 멈추지 않고 있는) 꽃이다. 따라서 그것은 이름붙이기가 불가능하다. 영원히 미완성의 그 무엇으로 있다. 즉 운동이 있을 뿐이다. 그러나 그것은 또한 엄연히 있다. 공간을 차지하고 있기 때문이다. 연기라는 것은 이런 내용을 지닌 말이다. 말하자면 결정적인 판단은 내릴 수가 없다는 것이다. 진리는 가변적이라고 하기보다는 원래가 늘 연기(진리라고 말할 수 있는 판단)의 상태로 놔둘 수밖에는 없다는 것이다. 해체란 말의 밑바닥에는 이런 따위 절망(이름붙이기 불가능이라는 절망과 따라서 진리는 미지의 그 무엇이라는 인식론적절망)이 깔려 있다. 그러나 한편 새로운 해방감이라는 정감적인뉘앙스가 빚어진다. 진리가 그 판단이 연기되고 있으니까. 그리고 그 연기는 영원한 것이니까, 결과적으로 진리는 인간에게는영원한 미지의 세계일 수밖에는 없으니까 진리로부터 자유로울수가 있다는 역설이 가능해진다.

『반야파라밀다심경般若波羅蜜多心經』에 나오는 유명한 구절에'색부이공 공불이색 즉시공즉시색色不異空 空不異色 卽是空卽是色' 이란 것이 있지 않는가? 차연의 내용과 흡사하다. 물론 이쪽(반야심경)이 더 깊은 뉘앙스를 지니고 있기는 하지만 말이다. 공즉시색이란 무(공)와 유(색)를 표리의 관계로 포착한 말이다. 없는것이 있는 것(따라서 있는 것이 없는 것이 된다)이라 함은 부재와 존재의 이면성을 가리킨다. 부재는 물론 존재의 시간성이요,존재는 부재의 공간성이다. 공간적으로 보면 모든 것은 정지되어 있다. 육안으로 포착이 된다. 그러나 시간적으로는 정지란 있을 수가 없다. 시간은 곧 운동이기 때문이다. 불교의 중사상中思想이 바로 이런 따위 인식론적 위상을 지적하고 있다. 이것도 아니고 저것도 아니면서 동시에 이것이기도 하고 저것이기도 하다는 것이다. 정감적으로는 제행무상에 연결된다. 회자정리, 왜 만남이 곧 헤어짐이 되는가? 만남이란 헤어짐의 반대어가 아니다.동의어다. 이런 따위 역설은 시가 가장 잘 그 진수를 표현해준다. 시는 그러니까 원래가 역설의 문학이다. 릴케식으로 말하면뿌리가 곧 가지가 되고 죽음이 곧 삶이 되는 그 원리 말이다. 뿌리가 없으면 가지는 없고, 가지가 없는 뿌리는 있을 수가 없다. 죽음이 없는 삶은 있을 수가 없고 삶이 없는 죽음은 죽음이 아니다. 뿌리의 연장이 가지요 삶의 연장이 죽음이다. 그러나 그것들은 모두 어떤 운동의 결과이지만, 궁극의 결과는 아니다. 궁극의 결과는 영원히 연기되어 있다.

　로만주의와 고전주의는 대립적인 개념들이다. 한 시대를 그어서 말할 수도 있겠지만, 이 두 개의 개념은 초시대적 또는 초지리적인 개념이기도 하다.

　로만주의는 인간성 속에 내재한 무한한 가능성을 믿는다. 그런 뜻으로의 휴머니즘이다. 그러나 이때의 '무한한 가능성'이란 무엇일까? 무한하다는 것은 한계가 없다는 뜻이다. 즉 로만주의에는 한계의식이 없다는 것이 된다. 그러니까 세계는 어떤 과정에 있다는 것이 되기도 한다. 결과가 좀처럼 나타나지 않는다는 말이 되고, 늘 미완성 상태로 있어야 한다는 것이 된다. 로만주의의 절망은 바로 여기에 있는지도 모른다. 인간성 속에 내재한 무한한 가능성을 믿으면서 그 가능성이 어떤 결과를 맺지 못하고 그야말로 무한으로 뻗어만 간다는 것은 결국은 모든 사태는 시시각각의 가능성을 위한 해체현상의 연속선상에 있다는 것이 된다. 무한한 가능성 때문에 부단한 운동, 즉 부단한 안티테제가 있어야 한다. 즉 부단한 부정의 진행이 있어야 한다. 로만주의는 이리하여 시간적 개념이요 음악적 개념이라고 할 수 있다. 문학의 장르로는 서정시가 적격이다. 로만주의자는 서정시적인 발상을 한다. 그것은 에고티즘에 연결된다. 각자가 각자의 개성을 주장하면서 일반화된(공인된) 패턴을 부수려고 한다. 따라서 그들은 한계가 없는 자유주의자가 된다. 아나키스트가 개인과 자유를 존중하는 정도만큼 로만주의자는 아나키즘에 연결된다. 이런 따위 유추는 결국 해체주의자의 그 해체의 개념을 유도해내게도 된다. 해체란 결국은 자유의 다른 이름이기 때문이다. 지나치게 왕양한 자유는 결국은 또 한 번 태초의 혼돈을 빚게 된다. 이런 따위 자유를 인간이 감당할 수가 있을까 하는 의문이 생기게 된다. 이 의문에 우리는 쉽게 답을 내려서는 안 될 것 같다. 왜냐하면 지나치게 왕양한 자유가 우리(인간)를 압도하게 되면, 우리는 불안해지고 그 불안을 견디지 못하고 절망하게 된다. 우리의 능력에는 한계가 있다. 따라서 우리는 스스로 어떤 한계를 설정하고 자유를 제한해야 한다. 말하자면, 무한한 가능성이라고 하는 과정에 말뚝을 박고, 우리의 유한성을 인정해야 한다. 아니, 인정하는 어떤 체념이 절실히 필요해진다. 그때 우리는 한시적이나마 어떤 질서를 찾게 되고 형식을 찾게 된다. 로만주의자로서의 해체주의자의 그 끝없는 가정을 일시적이나마 청산한다는 것이 된다. 그러나 그것은 어디까지나 일시적이다. 그리고 인위적이다. 그렇다. 고전주의란 언제나 인위적이다.

고전주의는 형식을 만든다. 그것은 질서인 동시에 한계를 뜻하는 것이 된다. T. E. 흄의 반로만주의 반휴머니즘이 바로 그것이다. 인간성에 대한 절망, 즉 휴머니즘과 로만주의의 낙천성에 대한 절망이다. 한계를 그어 그 낙천성에 제동을 걸어야 한다는 것이다. T. S. 엘리엇과 제임스 조이스의 모더니즘이 이런 따위 질서의식에 닿아 있다고 해야 하리라.

고전주의는 질서를 염두에 둘 때 어떤 정지상태를 유추할 수가 있다. 그러니까 그것이 곧 공간의식이고 조형의식이다. 그렇다. 고전주의는 공간적 개념이요 조형적 개념이다. 문학의 장르로는 희곡(극시)이 제격이다. 고전주의 시대에 희곡과 연극이 문학과 예술에서 큰 비중을 차지한 것은 우연이 아니다.

로만주의는 인간성 속에 내제되어 있는 무한한 가능성을 믿는다는 낙천주의를 한쪽에 지니고 있으면서 그러나 뜻밖에도 예기

치 않았던 절망에 빠진다. 무한이란 것이 결과를 예견할 수가 없는 과정만 드러내기 때문이다. 한편 고전주의는 무한한 가능성이라고 하는 로만주의의 낙천주의를 믿지 않는다. 인간성에 대한 한계의식이 있다. 인간의 능력에는 한계가 있다는 그 의식은 자기(인간)의 능력 안에서 일을 처리하려고 한다. 즉 체념이다. 이 체념이 잠정적인 어떤 결과(진리)를 설정하게 된다. 그렇다. 진리는 인간에게 있어서는 늘 상대적이요 잠정적이다. 그러나 그런대로 그 진리라고 하는 잠정적으로 설정된 어떤 결과가 형식을 만들어 질서를 세우고, 그 질서를 고정시키려고 한다. 여기서 우리는 고전주의의 탈에고티즘을 보게 된다. 로만주의는 에고티즘에 집착하면 할수록 혼돈에 빠져들게 된다는 점에서 상대성을 잃게 된다. 다르게 말하면 개인을 절대시한다. 더 자세히 말하면 개인의 자유를 절대시한다. 정치체제로써는 아나키즘에 연결된다.

그러나 고전주의는 자아(개인)를 버림으로써 어떤 잠정적이나마 보편성에 이르려는 의지를 낳게 하고 마침내 형식을 찾아 질서(잠정적)를 얻게 된다.

개인(개성)의 희생 위에 성립되는 현상이다. 여기서 우리는 하나의 비유를 말할 수가 있게 되었다. 표도르 도스토예프스키 Fyodor Dostoyevsky의 소설 『카라마조프가의 형제들』에 권말 부록으로 나오는 대심판관의 행적이 그것이다.

대심판관은 예수를 감금해놓고 대든다. 당신이 한 일이 무엇인가? 인류는 당신과 같은 천재의 레벨에 있지 않다. 당신이 본 진실과 진리를 무시해야 할 때가 있다. 사랑만 해도 그렇다. 한 쪽 뺨을 맞으면 다른 한 쪽 뺨도 내주라는 투의 사랑은 당신의 것이지 인류의 것은 아니다. 인류는 그것을 감당할 만큼의 레벨에 가 있지 않다. 인류를 위해서는 때로 어떤 부류의 인간들은 화형에 처하는 것을 서슴지 말아야 한다. 누가 더 인류를 사랑했다고 할 수가 있을까? 예수는 그러나 대심판관의 이런 따위 윽박지름에 시종 침묵만을 지키고 있었다.

로만주의적 해체현상이 어쩔 수가 없는 인간의 능력에 대한 실상을 정직하게 반영한 것이라 하더라도 그런 따위 정직이 인간을 위기로 몰고 갈는지도 모른다. 로만주의적 절대주의가 빠지게 되는 함정(혼돈)을 피하여 질서(형식)를 그때그때 세워가는 것은 대심판관의 경우처럼 인류를 위한 고전주의의 임무일는지도 모른다. 로만주의가 그렇듯이 고전주의도 어느 한 시대의 것이 아니라는 입장에서 하는 말이다.

49

　형식에 대한 회의가 싹튼 것은 나에게는 20대 초반의 일이다. 말라르메의 후기시를 알게 된 때부터다. 그때가 대학 2년쯤 되었을까? 그러나 그 싹은 곧 내 의식하에 깊이 숨어버리고 말았다. 형식에 대한 과감한 파괴의 의지가 실제로 나타나게 된 것은 60년대 후반부터다. 미국의 요절 화가 폴록의 그림을 보게 된 것이 자극이 되었다고도 할 수가 있겠으나, 이미 말한 대로 형식에 대한 회의는 오래 전부터 내 속에 잠재하고 있었다. 내가 무의미시란 말을 쓰게 된 것은 이 무렵(60년대 후반)부터다. 이미지를 순수하게(서술적으로) 씀으로써 시에서 관념을 지워버리고, 콜라주 형식의 이미지 배열로 한 이미지가 다른 이미지를 또한 지워버리면서 이미지의 소멸을 꾀하는 그런 방법인데, 그런 방법을 얻게 된 그 과정에서 나는 절로 시에서 주제(또는 대상이라고 해도 된다)를 잃어가고 있었다. 사상적 허무상태가 나에게 닥쳐왔다. 실제의 시작에 드러난 것은 내 스스로 제어할 수 없는 어떤 의지가 그린 가로세로 얽힌 궤적이다. 그 궤적이 빚는 분위기와 리듬이 있다. 물론 그것은 혼돈이다. 언어가 분해되어 의미 sense 이전의 소리로 환원되어가는 과정의 상태다. 그렇다. 그 상태는 일종의 환원이다. 허무한 언어에서 낱말을 지워버리는, 즉 의미를 가지기 이전의 상태로 환원시켜준다는 것이 된다. 이런 따위 수작은 그러나 오래 지속되기가 어렵고 무의미하기도 하다. 몇 편이면 족하다. 한동안 나는 다시 정상적인 형식을 되찾게 되고 해체의 그 현기증 나는 심연을 먼발치에 두고 이따금 슬쩍슬쩍 바라보곤 했다. 그러나 최근에 나는 또 한 번 과격한 언

어 실험을 하게 되었다. 잡지에 연재 중인 「처용단장」 제3부에서
다. 낱말, 즉 글자를 분해해서 자음과 모음으로 갈라버린다. 즉
음절 단위로 글자(낱말) 그 자체를 의미 이전의 상태로 환원케
한다. 문장이 아니라 악보가 되게 한다. 음악과 같은 원시적 혼
돈이지만, 음악과 같은 환기력이 언어의 지시성을 떠난 순수한
상태 그대로 살아난다.

　역사는
　ㄴㅜㄴㅆ ㅓㅂ ㅣ ㅓㅂㅅㄴㄷ ㅏ ㅣ ㄱ ㅏ ㄴㅜㄴㅆ ㅓㅂ ㅣ ㅓㅂㅅㄴㄷ ㅏ
　ㅣ ㄹ
　ㅜㄹㄹ ㅣ ㄱ ㅗ ㅣ ㅆ ㄷ ㅏ

　이 바보야
　ㅣ ㅂ ㅏ ㅂ ㅗ ㅑ

　시가 종이 위에 새겨지는 세계라면 5선을 그어 악보를 그리면
더욱 선명해지리라. 그러나 그것은 이미 시의 영역을 벗어난 음
악 그대로이다. 고저장단이 악보로 그려지지 않는 것이 시의 세
계다. 그만큼 소리의 암시성은 더 강할 수 있다고도 하겠으나,
반면 모호한 것도 사실이다. 어쩔 수 없지 않은가?

50

해체라는 말은 영어로 데컨스트럭션deconstruction이라고 쓰고 있는 모양이다. 데de 즉, 부정이란 말과 컨스트럭션construction 즉, 구조란 말의 합성이다. 그러니까 구조를 부정한다는 것이 된다. 어떤 구조를 다른 구조로 대치한다는 것이 아니라, 구조 그자체를 부정한다는 것이 되니까 구조허무주의가 된다고 할 수가 있으리라.

정치구조를 한번 생각해볼 수가 있다. 전제군주 체제라는 구조를 자유민주주의라는 체제로 구조 변경을 했다고 해서 구조의 해체란 말을 쓸 수가 없다. 마찬가지로 자유민주주의 체제라는 구조를 공산주의라는 체제로 구조를 변경했다고 해서 구조의 해제란 말을 쓸 수가 없다. 이것들은 단지 한 구조가 다른 구조로 이양되었을 뿐이다. 아나키즘은 정치체제로써는 구조의 허무주의에 가장 접근한 상태라고 할 수가 있다. 시의 경우에는 이런 따위 사례는 허다하다.

정형시가 자유시로 형태를 풀어놓게 되었을 때 시에서의 구조의 위기를 느끼게 된 보수주의자가 있었으리라. 그러나 그것은 시와 정형을 동격으로 착각한 데서 생긴 위기감에 지나지 않는다. 시는 물론 정형에만 있는 것이 아니라 자유형에도 있다. 자유시가 산문시로 전개해갈 때는 정형시가 자유시로 이양될 때보다는 훨씬 저항을 덜 받게 되었다. 이미 한번 풀어진 구조는 갈 데까지 가야 했고, 사람들은 이미 그 사실을 짐작하고 있었기 때문이다. 그러나 이런 일들은 구조 그 자체의 해체라고는 할 수가 없다. 어떤 명칭이든 명칭이 있는 곳에는 구조가 거기 있다고 인정되었기 때문이고, 구조에 대한 의식이 있었기 때문이다. 구조의 해체는 구조허무주의란 말을 내가 했듯이 구조에 대한 의식이 없어지고, 따라서 구조에 대한 명칭도 의식으로부터 사라져야 한다. 구조가 없다는 것은 구조의 명칭이 없다는 것이 된다. 미국에서 50년대의 일부 과격한 실험시(이를테면 투사시 같은 것)를 두고 형태 없는 형태란 말을 하기도 했지만, 옹색한 명칭이다. 그저 투사시면 족하다. 투사시란 형태, 즉 구조를 두고 한 말이 아니기 때문이다. 이 말(투사시) 속에는 이미 구조를 부정한다는 뉘앙스가 깃들어 있다.

시조만 해도 그렇다. 평시조가 엇시조와 사설시조로 전개해가는 과정에서 뭔가 위기감 같은 것을 가지게 된 사람이 있었으리라. 시조가 파괴되는 것이나 아닐까 하고 그리고 시조가 파괴되면 시도 그와 함께 죽는 것인 것처럼 극단의 위기감을 가지게 된 사람도 개중에는 혹 있었지 않았나 모를 일이다. 그러나 시조의 3장 중 자수가 늘어지고 맥이 풀어지는 장이 있기는 하지만, 여전히 그것들을 시조라고 부르기를 그만두지 않았다면 시에 대한 근본적인 의식변화는 없었다고 해야 하리라. 엇시조니 사설시조니 하는 명칭이 아직도 살아 있는 이상은 구조에 대한 의식은 죽은 것이 아니다. 구조는 현실로도 여전히 살아 있다. 구조허무주의란 의식의 과격한 혁명이기 때문에 아무나 쉽사리 발설할 수가 없다. 용기가 필요하다. 여기서 우리는 문화의 양상을 한번 생각해봐야겠다. 당돌한 말처럼 들릴지는 모르지만 말이다.

문화의 핵은 도덕이다. 도덕 중에서도 성도덕이 문란해질 때 유럽인들은 문화의 위기를 느꼈다. 사정은 아마 동양에서도 마찬가지가 아니었을까 한다. 데카당스 라틴이란 말이 로마문화의 쇠퇴현상을 두고 한 말이지만, 이 말 속에서 고대 로마인의 도덕 중에서도 성도덕의 문란이란 것이 가장 큰 비중을 차지하고 있었다. 도덕허무주의의 상태에 있었다고 할 수가 있다. 이때에 유럽인은 도덕의 해체를 체험했다고 할 수가 있을 듯하다. 한 도덕관이 다른 한 도덕관으로 이양되는 것이 아니라, 도덕의 구조 자체가 무너지는 체험을 했다고 할 수가 있다. 후기 산업사회가 전세계적 규모로 그런 도덕허무주의, 나아가서는 문화허무주의를 바야흐로 연출하면서 있는 것이 아닐까 하는 생각을 해보게 된다.

19세기 말에 니체가 신은 죽었다고 하고, 초인사상, 즉 인신사상을 들먹인 것은 기독교 도덕관(약한 자의 도덕관)에 대한 그나름의 전환기 도덕관(강한 자의 도덕과)이다. 나치스가 그의 사상(도덕관)을 아전인수격으로 이용할 만큼 오해의 소지가 있었지만, 하여간에 그 사상은 새로운 또 하나의 도덕구조를 선보인 셈이다. 그보다 더 과격한 것은 프로이트의 정신분석학이다. 아예 프로이트는 도덕의 기준이 되는 술어를 파괴해버렸다. 선과 악을 문명과 원시, 및 그의 용어를 빌면 에고와 이드로 바꿔놓았다. 도덕이란 하나의 심리현상, 더 정확하게 말하면 인간적 심리현상이란 것이 된다. 따라서 심리적 현실로서 그런 두 개의 대립되는 요소가 인간의 속(심리)에 자리하고 있다는 것이다. 그것들은 어떤 가치도 가지고 있지 않다. 가치 중립적 상태에 있다. 어쩔 수 없는 현실로서 거기 있을 뿐이라는 것이다. 프로이트가 문명이 인간의 행복을 방해한다고 할 때, 그는 문명보다는 원시, 즉, 에고보다는 이드의 편에서 있는 것처럼 보인다. 그러나 그런 것이 아니고, 그도 니체처럼 인간의 근원적 생명력, 즉 맹목적 의지를 시인했을 뿐이다. 신학자 R. 니버는 프로이트 학설을 부정적으로 본다. 그는 프로이트 학설은 "계급의 이상을 잃은 상층중산계급의 절망의 표현"(『인간의 운명』 참조)이라고 한다. 프로이트에게 있어서는 동서양을 물을 것 없이 우리가 통상적으로 쓰는 도덕이란 개념은 없다고 해야 하리라. 이러고도 문화가 유지된다고 할 수가 있을까?

유럽 현대의 모더니스트 중에서 특히 T. S. 엘리엇이나 제임스 조이스 같은 이들은 도덕의 재건을 생각하고 있었다. T. S. 엘리엇은 현대 유럽 문명을 데카당스라고 낙인을 찍고 있다. 그가 전통을 말하고 영국 국교를 신봉하고, 개성에서의 도피를 말한 것은 현대문명의 혈관에 스며든 로만주의적 전통윤리의 휴머니즘, 그 낙천주의를 두려워했기 때문이다. 그 낙천주의는 결국은 정치형태로는 아나키즘에 연결되고, 사회는 도덕적 허무주의에 빠지고, 개인은 심리적 혼돈에 빠져 구제할 수도 없는 상태를 빚게 될 것을 예견하고 있었다고 할 수가 있다(『문화에 관한 노트』참조). 그가 시에서 형식을 말하고 형식이 없는 시는 시가 아니라고까지 로만주의의 자연발생적 시관과 편내용주의(실은 인간의 개성적 체험을 가장 존중하는 아나키 상태)를 경계하고 있다. 그가 고전주의자가 된 것은 그가 한계의식에 투철했다는 것이 된다. 해체라는 것은 한계가 없는 로만주의요 휴머니즘이요 아나키즘이다. 자유라는 개념이 그것을 잘 말해준다. 자유란 한계가 없어지면 스스로를 무화시키고 자멸한다. 인간적 자유는 무한한 가능으로써의 자유가 아니라, 어떤 한계의식 안에서의 자유다. 질서를 말하고 도덕의 재건을 염두에 두고 있던 현대 유럽의 소수의 모더니스트들은 그렇게 생각하고 있었던 듯하다.

해체＝허무라는 등식은 실은 인간에게는 진리는 영원히 감추어져 있다는 절망의 표현이 된다. 그러니까 역설적으로 모든 것이 허용돼 있고 시시각각의 가능성을 위하여 투신할 수밖에는 없다는 가설이 또한 가능해진다. 그러나 무엇 때문에 그따위 곡예를 해야 하는가에 대한 대답은 또한 영원히 나오지 않으리라. 이 답답함을 견뎌내는 것도 문제는 문제지만, 그럴 필요가 있을까 하는 의문에 또한 답해야 하는 문제가 한편에 따로 또 있다.

T. S. 엘리엇 같은 이는 이런 따위 생각을 미처 하지 못했으리라고는 생각할 수가 없다. 사람의 눈은 진실을 보면 문드러지게 되어 있다는 인간적 조건의 어떤 허약성을 시인하고 한계 설정을 한 것은 아닐까? 그것이 바로 그의 고전주의요 질서의식이요 문화의식이 아니었을까? 하나님과 인간 사이에는 단절이 있을 뿐이다. 그 단절은 근원적으로는 능력의 단절이다. 그러나 우리는 이 사실을 알고 있다 하더라도 인간적 용기와 품위를 위해서도 간혹은 도전해보고 싶어지고, 하느님의 영역을 침범해보고 싶어지기도 한다. 그것이 바로 허무에의 도전이요 해체현상이다. 시인인 이상 이런 충동이 가끔 일지 않는다면 시인이 아닐 것이다. 그러나 우리는 또 땅 위에 납작하게 떨어져서 어쩔 수 없이 어떤 질서(구조) 속에 스스로를 가둬두지 않으면 안 된다. 그러나 그 구속은 또다시 도전을 받아야 한다. 쉬임 없는 되풀이가 계속되리라.

51

선에 가장 가까운 시형태는 일본의 하이쿠다. 거의 언어도단의 한걸음 앞까지 간 형태다. 하이쿠에서는 설명은 물론이요 사상과 철학, 즉 관념은 일체 배제된다. 어떤 구체적인 상태가 영상으로 드러나 있을 뿐이다. 사물시의 극단의 경우라고도 할 수가 있다. 내가 왜 이런 따위 말을 하고 있느냐 하면, 하이쿠야말로 이데올로기의 구속에서 가장 자유로운 상태에 있다는 사실을 지적해보고 싶었기 때문이다.

하이쿠는 또 즉물주의의 극단의 한 예라고도 할 수가 있으리라. 판단 유보, 현학적인 말을 하면 현상학적 에포케 상태 판단을 유보한다는 것은 요즘 한창 유행어가 되고 있는 차연을 말함이다. 모든 사물을 시간적으로는 그 정체의 판단을 연기해야 한다. 이름을 붙일 수가 없다. 모든 것이 유동상태에 있기 때문이다. 말하자면 미완성이고 따라서 가능성으로만 있을 뿐이다. 이런 상태에서는 사상이나 철학, 즉 관념이 개입할 틈이 생기기 않는다. 사상과 철학, 즉 관념은 논리의 결론이요 판단이다. 그러니까 선禪에서는 단지 형관타좌兄管打坐, 일상다반의 즉물세계가 있을 뿐이다. 사람도 짐승이라면, 사람도 숨쉬는 그 무엇일 따름이다. 호흡이 끊어지면 곧 그것은 생명의 단절, 즉 죽음을 뜻하는 것이 된다. 산다는 것은 그러니까 호흡을 하고 있다는 것의 뜻이다. 이처럼 간단한 이치가 또한 어디 있을까? 왜 사상과 철학, 즉 관념으로 우회하려고들 하는가?

철저한 즉물주의, 철저한 사물시인 하이쿠는 선명한 하나의 이콘Icon인데도 하이쿠만큼 또한 가장 날카로운 이데아 즉 상징이 되고 있는 경우도 있을까 싶지 않다. 숨을 쉰다는 사실이 생명이란 것의 가장 날카로운 상징이 되고 있듯이 말이다. 그러니까 선사상은 플라토니즘과 함께 서양 예술의 두 개의 큰 흐름인 이콘과 이데아, 즉 영상주의와 상징주의를 외연과 내포의 형식으로 포섭하고 있다. 선사상의 영향으로 생긴 하이쿠가 그것을 여실히 보여준다.

　일본 시인 하기와라 사쿠타로荻原朔太郎는 그의 시론(『시의 원리』)에서 프랑스의 상징주의의 시를 상징주의에 대한 설명의 시라는 투로 말하고 있다. 하이쿠를 전통시로 가지고 있는 일본인의 눈에 비친 프랑스 상징주의의 시들이 너무도 설명이 많고, 영상은 진술을 위한 수단처럼 되고 있는 점 등으로 하여 순수한 상징시라고 여겨지지 않았으리라.

52

청마가 한 말이 문득 생각난다. "남들이 좋은 시라고도 하고 나쁜 시라고도 하는 그들 시 사이에 나는 별로 차이를 느끼지 않네. 도토리 키 재기지, 조금 나은들 결국은 그게 그것 아닌가?"라는 투로 그는 말했지만, 지금 생각해보니 시를 아주 내던진 말이라고밖에는 다른 해석을 할 수가 없다.

거시적으로 보면 한라산이나 서울의 남산이 별로 다를 것이 없다. 그게 그것으로 보인다. 모두가 티끌이 아닌가? 그러나 그렇지가 않다. 실제로 한라산과 서울의 남산을 답사해보면 그들 사이의 엄청난 차이를 알게 되리라. 이런 경우를 우리는 또한 미시적으로 본다고 한다. 청마가 한 말은 이리하여 가치허무주의가 된다. 어떤 것이든 간에 가치를 인정하지 않으려는 태도가 역사를 바라보는 눈도 이와 같은 경우가 있다. 역사를 연대기로 취급하는 경우가 바로 그 경우라고 할 수가 있다. 역사라고 할 때의 역 자에는 행렬이란 뜻이 있다고 하지만, 행렬이란 줄을 짓는다는 것이니까 연대를 말하는 것이 아닌가? 시간의 순서에 다라서 일어났던 일들을 경중없이 나열식으로 적어가는 것이 연대기다. 문학의 역사나 시의 역사도 이런 식으로 적어갈 수가 있다. 여기에는 청마의 경우처럼 가치가 일체 배제된다. 조사해서 알게 된 작품과 그것들의 생산 년 월을 나열하면 된다. 참고삼아 그 당대의 비평가들이 쓴 작품평과 작가난 시인의 작품 경향을 소개한 글을 소개하면 된다. 19세기에 오귀스트 콩트Auguste Comte의 이른바 실증주의의 영향으로 프랑스의 콩트 추종자(문학사가)들이 문학사를 실증주의 사회학의 방법을 빌려서 쓴다고 우스꽝스런 짓거리를 한 일이 있다.

극장에 가서 표가 얼마나 팔렸는가를 조사해서 어떤 극작가의 그 당대의 평판을 재는 척도로 한다. 물론 매표의 다과로 작품의 우열을 말하고 있는 것은 아니지만, 암시는 하고 있는 셈이다. 그런데 그 극을 본 관객이 어떤 부류의 사람들이라는 것은 밝히지 않고 있다. 밝힐 수도 없다. 이와 같은 방법으로 한다면, 요즘 간혹 신문들이 하고 있듯이 베스트셀러를 골라서 나열하면 문학사가 되지 않겠는가? 베스트셀러의 독자가 어떤 부류의 사람들인가 하는 것은 물론 알 도리가 없다. 책방에서 책을 사가는 고객들의 신분, 연령, 학력, 교양(문학적) 등을 일일이 기록해놓지 않는 이상은 말이다. 책방에서 그런 짓을 한다는 것은 무리다. 이런 따위 우스꽝스런 실증주의적 방법으로 씌어진 문학사라는 것은 무의미한 것임은 물론이요 철저한 가치허무주의를 노출하고 있다. 이런 따위를 과학적이고 객관적이라고 한다면 문학사는 아예 쓰지 말아야 한다.

19세기의 역사관을 결정짓는 데 결정적인 역할을 한 레오폴트 폰 랑케Leopold von Ranke는 "나는 지워버리고 사실만이 그 자신의 입으로 말을 하게 했으면 한다"는 투의 말을 했다고 한다. 즉 사실이 곧 역사라는 인식을 말한 것이라고 할 수가 있다. 그런데 이 사실이란 것이 문제다. 사실은 수없이 많다. 그 많은 사실 중에서 어떤 사실만 사실로 인정하고 다른 사실은 버려야 하는가? 그렇다고 모든 사실을 다 담을 그릇은 없지 않은가? 이 딜레마를 무엇으로 푼다는 것인가? 문학사의 경우 사실에 해당하는 것은 작품이요, 그 작품에 대한 비평이요, 또한 작가와 시인의 작품 경향에 대한 분석 등이다. 이런 것들이 무수히 많은데 다 담을 그릇은 없다. 취사선택을 해야 한다. 취사선택을 하려면 일정한 기준이 있어야 한다. 그 기준은 누가 마련하는가? 문학사가가 해야 한다. 물론 남이 만들어놓은 기준을 빌릴 때도 있다. 그러나 빌릴 때도 어떤 기준에 따라 빌리는 것이다. 이럴 때 문학작품 비평, 경향의 분석 등등보다 더 골치 아픈 문젯거리는 문학사가라고 하는 사람의 문제다. 문학사가라고 하는 사람이 없다면 문학작품비평, 경향의 분석 등등의 이른바 역사적 사실이란 것은 있으나마나가 된다. 아니, 문학사가라고 하는 사람이 먼저 있어야 비로소 그것들이 역사에서 사실의 구실을 하게 된다. 선택을 문학사가가 하기 때문이다. 이리하여 문학사에서 가치의 문제가 얼마나 절대적인가를 알게 된다.

문학사의 기록은 하나의 비평행위라고도 할 수가 있다. 학문이라고 하기보다는 비평이다. 가치를 판단하고 그 판단에 따라 사실(작품 비평 경향분석 등)을 선택하여 그것(사실)들의 전개과정을 기록해야 하기 때문이다. 그러니까 문학사(또는 시사)란 문학사가의 수만큼 많을 수도 있다. 그리고 문학사가의 문학관과 비평능력에 따라 문학사의 유형의 갈래가 생긴다. T. S. 엘리엇이 새로운 문학이 등장하면 고전의 서열에 변동이 생긴다는 말을 하고 있는데, 문학사에 있어서 비평(가치판단)이 얼마나 크게 작용해야 하는가, 또는 할 수밖에는 없는가를 지적한 말이다. 새로운 고전주의시대에는 19세기에 로만주의가 차지했던 위치를 16~17세기의 고전주의적 작품들이 차지하게 된다. 16~17세기의 고전주의의 가치의 재발견이다. 여기서 우리는 또 E. H. 카E. H. Carr의 "역사란 현재가 과거와 나누는 대화다"라는 정의를 시인하게 된다. 지금 우리에게 무엇이 필요한가를 과거의 샘플에서 찾아내는 일이 바로 역사가 된다. T. S. 엘리엇은 16세기의 형이상학파 시인들을 찾아냈다. 그들은 그(T. S. 엘리엇)의 이른바 역사의식에 의한 선택이다. 그에 따르면, 현대란 신념이 흔들리고 있는 불안의 시대라는 것이다. 유럽의 과거에 그런 시대가 있었다. 지동설이 나와서 기독교 사회의 신념이 흔들리는 시기다. 그것이 바로 16세기 갈릴레오의 시대다. 그 시대의 시인들은 어떻게 시를 썼는가? 형이상학파 시인들의 기상이란 방법이 바로 그 시대의 시대적 의의를 띤 것으로 그(T. S. 엘리엇)는 받아들이고 그것을 유사한 역사의 과정에 있는 시대인 현대에 재생하게 된다. 그것이 바로 그의 비평가로서의 안목이요, 문학사가로서의 역사의식이요, 역사적 의미의 실천이다. 역사적 의미하고 할 때의 의미란 다름아닌 가치를 두고 하는 말이다. 가치있는 것이 즉 의미 있는 것이 된다.

53

예술은 달라지는 부분과 달라지지 않는 부분이 있다고 한다.
T. S. 엘리엇도 그런 말을 한다. 달라지는 부분은 형식이고, 달라
지지 않는 부분은 내용이다. 그런데 T. S. 엘리엇은 형식이 곧 시
라고 하고 있다. 그렇다면 달라지지 않는다고 그가 말한 내용은
무엇일까? 그의 수많은 글을 통해서 짐작컨대 그것은 아마 동서
고금을 물을 것 없이 남녀노소를 물을 것 없이 우리가 느끼고 생
각하고 있는 이른바 정서니 사상이니 하는 것들인 듯하다. 그것
들은 별로 달라진 것 같지가 않다. 호메로스의 『일리아스』를 읽
어보나 『삼국지연의』를 읽어보나, 또는 톨스토이나 춘원을 읽어
보나 그런 것(달라지지 않았다는 것)을 여실히 느끼게 된다. 그
런데 달라진 것은 표현이다. 즉 형식이다. 옷은 몸을 가리고 더
위와 추위를 막아준다는 그 점은 변함이 없는데 옷의 맵시는 달
라진다. 유행이라는 것이 있다. 그러니까 결국 예술(시)에서 문
제가 되는 것은 표현이고 그 결과인 형식이다. 정서나 사상은 으
레 있는 것이고, 누구나가 다 가지고 있는 것이니까 그것만으로
는, 아니 그것은 이미 예술(시)의 대상이 되지 못한다. 가령 다
음과 같은 경우를 생각해보자.

어느날 내 영혼의
낮잠터 되는
사막의 위 숲 그늘로서
파란 털의
고양이가 내 고적한

마음을 바라다보면서
「이애 네의
왼갖 오뇌 운명을
나의 끓는 샘 같은
애愛에 살적 삵어주마
만일에 네 마음이
우리들이 세계의
태양이 되기만 하면
기독이 되기만 하면」

—황석우, 「벽모의 묘」 전문

이 시는 어떤 환상의 세계를 동경하는 심리를 형상화한 것이다. 동경이라는 것은 언제나 어디서나 있는 인간의 어떤 정서(심리상태)다. 그러나 20년대의 이 땅에서 상아탑이 위와 같은 표현방법으로 어떤 심리상태(동경)를 펼쳐보인 것은 새로운 시도라고 할 수가 있다. 이 경우 이 시의 내용을 한마디로 요약해서 말해본들 시로서는 무의미하다. 역시 이 시의 모든 것은 이 시의 표현방식에 있다. 이 표현방식을 그대로 두고 그것(표현방식)을 음미할 수가 있어야 한다.

피그미꽃
1밀리의 잎에
무성히 여름은 다가온다
물론 철은 한철인데
무심한 눈들에는 잘 보이지 않는
난쟁이 피그미꽃에
칠월 햇살은 사정 없이 꽂힌다.

그러다가 비 퍼붓는 날엔

나즉히 운다, 울 수밖에 없다

이웃 풀꽃들은 여직

꿈속에 있구나

밤이 되어 달빛이라도 깔리는 날이면

추억에 설레이는데

살찐 나물들은 이미 잠이 들었고

잎파리들만 달라붙어 쉴새 없이

눈을 깜박인다

피그미꽃은 속으로 피 말리지만

담배씨만큼의 소망 하나쯤

캄캄하고 아득한 흙에 묻으면

살아가는 일이며 밤은

여전히 어깨 누른다

때론 달빛 한 줄도 무섭다

그럴 수밖에 없다

─박주일, 「칠월, 피그미풀꽃」 전문

약하고 착한 것들의 고된 삶과 작은 꿈을 말하고 있는 이 시도 내용을 요약하면 옛부터 수없이 들어온 바로 그 내용이다. 그러나 물론 이 시도 그런 것을 말했다고 해서 돋보이는 것은 아니다. 적절한 조사와 빼어난 이미지 창출에, 즉 표현에 이 시의 시로서의 존재 이유가 있다.

상아탑의 시에 비해서 왜 이 시가 얼른 눈에 들어오지 않는가? 시로서는 월등으로 이쪽이 수작인데 말이다. 그것은 역시 이들 두 편의 시의 표현방법에 있다. 20년대 초라고 하는 연대를 염두에 둘 때 상아탑의 것은 하나의 신선한 충격일 수가 있었다고 생각된다. 물론 거기에는 아류의 냄새가 물씬 풍기기는 하지만, 과도기의 과도기다운 면모가 약여하다. 말하자면 역사에서 말하는 의미, 즉 역사적 의미를 발견할 수가 있다. 그런데 박주일의 시에서는 그런 것(역사적 의미)이 없다. 혈통 바른 한국어를 전통적인 수사법으로 조직하고 있다. 뭔가 새삼스런 충격 같은 것이 없다. 그러나 거듭 말하지만 시로서는 올이 치밀하고 잘 정돈되어 있어 고전적 풍격이 다르다. 이상적으로는 양쪽을 겸해야 하겠지만, 시의 역사를 다루는 과정에서는 박주일과 같은 겨우는 항상 간과되기 쉽다. 우리는 이런 경우 역사의 기록과는 다르게, 사화집을 정선해서 더러 남겨야 한다. 명시선이란 표제로 수많은 사화집들이 나오고 있지만, 하나같이 표제를 저버리고 있다. 그저 청소년 취향의 감상에 호소하는 시선이다. 상업주의를 탈피한 안목있는 사화집(명시선)이 나와야 하리라. 그것이 바로 자칫 편파로 기울어지기 쉬운 시사의 결점을 보완한다.

청마의 경우와는 사뭇 다르지만, 90년대는 가치허무주의에 접어들고 있는 듯이 보인다. 후기 산업사회가 만들어낸 현상이다. 요즘 젊은 세대 사이에 많이 회자되고 있는 듯한 일상시니 도시시니 하는 따위가 그렇다. 형이상의 세계를 일체 거부한다. 어떤 현상만을 찍어내어 묘사한다. 비판, 즉 가치판단을 유보한다. 얼른 보아 현상학적 태도라고도 하겠으나 실을 그런 것이 아니고, 역시 가치허무주의의 현상이라고 해야 할 듯하다. 어떤 현상이 그 자체로써 말을 하게 한다. 누구는 조선말의 실학파를 들먹이기도 하는 모양이나 그것은 일종의 현학 취미라고 보아야 하겠고, 역시 시대적 산물이라고 해야 하겠지만, 민중시와는 또 다른 차원의 그러나 일종의 소재주의라고 할 수가 있을 듯하다. 일상시니 도시시니 하는 칭호 자체가 그것을 여실히 말해주고 있다.

역사는 유일회적이란 말을 하지만, 역사에게는 또 일반성이란 것이 있다. 민자당의 문서 분실 사건은 그 자체로서는 유일회적인 사건이라고 할 수가 있다. 그렇지만 문서 분실이란 사건은 동서고금에 허다하다. 그러니까 1990년 가을에 있었던 민자당의 문서 분실 사건은 한 번뿐인 사건이지만, 나도 문서를 잃어버린 일이 과거에 있었듯이 문서 분실이란 사건은 역사의 일반성에 편입된다. 일상이니 도시니 하는 따위가 90년대에 이 땅에서 처음 있었던 시사적 사건이라고 생각할는지도 모르나, 유사한 현상은 과거에 유럽에도 있었고 이 땅에도 있었다. 30년대 독일에서의 에리히 케스트너Erich Kästner의 신즉물주의나 T. E. 흄을 이념적 지주로 한 10년대 영국에서의 사물시 운동이나 또는 정지용이나 김광균의 사물시 등이 이들과 맥이 닿아 있다. 소재가 그때와 지금이 사회환경이 다르니까 다소 다른 점이 있다는 것뿐이다. 소재의 처리방법(그것이 바로 예술의 핵이다)에서 맥이 통한다. 물론 뉘앙스의 차이가 있는 것은 당연하다. 세대 간의 감각 차이다. 광균이 도시를 소재로 시를 썼지만, 이그조티시즘으로 흐른 것은 그의 감각이지, 코멘트는 아니다. 가치에 대해서는 그도 몰가치적이다. 비판의식이 거의 작동하지 않고 있다.

    양산박을 떠난 한 무리의 터프가이
    예정대로 AM 5:30 서울 입성
    지하철 4호선으로 잠입
    상계 주공 APT 19단지 10동 201호에 베이스 캠프를 설치하면서
    악어를 조심하라는 반성회보가 돌기 시작한다
    빨간 팬티까지 미학적으로 널리는 닭장
    낯선 털복숭이들이 주차장 부근에서 여기를 들고
    선머슴 같은 여식애들 슬리퍼를 끌며 수퍼마킷에 쳐들어와
    600g 포장육을 스물너덧 개씩 무더기로 집어가는 풍경들이

왜 위협적으로 비치는가
아파트의 젊은 내외들
희망과 사랑이 아담 사이즈로 제공되고
비관과 우울이 프랑스 영화처럼 기분 좋게 펼쳐지는 침실
그들의 미학적 꿈자리에
떼강도들이 몰려오는가
베이스 캠프
결코 인간이기를 포기하지 않는 깡패들
마지막 성전을 준비하는 숙소
초장부터 거주민들에게 스릴과 서스펜스를 조성하면서
악어와 뱀들이 우글거리는 서커스단 소굴로 줏가를 높이기 시작한다.
쥐를 잡아먹고 유부녀를 납치한다는 소문까지 돌았다
이 지상낙원 서울
종로에 사과나무를 심고 을지로에 감나무를 심어보자는 희망 뒤에
화약을 심고 도화선을 묻어
생생한 지옥도를 펼쳐보이리라
돌격
정부에서 심은 사과나무가 정연하게 도열한 종로
우리들 출근길을 막고 있는 르망―엑셀―콩코드 자가운전자 행렬과
사과탄이 펑펑 터지는 플래카드 사이
온몸으로 뛰어드는 짱돌이 되리라
식민도시 아나키스트, 만세!

　　　　　　　　　—이윤택, 「새로운 전도사가 입성하여 · 1」 전문

　몇 군데 방점을 붙일까 하다가 그만두었다. 특별히 어느 부분이
더 강조되고 있는 것도 아닌데 부질없는 짓이 되고 말 듯해서 그
랬다.

이 시는 하나의 풍속도다. 시가 시사용서 몇 마디와 유행 모드를 식별하는 능력만 가지면 될 수 있는 편리한 세상이 되었다. 그러나 순발력, 앞뒤를 재고 재빨리 제 위치를 확보하는 그 능력이 없어서는 이런 따위 시는 쓰지 못한다. 시인이 예술가이던 시대는 이미 지나갔는지도 모를 일이다. 어딘가 거꾸로만 가면 되는 것일까? 뭣 때문에 그러는 줄도 모르면서 말이다.

54

내 입장에서 작고 시인들을 대상으로 베스트 7을 뽑는다면, 김소월, 정지용, 김영랑, 백석, 이상, 김수영, 김종삼이 된다. 30년대가 반을 넘는 수다. 30년대는 이 땅의 시사에 있어 특별한 의의를 가지는 시기다. 시를 보는 안목이나 시적 조사나 아마추어리즘의 탈피, 또는 시의 이론면에 있어서도 근대시 및 현대시를 위한 토대를 닦게 된(또는 닦아놓은) 시기다. 20년대까지만 하더라도 시단은 호사가들의 시단이었다. 따라서 모방(유럽 근대시)의 냄새가 짙게 배어 있었고 시인들은 작품으로서는 고른 수준을 유지하지 못하고 있다. 들쭉날쭉으로 어쩌다 수준작이 나오고 있는가 하면, 같은 시인이 같은 시기에 수준 미달의 습작품들을 상당수 내놓고 있는 실정이었다.

생존하고 있는 시인들까지 포함해서 베스트 10을 뽑는다 해도 7까지의 위의 인선은 요지부동이다. 나머지 셋 중에서 둘이나 하나 정도가 들어갈 수 있을까? 경향도 다채로워지고 수사의 능력도 일반적으로 훨씬 상승하고 있고, 게다가 시인의 수 또한 압도적으로 불어났는데도 막상 한 시기를 획할 만한, 그리고 작품으로서도 남을 만한 것을 5~6편쯤 가지고 있는 시인이 쉽게 눈에 띄지 않는다. 내 입장으로는 그렇다. 그러나 그런대로 개성을 보인 시인들은 앞에서 언급을 했다고 생각되는데, 언급을 못한 시인도 몇 있다. 가령 예를 들면, 김구용, 전봉건, 김종삼, 허만하, 이동기, 황동규 등이다. 50년대에 나와서 60년대부터 본격적인 활동을 전개한 시인들이 대부분이다. 전에도 말한 일이 있었지만, 60년대는 시사적으로 봐서 30년대에 버금가는 중요한 시기라고 해야 하리라.

열 마리, 백 마리, 천 마리, 제비들이 막막한 해면 위로 물의 향훈을 꿈꾸며, 이 공포를 횡단하고 있다. 나의 어지러움이 어느 바다에 부심하는 제비의 유해와 같은 숙명이라 해도 좋다. 그러나 단 한 송이의 장미와 녹음과 첨하를 삽입할 여백도 없이, 말아 오르는 노도의 위를 제비들이 날으며 있다. 그것은 노력이 반요하는 무형의 바탕에서, 나의 제비가 날으는 힘이라고 하자.

—김구용, 「제비」 전문

지난 여름
하느님과 함께 있었다
조그만 하느님의
조금만 입술과 코언저리는
언제나 우유 냄새
뜨거운 대낮에도
뜨거운 저녁에도
그래 바람과 풀벌레와 매아미와 날빛이 다 내는 음악의 벽이 우릴 두르고 뛰어들면서
나는 하느님의 안으로
하느님은 나의 안으로 기어들면서
우리는 알몸으로 놀았다
시계 바늘은 춤을 추면서 거꾸로 돌아갔지
조그만 하느님의 여린 젖꽃의 중심에서
열중한 우리 벌거숭이 장난은 하늘의 끝과
땅의 끝을 분질러다 훨훨 불을 태웠지
그때가 겹쳐서 펄럭이는 만풍의 돛 조그만 나의 하느님과 나의 어깨

를 삼키며

　우유의 바다가

　밀려오고 또 밀려오고 밀려온 것은

　지금은 다른 먼 다른 별

　다른 계절의 기슭에 일렁이는 그 바다가

—전봉건, 「의무·2」 전문

　고독의 부둣가에서

　그치지 않고 불어오는 식민의 바람을 맞으며

　소금에 저린 손으로

　포도송이처럼 알진 포말을 문지르고 있었다.

　난리에 시달린 풍화한 저 얼굴들을

　왜 어제까지도 다정하던 저 시가의 황혼을

　무너진 현실의 오브제를

　나는 보이지 않는 철조망 너머로만 바라봐야 하는가

　산의 요부

　그리고 노을에 물든 수평

　가령 스피노자가 닦던 고독한 렌즈

　아니면 문득 눈에 스며드는 저 오랑캐꽃

　이런 아름다운 것들이 원경으로 용암하고

　투명하게 자라온 시야를 횡으로 절단하는

　왜 초점은 이 가시넝쿨에만 멎는가.

　역사의 손이 버린 씨앗이라 하자

　퉁구스의 대륙에 매달린 시든 유방 같은 나라라 하자.

　식민의 거름 속에 떨어진 혜지라 하자.

　왜 자학의 술잔을 들이키면서

　두 대전 사이

바람이 때리치는 이 음참한 회의의 계곡을
나 시의 낙엽들은 일산해 갔던가.
마지막 앞사귀처럼 매달려 떨던 서정을 위해
파토스의 무구를 지키기 위해서라도
나는 왜 이 사랑하는 이데아의 파편들을
목쉰 갈매기의 절규같이 격한 바람에
한 잎, 두 잎, 결별해야 했던가.

—허만하, 「낙엽론」 전문

흉악범 하나가 쫓기고 있다.
인가를 피해 산속으로 들어와선
혼자 등성이를 넘어가고 있다

그러나 겁에 질린 모습은 아니다
뉘우치는 모습은 더욱 아니다
성큼성큼 앞만 보고 가는 거구장신
가까이 오지 말라
더구나 내몸에 손대지는 말아라
어기면 경고없이 해치워 버리겠다
단숨에

그렇다 단숨에
쫓는 자가 모조리 숫검정이 되고 말 그것은 불이다
불꽃도 뜨거움도 없는
불꽃도 보기 전에
뜨거움을 느끼기 전에
만사가 깨끗이 끝나 버리는

삼상삼선식 33만볼트의 고압전류

흉악범은 차라리 황제처럼 오만하다
그의 그 거절의 의지는
멀리 하늘 저쪽으로 뻗쳐 있다

—이형기, 「고압선」 전문

봉준이가 운다, 무식하게 무식하게
일자 무식하게, 아 한문만 알았던들
부드럽게 우는 법만 알았던들
왕 뒤에 큰 왕의 채찍!
마패없이 거듭 국경을 넘는
저 보마의 겨울 안개 아래
부챗살로 갈라지는 땅들
포들이 얼굴 망가진 아이들처럼 울어
찬 눈에 홀로 볼 비빌 것을 알았던들
계룡산에 들어 조용히 밭에 목매었으련만
목매었으련만, 대국낫도 왜낫도 잘 들었으련만,
눈이 내린다, 우리가 무심히 건너는 돌다리에
형제의 아버지가 남몰래 앓는 초가 그늘에
귀 기울여 보아라, 눈이 내린다, 무심히.
갑갑하게 내려앉은 하늘 아래
무식하게 무식하게.

—황동규, 「삼남에 내리는 눈」 전문

20년대의 상아탑, 월탄, 상화 등을 볼 때, 프랑스 상징파의 아
류라는 것을 곧 짐작케 한다. 발상, 제재, 문체, 특히 어휘 선택

등에서 여실히 드러난다. 프랑스 상징파의 선도자인 보들레르의 모방이 압도적이다. 자기들의 개성과 위상을 자각하지 못하고 있는 현상이라고 해야 하리라. 이질의 문화를 받아들인 시간의 길이도 문제가 된다. 20년대는 아직 이 땅의 시단으로서는 그쪽 (유럽)의 시를 우리 나름으로 여과해서 내놓을 만한, 즉 어떤 객관적인 전망을 그쪽 시에 대해서 가질 만한 시간의 축적이 없었다. 역시 호사가적인 관심의 노출을 여과없이 그대로 드러내고 있다. 이런 따위 아마추어리즘은 그 흔적이 30년대의 계몽가요 이론가이던 편석촌에까지 이어지고 있다. 물론 많이 은폐된 상태이기는 하지만 말이다. 그의 장시 「기상도」는 30년대 영국 시단의 뉴컨트리파를 방불케 한다. 역시 그 제재의 처리, (시사적) 심지어는 발상에 있어서까지 여과가 덜 되고 있는 점이 역력하다. 그러나 위에서 든 50년대 60년대 시인들의 시작은 작품으로 볼 때 각자의 개성에 따른 여과(유럽 근대 및 현대시)를 거치고 있음이 또한 역력하다.

김구용의 산문시는 정지용, 이상 이후 또 하나 새로운 국면을 개척하고 있다. 리듬을 가능한 한도까지 죽이면서 논리의 모호성을 구제하고 있다. 위에서 든 다른 시인들과도 통하는 점이기는 하지만, 그는 아날로지, 즉 연상의 신선함(공통영역이 좁은 것들끼리의 결합을 통한)을 역학적 시점으로 포착하고 있다. 주제를 그냥의 산문(산문문학)과는 판이하게 드러낸다.

전봉건의 시 「의무 · 2」는 동화의 세계다. 독일어 메르헨 Márchen에 해당하는 세계다. 마치 노발리스의 「푸른 꽃」과 같다. 노발리스의 「푸른 꽃」은 도달할 수가 없는(꺾을 수가 없는) 피안의 꽃이다. 그것은 영원한 동경의 상징으로서의 꽃이다. 이 시의 '조그만 하느님'도 꿈(시인의 상상)에서나 볼 수가 있을까. 현실에서는 이 시의 마지막 연에서 표현되고 있듯이 '지금은/다시

먼 다른 별/다른 계절의 기슭에 일렁이는 그 바다가' 일 수밖에
는 없다. 가령 김소월의 「초혼」과 같은 시와 비교해볼 때 그 개
성과 시를 대하는 태도가 확연히 구별된다.

소월의 「초혼」은 팽팽하게 당겨진 활의 줄과 같다. 금방 끊어
질 듯한 긴장감이 전편에 감돈다. 리듬 또한 숨이 차다. 시 전체
의 분위기는 매우 엄숙하다. 그러나 봉건의 경우는 유희의 분위
기를 자아내고 있다. 긴장이 풀어지고 느긋해진다. 발상 자체가
이미 현실을 떠나 있다. 그러나 그 비현실이 세계는 시의 리얼리
티가 되어 다시 시적 현실로서 다가온다. 이 시에서도 아날로지,
즉 연상의 중첩되는 물결이 리듬을 이루면서 시적 호소력을 낳게
한다. '우유', '바다', '음악', '만풍' 등의 이미지의 교차가 어떤
청결함을 시의 언저리에 빚어준다. 동화의 세계의 속성이다.

김종삼의 시 「북치는 소년」은 무상의 아름다움, 공리성(도덕
성까지를 포함한)을 떠나 있기 때문에 아름다운 그런 세계의 표
상이다. 마지막 연이 그것의 적확하고도 결정적인 이미지 제시
가 되고 있다. 이처럼 깨끗하고(군더더기가 없고) 단순하면서
내포의 울림을 (또는 여운이라고 해도 되리라) 깊고 넓게 해주
는 시도 흔치 않으리라. 시가 일종의 아이러니라고 한다면, 이런
시야말로 현실의 허를 가장 잘 찌르며 보완해주는 것은 아닐까?
현실을 공리적(도덕적 차원)으로 그대로 말한다고 해서 반드시
호소력이 커지는 것은 아니다. 존재는 부재를 전제로 할 때 그
의의가 드러난다. 현실적으로는 덧없는 것이 실은 현실을 밝혀
주는 빛이 된다. 현실(존재)은 실은 비현실(부재)의 어둠이다.
시는 얼마든지 비현실을 이미지로 또는 리듬으로 현실을 바라고
알려주어야 한다. 그것은 감추어진 하나의 눈짓과 같은 것이다.
역사가 예수의 진실을 잊어서는 안 되는 것과 같은 이치다.

「북치는 소년」이라고 붙인 이 시의 제목이 괄목할 만하다. 이

시의 내용과는 일단 거리가 먼 당돌한 연결이라고 할 수밖에는 없다. 그러나 그 연결은 소년이 치는 북소리와 함께 하나의 수수께끼의 울림처럼 우리(독자)의 귓가를 맴돈다. 어떤 시는 또한 그런 울림이 암시가 되어야 한다. 뻔한 것은 시가 아닐는지도 모른다.

허만하의 시 「낙엽론」은 끝없이 연상이 이어져가고 있다. 연상이 연상을 불러일으키고 있다. 의식의 흐름의 수법과는 다르다. 자동기술을 가능한 한도까지 억제하고 있다. 아주 영롱한 깬 의식으로 조립하고 있다. 그런데 이 연상의 파동은 끝이 나지 않을 만큼 이어져갈 수가 있을 듯도 하다. 그러나 물론 시(작품)로서는 끝맺음이 있어야 한다. 적당하다고(내가 보기에는 조금 길기는 하나) 생각되었을 때 끊었으리라.

만하의 이 시에서도 아날로지의 묘를 보게 된다. 낙엽이라고 하는 사소한 자연현상을 역사와 문명에 빗대고 있다. 그 거리(낙엽과 역사 및 문명과의 거리)는 통상적으로는 아주 먼 것으로 되어 있다. 따라서 그들의 연결은 신선한 느낌을 주게 된다. 신선한 느낌이란 일종의 충격을 말함이다. 그러면서 이 시 전체의 분위기는 중후하고 엄숙하다. 전봉건의 「의무 · 2」와는 대조적이다. 이쪽은 환상적이고 유희적이다.

만하의 시가 한편 생격하고 운신이 민첩하지 못한 것처럼 보이는 것은 한자 남용과 문장의 길이에 그 원인이 있다. 만약 한자를 제한해서 쓰고 문장의 길이를 조절했다면 탄력이 더 살아나지 않았을까? 그의 시에는 비평적인(특히 문명비평적인) 감각의 촉수가 은밀히 스며 있다. 어떤 때는 한 편의 논문을 요약 압축해놓은 듯한 그런 인상을 주기도 한다.

이형기의 시 「고압선」은 특이하다. 우선 그 발상이 그렇다. 추리(탐정) 소설의 분위기다. 고압선과 흉악범의 아날로지는 기발하면서 한편 아주 적절하다. 그 흉악범은 완전한 비인간화의 상징이다. 보기에 따라서는 이 시도 냉혹한 현대사회 또는 메커나이즈된 현대문명에 대한 날카로운 비평이 되고 있다. 즉 일종의 우의시로 말이다. 마치 카프카의 소설을 보듯이 말이다. 그러나 한꺼풀 벗겨보면 이 시는 발상에 시적 유희성이 짙게 깔려 있음을 짐작케 한다. 이 시는 순전히 고압선과 흉악범이라는 연상(아날로지)의 묘를 위한, 그 외의 어떤 공리적 해석도 거부하는 듯한 시지상주의적 싸늘함이 발상의 바닥에 깔려 있는 듯이 보인다. 어느 측면에서 읽든 그것은 독자의 자유지만, 이 시는 하여간에 그런 따위 외연과 내포의 넓이를 가지고 있다. 시인의 재간이면서 시에 대한 인식의 넓이라고 해야 하리라.

황동규의 시 「삼남에 내리는 눈」은 형기의 시 「고압선」에 비하면 단순하다. 발상의 복합구조(따라서 시의 분위기가 애매해진다)를 가지지 않고 있다. 따라서 직접적이고 엄숙하다. 형기의 경우에 비하여 유희성이 완전할 정도로 가시어지고 있다.

눈과 봉준의 대비는 기발하다면 기발하다고 할 수가 있다. 이 둘 사이에 민중을 개입시키고 있다. 그 개입의 방법이 그러나 조금 상투적이다. '무식하게 무식하게'로 반복되는 이미지 설정은 적확하기는 하나 별로 신선하다고는 할 수가 없다. 그리고 너무 의도적이다. 중간에 나오는 여러 장면들은 난삽하고 현학적(궤변적으로)이라 알아보기가 쉽지 않다. 동규의 시에서는 흔히 나타나는 대목이다. '눈이 내린다./(…)/형제의 아버지가 남몰래 앓는 초가 그늘에'와 같은 구절이 풍기는 감상성과 대중성이 그의 시를 인구에 많이 회자되게 하고는 있는 듯하다. 시의 수준을 위해서는 경계해야 할 점이다. 그러나 그는 당대의 테크니샹의 한 사람이다.

55

이론가와 감식가는 다르다. 이론가가 감식가를 겸할 수는 있 겠지만 말이다. 시의 이론가가 반드시 시의 좋은 감식가라 할 수 는 없다. 시가 무엇이고 그것이 어떻게 전개되어왔고 심지어는 어떻게 쓰면 잘 쓸 수가 있다는 시의 작법까지 말할 수가 있다고 하더라도 그 사람이 가장 훌륭한 시의 감식가가 된다고는 아무 도 보증할 수 없다. 술 같은 것을 예로 하면 더욱 이 이치는 뚜렷 해진다. 술이 무엇이고 술이 어떻게 발전해왔고 그 발전해온 술 을 어떤 방식으로 빚는가를 잘 설명할 수가 있다고 해서 그 사람 이 술의 맛을 가장 잘 안다고는 할 수가 없다. 술 빚는 사람 따 로, 술 먹는 사람 따로라는 말이 있지 않은가? 맛을 감정하는 능 력은 술을 만드는 능력, 또는 술이 무엇이다 하는 것을 이론적으 로 체계화할 수 있는 능력과는 다른 능력이기 때문이다. 다행히 도 양쪽을 겸하는 수가 있긴 있으리라. 시단과 평단에 역겨운 일 들이 흔히 연출되고 있다. 안타깝기도 하고 짜증스럽기도 하고, 어떤 때는 창피스러워지기도 한다.

T. S. 엘리엇이나 I. A. 리처즈 같은 이는 시의 이론가로서는 현 대의 일급들이다. 그런데 그들은 실천비평(또는 실지비평)을 중 요시하고 그것을 강조한다. 그들의 영향으로 생긴 미국의 분석 비평(신비평)은 엄밀히 따져 실천비평의 범주에 든다고 할 수도 있을 듯하다. 이론이라기보다는 구체적인 작품의 분석이다. 구 체적인 작품의 분석은 이론체계가 보다 지적 · 논리적 작업이라 고 한다면 감각적 · 비논리적 요소가 보다 많이 개입하게 되는 작업이다. 작품의 우열을 결정하는 것은 객관적 · 지적인 기준보

다는 결정하는 주체의 세련된(훈련된) 감각적 역할이 더 작용한다. 일종의 맛이기 때문이다. 맛은 혓바닥이 결정할 문제지 머리가 결정할 문제는 아니다. 그리고 그 맛은 단순한 물, 즉 추상적화학용어인 H_2O와는 다른, 술이라는 독특한 형식을 갖춘 구체적인(사람이 마시는) 물이다. 시에서도 이 사실을 놓치는 수가 흔히 있다. 시가 형식임을 간과하는 수가 흔히 있다는 말이다. 비평을 한답시고 전연 시와는 상관없는 사상풀이나 인생론 풀이를 늘어놓고 있는 경우가 심심찮게 눈에 띈다.

　T. S. 엘리엇이 "단테의 신곡에서 단테의 신학을 읽지 말고 단테의 시를 읽어야 한다"(『단테론』 참조)고 한 말들은 계몽적인 말들인데, 그러니까 20년대의 영국만 하더라도 시를 사상이나 인생론의 등가물처럼 일반 독자는 물론이요 비평가들까지 치부하고 있었다는 증거가 된다. 로만주의의 나쁜 영향이다. 로만주의는 체험(형이상하)을 곧 시라고 착각하고 있다. 형식, 즉 시는 체험을 담는 그릇쯤으로 생각한다. 따라서 로만주의는 형식 이전에 시가 있는 것으로 착각하기도 한다. T. S. 엘리엇은 그 착각을 깨우쳐준 셈이다. 이런 따위 계몽은 낭만주의나 고전주의와는 상관없는, 어떤 종류의 시에도 들어맞는 성질의 것이다. 그(T. S. 엘리엇)가 단테를 읽을 때 그(단테)의 신학을 읽지 말라고한 것은 훨씬 더 치밀한 체계를 갖춘 토마스 아퀴나스의 것을 그(단테)가 어설프게 빌리고 있기 때문이기도 하지만, 『신곡』이라는 작품이 시이지 논문이 아니기 때문이다. 그리고 우리는 흔히체험을 곧 시라고 하는 낭만주의적 착각에 곧잘 빠지게도 된다. 그러나 체험은 남녀노소를 물을 것 없이 누구나 일상에서 가지게 되는 그런 것이지, 그 자체가 시일 수가 없다. 시라고 하는 일정한 형식 속에 담길 때 비로소 그 시(포엠)의 내용(포에트리)이된다. 우리가 시를 맛본다(음미)고 할 때는 두말할 나위 없이 이

형식, 즉 시를 맛본다는 것이 된다. 형식이 어떻게 내용을 만들어냈는가를 식별하는 것이 실천비평이다. 우스꽝스런 일은 한 편의 시 속에 시대의 아픔이 담겨 있기 때문에, 또는 사회의 비를 잘 지적해주고 있기 때문에 감동적이라고 하고, 그런 감동을 주기 때문에 그것이 바로 좋은 시라고 한다. 이런 따위 단순논리가 어디 있는가?

시는 문화의 핵이다. 문화란 만드는 것(창조)이고, 이때의 만든다는 말은 형식을 만든다는 말이 된다. 문화 이전의 감정 따위가 시가 될 수는 없다. 또는 어떤 현학적인 사상이나 어떤 소박한 도그마 따위가 그대로 시가 되지는 않는다. 너무도 초보적인 얘기가 아닌가?

지방에서 시작활동을 하고 있는 시인들의 업적이 관심에서 소외되고 있는 경우가 있다. 일반 저널리즘은 두말할 것도 없고, 문학 저널리즘까지가 그들을 관심 밖으로 돌리는 일이 흔하고, 평단도 그렇다. 이 땅의 문화가 부피를 가지지 못하고 편견과 아집에 사로잡혀 있다는 증거가 아닌가? 이 기회에 내가 그 시적 성과를 눈여겨보아온 지방 거주의 시인들을 몇 들어보면 다음과 같다. 혹 무슨 암시나 자극이라도 되었으면 한다.

강현국, 권국명, 권기호, 박청륭, 엄국현, 양왕용, 양채미, 이구락, 이진흥, 이태수 등이다. 이들에 대한 자세한 언급(비평)은 따로 자리를 마련해야 하겠다.

김춘수가 가려 뽑은 **김춘수 사색四色사화집**

2002년 4월 30일, 현대문학 발행

| 차 례 |

머리말

전통 서정시의 계열

피지컬한 시의 계열

메시지가 강한 시의 계열

실험성이 강한 시의 계열―모더니즘 및 포스트모더니즘

번외番外

머리말

한국 당대contemporary의 시는 어떤 경향들을 띠며 전개되어왔는가? 한국의 당대시를 육당 최남선이 1908년 잡지 《소년》에 실은 「해에게서 소년에게」를 시발로 한다면 2002년의 금년까지 꼭 94년째가 된다. 근 한 세기의 시간이 흘렀다. 그동안 한국의 당대시는 트레이닝의 과정을 거쳐 현대시로서의 면모를 갖추게 되었을 뿐 아니라 국제적인 수준에도 오르게 되었다고 감히 말할 수 있을 듯하다.

한국의 당대시는 그동안 한국의 전통을 바탕에 깔고 다채로운 전개를 거듭해왔다. 나는 그동안의 전개상을 네 가지의 계열로 유형화시켰다. 전통 서정시의 계열과 피지컬한 시의 계열과 메시지가 노출된 시의 계열과 실험성이 강한 시의 계열이 그것들이다. 나는 이들 네 가지 계열에 따라 각기 그 계열들에 알맞고 가능하면 작품으로서도 손색이 없는 시들을 추려서 사화집으로 엮었다. 이것은 나의 연래의 숙원이었다. 그냥의 성격 없는 사화집은 무의미하다고 생각되었다. 성격을 가진 사화집을 나대로 엮게 되어서 우선 보람을 느낀다. 앞으로 또 나오는 다른 관점을 가진 이의 또 다른 성격의 사화집이 나와주었으면 한다.

이 사화집은 일종의 실천비평practical criticism이라고도 할 수 있겠고 작품 검증을 통한 한국의 당대 시사詩史라고도 할 수 있으리라. 비평이란 자상할수록 좋겠으나 현학적이 되거나 작품 외적인 요소가 작용하거나 하면 자칫 작품으로서의 시의 진가를 헛짚게 된다. 경우에 따라서는 난삽한 대로 그 난삽성의 바탕만(또는 의도만) 지적하면 되리라. 난삽성을 함부로 건드리다가는 더욱 시를 난삽하게 만드는 경우가 있다. 이상이나 김수영의 경우가 그렇다.

시는 산문과는 달라 원래가 모호하고 애매한 면이 있다. 그것은 시의 속성이라고도 할 수 있다. 이를테면 김소월의 시를 일반적으로는 쉬운 시, 누구나 읽어서 곧 납득이 가는 시라고 치부한다. 그러나 막상 따지고 들면 그의 시처럼 모호하고 애매한 시도 많지 않음을 알게 된다. 이 또한 그렇게 된 바탕을 찔러두면 된다. 우리는 시를 시로서 이해하고 읽어야 한다. 시의 효용은 빵의 효용과는 다르다. 빵이 절실히 요구될 때 시를 입에 넣어주는 일은 잔인하다. 그러나 시를 그렇게 대접해서는 안 된다. 시는 예술이고 평화와 아름다움을 상징한다. 평화가 없는 곳에 예술, 즉 시는 없다. 예술, 즉 시에서는 슬픔도 때로 아름다움이 된다.

*

이 사화집의 성격(내용)을 좀더 풀어서 간략하게 미리 말해두고자 한다. 이 사화집에 수록된 시 작품들은 대략 다음과 같은 계열에 속하는 것들이다.

1) 전통 서정시의 계열
막상 챙겨보니 이 계열에 속하는 좋은 시는 그 수가 적었다. 작품의 질 위주로 뽑았다.

2) 피지컬한 시의 계열
이 계열에 속하는 좋은 시가 의외로 많았다. 백석의 시들은 토속성이 강하기는 하나 소재의 처리 방식이 피지컬하고 작품으로서도 손색이 없기 때문에 이 계열에 넣기로 했다. 이장희의 시는 작품으로서는 좀 처지는 편이나 이 계열의 시로서는 효시가 아닐까 해서 넣기로 했다.

3) 메시지가 강한 시의 계열

이 계열의 시들은 수가 많으나 시로서의 균형이 잡히지 않는 것이 태반이다. 그 점을 고려했다. 박노해를 넣은 것은 그 점(균형)이 눈에 띄는 작품이 있었기 때문이다. 좀 어떨까 하지만 유치환도 이 계열에 넣었다.

4) 현대성과 후기 현대성을 지향한 시의 계열

작품의 질보다는 실험성이 강하고 시사적詩史的 의의가 뚜렷한 것들을 뽑았다.

2002년 4월에

김춘수

전통 서정시의 계열

엄마야 누나야 강변 살자,
뜰에는 반짝는 금모래빛,
뒷문 밖에는 갈잎의 노래
엄마야 누나야 강변 살자.

— 김소월, 「엄마야 누나야」

시는 밖으로 드러나야 시가 된다. 시는 씌어지기 전에는 아무
데도 없다. 포엠이란 작품을 뜻하는 말이다. 밖으로 드러난다는
것은 형태를 가진다는 것이 된다. 형태는 시에서는 행 구분 연
구분과 함께 그 속에 문체까지가 포함된다.

시 작품으로서의 「엄마야 누나야」는 설명하기가 매우 어렵다.
메시지가 없고 정서만 있기 때문이다(메시지가 없다는 것은 사상
이 없다는 것이 된다). 정서는 막연하고(애매하고) 걷잡을 수가
없다. 정서의 순도가 높으면 높을수록 그렇다. 이 상태가 극에 달
하면 언어도단의 지경에 이른다. 아! 오! 하는 감탄사만 있게 된
다. 이 시는 그런 감탄사의 부연이다. 감탄사에 내용을 부여한 그
런 상태다. 모차르트의 음악에 가깝다. 모차르트의 음악은 순수
한 음의 조립이다. 내용이 없다. 음이 빚는 분위기가 있을 뿐이
다. 모차르트 음악의 분위기에 해당하는 것이 이 시에서는 정서
라고 할 수 있다. 정서란 말을 분위기라고 바꿔놔도 된다. 어느쪽
도 안타깝기는 매한가지다.

서정시의 본질은 안타까움의 정감을 일깨워주는 데에 있다.
우리는 지금 후 불면 날아가버릴 듯한 서정시의 정수를 보고 있

다. 덧없기도 하다.

시를 공리의 눈으로 보지 말 것, 이런 따위 시가 무슨 소용일까? 그것은 사상가들이 하는 소리고 사람에게는 이런 것이 필요하다. 절실히 필요하다. 우리를 자꾸 안타깝게만 하고 뭔가를 감추고 있는 그런 것이 사람에게는 필요하다는 감각을 누군가가 일깨워줘야 한다.

세상이 너무 살벌하고 역사는 감각이 너무 무디지 않은가 말이다.

이 시는 과부족이 없다. 여기다 무엇을 보태고 여기서 무엇을 뗀다고 하는가? 여기서 더 이상 보태거나 더 이상 떼내면 균형이 망가진다. 절묘한 균형으로 이 시는 버티며 서 있다. 너무 섬세해서 세부를 조금만 잘못 건드리면 와르르 무너질까 두렵다.

이 시에서 끝행은 떼어버려도 된다. 그러나 그것은 의미상 그렇다는 것이지 시로서는 균형이 깨진다. 시는 단순한 의미 전달이 아니다. 끝행의 반복은 의미의 강조라고 봐서는 안 된다. 리듬이다. 이 시 전체의 해조諧調에 결정적인 역할을 한다. 균형이란 말을 거듭 썼는데 그 균형은 이 시의 해조와 깊은 관계에 있다.

비가 온다
오누나
오는 비는
올지라도 한 닷새 왔으면 좋지.

여드레 스무 날엔
온다고 하고
초하루 삭망이면 간다고 했지.
가도 가도 왕십리 비가 오네.

웬걸, 저 새야

울랴거던

왕십리 건너가서 울어나다고,

비 맞아 나른해서 벌새가 운다.

천안에 삼거리 실버들도

촉촉히 젖어서 늘어졌다네.

비가 와도 한 닷새 왔으면 좋지.

구름도 산마루에 걸려서 운다.

—김소월, 「왕십리」

　　신학자 R. 니버는 프로이트 학설을 계급의 이상을 잃은 유럽 상층 중산계급의 절망의 표현이라고 하고 있다. 나는 90년에 낸 내 시집의 후기에서 우리 사회에 과연 계급의식을 가진 상층 중산계급이 있으며 있다면 그에게 어떤 계급의 이상이 있는가고 물은 일이 있다. 내가 지금 이런 말을 하는 것은 청년 시절부터 프로이트는 나에게 많은 시사를 던져주었기 때문이다. 그러나 나는 프로이트 학설을 학설로서보다는 문학작품으로 대해왔다. 그에게는 독단적이고 자의적인 데가 있다. 특히 사死의 본능 Thanatos이 그렇다. 죽음을 불교의 열반에 견주고 있는 것은 너무도 자의적이다. 열반nirvàna은 불교 이전에도 쓰인 말이라고 하나 불교에 와서 널리 전파되고 그 내용도 심화되었다고 한다. 불교에서는 상식에 속하는 것도 프로이트에게는 아주 낯설고 시사적인 것으로 비쳤는지도 모른다. 그가 어느 정도 열반을 이해하고 있었는지는 의문이다. 죽음과 연결시킨 것을 보면 열반의 한쪽 모서리만 본 것이 아닐까도 한다. 열반은 대승과 소승에서 각각 두 가지의 길이 있다. 사후 세계와 현세의 경지를 아울러 말한다. 일본 조동제의 개조 도원(道元, 13세기)은 '自未得度 先度他'라고 하고 있다. 자리自利와 타리他利를 동시에 말한다.

죽음이란 열반의 세계에서는 한 모서리에 지나지 않는다. 죽음을 본능이라고 한 것도 매우 자의적 해석(인식)이다.

소월의 짧은 서정시 한 편을 두고 왜 이런 따위 현학적인 소리들을 장황하게 늘어놓았는가? 스스로 어이없기도 하다.

이 시에서 왕십리라는 고장이 온통 눈물에 흥건히 젖은 꼴이 되고 있다. 눈물은 슬픔의 흔적이지만 슬픔을 유발하는 것은 소월에게는 언제나 이별이다. 이때의 이별은 한번 가면 돌아오지 못하는 그런 이별이다. 그것은 죽음일 수밖에는 없다. 소월이 피를 이은 그의 겨레는 죽음, 이별, 슬픔의 과정을 한이라는 정서로 견디고 있다. 한은 이승을 견디게 하는 유일한 지주가 된다. 그의 겨레에게 있어 죽음은 열반이 아니다. 열반일 수가 없다. 열반은 언제나 이승에 있어야 한다.

이 시에서도 사상은 없고 따라서 시가 아주 암시적이 되고 있다. 독자의 상상과 아날로지의 폭이 넓어지고 있다. 그만큼 독자를 자유롭게 놓아주고 있다. 좋은 시는 언제나 어디서나 그런 해방감을 느끼게 해주는 속성이 있다.

돌담에 소색이는 햇발같이
풀 아래 웃음짓는 샘물같이
내 마음 고요이 고운 봄길 위에
오늘 하루 하늘을 우러르고 싶다

새악시 볼에 떠오는 부끄럼같이

詩의 가슴을 살포시 젓는 물결같이

보르레한 에메랄드 얇게 흐르는

실비단 하늘을 바라보고 싶다

　　　　　　　　—김영랑, 「돌담에 소색이는 햇발」

한국어의 결을 그 섬세함을 한껏 보여준 시다. 시 전체의 분위기는 아주 밝다. '고운봄 길 위에'라고 하고 있는데 이 시 전체의 분위기를 압축하고 있는 대목이다.

　이 시의 수사에 미스가 없지도 않다. 제2연의 제2행이 그 예가된다. 신선하지도 않고 투명하지도 않다. 그런가 하면 제1연의 제3행, 제4행은 '고요이 고운봄' '오늘 하루 하늘을'의 압운과 함께 리듬의 해조가 돋보인다. 그리고 '마음'을 위한 정경의 아날로지가 신선하다. 봄의 기운을 한껏 돋우고 있다. 제2연의 제3행, 제4행도 수사에 과식이 있기는 하나 아날로지가 돋보인다.

　이 시는 이미지즘 계열에 넣어도 무방하지 않을까 한다. 그만큼 물질성과 묘사성이 두드러지고 있다. 그러나 역시 시인의 주체성이 표면에 확연히 드러나 있는 점은 서정성의 노출이라 아니할 수 없다.

　고려가요나 신라향가에도 이런 따위 밝은 빛깔의 짧은 시들이 있다. 훨씬 강렬하기는 하나 「만전춘」은 그 대표적인 예가 되리라. 고대로 올라갈수록 청승맞은 애조는 드물어지고 있다.

　왕유王維의 5언절구 「녹시鹿柴」가 문득 생각난다.

空山不見人

但聞人語響

返景入深林

復照靑苔上

빈 산 사람은 보이잖고
그러나 간간이 사람소리 들린다
깊은 숲 속 저녁해는 되비치고
푸른 이끼의 선명한 빛깔

햇빛과 소리(사람 소리)의 울림이 빚는 정경이 영랑의 시와
비슷하다. 한자가 드러내는 조형성은 일찍 이미지즘이 시기한
바 있다. 에즈라 파운드가 한시를 번역한 것도 거기에 근거를 두
고 있었다. 시가 피지컬해지면 단형이 된다. 설명이 배제되기 때
문이다. 한시는 그 문자의 함축성 때문에 더욱 그렇다.
　일본의 하이쿠는 선禪과 결탁한 피지컬한 시의 대표적인 예다.
하이쿠가 불과 5·7·5, 17자로 돼 있는 것은 관념을 일체 배제
하고 있기 때문이기도 하다.

내 마음을 아실 이
내 혼자 마음 날같이 아실 이
그래도 어데나 계실 것이면

내 마음에 때때로 어리우는 티끌과
속임 없는 눈물의 간곡한 방울방울
푸른 밤 고이 맺는 이슬 같은 보람을
보밴 듯 감추었다 내어드리지

아! 그립다
내 혼자 마음 날같이 아실 이
꿈에나 아득히 보이는가

향 맑은 옥돌에 불이 달아
사랑은 타기도 하오련만
불빛에 연긴 듯 희미론 마음은
사랑도 모르리 내 혼자 마음은

—김영랑, 「내 마음을 아실 이」

내 마음을 '아실 이'는 이 세상 어디에도 없다. 내 마음 '날같
이 아실 이'는 결국 나뿐이다. 그것은 결국 '사랑도 모르리 내 혼
자 마음은'과 같은 그런 이름 지을 수 없는 감정의 델리키트를
말해준다.

내용이 미묘하다. 그에 따라 수사도 뉘앙스가 섬세하게 그늘
을 친다. T. S. 엘리엇이 말했듯이 현실에서의 정서가 시를 써가
는 동안에 미묘하게 굴절해간 듯한 흔적이 역력히 보인다. 현실
에서의 느낌은 이렇게까지 치밀하지는 못했으리라. 당연하다.

제1연 끝행의 '어데나'는 어데라, 어데쯤, 어덴가 등으로 쓸
수 있었던 것을 이렇게 비틀어놓았다. 뜻이 훨씬 복잡해진다. 뉘
앙스가 생긴단 말이다. '그것이 어디냐 알 수 없는 거기에' 만약
계신다면……그런 뜻이 아닐까?

'향 맑은 옥돌'의 '향 맑은'은 만든 말이다. '옥'과 '향'의 결
합은 그윽하고 도발적이기도 하다. 그러니까 거기 '사랑은 타기
도' 한다. 그러나 그런 '사랑도 모르리' '내 혼자 마음은' 너무
도 델리키트하다. 제4연 전체는 극적 클라이맥스를 보여준다.
이 시는 연마다 극적 전개의 한 과정들을 드러내고 있다. 마지막
연은 일종의 서프라이즈 엔딩이다. 사랑은 타고 있지만 화자의
마음은 '불빛에 연긴 듯 희미론' 상태에 있다. 사태가 더욱 걷잡
을 수 없게 된다. 어떤 심리적 리얼리티이기도 하나 시적 트릭인
듯도 하다.

내 마음 속 우리님의 고운 눈썹을

즈믄 밤의 꿈으로 맑게 씻어서

하늘에다 옮기어 심어놨더니

동지섣달 날으는 매서운 새가

그걸 알고 시늉하며 비끼어 가네.

—서정주,「동천」

어떤 시는 독자에게 여러 가닥의 연상대를 안겨준다. 이 시도
그런 시다. 이 시에 등장하는 님은 형이상학적으로 부풀어진 그
런 님이 아니지만 독자에 따라서는 그렇게 부풀어 보일 수도 있
을는지 모른다. 그런(형이상학적으로 부풀어 보일 수 있는) 암
시성을 이 시는 거느리고 있다고도 할 수 있기 때문이다. 그러나
그렇게 이 시의 포커스를 넓혀가면 이 시의 초점이 오히려 희미
해질 것 같다. 이 시는 아주 즉물적으로 새기는 것이 오히려 시
적 입장이 되지 않을까 한다.

이 시에는 라이트 모티프가 있을 것 같다. 가령 옛날에 어디선
가 본 젊은 여인의 숱 짙고 길게 반달을 그린 눈썹, 오래 잠재했
다가 불쑥불쑥 나타나는 그 눈썹, 사소한 일 같지만 그 눈썹은
그것을 본 사람에게 생애의 한 이미지를 그리게 한다. 그것이 에
로스로 나아간다.

이 시는 아주 이질적인 세 개의 오브제가 결합되어 그들과는
아무런 연관도 없는 감정을 자아낸다. 그 세 개의 오브제란 '눈
썹' '하늘' '새' 다. 이들의 결합은 일종의 기상이라고 할 수 있다.
그러나 시인은 아주 절실한 그리고 승화된 세계를 만들고 있다.

이 시의 수사는 완벽하다. 어디 한 군데 보태고 깎을 곳이 없
고 손을 볼 곳도 없다. 다르게 말하면 누가 이 시에 보태고 깎으

며 또는 손질을 한다면 단번에 와르르 무너져버릴 것 같은 느낌이다.

　이 시의 수사의 완벽함의 예로 구두점을 지적할 수도 있겠다. 이 시는 여섯 행의 짧은 시이기는 하나 쉼표가 끝에 가서 꼭 하나만 찍히고 있다. 이 시의 호흡(리듬상의)과 의미와 이미지에 두루 걸린다. 그만큼 이 하나의 쉼표에는 엄청난 무게가 실려 있다. 물론 시인의 세밀한 계산이 깔려 있다(혹은 천부의 센스에 의한 것인지도 모른다). 독자는 이걸 간과하면 안 된다. 이 시의 구조상의 핵심을 자칫하면 놓치게 될 것이기 때문이다.

　눈물 아롱아롱
　피리 불고 가신 님의 밟으신 길은
　진달래 꽃비 오는 서역 삼만리,
　흰 옷깃 염여 염여 가옵신 님의
　다시 오진 못하는 파촉 삼만리,

　신이나 삼아줄 걸 슬픈 사연의
　올올이 아로색인 육날 메투리,
　은장도 푸른 날로 이냥 베혀서
　부즐없은 이 머리털 엮어 드릴걸,

　초롱에 불빛, 지친 밤하늘
　구비 구비 은하물 목이 젖은 새,
　참아 아니 솟는 가락 눈이 감겨서
　제 피에 취한 새가 귀촉도 운다.
　그대 하늘 끝 호올로 가신 님아

　　　　　　　　　　　　　　　—서정주, 「귀촉도」

이 시의 분위기는 몹시 폐쇄적이다. 토속적이라고 할 수도 있다. 그런 어휘들이 보인다. '육날 메투리' '은장도' 등이 그렇다. 시인 자신 주를 달고 "귀촉도······ 귀촉도······그런 발음으로서 우는 것이라고 지하에 도라간 우리들의 조상의 때부터 들어온데서 생긴 말슴이니라."라고 말하고 있다.

이 시의 정서는 소월의 시 「왕십리」에 통한다. 구슬프고 그늘져 있다. 이런 정서는 구체적으로는 이 시에서처럼 이별(죽음)의 정서다. 이 시에서도 '눈물 아롱아롱' '귀촉도 운다'로 '눈물'과 '운다'라는 말들이 빚는 분위기가 주조를 이루고 있다. 민요를 봐도 그렇지만 이런 따위 정서는 우리에게는 살이 되고 피가 되고 있다. 슬픔이 양식이 되고 자양이 되어 우리의 넋을 다스리고 있는 듯이도 느껴진다. 이것을 이처럼이나 오히려 간절하게 읊조려주고 있다.

'귀촉도 운다'의 명사와 동사의 연결은 기상천외의 그야말로 컨시트다. 새의 울음이 이렇게도 절실해지고 있다.

강나루 건너서
밀밭 길을

구름에 달 가듯이
가는 나그네.

길은 외줄기
남도 삼백리,

술 익는 마을마다

타는 저녁 놀.

구름에 달 가듯이
가는 나그네.

—박목월,「나그네」

'구름에 달 가듯이'

이 대목은 사실이 아니다. '달에 구름 가듯이'라고 해야 옳다. 시인이 그것을 모를 리가 없다. 알고 있으면서도 이렇게 말한 것은 의도가 따로 있었기 때문이다. 그것은 우선 리듬의 문제다. '구름에'라고 석 자를 앞에 내고 '달'이라고 한 자를 뒤에 붙이는 것이 리듬이 자연스러워진다. 다음은 우리의 육안의 착각을 이용함으로써 리듬을 의미상(사실)으로도 정당화시키려 했다고 볼 수 있는 그 점이다. 우리의 육안은 달이 구름을 타고 움직이는 듯이 본다. 그러나 이런 점들을 종합하여 시인 자신도 뜻하지 않았던 대단한 시적인 소득을 올리고 있다. 그것은 이 대목이 사이버 공간을 하나 만들어내고 있다는 점이다. 시적 창조란 이런 것인지도 모른다. 현실에는 없는 사태가 빚어짐으로써 새로운 현실을 따로 하나 만들어낸다. 일종의 시적 트릭이라고도 할 수 있다. 시인으로서는 예상 밖의 소득이 될는지도 모른다. 무슨 말이냐 하면, 시인은 단순히 리듬만을 생각하고 있었는지도 모르기 때문이다.

이 시는 한 폭의 풍속도를 그리고 있다. 여기 등장하는 장면들이 전형적인 토속의 세계다. '강나루' '밀밭길' '술 익는 마을'(누룩 냄새가 물씬 풍긴다) 등이 그렇다. 그런데 "술 익는 마을마다"라고 했다. 술 익는 마을이 하나 둘이 아닌 모양이다. '남도 삼백리'에 뻗어 있는 강은 낙동강이 아닌가 한다. '외줄기'

강(낙동강)을 따라 나 있는 길의 곳곳에 작은 마을들이 자리잡고 있다. 밀밭에도 길이 빤히 나 있다. 저녁 무렵이라 놀이 곱게 타고 있다. 이런 풍경을 배경으로 짊어지고 나그네가 하염없는 길을 가고 또 가고 있다. 나그네는 떠돌이요 유럽인들이 말하는 보엠Bohéme, 즉 방랑자다. 과객이라는 이름의 이런 인물들을 70~80년 전만 해도 시골마을에서는 간혹 볼 수 있었다.

석 자를 기본으로 한 이 시의 리듬이 과객의 걸음걸이를 아주 경쾌하게 느끼도록 해주고 있다. 걸음걸이가 리듬을 타고 있다. 이 시는 수사가 또한 단순하다. 별다른 치장을 하지 않고 있다는 뜻이다. 그 단순함이 이 시의 포커스를 선명하게 드러내준다. 단순함의 미덕을 십분 살리고 있다. 나는 이 시에 대하여 다음과 같이 부연한 일이 있다.(졸저『시의 위상』)

이러한 (나그네)의 감정은 끝없이 떠난다는, 즉 이별의 감정과 연결된다. 거듭 말하거니와 이별의 감정은 곧 상실의 감정에 연결된다. 이런 연결의 끝은 결국 쓸쓸함이라는 감정으로 이어진다. 쓸쓸함이란 존재자의 근원적 감정이다. 불교의 용어를 쓰자면 무상감無常感이란 것이 된다.

만난다는 것은 헤어진다는 것을 전제로 한다. 그러니까 이별이란 것의 바탕에 깔린 쓸쓸함과 무상감은 결국은 다른 용어를 빌리면 슬픔이 된다. 이 감정이 팽배해질 때 인간적 연대의식이 생긴다. 그것이 바로 동양인의 윤리의식이기도 하다. 불교의 자비란 것도 이 쓸쓸함→무상감→슬픔의 도식을 바탕으로 한다. 프리드리히 폰 실러가 감상을 근대적인 성격이라고 하고 마르틴 하이데거가 고향 상실자를 현대적인 인간상이라고 하여 시대를 한정한 것과는 다르다. 쓸쓸함→무상감→슬픔의 도식은 시공을 초월하고 있다. 시대와 역사를 보고 있지 않고 영원을 보고 있다. 동양적 숙명론이라는 것도 이런 차원에서 볼 수가 있다.

누님의 치맛살 곁에 앉아
누님의 슬픔을 나누지 못하는 심심한 때는
골목을 빠져나와 바닷가에 서자.

비로소 가슴 울렁이고
눈에 눈물 어리어
차라리 저 달빛 받아 반짝이는 밤바다의 질정할 수 없는
괴로운 꽃비늘을 닮아야 하리.

천하에 많은 할 말이 천하의 많은 별들의 반짝임처럼
바다의 밤물결 되어 찬란해야 하리.
아니, 아파야 아파야 하리.

이윽고 누님은 섬이 떠 있듯이 그렇게 잠드리.
그때 나는 섬가에 부딪치는 물결처럼
누님의 치맛살에 얼굴 묻고
가늘고 먼 울음을 울음을
울음 울리라.

— 박재삼, 「봄바다」

누님이 슬픔의 기호인 것처럼 그려지고 있다. 누님을 생각하면 어디가 '아파야 아파야' 하고, '가늘고 먼 울음을 울음을/울음 울리라'로 마음은 걷잡을 수 없는 슬픔으로 그득해진다. 그 '누님의 슬픔'이란 무엇일까? '누님의 치맛살 곁에 앉아' 있거나 '누님의 치맛살에 얼굴을 묻고' 누님의 사랑에 흠뻑 젖어 있으면서도 '누님의 슬픔'을 함께 '나누지' 못하는 그 슬픔은 또한

무엇일까?

누님은 그리운 사람과 사별하고 있다. 그렇게 이 시의 분위기는 암시해준다. 누님의 슬픔은 어린 마음을 속속들이 적시고 마침내 누님의 상을 하나 뇌리에 새기게 한다. 그것은 이별, 즉 상실이라는 것의 모습이다. 개인의 체험이 집단의 체험에 동화된다. 고려가요에서부터 민요와 소월과 미당을 거치는 현대시에까지 면면히 이어지는 감정이다. 그것은 민족감정의 속살이기도 하다. 그것은 또 영원한 센티멘트인 이별의 그 감정에 연결된다고 할 수는 없을까?

이 시에서 시인은 색다른 수사를 하고 있다. 기교라고 할 수 있다. 물론 기교의 바닥에는 시인의 안목과 능력(감각)이 깔려 있다.

'괴로운 꽃비늘'은 난해하다. '괴로운'과 '꽃비늘'의 연결이 당돌하다. 아날로지의 폭이 넓다. 그러나 밤바다의 살갗을 그렇게 말하고 있다는 데서 수수께끼는 풀린다. '달빛 받아 반짝이는' 밤바다가 슬픔에 젖어들 때 '꽃비늘' 같은 고운 살갗이 오히려 '괴로운'이 된다는 역기능을 알리고 있다.

'섬이 떠 있듯이' 잠든다고 하고 있다. 이 역시 이런 계열의 시로서는 색다른 수사라고 할 수 있다. 호젓하다는 말인 듯한데 물기가 가시어지고 있다. 감상성이 배제되고 있다는 말이다. '가늘고 먼' 울음도 그렇다. 얼른 해석이 안 된다. 울음이 잦아드는 모습일까? 또는 속으로 스미는 오열일까? 어느 쪽이든 '먼'이란 형용사가 여운을 남긴다.

　　잠 이루지 못하는 밤 고향집 마늘밭에 눈은 쌓이리.
　　잠 이루지 못하는 밤 고향집 추녀밑 달빛은 쌓이리.
　　발목을 벗고 물을 건너는 먼 마을,

고향집 마당귀 바람은 잠을 자리.

—박용래, 「겨울밤」

얼른 보아 이 시는 이별, 즉 상실의 감정과는 관계가 없는 듯
하다. 물론 이 시에는 그런 감정을 직접적으로 드러내고 있지는
않다. 그러나 이 시도 그런 감정에 닿아 있다고 할 수 있다. 즉
슬픔이 라이트 모티프가 되고 있다.

이별은 거리(사이)를 말함이다. 그와 나와의 메워지지 않는
거리, 그 거리가 빚는 슬픔의 세계다. 그것은 시공에 걸친 거리
일 수도 있고, 시간과 공간 중 어느 하나만의 거리일 수도 있다.
이 시에서의 거리는 공간이다.

나와 고향은 같은 시간에 존재하고 있으면서 그러나 서로 떨
어져 있다. 옛날에는 함께 있었기에 그것은 고향이고 지금은 이
별, 즉 상실이 된다. 따라서 지금 그것(고향)은 회상의 대상이
되고 있다. 일종의 낙원추억이다. '마늘밭'에 쌓이는 '눈'이건
'추녀밑'에 쌓이는 '달빛'이건 혹은 '마당귀'의 '바람'이건 간
에 '고향집'에 두고온 모든 것은 한없이 소중한 것들이다. 그것
들이 지금은 없다는, 아니 없어졌다는, 즉 나와는 이미 거리를
멀리 두고 있다는 그 감정이 절제되고 적확한 레터릭에 의하여
선명하게 그려지고 있다.

이 시는 피지컬한 시의 계열에 배치하는 것이 더 적절하지 않
을까 하고 생각도 해봤지만 역시 이 계열에 넣는 것이 더욱 타당
하리라는 생각을 굳히게 됐다. 이 시는 감각성보다는 심리성이
더 강하다고 보았다. 정경의 묘사보다는 내면의 드라마의 쪽을
더 인상 깊게 보았다.

사족—조지훈의 시 「고풍의상」이나 「승무」 등은 회고 취미의

시들이다. 소재가 그렇다는 것이지 정서는 전통과는 상관이 없다. 우리의 전통 서정시의 서정은 한恨을 바탕에 깔고 있다. 한은 존재론적 세계다.

이성선의 산수시도 전통 서정시와는 다르다. 초월적이다. 즉 물적이 아니라는 점에서 선禪적이랄 수도 없다. 그것은 개인의 실존이나 사회의 어느 쪽으로부터도 멀어져 있다.

피지컬한 시의 계열

50년대 미국의 신비평(분석비평)을 주도했던 랜섬은 시를 세 종류로 분류했다. 플라톤적인 시Platonic poetry, 형이상학적인 시 metaphysical poetry 그리고 사물적인 시physical poetry가 그것들이다. 그 중의 사물적인 시는 '물物을 강조하여 그 외의 것은 되도록 배제하려는 시를 나는 피지컬한 시라고 부르고자 한다'(『시 : 존재론 노트Poetry:A Note in Ontology』)라고 하고 있다. 이런 경향의 시는 "되도록 강하게 관념을 강조하는 시"(『시 : 존재론 노트』)인 관념적인 시에 대립한다고 하고 있다.

20년대의 한국시는 거의가 관념적인 시다. 공초, 노작, 만해는 물론이요 월탄, 상화도 그렇고 소월까지도 그랬다고 할 수 있다. 시는 원래가 '언지言志', 즉 메시지 전달의 한 방법이었다. 그런데 특별한 현상이 불쑥 나타났다. 고월 이장희의 출현이 그것이다. 그의 시 「봄은 고양이로소이다」가 그 예가 된다.

꽃가루와 같이 부드러운 고양이의 털에
고운 봄의 향기가 어리우도다.

금방울과 같이 호동그란 고양이의 눈에
미친 봄의 불길이 흐르도다.

고요히 다물은 고양이의 입술에
포근한 봄 졸음이 떠돌아라.
날카롭게 쭉 뺀은 고양이의 수염에

푸른 봄의 생기가 뛰놀아라.

—이장희, 「봄은 고양이로소이다」

시로서는 수작이라고는 할 수 없다. 메시지가 배제되고 있다는 점에서 30년대를 앞지르고 있다. 피지컬한 시, 이른바 사물적인 시라고 할 수 있다. 그러나 철저하지는 않다. 랜섬도 "우리에게 보통 이상으로 만족을 주는 피지컬한 시는 이것을 분석해보면 보통 이상으로 순수하지 않다는 것을 알게 된다"라고 하고 있다.

사물적인 시의 전형적인 예는 1910년대에 영국에서 나온 이미지즘의 시들이다. 가령 다음의 에즈라 파운드 시를 보자.

The apparition of these faces in the crowd;

patals on a wet, black bought.

설명이 일체 배제되고 묘사(서술)로만 돼 있다. 주관(주체)이 완전히 물러나 있다. 철저한 즉물성의 한 틀을 보여준다. 일본의 바쇼도 그렇다.

ふる池や蛙とびこむ水のおと.

산중 한적한 곳에 있는(혹은 뜰 한쪽에 있는) 낡은 연못의 정경이 그대로 묘사돼 있다.

1913년 시 잡지 《포에트리》에 나와 있는 「이미지즘 강령」에는 다음과 같은 말들이 보인다.

ㄱ. 순간 속에 지적 정서적 복합체를 드러낼 것.
ㄴ. 구체적인 '사물' 그 자체를 명확한 말로 표현할 것.

ㄷ. 인습적인 음율을 버리고 새로운 음악적 문장을 만들 것.

이미지즘이 한국에서 결실을 보게 된 것은 30년대의 정지용으로부터다.

골짝에는 흔히
유성이 묻힌다.

황혼에
누리가 소란히 쌓이기도 하고,

꽃도
귀향사는 곳,

절터ㅅ더랬는데
바람도 모이지 않고

산 그림자 설핏하면
사슴이 일어나 등을 넘어간다.

—정지용, 「구성동」

산속 스냅이다. 몹시도 감각적이다. 정경이 피부에 와닿는다. '누리'는 우박이다. '소란히 쌓이기도' 한다고 하고 있다. 시각의 청각화다. 즉 공감각이다. '꽃'이 '귀향사는 곳'이라고 했는데 풀죽은 쓸쓸한 모습이 선하다. 선명한 표현이란 적확한 표현이란 말이 되기도 한다. 상징주의의 시처럼 대상을 흐려놓지 않는다. 시각적이고 회화적이다. 그리고 유추의 대상으로 비근한 것을 고른다. T. E. 흄은 '달'을 '도회의 아이들처럼 얼굴이 희다'고 했다. 고전주의의 요체다. 이미지즘은 고전주의의 한 흐름이다.

만주제국영사관 지붕 우에 노—란 깃발
노—란 깃발 우에 따리아만한 한 포기 구름

로—타리의 분수는 우산을 썼다
바람이 고기서 조그만 카—브를 돈다

모자가 없는 포스트
모자가 없는 포스트가 바람에 불리운다

그림자 없는 가로수
뉴—스 속보대의 목쉰 스피—커

호로도 없는 전차가 그 밑을 지나간다
조그만 나의 봐리에테여

영국풍인 공원의 시계탑 우에
한 떼의 비둘기 때묻은 날개

글라쓰컵 조그만 도시에 밤이 켜진다

—김광균, 「도심지대」

도시를 본격적으로 시에 끌어들인 이는 보들레르다. 그의 시집 『악의 꽃』은 1857년에 초판이 나왔다. 그가 도시에 관심을 둔 것은 호사가로서가 아니다. 권태와 스노비즘에 대한 미적 비판을 위해서다. 산업화로 접어든 근대사회를 상징하는 도시의 그로테스크한 모습을 보들레르는 파리에서 보았다. 부르주아지의 진보주의적 낙천주의를 꼬집은 셈이다. 릴케가 그의 소설 『말테의 수기』에서 묘사한 파리도 보들레르의 파리와 함께 어둡다. T. S. 엘리엇이 「황무지」에서 노래한 런던도 마찬가지다. 보들레르의 도시는 모더니즘의 페시미즘에 연결되고 있다. 그러나 김광균의 시는 이들처럼 강렬하지가 않다. 수채화를 보는 듯하다. 다만 엷은 애수에 젖어 있다. 그리고 약간은 탐미적이다.

지금 봐도 이 시의 수사는 신선하다. 수사는 아날로지의 뒷받침으로 태어난다. 그것은 결국은 상상력이다. '분수'가 '우산을 썼다'라든가 '모자가 없는 포스트가 바람에 불리운다'라든가 '조그만 나의 봐리에테'라든가 '글라쓰컵 조그만 도시에 밤이 켜진다' 등은 유머러스하면서 애수를 자아낸다. 그러면서 그 애수는 도시적인 것이다.

이 시에는 코멘트가 전연 눈에 띄지 않는다. 정경의 묘사로 시종하고 있다. 그 정경들은 하나같이 유머러스하다. 유머러스하다는 것은 날카롭지 않다는 것을 뜻한다. 웃음이란 것은 일종의 타협을 뜻하는 행위다.

내가 언제나 무서운 외가집은

초저녁이면 안팎마당이 그득하니 하이얀 나비수염을 물은 보득지근한 복쪽재비들이 씨굴씨굴 모여서는 짱짱 짱짱 쇳스럽게 울어대고

밤이면 무엇이 기와골에 무리돌을 던지고 뒤울안 배낡에 쩨듯하니 줄등을 헤여달고 부뚜막의 큰솥 작은솥을 모주리 뽑아놓고 재통에 간 사람의 목덜미를 그냥그냥 나려 눌러선 잿다리 아래로 처박고

그리고 새벽녘이면 고방 시렁에 채국채국 얹어둔 모랭이 목판 시루며 함지가 땅바닥에 넘너른히 널리는 집이다.

—백석, 「외가집」

정경 묘사로 시종일관한 시다. 설명이 없고 비유도 없다.

이 시에 전개되고 있는 정경들은 모두 토속의 세계다. 토속이 다른 목적을 위하여 수단으로 쓰이고 있지 않다. 토속 그 자체가 목적이 되고 있다. 이 시에서는 토속이 미적인 가치는 물론이요 도덕적인 가치까지를 설정하고 있다. 사회적인 의미를 부여하고 있다는 말이다. 사투리가 살아 있는 문화재라는 것을 이 시는 잘 보여주고 있다.

이 시는 번역이 불가능하다. 다른 물질적인 시, 이미지즘 계열의 시와 다른 점이다. 스스로 보편성을 차단하고 있다. 거기서 얻는 이득이 무엇일까? 그것을 생각해보도록 하는 힘이 백석의 시에는 분명 있다.

닭이 두 홰나 울었는데
안방 큰방은 홰줏하니 당등을 하고
인간들은 모두 웅성웅성 깨어 있어서들
오가리며 석박디를 썰고
생강에 파에 청각에 마늘을 다지고
시래기를 삶는 훈훈한 방 안에는
양념 내음새가 싱싱도 하다.

밖에는 어디서 물새가 우는데
토방에선 햇콩두부가 고요히 숨이 들어갔다.

—백석, 「추야일경」

분위기가 순 토속이다. 그리고 그 분위기는 글자 그대로 외부 정경 묘사로 돼 있다. 설명은 여기서도 철저히 배제돼 있다. 그래서 그런지 몇 개의 낱말이 별나게 돋보인다. '오가리' '석박디' '당등' 등이다. 그들 하나하나가 독특한 미적 분위기를 빚는다. 낱말이 그대로 시 속에서 독보의 걸음마를 할 수 있다는 적절한 예가 된다. 풀이씨[用言]가 필요 없게 된다. 다음의 시는 그 극단적인 예다.

흰 달빛
자하문

달 안개
물 소리

대웅전
큰 보살

바람 소리
솔 소리

부영루
뜬 그림자

흐는히
젖는데

흰 달빛

자하문

바람 소리
물 소리
—박목월, 「불국사」

빈사가 생략되고 주사만 있다. 시인에게는 그런 의식이 없었다고 생각되지만, 결과적으로 이 시는 후설 현상학의 그 판단중지, 즉 판단을 괄호 안에 넣고 유보상태로 두는 그 상태와 문장상으로는 흡사한 것이 되고 있다. 빈사란 결론이요 판단이다. 이시는 장면의 제시에 그치고 있다. 이미지는 순수하다. 이 경우의 순수는 서술에 그치고 있을 뿐 판단을 삼가고 있다는 것이 된다. 물질적인 시의 한 극단을 보여주고 있다.

이 시는 시네포엠이다. 일종의 시나리오가 되고 있다. 판단은 감독이 하도록 돼 있다. 시의 경우 감독은 독자다.

여자대학은 크림빛 건물이었다.
구두창에 붙는 진흙이 잘 떨어지지 않았다.
알맞게 숨이 차는 언덕길 끝은
파릇한 보리밭——
어디서 연식정구의 흰 공 퉁기는 소리가 나고 있었다.
뻐꾸기가 울기엔 아직 철이 일렀지만
언덕 위에선
신입생新入生들이 노고지리처럼 재잘거리고 있었다.
—김종길, 「춘니」

이 시는 도시 어느 한 구역의 스냅이다. 정지용의 「구성동」이 산속의 스냅인 것과 대조가 된다. 「구성동」은 계절이 또렷하게 드러나 있지 않다. '누리가 소란히 싸히기도 하고' 라고 하고 있지만 그것만으로는 뭐라고 말할 수는 없다. 「춘니」는 계절을 봄이라고 또렷이 밝히고 있다. 「구성동」 쪽은 '산그림자 설핏하면' 이라고 하고 있으니까 해질 무렵이다. 「춘니」 쪽은 아무 데도 시각을 말하고 있지는 않으나 시 전체의 분위기가 한낮임을 짐작케 한다. 한쪽(「구성동」)은 쓸쓸한 정도로 한적한 풍경이고 다른 한쪽은 탄력이 있고 밝은 풍경이다. 그러나 어느쪽도 적당한 거리에서 대상의 핵을 날카롭게 포착하고 있다.

T. E. 흄의 노트에 따르면 낭만주의의 특성은 상상력에 있고 고전주의의 특성은 공상에 있다고 한다. 상상력은 '정서의 왕국' 과 관계가 있고 공상은 '한정된 사물의 관조' 와 관계가 있다고 한다(『사색집』 참조).

시 「춘니」는 T. E. 흄이 말한 공상의 특성을 잘 보여준다. '한정된' 이란 수식어는 '비근한' 이란 뜻으로 새기면 되리라. 이 시에 등장한 사물들은 우리가 늘 가까이에서 대하는 친근한 것들이다. 그것들을 밝은 조명으로 비춰줌으로써 정경이 한결 선명해지고 있다.

이 시의 요체는 발상이 기奇를 피하고 있는 데 있다. 수사가 또한 그렇다. 발상과 수사 사이의 균형이 잘 잡혀 있다. 균형 감각이야말로 고전주의의 핵심이 되는 미美 감각이다.

「춘니」라는 제목은 제목으로서는 일품이다. 봄진흙은 이처럼 국어로 표기하면 멋쩍다. '춘니' 는 물론 조어다. 해빙기(그 언저리)의 나른하면서도 생기가 새로 돋는 미묘한 계절 감각을 드러내는 절묘한 낱말이 되고 있다. 봄비(보슬비) 내린 뒤의 활짝 갠 하늘이 연상되기도 한다. 따라서 이 제목은 이 시의 분위기를 또한 절묘하게 대변한다.

무령왕릉으로 가는 길엔
싸늘한 먼지바람이 일고 있었다.

청동에 슬은 녹빛으로
백제의 잔디 싹이 치밀고 있었다.

황토 밭 머리엔
유난히 붉은 복숭아꽃 한 그루.

공산성 상수리나무 새잎만이
멍청하도록 훤히 설레이고 있었다.

그 아래 미나리 논 진흙 바닥엔
싸늘한 저녁해가 찔끔 묻어 있었다.

—김종길, 「공주에서」

  이미지란 말에는 두 개의 가닥이 있다. 그 하나는 물상物象이요
그 다른 하나는 심상心象이다. 앞의 것은 글자 그대로·사물에 대
한 감각을 드러내는 이미지[象]요 뒤의 것은 심리적으로 굴절된
이미지다. 그러니까 피지컬하다는 쪽으로 본다면 앞의 것이 순
도가 높다. 대체적으로 이미지즘 계통의 시들이 보여주는 이미
지는 물상이다. 그래서 단순하고 깔끔하다. 심상은 그러나 그 음
영의 밀도 때문에 얼른 뜻이 파악 안 되고 난해성을 띠게 된다.
그러나 그 속살이 훨씬 미묘해지고 암시의 폭을 넓혀준다. 이 시
는 전형적으로 그런 투의 시가 되고 있다.
  '청동에 슬은 녹빛으로' 다음에 '백제의 잔디 싹이 치밀고 있

었다'로 이어진다. 청동에 녹이 슨다는 뭔가를 강조하려는 묘사다. 청동은 으레 녹빛이다. 그 녹빛으로 잔디의 싹이 치밀고 있었다고 한다. 즉 아래(땅)서 위(하늘)로 밀어 올리고 있었다고 한다. 이것은 확실히 어떤 상태를 그대로(사실적으로) 말한 것이 아니다. 심리적인 굴절을 하고 있다. 말하자면 몹시 주관적으로 대상을 보고 있다는 것이 된다. 여기서 벌써 피지컬의 그 물질성(객관성)이 상당히 탈락되고 있다.

'유난히 붉은 복숭아꽃 한 그루'란 묘사도 수상쩍다. '유난히'란 부사가 뭔가를 강조하고 있다. 그리고 '한 그루'란 말도 '복숭아꽃'에 걸리는 말로는 어울리지 않는다. 시인이 그것을 모를 리가 없다. '그루'는 나무를 말할 때 쓰이는 것이지 '꽃'을 말할 때는 '송이'란 말이 따로 있다. 얼른 수긍이 안 되는 대목이다. 시가 여기서 난해해진다. 이미지의 굴절이 심하다는 말이 되겠다.

'상수리나무 새잎'이 '멍청하도록 흰히 설레이고 있었다'는 대목은 또 한 번 강한 주관을 드러낸다. 메시지에까지 치달을 듯한 표정이다. '새잎'이 '설레이고' 있는 장면은 몹시도 심리적이다. 피지컬한 처리가 아니라는 뜻이 되겠다. 게다가 이번에도 '멍청하도록'이라는 부사를 머리에 얹어놓고 있다. 이 '멍청하도록'이란 부사는 어쩐지 제정신이 아닌 상태를 드러내려고 하고 있는 듯이 보인다. 그러나 '그 아래' '미나리 논 진흙 바닥엔' 또다시 '싸늘한' '저녁해가 찔끔 묻어 있었다'고 한다. '싸늘한'이란 낱말은 첫째 연 둘째 행의 첫머리에도 나온다. 그냥 가볍게 해본 소리가 아니라는 것을 알 수 있다. '바람'과 '해'가 모두 싸늘하다고 한다. 그것은 그런 느낌(감정)을 드러낸 말이겠다.

이 시를 피지컬한 시의 계열에 넣을까 말까 많이도 망설였다. 그러나 피지컬한 시가 심리적(존재론적) 음영을 갖추는 단계로 나아가는 한 예로 안성맞춤이라고 생각되었다.

놀이터나
교정에 서있는
미끄럼대보다
더 높은 것이
아이들에게는 없다.

그림을 그리게 하면
삼층 교사의 지붕보다
더 높은 키의 미끄럼대를 그린다
하나 둘
셋 넷……
차례차례 미끄럼대를 타고 내려오는
아이들 웃는 얼굴 입에는
물린 태양이 있다.
그들은 하늘 꼭대기에서
내려오고 있는 것이다.

—전봉건, 「미끄럼대」

이 시는 하나의 환상을 그리고 있다. 환상이란 측면에서 보면
그런대로 리얼리티를 가진다. 그러나 현실이라는 차원에서 보면
이 시는 아무런 의미도 가지지 못한다. 넌센스 포에트리다. '아
이들 웃는 얼굴 입에는' '물린 태양이 있다' 는 대목의 동화적 리
리시즘이 가슴에 와 닿는다. 이런 것도 피지컬한 시의 별종이 아
닐까?

내용 없는 아름다움처럼

가난한 아희에게 온
서양 나라에서 온
아름다운 크리스마스 카드처럼

어린 양들의 등성이에 반짝이는
진눈깨비처럼

　　　　　　　　　　　　—김종삼, 「북치는 소년」

　　이 시 또한 피지컬한 시의 별종에 속한다고 할 수 있을까? 시
인 자신이 시의 첫머리에서 이 시의 성격을 규정짓고 있다. '내
용 없는 아름다움'이라고…….
　　시가 너무나 순결하다. 갓난아기 살결을 보는 듯하다. 너무나
순결하여 성스럽다. 성스러운 것에는 수다스런 수식이 없다. 우
리가 채워야 하는 넓고 넓은 여백이 있을 뿐이다. 피지컬하다는
것의 궁극의 목적도 거기(여백)에 있을는지 모른다.
　　이 시의 제목은 재미있다. 통상적인 입장에서는 이 시의 제목
과 내용 사이에는 아날로지가 성립되기 어렵다. 그래서 이 시는
제목과 내용이 따로 놀고 있는 것처럼 보인다.
　　이 시의 제목인 「북치는 소년」은 제멋에 겨워 있다. 전연 사회
성이라고는 없다. 사적인 입장을 그대로 드러내고 있을 뿐이다.
이 시의 내용 역시 그렇다. '아름다운 크리스마스 카드'나 '어린
양들의 등성이에 반짝이는/진눈깨비'는 그 자체로서 의의가 있
고 흥겨울 뿐이다. 서로(제목과 내용) 딴전을 보고 있다. 그 표
정들이 재미있다. 제목을 시의 한 행으로 보면 어떨까?

갑자기 종로에서 만난
가을.

——그 엷은 햇살 때문에

손수레 위에 빠알간
감.

(하학길 귀심 달뜨게 한 홍시)

소꿉 같은 널판 위에 앉은
가을.

만나자 서너 발 앞서 횡단로 건너는
손짓.

——금빛 그 햇살 때문에

피 맑은 살 속 깊이 나이 든
하늘.

—조영서, 「가을 이미지」

　스타카토로 톡톡 끊은 문장이 돋보인다. 돋보인다는 말은 이
경우 효과를 내고 있다는 뜻이 된다. 함축과 암시를 머금은 화법
이 되고 있다.
　이 시는 햇살과 감이 짜내는 가을의 바리에테다. 뜻밖에도 '종

로에서' '가을'을 만난다. 그 가을은 '손수레 위에 빠알간' '감'
이 되어 있다. '그 엷은 햇살'이 매개가 된다. 여기서 '엷은 햇
살'은 얼른 풀리지 않는다. 엷다는 형용사는 감과 가을에 걸려
있기 때문이고 감은 빨갛다고 하고 있다. 그렇다면 이 엷다는 형
용사는 미묘한 심리적 굴절을 하고 있다고 해야 하리라.

'하학길 귀심'의 '귀심'을 歸心으로 새겨야 한다면 이 구절은
불필요한 설명이 되지 않을까? 누군가 '만나자 서너 발 앞서 횡
단로 건너는' 사람, 갑자기 '엷은' 햇살이 '금빛'이 된다. 이번
에는 '금빛 그 햇살 때문에' '하늘'은 '나이'가 든다. 그 하늘은
'피 맑은 살 속 깊이' 가라앉는다. 어떤 회상은 드높은 가을 하
늘처럼 피를 맑게 해준다.

위와 같은 시 해석은 물론 자의적이다. 이런 따위 자의적 시해
석을 통하여 이 시에서도 물상이 심상으로 변모해가는 과정을
엿보게 된다.

김종삼의 시가 방심 상태로 풀어놓은 아름다움을 보여주고 있
다고 한다면 이 시는 갈고 닦은 인공의 아름다움을 보여주고 있
다고 할 수 있다.

하늘은 은가락지 낀 손가락 하나 없다

—조영서, 「개기월식」 전문

얼른 보면 무슨 경구 같기도 하다. 그래서 이 한 행의 짧은 시
를 잠언시로 오인할 수도 있겠다. 그러나 이 시는 아주 즉물적인
감각시다. 관념은 없다. 그렇게 봐야 이 시의 시적 의도를 살리
는 것이 되리라.

달이 완전히 지구의 그늘로 숨어버린다. 달이 보여주던 것들
이 함께 자취를 감춘다. 그러나 그럴 수는 없다. 우리의 기억 속

에서 더욱 선연히 되살아난다. 달은 여인의 섬세한 손가락에 낀 은가락지다. 기억, 그것이 즉 시다. 시가 만들어낸 그것은 사이버 공간이다. 그 공간은 이 시에서 은은하고 아련하다. 금이 아니고 은이기 때문이다. 속기俗氣를 벗고 은이 금보다 훨씬 귀티가 난다.

> 늦은 저녁때 오는 눈발은 말집 호롱불 밑에 붐비다.
> 늦은 저녁때 오는 눈발은 조랑말 말굽 밑에 붐비다.
> 늦은 저녁때 오는 눈발은 여물 써는 소리에 붐비다.
> 늦은 저녁때 오는 눈발은 변두리 빈터만 다니며 붐비다.
> ─박용래, 「저녁눈」

너무도 투명하다. 시가 너무 투명하면 아무것도 보이지 않는다. 그저 훤하기만 하다. 이 시에 대하여 누가(어떤 분석비평가) 무슨 말을 한다고 하면 그것은 한갓된 군소리가 되는지도 모른다. 다른 시를 두고도 말한 일이 있지만 이미지즘 계열의 시는 여백의 시라고도 할 수 있다. 되도록 말을 적게 하고 침묵(암시)의 공간을 많이 둘 것. 피지컬한 외부묘사가 시적 뉘앙스를 가질 수 있도록 말이다. 이런 말들은 이 시를 변명하는 것 같은 인상을 줄는지도 모른다.

어떤 물건은 까발리지 말고 보자기에 싸서 선반에 얹어놓고 그만한 거리에서 가끔 쳐다보는 것이 그 물건을 위하여 더 낫다.

> 지탱하기 힘든 꽃 하나가 아름다운 영지를 향해 가는 길목에 피어 있다 우산 같은 꽃, 더러운 광목으로 만든 땡볕에 지붕 같은 꽃

> 주저앉은 나무 뒤에 떠돌이들이 망연하게 하늘을 올려다보는 중이

다. 멜빵 끝에 깔개를 매달고 먼저 바람이 어디서 불어와 바람이 어디로
불어가는지 콧김을 벌름거리며 손가락에 침을 발라 허공을 휘저으면서

빠따띠 빠따삐 시 미미 시 미모 끄시로 끄라라……

노래를 새기며

우스꽝스러운 노래의 후렴만 천지에 가득차게

날개는 침대 속에 머물고
침대는 날개 속에 머문다

감각―심리(무의미, 안티 존재론)―쉬르레알리슴

―김영태, 「하늘」

마지막 한 행이 이 시의 성격을 잘 밝히고 있다. 시인 스스로
의 자작시 해설이다. '감각―심리'는 프로이트 심리학의 도식이
다. 감각은 생리요 심리는 심층심리(잠재의식)를 말함이다. 다
른 시들을 두고도 거듭 말했듯이 감각(외부묘사)에 그치는 경우
와 감각이 심리로 굴절해가는 경우가 있다. 이 시는 처음부터 단
순한 외부묘사가 아니다. 심리적으로 굴절한 이미지만이 나열돼
있다. 시인 스스로 말하고 있듯이 이런 따위 이미지들은 쉬르레
알리슴에 속한다. 이미지즘을 훨씬 떠나 있다. 그러나 여기서는
시인이 스스로 밝히고 있는 마지막 한 행의 내용 때문에 좀 억지
스런 편입을 하게 됐다. 감각과 심리의 미묘한 관계를 엿볼 수
있도록 시인이 배려를 해주고 있다. 심리의 세계는 현실(감각―
생리)을 굴절된 모습으로 보여주기 때문에 환상적이 된다. 보르

헤스의 문학에서 보듯이 이런 따위 환상은 존재론적 의미의 세계를 떠나 있다. 시인은 '안티 존재론'이라고 하고 있지 않은가. 카프카의 문학이 존재론적인 것과 좋은 대조가 된다. 카프카의 문학은 그러니까 우화성을 띤다. 즉, 알레고리의 문학이다. 그러나 보르헤스의 문학과 함께 이 시에는 알레고리가 없다.

이 시의 이미지들은 몹시도 해학적이다. 그 점이 시적 흥분을 빚게 한다. 그것이 이 시의 미학이요 시로서의 존재 이유의 하나가 되리라.

> 찻집 '째즈'에 올라간다.
> 카펫 붉게 깔린 3층 계단 옆에서
> 제 몸짓보다 큰 트럼펫을 들고
> 흑인 가수 루이 암스트롱의 커다란 눈망울이
> 나를 노려본다.
> 브랜드 커피엔 하얀 각설탕을!
> 카푸치노? 아니, 아니
> 나는 블랙만 마실거야.
> 블랙홀보다 검은 커피 한 잔이
> 내 앞에 당도한다.
> 나는 강변이 내려다보이는 창가가 좋다.
> 오늘따라 바람이 센지 짱짱한 구름떼만
> 하늘에서 펄럭인다.
> 브레지어가 흘러내리고
> 흰 속치마가 절반쯤 뜯기고 찢겨나간
> 구름을 보는 것이 좋다.
> 아직 봄은 일러서 오지 않고
> 꽃샘바람에 눈꺼풀 닫은채

종일 공중을 향해 팔을 벌리고
벌서듯 서 있는 나무들,
매캐한 매연 속에
푸른 잎을 틔울까 말까 생각 중이다.
그 슬픔을 하나의 보석으로 마음의
블랙홀에 켜놓았다.
나트륨등이 반짝 켜진다.

밝은 미색 커튼 흔들리는 창가에서
블랙 커피나 한잔!

―노향림, 「강변 마을」

에드윈 뮤어Edwin Muir의 『소설의 구조』라는 책에는 소설의 구조를 두 가지로 나누고 있다. 그 하나는 극적 구조이고 다른 하나는 그렇지 않은 구조다.

극적 구조란 다르게 말하면 메인스토리가 있는 구조다. 처음부터 끝까지 한 개의 주된 사건이 전개되면서 인물이 바뀌지 않는다. 나도향의 「물레방아」 같은 것이 그 전형적인 예가 된다. 이 소설은 애정의 삼각관계를 그리고 있다. 발단과 절정과 끝이 선명히 드러난다.

극적이 아닌 구조란 다르게 말하면 메인스토리가 없고 에피소드의 연결로 돼 있는 구조다. 등장인물이 에피소드가 바뀔 때마다 바뀐다. 김동인의 「감자」 같은 것이 그 전형적인 예가 된다. 복녀라는 한 농민의 딸이 가난 때문에 몸을 더럽히며 끝내는 파멸해가는 모습을 그린 소설이다. 이 소설에서는 에피소드 두 개가 연결돼 있을 뿐 메인스토리는 없다. 인물이 바뀐다. 에피소드는 얼마든지 연결시켜 갈 수가 있다.

시에서도 이런 따위 구조의 유형이 있다. 가령 조지훈의 「승무」같은 것은 극적 구조를 가졌다고 할 수 있다고 한다면 정지용의 「향수」는 그렇지 않은 구조를 가졌다고 할 수 있으리라.

「승무」는 기승전결로 아주 동적 기계적으로 내용이 전개된다. 처음부터 끝까지 무희의 동작으로 채우고 있다. 마침내 그녀의 동작이 절정을 거쳐 끝을 맺는다. 그러나 「향수」는 연마다 다른 장면이 나타난다. 앞연과 뒷연 사이에는 아무런 인과관계도 없다.

노향림의 이 시는 어느쪽에 속할까? 「향수」에 가깝다. 왜 가깝다고 하는가? 여기서는 등장인물(시인 자신)이 있고 그가 처음과 끝에 나타나서 어떤 동작을 하고 있기 때문이다. 그러나 그것은 하나의 허깨비일 뿐 별다른 역할을 하지 못한다. 이 부분을 빼버려도 시 전체의 구조에는 아무런 손상이 가지 않는다. 내가 이 시를 피지컬한 계열에 넣게 된 것도 이런 따위 구조 때문이기도 하다. 피지컬한 시는 외부 정경묘사가 중점적으로 역할을 하지 어떤 사건(내면적이건 사회적이건)을 취급하는 것이 주된 역할이 아니다. 이 시에서도 몇 개의 장면이 선명하게 그려져 있는데 그것들이 이 시의 존재 이유이자 주된 과제가 되고 있다. 이 시에서는 그러나 간간이 내면적(존재론적) 뉘앙스를 느끼게 한다. 이를테면 '블랙홀보다 검은 커피 한 잔이/내 앞에 당도한다.' 라든가 '그 슬픔을 하나의 보석으로 마음의/블랙홀에 켜놓았다.' 라는 행들이 그렇다. 이 때문에 감각적으로만 시종일관한 이 계열의 다른 시들에 비하면 조금은 중량이 실린 듯이 보인다.

벌목정정 이랬거니 아람도리 큰 솔이 베혀짐즉도 하이 골이 울어 멩아리 소리 쩌르렁 돌아옴즉도 하이 다람쥐도 좇지 않고 뫼스새도 울지 않어 깊은 산 고요가 차라리 뼈를 저리우는데 눈과 밤이 조히보담 희고녀! 달도 보름을 기달려 흰 뜻은 한밤 이 골을 걸음이란다? 웃절 중이 여섯 판에 여섯 번 지고 웃고 올라간 뒤 조찰히 늙은 사나이의 남긴 내음새를 줏는다? 시름은 바람도 일지 않는 고요에 심히 흔들리우노니 오오 견듸란다 차고 올연히 슬픔도 꿈도 없이 장수산 속 겨울 한밤내——

—정지용, 「장수산·1」

산문시는 두 개의 모순개념을 변증법적으로 지양시킨 시의 한 형태다. 산문, 즉 프루즈prose란 말에는 운문에 대립되는 뜻과 시에 대립되는 뜻이 있다(R. G. 몰턴, 『문학의 근대적 연구』). 시, 즉 포에트리를 창조문학이라고 한다면 산문은 토의문학이다(R. G. 몰턴, 『문학의 근대적 연구』 참고). 그러니까 산문시는 창조문학과 토의문학이 배합되어 다른 차원의 또 하나의 시, 즉 다른 또 하나의 창조문학을 만들어낸 경우다.

산문은 운문에 대립되는 뜻이 따로 또 있다. 운문과 산문은 순전히 말의 율동에 관계되는 구분이다. 산문은 은폐된 율동을 가진 것이요 운문은 회귀적 율동을 가진 것이다. 그리고 또 산문에는 어원적으로 일직—直이라는 뜻이 있다. 일직은 줄글을 말함이요 줄글은 리듬에 대하여 관심 밖에 있다. 그러나 운문은 리듬에 대한 관심이 크고 행 구분을 통하여 그것(관심)을 보충한다(R. G. 몰턴, 『문학의 근대적 연구』 참고).

위와 같은 내용을 염두에 두고 정지용의 위의 시를 볼 때 거의 완벽한 산문시가 되고 있음을 알 수 있다. 율동을 표면에 드러내지 않고 죽이고 있고(따라서 문장이 토의적 논리적이 되고 있다) 창조적(현실에 없는 것을 만들어내는)인 흔적이 전연 보이지 않는다. 외부 정경묘사에 그치고 있다(그러니까 이미지즘 계통의 퍼지컬한 시가 리얼리즘의 범주에 속하며 비非로맨티시즘이다). 그러면서도 시가 되어야 한다. 이 경우는 창조문학이란 개념을 훨씬 확대시킨 것이 되어야 한다. 이 시의 경우를 놓고 볼 때 그것은 순전히 스타일의 문제가 될 듯하다. 보통의 산문에서는 볼 수 없는 스타일의 함축성 및 짙은 뉘앙스를 봐야 한다(특히 어휘 선택에 있어 이 시는 그렇다). 일일이 지적할 것도 없이 이 시는 그러한 스타일상의 특색이 곧 눈에 띈다.

정지용 이전에도 이후에도 산문시가 있긴 했지만 산문시다운 산문시는 정지용이 비로소 그 모범적인 작품을 내놓았다고 할 수 있다. 가령 다음과 같은 박두진의 시「해」는 산문시로서는 어색하다.

해야 솟아라. 해야 솟아라. 맑갛게 씻은 얼굴 고운 해야 솟아라. 산 넘어 산 넘어서 어둠을 살라먹고 산 넘어서 밤새도록 어둠을 살라먹고, 이글 이글 애띤 얼굴 고운 해야 솟아라.

율동이 너무 회귀적으로 표면에 드러나 있다. 스타일이 산문으로는 너무 흥분 상태에 있다. 산문시에서는 형태가 문제니까 우선은 스타일에 유의해야 한다.

지난 봄 제주 가서 보고 온 노오란 유채꽃들은 모로 누워 일어날 줄 몰랐다 노오랗게 기절해 있었다 모슬포의 유채꽃들은 그랬다 모슬포의 바람 탓이었다 모슬포의 바람은 어찌나 빠른지 정강이도 무릎도 발바닥도 없이 달려만 가고 있었다 아랫도리가 없어진 지가 사뭇 오래된 눈치였다 염치가 없었다 다만, 이따금씩이 아니라 연이어 귓쌈만 세차게 후려쳤다 내가 무엇을 잘못했을까 알 수가 없었다 삼악산 민둥산엔 네 발굽 땅 속 깊게 묻은 채 떨고 섰는 오직 비루먹은 조랑말 한 마리, 그도 무엇을 잘못했는지 연이어 귓쌈만 세차게 얻어맞고 있었다 秋史 선생의 대정마을로 내려와 보니 입 굳게 다문 채 제주 사람들은 그 바람의 모

진 내력들을 속속들이 다 알고 있는 눈치였다

—정진규,「모슬포 바람」

정지용의 산문시집 『백록담』 이후 산문시집을 낸 시인은 정진규 외 한둘이 있을까 말까다. 중에서도 정진규는 줄기차게 산문시만 추구해왔다. 그의 산문시는 이제 그 나름의 틀이 잡혔다고 할 수 있다. 그의 작금에 나온 대부분의 산문시들은 외부 정경묘사가 어느 사이 교묘하게 내면의 존재론적 어둠을 건드린다. 갑자기 코멘트가 되어 외부정경을 헝클어놓는다. 분명히 주제를 가진 시다. 그러나 피지컬한 계열의 시는 묘사만 있지 코멘트는 끼지 않는 것이 상례가 되고 있다. 판단은 독자의 몫으로 보류해둔다. 박목월의 「불국사」라는 시가 그런 상태의 극단적인 예로 이미 제시한 바 있다. 이런 측면에서 본다면 정진규의 산문시들은 피지컬한 시의 계열에 넣을 수가 없다. 그래서 위에 든 시는 그의 시로서는 예외에 속한다.

위에 든 시는 아슬아슬하게, 마치 줄타기를 하는 것처럼 코멘트를 피하고 있다. 끝머리의 '제주 사람들은 그 바람의 모진 내력들을 속속들이 다 알고 있는 눈치였다'는 대목이 외부 정경 묘사를 떠나 있다. 그렇다고 이 대목이 코멘트로서의 구실을 제대로 하고 있지도 않다. 오히려 시로서는 사족이 되고 있을 뿐이다.

정지용의 시 「장수산·1」과 이 시는 산문시로서의 몸가짐이 흡사하다. 스타일, 즉 화술에 시가 있다. 「이미지즘 강령」에 "인습적인 음율을 버리고 새로운 음악적 문장을 만들 것"이라고 나와 있는데 정지용의 시 「장수산·1」과 함께 이 시에서의 음율은 은폐된 그것이다.

메시지가 강한 시의 계열

랜섬은 관념의 시, 즉 플라톤적인 시에 대하여 "관념의 시를 나는 플라톤적인 시라고 이름 붙인다. 이 시의 순수성에도 여러 가지 정도가 있다. 이미지를 전연 가지지 않은 추상적인 관념만을 사용한 문장은 과학적인 기록이지 플라톤적인 시도 아니리라"(『시:존재론 노트』)라고 하고 있다. 이런 경향의 시를 A. 테이트는 의지의 시poetry of the will라고 하고 있다. 의지란 메시지를 말함이다. 『서경』에는 '시언지詩言志'란 말이 나온다. 지志는 뜻이니까 메시지가 된다. 이천오백 년 전에 동양에서는 이미 시를 메시지 전달의 한 방법으로 여기고 있었다. 시에 대한 이런 따위 인식은 지금까지 끊이지 않고 있다.

메시지는 상대(시에서는 독자)를 구속한다. 전달에는 강요라는 작용이 은연중 섞이게 된다. 그러니까 플라톤적인 시는 독자에게 자유를 주지 않는다. 자기 사상(관념) 쪽으로 끌어들이려 한다. 그렇지 않다면 그것은 메시지라고 할 수가 없게 된다. 피지컬한 시가 메시지를 배제함으로써 독자를 자유롭게 해주는 것과는 대조적이다.

플라톤적인 시의 메시지는 도덕성을 띤다. 즉, 사회성을 띤다. 그러니까 뭔가를 가르치려는 교훈적인 것이 된다는 뜻이 되기도 한다. 시가 독자를 가르치는 데 공헌해야 하느냐 시가 독자에게 쾌락을 주는 데 공헌해야 하느냐 하는 문제는 아직도 미해결의 장으로 남아 있다. 시인이 어떤 이데올로기에 사로잡히게 되면 플라톤적인 시의 함정에 빠질 수밖에 없다.

톨스토이는 이른바 자기의 도그마, 즉 톨스토이즘에 빠지게 되자『예술이란 무엇인가?』와 같은 상식을 벗어난 글을 쓰게 됐다. 그는 그 글에서 바그너의 음악보다 목동의 풀피리 소리가 더 음악적이고 프랑스 상징파 시인들의 시보다 민요 한 구절이 더 시적이라고 하고 있다. 병적으로 감수성이 예민해진 극소수의 독자가 프랑스 상징주의 시인들의 시를 이해하는 체하고 있다고 했다. 세계의 예술사가 그 예술적 성과를 높이 받들고 있는 작품들을 톨스토이는 이처럼 형편없이 폄하했다. 그의 만년의 도그마의 입장에서는 어쩔 수 없는 일이다. 그렇게 발설한 그것이 바로 그의 성실성의 증거가 되는지도 모른다. 그러나 그렇지가 않다. 그것은 역시 망발일 수밖에는 없다.

예술은 어딘가 사치스럽고 어딘가 장식적이고 어딘가 유희적인 데가 있다. 그렇다고 예술을 도덕적 공리주의의 눈으로만 볼 수는 없다. 예술은 하나의 위안이요 하나의 정신 진정제이기 때문이다. 그러나 (예술에서의) 톨스토이즘은 어느 시대든 있어왔다. 우리가 도덕과 사회를 떠날 수가 없기 때문이다. 미술이나 음악과 같은 예술은 사정이 다르다.

톨스토이는 여든 나이에 가출하여 아스타포보역의 역장실에서 객사했다. 그의 도그마에 대한 도덕적 성실성 때문이었다. 청마 유치환은 그의 시집(『생명의 서』) 서문에 "참의 시는 마침내 시가 아니어도 좋다"고 했다. 시의 사치성과 장식성과 유희성을 질타한 말이다. 즉, 시의 예술성을 혐오한 말이다. 그러나 시가 예술을 떠날 때, 시는 산문이 된다.

지금은 남의 땅──빼앗긴 들에도 봄은 오는가?

나는 온몸에 햇살을 받고
푸른 하늘 푸른 들이 맞붙은 곳으로

가르마 같은 논길을 따라 꿈 속을 가듯 걸어만 간다.

입술을 다문 하늘아 들아
내 맘에는 나 혼자 온 것 같지를 않구나
네가 끌었느냐 누가 부르더냐 답답워라 말을 해 다오.

바람은 내 귀에 속삭이며
한 자욱도 섰지 마라 옷자락을 흔들고
종달이는 울타리 너머 아가씨같이 구름 뒤에서 반갑다 웃네.

고맙게 잘 자란 보리밭아
간밤 자정이 넘어 내리던 고운 비로
너는 삼단 같은 머리털을 감았구나 내 머리조차 가뿐하다.

혼자라도 갑부게나 가자
마른 논을 안고 도는 착한 도랑이
젖먹이 달래는 노래를 하고 제 혼자 어깨춤만 추고 가네.

나비 제비야 깝치지 마라.
맨드라미 들마꽃에도 인사를 해야지
아주까리 기름을 바른 이가 지심매던 그들이라 다 보고 싶다.

내 손에 호미를 쥐어다오
살찐 젖가슴과 같은 부드러운 이 흙을
팔목이 시도록 매고 좋은 땀조차 흘리고 싶다.

강가에 나온 아이와 같이

짬도 모르고 끝도 없이 닫는 내 혼아
무엇을 찾느냐 어디로 가느냐 우스웁다 답을 하려무나.

나는 온몸에 풋내를 띠고
푸른 웃음 푸른 설음이 어우러진 사이로
다리를 절며 하루를 걷는다 아마도 봄 신령이 잡혔나 보다

그러나 지금은——들을 빼앗겨 봄조차 빼앗기겠네.
　　　　　　　　　　　　　—이상화,「빼앗긴 들에도 봄은 오는가」

　　랜섬은 "플라톤적인 시는 깊이 피지컬한 것의 속에 잠겨 있다.
피지컬한 시가 관념을 가지지 않은 것처럼 보여도 남몰래 살짝
관념화를 이루고 있다고 한다면 플라톤적인 시는 그에 대하여
차고 넘칠 만큼 빚을 갚고 있다고 하는 것은 플라톤적인 시는 극
력 제 자신을 피지컬한 시를 닮게 하려고 하기 때문이다. 마치
선전하려는 관념인 약을 객관성이라고 하는 사탕의 옷 속에 숨
기려고 하는 것처럼"(『시:존재론 노트』)이라고 하고 있다.
　　이 시는 플라톤적인 시다. 그런데 시종 객관적 사물(정경)을
통하여 관념을 은근히 드러내고 있다. 코멘트가 객관적 사물 속
에 용해돼 있다. 강한 의지를 속에 감추고 있다. 감정이 그만큼
절제되고 있다. 상화의 시로서는 논리 전개가 정연하고 수사의
애매함도 보이지 않는다. 시로서는 내용과 표현이 균형을 끝까
지 잘 유지하고 있다. 그의 시「나의 침실로」와 비교해보면 이런
점들이 더욱 확실해진다.
　　플라톤적인 시도 그것이 시인 이상 관념에 우선해야 한다. 우
선 시가 되고 난 뒤에 관념이 있어야 한다. 관념이 시를 압도하
면 그것은 시가 아니고 산문이 된다. 랜섬이 "추상적인 관념만을

사용한 문장은 과학적인 기록이지 플라톤적인 시도 아니리라"라고 했듯이 시가 '추상적인 관념만을 사용한 문장'이 된다면 굳이 시의 형태를 빌리지 말아야 한다. 자유시건 정형시건 시의 형태를 빌렸다고 시가 되는 것은 아니다. 랜섬이 여기서 '문장'이라고 한 것은 그대로 산문을 뜻하는 것으로 새기면 되리라.

이 시에서의 정서의 객관적 상관물은 아주 적절하다. 객관적 상관물이란 결국은 이미지를 두고 하는 말이라면 이 시는 시적 형상화가 잘 되고 있다는 것이 된다. 그런데 시인이 메시지를 과도하게 의식하고 있는 경우, 이미지는 시에서 위축되고 랜섬의 말을 빌리면 '과학적인 기록'이 된다. 즉, 진술이 된다. 시가 되지 않아도 좋으니까 메시지가 정확(선명)하게 전달되면 된다는 청마적인 시 인식이다. 청마와 같은 시인의 눈에는 정서의 객관적 상관물, 즉 이미지는 사치며 장식이며 유희가 되니까 되도록 피해야 할 물건들이다.

나의 가는 곳
어디나 백일이 없을소냐.

머언 미개적 유풍을 그대로
성신과 더불어 잠자고

비와 바람을 더불어 근심하고
나의 생명과
생명에 속한 것을 열애하되
삼가 애린에 빠지지 않음은
──그는 치욕임일레라

나의 원수와
원수에게 아첨하는 자에겐
가장 옳은 증오를 예비하였나니

마지막 우러른 태양이
두 동공에 해바라기처럼 박힌 채로
내 어느 불식에 짐승처럼 무찔리기로

오오, 나의 세상의 거룩한 일월에
또한 무슨 회한인들 남길소냐.

─유치환, 「일월」

이 시는 일종의 잠언이 되고 있다. 자기를 타이르는 형식을 빌려 남을 타이르고 있다. 강한 뜻(각오라고 해도 되리라)이 토로되고 있다. 논리는 정연하고 문체는 간결하다. 군더더기가 눈에 띄지 않는다. 청결하다. 그리고 어조는 강하고 날카롭다. 단 한 군데 '해바라기처럼'(제5연 제2행)이란 비유가 나와 있다. 철두철미 진술로 된 문장이다.

랜섬 투로 말을 하자면 이 시는 플라톤적인 시도 아니다. 그러나 청마 투로 말을 하자면 예술성을 과감히 도려낸 참의 시가 된다. 진솔함이 이 시가 가진 미덕이다.

풀이 눕는다
비를 몰아오는 동풍에 나부껴
풀은 눕고
드디어 울었다
날이 흐려서 더 울다가

다시 누웠다

풀이 눕는다
바람보다도 더 빨리 눕는다
바람보다도 더 빨리 울고
바람보다 먼저 일어난다

날이 흐리고 풀이 눕는다
발목까지
발밑까지 눕는다
바람보다 늦게 누워도
바람보다 먼저 일어나고
바람보다 늦게 울어도
바람보다 먼저 웃는다
날이 흐리고 풀뿌리가 눕는다

— 김수영, 「풀」

　　이 시는 상화와 청마의 시들과는 다르다. 같은 플라톤적인 시에 속하지만 그 표현이 위의 시들과는 판이하다.
　　이 시는 상징시(상징주의의 시가 아님)다. 이 시에 나오는 풀과 바람은 사실적인 차원의 것들이 아니다. 풀은 민중, 혹은 개인으로서의 인간을, 바람은 사회를 비유하고 있다고 할 수가 있다(다른 것들로 볼 수도 있겠으나 무엇으로 보더라도 그대로의 풀과 바람은 아니다). 민중(혹은 개인으로서의 인간)의 생명력을 말하고 있다고 할 수 있는데 아무데도 직설적인 진술은 없다.
　　이미지를 두 가지로 볼 수가 있다. 그 하나는 서술적descriptive인 것이고 다른 하나는 비유적metaphorical인 것이다. 서술적 이미지란 배후에 관념을 거느리지 않는, 그대로의 외부 정경묘사나 심리묘사가 돼 있는 이미지를 말함이요, 비유적 이미지란 배후에 관념을 거느리고 있는 이미지를 말함이다. 서술적 이미지는 관념이 없으니까(관념이 없다는 것은 관념의 수단이 되고 있지 않다는 것을 뜻한다), 즉 이미지 그 자체가 목적이 되고 있는 이미지니까 이미지가 순수하다. 그러나 비유적 이미지는 배후에 관념을 거느리고 있으니까, 즉 이미지가 관념의 수단이 되고 있으니까 이미지가 불순해진다. 이미지즘 계열, 즉 피지컬한 계열의 시는 서술적 이미지를 쓰게 되는 것이 그의 물질성에 어울린다. 그러나 이 시와 같이 관념을 말하려는 의도로 씌어진 시는 이미지가 비유적이 될 수밖에는 없다.

비유와 관념을 외연과 내포로 볼 수 있다고 한다면 그 결합이 이 시에서는 아주 원만하게 잘되고 있다. 이 시가 관념을 노골적으로 드러내지 않고 은연중 관념을 느끼게 해주고 있는 것은 외연과 내포의 긴장tension이 아주 잘되고 있기 때문이다. 관념과 예술성이 상호보완관계에 있다는 말이 되겠다. A. 테이트는 텐션에 대하여 다음과 같이 말하고 있다.

"나는 텐션이라는 말을 일반적인 비유로서가 아니라 특수한 비유로서 사용하고 있다. 그것은 논리학 용어인 외연extension과 내포intension로부터 접두사를 떼어버린 것이다. 내가 말하고자 하는 것은 시의 의미란 시의 텐션이고 시 속에 발견되는 모든 외연과 내포를 유기적으로 조직한 총체다"(「시의 텐션」)라고.

김수영은 20년대 영국의 제임스 조이스나 T. S. 엘리엇의 모더니즘을 본받고 있지 않다. 그는 30년대의 모더니스트들인 W. H. 오든과 스테판 헤럴드 스펜더와 같은 뉴컨트리파에게 관심이 더 쏠려 있었다고 할 수 있을 듯하다. 뉴컨트리파의 사회문제에

(시사문제에도) 대한 관심을 두고 하는 말이다. 만일 김수영이 더 오래 생존해 있었다고 한다면 그는 어떤 모양으로 모더니즘을 청산해갔을까가 궁금해진다. 그가 모더니즘을 청산해가는 과정에서 이 시가 나왔다고 할 수 있다. 그러나 이 시의 경우는 예술성이 손상되지 않고 있다. 다음과 같은 시는 그렇지가 않다.

왜 나는 조그마한 일에만 분개하는가
저 왕궁 대신에 왕궁의 음탕 대신에
오십원짜리 갈비가 기름덩어리만 나왔다고 분개하고
옹졸하게 분개하고 설렁탕집 돼지 같은 주인년한테 욕을 하고
옹졸하게 욕을 하고

한 번 정정당당하게
붙잡혀간 소설가를 위해서
언론의 자유를 요구하고 월남파병에 반대하는
자유를 이행하지 못하고
이십원을 받으러 세 번씩 네 번씩
찾아오는 야경꾼들만 증오하고 있는가

옹졸한 나의 전통은 유구하고 이제 내 앞에 정서로
가로놓여 있다.
이를테면 이런 일이 있었다
부산에 포로수용소의 제14야전병원에 있을 때
정보원이 너어스들과 스폰지를 만들고 거즈를
개키고 있는 나를 보고 포로경찰이 되지 않는다고
남자가 뭐 이런 일을 하고 있느냐고 놀린 일이 있었다
너어스들 옆에서

지금도 내가 반항하고 있는 것은 이 스폰지 만들기와
거즈 접고 있는 일과 조금도 다름없다
개의 울음소리를 듣고 그 비명에 지고
머리에 피도 안 마른 애놈의 투정에 진다
떨어지는 은행나무잎도 내가 밟고 가는 가시밭

아무래도 나는 비켜서 있다 절정 위에는 서 있지
않고 암만해도 조금쯤 옆으로 비켜서 있다
그리고 조금쯤 옆에 서 있는 것이 조금쯤
비겁한 것이라고 알고 있다!
그러니까 이렇게 옹졸하게 반항한다
이발쟁이에게
땅주인에게는 못하고 이발쟁이에게
구청직원에게는 못하고 동회직원에게도 못하고
야경꾼에게 이십원 때문에 십원 때문에 일원 때문에
우습지 않으냐 일원 때문에

모래야 나는 얼마큼 적으냐
바람아 먼지야 풀아 나는 얼마큼 적으냐
정말 얼마큼 적으냐……

「어느날 고궁을 나오면서」라는 제목이 붙은 이 시는 메시지가
과도하게 노출돼 있다. 그 때문에 시가 돼야 할 부분이 거의 다
무시되고 있다. 이 시는 행을 갈라놓은 산문(진술)에 지나지 않
는다. 단지 시의 형태를 빌리고 있을 뿐이다. 쉽게 쓰는 시가 이
런 것이라면 너무 허무하다.

이 시는 내용도 힘이 없고 소시민의 자학적 넋두리가 되고 있
다. 문체도 「풀」이 명쾌하게 스타카토로 톡톡 끊어져 있어 상쾌
한 맛을 주고 있는 데 비하여 느슨하게 풀어져 있다. 읽기에 한
없이 지루하기만 하다. 김수영의 시로서는 매우 처지는 시다.
1970년대, 1980년대를 그가 살았다고 하면 이보다는 훨씬 생채
나는 민중시를 썼을까? 혹은 포스트모더니즘 쪽으로 기울어졌
을까? 그가 민중시로 갔다면 이 시에서처럼 메시지를 살리기 위
하여 시(예술)를 버렸을는지도 모른다. 그에게는 그만한 도덕적
(사회적) 성실성이 엿보였기 때문이다. 그가 포스트모더니즘으
로 갔다면 그의 예술적 감각은 새로운 미학을 추구해갔으리라.
그에게는 또한 그만한 능력이 있었다고 생각되기 때문이다.

징이 울린다 막이 내렸다
오동나무에 전등이 매어달린 가설 무대
구경꾼이 돌아가고 난 텅빈 운동장
우리는 분이 얼룩진 얼굴로
학교 앞 소주집에 몰려 술을 마신다
답답하고 고달프게 사는 것이 원통하다
꽹과리를 앞장세워 장거리로 나서면
따라붙어 악을 쓰는 건 쪼무래기들뿐
처녀애들은 기름집 담벽에 붙어 서서
철없이 킬킬대는구나
보름달은 밝아 어떤 녀석은
걱정이처럼 울부짖고 또 어떤 녀석은
서림이처럼 해해대지만 이까짓
산구석에 처박혀 발버둥친들 무엇하랴
비료값도 안 나오는 농사 따위야

아예 여편네에게나 맡겨 두고
쇠전을 거쳐 도수장 앞에 와 돌 때
우리는 점점 신명이 난다
한 다리를 들고 날나리를 불꺼나
고갯짓을 하고 어깨를 흔들꺼나

—신경림, 「농무」

이 시는 농무를 위한 시가 아니다. 농무를 소재(수단)로 한 시
다. 백석의 시 「외가집」은 외갓집이 바로 주제까지를 겸하고 있
다. 그러나 이 시는 주제가 따로 있다. 그것은 농민의 '답답함',
'고달픔', '원통함'을 드러내서 호소하려는 사회적 관심이다. 그
러니까 이 시는 농무 자체의 가치가 심미적으로나 도덕적으로나
인정되지 않고 있다. 예술의 차원에서의 소재주의는 백석과 같
은 경우를 말함이다. 그래야 소재의 순수성이 살게 된다.

이 시도 농무(소재)가 비유적 역할을 하고 있다. 그러나 김수
영의 시 「풀」의 경우보다는 비유되는 것과 비유 사이의 틈이 훨
씬 벌어지고 있다. 즉, 외연과 내포의 긴장상태가 다소 느슨하다
는 것이 된다. 「풀」의 경우를 두고 상징시라는 말을 쓴 것은 거
듭 말하지만 외연과 내포의 긴장상태의 밀도 때문이다. 그러나
이 시의 경우는 그 밀도가 훨씬 엷기 때문에 알레고리가 되고 있
다. 즉, 이 시는 알레고리의 시allegorical poetry라고 해야 하리라.

이 시는 이런 계열의 시로서는 시 전체의 분위기가 차분히 가
라앉아 있다. 수사도 온건하다. 수사가 현학성과 번쇄한 디테일
을 조심스럽게(?) 피하고 있는 듯이 보이는 것은 시인의 시적 안
목(감각)에 따른 것이리라. 들떠 있는 경우보다 은근히, 또는 은
연중 스미는 것이 있다. 이 계열의 시로서는 하나의 샘플을 보여
준 셈이다.

같은 계열의 시라도 다음과 같은 신동엽의 시는 이 시에 비하여 훨씬 흥분상태에 있고 따라서 어조도 강하고 메시지 또한 밖으로 노출돼 있다.

껍데기는 가라.
사월도 알맹이만 남고
껍데기는 가라.

껍데기는 가라.
동학년 곰나루의, 그 아우성만 살고
껍데기는 가라.

그리하여, 다시
껍데기는 가라.
이곳에선, 두 가슴과 그곳까지 내논
아사달 아사녀가
中立의 초례청 앞에 서서
부끄럼 빛내며
맞절할지니
껍데기는 가라.
한라에서 백두까지
향그러운 흙가슴만 남고
그, 모오든 쇠붙이는 가라.

「껍데기는 가라」라는 제목의 시다.

구절의 되풀이는 리듬과 의미에 관계된다. 이 시의 경우 '껍데기는 가라'의 되풀이가 리듬을 살리고 의미를 강조하는 데 역할을 하고 있다. 특히 이런 계열의 시로서는 효과를 내고 있다.

김수영의 시 「어느날 고궁을 나오면서」에 비하여 이 시는 각 행이 간결하게 끊어지고 있다. 내용이 아주 명쾌하게 전달된다. 김수영의 경우는 지루하게 사설을 늘어놓고 있어 긴장을 느끼지 못한다. 용렬하고 비겁한 시인 자신의 행장을 자학적으로 예를 드는 데 있어 너무나 수다스럽다. 거기 비하여 이 시는 두 가지만 예를 들어(그것도 짧은 문장으로) 메시지 전달에 이용하고 있다. '사월'(4·19를 말함이리라)과 '동학년 곰나루의, 그 아우성'이 그것들이다. 이 시에서 제일 처지는 부분이 제3연이다. 「아사달 아사녀」의 고사故事는 이 경우 어색하다. 게다가 수사까지가 어색해서 더욱 그 두 남녀의 순결성이 낯간지러워진다. 이런 따위 서사적인 삽화 말고 더 적절한 예가 없었을까?

이 시는 물론 시로서는 미숙한 점이 노출되고 있다. 그러나 분명 메시지 전달을 위한 시로서의 한 유형을 보여준다. 그것은 위에서 말한 바대로다. 쉼표 찍음의 별남도 음미해볼 만하다. 상당한 배려를 한 것 같다.

저 어둠 속에서
누가 나를 부른다
건너편 옥사 철창 너머에 녹슬은
시뻘건 어둠
어둠 속에 웅크린 부릅뜬 두 눈
아 저 침묵이 부른다
가래 끓는 숨소리가 나를 부른다
잿빛 하늘 나직이 비 뿌리는 날
지붕 위 비둘기 울음에 몇 번이고 끊기며
몇 번이고 몇 번이고

열쇠소리 나팔소리 발자욱소리에 끊기며

끝없이 부른다

창에 걸린 피 묻은 낡은 속옷이

숱한 밤 지하실의 몸부림치던 붉은 넋

찢어진 육신의 모든 외침이

고개를 저어

아아 고개를 저어

저 잔잔한 침묵이 나를 부른다

내 피를 부른다

거절하라고

그 어떤 거짓도 거절하라고

어둠 속에서

잿빛 하늘 나직이 비 뿌리는 날

저 시뻘건 시뻘건 육신의 어둠 속에서

부릅뜬 저 두 눈이

—김지하, 「어둠 속에서」

도가道家를 따르는 사람들이 시를 말할 때 흔히 예로 드는 시인들은 도연명과 이백이다. 이들은 도가의 논다[遊]를 시에서 실천한 전형적인 경우라고 한다. 그러나 시의 입장에서 볼 때는 위의 두 시인의 경우는 논다는 말을 쓸 수가 없다. 논다는 말은 호이징어의 해석대로 아무런 뜻이 없는 상태를 뜻한다. 뜻이 없다는 것은 내용이 없다는 것을 뜻한다. 도연명과 이백의 시에는 분명한 내용이 있다. 즉, 주제가 있고 기의가 있다. 그러나 시에서 논다고 할 적에는 내용(주제)이 없어야 하고 기표만이 자리를 차지하고 있어야 한다. 호이징어가 노동이 춤이 되어야 한다고 했을 때의 그 춤이 시에서의 논다에 해당한다. 생산은 없고(그런 의식) 오직 어떤 분위기만 조성되고 있어야 한다. 이런 상태의 시가 도가의 세계다. 자연이란 의미, 즉 논리와 체계와 주제를 떠난 상태다. 음악으로 치면 모차르트의 세계다.

김지하의 시를 말하는 실마리를 왜 이런 따위 엉뚱한(?) 사설로 푸느냐 하면, 김지하의 시와 같은 계열의 시들은 지나치게 기의에 의존하고 있기 때문이다. 그러나 시란 그렇지 않고 그와는 정반대되는 경우가 있고 그런 경우가 훨씬 더 암시력이 강하고 그런 따위 암시력이 시(예술)의 본질을 보다 담고 있다고 생각되기 때문이다. 시(예술)는 때로 도덕을 무시할 수 있고 도덕보다는 더 높고 더 품위 있는 경지를 열어 보여줘야 하기 때문이다. 그런 따위 시(예술)는 기의에 집착하는 것보다 더욱 근본을 지시할 수가 있다.

김지하의 시는 보시는 바와 같이 기의와 기표의 균형이 잘 잡혀 있고 알기 쉬우면서도 저속하지 않다. 뭔가 도덕적 양심을 일깨우게 하는 절실함이 깃들어 있다. 메시지 전달의 시로서는 시의 입장을 매우 고려한 처사라고 해야 하겠다. 관념성을 거의 완벽하게 배제하고 현장성을 선명히 드러내고 있다. 시가 설명을 통하여 이해를 구하는 것이 아니라 공감(감동)을 통하여 감정이입이 되도록 해야 한다는 그런 따위 속성이 뚜렷이 드러나 있다. 시는 단순한 외침이 아님은 두말할 나위가 없다. 이 시는 그런 따위 사실도 잘 알려준다.

풀을 밟아라
들녘엔 매맞은 풀
맞을수록 시퍼런
봄이 온다

봄이 와도 우리가 이룰 수 없어
봄은 스스로 풀밭을 이루었다
이 나라의 어두운 아희들아
풀을 밟아라
밟으면 밟을수록 푸른
풀을 밟아라

—정희성, 「답청」

『서경』에 '시언지가영언詩言志歌咏言'이라고 나와 있다. 그러니까 『서경』이 나오기 전부터 시는 그러했다는 전제하에 그런 말이 나왔다고 해야 하리라. 따라서 『서경』이 말하는 시의 정의는 수천 년의 역사를 가지고 있다. 앞으로도 계속되리라. 현재에도 이 정의에 따라 시를 쓰고 시를 해석·음미하는 사람들은 동서에 그득하다. 그건 또 어쩔 수 없는 일이라고 하더라도 '언지'라는 말을 산문(토의문학discussible)의 차원에서 수용하는 데에 문제가 있다. 말하자면 내용(주제)과 논리가 압도적으로 비중을 차지해야 한다고 생각하는 거기에 문제가 있다. 그렇다면 시는 어디서 찾아야 하나?

시는 형태다. 스타일의 문제가 비중을 차지한다. 아무리 주제와 논리를 앞세운다 하더라도 스타일이 산문의 차원에 머물러 있다고 한다면 그건 시가 아니다. 산문시를 말하면서도 지적했듯이 스타일이 산문(토의문학)을 시(창조문학creative)로 차원을 바꿔놓게 된다.

정희성의 시는 산문(토의문학)의 스타일을 탈피하고 있다. 단순히 논리 전개만을 위한 스타일이 아니다. '맞을수록 시퍼런/봄이 온다'라든가 '밟으면 밟을수록 푸른'과 같은 행들이 보여주는 비유는 논리의 역설을 더불고 있다. 이런 따위는 산문의 논리 전개방식이 아니다. 김수영의 시 「풀」과 엇비슷한 주제 설정을 하고 있으면서 한결 뉘앙스가 엷고 단순하다. 그러나 시가 산문(토의문학)을 압도하고 있는 점은 김수영의 시 「풀」과 차이를 느끼지 못한다. 이 시도 김수영의 시 「풀」의 경우와 함께 어떤 이데올로기의 배후를 거느리고 있지 않다. 김지하의 시 「어둠 속에서」의 경우처럼 (색깔은 다르다 하더라도) 현장성이 짙게 드러나 있다. 서정성이 논리(추상논리-관념)를 우선하고 있다는 증거가 되리라.

신시, 즉 당대의 시를 말할 때 흔히 육당과 주요한을 들먹이곤 한다. 그러나 그것은 시사적인 입장에서 그러는 것이지 시의 질이나 후대에 끼친 영향을 고려해서 그러는 것은 아니다.

육당의 이른바 신체시라는 것은 서투른 창가가사와 같은 것이고, 주요한의 「불놀이」를 그것이 발표된 잡지에서는 자유시라고 하고 있었지만 그것은 형태(구조)에 대한 착오다. 그것은 산문시에 해당한다. 그러나 그것을 시라고 인정하기에는 너무나 서투르고 어색한 부분이 눈에 띈다. 지금의 우리 안목에서 볼 때는 수필, 아니 몹시 낯간지러운 잡문에 지나지 않는다.

그들은 그 당시에 있어서도 시의 아마추어였다. 그들의 시(?)가 그것을 증명한다. 아마추어리즘이 지금이라고 가시어진 것이 아닐 뿐 아니라 아직도 시를 대하는 의식에 있어서는 그 잔재가 상당한 폭으로 남아 있다. 가령 다음의 시를 보자.

전쟁 같은 밤일을 마치고 난
새벽 쓰린 가슴 위로
차거운 소주를 붓는다
아
이러다간 오래 못 가지

이러다간 끝내 못 가지
설은 세 그릇 짬밥으로
기름투성이 체력전을
전력을 다 짜내어 바둥치는
이 전쟁 같은 노동일을
오래 못 가도
끝내 못 가도
어쩔 수 없지

탈출할 수만 있다면,
진이 빠져, 허깨비 같은
스물 아홉의 내 운명을 날아 빠질 수만 있다면
아 그러나
어쩔 수 없지 어쩔 수 없지
죽음이 아니라면 어쩔 수 없지
이 질긴 목숨을,
가난의 멍에를,
이 운명을 어쩔 수 없지

늘어처진 육신에
또다시 다가올 내일의 노동을 위하여
새벽 쓰린 가슴 위로
차거운 소주를 붓는다
소주보다 독한 깡다구를 오기를
분노와 슬픔을 붓는다

어쩔 수 없는 이 절망의 벽을

기어코 깨뜨려 솟구칠

거치른 땀방울, 피눈물 속에

새근새근 숨쉬며 자라는

우리들의 사랑

우리들의 분노

우리들의 희망과 단결을 위해

새벽 쓰린 가슴 위로

차거운 소줏잔을

돌리며 돌리며 붓는다

노동자의 햇새벽이

솟아오를 때까지

청마가 입버릇처럼 "참의 시는 마침내 시가 아니어도 좋다"고 말한 그 말이 문득 생각난다. 청마는 아마 위에 든 박노해의 「노동의 새벽」과 같은 것을 염두에 두고 있었는지도 모른다. 이 시에서는 방법론이나 기교(시적 수사)를 지적할 만한 대목이 거의 없다. 아주 알기 쉬운(소박한) 센턴스들을 짤막짤막 행으로 갈라놓고 있다. 형태(구조)로는 자유시가 되고 있다.

시가 문화 현상의 하나라고 한다면 시는 응당 예술이어야 한다. 예술이란 다시 T. S. 엘리엇의 말을 빌리자면 예술 과정을 말함이다. 그것을 쉽게 말해서 시를 만드는 방법이요, 기교(시적 수사)라고 한다. 시에 대한 의식이란 것도 실은 예술 과정에 대한 의식이랄 수도 있다. 아니, 그렇게 말할 수밖에는 없다. 내용(주제)은 산문에도 있기 때문이다. 그리고 내용(주제)에 비중을 더 두게 되면 산문에 더 가까워질 수밖에는 없다. 여기서 말하는 산문이란 산문문학, 즉 창조문학에 대립되는 개념으로서의 그것이다. 위의 시가 그런 위험을 범하고 있다. 도덕적인 관심이 지나치게 시를 압도하고 있기 때문이다. 그러나 박노해가 기교(시적 수사)를 아주 버린 것은 아니다. 산문 문장으로는 쓸 수 없는, 써서는 안 되는 회귀적 리듬을 적절히 구사하고 있다. 뭣보다도 제3연에서 시도하고 있는 컴머의 앉음새다. 그냥 산문 쓰듯이 쓴 흔적이랄 수가 없다.

박노해는 청마처럼, 아니 청마 이상으로 자기의 예술적 관심과 자질까지를 죽이려고 했는지도 모른다. 거듭 말하지만 만년의 톨스토이가 과거의 예술적 대작들(이를테면 『안나카레리나』와 같은)을 부정하고 민담에서 소재를 구한 아주 소박한 교훈소설을 썼듯이 말이다. 만약 박노해도 그랬다고 한다면 이런 태도는 시에 대한 하나의 태도attitude로서 따로 논의되어야 할 성질의 것이다.

시가 관념의 진술이 아니고 작품(포엠)이라고 할 때, 시는 그 나름의 개성을 가진다. 그것은 형태(구조)로 드러난다고 하겠지만 실은 형태만으로는 드러내지 못하는 은밀한 부분이 있다. 그것이, 즉 형태를 이루는 요소들이다. 리듬과 이미지, 또는 같은 진술이라 할지라도 산문의 그것과는 사뭇 다른 낱말과 낱말, 구절과 구절과의 연결방식이 따로 있다. 시는 내용에 있지 않다. 내용을 어떻게 전달해야 하느냐 하는 그 전달방법에 있다. T. S. 엘리엇 투로 말을 하자면 시는 일종의 화술이다. 단테의 『신곡』을 아퀴나스의 신학을 읽듯이 읽지 말라고 그는 경고하고 있다. 그러나 물론 시에도 내용이 있다. 내용이 없다면 시는 휘발하고 만다. 이 말은 내용이 없는 화술이 있을 수 없다는 말이 된다. 무의미시라는 것도 무의미라는 의미, 즉 내용이 있다. 무의미시는 어떻게 말을 할 때 무의미시가 되는가?

이 계열(메시지가 강한 시)의 시들도 여러 가지 유형이 있다는 것을 위에서 든 시들을 통하여 가려보았다. 그런데 이 계열에 넣을 수도 있지만 찜찜한 경우가 있다. 이 계열의 시는 대체로 도덕성(사회성)이 메시지로서 작품성을 누르고 있는 것이 되려 정상적이라고 할 수 있다. 그러나 그런 특성을 몹시 흐리게 하고 있는 사례가 가끔 나타난다. 다음의 시를 보자.

봉준이가 운다, 무식하게 무식하게
일자 무식하게, 아 한문만 알았던들
부드럽게 우는 법만 알았던들.
왕 뒤에 큰 왕이 있고
큰 왕의 채찍!
마패 없이 거듭 국경을 넘는
저 보마의 겨울 안개 아래
부챗살로 갈라지는 땅들
포들이 얼굴 망가진 아이들처럼 울어
찬 눈에 홀로 볼 비빌 것을 알았던들
계룡산에 들어 조용히 밭에 목매었으련만
목매었으련만, 대국낫도 왜낫도 잘 들었으련만.
눈이 내린다, 우리가 무심히 건너는 돌다리에
형제의 아버지가 남몰래 앓는 초가 그늘에
귀 기울여보아라, 눈이 내린다, 무심히
갑갑하게 내려앉은 하늘 아래
무식하게 무식하게.

황동규의 시「삼남에 내리는 눈」이다. 눈과 전봉준과 삼남이 삼각관계를 이루고 있다. 아날로지의 연결 무늬다. 당돌하면서 도 적절하다. 다르게 말하면 신선하다. 눈이 시각으로 비치지 않

고 청각으로 귀에 들린다. '무식하게 무식하게'도 의미(의표를
찌르는)와 함께 리듬으로 다가온다. 메시지 전달도 시(작품)가
되려면 이런 따위 화술이 필요하다. 물론 시(작품)보다는 메시
지가 더 요긴하다고 생각했을 때는 이런 따위 한가한 언어놀이
(수식-화술)는 사치가 된다.

실험성이 강한 시의 계열—모더니즘 및 포스트모더니즘

　시가 실험기를 맞이한 것은 서양에서는 19세기 중반이다. 보들레르가 산문시를 낸 시기다. 그 이전에도 이미 자유시가 나오고 있었다. 이것들은 형태에 대한 새로운 시도다. 이런 현상은 우리에게도 이미 영·정조 때에 일어나고 있다. 엇시조나 사설시조가 그 예라고 할 수 있다. 그러나 그것은 시조라는 형태 안에서의 해체현상이다. 우리의 경우는 1908년 《소년》 지에 육당이 「해에게서 소년에게」라는 신체시를 싣게 된 것이 형태 실험의 새로운 시도라고 해야 하리라.

　육당·춘원의 이른바 신체시라는 것은 시조나 가사에 대한 해체현상이요 새로운 시도라고 할 수 있다. 그러나 여기에 대한 이론적 뒷받침이 돼 있지는 않았고 작품(포엠)으로서도 아마추어의 태를 벗지 못하고 있었기 때문에 현대적인 차원의 해체현상이라고 할 수는 없다. 그저 아마추어의 호사취미적 산물로밖에는 볼 수 없다.

　서양의 경우 현대적 차원의 실험기는 1910년대에 접어들어서 시작된다. 다다이즘이 그 두드러진 실례라고 할 수 있다. 다다이즘은 모든 전통을 무시하고 다다어라는 언어까지 새로 만들어내고 있다. 그 뒤를 따른 쉬르레알리슴은 더 치밀하고 계획적인 에콜 현상으로 나타난다. 20년대를 전후해서의 일이다. 자크 마리탱에 따르면 모더니즘에는 두 가지가 있다고 한다. 그 하나는 과격모더니즘이요 그 다른 하나는 온건모더니즘이라고 한다. 이런 따위 명칭은 순전히 전통을 기준으로 하고 있다. 전통을 존중하지 않는 쪽이 전자에 속하고 전통을 존중하는 쪽이 후자에 속한다고 하고 있다. 전자에 속하는 것으로 유럽대륙에서 일어난 다다이즘이나 쉬르레알리슴이 있고, 후자에 속하는 것으로 T. S. 엘리엇이나 제임스 조이스와 같은 섬나라 영국에서 일어난 새로운 경향의 문학이 있다고 한다. 다다이즘과 같은 과격한 파괴주의의 문학은 따로 아방가르드avant-garde란 말을 쓰기도 한다. T. S. 엘리엇은 고전의 현대화라는 문학적 입지를 말하고 있다. 그의 문학은 고전의 패러디라고 할 수 있다. 그의 대표작인 장시「황무지」도 그 발상 자체가 일종의 패러디다. 중세 로맨스인 「성배 이야기」의 현대적 어레인지먼트다.

우리의 경우는 30년대의 이상에 와서 비로소 현대적 차원의 해체현상이 드러난다. 이상은 전통을 무시하고 있다. 그도 전통 파괴주의자다. 과격모더니즘에 속한다. 형태나 소재나 주제 설정에 있어 두루 그렇다.

T. S. 엘리엇은 스물여섯이 넘어서도 시를 쓰려면 역사의식이 있어야 한다고 했다. 그런데 그가 밝힌 그의 역사의식은 자기 시대가 불안의 시대라는 것이었다. 즉 기독교 신념이 무너진 시대라는 것이다. 20년대의 유럽 정신계를 그는 그렇게 보았다. 역사를 내면적 심리적으로 파악한 것이다. 그의 문학은 이런 따위 역사의식을 전제로 한다. 궁극적으로는 문학의 사명을 신념(기독교)의 회복에 두고 있었지 않았나 싶다. 그런 화두를 위하여 그는 현대적 불안의 양상을 우선 극명히 그려 보여주고 있다.

이상에게는 깊은 종교의식도 그런 의식에서 파생되는 문화의식도 없다(T. S. 엘리엇은 『문화에 관한 노트』라는 저술을 남기고 있다). 단지 그의 개인적 감성과 처지가 당시 일본의 시단 흐름에 자극을 받아 일방통행적 질주를 아주 짧은 기간에 감행했다(《시와 시론》과 같은 일본 모더니즘 계통의 시잡지에서 받은 시사). 그러나 이상현상은 우리의 현대시가 한 번은 거쳐야 할 과정이었다. 현대적 차원의 실험기를 이상이 열어주었다고 할 수 있다. 소월을 무시하고 우리의 당대시에서 전통을 말할 수 없듯이 이상을 무시하고 우리의 당대시에서 현대성을 말할 수 없다. 그만큼 그는 비중 있는 역사적 의의를 간직하고 있다.

13인의아해가도로로질주하오.
(길은막다른골목이 적당하오.)

제1의아해가무섭다고그리오.
제2의아해가무섭다고그리오.
제3의아해가무섭다고그리오.
제4의아해가무섭다고그리오.
제5의아해가무섭다고그리오.
제6의아해가무섭다고그리오.
제7의아해가무섭다고그리오.
제8의아해가무섭다고그리오.
제9의아해가무섭다고그리오.
제10의아해가무섭다고그리오.
제11의아해가무섭다고그리오.
제12의아해가무섭다고그리오.
제13의아해가무섭다고그리오.
13인의아해는무서운아해와무서워하는아해와그렇게뿐이모였소.(다른사정은없는것이차라리나았소.)

그중에일인의아해가무서운아해라도좋소.
그중에이인의아해가무서운아해라도좋소.
그중에삼인의아해가무서워하는아해라도좋소.

그중에일인의아해가무서워하는아해라도좋소.

(길은뚫린골목이라도적당하오.)
13인의아해가도로를질주하지아니하여도좋소.

—이상, 「시 제1호」

이 시는 우선 문체로부터 시작해야 한다. 아니 문체가 전부라고 할 수 있을는지도 모른다. 그만큼 낯선 방법에 의하여 씌어진 시다. 방법이란 결과적으로 문체를 낳는 도구에 지나지 않는다.

이 시의 문체는 띄어쓰기의 무시에서 그 특색이 드러난다. 이상 이전에는 이런 시도는 아무도 하지 못했다. 이것은 이른바 의식의 흐름을 내적 독백의 수법으로 처리한 것이다. 이 시는 그러니까 일종의 내면 풍경이다. 위의 방법(시인 자신은 이런 따위 방법을 낳은 방법론을 알지 못하고 있었는지도 모른다)을 통하여 심리의 깊은 곳을 드러냈다고 할 수 있다. 그것은 착잡함이 빚는 불안의식이다. 이 시는 13이라는 숫자가 무엇을 가리키는가 하는 따위 낱말풀이를 제아무리 해봤자 시의 이해나 감상이 제대로 되는 것은 아니지 않을까 한다.

심리의 깊은 곳에 잠재하고 있는 어떤 착잡함이 빚는 불안의식을 이 시는 또한 발상의 아이러니로 깔고 있으면서 수사의 패러독스로 드러내고 있다. 그 정도에서 시적 천착을 그쳐야 한다. 이 시는 그러니까 프로이트 심리학에 닿아 있다. 쉬르레알리슴이 프로이트에게서 많은 시사를 받았고 이론 무장의 무기로 삼고 있다.

이상이 간혹 시도한 시를 도표로 또는 수식으로 드러내려고 한 것은 위의 시의 경우와는 전연 다른 시도다. 그것은 일종의 형태주의다. 자동기술의 산물이 아니라 시를 하나의 구조물로서

조립한 지적 산물이다(그는 고등공업학교를 나온 건축기사다). 지적 유희와 같다. 이런 따위 시의 해독은 일종의 퀴즈풀이가 되리라.

이상의 시는 30년대적 안티테제가 된다. 특히 김영랑과 같은 경향의 시들에 대하여 그렇다고 할 수 있다. 이런 현상은 50년대에도 또 한 번 나타난다. '청록파' 3가시三家詩에 대한 '후반기' 동인들의 시들이 그렇다. 여기서는 두 사람만 들기로 한다. 김수영과 조향이다.

꽃이 열매의 상부에 피었을 때
너는 줄넘기 장난을 한다

너는 발산한 형상을 구하였으나
그것은 작전같은 것이기에 어려웁다
국수―이태리어로는 마카로니라고
먹기 쉬운 것은 나의 반란성일까

동무여 이제 나는 바로 보마
사물과 사물의 생리와
사물의 수량과 한도와
사물의 우매와 사물의 명석성을

그리고 나는 죽을 것이다
　　　　　　　　　　　　―김수영, 「공자의 생활관」

이 시가 이상의 시와 통하는 점이 있다면 해석 불가능한 난해성이라고 해야 하리라. 김영랑의 시에 대하여 이상의 시가 그랬듯이 '청록파'의 시들에 대하여 김수영의 시는 낯설어야 했다. 낯설다는 것은 난해성을 두고 하는 말이다. 그것은 일종의 '청록파'에 대한 비판이요 시니시즘이다. 그것은 시사적인 전망으로 바라보아야 할 하나의 티피컬한 풍경이다. 아마 이 난해성은 이 땅에 시가 살아 있는 동안은 영원히 풀리지 않을 난해성이 되리라. 그것이 거듭 말하거니와 시사적 의의라는 것이다. 굳이 풀겠다고 나서지 말 일이다.

김수영의 이 시는 이상의 경우와는 달리 시가 밖을 향하고 있다. 내면 풍경을 보여주려고 하지 않고 바깥 풍경을 비딱하게 사시斜視로 보여준다. 그런 정도만 파악이 되고 납득이 된다. 시인 자신도 무엇을 말하려고 했는지 시시콜콜 캐려고 하지 않았으리. 김수영의 딜레마가 여기에 벌써 싹을 보이고 있다. 사회를 정면으로 취급하려면 그것이 강한 호소력을 가지려면 민중의 언어로 훨씬 쉽게 말을 해야 한다. 그러나 그가 가진 시인으로서의 자부심은 좀처럼 엘리트 의식을 버리지 못하게 했다. 그렇게 보아진다. 그런 갈등의 산물이라고 말할 수 있을 듯하다. 그의 상당수의 시들이 말이다. 어쨌건 이 시는 이상의 경우와 함께 시사적 전환기적 의의를 갖는다. 작품(포엠)으로서보다는 시적 지향에 있어서 그렇다.

낡은 아코오뎡은 대화를 관뒀읍니다.

—— 여보세요?

폰폰따리아
마주르카
디이젤 엔진에 피는 들국화

―― 왜 그러십니까?

　　　모래밭에서
　수화기
　　여인의 허벅지
　　　　　낙지 까아만 그림자

비둘기와 소녀들의 랑데 뷰
그 위에
손을 흔드는 파아란 깃폭들

나비는
기중기의
허리에 붙어서
푸른 바다의 층계를 헤아린다.

　　　　　　　　　　　　　―조향, 「바다의 층계」

　이 시는 단편, 즉 조각들의 집합으로 되어 있다. 그것의 전형
이 제5연이다. 이 시의 제목을 생각할 때 이 대목은 이 시의 핵
심이 되기도 한다. 각 행의 활자 배열의 높이대로 그 명암이 갈
라진다. 제4행이 가장 밑바닥에 가라앉았고 다음이 제1행이다.
제2행과 제3행은 동열로 위로 밝게 드러나 있다. 이런 따위 배열
은 두말할 나위 없이 심리적 명암을 가리키는 것이 된다. 가장
밑바닥에 가라앉은 '낙지 까아만 그림자', 그 그로테스크한 영
상이 가장 심층의 심리 상태다. 그 다음이 '모래밭'의 건조함이
다. '수화기'와 같은 딱딱한 메커니즘과 '여인의 허벅지'와 같은

510

관능 세계가 가장 위쪽에 떠 있다. 의식(심리)의 상층을 차지한다. 이런 단편들이 그러나 체계를 가지지 못하고(수직으로 연결되어 있지 못하고) 수평으로 옆으로 나란히 배치되어 있다. 인과관계가 끊어진 상태다. 이런 모양을 하고 있는 것이 심리(바다)의 충계다.

콜라주는 쉬르레알리슴이 발명한 방법이다. 쉬르레알리슴은 새로운 하나의 리얼리즘을 지향한다. 그것은 매우 현대적이다. 19세기의 리얼리즘이 사회 현실을 밝히는 것이었다면 쉬르레알리슴은 내면(심리) 현실을 밝히는 것이다. 현대인의 자아분열을 본다. 가치관은 없다. 어떤 사실만이 제시된다. 그것이 콜라주라는 방법이다.

현대시는 여기까지 왔다. 19세기까지의 시는 사회나 개인의 감정 및 정서가 대상이었다. 그러나 이제는 심리(심층 심리)까지 시는 그 행보를 하강시키고 있다. 이 시가 작품으로 돋보이는 것은 아니다. 작품으로는 오히려 치기가 드러나 있다. 그런데도 이 시의 의도만은 몹시 새로워 보인다. 가령 김기림의 다음과 같은 시와 비교해보자.

월
　　화
　　　수
　　　　목
　　　　　금
　　　　　　토

하낫 둘
　하낫 둘

일요일로 가는 '엇둘' 소리……

「일요일 행진곡」이라고 하는 이 시는 일종의 형태주의다. 비스듬히 활자배열을 한 것은 그런 경사에 따라 안정이 온다는 것으로 해독이 된다. 월요일이 제일 불안정하고 신경이 날카로워진다. 현대 봉급생활자의 심리상태. 그것은 수직으로 체계가 서 있다. 콜라주가 아니고 형태일 뿐이기 때문이다(형태주의에는 특별한 세계관이 없다). 그 심리는 외계(사회)와 연결되어 있기 때문이다. 그러나 조향의 경우는 외계(사회)와 단절되어 있다.

위에서 언급한 시인들보다는 한 세대 내지 두 세대 아래의 세대에 와서 더욱 치밀한 시에 대한 자의식을 받침으로 한 실험시가 작품으로서도 짜임새 있는 성과를 내고 있다. 이승훈의 비대상시와 오규원의 날이미지시가 그것들이다. 두 시인이 다 자기 나름의 시론을 가지고 있다.

하아얀 해안이 나타난다. 어떤 투명도 보다 투명하지 않다. 떠도는 투명에 이윽고 불이 당겨진다. 그 일대― 帶에 가을이 와 머문다. 늘어진 창자로 나는 눕는다. 헤매는 투명, 바람, 보이지 않는 꽃이 하나 시든다. (꺼질 줄 모르며 타오르는 가을.)

―이승훈, 「가을」

서정적으로 매우 아름답다. 그러나 그것은 이 시의 분위기일 뿐 자세히 보면 토막토막의 사고가 불연속의 연속으로 흐름을 이루고 있다. 조향의 경우처럼 앞뒤의 체계가 서 있지 않다. 수직적인 인과관계를 무시하고 수평적인 소재(이미지)들이 제멋대로 흩어져 있다.

이승훈은 자기의 시를 가리켜 비대상시라고 하고 있다. 대상이 아니라는 말인데 말이 좀 어색하지 않을까? 무대상시, 즉 대상이 없는 시라고 하는 것이 더 적절하지 않을까? 그렇다. 이 시에는 대상이 없다. 대상이 없다는 것은 주제가 없다는 것이 된다. 딱히 무엇을 말하겠다는 뜻will을 포기하고 있다는 것이 된다. 세계관 상실의 상태다. 다르게 말하면 허무의 상태다. 이런 상태에서도 시가 가능한가? 가능하다고 생각하기에 그는 시(?)를 쓴다. 시라는 형태로 말을 한다. 그 말은 한없이 미끄러져간다. 시니피앙의 놀이가 된다. 그의 다음과 같은 시를 보면 저간의 소식이 더욱 선명해진다.

하느님 나라에는
꽃이 있다
어제밤 내가 껴안은
찢어진 인생이 있다
총알이 있다
언제나 찢어진 인생이
언제나 총알이

찢어진 새의
창백한 아우성이
하느님 나라에는
피에 젖은 얼굴이

오 하느님
등을 구부리고
책상에 앉아
편지를 쓰시는

하느님 나라에는
찢어진 물고기와
내 손톱과
빵이 있다

빵의 심장을 가르며
내가 마신 물
썩은 파 하나
그리고 날개가 있다

「의식 · 1」이라는 시다. 이 경우 제목은 없어도 무방하다. 제목
이 내용을 대변하고 있지도 않고 암시하고 있지도 않다. 어떤 냉
소적인 표정을 읽을 수 있을 따름이다.

이 시는 박노해의 시와 함께 시적 수사를 철저히 거부하고 있
다. 일종의 반예술적인 자세다. 참 이상하다. 극과 극에 놓인 시
들끼리 자리를 나란히 하고 보면 이처럼이나 닮게 된다. 한쪽(박
노해의 시)은 가장 선명하게 주제를 드러내려 하고 있고 다른 한
쪽(이승훈의 시)은 아주 은근히 그러나 철저히 주제에서 떠나려
하고 있다. 아니 이미 완전히 떠나 있다.

A. 테이트에 따르면 시의 언어는 단순한 전달이 아니라 영적
교섭이 되어야 한다고 한다. 영혼은 인간의 가장 내밀한 곳에 숨
어 있다. 얼른 보아 방자하기 짝이 없는 이승훈의 표기들도 역으
로 가는 현대적 순례의 모습일는지도 모른다.

테크노피아
야입간판의 녹슨
철골 사이에

들새 하나
집을 틀고 앉아
새끼를 기르겠다고
작은 눈을 굴리며
알을 품고 앉아

형체도 분명한
다섯 손가락의 외짝
고무장갑
썩지도 못하고
비를 맞는

테크노피아
야입간판 아래와 위 사이에서
비 함께 맞으며
알을 품고 앉아

—오규원, 「테크노피아」

이 시에는 30년대의 김광균과 같은 이그조티시즘과 탐미적 사적 센티멘트는 물론이고 50년대 60년대의 이를테면 김수영의 시에서처럼 현대 도시가 안고 있는 정치적·사회적 문제에 대한 관심으로부터도 떠나 있다. 일종의 기술 공포증 같은 불안의식이 깔려 있다. 들새와 고무장갑의 대비는 상징적이다. 이데올로기를 초월한 이데올로기의 손이 닿지 않는 곳에서 기술은 이미 모든 생태계를 위협하고 있다. 로마학파의 진단과 같은 기술의 미래에 대한 미래학적인 진단이 리포트로 제출되고 있는 그런

515

느낌이다. 이런 따위 진단서적인 에스프리는 시로서는 매우 낯설다. 다음의 시를 또 보자.

> 폐차장의 여기저기 풀죽은 쇠들
> 녹슬어 있고, 마른 풀들 그것들 묻을 듯이
> 덮여 있다. 몇 그루 잎 떨군 나무들
> 날카로운 가지로 하늘 할퀴다.
> 녹슨 쇠에 닿아 부르르 떤다.
> 눈 비 속 녹물들은 흘러내린다. 돌들과
> 흙들, 풀들을 물들이면서, 한밤에 부딪치는
> 쇠들을 무마시키며, 녹물들은
> 숨기지도 않고 구석진 곳에서 드러나며
> 번져나간다. 차 속에 몸을 숨기며
> 숨바꼭질하는 아이들의 바지에도
> 붉게 묻으며,

이하석의 시 「폐차장」의 일부이다.

이 시는 묘사와 서술로 일관하고 있다. 19세기 리얼리즘 계통의 전형적인 소설 문체를 보는 듯하다. 여기서도 생태계와 기계가 대비되면서 기술(기계)이 생명을 위협하고 기계화(비인간화)되어가고 있는 광경들을 줄기차게 드러내준다. 코멘트는 억제되고 있다. 진득진득한 점토질의 문체는 독보적이며 효과적이다. 30년대 이래의 한국 물질시의 새로운 전개양상이라고 할 수 있을 듯하다. 김기림, 정지용, 김광균 등 30년대의 시인들과 비교해보아도 그렇고 박남수, 김광림, 김영태 등 40년대에서 60년대에 걸쳐 나온 시인들과 비교해보아도 사뭇 다르다. 앞의 선배 시인들의 시에서는 사회성을 전연 볼 수 없고 심미성이 거의 절대적이다. 그러나 이하석의 시에서는 내포로서의 문명 비판을 볼수 있다. 일종의 고발 형식을 띠고도 있다. 그만큼 그의 시는 평면적이 아니라는 것이 된다.

이쯤에서 또 하나 특이한 현상 하나를 적어둬야 하겠다.

쥐약 먹고 죽은 쥐를 먹은
빈사의 루시
어두컴컴한 마루 밑에 숨어서
루시는 주인인 나를 보고도 이를 갈았다.
기억하라
반드시 갚고야 말리라
눈에는 눈 이빨에는 이빨.
루시는 이미 개가 아니다.
다만 증오
그 일점을 향해서만 타는
파란 백금의 불꽃
일순 루시는 내 혈관을 뚫고 내닫는다.
번뜩이는 칼날의
그 번뜩임처럼 황홀한 전율
루시는 이미 개가 아니다.
독한 쥐약이다.
기억하라 눈에는 눈 이빨에는 이빨
아니다.
그 투명한 극치를.

—이형기, 「루시의 죽음」

근 2500년이나 전에 아리스토텔레스는 그의 『시학』에서 말하고 있다. "시는 있음직한 이야기를 적은 것이다"라고. 그러니까 시는 만들어진 것이란 뜻이다. 창조creation란 뜻이다. 창조란 다르게 말하면 하나의 사이버 공간을 말하는 것이 된다. 시란 그러니까 현실actuality이 아니라는 것이 된다. 이런 따위 정의는 보편성을 가진다.

이형기의 위의 시는 하나의 시점을 제시하고 있다. 그것은 엽기적이란 말을 쓸 수 있는 그런 것이다. 시점이란 시인의 인식을 토대로 한다. 엽기적인 시점의 밑바닥에 깔려 있는 세계관 말이다. 그것은 페시미즘이다. '쥐약을 먹고 죽은 쥐를 먹은' 루시라는 개가(시인이 기르고 있는) 이미 개가 아닌 것이 되었다고 한다. 그 자신 '독한 쥐약'이 되었다고 한다. 주인인 시인에게로 시선('독한 쥐약')은 '파란 불꽃처럼' 던져진다. 이것은 하나의 응고된 세계 현상이다. 요지부동 어떤 감상도 껴들 틈을 주지 않는다. 희망도 이 경우 감상이 된다. 오직 증오만이 팽창돼간다. 현실에서는 이런 일이 있을 수 없다. 그러니까 그 증오는 순수하다고 할 수 있다. 여기서 문득 폴 발레리가 말한 순수시가 생각난다. 순수시란 현실적으로는 불가능하다고 한다. 다만 순수시로 가는 지향이 있을 뿐이라고 한다. 이형기의 시에서만 순수 증오는 빛을 낸다. 그런 시점을 한국 현대시에 처음으로 설정해놓았다. 이형기의 위의 시는 스타일이 거의 산문이 되고 있다. 진술에 그치고 있다. 논리에서도 비약이 없다. 이 시는 순전히 시점으로 시를 견뎌내고 있는 드문 예가 된다.

이형기의 위의 시와는 전연 다른 각도에서 시를 보고 있는 경우, 즉 다른 또 하나의 시점(시에 대한)이 있다.

뜰의 때죽나무에 날아와 있는 새와 지금 날아온 새 사이, 새가 앉은 가지와 앉지 않은 가지 사이, 시든 잎이 붙은 가지와 붙지 않은 가지 사이, 새가 날아간 순간과 날아가지 않은 순간 사이. 몇 송이 눈이 비스듬히 날아내린 순간과 멈춘 순간 사이, 지붕 위와 지붕 밑의 사이, 벽의 앞면과 뒷면 사이, 유리창의 안쪽 면과 바깥 면 사이, 마른 잔디와 마른 잔디를 파고 앉은 돌멩이 사이. 파고 앉은 돌멩이와 들린 돌멩이 사이, 대문의 안쪽과 바깥쪽 사이, 울타리와 허공 사이,

　　허공 한 구석
　　강아지 왼쪽 귀와 오른쪽 귀 사이

　　　　　　　　　　　　　　　　—오규원, 「뜰과 귀」

　위의 시는 난해하다. 위의 시의 난해성은 두말할 나위 없이 시를 만드는 방법상의 낯설음에서 온다. 우선 위의 시에서는 심미적 거리aesthetic distance를 느끼지 못한다. 심미적 거리는 주체와 객체가 뚜렷이 구분될 때에 가능해진다. 일종의 원근법이다. 그러나 위의 시의 경우는 주체와 객체 사이에 틈이 보이지 않는다. 즉 무분별 상태에 있다. 즉 사이, 즉 간격이 없다. 위의 시의 제목이 '뜰과 귀'라고 되어 있는 데에도 위와 같은 내용이 함축되어 있다. '뜰'과 '귀'가 분별상태에 있지 않다는 것을 역설적으로 보여준다. 시를 읽어보면 그것을 알 수 있다. 모든 사물들이 서로 사이 즉 간격을 지우고 있다.
　오규원은 자기의 시를 가리켜 날이미지시란 말을 하고 있다. 날이란 말은 그대로란 말이다. 이미지가 관념(의미, 기의)을 떠나서 이미지 그대로 드러나야 한다는 것이다. 폴 발레리가 순수시는 현실적으로는 불가능하다고 말했듯이 이런 따위 날이미지시는 현실에서는 불가능하다. 시인 자신도 그것을 잘 알고 있으리라. 말이란 반드시 의미, 즉 기의를 더불고 있기 때문이다. 다만 날이미지로 가는 지향, 그 궤적을 보여줄 수 있을 뿐이다. 독

자로서도 시인의 이런 따위 지향을 존중해야 한다. 그렇지 않으면 위의 시는 그야말로 한갓된 말장난에 그치는 것이 된다.

오규원은 선禪을 생각하고 있는지도 모른다. 대부분의 선감각을 살린 시들이 그렇듯이 시의 내용(주제)으로 살리고 있지 않고 시를 만드는 방법으로 차용하고 있다. 여기에 그의 독창성이 있다. 선은 명상을 뜻하는 고대 인도어인 dhiyána 또는 jhána에서 왔다고 한다. 이때의 명상은 관념을 내쫓는 역할을 한다. 선은 대상을 즉물적即物的으로 본다. 이를테면 우선 게 앉게나(只管打坐), 발 밑을 보게나(照顧脚下)와 같은 경구가 있지 않는가 말이다. 위의 시도 그 이치를 따른 것이라고 할 수 있으리라. 주객의 경계가 지워지는 모습을 이런 식으로 보여주었다고 할 수 있다. 주객의 간격이란 결국은 관념의 조작이요 현실reality의 무시가 되는 것이라고 보는 그 시점이다.

*

포스트모더니즘의 포스트는 후기니 제2니 하는 따위 번역을 할 수 있지만, 그 후기니 제2니 하는 것들의 내용(성격)이 문제다. 후기니 제2니 하는 것들의 내용(성격)을 T. S. 엘리엇이나 제임스 조이스 쪽에 악센트를 두고 볼 때는 탈脫 T. S. 엘리엇이나 탈 제임스 조이스의 모더니즘이 된다. 이 두 시인 소설가의 모더니즘은 자크 마리탱 투로 말을 하자면 온건모더니즘이 된다. 전통을 존중하고 있기 때문이다. 이와는 달리 후기와 제2의 내용(성격)을 다다나 쉬르 쪽에 악센트를 두고 볼 때는 과격모더니즘의 계승 및 전개현상으로 치부할 수 있다.

포스트모더니즘을 시에서는 전형적인 예로 50년대 미국의 열린시에 둔다고 한다면 그 내용(성격)은 반전통적이고 반형식적인 것이 된다. 앨런 긴즈버그가 『짖는다』는 시집을 55년에 내고 있다. 이른바 비트 시의 대표적인 예라고 할 수 있다. 비속한 일상어로 그야말로 내뱉듯이 짖어대듯이 즉흥적으로 쏟아놓은 시다.

천사티가 있는(호모의 남역의) 히프스타들이 밤의 기구의 안의 별 같은 발전기와의 옛부터의 천국적 연결을 찾아서 불타고 있는 것을 보았다.

『짖는다』의 첫머리 한 행이다. 이 시집에 자주 지저분한 도시의 너절한 장면이 나오는 것은 T. S. 엘리엇의 시를 연상케 한다. 그러나 상징적인 밀도(입체성)와 구성의 치밀성은 거의 볼 수 없다.

50년대에는 블랙 마운틴파가 기세를 떨치게 되는 시기이기도 하다. 이 파의 대표적인 이론가는 찰스 올슨이다. 이른바 투사시 投射詩라는 이름으로 불리워지는 시에 대한 이론적 뒷받침을 그가 담당했다. 그의 '투사시론'은 50년대에 나오고 있다. 그 속에 다음과 같은 구절이 있다.

시 그 자체는 모든 점에 있어 한 개의 강도 높은 에네르기 구조물이 아니어서는 안 되며 모든 점에 있어서 한 개의 에네르기 방사체가 아니어서는 안 된다.

'에네르기 구조물' '에네르기 방사체' 등의 용어로 짐작이 가듯이 강력한 표현주의적인 생명의 방출이란 것이 된다. 로맨티시즘의 극단의 한 예다. 19세기 중엽의 W. 휘트먼을 이들 열린 시의 선편으로 보는 견해가 있다. W. 휘트먼은 로맨티스트요 휴머니스트요 낙천적 자유민주주의자다. 이들 50년대 열린시의 시인들도 인간성의 내재적 요소를 본능적으로 믿는 휴머니스트들이요 낙천주의자들이다. 그들이 쉬르리얼리스트와 다른 점은 쉬르 쪽은 무의식이라는 심리의 가두리가 의식의 한쪽에 있었다면 그들에게는 생명력의 분출이라는 원시성이 있었다고 할 수 있다. 쉬르가 무의식 때문에 형식을 파괴했다면 그들은 에네르기 때문에 형식을 파괴했다고 할 수 있다.

한국의 모더니즘과 포스트모더니즘을 어느 시기의 어떤 현상에다 결부시켜 말할 수 있을까? 우선 생각나는 것은 30년대의 물질시(이미지즘 계통)와 쉬르 계통이다. 김기림이나 정지용은 모더니즘의 온건파요 이미지스트라고 할 수 있다. 그들은 문체나 구조에 있어 모범적인 형식주의자들이요 명쾌함과 절제의 미학을 터득하고 있다. 이에 비하면 이상은 형태 파괴자다. 60년대 이래의 이승훈과 80년대의 황지우 박남철, 그 뒤를 이어 나온 송찬호, 박상순은 분명히 포스트모더니즘의 징후를 드러내고 있다. 이 땅에서는 이들의 시를 현학적인 용어를 써서 해체시라고 하고 있다. 이들의 해체시는 김기림이나 정지용에 악센트를 두고 보면 탈모더니즘이 된다. 한편 이상에 악센트를 두고 보면 다나 쉬르 계통 과격모더니즘의 새로운 전개현상이라고 할 수 있다. 다르게 말하면 새로운 아방가르드이다.

아방가르드의 행장에는 간혹 아주 당돌한 일들이 나타나고 있다. 데리다 계통의 해체주의 이론가 중에는 모든 책읽기는 다 오독이라고 하는 이가 있다. 오독이란 판단은 그럼 어디서 나왔는가? 이렇게 보면 이런 이론에는 현상학적 치밀성이 결여돼 있다. 판단은 언제나 괄호 안에 넣어두고 '판단 중지'의 신중을 기해야 한다. 또 하나는 존 케이지의 경우다. 그는 무대에 섰다가 아무것도 하지 않고 내려와버린다. 이런 따위 발작적 행장은 과도기에는 나타나는 현상이다. 10년대에 유럽을 어지럽힌 다다이스트들의 스캔들이 있지 않은가? 스캔들은 예술(시)이 아니다.

예비군편성훈련기피자일제자진신고기간

자 : 83.4.1   지 : 83. 5. 31

—황지우,「벽·1」

일신상의 사유(신병)로 인하여 더 이상 직무를 계속 수행할 수 없겠기에, 이에 사직하고자 하나이다(사직서를 제출하오니 재가하여 주시옵기 바랍니다).

1980년 2월 8일

Ⅱ부 교사 박남철

학교장 귀하

—박남철,「사직서」

어느 쪽이 먼저 나왔는지는 모르나 뒤에 나온 것은 우연의 일치라 하더라도 무의미한 것이 된다. 이런 경우는 먼저 나온 것의 수훈으로 돌아간다. 뒤샹의 경우와 마찬가지로 여기서도 이것들이 단순한 포고문이거나 사직서임을 그만두려면 몇 가지 조건이 따라야 한다. 첫째 동사무소의 게시판에 붙어 있거나 학교장의 사무탁자 위에 얹혀 있지 말고 잡지(문학전문지, 시전문지라면 더욱 좋다)에 실려 있어야 할 것, 둘째 제목을 달아야 할 것, 셋째 글의 체제를 좀 별나게 할 것.

황지우의 경우는 이 세 가지 조건을 다 갖추고 있으나 박남철의 경우는 첫 번째 조건만 갖추고 있다. (그 점으로는 좀더 충격적이라고 할까?) 황지우가 '벽'이라는 제목을 붙이고 띄어쓰기를 무시한 것은 뒤샹이 변기를 거꾸로 달아매려고 한 것과 같은 독자를 위한 서비스라고 할 수도 있으리라. 여기 비하면 박남철은 아주 냉정하다. 그런 서비스까지를 한갓된 설명으로 치부하고 있는 듯하다. 그냥 그대로다. 자리만 옮겨놓았다. 그런데 이 경우도 뒤샹의 경우처럼 첫번째 조건인 장소가 절대적이다. 교장의 사무탁자 위에 얹힌 사직서나 동사무소의 게시판에 붙은 포고문을 시로 보는 사람은 없을 것이다. 그러나 김소월의 「진달래꽃」은 학교장의 사무탁자 위에 얹혀 있거나 동사무소의 게시판에 붙어 있다 하더라도 시일 수밖에는 없다. 왜 그럴까?

뒤샹이 말했듯이 황지우나 박남철의 글에는 선택이 있을 뿐 라틴어 아르스가 뜻하는 만드는 작업이 빠져 있다. 그러니까 기성품은 관점의 각도를 이끌어낼 뿐 그 자체가 작품일 수가 없다. 작품은 만들어지는 것이다. 뒤샹의 변기와 마찬가지로 황지우의 「벽」과 박남철의 「사직서」는 작품을 위한 하나의 전환점이 되어야 한다. 시에는 충격이 절대 필요하지만 뒤샹 충격은 너무나 늦게 이 땅에 와서 김빠진 맥주가 되고 있다. 포고문도 사직서도 기성품이다. 그것들은 일상적인 것들이지만 그것들로부터 일상적인 요소들을 다 벗겨낼 때 레디 메이드 사상이란 것이 탄생한다. 그것은 일상성에 새로운 의미를 부여한다. 타성에 젖은 일상성은 언제나 예술(시)의 적이다. 잡지의 편집자는 투철한 안목이 있어야 한다. 역사를 그가 열어갈는지도 모르기 때문이다. 포고문과 사직서가 문학잡지에 어엿이 서명을 달고 시로서 발표되리라고는 뒤샹 이전에는 아무도 생각을 못했으리라. 뒤샹의 유명한 항의문을 발췌해본다.

무트(뒤샹의 가명) 씨의 변기는 부도덕하지 않다. 욕조가 부도덕하지 않은 것과 같다. 그것은 변기상점의 진열장에서 늘 볼 수 있는 물품이다. 무트 씨가 예의 변기를 자기 손으로 만들었는가의 여부는 물을 필요가 없다. 그는 그것을 선택했다. 그는 생활의 일상적인 요소를 붙들어 새로운 제목과 새로운 관점하에서 그 실용적인 의미가 바래지도록 그것을 진열하려고 했다. 즉 그는 그 물체에 대한 새로운 사고를 만들어낸 것이다. 변기상에 대하여는 웃음거리밖에 더 될 것이 없다. 아메리카가 제조한 예술품이라고 하면 위생기구와 다리bridge뿐이 아닌가? 다리에는 의치라는 뜻도 있다.

　　이 표적을 향해
　　날아간다
　　근대의 혼혈아인
　　납탄덩어리가
　　격발의 이름으로
　　금속인 아버지를 찢고 나와
　　날아간다
　　성자들을 방목하는
　　양들의 목장을 지나
　　파충류들에 말을 가르치는
　　이데아 늪을 건너
　　날아간다
　　어느 무명 여배우의
　　붉고 뾰족한 입술로 씌어진
　　가난한 거리의
　　천사의 시를 위해
　　한 방의 총성으로
　　지옥을
　　천국으로 바꾸기 위해
　　날아간다

구름과 모자의
평화를 위해
새들의 육체와의
즐거운 논쟁을 위해
날아간다
아버지를 더 세게
찢어발기기 위해
전쟁과 살인
청부업자로부터
더욱 멀어지기 위해
날아간다
날아간다
가슴 아래 검은 별
한 방의 총성을 움켜쥐고

─송찬호, 「총알」

풀밭에는 분홍나무
풀밭에는 양 세 마리
두 마리는 마주보고
한 마리는 옆을 보고

오른쪽 가슴으로
굵은 선이 지나는
그림 찍힌
티셔츠
한 장 샀어요
한 마리는 옆을 보고

두 마리는 마주보고
풀밭에는 양 세 마리
한 마리는 옆을 보고
두 마리는 마주보고
오른쪽 가슴으로
굵은 선이 지나는
그림 찍힌 티셔츠

한 장 샀어요
한 마리는 옆을 보고
두 마리는 마주보고

—박상순, 「양 세 마리」

조각가 크레이톤이 아름다움을 일정한 수량관계로 환원하려
는 데 대하여 소크라테스는 넋을 밖으로 드러내는 것도 조각가
의 사명이 아닐까 하고 의문을 던지고 있다(크세노폰, 『소크라
테스의 추억』).

크레이톤과 소크라테스의 대화에서 각각 다른 두 개의 도식과
계보를 끄집어낼 수 있다. 전자에게는 인식이 대전제가 되고 있
다. 후자에게는 경험과 인격이 대전제가 되고 있다. 수학과 같은
추상적 지성과 비인간화가 전자에는 있고 생활과 구체성(사실
성) 및 정서가 후자에게는 있다. 말라르메나 발레리, 또는 T. S.
엘리엇의 시세계 혹은 몬드리안의 기하학적 추상미술 또는 모차
르트의 음악으로 연결되는 것이 전자이고, 동양의 많은 예술품
이나 고흐 또는 뭉크나 폴록의 미술세계, 베토벤의 음악에 연결
되는 것이 후자라고 할 수 있다.

그리고 이들을 염두에 두고 형식과 내용, 기술과 자동성 등 대

립적인 항목들을 설정해볼 수 있으리라. 고전주의와 로만주의도 이런 범주로 다룰 수 있다. 파울 클레는 그의 화폭에 그의 인식의 세계를 드러냈을 뿐 그의 인생(경험)을 드러낸 것은 아니다. 그러나 이중섭은 다르다. 동자군의 자태나 소의 표정은 그의 경험과 인격의 반영이라고 할 수 있다.

위의 두 시인이 제시하고 있는 사물(이미지)들이 T. S. 엘리엇의 객관적 상관물보다는 이데아의 반사를 더욱 짙게 드러내준다. 그것들은 상징처럼 보인다. T. S. 엘리엇의 경우는 시를 사상이나 정서로부터 독자적으로 지양시키려는 의도가 있다. 변증법을 쓰고 있다. 그러나 위 두 시인의 경우는 다르다. 이들의 시는 독특한 형이상학을 이루고 있다. 어쩌면 그것은 좀 별난 정신의 드라마일는지도 모른다. 이들에게는 정서도 심리도 사회도 없다. 말라르메나 발레리의 시들처럼 진공 상태에 있는 것처럼 보인다. 육체가 없다. 이 땅의 시 전통으로는 현대시를 포함하더라도 매우 이질적이다. 이들의 시세계를 나대로 요약한다면 '페르소나의 시'라고 할 수 있을 듯하다.

또 하나 빠뜨릴 수 없는 특이한 현상 하나를 들어보기로 한다.

몇 개의 산맥을 타넘어야
네게 이를 수 있니
불개미 한 마리가
플라스틱 장미 꽃잎을
한잎 한잎 타넘어가고 있다

몇십 개의 계단을 올라야
잠든 너를 깨울 수 있니
전 혼자 불컨 엘리베이터를 타고

온몸으로 두근거리는 내가
잠든 너의 몸 속을
한밤중 소리도 없이 오르고 있다

어떻게 등불을 빨아먹을 수 있니
나방이 한 마리
혓바닥을 바늘처럼 곤두세우고
한밤내 가로등을 찔러보고 있다

—김혜순, 「서울의 밤」

　환타지가 나타나는 바탕은 여러 가지다. 심리적인 경우와 존재론적인 경우와 도덕적인 경우들이 있다. 문학으로 보면 쉬르 계통은 심리적이고 카프카 계통은 존재론적이고 이솝 이야기 같은 것은 도덕적이다. 이들 중 뒤의 두 가지는 알레고리성이 강하다. 알레고리의 문학이라고 해야 하리라. 이들에 비하면 보르헤스 문학의 환타지는 바탕이 없다. 순수하다. 진공상태다. 이미 지적한 대로 송찬호와 박상순의 환타지가 이 계열에 속한다. 그렇다면 김혜순의 환타지, 그 바탕에 깔린 시인의 의식(또는 무의식)은 어떤 것일까? 위에 든 어느 계열에도 속하지 않는 독특한 분위기를 빚고 있다. 굳이 말을 하자면 미국의 50년대에 선보인 투사시가 토해낸 에너지, 즉 생명의 분출이다. 이 에너지, 즉 생명력은 이미 지적했듯이 W. 휘트먼의 휴머니즘과 로맨티시즘에 연결된다. 일찍 이 땅의 당대시들이 보여준 소박하고 감상적인 로맨티시즘과는 차원을 달리 한다. 시작 방법상의 자유연상법은 새로운 자연발생적 시작법이자 김혜순 시의 시적 자의식이 만들어낸 산물이다.

번외番外

　사화집anthology이란 좋은 시들을 골라서 엮은 시집, 즉 명시선
집이다. 구미에서는 또 하나 에콜의 색깔을 선명히 하기 위하여
엮은 시집을 두고 사화집이라고 하기도 한다. 이를테면 파르나
시앙 사화집이니 이미지스트 사화집 따위가 그런 예가 된다. 그
러나 이 땅에서는 위의 어느 것에도 해당하지 않는 그냥 잡다한
시들을 모은 시선집을 사화집의 이름으로 내놓고들 있다. 나는
한번 에콜 정리를 해봐야 하지 않을까 하는 생각을 진작부터 해
왔다. 파르나시앙 사화집이나 이미지스트 사화집처럼 당사자들
이 시를 고르고 책으로 엮는 것이 그 빛깔을 더욱 선명히 할 수
있는 일이겠으나 나는 부득불 제3자의 입장에서 그런 일을 하게
됐다. 그러나 나는 보다 비판적인 입장에 설 수 있었다는 유리한
점도 있었다.
　시는 두말할 나위 없이 무슨 에콜을 위하여 있는 것은 아니다.
그리고 이 땅의 시 전통으로는 더욱 그러하다. 한시나 가사나 시
조 등 어느 것을 보더라도 그렇다. 그때그때의 유형이 있었을 뿐
에콜을 형성한 일은 없었다. 어떤 측면으로는 그것이 시를 쓰는
정도正道일는지도 모른다. 그러나 시의 흐름에도 역사의식이란
것이 있다. 특히 현대시에 와서 그런 의식이 더욱 강하게 작용을
하게 됐다. 현대시란 그 시적 의식에 있어 국제적인 성격을 띠게
됐다. 이 땅의 시라고 해서 예외로 돌릴 수는 없다. 이런 사정으
로 나는 이런 따위 사화집을 엮게 됐다. 그러나 번외番外에 드는
시들이 시로서는 더욱 작품성을 드러내고 있는 경우가 있다.

너를 잃은 것도
나를 얻은 것도 아니다.

네 눈물로 나를 씻겨주지 않았고
네 웃음이 내 품에서 장미처럼 피지도 않았다.
그러나 그것도 아니다.

눈물은 쉽게 마르고
장미는 지는 날이 있다.
그러나 그것도 아니다.

너를 잃은 것을
너는 모른다.
그것은 나와 내 안의 잃음이다
그것은 다만……

─김현승, 「고독」

이 시의 발상에는 아이러니가 깔려 있다. 발상의 아이러니는 수사의 역설을 자아낸다. 즉 이 시는 그런 관점에서의 역설의 수사를 구사하고 있다. 단순한 잠언시와는 다르다. 시적 울림이 매우 미묘해지고 있다. 내포로서의 의미가 섬세해지고 있다는 것이 된다. 교훈성보다는 시적 음영이 훨씬 짙게 배어 있다.

50년대 미국의 신비평가들은 시의 언어는 패러독스의 언어라고 했다.

산모퉁이를 돌아 논가 외딴 우물을 홀로 찾아 가선 가만히 들여다 봅니다.

우물속에는 달이 밝고 구름이 흐르고 하늘이 펼치고 파아란 바람이
불고 가을이 있읍니다.

그리고 한 사나이가 있읍니다.
어쩐지 그 사나이가 미워져 돌아갑니다.

돌아가다 생각하니 그 사나이가 가엾어집니다.
도로 가 들여다 보니 사나이는 그대로 있읍니다.

다시 그 사나이가 미워져 돌아갑니다.
돌아가다 생각하니 그 사나이가 그리워집니다.

우물속에는 달이 밝고 구름이 흐르고 하늘이 펼치고 파아란 바람이
불고 가을이 있고 추억처럼 사나이가 있읍니다.

　　　　　　　　　　　　　　　　　　　―윤동주,「자화상」

　헤르만 헤세Hermann Hesse의 소설 『페터 카멘친트』에 나오는
페터 소년을 연상케 한다. 청춘방황의 그 모습이다. 이 땅에서
생산된 가장 멜랑콜리한 서정시의 하나라고 할 수 있으리라.
　김소월 시의 서정이 농경시대적 전통적인 그것, 즉 한의 서정
이라고 할 수 있다면, 윤동주 시의 서정은 근대적(19세기적)인
그것, 즉 우수의 서정이라고 할 수 있다. 국제성을 띤다. 그의 시
를 도덕적 사회적 측면에서 (그의 경력에 따라) 해석하고 평가
하는 것은 그의 시를 위하여는 바람직하지도 않고 타당하지도
않다. 그의 시는 그의 시일 뿐이다.
　만해 한용운의 경우는 그의 경력 때문에 그의 시가 견강부회

식으로 평가되고 있고, 미당 서정주의 경우는 그 경력 때문에 그의 시가 폄하되고 있는 경우가 있다.

사랑을 잃고 나는 쓰네

잘 있거라, 짧았던 밤들아
창 밖을 떠돌던 겨울안개들아
아무것도 모르던 촛불들아, 잘 있거라
공포를 기다리던 흰 종이들아
망설임을 대신하던 눈물들아
잘 있거라, 더 이상 내 것이 아닌 열망들아

장님처럼 나 이제 더듬거리며 문을 잠그네
가엾은 내 사랑 빈 집에 갇혔네

―기형도, 「빈 집」

이 땅에 이렇게도 절실하게 슬픈 시가 나왔다. 이 시의 서정은 김소월의 그것과는 물론이고 윤동주의 그것과도 사뭇 다르다.

이 시의 서정은 쉬르를 경과한 뒤에 나타난, 나타날 수 있었던 그런 것이다. 이 시에 등장한(나열된) 장면들은 일종의 콜라주 형식을 취하고 있다. 그리고 기발하면서 적절하다. 이런 현상은 시작 방법상의 문제이기도 하지만 시인의 감수성의 문제이기도 하다.

기형도의 감수성은 이미 19세기를 넘어서고 있다. 그의 시는 국제적인 수준에서도 현대시에 속한다. 게다가 매우 빼어난 현대시의 한 견본이 되고 있다. 그런 생각이 든다.

흩어진 솔방울의 자리는 거의 눈에 띄지 않지만 이슬에 젖은 차돌처럼 쓸쓸하게 빛나고 있다. 솔방울은 이따금 남은 날을 헤아리는 나이든 어머니가 배후에 거느리는 어스름 같은 윤곽을 가지고 있다. 가을에 빛나는 햇과일을 부러워하지 않는다. 솔방울은 보랏빛 암꽃 씨방의 형태로 싱그런 바람에 뜨는 누런 송홧가루를 애타게 기다리던 수정 이전의 가슴 설레던 잠복을 아직도 잊지 못하고 있다.

바람도 없이 부식토의 두께 위에 떨어진 솔방울은 자기가 종의 번식을 위한 적막한 도구였다는 사실을 슬퍼한 적이 없다. 오히려 어수룩한 갈색의 무표정 속에 자기 소임을 다한 긍지를 숨기고 있다.

시장 들머리에 앉아 산나물을 팔고 있는 흰 수건 두른 할머니의 얼굴처럼 밑바닥에 잔잔히 빛나는 깊이를 가지고 있다.

—허만하,「솔방울을 위한 에스키스」

산문시는 형태로서는 하나의 기형이다. 산문은 운문과는 곧 구별된다. 그래서 운문을 사용하는 정형시와는 곧 구별된다. 그러나 자유시와는 행 구분의 유무 외는 구별이 잘 안 된다. 행은 그럼 어떤 역할을 하는가? 리듬과 논리(의미)의 비약에 관계가 있다. 그러니까 산문시가 행을 구분하지 않는 것은 리듬과 논리(의미)의 비약에 신경을 쓰지 않는다는 것이 된다.

허만하의 시는 이상과 같은 점으로 보아 전형적인 산문시가 되고 있다. 이 땅에서의 산문시의 예로는 정지용과 정진규의 경우를 들 수 있으리라. 둘이 다 허만하의 경우처럼 형태면으로는 모범적인 사례가 된다. 그러나 그런 형태에 담긴 시적 세계에 있어서는 서로 거리가 있다.

정지용의 경우는 철저한 이미지스트로서의 사물시를 보이고 있다. 그러나 정진규의 경우는 이미지스트라고는 할 수 없다. 그의 산문시는 극히 적은 수를 빼고는 거의가 잠언적인 코멘트를 행간에 늘 깔아놓고 있다. 그리고 정지용의 경우는 그의 즉물성이 자연을 향하고 있는 데 비하여 정진규의 경우는 그의 즉물적인 부분(코멘트를 빼고 난)이 일상성, 즉 생활주변을 맴돌고 있다. 그가 들먹이는 프랑시스 퐁주Francis Ponge와 이 점에 있어서는 닮았다. 그러나 퐁주는 코멘트를 삼가고 있다. 그런데 이들에 비하여 허만하는 또 하나 다른 세계를 펼쳐보이고 있다.

허만하의 시는 전형적인 관념시, 이 경우는 플라톤적인 시란 말이 가장 잘 어울리는 그런 관념시다. 그는 언제나 이데아의 세계로 눈이 가 있다. 그가 세밀한 관찰 끝에 포착한 질료의 저편, 노장적으로 말을 하자면 무無라고 하는 이름 붙일 수 없는 세계에 대한 짙은 향수를 깔아놓고 있다. 그러나 그것은 그의 형이상학의 세계요 시로서의 가치는 그런 향수를 말하는 그의 메타포의 신선함과 아름다움에 있다.

말을 들어보니
우리는 약소민족이라드군
낮에도 문 잠그고 연탄불을 쬐고
유신有信안약을 넣고
에세이를 읽는다드군.

몸 한구석에 감출 수 없는 고민을 지니고
병장 이하의 계급으로 돌아다녀 보라
김해에서 화천까지
방한복 외피에 수통을 달고.
도처到處철조망

개유皆有검문소
· 그건 난해한 사랑이다
난해한 사랑이다
· 전피수갑全皮手匣 낀 손을 내밀면
언제부터인가
눈보다 더 차가운 눈이 내리고 있다.

—황동규, 「태평가」

황동규는 당대 일급의 스타일리스트다. 이를 테면, 위의 시에
서처럼 그의 시니시즘 뒤에 감춰진 그의 오열嗚咽을 보라, 이런
따위 암시와 뉘앙스는 시의 델리키트를 대변하는 것이 된다.

연보年譜

1922년   11월 25일 경남 통영읍 서정 61번지(현 경남 통영시 동호
         동 61)에서 아버지 김영팔金永八, 어머니 허명하許命夏의 3
         남 1녀 중 장남으로 출생. 엄격한 유교 가풍이 흐르고 있
         던 유복한 집안이었다.

1929년   통영 근처 안정의 간이보통학교에 진학하였다가 통영공
         립보통학교로 전학.

1935년   통영공립보통학교 졸업, 5년제 경성공립제일고등보통학
         교(4학년 때 경기공립중학교로 교명이 바뀜)에 입학.

1939년   11월, 졸업을 앞두고 경기공립중학교 자퇴. 일본 동경으
         로 건너감.

1940년   4월, 동경의 일본대학 예술학원 창작과에 입학.

1942년   12월, 일본대학 퇴학(일본 천황과 총독정치를 비방, 사상
         혐의로 요코하마 헌병대에서 1개월, 세다가야 경찰서에
         서 6개월간 유치되었다가 서울로 송치됨).

1943년   금강산 장안사長安寺에서 요양.

1944년   부인 명숙경明淑瓊 씨와 결혼.

1945년   통영에서 유치환, 윤이상, 김상옥, 전혁림, 정윤주 등과 통
         영문화협회를 결성해 근로자를 위한 야간 중학과 유치원을
         운영하면서 연극, 음악, 문학, 미술, 무용 등의 예술운동을
         전개, 극단을 결성해 경남지방 순회공연을 하기도 함.

1946년   통영중학교 교사로 부임하여 1948년까지 근무.
         9월, 『해방 1주년 기념 사화집』에 시 「애가哀歌」를 발표.
         조향, 김수돈과 함께 동인 사화집 『노만파魯漫派』 발간. 3집

발간 후 폐간됨.

1948년   8월, 첫 시집『구름과 장미』(행문사)를 자비로 간행.

1949년   마산중학교로 전근, 1951년까지 근무.

1950년   3월, 제2시집『늪』(문예사) 출간.

1951년   7월, 제3시집『기旗』(문예사) 출간.

1952년   대구에서 설창수, 구상, 이정호, 김윤성 등과 시 비평지
         『시와 시론』창간. 시「꽃」과 함께 첫 산문「시 스타일론」
         발표. 창간호로 종간됨.

1953년   4월, 제4시집『인인隣人』(문예사) 출간.

1954년   3월, 시선집『제1시집第一詩集』(문예사) 출간.

         9월,『세계근대시감상』출간.

1956년   5월, 유치환, 김현승, 송욱, 고석규 등과 시 동인지『시연
         구』를 발행, 고석규 씨의 타계로 창간호로 종간됨.

1958년   10월, 첫 시론집『한국현대시형태론』(해동문화사) 출간.

         12월, 제2회 한국시인협회상 수상.

1959년   4월, 문교부 교수자격 심사규정에 의거 국어국문학과 교
         수 자격 인정받음.

         6월, 제5시집『꽃의 소묘』(백자사) 출간.

         11월, 제6시집『부다페스트에서의 소녀의 죽음』(춘조사)
         출간.

         12월, 제7회 자유아세아문학상 수상.

1960년   마산 해인대학(현 경남대학교 전신) 조교수로 발령.

1961년   4월, 경북대학교 국어국문학과 전임 강사로 자리를 옮김.

         6월, 시론집『시론(시작법을 겸한)』(문호당) 출간.

1964년   경북대학교 국어국문학과 교수로 임용, 1978년까지 재직.

1966년   경상남도 문화상 수상.

1969년   11월, 제7시집『타령조打令調 · 기타其他』(문화출판사) 출간.

1972년	시론집『시론』(송원문화사) 출간.
1974년	9월, 시선집『처용』(민음사) 출간.
1976년	5월, 수상집『빛속의 그늘』(예문관) 출간.
	8월, 시론집『의미와 무의미』(문학과지성사) 출간.
	11월, 시선집『김춘수 시선』(정음사) 출간.
1977년	4월, 시선집『꽃의 소묘』(삼중당) 출간.
	10월, 제8시집『남천南天』(근역서재) 출간.
1979년	4월, 시론집『시의 표정』(문학과지성사) 출간.
	4월, 수상집『오지 않는 저녁』(근역서재) 출간.
	9월부터 1981년 4월까지 영남대학교 국어국문학과 교수
	로 재직.
1980년	1월, 수상집『시인이 되어 나귀를 타고』(문장사) 출간.
	11월, 제9시집『비에 젖은 달』(근역서재) 출간.
1981년	4월, 국회의원(문공위원)에 피선.
	8월, 예술원 회원.
1982년	2월, 경북대학교에서 명예 문학박사 학위 수여.
	4월, 시선집『처용이후』(민음사) 출간.
	8월,『김춘수 전집』전3권(문장사) 출간.
1983년	문예진흥원 고문.
1985년	12월, 수상집『하느님의 아들, 사람의 아들』(현대문학)
	출간.
1986년	7월,『김춘수 시전집』(서문당) 출간.
	방송심의위원회 위원장에 취임한 뒤 1988년까지 재임.
	한국 시인협회 회장에 취임한 뒤 1988년까지 재임.
1988년	4월, 제10시집『라틴점묘點描 기타其他』(탑출판사) 출간.
1989년	10월, 시론집『시의 이해와 작법』(고려원) 출간.
1990년	1월, 시선집『샤갈의 마을에 내리는 눈』(신원문화사) 출간.

1991년	3월, 시론집『시의 위상』(둥지) 출간.
	10월, 제11시집『처용단장處容斷章』(미학사) 출간.
	10월에 한국방송공사 이사로 취임하여 1993년까지 재임.
1992년	3월, 시선집『돌의 볼에 볼을 대고』(탑출판사) 출간.
	10월, 은관문화훈장 수훈.
1993년	4월, 제11시집『서서 잠자는 숲』(민음사) 출간.
	7월, 수상집『예술가의 삶』(혜화당) 출간.
	11월, 수상집『여자라고 하는 이름의 바다』(제일미디어) 출간.
1994년	11월,『김춘수 시전집』(민음사) 출간.
1995년	2월, 수상집『사마천을 기다리며』(월간 에세이) 출간.
1996년	2월, 제12시집『호壺』(한밭미디어) 출간.
1997년	1월, 제13시집『들림, 도스토예프스키』(민음사) 출간.
	1월, 장편소설『꽃과 여우』(민음사) 출간.
	11월, 제5회 대산문학상 수상.
1998년	9월, 제12회 인촌상 수상.
1999년	2월, 제14시집『의자와 계단』(문학세계사) 출간.
	4월 5일 부인 명숙경明淑瓊 여사 사별.
2001년	4월, 제15시집『거울 속의 천사』(민음사) 출간.
	10월 서울 명일동에서 분당으로 이사.
2002년	4월, 비평을 겸한 사화집『김춘수 사색사화집』(현대문학) 출간.
	10월, 제16시집『쉰한 편의 비가悲歌』(현대문학) 출간.

김춘수 전집.3

김춘수 시론전집 II

초판 1쇄 펴낸날 2004년 2월 3일
초판 2쇄 펴낸날 2018년 8월 24일

지은이 김춘수
펴낸이 김영정
편집자문위원 오규원

펴낸곳 (주)현대문학
등록번호 제1-452호
주소 06532 서울시 서초구 신반포로 321(잠원동, 미래엔)
전화 02-2017-0280
팩스 02-516-5433
홈페이지 www.hdmh.co.kr

ISBN 89-7275-303-3 04810
ISBN 89-7275-300-9(세트)

* 책값은 뒤표지에 있습니다.